有爱的青春陪伴者

uin

著

冬风啊

上

四川文艺出版社

图书在版编目（CIP）数据

冬风啊：全两册 / Uin 著 . -- 成都：四川文艺出
版社，2024.2
ISBN 978-7-5411-6766-9

Ⅰ . ①冬… Ⅱ . ① U… Ⅲ . ①长篇小说 – 中国 – 当代
Ⅳ . ① I247.5

中国国家版本馆 CIP 数据核字 (2023) 第 243044 号

DONGFENG A：QUAN LIANG CE

冬风啊 ：全两册

Uin 著

出 品 人	谭清洁
责任编辑	邓　敏
特约编辑	小　池
装帧设计	刘　艳　孙欣瑞
责任校对	段　敏

出版发行　　四川文艺出版社（成都市锦江区三色路 238 号）
网　　址　　www.scwys.com
电　　话　　0731-89743446（发行部）　028-86361781（编辑部）

排　　版　　长沙大鱼文化传媒有限公司
印　　刷　　天津睿和印艺科技有限公司
成品尺寸　　145mm×210mm　　　开　本　32 开
印　　张　　19　　　　　　　　　字　数　650 千字
版　　次　　2024 年 2 月第一版　　印　次　2024 年 2 月第一次印刷
书　　号　　ISBN 978-7-5411-6766-9
定　　价　　65.80 元（全两册）

目 录

C o n t e n t

I D O N G F E N G A

下册

目录

Content

DONGFENGA

第一章 ·
初识

　　天气阴晴不定，接连数日的暴雨于昨夜终于停下，今儿个上午出了太阳，驱散了积久的潮气，行人手中的雨伞也换成了遮阳伞。

　　虽说已经到了八月底，可这天气还是一如既往地热。

　　一辆出租车停在路边。林冬从后座下来，迈上台阶，站到了梧桐树下。她皮肤很白，人又偏瘦，身着淡黄色吊带裙，头发绾起，露出细长的脖颈，气质格外好。人看着虽精神，可眼神却轻飘飘、软绵绵的，像是没睡醒。

　　街边路过的流浪狗"哈哧哈哧"地喘着粗气，慢悠悠地穿梭在树荫下。它走走停停，突然趴在地上，长舌拖垂，口水湿了一小块地面。

　　林冬朝它看一眼。它便也看林冬，懒懒的，连眼皮都快睁不开了，一副有气无力的模样。

　　"渴了？"林冬无聊一问。

　　当然了，狗没理她。

　　不远处有家小超市，林冬去买了一瓶水和一把小刀。她将水倒去一半，用小刀割开瓶子，拿过去给狗喝。

　　它迅速地大口舔水，弄得下巴的软毛湿透了。喝饱后，它爬起来用力甩了下头，溅了林冬半身稀稀拉拉的水渍，又摇起尾巴在她腿边蹭，像是在感谢。

　　林冬点了下狗的脑门儿，说道："这么热，你回家吧。"

　　它在她脚边坐下，期待地仰视她。

　　"没家吗？"

　　它起身转了个圈，又乖乖坐下。

　　"饿了？"

它舔了下嘴，鼻尖亮晶晶的。

林冬俯视这小东西，它真瘦。于是，林冬又进了小超市。

店主坐在柜台后一边看电视剧一边嗑瓜子，林冬问她："请问有狗粮吗？"

店主手里拿着颗开裂的瓜子，悬住嘴前，愣了几秒："没有。"

"那有什么可以给狗吃的？"

"火腿肠啊。"店主指向她右前方的零食货架，"那儿。"

林冬付好钱出来，将大火腿剥开送到狗嘴边。它轻轻地叼起，没有吃，摇着尾巴绕着她跑了一圈，然后又仰着小脑袋感激地看着她。

"吃吧。"

随后，它咬着火腿迅疾地跑开了。

林冬目送它远去，刚才它还无精打采的，还真是"食降神力"啊。

天热，这个点外面行人也少，一眼望过去整条街空旷得很。林冬站着无聊，打量四下街景，一顺溜小门面——卖花的、卖杂志的、卖茶水的、卖衣服的、卖水果的，还有各式中外料理店和茶馆……她身后是家甜品店，没什么客人，大抵因为这讨人厌的天气，再加上这路段不是很好，人流少，最近生意都不景气。

林冬的视线落在了街对面，那里有几个正在等活儿上门的中老年男人，他们围坐在一起，欢声笑语。隔得远，嘈杂的声音听不真切，只是偶尔几声浑厚的笑声传过来：

"哈哈哈哈——"

"哈哈哈！"

周子坊大多是古旧建筑，一到雨天，那种醇厚幽雅的味道蔓延整条街，像千年不朽的老木浸了藏窖百年的美酒，隐隐流动着新鲜芳草味，除此之外，还带了点儿微涩的咖啡味与浓浓的油墨香……那经久的浪漫与神秘被清润的雨水翻来覆去，勾出一阵阵旖旎的韵味，很是动人。

城中河从南到北贯穿小半个燕城，当地人叫它"母河"。对外，它有个好听且做作的名字——燕河。

顺着这条河往南走上个两公里，有座千年古桥，唤作小燕台，是这座城市最标志的建筑。那里人挤人，车挤车，就连水好像也没这里清。

说到这母河的水，是格外干净的，没有商船走，大多是些当地小游船，来来往往载着那些外地人。岸两边种着稀疏的柳树，像热虚脱的老人，深深弓着背。

河边站着一小伙子，年纪不大，个儿高，他弯着腰，手里拿着一个干净的红色小桶，呼哧一下就把桶甩进河水里，舀了大半桶水。觉得装多了，他又倒出来点儿，提起来掂掂，手又伸进去搅搅，够清凉。

阳光烈，他眯眼看着这细长的燕河，真想跳进去凉快凉快。

他身材不错，有着很匀称适中的肌肉，小臂青筋暴起，看上去极有力。上身着白背心，下身是松垮垮的藏青色长裤，像工服，一条裤腿被卷起来堆积在膝盖下，露出结实的小腿，脚上蹬了双普普通通的白色运动鞋，旧却干净。

他腿长，步子大，拎着小水桶就往上头走去，嘴里还吹着小曲儿，自在得很。

……

林冬等了十三分钟，她看了眼时间，下午两点十三分。

这个老何，不守时。

她掏出手机，给他打电话，响了半分钟，没人接。于是，她进了身后的甜品店，坐到窗边，要了一杯红茶。

无聊。

好无聊。

她的目光飘向窗外。

窗外，"白背心"正拎着个抢眼的小红桶从河底下走上来。他停在那群老汉不远处，放下桶，从摩托车篮里拽出块毛巾，随意往水桶里那么一甩，水花四溅。

呵，那个潇洒劲儿。

这就是林冬第一次看到他的情景。

电话来了，林冬收回目光，接通了。

"小冬。"

"你迟到了。"她声音平静，听不出一点不高兴，"你在忙？"

"抱歉。"男人的声音略显低沉，像浸泡着红酒的木塞，每一粒小孔都散发着醇美诱人的味道，"老周刚到，他说这会儿市中心堵车，你再等我……三十分钟。"

"噢。"林冬握着手机，侧过脸去再次望向窗外，那群老汉还在热闹着，一个比一个笑得欢。

"天热别在外面跑，找个地方待着。"

"白背心"在擦车。

"刚出门就堵上了。"

"白背心"的皮肤都晒红了。

"你在听我说话吗？"

"白背心"动作真麻利。

"小冬？"

林冬回过神："嗯？"

"走什么神呢？"

"没有，"她搅了搅面前的红茶，收回目光，"对了，你找没找人？"

"找什么人？"

"家里水管不是坏了？"

"你不提我都忘了，等会儿吧。"

林冬又看向街对面那台摩托车上架着的红色大牌子，她的视力很好，离得虽远，牌子上的一行行字却看得一清二楚——修房顶、修水管、贴地板、粉刷墙……

"挂了。"

"好吧，一会儿见。"

"小秦啊，大热天的，你说你忙活什么，过来打牌。"

"闲着也是闲着，""白背心"笑着说，"你们玩。"

"瞧这小伙子穷讲究，擦那么干净，相亲去啊？"

"哈哈哈，小秦这长相还用相亲？怕是姑娘追着跑。"

"白背心"没说话，他把抹布扔进桶里，洗了洗，拧干了继续擦车。那一小块布被他攥在粗粝的大掌里，可爱极了。

林冬站在路中央等车流过去，走到跟前又止步不前。只见老汉们个个叼着烟，摔牌姿势又狠又粗犷，一口一句脏话，不带重样。

林冬很不喜欢烟味，站在离老汉们三四米的地方。阳光照在她身上，晒得皮肤更白，像裹了一层薄薄的白炽灯皮，亮到发光。她正要开口，小腿突然一阵清凉。

林冬反射性退后一步，垂眸看去，只见凉丝丝的水顺着腿侧滑过脚踝，落进鞋里。

泥色的——洗车水。

她俯视眼下正在擦车的男人，他刚这一甩手倒是潇洒，污水却甩了她一腿。

还未等她开口，那"白背心"不知怎的没蹲稳，人往后倾，一屁股坐地上了。哪儿都没撞到，偏撞到她的腿上。

"白背心"回过头，仍坐在地上，惊诧地仰视她，愣了两秒才道："不好意思，我不知道后面站了人，对不起。"他连声道歉，想都没想，随手扯下脖子上挂着的白毛巾，往她腿上擦。

林冬的腿上几乎没有毛发，再加保养得好，肌肤光滑雪白。因为常年练舞，腿部线条有种不一样的美感，却并不粗壮，纤细紧实，好看得很。

"白背心"单膝抵地，手掌隔着毛巾，从她的小腿滑下，最后落在脚踝上，那圆圆的一块小骨头上长着一颗不易被发现的小痣，好精致。

一阵风扬了过来，拂起她柔软的裙摆，宛若清逸的鱼尾轻轻地从他的耳旁滑过。

嘶——

痒。

余光间，是她雪白的大腿。"白背心"往后一退，又坐到地上，居然脸红了。

老王见状，吆喝了一声："哟，小秦，这干啥呢！咋还坐地上了？"

其他人也纷纷打趣：

“脸还红上了！看看看。”

“还真是，耳朵都红透了！皮这么薄呢！”

“看到漂亮姑娘害羞了啊，小秦。”

“晒的！”“白背心”跟他们摆了摆手，“打你们的牌！”

他站起来，高林冬一个头，挠了挠后脑勺，再次道歉：“不好意思啊。”

林冬根本没有在意这个事，她的目光从他的肩部越过，落到摩托车上架着的牌子上，盯着那赫然的三个大字——修水管。

“白背心”顺着她的视线回头看了一眼：“你要找工吗？我什么都会，价钱好商量。”

“A。”

“小王！”

“大王！”

“炸！”

林冬又看向那群打牌的人，烟熏雾燎，其中一人伸长了腿，光着脚丫子，长长的指甲镀了层黑边，跷一跷大脚趾，能看到拖鞋底沾着被汗液黏在一起的黑泥，嘴里还吐出几个很不文明的词汇。

“你有事吗？”“白背心”又问了一句。

林冬收回目光，仰脸看向身前的男子：“你抽烟吗？”

“啊？”一行汗顺着脸滑下来，挂在胡楂上，他随手揩了一把下巴，“不抽。”

“你会修水管？”

“会。”

对话还未结束，一辆出租车忽然停在路边，从车上下来一浓妆艳抹的姑娘，齐耳短发，戴着红色环形大耳环，身着宽松的盖臀 T 恤，底下的浅色牛仔短裤若隐若现。她的怀里抱着一大束玫瑰，红玫瑰。

一群老汉更来了兴致，一个接一个地起哄，你一句我一句：

“哎哟小秦，看谁来喽。”

“那么大一束花嘞。”

"小姑娘，这是要求婚还是咋的？"

"这可不行啊小秦，这事怎么能让人家姑娘主动！"

林冬看向这个打扮艳丽的女孩，她笑容明媚，直奔"白背心"而来。看戏了看戏了，一场惊天动地、感人肺腑的爱情大戏。

可"白背心"蹙起眉来，对来人说："你又干吗？"

"树，"陈小媛笑盈盈地伸手，把花递了出去，"七夕快乐。"

陈小媛盯着他的脸看："伤好多了，身上好点儿没？"

"白背心"嘴角有块淡淡的瘀青，颧骨那儿也有，不是很明显。他眉头皱着，不耐烦地看她一眼："干什么？"

"送你花啊，"陈小媛晃了晃手里的花束，"都说了今天七夕。"

"别给我，拿回去。"他语气冰冷，背过身不看她。

"什么拿回去，我就是送给你的。"陈小媛仍举着手，"跟我约会吧。"

他心里堵得慌，忘记还有个客人被晾在一旁，继续擦自己的车："不约，你走吧。"

"那么多人在，你不会给点儿面子？"陈小媛微微弯腰，"我好歹是女孩子，都那么主动了。"

"白背心"不吱声。

陈小媛收回手，右脚尖有节奏地点地："我住处的电路出问题了，你帮我去看看。"

"白背心"闷声不语。

"付钱的，照顾你生意。"陈小媛别了下嘴，"说话呀。"

"找别人去。"

"我就找你。"陈小媛走到摩托车旁，身体八爪鱼似的黏到车把上，高撅屁股、弓着腰笑眯眯地瞧他，"我只找你。"

"……"

"你不是最爱钱吗？有钱不挣？"

"……"

"我只信你技术，跟我走吧。"

老王趁洗牌的空，打趣道："丫头，我技术更好，还便宜，找我去呗。"

一群人哈哈大笑。

林冬奇怪地站在一边，他们笑什么？

"老王，人家就是找你，你这去得起吗？别回不来喽。"

"宝刀未老！你懂什么！"

林冬没听懂他们话中的内涵，就见陈小媛摆手，挤眉弄眼地斥那群人："去去去，乱讲什么！真讨厌。"

"哎哟，咱老头子不中用喽，不抵人家，年轻啊！"老王眯着眼，法令纹如刀刻般深，边说话嘴里边冒着烟，声音混浊，像噎了一口老痰，感叹，"年轻就是好，干啥都好！"

"小秦啊，人家大老远特意来找你，你就去吧。"老李说。

陈小媛顺着话接："是啊，树，跟我走呗，今天好日子，你也放松一下。之前的工作那么累，好不容易不做了你也不知道休息两天的，大中午还跑来这里晒太阳。瞧你这一身汗，来，我给你擦擦。"

"跟你没关系。""白背心"绕到车尾，继续擦车，一句话重复好多次，"你走吧，忙着呢。"

陈小媛绕过去跟着他："得了吧，你忙什么呀？哪有生意啊。"

苍蝇似的，嗡嗡嗡……怎么都撵不走。

"忙着喝风吗？"陈小媛娇哼一声，"估计今天也是空手而归。我请你吃饭去，走嘛，树！那么热的天，这里路人又少，再说大过节的人家都忙着约会呢，别在这儿干等了。你看看呀，大马路上都没几个人的，跟我去长晋街那边玩吧。"

"你说话呀，"陈小媛不依不饶，"说话呀。"

"白背心"实在不耐烦了："你赶紧走，爱上哪儿玩上哪儿玩去，别在这儿碍手碍脚。说了不去就不去，你磨到天黑我也不去。"

老王又来插话："对女孩子要哄的，你那么凶做什么嘛。"

"就是，没风度。"陈小媛一撇嘴。

"走不走啊！""白背心"把抹布往桶里一扔，脏水溅了陈小媛一身。

"呀！你干吗啊！"陈小媛退后一步直跺脚，心疼地掸衣服上的水，

"我的新衣服！"

"白背心"弯下腰，开始洗抹布。

陈小媛又气又委屈："忙忙忙，你忙什么了，你这样以后谁还找你！"

"我。"林冬默默站在一边看戏，半天杀出这么个字来。

众人闻声望去。

"白背心"手中动作也停下，扭头看她，缓缓直起身。

一只鸟飞过："喳——"

"我先找他的。"林冬淡淡道，话里听不出什么情绪。

"白背心"手中的抹布没拧干，不停地往下滴水。

陈小媛从头到脚打量林冬一番，突然就没了刚才的气焰："你是谁啊？"

林冬没有回答陈小媛，她往前走两小步，站到"白背心"面前，仰着小脸望他，声音平和，像幽谷里清凉的细流，寂静地流淌而过："你在这里等我，大约半小时以后，我来找你。"

她的眼睛真好看。

"不做？"

"做。""白背心"回过神，忙不迭答应下来，"行。"

林冬不多话，这就要走。

"等一下！"他背过身去从包里扯出一张名片递给林冬，"这上面有我电话。"

林冬接过来，看都没看一眼，垂下手去："嗯。"

"白背心"顺口问："你那个水管怎么坏的？"

"不知道。"

"坏到什么程度？"

"不知道。"

"那我得先过去看看。"

"嗯。"

陈小媛看他俩这一来一回的，心里有些慌，声音也虚，盯着林冬又问："你是谁啊？"

林冬的目光从陈小媛身上幽幽飘过，看上去是一脸的倨傲，她还是没有回答陈小媛，抬头挺胸地走开了。

"白背心"突然就想笑，这目中无人的模样，真得劲儿。

"她是谁啊？"陈小媛激动地扯了下他的手臂，"我问你她是谁啊？"

他甩开她："客户！"

陈小媛突然鼓起嘴，憋声不说话。

"你就不能干点儿正经事去，天天跟我后头干什么？""白背心"继续擦车。

"我喜欢你啊。"

"你算了吧，早就说了我对你没意思。"

"所以我得追你。"

冥顽不灵。他不想与陈小媛浪费口舌，车擦得差不多，要去倒掉桶里的水。陈小媛就在他后头一路跟着。

"你有完没完？"他径直往下水道口走，"你说你一姑娘，能不能矜持点儿？"

"我矜持你能跟我好吗？"

"不能。"

陈小媛挡住他的去路："为什么？"

"白背心"将她拨去一边："不喜欢，别在我这儿浪费时间，赶紧走。"

"你！"陈小媛一股脑儿摔了手里的花，扭头就往回走。

老王瞅她一脸吃瘪的愤懑模样，憨笑起来："丫头，强扭的瓜不甜啊。"

陈小媛郁闷道："我哪里不行了？怎么就追不上他呢？"

老王："感情的事，别强求嘞。"

她长叹口气："哎，对了，刚才那女的真是客户？"

老王："那还能有假。"

"不会看上他了？"

老周笑了："你以为都跟你似的。"

老李笑道："丫头，何必在一棵树上吊死，好男人一大把。"

陈小媛没再说话，走到那辆干净到发亮的摩托车旁，把车钥匙拿走："告诉他我走了。"

等"白背心"再回到车旁，就听老王说："那丫头好像把你车钥匙拔了。"

陈小媛家不远，就在这附近的小区。"白背心"之前给她修过冰箱和热水器，也算是熟门熟路。他一路跑过去，到门口时气喘吁吁，一身汗，身上的背心湿了一片。

陈小媛意料之中地开了门，笑得格外开心："你来啦。"

"钥匙。"

"瞧你这一身汗，进来歇歇。"她把门拉开点儿，让开道请他进屋。

"钥匙！"

"在屋里，你自己来拿。"

"……"

陈小媛突然上前一步，拽住他的背心带往里头看，胸肌腹肌一览无余。

他打开她的手："你有病吧！"

"我看看你的伤好了没。"陈小媛挑逗似的咬了咬下唇，眼里尽是意味深长的笑意，"可以啊，又结实了。"

"……"

"你怕啥？我还能吃了你不成？"

"别废话，钥匙拿来，我还有事。"

"你别去了，进我家坐坐。"她晃了晃小腿，"我给你做好吃的。"

"陈小媛你有意思不？我对你这样的没兴趣。"

"那你对什么样的有兴趣？"

他无奈地揉了把脸，怎么就摊上这么个祖宗，声音提高："钥匙给我！"

"你说来我听听嘛，好叫我知道我差在哪里。"

"钥匙！"

"刚才那女的？那样的？"

"拿来。"

"看上她了？"陈小媛皱了下眉头，"是不是？"

"拿来！"

"那你说是不是？"

"是是是，"他实在没辙了，"又白又嫩又年轻，长得还特漂亮！"这是心里话。

陈小媛气得结巴了："你……她……她那叫什么呀……长得跟发育不良似的，连个胸都没有！你什么眼光！"

"我就是喜欢。"

……

钥匙拿到了。

来回一折腾，也近半个小时。"白背心"回来的时候，那群人还在打牌。

老王调侃："哟，那么快。"

老李道："行不行啊小伙子？"

"白背心"懒得理他们这茬："刚才那姑娘找我没？"

老李："没看到啊。"

那就好，没误了点。他擦了擦汗，坐到路边台阶上，又听老王道："丫头也不容易，你干脆就从了，人家条件很不错了，你又不吃亏，赶上门的便宜不占，傻不傻？"

"白背心"笑了一声："没意思。"

老李突然问："小秦今年多大来着？"

"二十三岁。"

"你说你这不小了，也不找个姑娘处处，这个不行那个不满意，得对什么样的仙女有意思。"

"白背心"没回答，又擦了把汗，他脸正朝着甜品店的方向。这个角度，刚好能看到林冬。

他远远看着坐在窗边的姑娘，她正不停地吃东西。他弯起嘴角，不经意地笑了一下，怎么吃得那么香呢。

他看了会儿，觉得她暂时不会出来，便起身去包里拿出速写本和铅笔，又坐回路边的台阶上。

"哟，又画房子啦。"老王探头道。

"反正也是干等，勾两笔。""白背心"抹了下鼻子，看着对面的街景动起笔来，手法相当娴熟。

老李洗好牌，瞅他一眼："要我说画那有啥用，又当不了饭吃。"

"白背心"轻笑，一心画画。

林冬要了两份甜点，边吃边等。

半个小时后，东西吃完了，时间也到了，老何还没到。

她头靠在椅子上看顶上吊着的花灯，看久了觉得无聊，起身去书架上挑了挑，抽出一本书，坐回来翻看。

服务员小张过来收盘子："你好，打扰一下，可以收了吗？"

"嗯。"

小张收好东西："有什么需要叫我就好。"

"好。"

小张刚走出几步，林冬又叫住她："请等一下。"

小张转过头来。

林冬问："长晋街那边每天都这么堵车？"

"噢……平时就堵，今天应该堵得更厉害，七夕嘛，又逢周末。"

"嗯，谢谢。"

"不客气的。"

盘子一收，桌子顿时空旷了。

目光流转间，林冬注意到手旁的名片——那个修水管的。她随手捏来，看了一眼上头的黑字，念出声："秦树。"她挪动手指，看到被大拇指盖住的一个字——阳。

她随手把名片放到了包里，开始看书。

约莫过去七分钟，一辆白车停在路口，从车后座走下一个身材高挑的男人，穿着立领长袖衬衫，墨绿色的，看上去又闷又热。他的手里拿了把长长的黑伞，另一手半插在西裤口袋，气质格外优雅。他头发有些长，带了点儿自然的卷曲，留着不长的络腮胡子，浓密的眉尾处有颗小痣，眼眶深陷，鼻梁挺拔，嘴唇薄而色浅，颇有东西混血的感觉。明明是个商业人士，却透着浓浓的艺术范儿。

"爬"了这么久，终于到了。

何信君没有看到林冬。他走向甜品店，推门进来，环视四周，在看到她的那一瞬间，嘴角微微上扬。

小张在看到何信君的那一秒，怔住了。

林冬正坐在角落里看书，何信君走过来，坐到她的面前。她抬头看他一眼："你怎么知道我在这儿？"

他答："我猜的。"

林冬没再说话，垂眼继续看书。

"看什么呢，这么认真？"

"别吵。"

他轻提下嘴角，压低声音："好。"

小张又过来了，她面带喜色，声音里有着藏不住的兴奋与害羞："先生下午好，请问您需要喝点儿什么吗？"

"不用。"

"那您需要吃点儿什么吗？"

何信君侧头看她："不用，谢谢。"

对视的一刹那，小张脸就红了，发出软绵绵的声音："不用客气。"

她抱着餐单离开，一路心神荡漾，到了柜台激动地跺脚，对另一个服务员窃窃私语："看没看见！看没看见！好帅啊！"

"瞧你这花痴样儿。"

"太有味道了！怎么长得这么好看！"

"可惜是大叔，我可是喜欢'小鲜肉'的。"

"大叔多好！上了年纪的男人才有魅力，"小张轻哼一声，"你看到那女孩的包没？"

"没。"

"我在杂志上见过那个牌子，念不出来名字了，好像超贵的。"

"这两个人的气质一看就是有钱人，正常。"

小张啃了啃指甲："哎，你说他们俩什么关系？"

"那你去问问呀。"

"这怎么问嘛，"小张推搡另一个服务员一下，"能是夫妻吗？"

"年龄差太多了吧。这大叔看上去怎么也得三十好几了，这女孩，看着很小。"

"你说会不会是这女孩被他包养了？"

"你怎么不说是他闺女？"

"不至于吧。"

林冬从包里掏出话梅剥开吃掉，也递了一颗给何信君。

何信君不接："你少来，吃你的吧。"

林冬收回手，自己吃掉。

何信君朝她的书上看两眼："少看这种东西。"

她不言语。

"没营养的东西。"

林冬翻页的间隙瞄他一眼，目光凉淡："我喜欢。"

何信君用手指轻点了点桌子："不是所有喜欢的事情都是有益的，你要学会克制，与选择。"

林冬头也不抬："你闭嘴吧。"

何信君无语地看向窗外，慢悠悠地叹了口无声的气，声音低微，像是自言自语："还是应该看点儿有深度的东西。"

她听到了："我看这个也挺有深度。"

何信君回过头来，他手臂长，伸到林冬面前翻开书皮看了一眼："《爆笑故事一百则》。"

林冬推开他的手，懒得与他讲话。

何信君往沙发上一倚，摊手慵懒地看她，似笑非笑："还真是高深啊。"

林冬翻页，道："你不懂。"

他付之一笑，自言自语："我不懂，我是不懂你这小女孩的情怀。不过，这爆笑爆笑，你怎么一点也不笑的？"

"……"

"你看，还是深度不够。"

"……"

几分钟后，林冬翻到了尾页。何信君说："去看场电影，然后吃个饭？

难得我有空陪你。"

她不吱声。

"或者跟我去晚宴？"

林冬合上书，把它放桌上，头靠着沙发，闭目养会儿神："回家。"

"好吧，听你的。"

"我找了修水管的人。"她闭着眼睛，平心静气地说，"你靠不上。"

"修水管？"何信君忍俊不禁，"我没听错吧？"

林冬睁开眼，轻飘飘地睨他一眼，眸色明澈，又略带慵懒："嗯。"

"哪儿找的？"他微微蹙眉，眉眼里却全是笑意，温柔地望着她。

林冬坐直了身体："哪里用找。"她往窗外看去，那个"白背心"正坐在路边，抬头，低头，抬头……

他在干吗？

林冬仔细去看，原来在画画呀。

何信君也看向窗外，并没有发现什么有意思的事情，便问："在看什么？"

林冬没有回答他，站了起来："走吧。"

何信君跟上去："你找了什么人？"

林冬刚出来，秦树阳就看到了她，他赶紧合上速写本，揣进包里，向她跑过去。他来到她身边，看到了旁边的何信君，不知道怎的，突然有些不自在。

"就是这位。"林冬介绍。

何信君打量秦树阳一番："你？修水管？"

秦树阳点头："是。"

"年纪不大，有经验吗小伙子？"

"放心吧，老手。"

"老手。"何信君点下头，笑了，"修坏了你可得负责。"

"不会的，修坏了不要钱，我再给修好。"

"开个玩笑，别当真。"

秦树阳说："没事。"

何信君拍了林冬肩膀一下，然后上车："走吧。"

秦树阳问林冬："现在走?"

林冬点头:"嗯,上车。"

"不用,我骑车就好。"

她望向他的摩托车,突然来了兴致:"这个速度很快?"

"还可以吧,你开慢点儿我能跟上。"他一时不知道说什么,只觉得这姑娘总是话题飞转,叫人摸不着头脑,"那我去推车。"

"嗯。"

他转身走了。

林冬也转身,正要上车,又回头叫他的名字:"秦树。"

他回过身来。

"秦树。"

他纠正道:"是秦树阳,你少叫一个字。"

林冬远远看着他,突然不说话了。

"怎么了?"

"别跟丢了。"

"好。"

车开了两分钟,林冬闭上眼休息。

何信君看了眼腕表,又看向她:"小冬,以后你不许乱找人,况且是要往家里带的,你知道这是什么人吗?"

她没有说话。

"尤其是男人。这回是我在身边,外加给你面子。听到没有?"

她还是没有说话。

"我在跟你说话。"

"我知道了。"

何信君停顿几秒,又说:"这趟回来找东西,免不得要接触形形色色的人,你一个小女孩涉世未深,哪知道人心险恶,这样随便信任别人早晚会吃亏。我是跟你很严肃地说,你别当耳旁风。"

她仍闭着眼。

"我是管不了你了。"

林冬侧身背对着他，懒洋洋地嘟囔一句："你怎么突然那么啰唆。"

　　何信君却笑了，抬手去摸她的脑袋，一脸宠溺。

　　林冬闪躲过去："别碰我。"

　　"谁叫我每天像带孩子一样，哄着这么个小祖宗。"何信君收回手，喟然长叹，不管生意场上如何叱咤风云，一到她这里还是会变得束手无策，他又苦口婆心起来，"玩了那么多天，也该干正事了。"

　　林冬吱都没吱一声。

　　"听到没有？"

　　林冬突然睁开眼，转头看向后面。秦树阳骑着摩托车跟在后头，落得有些远了。她对司机说："开慢点儿。"

　　"好的。"

　　"你怎么找了个这么年轻的？"何信君转了下腕表，随口问。

　　"顺眼。"林冬突然问他，"你开过那种车吗？摩托车？"

　　"怎么可能。"

　　"那你回去后买一辆。"

　　"怎么？"

　　"感觉很酷，很好玩。"

　　"你审美有问题。"

　　林冬不语。

　　"以后不许和这类男人接触。"

　　"为什么？"

　　"不许就是不许。"

　　四十多分钟车程，远离了人声鼎沸的繁华都市，他们来到偏远的郊区。这一路上风景甚好，青林细流，百草丰茂，人迹罕至，格外僻静。

　　前日雨气未散，深林里密不透隙，仍然弥漫淡淡的雾气，宛如人间仙境。

　　那是座古旧的老宅子，颇有古镇景点的味道。这前后左右几里地，就这么一处房子，临着连绵的矮丘和茂密的树林，是个避暑的好地方。

　　秦树阳把摩托车停在宅子外头，被领进宅门。他心里感慨：好大的一座宅。

林冬在最前头走，顺着青藤蔓蔓的长廊直至尽头，拐入了另一条长廊。

何信君和秦树阳走去相反的方向，蜿蜒曲折的几条廊绕过去，越往里走越气派。

这老宅虽看上去有些年头，却一点也不破，高墙大院、青瓦白墙、青褐石板……庭院中山石松花点缀，还有一块石桌，围绕三座石凳，上头皆刻几何连续纹样。再往里，能看到雕花的木窗、窄长的檐下木椅，一池清塘上漂几片绿叶，被风带着摇摇晃晃。主楼有两层，二层四面通风，只有几根柱子支撑着，像是赏景用的。

果然是大户人家。

何信君带秦树阳进了厨房。

这宅子自外头看来是古香古韵，里面却与现代陈设大同小异，应该是后期装修过。

何信君指向水池，对秦树阳说：“麻烦你看看，不通水了，之前还好好的，昨晚突然坏了。”

“好。”

何信君说完就走了，到门口又转头说：“修好叫我，还有一处，我带你过去。”

“好。”

秦树阳开了水龙头放水试试看，积水迟迟不下去，八成是管道堵了。他把接口处拆开，找来工具捅了捅，两三下截通了，水呼啦呼啦地漏下去。

他摇摇头，有些无奈。

这两个好汉，还真是一点生活能力都没有。

秦树阳洗洗手，走了出去。他看着弯弯曲曲、廊廊相通的道，突然愣了愣。

刚才一直赏风景，忘了记路。

我在哪里？

我从哪个方向来？

我该往哪儿走？

秦树阳瞎摸着，转倒是转了出去，却不见那两人，他站在空荡荡的院子里叫了声："先生。"

没人应。

"先生。"

阵阵回声。

死一般的寂静。

他不喊了，这么大院子，喊了他们也听不见。

况且，这小夫妻指不定正在干什么呢。

秦树阳就坐到廊下的长椅上等，旁边是一池绿水，他看了好一会儿，里头没鱼。围墙边也披满植被，只是各处的草叶长而乱，应是很久没人清理过。

秦树阳往长廊尽头望去，真长。只是这小两口怎么就愿住在这荒无人烟的地方？怪阴森的。

正想着，何信君拐了过来，他看到秦树阳坐在那儿发呆，怔了一下："修好了？"

秦树阳立马站起来："好了。"

"那么快，"何信君单手插在口袋里，微提嘴角，"够效率。"

"就是堵了，通一下就好了。"

何信君边招手边转身："跟我来吧。"

秦树阳跟在何信君后面径直往前走。他没太在意这个男人的五官相貌，只是觉得对方应该是个有钱人，还是个有品位、有涵养的有钱人。

何信君在前头领路，随意聊起天："你不大吧，二十六七岁？"

"二十三岁。"

何信君突然停下，回头看他一眼："比我想的年轻点儿。"

秦树阳说："我长得显老。"

何信君继续往前走："比我们家小冬大三岁。"提及林冬，他的声音都带起些笑腔，听上去格外高兴，"可小冬看着像十六七岁。"话音刚落，他又补充一句，"心理年龄甚至还不及十六岁。"

小冬。

她叫小冬。

"到底是年轻人，看着就是不一样。"何信君领秦树阳进了卫生间。

这卫生间大得惊人，大概有四十平方米。面积虽大，东西却不多，只有一个花洒、一个置物架、一个马桶、一个洗手台。

"不知道哪里出了问题，你看看吧。"

"行。"

何信君走到门口，停下来说："有事叫我，就在隔壁。"

"好。"

何信君进了林冬的屋，倚着桌子问她："今晚吃什么？"

"随便。"

"等修好再回市里？这里做饭洗澡都不方便。"

"不去。"

"你不是挺喜欢出去跑？"

"我不想和你一起，你太无聊了。"

何信君把她手里的漫画书拿过来合上，小小的红色封面上印着大大的三个黑字——《乌龙院》。

"第几遍了？小祖宗。"

林冬很认真地回答："第三遍。"

何信君无奈，笑道："我无聊，我无聊。"

林冬面不改色，拿过书翻到刚才看到的位置继续看："你少管我，看你的书去吧。"

何信君抱臂叹了口气："你老这么对我，就没一点愧疚？好歹……"

咚咚咚！

话被打断，何信君循声望向门口，只见秦树阳站在门外道："打扰。"

何信君直起身："修好了？"

"没有。水管破裂漏水了，我看东面墙湿得厉害，要凿开找到漏水点再修才行。"

何信君垂眼看林冬："不然不修了，反正也住不了几天。"

"修。"

"听上去挺麻烦。"

"修。"林冬语气坚定。

何信君走到门口，单手支着门墙，对秦树阳说："那就凿吧。"

"行。"

"需要多久？"

"也不用太久，主要是凿墙再恢复原状会稍微费点儿时间。"秦树阳见他没说话，补充道，"我补墙技术也不错。"

何信君突然笑了一声，只觉得这小伙子可爱，并无轻蔑的意思。他抬起手，看了眼时间。

这块腕表很贵，秦树阳认得，他只扫过去一眼，又看向这男人的脸。

何信君说："今天也不早了，不然你明天再过来。这边天黑了没路灯，夜路不好走。"

"行。"

秦树阳飙了回去，这一路上他都在想一个问题：修这么个破水管，来回跑那么远的路，还得来两趟，太不值了！

回到市区，锅炉似的闷热，这天暗得快，阴沉沉的，八成又要下雨。秦树阳也不想买菜做饭，找个路边摊随便吃了个炒饭，便回家去。

车开进东闲里，这是一片又破又老的城中村。里头是排排平顶楼房，一栋一栋紧挨着，每家每户都有个不大的小院子，大门清一色的砖红色，铁的，一敲铛铛响。有的人家门口会栽上一两棵树，各品种都有。

门前水泥路这儿一道裂口，那儿一块凸起，跟狗啃过似的，很不平整。秦树阳推着摩托车颠颠磕磕走进一个院子。小院空间不大，四下却堆满了零碎物件，乱得很。院角有个红砖垒的不大的狗窝，一条黄狗"哈哧哈哧"地喘着气，看到秦树阳的那一刻激动地蹦起来，狗链被它拉扯得铛铛作响。

"旺财！"他习惯性地吆喝一声。

旺财闷哼三声，对着天空嗷嗷学狼叫，控制不住地向前冲，那劲头，仿佛下一秒就会把狗链给挣断。

秦树阳一边对它笑，一边推着摩托车进屋。说外头挤，这屋里更是挤，墙边几乎堆满杂物，一辆车塞进来，就没什么落脚的地方了。

这小楼住了好几户租客，楼上是四口之家，占了一整层，楼下住着秦树阳和另外三个男人。一个叫胡见兵，年纪最大，经常去陪媳妇儿不回来住。还有一个叫强子，一个叫老四，都是游戏狂，两人住一屋，动不动就"开黑"干个通宵。

楼下静悄悄的，这么晚，也不知那群人又跑哪儿鬼混去了。

客厅灯光暗，被抄了家似的，一地瓜果皮，桌上堆着脏盘子，引苍蝇盘旋。秦树阳一脚踢开一个挡路的快递盒，进了自己的屋。

他的房间在左角，是间最小的。里头暗，一个黄色小灯泡悬挂在半空，摇摇欲坠。屋里也没有窗户，只放了一张单人床、一张桌子、一把椅子和一个小衣柜。墙上有不少裂纹，颜色发暗，又脏又丑，便被他贴满白纸，再细看，有些白纸上画着图——建筑图，看上去挺专业，还有一些街道桥梁建筑的速写。

虽穷酸，却也挺温馨。

秦树阳走出来倒了杯水咕噜咕噜几口喝掉，实在看不下去这片狼藉，去院中拿了扫把将地上清扫干净，又把他们用过的锅碗瓢盆全洗干净，整理了下屋子，才回到自己房间。

他打开桌头台灯，躺到椅子里，浑身放松下来，听着外头油条豆浆糖饼的叫卖声、母亲呵斥熊孩子的尖锐声、老妪老汉的憨笑声、孩童打闹的嬉笑声……喧闹的小市井，临近黑夜，越发热闹。

秦树阳闭上眼，感受着夜晚赋予的热情与孤寂，心里格外平静。

突然，一只好看的脚踝冲进脑海里，他睁开眼，想起那个穿吊带黄裙的女人。她走起路来的样子，真是格外好看。还有她男人。那个年纪的男人，有着他们这些毛头小子身上没有的成熟味道，吸引女人，同样也吸引着男人。

他直起腰，把包里的速写本取出来。还未来得及翻开，外面就吵嚷起来。他的门忽然被猛地踹开，一个面目清秀的帅气小伙冲进来坐到他床头："撸串去！哥。"

"不去，吃过了。"

"吃过了再吃一顿，大伙都去，介绍个妹子给你认识。"这人嘴角格外深，看上去总像在笑。他的眼睛大大的，双眼皮，格外有神，弯成一道月牙儿，愉快地看着秦树阳。他叫老四，是秦树阳在此地最好的朋友。

"不去。"

"哥！"老四推秦树阳一把，用了把狠力，"你不去小心一会儿胡子哥来卸了你。赶紧起来走啦，妹子都约来了。"

"真没兴趣。"

"你这是要当和尚吗，哥？"

"妹子留给你，你去吧。"秦树阳扭了下脖子，懒懒道，"我累了，不想动。"

"得了吧！"老四摆摆手，一阵泄气，"我是拉不走你了，我让胡子哥来治你。"

他拐出门，没一会儿，胡见兵骂骂咧咧地进来了："老二，你给我滚出来，装什么孙子！"

秦树阳捏了捏眉心，听到沉重的脚步声越来越近，那气势，力拔山河。看来今晚是清静不了了。

胡见兵大步走到秦树阳面前，这一米八的大汉虎背熊腰的，别提力气有多大，拽住他的胳膊就把人提了起来，声音又粗又重："你都多大岁数了，再不找个女人真要废了，赶紧换身衣服走，我在外头等你。别跟我讲什么狗屁的没兴趣，一天到晚虚头巴脑的，出来，赶紧的。"

胡见兵脾气火暴，整条东闲里都知道，这前后几条街坊，还没人敢惹他。他这刚松开秦树阳走出去，秦树阳就又坐了回去。

胡见兵回屋摸根烟点上，出来又去瞅秦树阳一眼，看秦树阳开始收拾没，结果人还坐在那儿一动不动。他顿时恼了，脖子都红上几分，气势汹汹地走进来，看到秦树阳正在速写本上画画。

胡见兵一脸恨铁不成钢，扯了他的衣服几下，一条花臂晃得人眼晕，骂骂咧咧起来："你说你成天画个什么玩意儿，有什么用，你还不如爱钱呢！"说着就要抢他速写本。

秦树阳死死护住速写本，抱在怀里，说："哎，别动，别动这个。我去我去。"

胡见兵松了手："再不起来我给你撕成渣。"

秦树阳把速写本收好，站了起来，从胡见兵嘴里拿过烟吸了一口，立马皱起眉："什么破烟你也能抽得下去。"他又把烟塞回胡见兵嘴里，"出去，别熏我屋。"

胡见兵叼着烟，掐住他后颈："你信不信改明儿趁你不在家我把你这一墙的图画都烧了。"

秦树阳被胡见兵吐出来的烟熏得眯起眼："去去去，说了去了。"

胡见兵这才满意。

老四手扒在门框上看热闹，朝秦树阳贱笑："嘿嘿，还是胡子哥治得了你。"

秦树阳朝老四招手："你给我过来。"

胡见兵声音浑厚，嗓门又大，冲老四一吼："猴子似的，趴那儿瞅啥呢。"

这冷不丁的一声，吓得老四猛地一哆嗦："吓死我了。"随即又嘿嘿笑起来，进来坐到床尾，"胡子哥你这一惊一乍的，我心脏病要犯了。"

"你有个鬼的心脏病。"烟从胡见兵鼻子里嘴巴里散出来，呛得老四咳了两声。

"走吧。"秦树阳关掉桌上的台灯，屋里一下子暗了不少。

胡见兵把烟从嘴里拿出来，揽住他的肩："不是，你就这样出去？"

"怎么了？"

"你穿这样出去要饭呢？好歹是去见妞儿，丢不丢人！"

胡见兵抬掌就要拍秦树阳，秦树阳躲过去："我就这样，穷光蛋土鳖一个，你还指望我化个妆？"

"滚蛋，少废话，赶紧换身干净的。"

秦树阳笑着从衣柜拿出件白衬衫和黑色大裤衩，老四就在一旁打量着他，嫌弃道："哥，你就不能买两件新衣服，这身都快穿烂了。"

"没钱。"

胡见兵把烟头随手扔地上，用脚踱了几下。

秦树阳踹他一脚："别扔地上，还得我扫。"

胡见兵弯腰把烟头拾起来："得嘞，这回算我怕你。"

秦树阳扒了裤子，里头是条深蓝色四角裤衩，包裹着紧实的臀部。

胡见兵坐在一旁瞅他，斜着嘴角一笑："好家伙，又长大啦。"

老四也跟着念叨："好家伙，又长大喽。"

秦树阳把裤子甩胡见兵脸上，他哇哇叫两声："疼，疼——"

老四见状往后躲，乐到闭不上嘴。

秦树阳拾起裤子："你俩就不能消停点儿，头疼。"

两人还真不吱声了。

他坐到床上穿裤子，漫不经心地问了一声："漂亮不？"

胡见兵："自然的。"

老四也说："不漂亮也不介绍给你呀。"

秦树阳笑了一声，对胡见兵道："漂亮你相去啊。"

胡见兵冲他背上就是一巴掌："找抽呢。"

"哎，疼。"秦树阳往旁边退，"伤还没好呢。"

老四在一旁笑个不停："哈哈哈，哥，你这就叫活该。"

胡见兵把秦树阳翻过来看了一眼，背上的两大块瘀青依旧狰狞。他咬了下牙，骂了两句脏话，气道："要不是你拦着，我弄死他。"

秦树阳推开他的手："你又想进去蹲几天了？"

"敢动我哥们儿，早晚叫他好看。"

老四说："不过哥，你也真行，能跟工头干起来。"

"那二百五，什么都不懂，还不听人话。"秦树阳慢悠悠地套上衣服，"不说了。"他强调道，"我就去陪你们喝一杯，其他我不管。"

老四挠下头："那妹子真不错，我见了，可以试试。"

秦树阳道："我这一屁股债，哪个姑娘愿意跟我。"

胡见兵拍自个儿大腿："早晚还清，怕啥？先找个处处，不坏事。就我哥们儿这姿色，还会有人看不上？"

秦树阳笑了："我现在一心求财，你有些闲心思不如给我介绍几个活儿干。"

"行了，别废话了。"胡见兵坐了起来，走出房门，"麻利点儿啊，外头等你。"

老四仍趴在一旁打量着秦树阳。秦树阳把手机、钥匙、钱包揣口袋里，睨他一眼："看我干什么？"

老四皱着眉，表情诡异："哥，你别是不喜欢女的吧？"

秦树阳顿了一下，目光笔直地盯着他。

老四突然抱胸："我的哥，别啊，我害怕。"

秦树阳突然扑过去把他按在床上，故意道："那你猜猜我喜欢谁？"

"滚蛋！"

见面的地方是个烧烤摊，胡见兵领他俩走进一个绿油布拉的大棚子里，只见那犄角旮旯一小块地围着三个女人，其中一个手快举到天上，那是胡见兵的媳妇，长相打扮都挺端庄，人瘦瘦的，又不高，看着很显小，和胡见兵一点也不配，大家伙儿都叫她露姐。她招呼道："哎，这边这边。"

落地扇呼啦呼啦地吹，一个女孩儿扎着马尾辫，斜刘海，眼睛大大的，清澈明亮。她化着不怎么精致的妆，一见秦树阳，赶紧低头佯装喝水。

秦树阳被推搡着坐到她对面。

"来，小秦，介绍下，陈晓云。"露姐说。

"……"一个陈小媛就够劳神了，又来个陈晓云。

露姐继续介绍："晓云，周姐，这就是树阳。这个呢，是我们朋友，叫他老四就行。"

这陈晓云长得是真不错，尤其那双眼睛，欲拒还迎的，勾人得很。她微微抬头，脸红透了，目光躲躲闪闪，不敢直视秦树阳："你好。"

秦树阳浑身不自在："你也好。"

露姐又介绍起另一个女人："这是我同事，是晓云的表姐，你们俩叫周姐。"

"周姐你好。"老四赶紧打招呼。

"你好。"秦树阳没什么精神，一副心不在焉的模样。

周姐笑眯眯的，鱼尾纹又长又深，人看着和气："你们好。"她打量起秦树阳，满意道，"上回见过一次，人多没大注意，这么一看，小伙子长得是挺俊噢。"

老四当场破音："那是，我哥从头到脚哪儿都帅！"

秦树阳："……"

陈晓云动了动嘴角，脸却低得更深。

"哎，都别不好意思，先走一个。"胡见兵带起节奏，"来来来，都端起来。"

毫无默契的一次全体碰杯，老四还把酒给洒了。

"吃起来啊，愣着干啥，都是自己人，甭客气。"露姐朝远处喊，"牛哥，再来点儿羊肉。"

"好嘞。"

胡见兵给露姐剥了一只虾："媳妇来。"

老四用胳膊肘儿捣了捣秦树阳，一脸坏笑："哥，说话呀。"

秦树阳不想搭理他："吃你的。"

胡见兵在桌底下用脚踹了秦树阳一下，挤眉弄眼地示意他跟陈晓云说话。

秦树阳不耐烦地拿了根烤串放到陈晓云面前："多吃点儿。"

陈晓云更加害羞，小心翼翼地拿了起来："谢谢。"

露姐看向陈晓云，笑着夸她："看咱们晓云多文静，真好。"

一听这话，她又脸红了。

一个多小时，陈晓云全程没怎么说话，倒是他们几个喝成一片。

饭后，胡见兵醉醺醺地把秦树阳拉到一边，硬塞给他两张电影票："你嫂子特意买的，拿去。"

秦树阳拒绝："没瞧上，不去。"

"去。"

"你就别硬塞给我了。"

"这小闺女不错，人家什么底子哥们儿也都了解，哥能坑你？"

"我知道，谢谢你们，但真没兴趣。"

"你……我怎么那么想弄死你呢？"

"那你弄死我吧。"

"滚蛋，人家姑娘性格好，长得又好，脚踏实地工作赚钱，主要还老实，老实人多好啊！你这看不上那没兴趣，怎么着，是想找个天仙？你给我说说哪路仙子等着你呢？"

"反正不来电。"

"物以类聚人以群分，你啊，不要眼光太高，差不多就得了。不是我说啊树，就你现在这情况，人家晓云配你是绰绰有余。"

秦树阳懒得说话，就看他扶着自己左摇右晃，有点站不稳。

"甭管你看上哪家仙女，今晚必须给我去了，一句话，卖不卖兄弟个面子？"

"不去。"

胡见兵喝大了，下手没轻没重，一把推搡，给秦树阳撞到树上："你个小王八蛋。"

秦树阳还是和陈晓云去了电影院，影院就在长晋街，没想到还是来了，躲掉一个，没逃掉第二个。

长晋街上人山人海，遇到无数个卖花的。他突然想起陈小媛的话来——七夕快乐。

七夕节啊，牛郎织女见面来着。

一路上陈晓云也不说话，低着头在他旁边默默地走。秦树阳手插在口袋里，无意看她一眼。

好安静。

好尴尬。

要不要说点儿什么？

算了，没什么好说的。

电影是部晦涩无聊的爱情片，秦树阳从一开始就睡，睡到最后还是陈晓云叫醒的他。

这么晚了，出于礼貌和责任，秦树阳将人送回家。

陈晓云停在楼下，声音细丝似的："我到了。"

"噢，那你进去吧。"

"嗯。"

"我走了。"

"好。"

他刚转身，陈晓云叫了他一声："哎，等等。"

他回头。

"那个……我……"

"你直说吧。"

"你明天有空吗？"

"我有活儿。"

陈晓云遗憾地低下头："那后天呢？"

"也没空。"

"那……加一下微信吧。"说着，她掏出手机。

秦树阳打断她："还是算了吧。"

她停下动作，抬眼看他。

"咱俩不适合，我也不想耽误你。"

她又低下头，没有说话。

"还是别联系了。"秦树阳深吸口气，不知道该怎么说，"不好意思啊。"他看着地面，自己的影子投射到她的脚边，"你回去吧。"

他转过身。

"我不在乎。"她的声音轻微又柔软，却异常坚定，"我可以帮你一起还债，你的情况我是知道的。"

秦树阳站住，皱起眉——完了，又来个情种。

"我一个月工资也有三千，虽然不多但是也可以减轻一点你的负担。我……我们之前见过……你可能忘了。是有一次在 KTV，那时候我刚来这里打工，表姐带我一起，我觉得你唱歌特别好听……过了那么久我才鼓起勇气，叫表姐帮忙牵线的。"

秦树阳抓了抓后脑勺，这姑娘腼腆一晚上，得鼓足多大勇气说出这么大一串话。他转过身，见她低着头，眼泪掉到地上。

"哎，你别哭。"他手足无措，最见不得女孩儿淌眼泪，又不知道怎么哄，怎么说才不伤她自尊。关键这姑娘和陈小媛还不一样，那疯婆子死皮赖脸、越骂她越欢，可这个……不好办啊。

他说："不是你不好……"

要怎么说！

算了，横着竖着都是渣，瞎扯吧。

秦树阳一本正经道："其实吧……是我有喜欢的姑娘了。"

陈晓云抬头惊讶地看他，声音带着哭腔："怎么会？可是、可是露姐说……"

他打断她的话："就最近的事，他们都还不知道，今天硬要我来，我想着都是认识的人，交个朋友也行。"

陈晓云一声不吭。

"你是个好姑娘，你看，我不靠谱的。不早了，你进去吧。"他用力地揉了把脸，实在编不下去了，"走了。"

他刚转身，就听到陈晓云喊他："秦哥。"

他没有回头，快步离开。

回到家已过凌晨，秦树阳刚进屋，老四就迎了上来，一把搂住他的肩："哥，处得咋样？有啥突破性进展没？"

秦树阳往房间走："突破个鬼。"他把老四推了出去，隔着门喊一声，"睡觉去。"

老四笑着往自己房间去，路过胡见兵房间，门开了。胡见兵叼着半截烟，提了提裤子，眯着眼看他，一脸疲惫的模样："怎么说？"

老四抠了抠鼻翼，轻快地笑了声："我看没戏。"

胡见兵喷口浓烟，摇了摇头，把烟从嘴里拿出来，也没心思抽了，随手摁灭在一旁的墙上："你俩一个鬼样。"

"哎，关我啥事？"

胡见兵用力关上门，砰的一声，震得人心颤。

老四眨眨眼，自言自语："都欺负我。"撇了下嘴，回屋了。

胡见兵坐回床上，露姐用脚趾勾勾他："咋样？"

"估计没成。以后别操他这心了，不上道，臭小子。"

"你说树不会是那方面不行吧？"

"鬼知道。"

"不然怎么的？就没一点欲望的？这年纪……"

"甭管他了。"

露姐舔了舔唇，把手落在他头上："再来吗？"

"来啊。"

秦树阳拿了条大裤衩洗澡去，路过胡见兵房门口，听到一阵动静，也是见惯不怪。他直奔卫生间，几分钟冲完，又把换下来的衣服给洗了，这才去睡觉。

折腾一天，一夜好眠。

怕扰了那两人的清梦，秦树阳故意晚点去。他悠闲地做了早饭，吃饱喝足，七点半才骑车赶去那老宅子。

木门传音效果似乎不是很好，秦树阳敲了半天门里头才有回应，开门的是林冬。她像是刚运动过，嘴唇微张着，轻缓地喘息，唇红齿白的，皮肤嫩得快能掐出水。额前稀软的毛发被汗液浸湿，有两缕紧贴着额角，有些性感。

林冬把门拉大了一点，让他进来。

秦树阳说："早。"

"早。"她没再与他说话，背身走开。

秦树阳拎着工具走在她身后。

林冬上身是件黑色吊带，下身着宽松的酒红色七分裤，简单利落。她脚步轻盈，腰细腿直脖子长，脑袋还总那么昂着，一副桀骜不驯的模样，气质太拿人了。

林冬没说话，长廊走到一半停了下来，转身对他说："自己去修吧。"

"噢，好。"他越过她，顺着长廊往前，直奔卫生间。直角拐弯时，余光无意瞥到林冬，他扭头看了一眼，就见她把腿搬了上去，轻轻松松靠到了耳边。

哟呵，功夫了得。

他回过头，提了提臂弯夹着的东西，继续往前走。

原来是个跳舞的，难怪。

过了不到一小时，秦树阳正修补着水管缺口，林冬忽然往门口一站。他蹲在地上仰视着她，就像初次见面一样。

"有事吗？"

林冬满头大汗，汗水顺着细长的脖颈往下流，吊带湿了一半，紧贴着身子："还有多久？"

"一小时吧，我尽快。"

林冬擦去下巴挂着的汗，突然弯下腰开始脱舞鞋。

秦树阳看得一愣一愣的，这小富婆……这是想干吗？

"那……那位……先生呢？"

林冬赤脚站到了地上："没起。"

秦树阳眼睁睁地看她打开花洒，穿着衣服直接站了过去。

这就冲上了？他咽了口气，心可真大。

林冬旁若无人地仰着脸，水哗哗顺着她的脸颊流下，衣服湿透了。她简单冲掉汗，就关上花洒，浑身湿嗒嗒，扯了块浴巾随意擦了擦，到门口拎上舞鞋就走了。

秦树阳低头干活儿，从头到尾没有看她。

林冬回房换了身衣服，披散着头发坐在廊下的长椅上看漫画。

这地方清凉，风吹在身上很舒服。

近十点，何信君双目惺忪，疲倦地走了出来。他坐到林冬身边，懒散地靠着木栏："又一夜没睡好。"

林冬没有理他。

何信君伸直了长腿看着林冬，冷不丁地笑出声来。

她斜睨他一眼："笑什么？"

"没什么。"

何信君转了转脖子，长吸口气："空气真好。"

林冬又不搭理他了。

半晌，何信君开口："那小子怎么还没来？"

"早来了。"

"来了？"何信君往卫生间的方向看一眼，"怎么一点动静也没听到？"

"你聋。"

"你……"何信君用力地揉了揉她的头发，"怎么跟我说话的？"

林冬推开他的手："拿开。"

"跟你说话也是自讨没趣。"何信君站起身，"我去做早餐。"

"忍着别吃了。"

"怎么？"

"几点了，你还有脸吃早餐？"

何信君摆摆手，无言以对，刚走出去两步又回头问林冬："你吃了没有？"

"当然吃了。"

"吃的什么？"

"昨天带回来的糕点，还有其他很多好吃的。"

"还有吗？"

"怎么可能。"

"算了，你吃的那些东西不健康，我宁愿饿着。"

何信君去看秦树阳。秦树阳正在糊墙，见人进来，抬起头道："早。"

何信君没回应，很显然，十点多钟，不早了。他问："快做完了？"

"快了。"

何信君开始刷牙洗脸，他挺能折腾的，足足用了一刻钟。他边抹手霜边靠着洗漱台看秦树阳，没想到这小伙子看上去五大三粗的，做起事来还挺细心。他不禁问："做这行多久了？"

"快两年。"

"没读大学？"

"没读完。"

"辍学？"

"对。"

"怎么，觉得大学生活无趣？"

"不是，个人原因。"

"好好干。"何信君也没再多问，走了出去。

秦树阳动作麻利，没一会儿工夫弄完了。他把卫生间整理干净，去找他们要工钱。

何信君不知去了哪里，秦树阳只看到林冬坐在长廊下看书。

说实在的，他一点也不想和她说话，两人就好像不在一个世界里，根本无法沟通。

远远地，秦树阳一眼就认出她手里的漫画——《乌龙院》，没想到这年头还有人看这个。

他走过去，林冬看了他一眼，没有说话，继续看漫画。又是那种能冻死人的眼神，凉飕飕的。

"我做完了。"

"嗯。"她爱搭不理。

"都清理好了。"

"噢。"

"……"

噢什么噢，工钱啊！

他正要开口，她突然抬眼看他，目光极度冷淡，问："你一天多少钱？"

"给三百就行。"

林冬愣了一下，好似有些不可思议："那么便宜。"

"市场价……"

这时，何信君过来了。

"做完了？"他问秦树阳。

"对。"

"等一下。"林冬放下书，起身走了。

何信君坐到长椅上，翻了翻那本小漫画，微叹一声："这东西有什么好看的，浪费时间。"

秦树阳说："挺好看。"

他抬眼看秦树阳："看过？"

"小时候看过。"

何信君笑了笑："就这一小本，她来回看了好几遍。听她妈妈说，她小时候就爱看这些。"

"以前很火，出了很多套，我们都是看这个长大的。"

何信君突然不说话了，把漫画书放到一边。

林冬拿着钱回来，递给秦树阳。

有五张，秦树阳抽出两张："你给多了两张。"

"凑个整。"

这是凑的哪门子整？

"说好的三百就三百。"秦树阳将两张还给她。

林冬看了他一眼："拿回去。"

"……"

"拿回去。"

"……"

"拿着吧，那么远麻烦你来回跑了好几趟，就算油钱了。"何信君在一旁微笑地看他俩，摊手坐着，"我家这位，年纪不大，脾气不小。"

林冬没有说一句话，拿上漫画书离开。

何信君依旧微笑，看着她的背影："不善交际，见谅。"

"没什么。"秦树阳收了钱，"那我就收下了，谢了。还有什么问题可以再联系我。"

"好。"何信君要起身，"我送你。"

"不用，我自己出去就好。"

"慢走。"

秦树阳走后，何信君来到林冬的房间，见她躺在床上又在看漫画。他坐到床边，把她的书拿过来："别躺着看，对眼睛不好。"

林冬捏了捏眉心，躺着瞧他："事儿多。"

"小冬，我要回伦敦一趟，公司有些突发状况要处理一下，很棘手，底下那群我没一个放心的。"

"噢。"

"你跟我回去，你一个人在这儿我也不放心。"

"有什么不放心的。"

"就冲你的态度，还有你的处事方式。"

"你当我三岁？"

"不是三岁也差不多。"

林冬坐起来，拿过漫画书："我不想和你说话。"

何信君又把书抢过来，扔到身后去："我很严肃地在跟你说，事情办完了我们再回来。"

"麻烦，我不回。"

"别任性。"

"我不回，"她态度坚决，"不回。"

何信君戳了下她的额心："我看你是玩野了。"

林冬躺下去，拉过被子蒙住脸："好不容易回来一趟，我才不回去。你要走你走吧，反正一开始也是你死皮赖脸自己要跟过来的。"

"跟谁学的脏话，以后注意点儿，文明。"

"关你什么事，喊！"

他一皱眉："怎么说话呢，才回来几天，尽学不好的，不许再说这种话。"

林冬推开脸上的被子，踹了他一脚。何信君坐到床尾，听她说："你走吧，东西我自己也能拿到。"

"你？"何信君抱住她的脚，往里坐坐，"说实话，这件事，从一开始我就没指望你。"

"没我你也拿不到。"她轻笑一声，"方叔叔和我爸爸是世交，他只认我。"

何信君放下她的脚，往床上一躺，压在她腿上："你人生地不熟的，上哪儿找去？汉字都认不全。"

"总之你死心吧，我是不会走的。"她跷跷腿，掀不动他，"不过你走了也好，你在这儿碍手碍脚的。"

"耽误你玩了？"

"嗯。"

何信君歪头看她一眼，思考一会儿，说："那你不许乱跑，我找老周陪着你。"

"行。"

"修水管的走了。以后这种情况不允许再发生，别和陌生人说话，人家找你搭讪不许理。"他叹了口气，"你知道那是什么人吗，就随便带回家？"

“你防备心太强了，哪有那么多坏人。”

“你太单纯了。”

林冬不说话了。

“我会每天联系你，不许关机。”

“噢。”

“我还是不放心。”

“你可以闭嘴了，我要看书了。”

……

秦树阳今天回来得早，又没其他活儿接，路过菜市场买了两个菜回家做饭。刚跨上车，天上"轰隆隆"一声，乌云密布，这雨说下就下。

大暴雨，三个小时没停。

秦树阳在家闷了半天，哪儿也没有去。一直到晚上，他都趴在桌上画建筑图，台灯暗昏昏的，灯泡烫得往外散热，好在气温降了，并不热。

半夜，胡见兵房间里又传出动静，比昨天还猛，吵得人心烦。声音越来越大，秦树阳猛敲几下墙："消停点儿，喊得整条街都听到了。"

十秒的安静。

然后，声音愈高。

秦树阳气得抓了抓头，从床头盒子里摸出十块钱，带着旺财出了门。

夜深人静，他买了罐啤酒，牵着旺财走在安静的街道上。

路灯下，醉鬼叼着烟，左摇右晃；如胶似漆的情人窝在暗处亲吻；烤冷面摊主开着三轮车过去，嘴里哼着小调；十字路口停着辆银色轿车，等绿灯一亮，嗖一下开了出去。

街尾的包子铺灭了灯；烧烤摊的王小六骑着电动车去送外卖；火锅店的几个打工仔操着一口方言，叽叽喳喳地交谈着；扎着马尾辫的女学生从南山路的画室拐了出来。

秦树阳突然停住脚步，站在空空的路边，看着女学生从身边走过。他盯着她背上的速写板，仿佛看到了很多年前的自己，回忆汹涌，却好像就是昨天。

女学生注意到他的目光，加快了步子，拐入另一个街道。

野猫窜过。

他灌一大口酒，扔了罐子，带着旺财往出租屋走。

夜游够了，也该回去了。

新的一天，秦树阳没有找到活儿，到了傍晚外面又下起雨，雷暴雨，快淹了这城市一般。他帮着隔壁李姐看了一晚上水果摊，李姐送了他几个大苹果。

第二天雨停了，秦树阳又去找活儿，跑了几个工地，都不要人。傍晚，他继续倚着摩托车在街边等，可又是无功而返。

两天白白浪费，晚上九点多，他骑着摩托回到东闲里，还没吃晚饭，却愁得感觉不到饿，回到屋里三两下扒了上衣，往椅子里一躺。

他盯着屋顶，闭上眼思考还能做些什么赚钱。突然手机响了，是个陌生号码。他随手给挂了，手机往桌上一扔。不到半分钟，手机又响了起来。他捞过来，接通了，语气不耐烦："谁啊？"

"你好。"

这声音在哪儿听过来着？他脑袋空了两秒，声音温和下来："你好。"

"你是秦树吗？"

原来是她。秦树阳回："对……不不，秦树阳。"

电话那头有车鸣声，她应该是在路边。

秦树阳坐直了，认真道："水管出问题了？"

"没有。"林冬远远看见一个卖糖葫芦的老大爷，边打电话边朝老大爷走过去。

"那怎么了？"

林冬没有回答。

卖糖葫芦的老大爷一口方言："姑娘要糖葫芦？"

"什么？"

"要哪种？"

林冬没听懂，她沉默两秒，问电话里的秦树阳："他说的什么意思？"

秦树阳没忍住轻笑一声："问你要哪种。"

林冬指了两个，老大爷给她取了下来。

"包起来吗？"老大爷问。

"他问你包起来吗？"秦树阳跟在后面翻译。

"包。"林冬说。

"好嘞。"

"谢谢。"

林冬继续对秦树阳说正事："我那天看到你车上的牌子。"

秦树阳静静听着，等她下文。

"上头写了修房顶。"

老大爷把两串糖葫芦包在纸袋里递给林冬："六块钱，姑娘。"

林冬问电话里："什么意思？"

"他说六块钱。"

林冬掏出十块钱给老大爷："不用找了。"

"那怎么行。"老大爷说着要掏出硬币来。

"不用找了。"林冬已经走开了。

老大爷笑着招手："谢谢姑娘啊，慢走。"

秦树阳在那头听得实属无奈，就那么干等着，等她那头忙活完。

林冬看着纸袋里的糖葫芦，色泽鲜美，尤其在暖黄的路灯下，上头一层糖衣泛着光点，晶莹剔透。她一时没忍住，用嘴叼出一颗来，好好吃！

她连着吃了好几颗。秦树阳默默听她吃东西的声音，突然觉得自己有点饿。他问："你有事吗？"

林冬这才想起来自己正在打电话，她吞下食物："抱歉。"又问，"你会修房顶？"

"会。"秦树阳闭上眼捏了捏眉心，"房顶怎么了？"

"昨夜暴雨刮大风，树倒了，刮到了屋顶上的瓦片。"

"漏雨了？"

"不知道。"

"你没去看看？"

"没有。"

"……"

040

"掉了满院子的瓦片。"

"……"

"那你明天过来一趟吧。"

第二章 ·

雇主

老周一路跟着林冬。林冬实在忍不了，过去与他说："你不要再跟着我了。"

"不行啊，何先生让我一定……"

林冬打断他的话："他给了你多少钱，我付双倍。"

"这不是钱的问题，您别为难我嘛。"

"五倍。"

"林小姐，这……实在是不行啊。"

"你不说我不说，谁知道。"

"可是万一您出什么事。"

"别说了，就这么定了，你就装作什么都不知道，不许再跟我。"

"……"

秦树阳是早上八点到的，可是这一次他敲了半天门也没得到回应。按前一次她练舞的那个点，林冬早该起床了才对。再一细想，昨晚通话时她在买糖葫芦，一定是进城了，有可能这一夜都没回来。

于是，他给林冬打了个电话，嘟嘟两声就接通了。

"你好。"

"你好，我是秦树阳，修水管那个，我已经到你家门口了。"

"请稍等，我就到。"

"好。"

林冬挂了电话。

秦树阳坐到门前的台阶上等，发现没有给她的号码备注。

她叫什么来着？

小冬。

他捧着手机，看着这串数字，想了想，打下三个字：猫骨头。

改好后，他看着这几个字，突然莫名其妙地笑了起来。

鸟声从头顶传过，打破了长久的寂静。

秦树阳悠闲地坐着，四周环顾了一圈，这荒郊野地的，除了这个房子就是树，就是水，就是野花野草，还有各种小动物。

他闲得无聊，清理会儿手机里的垃圾短信，又给他妈妈打了电话。

刚嘟嘟两声便接通了，杜茗高兴道："树阳呀，怎么这个点打来了？工地不忙吗？"

"不忙，我休息。最近睡得怎么样？"

"你不要担心我，照顾好你自己。"

"我知道了。"

"不要太拼了。"

"好的。"他低着头，看到石砖缝里挤出来的草叶，随风轻晃，始终没有倒下。就像人一样，执拗地抬起头，挺直腰，永不认输。

"妈，你最近胃口怎么样？"

"我好着呢，你放心。"

"钱够用吗？回头我再给你打点儿。"

"够够够，你不要给我打钱了，自己多用点儿，多吃点儿，别太省了。"

"没省，我身强体壮的。"

"现在多少斤了？"

"不知道，还那样吧，反正没瘦。"

"多吃点儿有营养的，买点儿大骨头熬汤喝，那东西最补人了，你一天天做些着重活儿，别把身体搞垮了。还有啊，最好还是自己做饭，哪怕麻烦一点，别老在外面吃，没营养也不干净。"

"我知道了，这些话每次你都重复一遍，我都能背下来。"

"你也就知道嘴上答应，我嘱咐你的那些话你有几样做到的？"

"我真的知道了。"他抬头，看向灰蒙蒙的天空，"你在家里要是无聊，就报个旅游团，出去散散心。"

"咱现在哪有那闲钱，不去不去。你以为还像以前，不要还债的呀。"

突然几秒钟的沉默，"妈不想出去，就想整日窝在家里，看看电视，养养神。哎，对了，最近妈养了只小橘猫，可爱得不得了，那肚子圆滚滚的，睡在地上打滚像个毛球一样，太逗了。"

听母亲说这些，秦树阳忽然有些难过："我抽空回去看你。"

"你忙，就别惦记着我了，车费多贵呀，不如买点儿好吃的，买几件新衣服。"

"嗯。"

"交女朋友了没呀？"

"没有。"

"有适合的、喜欢的也可以谈一谈的，你也不小了。"

"不用急，你每次打电话都问，哪有那么容易遇到。"

"好好好，妈不催你。行了行了，你忙吧，下次再聊。"

"好，那我再打给你。"

"注意身体啊，晚上早点儿睡，多吃些好的。我看了天气预报，你那里要降温了，注意保暖呀。"

"好。"

"那妈挂啦。"

"好，妈。"

五秒钟后。

杜茗说："你先挂。"

他哎了一声，挂掉电话。

杜茗看着屏幕上儿子的号码，眼睛红红的。突然有个女人提高了音调喊她："阿姨，小宝又拉了，你快过来。"

"来啦！"

她收起手机赶紧走出卫生间，心里暗自庆幸，幸亏没让儿子听到。

除了雨声，这地方很安静，安静到空旷，安静到死寂，安静到绝望，每一阵孤寂的风都直直地穿过心窝，凉透了。

"啪！"

一滴雨落在秦树阳的脚前，地面晕开大块的水渍。

他抬眼望天，风卷着乌云飞了过来，云层很厚，速度也快，间隔不到十秒，大雨倾盆而下。

秦树阳赶紧跑到摩托车边把工具拿到屋檐下，自己贴着门站着，就这么一会儿工夫，头发全湿了。他抖了抖发梢上挂着的雨滴，看向来时的那条路，也不知道那丫头到哪儿了。

雨越下越大，偏偏他还忘了带雨衣，这荒郊野外，风凉透骨，吹得人一阵又一阵寒战。不一会儿，地面高低不平的坑积满了水，一个个水洼映着昏暗的天空，像幅油画，被雨滴打得面目全非。

远处，一个黑影慢悠悠地晃了过来。林冬一手撑着雨伞，另一手拎着几个大袋子，优雅淡定地绕过一个个水坑。

秦树阳远远望着她，还是那样，走起路来特别好看。这姑娘脸蛋长得漂亮是漂亮，却算不上惊艳，胸口平平，身材也偏瘦削，也就是气质上，一动一静间总有股灵气在里头，一股说不上来的味道。

秦树阳跑到她身前，被雨打得眯着眼："我来帮你提。"

林冬抬了抬伞，凉薄地看他一眼："不用。"

秦树阳看着她被勒红的手："我帮你吧。"他直接从她手里拿过袋子，手里一沉，还真不轻。

林冬又拿回来一个小袋子，里头装了盒子一样的东西，说："这个我来拿。"

"不用，也不重。"

她拽着塑料袋不放，定定地看着他："给我。"

秦树阳松了手，林冬小心翼翼地把袋子抱在怀里，两人一同往宅子走。

他随口一问："你怎么自己走过来了？"

"雨漫过一个大坑，出租车不肯过来。"

"怎么就你一个人？"

"他走了。"

他走了。

走了！

也就是说……荒郊野外，孤男寡女……

秦树阳突然头顶一凉。

走到门前，林冬收了伞，掏出钥匙打开大锁，推开门迈了进去，秦树阳跟上去。

林冬回头问："车不推进来？"

"就放门外吧。"

她看着门口放着的工具，好奇道："这是什么？"

"电锯。"

"好玩吗？"

秦树阳有些无语："还行吧。"

林冬没再说话，带他穿过长廊。接近侧屋时，她停了下来，指着压在房顶的树："那棵树，还有院子里那些瓦片，就是树枝刮下来的。"

秦树阳望向院中那几小块碎瓦，蒙了一下，这叫满地的瓦片？

"给我吧。"林冬从他手里拿过大大小小的袋子，"等雨停再修？"

"不用，我先上去看看。"

"噢。"林冬就要走。

秦树阳叫住她："有雨衣吗？我忘记带了。"见她没说话，他又道，"不方便就算了。"

林冬转身走了："我去找找。"

秦树阳站在长廊下等她，檐下的木椅全被雨水打湿，颜色发深，散着浓浓的木香，夹杂雨后土壤的味道和清新的芳草味，格外好闻。

他这一等，就是十几分钟。

后来，林冬拿了套黑色雨衣递到秦树阳手里："这是我父亲的，你应该能穿。"

"谢谢。"秦树阳接过雨衣，套上裤子。

"这是他的遗物，你小心点儿，别弄坏了。"

"……"不早说！

"那还是算了。"

"你穿吧。"

"算了。"他正要脱掉。

"都穿上了，别脱了，生了病我还得负责。"

"……"

这雨衣穿在秦树阳身上，大小正合适。林冬从头到脚打量他一番，算起来这还是她第一次这么正眼认真地看他。

秦树阳穿戴好，不经意碰撞到她的目光。

这眼神……这什么眼神？感觉下一秒她就要叫自己一声——爸爸。

林冬转移视线，再次强调："别弄坏了。"

"我会注意的。"

林冬走了，秦树阳进屋检查一番，并没有漏水。他又架上梯子，去后院找了块长板爬上楼顶检查损坏程度，好在只是树枝蹭掉了几片瓦，找些新的瓦片换上就好了。

雨大得吓人，像水柱一样掉下来。

秦树阳把大树干锯掉，又把屋顶上的碎瓦和树枝清理完，几步从木梯上跳下来，动作灵敏迅捷。

之前找木板的时候，他在后院看到墙边堆垒着一些备用的瓦片，他去搬了些过来。路过厨房时，他突然闻到一股奇怪的味道，像是食物煳了。

她在做饭？别是忘关火了？

这小奇葩，傻傻的，别给整出事故来。

"没事吧？"秦树阳探头询问。

没有回应。

秦树阳放下瓦片进了厨房，就看到林冬拿着筷子，弯着腰近乎趴在锅上。他见没什么事，正要走，林冬叫住他："秦树。"

他回过身。

林冬轻咳一声："你过来一下。"

他走了过去。

林冬指着锅："这味道是不是怪怪的？"

秦树阳上前看了一眼，锅里一坨面条糊在一起。他惊讶地看向她："你干什么呢？"

"下面条。"

"你这也叫下面？"他忍俊不禁。

她沉默不语。

"你见过别人下面吗？"

"没有。"

秦树阳无奈，耐心指导："水放少了，面多了。放那么多面干什么，你能吃完？"

林冬看了眼面，看了眼他，又看了眼面，认真地回答："不能吧。"

"都快成糊糊了，"他指挥她道，"把面先倒出来。"

林冬找出个大碗来。

"太小了。"

她又找出来一个："这个够吗？"

"你觉得呢？"秦树阳指了指盆，"洗洗，用那个。"

林冬拿过来洗了，洗完后，她找了块抹布包住锅柄，两手握着往上抬，准备把面条倒进盆里。那动作，相当磨叽。

秦树阳实在看不下去了："我来吧，你到边上站着。"

她还真听话地站到一边去。

秦树阳撸起袖子，洗了洗手，拿起筷子搅搅锅底，下面一层已经粘锅了，难怪有那么大煳味。他单手握着锅柄，把面倒进盆里，又往盆里倒了开水，用筷子搅和一番，清汤稀面，看着好多了："没办法了，将就吃吧。"

"噢。"林冬拿小碗盛了点面，尝一口，艰难地咽了下去，"这也太难吃了。"

秦树阳看着她的模样，忍俊不禁："你是不是没做过饭？"

"没有啊。"回答得那叫一个理直气壮。

"那你瞎做什么？"秦树阳散漫地笑了一声，"不过能把煤气安全打开，也算天赋异禀。"

"我乱开的，碰巧就出火了。"

"放盐了没？"

"放了一点。"

他睨她一眼，又笑道："面条都不会下，你男人日子是怎么过下去的？"

她仰视他："什么男人？"

他俯视她："什么什么男人，之前看到那个，你们不是两口子吗？"

"谁告诉你的？"

"……"

她说："他是我小舅舅。"

秦树阳抓了抓后脑勺："对不起啊，我误会了。"

林冬看向面条："算了，倒掉吧。"

"倒掉？浪费。"

"又不能吃了。"

"怎么不能吃了。"他看了眼地上的袋子，"你买菜了？"

"嗯。"

秦树阳蹲到地上翻了翻，鹌鹑蛋、西红柿、土豆、菠菜、虾、黄瓜……八竿子配不到一起的菜，都齐了。

秦树阳抬眼瞄她："你买那么多虾，知道怎么做吗？"

林冬摇头。

那你买来看吗？秦树阳心里想笑。

林冬说："就放进锅里煮，大概能熟吧。"

"再煮成虾糊糊？"

林冬微微蹙眉："你在笑话我？"

秦树阳敛住笑容，低头搓了下鼻子："没。"

林冬打量着他，一本正经地问："那你会做饭吗？"

秦树阳又抬头仰望着她。

她说："我可以付你工钱。"

秦树阳切了黄瓜丁，炒了个土豆丝，最后又做了个西红柿鹌鹑蛋汤。他把面条用凉水过一遍，放锅里炒，再拌上土豆丝、黄瓜丁，加上各种料，卖相相当好。

林冬在边上看着，突然格外饿。

秦树阳给她盛了一小碗："随便弄了下，你先尝尝。"

"看上去好好吃。"林冬接过碗，原地站着就吃了起来。

秦树阳盯着她，一分半钟，就这么一直盯着，她吃得一刻不停。他问：

"怎么样？"

林冬埋头苦干，腾不出嘴来答话。一碗结束，她才抬眼看秦树阳，心满意足道："你手艺真好。"

"那是。"

"你也吃点儿。"

"我不吃。"

"没有糊味了，很好吃。"

废话，我做的能不好吃？秦树阳看她这小表情，心里不由得乐起来，语气轻快道："你吃你的吧。"

"我吃不完，你不吃也浪费了。"

"你还知道浪费啊？"秦树阳笑了起来。

"碗自己拿。"

他还真有点饿："那我就不客气了。"

林冬没回应他，自己又盛了一碗，这回坐到桌子上，把刚刚宝贝的塑料袋拿过来打开了，是一盒酸菜鱼。

秦树阳有一眼没一眼地瞄她的吃相，这女孩看着冷，说话冷，一吃起东西来本性全暴露了。平平无奇酸菜鱼，怎么就吃得那么香呢。

林冬把盒子往秦树阳面前推了一下："你尝尝，我特意打包带回来的。"

"我可不抢你的鱼。"

她也没跟他客气，捏着盒子边缘，把鱼拉了回来，开心地说了句"好"。

雨小了。

吃完面，秦树阳搬着瓦片继续去干活儿，没一会儿便铺完了。他下了房顶，脱掉雨衣，去找林冬。

长廊边有棵树，树挡住了大半的雨，一段长椅没被打湿，林冬就坐在那里，蜷着腿，靠着圆柱悠闲地看书，像幅画。

秦树阳走过去站到林冬面前。林冬抬起头。

"修好了。我刚看了看那棵倒了的树，我觉得是不是应该把它砍掉？"

"你是在问我？"

"嗯。"

"我怎么知道？"

"……"

"你看着来就好。"

"我是觉得，那树也不小，我一个人可能弄不来。"

她沉默几秒，一脸严肃："所以你是想让我帮你？"

"……"

"我没砍过树。"

"……"

"不过可以试试，应该挺有趣。"

小姑奶奶，可别来帮倒忙！

"算了，你继续看你的书吧。"

他转身走了，林冬低头继续看书。

秦树阳顶着雨，独自干起活儿来。他找了些工具，绕到宅子外头，草特深，埋到他膝盖上头，估计那十指不沾阳春水的小公主要是来，爬都爬不过去。

秦树阳把绳子拧成麻花，树倾斜着倒在房屋上，最上头的树干已经被锯光。他用粗绳捆住树，绳子另一头绑到另两棵树上，固定好后，开始锯树。果然，刚与房顶分离，树就往下倒，好在之前做好准备，用绳子捆绑固定住了树尾，他这会儿开始从根部锯，锯掉的长短刚好没有压到院墙……

事后，他浑身是汗。幸亏之前吃了那碗面，不然早就体力不支了。

秦树阳洗了洗手，歇也没歇，再去找林冬。

她还在看书。

秦树阳走过去："我弄完了。"

她看着他，似乎是愣了一下，放下腿，把书放在长椅上："你在这儿等一下。"

她起身离开。

秦树阳有些累，坐到长椅上等，他无意看了眼她的书名——《语文》。

还是一年级。

这……这小姑奶奶别是心智不全吧?

后来,林冬拿着一沓钱和一个小箱子走了过来,秦树阳赶紧站起来。她面无表情地看着他:"你的脸被划伤了。"

"啊?"他毫无知觉,摸了把脸,出血了,却一点也不疼,"没事,小伤。"

"我拿了医药箱。"

"不用,这么点儿小口子。"他随意又揩了把脸,又一手血。

林冬把医药箱和钱放到长椅上,自己也坐下,拿起书继续看:"你自己处理下。"

"谢谢。"秦树阳用酒精擦了擦伤口,贴上张创可贴。

接着,他拿起钱数了数,有十张,惊讶道:"这太多了。"

"你应得的。"

"那也不值那么多,业界良心。"

"那么大的雨,你受了伤,又帮我做了饭,我们说好的。"林冬从书里抬起眼,"别和我讨价还价。"

他一时无语。

"你走吧。"

"……"

她还真是不给你半点儿反驳的机会,秦树阳收好钱:"得,谢谢了。"

刚转身,林冬又叫住他:"等等。"

他回身。

"你把虾做了再走。"

"……"

见他没反应,林冬强调:"我可以再付你工钱。"

"……"

"五百。"

"……"

"一千。"

"……"

做的金虾吗?

傻子。

秦树阳做好了虾，带着一身香味来到林冬身边。她还在聚精会神地看《语文》课本。秦树阳就纳闷了，一时没忍住："你怎么一直看这个？"

她抬眼看他："怎么了？"

"没什么，你看吧。"

她一嗅鼻子："虾做好了？"

"做好了，有点烫手，你过会儿再去吃。"

"谢谢。"

"那我走了。"他把雨衣放下，"刚弄脏了，我给洗了擦干净了。"

林冬看了一眼雨衣，被他平整地叠起来放在眼前，说："你拿走，好好保管。"

秦树阳心情复杂："算了，你留作纪念吧。"

她睨他："东西是给人用的，留在这儿也没什么用，我也带不走。"

"那这也是你父亲的遗物，我不能拿。"

"这里的每一样东西都是他的遗物。"

"……"

"而且你已经穿过了，他也不要了。"

秦树阳身后一凉，要不要说得那么恐怖？

"那谢谢。"他拿起雨衣，反正这么大雨，省得自己被淋透。

林冬不再看他："钱在客厅包里，你自己看着拿吧。"

这姑奶奶是不是疯了？不说一丁点儿，这是半点儿防备心都没有。

他心里暗想：得亏是遇到我。

"不用了，一顿虾而已。再说，你给我的工钱已经够多了。"

"说好的。"她翻过书页，低头说，"去拿吧。"

秦树阳也不是贪得无厌之人，他虽爱钱，但也有底线，本来所得到的就远超出所做，默默走了，什么都没有拿。

雨下小了些，秦树阳骑着摩托车从泥泞的小路穿梭而过，水洼里的污水四溅，裤脚全湿了。

积水越来越深，路上大坑小坑全都被填满，小河里的水漫过泥堤，看不清前路。这环境太恶劣了。秦树阳从其他地方绕行，一个不慎，撞到块隐藏在水坑里的大石头，车轮漂移再加路滑，一个跟头栽了老远。

他捂着胳膊站起来，手臂火辣辣地疼。他撸起雨衣袖子检查，小臂蹭破了皮，顿时大片血珠。真是旧伤未好，又添新伤。他也不管那伤了，赶紧扶起摩托车，骑着继续往前走，没想到才走几步，熄火了。他发动好几下，还是没反应。于是，他把车推到树下避雨，支起车检查，发现是发动机出了问题。

大片沉重的黑云飘过，轰隆隆的一声长雷，震得人心慌。

倒霉。

林冬吃了一半虾，手剥得有点累，洗了手，喝点儿水，起来歇歇。

她在长廊里绕了两圈，一路溜达到阁楼上。上面视野广，仅靠着几根柱子支撑，四面漏风，虽冷，却是个赏风景的好地方。记忆里的林其云总爱躺在这里喝酒、吹风、作画写字，看自然的风光，无论春夏秋冬。

林冬走到木栏边站定，雨水斜倾，打落在她的身上，凉丝丝的。她拢了拢薄衫，望向远方——蜿蜒的小路，成片的树林，连绵的矮丘……还记得小时候，东边一大块土地开满油菜花，黄灿灿的，把广袤的土地都映衬得明朗起来。那时候，林其云最喜欢种花、种树、挖渠、养马、写生。他的那匹马，好像是叫……叫云生。

林冬目光流转在林野之间，有种难以言表的凄凉。

她那不怎么清晰的记忆里还有一棵槐树，总是吊着大串大串的槐花，特别好看。那个时候她就骑在父亲的脖子上，摘槐花，摘一篮子，带回家做槐花饼吃。

她四下搜寻，试图寻找那棵槐树。

找不到了。

忽然，她的目光落在一棵大树下。

眼看着雨越来越大，手机铃响起的时候，正好一声雷鸣，秦树阳正焦头烂额地修车，手上都是油泥，没有接。

手机一直响。

他骂了一声，把手按在土里随意蹭蹭，到车篮里扯了块毛巾擦擦，气急败坏地掏出手机，也没看来电显示，接通就是一声没好气的吼："喂！"

三秒钟的沉默。

"说话！"

"秦树。"

"……"

雨水打湿他的双眸，他用力地眨了下眼，看着来电显示——猫骨头。

五秒钟的沉默。

"秦树，你怎么还没走？"她手搭在湿漉漉的木栏上，语气随意而淡漠，"你在那树下等雷劈吗？"

"那你还打电话过来？"

"嘟——"

"嘟——"

"嘟——"

她挂了。

她挂了！

那一瞬间，仿佛周围的一切都静止，世界变得无声，他的耳边只萦绕着，"嘟——"

秦树阳望向那宅子，隔着雨幕，隐约看到那小阁楼上有个人影，幽幽的，看不真切。他粗鲁地把手机往兜里揣，没揣好，手机掉进泥里，他赶紧拾起来擦了擦，又揣进兜里。

风呼啦呼啦吹，树叶被狂风卷下来，在空中疯狂抖动。雨势不减，"噼里啪啦"地往他身上砸。

突然，轰一声巨雷，响在头顶，吓得他一哆嗦。

这样下去不行，不被劈死也淋死了。

秦树阳停下动作，朝四周看了眼，荒郊野外，没一处能躲雨的地方。他咽了口气，心想这钱挣得太不容易。电闪雷鸣，狂风暴雨，简直快腾云驾雾升天去了。

"轰隆隆——"

又一声长雷。

秦树阳抹了把脸，望向那宅子。

要不，过去躲躲雨？

思考了半分多钟，他开始推着车往那儿走。虽然穿着雨衣，但他里头的衣服早就湿个透，雨衣也被糟蹋得不成样子。走到门口，他掏出手机刚想给林冬打电话，铃声就响了起来。正愁怎么开口，人就打来电话了，他高兴地接通："喂。"

"秦树，"她的声音夹杂着风声、雨声、雷声，缥缈空灵，"你怎么又回来了？你的车坏了？"

"你怎么知道？"

林冬从阁楼上走下来，漫不经心地说："我看着你一路走过来的。"

"我能暂时在你这儿避避雨吗？"

林冬没有回答。

"天快黑了，我这车一时半会儿也修不好，一会儿应该还会有大暴雨。"

"你怎么知道？"

啥玩意儿？关注点能正常点儿不？

他说："天黑成这样，我猜的。"

"噢。"

"行吗？我就在廊下，修完我就走。"

无声。

"不方便就算了。"

"你不都到门口了？"

"……"

"进来吧。"

他心里一喜："谢谢。"

林冬挂了电话。秦树阳收好手机，把摩托车往里拖。

刚进去，林冬从长廊那头走了过来，她看见他这狼狈样儿，一本正经地问："你在泥里打滚了？"

"……"

"你怎么糟蹋成这样？"

"……"

"泥猴子一样。"

"……"

他脸上沾着泥和机油，用胳膊揩了下，油泥拉得更长："我不进屋，就在外头，你这地儿我一会儿也清理干净。"

林冬看着他脸上的黑印，左一道右一道，这儿一块那儿一块。她说："早知道就让你光着出去了。"

"……"

"我的意思是不把雨衣送你。"

秦树阳低头看了自己一眼，不仅脏，雨裤还给撕坏一小块："不好意思啊，我栽坑里了。"

林冬突然捂住腹部，眉头轻蹙了下。

秦树阳问："你怎么了？"

她直起腰："没事，你修完就走吧。"

"噢，好。"

林冬杵了两秒，才转身离开。

天黑得很快，廊下本来亮着灯，突然熄了。黑咕隆咚，什么都看不到。

秦树阳把发动机晾着，靠墙打盹儿。可能是累着了，林冬走到他跟前，他也没听见。

她叫了他两声："秦树，秦树。"

没有回应。

死了？

林冬弯下腰，伸出手放到他鼻子下。

没死。

她直起身，轻轻踹了他一脚，居然没踹醒，于是她用了点儿力。

秦树阳一睁眼，没太习惯，眼前一片黑，什么都看不到。他还以为自己腿抽筋了，刚要闭眼继续眯会儿，一旁传来一声：

"还没修好？"

这冷不丁的一声，吓得他一抖。

秦树阳打开手机照了照，就看到林冬手里举着一根白蜡烛，脸色有些苍白，他顿时觉得后背更加发凉。

"没注意睡着了。"他看向林冬手里的蜡烛，"你这……是没火吗？"

她云淡风轻地回答："本来燃着的，我一路走过来被风吹灭了。"

秦树阳晃了晃脑袋："你就别乱跑了。"

"我是想问问你，会不会修电。"

"停电了？"他扶地站了起来，大概是因为之前栽的那一大跟头，现在浑身酸痛。

"不然我拿蜡烛干什么？"

"噢，我会。"秦树阳揉揉腰，"我看看去，闸呢？"

"什么闸？"

"就……"算了，问她也是白问，他无奈道，"你进屋里去吧，交给我。"

"你能看见吗？"

"看不见。"

"那怎么修？"

"瞎着修。"

"瞎着还能修？"她盯了他两秒才反应过来，"你在逗我？"

"开个玩笑，我用手机照明。"

林冬无声，突然又捂下肚子，拧了拧眉。

"你哪里不舒服吗？"

"没有。"她放下手，挺直了腰。

"那你回屋吧，黑灯瞎火的，别绊着。"

林冬见他扶着腰走："你腰不好吗？"

"扭了。"

"嗯，那你小心点儿，别被电到，出人命就不好了。"

"……"

林冬转身就走了。

秦树阳压着声，朝她轻语，以为她听不见："我命大，死不了。"

林冬突然回过头来："你说什么？"

"……"

晚上八点多，雨停了，车修好了，电路也被秦树阳修好。

秦树阳又饿又渴，去井口捞些水喝，就准备回去。他想去叫林冬关上门，再想想还是算了，孤男寡女的，大晚上去找人家不太好。于是，秦树阳把摩托车推出去支好，又进来从里面锁上大门，从墙头翻了出去。

一顿折腾，骨头快散架了。

外头一片漆黑，什么都看不到，他的心里却突然格外平静。老天保佑，别撞了树，别栽沟里，别走错路……

刚骑上车，开出去不到十米，手机响了起来，他一看来电显示，又是林冬。他并未觉得烦，耐心接通："喂，又怎么了？"

电话那头没声音。

"喂。"

该不会是按错了？

"喂。"

这二愣子，准是按错了。就在他将要挂断的时候，一个悠悠的女声传了过来，如同暗夜鬼魅："秦……树……"她的声音颤抖着，断断续续，听上去很虚弱。

秦树阳竖起耳朵认真听："你怎么了？"

"过……来……"

"什么？"

"来……"

秦树阳咽了口气，看着黑漆漆的前路，越发觉得阴森。他试探性问一句："你怎么了？"

"你快过来……请你……过来。"

这声音听得他浑身发毛。

"你……你……"他结巴了，"你是人吗？"

话一出口，他就扇了自己一巴掌。

那头没有了回应。

"喂，你在听吗？你怎么了？"下一秒，他的手机没电，自动关机了。

秦树阳长吸口气，回想一下，这姑娘好像是不太正常，这地方也诡异，难不成撞鬼了？

他拍了拍脑袋，想什么呢！

秦树阳还是绕了回去，把车停在她家门口，一抬腿，从摩托车上下来，一个跃身跳上墙，翻了过去。

院子里黑漆漆的，什么也看不清。他大步走过长廊，按记忆找到她的房间。屋里伸手不见五指，他站在门口："喂，你在里头吗？"

一片空旷，徒有他的声音回荡。

他小步往前探："哎，你在哪儿呢？"

忽然，一只手落在他的小腿上，轻轻地拉住了他。

秦树阳吓得一抖，这小姑奶奶怎么趴地上了？

他弯下身，握住她的手腕把人往上提了提："你怎么了？"黑漆漆的，什么也看不见，他一掌盖在她脸上，满手心都是她的冷汗。

秦树阳把林冬扶了起来，林冬身子弓着，往下坠，整个人软得像一摊烂泥。他平时干重活，动起手来没轻没重的，拖了林冬两步，感觉她好像很痛苦的样子。于是，他把她撂上肩，扛水泥包似的，摸到床把人放了下去。

黑暗中，秦树阳抓到她头发，手掌往下移拍了拍她的脸："怎么了？你哪儿疼？"

林冬蜷缩着身体，沉重地喘息。

秦树阳看不清她，转身摸着墙找到开关打开灯，刚回到她身边，灯灭了，又跳闸。

"刚才那蜡烛呢？"

"桌……"

"什么？"他俯身，耳朵贴近她的嘴边，只感受到一丝凉意，"桌……上。"

秦树阳小心摸去桌前找到蜡烛和打火机，点上蜡烛架在桌上，屋里明亮起来。他回到林冬身边，见她脸色苍白，捂着胃部，死死咬着下唇。他问："你胃痛？"

"嗯。"

难怪今晚看她有点不正常，总捂着那地方。他问："有药吗？"

林冬眉头紧皱，也不看他，嘴唇跟着声音颤抖："在厨房，柜子里，一个……盒子。"

"你等一下，我去拿。"

秦树阳摸去厨房，翻出胃药，倒了杯热水回来。他扶起林冬，把药喂她吃下，又把人放平，盖好被子。

林冬缩成一团，还在疼，额上的汗往下滑，鬓角的细发全湿透了，脖子上也蒙了层细碎的汗粒。

秦树阳去卫生间打湿了块毛巾回来给她擦擦汗。他知道她不想说话，就在一旁默默看守着。

不知不觉已晚上十一点。

林冬不再动弹，呼吸也变得平稳。秦树阳见她又出了一身虚汗，便把盖住她的被子往下拉一点。刚才情势紧张，没顾得上看她，他这时才注意到这小姑奶奶穿了条吊带睡裙，只穿了睡裙。

他无法避免地瞄到她的胸口，真平。

秦树阳挪开目光盯着她的小脸看了一会儿。他发现这姑娘很耐看，越看越好看，越看越舒坦，越看越有味道。干干净净的，像个不食人间烟火的小仙女。

他并无杂念，瘫坐在地上背靠着床歇会儿，就像干了一场大架，浑身又疼又没劲儿。

过了会儿，他回头瞄两眼，小祖宗睡熟了。

秦树阳小心起身走出去，关好门，去厨房给她煮了小米粥，又烧壶热水放在她床边，最后再去把电路给修了。临走时，他不放心，又去她房里，看到她睡得挺安稳才离开。

秦树阳骑着摩托飞奔，他现在什么都没兴趣，就想赶紧回到家，洗个澡，吃顿热饭，然后躺在床上舒舒服服睡个觉。

雨停了好久，突然云开雾散，月影朦胧。

路难走，但他眼神好，一路平安。

直到凌晨两点，秦树阳才回到住处。深更半夜的，东闲里静得不像话，只偶尔传来几声狗吠。

他换下又脏又破的衣服，冲了个澡，煮一大锅面条吃完才去睡觉。

他闭着眼躺着，眼皮重得很，感觉下一秒就要进入梦乡，突然像是想起什么，弯起嘴角，莫名其妙笑了起来。

林冬醒晚了，口干舌燥，喉咙还泛苦，坐起来靠着床背，闭眼再养会儿神。三分钟后，她睁开眼，掀开被子准备下床，突然看到膝盖上几处瘀青，她皱起眉头，揉了揉那瘀青，有些疼。

枕头旁边有张字条，上头写着一行字，笔势洒脱：

我走了，锅里有粥，壶里有水。

她拿着字条看了很久。

他的字真好看。

林冬把字条放进柜子里收藏起来，提起一旁的暖壶倒了杯水喝掉。

她站起来披件衣服，推门出去。

外面出了太阳，空气清新，满园的花草香。她眯着眼，对这太阳光有些不适应，扶着木栏站了一会儿，有点饿。

林冬去洗了个澡，换身干净衣服，然后走去厨房。她揭开锅盖，看到那小半锅清粥，顿时心情不错。她把粥热了热，盛出一碗喝了，暖暖的，胃舒服许多。她连喝两碗，心里感慨：这个秦树不做厨师可惜了，做个粥都那么香，要是能带回家天天给自己做饭吃就好了。

林冬又盛了一碗，刚要下嘴，又怕吃太多胃受不了，忍住放下了碗。

昨晚就是这么个情况，半盆虾都被她吃光了，再加上其他乱七八糟的东西胡吃海喝了一通，晚上胃胀全吐了。她本来胃就不好，一顿折腾，老胃病又犯了，疼得死去活来。

好在他在。

他什么时候走的？

林冬走回房间，拿出手机给秦树阳发了条短信，只有两个字：谢谢。

对方没有回应，她放下手机，在院子里转了几圈消消食，然后换上舞鞋，开始练功。

这个时候，秦树阳已经在工地上了。今早天没亮，胡见兵就把他叫起来，给他介绍了一个贴地板的活儿。工程小，三个人一起干，两天就能做完。他拖着酸痛的身子和沉重的眼皮赶过去，上午就干了起来。

短信来的时候，秦树阳也没听见，四周吵，他正在忙活，手机在外套口袋里，搁墙角放着。

三个汉子光着上身干活，不多言，偶尔两句玩笑话，专心做事。

中午，他们仨在路边摊随便吃了顿炒饭，饭后歇息半小时。秦树阳借这空当眯了一小会儿，也没看手机，到点了又回来继续干活。

一天过去，活儿做了一大半，三个人动作麻利又经验丰富，效率很高。

晚上八点多，秦树阳又回到那个阴冷的出租小屋，吃饭、洗澡、睡觉。

老四闲着没事过来跟他唠了几句嗑，见他胳膊青紫一大块，还破了皮，问："哥，你咋整的，搞成这副德行，你又打架了？"

"摔了。"

"摔成这样呢？还有你这脸，唉，破相喽。"

"又不靠脸吃饭，破呗。"

"你也不包一下。"

"小伤，矫情。"

"那啥算大伤？缺胳膊断腿？"

秦树阳懒得理老四，伸手从桌上拿过来一本书，刚翻开老四就给他合上了："哥，你先听我跟你说个事。"

"嗯。"

"我游戏里认识一个女的，加了微信，明晚约出去吃饭。"

秦树阳轻笑一声："哟，开窍啦。"

"哎，你听我说完啊。"

"你说。"

老四掏出手机，翻出张照片来给他看："你看，就是她。"

女孩长得是还可以，细腰长腿、丰乳肥臀，衣领很低，一道深沟，里面若隐若现。可秦树阳看第一眼就摇摇头，嘴一撇："你什么眼光，看着就不老实啊。"

"我也这么觉得。"老四一脸憋屈的模样，"她先提出来的，我又不好意思拒绝。”

“多大？”

“说是二十岁。”

秦树阳弯起嘴角笑了：“你是没见过二十岁的姑娘长啥样？这话你也信，这个绝对不止，我看怎么也得上二十六七。”

“真的假的？那我搁她这儿不成‘小鲜肉’了？”老四盯着照片看，一脸纠结地噘了下嘴。

秦树阳随口问：“想约你当面聊一聊人生？”

老四抬眼看他，俩眼珠黑溜溜亮晶晶的：“啊，咋办？”

“能咋办？去呗，你都答应了。”

老四翻出聊天记录来给他看：“哥，你看看，帮我参谋参谋。”

秦树阳拿过来翻了几页：“聊那么多，行啊你。”

“都是她找我。你也知道，别人发消息我不好意思不回的啊。”

“还‘亲爱的’‘老公’‘宝贝’，”秦树阳鸡皮疙瘩都快起来了，一脸鄙夷，“随随便便就叫男人‘老公’，还发这种图，能是什么好东西，就这你也能约？小心搞一身病。”

“她就说吃饭，我就是答应吃顿饭而已啊。”老四蹙眉，“不干那事。”

“你看她这话，意思很明显，还非得挑明了说去开房？现在这情况，人家肯定以为你也有那意思。吃完饭再看个电影，感觉有点累开个房休息一下，完事了提上裤子走人，满意就再约，不满意江湖不见。”

老四蒙蒙道：“真的假的？”

“你猜。”

“不不不，我还是个孩子！”老四捶他一下，“敢情这套路你熟悉啊。”

秦树阳换了个姿势躺着：“周迪怎么撩到那么多妹子的你不知道？那女人一个接一个，多半都是游戏里勾搭的，你以为他那主播白当的，一群小妹妹颠颠地跟后头喊老公，再加他人长得帅，一钓一个准。”

“也是。”

秦树阳拍拍老四胸口，眉毛一挑：“你心里还没点儿数？”

老四一脸愁容：“那我咋办？我能不去了吗？”

“能咋办？去呗，吃完了随便找个借口回来就是。你好歹是个爷们儿，她还能硬来不成？"

"也是啊。"

秦树阳笑了笑："你这自找的，谁叫你乱聊。"

"我没乱聊啊，你还不知道我。"老四长叹一声，"大概是看我长得太帅了，起了色心。"

秦树阳抬腿踹他："滚吧。"

老四站起来，揉揉肚子，往外走："事实！"

"门关上。"

"咔！"

秦树阳按了按太阳穴，拿起手机看了一眼，这才看到林冬发来的短信。

他看着那两个字发呆，好像也没什么好回的，随手就删除了。

他刚关灯，躺平了，强子又推门进来："哟，睡了啊。"

"嗯。"

强子也没进门，站在门口问："你这两天忙啥呢？"

"挣钱。"

"昨夜啥时候回来的？"

"两点。"

"干啥坏事去了？"

秦树阳轻笑一声："好事。"

"你……不是吧老二？"

"龌龊。"秦树阳平躺着，双眸微闭，声音懒散，"还能干什么，挣钱啊。"

"呀，这大半夜的挣什么钱？你去……"

话没说完，秦树阳腾地坐起来就要揍他。强子赶紧跳出去关上门："我跟你开玩笑呢。"

"睡觉去！"秦树阳吼道，"别扰我清静。"

"得嘞！"

人走了，屋暗了，门也关了。

这一个个的，没完没了。

第二日天明，秦树阳早早起床，烧壶水，从外头买了三个大包子回来，吃完喝完收拾完，赶去做事。

十三楼。秦树阳刚进去就看到老吴站在墙角，拿了个塑料瓶正在撒尿。他也是见惯不怪了，以前在工地上，那些人懒得从十多层楼下去，别说小的，连大的都找个地方就解决了。他跟老吴不熟，又不好说太多，只道："快点儿啊。"

老吴抖了抖，拉好裤子，把瓶盖拧好，放到一边，开始干活儿。

做完这个活儿，秦树阳又做了一家，大忙几天，结束后又没事做了。

和林冬再次相见，是在街边一个修鞋大娘那儿。那时林冬好像正在问路，修鞋大娘操着一口方言，听得她一脸迷糊。

秦树阳笑呵呵地远远盯着林冬看，老四撞他一下："哥，瞅谁呢？"

秦树阳扬一扬下巴，老四顺着他视线望过去，问道："那妞儿？白裙子那个？"

"嗯。"

"够正啊！"老四调侃，"哥，原来你喜欢这种调调？"

秦树阳没有回答。

"难怪陈小媛和那什么云的都没戏了。"

秦树阳见老四眼不眨地盯着林冬，忽然抱住他的头往反方向走："看什么看，走了。"

"哥，是你在盯着人家。"

"你哪只眼看到了？"

"两只眼。"老四格外好奇，"那是谁啊？跟我说说呗，头一回见你看女的，还看得那么开心。"

"没有。"

"还不承认，刚才你脸都开花了。"

秦树阳使劲儿揉了下老四的脖子："我前几天不是又修水管又修房顶的？那大宅子就是她家。"

"你看上她了？"

"没啊。"

“那你盯着人家看干啥？”

“……”

“喜欢就上，带回家天天看。”

“小富婆，我可养不起。”

老四捣了下他的腰，奸笑两声：“让她养你啊。”

“啧，你还没完了。”

“她有对象不？”

“没吧。”

“你问了？”

“没。”

“那你咋知道？”

“我猜的，一脸没开窍的模样。”

“哟，说得好像你经验丰富，还不是一老处男。”

秦树阳拍他一下：“你找打呢！”

“哎，疼啊！”老四捂着脑袋，突然挣开秦树阳的胳膊，往后跳一步，大声朝林冬的方向狂喊，“小美女，树哥叫你！”

秦树阳都蒙了，缓过神来，上去就要拍他。

老四边躲边喊：“秦树阳叫你！”

林冬听到声音，回头看过来，刚好看到秦树阳。

只见他在追着一个人打：“鬼叫什么！”

林冬完全不认识一样，转过头去。

秦树阳正捂着老四的嘴，看她这反应，松开老四，拍了他的肩，自嘲一声：“看见没，人家不屑理咱。”

“大概是哥你太黑了，人家没看见。”

“滚蛋，吃饭去了。”

两人边走边说话。

“不过哥，就你这副皮相，什么妞儿拿不下来，你啊就是缺乏经验，没怎么处过对象，不会撩。”

“说得你好会撩一样。”

“那倒没有，不过比你强点儿。”老四挑眉一笑，“起码还能聊两句。”

秦树阳哼笑一声，一副谁看不起谁的模样，气得老四推他一把。

秦树阳挑了下眉梢，语气轻松："认真说，你和我情况又不一样，也该找一个了。"

"兄弟我没人要，哪像你，那么多妹子跟着跑，要我啊，就随便选一个。"

秦树阳把老四肩膀一揽，懒洋洋地说："等还完债，日子没那么苦，想干吗干吗，那时候再想这事。"

"那完了，你那一屁股债，早着呢。"

"怎么说话的！"他用力按了老四一下。

"哎——疼。我逗你呢，我这还等着你混好了带我飞呢。"

两人来到一个街边的面摊。老板是个胖出油的中年男人，媳妇在边上打下手，老四冲他喊："陈老板，来两碗牛肉面，大份啊。"

"好嘞，稍等。"

他们走到最前头干净的空桌子前。人高马大的汉子，这么窝窝囊囊地坐在巴掌大的小板凳上，什么姿势都不舒服。

老四一直叨叨没完："要我说，上回那个陈晓云就不错，人家姑娘看你那眼神，你是没注意，满满的都是情意。人还老实，靠谱。"

秦树阳没吱声。

"我说哥你也该考虑这事了，老大不小的人了，别人都说你不正常。"

"管好你自己吧，操的哪门子心。"

老四呵呵笑："我这不是没遇上喜欢的嘛。"

"我也得找喜欢的。"

"哥你喜欢啥样的？"

"不知道。"

"这有啥不知道的，还没个大体方向？"

秦树阳抽出两根筷子，随口一说："那我喜欢白的。"

牛肉面端了上来，两人皆道："谢谢。"

老四边抽筷子边说："哥，刚才那妞儿不错，介绍给我呗。"

"哪个？"

"装什么呀，就那小富婆。"

"吃你的面！"

"看，舍不得了吧。"

秦树阳举起筷子要敲老四，老四头往后一缩，只听秦树阳道："人家看得上你吗？"

"追呗。"

"吃你的面，做什么春秋大梦。"

老四端过碗放到面前："吃吃吃，我才不和你抢。"

秦树阳懒得理他，夹了一筷子面塞进嘴里，够筋道。

正埋头吃着，林冬站到秦树阳的身边。

老四嘴里咬着筷子，在桌底踹了秦树阳一脚。秦树阳正要骂老四，余光瞄到旁边站着的人，他侧过脸，仰面，嘴里鼓鼓囊囊的，还没有咽下去。

林冬的目光从他脸上转移到桌上的面上，问："这是什么面？看上去很好吃。"

"……"

老四偷笑一声："哥，我去那边坐。小姐姐，你坐，坐。"他说完，就端着碗坐到另一张桌边。

秦树阳塞了一嘴的面说不来话，囫囵咽下去，问她："你要吃吗？"

"吃。"

"那你坐吧。"

她就坐到他的旁边。

秦树阳转头喊了声："老板，再来一份，小份。"

林冬说："大份。"

秦树阳又冲老板喊："大份。"

"好嘞！"

林冬端正地坐着，背挺得笔直，到处瞟着。

秦树阳瞧着她："你看什么呢？"

"随便看看……感觉很温馨。"

这小破摊子，温的哪门子馨？

老四坐在不远处，一边偷看一边吃面一边暗暗憋着笑。只听秦树阳问她："你胃好点儿没？"

"好了。"

"这大份量很多，我们男的吃刚刚好，其实你要小份就可以。"秦树阳弓下腰，低头吃面。

林冬俯视着他："我两碗都能吃完。"

"……"

不一会儿，面上来了，老板看见林冬，笑意盈盈："哟，女朋友？"

秦树阳："不是。"

林冬注意力全在自己的面上，没在意两人的对话。老板又瞅她两眼，笑笑走开了。

秦树阳从筷筒里抽出一双筷子递给她："给。"

"谢谢。"

林冬看了眼秦树阳面前的面，又看了看自己的："我这个跟你的不一样吗？"

"一样啊。"

"那为什么你那个看上去好吃点儿？"

他也不知道该说什么，只说："要不咱俩换换？"

老四提前回去了，林冬当然没和秦树阳换，默默吃完自己的一整碗面，连面汤都喝得干干净净。

秦树阳问她："你一会儿还回家？"

"不回，订了酒店。"她擦了擦嘴，掏出钱包。

"不用，我给你付了。"

林冬还是拿出一百块放在桌上："给你。"

秦树阳笑了："像你这样大手大脚的，不知道被人坑过多少回了。"他把钱往前推了推，"一碗面不值钱，拿回去。"

她没有收。

"上次吃你的面，这回算我回请你。"

她说："上次是你做的。"

"你也付我工钱了，算你的面。"

林冬思考一番，把钱收了起来："那好吧，谢谢。"

她站了起来，什么也没再说，便走了。

秦树阳回家撩了会儿旺财，跟老四吹会儿牛，洗完澡后舒舒服服坐在桌前准备画建筑图。他拿起手机看了眼，有个未接来电——猫骨头。他莫名觉得欢乐，立马给林冬拨了回去："喂。"

"秦树。"

"有事吗？"

"你知道哪里有卖好吃的？"

"……"

"我刚来这边，不太了解。"

"你没吃饱？"

"消化完了，觉得胃有些空空的。"

他倒在椅子里，悠闲地说："西闲里，就在你刚刚吃面的地方向西走不到两百米，是条小吃街。"

"谢谢。"

秦树阳换了只手拿手机："这个点也算高峰，人挤人的，你要是没事想排队也能去看看。"

"有什么好吃的？"

"那多了去了。"秦树阳噼里啪啦说了一长串。

林冬沉默了，半晌，说："我没记全，你能帮我去买吗？"

这又是什么操作？他心里觉得好笑，也没能忍住，笑出来一声："怎么，又要给我跑路费？"

"对。"

他哭笑不得地站起来，从床尾拾起裤子换上，手机夹在脸颊和脖子之间："你过来吧。我离得近，先去给你排上。有什么忌口的？"

"生菜和香菜不吃。"

"行。"

秦树阳穿好衣服，刚打开房门，愣怔一下——刚才发生了什么？我怎么就答应给她买吃的了？还是去这个点的西闲里！

他揉了把脸，一脸郁闷，怎么就跟这奇葩拉扯不清了，关键是心里头居然还挺高兴。

秦树阳继续往外走，刚到门口，老四从后头冒出来："哥，你大晚上的去哪儿？"

"睡你的觉。"

老四压低声音，一脸奸笑："哥，我猜是那小富婆，你注意安全措施。"

秦树阳反身就要打老四，老四机灵地缩回房里，锁上了门："加油哥！人生第一次！"

他懒得理老四，一路晃到西闲里，买了几样自认为还不错的小吃，便在一家餐馆等她。

林冬还没到，八成是被堵在路上了。

晚些两人碰上面，对坐着。林冬正在吸汤包，吸得特别认真，她面前放了一堆吃的，什么新鲜玩意儿都有。

秦树阳默默坐在她面前，一言不发地看着她的吃相，有些想笑。

林冬见他忍俊不禁的模样："你怎么了？"

"没怎么。"

"你也吃点儿。"

"不用。"

她低头继续吃。

秦树阳忍不住问："你是跳舞的吗？"

"嗯。"

"你吃那么多不怕长胖？"

她正在嚼牛筋，嚼半天咽不下去，俩腮帮子加快速度。

"你慢慢嚼，别着急。"

她终于咽了下去，说："你觉得我胖？"

他摇头。

"所以啊。"她又塞了一口，"而且我吃不胖的，从小就这样。"

"那你晚上吃那么多不会难受吗？不怕胃再疼？"

"那天是吃撑了。"

哦，所以今晚吃了那么多，你还没撑着？

秦树阳不说话了。

过了很久，林冬吃得差不多了，问他："这些多少钱？"

"给我一百就行。"

她从包里掏出五百块送到他面前。

这人疯了吧！

他问："你干吗？"

"跑路钱。"

他无奈地笑了："你是钱多得没处花吗？"

林冬淡淡地看他，不苟言笑："说好的给跑路费。"

"不用，我跟你说着玩呢。我扛半天水泥也没挣那么多，这么几个小玩意儿一根手指头就挑得起来。"他胳膊搭在桌上，一脸随意相，"收回去吧。"

林冬不说一句话，直直看着他，又是那副死也不妥协的倔驴德行。

秦树阳挠了挠后脑勺，抽出一张票子："我拿一张，行吧。"

林冬不再与他推拉，收回剩下几张钱："是你自己不要的。"

"是是是。"

"走吧。"林冬开始收拾桌上的垃圾。他也帮她，放进垃圾袋子里提着。

刚出小餐馆门，林冬又问："刚才吃的五颜六色的小包子在哪儿买的？"

"汤包？"

"嗯。"

"你还没吃饱？"

"我打包带回去，夜里吃。"

"……"

猪吗？

猪吧。

去买汤包的路上，林冬想起一事，突然问："秦树，那天早上我家大门从里面锁上了，那你是怎么出去的？"

　　秦树阳回答："翻墙。"

　　她惊讶地看他："你会功夫？"

　　"……"

　　"中国功夫？"

　　"翻个墙而已，哪那么多功夫，你《乌龙院》看多了。"他侧眼看她，"还有，我叫秦树阳。"

　　"我知道。"

　　"那你为什么总叫我'秦树'？"

　　"叫三个字太累。"

第三章·
山野

第二天早晨，林冬正在练晨功，手机响了起来，她看一眼来电显示，是何信君。

"小冬。"

"怎么了？"

"最近还好吧？"

"好。"

"我过些日子才能过去，你就乖乖不要乱跑，也别嫌老周烦。"

这个老周，果然没把自己卖了。林冬动着柔软的脚，没有说话。

"对了，大姐回来了。"

林冬一听这两个字，立马站直了："在你身边？"

"那倒没有。"

"她不是带舞团在意大利？"

"昨天刚下的飞机，回来待不到五分钟又走了。"

"没问我？"

"叫你不要乱吃东西。"

"噢。"

"还有，别贪玩，练舞。"

"没别的了？"

"没有。"

林冬松了口气："那我挂了，我要去吃早餐了。"

"好，别吃些不卫生的，尤其是路边摊。你要听我们的话，你还年轻，太容易……"

还未说完，林冬打断他的话："行了，知道了。"她敷衍地回应他，

"我会注意的。"紧接着，她挂断电话，瘫到床上，盯着酒店的天花板看。

窗外小贩叫卖声越来越多，鸣笛声也此起彼伏，不早了，人们开始赶着上班去了。

林冬坐起来，走到窗边，拉开窗帘。看着形形色色的人，缤纷多彩的世界，多好玩、多刺激、多有趣。还有各种各样的美食，何必委屈自己的胃呢。

林冬冲了个澡，换身衣服出门，在酒店街对面的早餐摊要了个鸡蛋灌饼和一杯豆浆。她满意地走在大街上——叫我不吃我就不吃？相隔几万里，有本事长千里眼呀。

她从城东逛到城西，从燕西城吃到小燕台。一整天，看戏、游船、逛古巷……晚上又坐车去丘鸣街看灯展。

晚上六七点钟，正是下班高峰期，街上堵得走不动，司机带着她绕路，直近八点才到丘鸣街。刚到街口，林冬就不想进去了，从外头看密不透风，全是人头。

她在路边站了一会儿，拦了辆出租车。

司机问："去哪儿？"

林冬想了两秒，说："西闲里。"

司机轻踩油门："这个点去，怕是都挤不进去。"

林冬没有说话。

"最近也不是旅游旺季，不知道哪儿来那么多游客。"司机自言自语，"不过中国哪里都这样，只要有景点的地方，不管什么时候游客都多。姑娘，你也是来玩的？"

"差不多。"

"你应该十月底来，那时候南山的枫叶红了，满山的红枫叶，啧啧，漂亮的呀。"

林冬没有回应。半晌，她喃喃细语："我想我待不到那个时候了。"

林冬在等花枝丸的时候，有人从后面拍了一下她的肩。她回头，看到一张陌生的脸。

"你不是昨天那个？"老四激动地看着她，"你也在这儿吃东西呀！"

林冬一脸冷淡地看着他："我不认识你。"

老四愣怔片刻，转瞬又是一脸欢乐："我是树哥的朋友。"

"秦树？"

"对对，昨天还一起吃面的。"

"噢。"林冬转回头，不理他了。

老四继续跟她搭话："你就一个人？"

"嗯。"

"要不要我把树哥叫过来？"

林冬一心扑在花枝丸上，并没有注意他的话。周围又吵又挤，老四见她不理人，退了回去，掏出手机打电话："哥，你在干啥？"

"准备做饭。"

"你别做了，出来一下。"

"干什么？"

"有事，赶紧的，到西闲里来。"

"不去，挤成大饼，这会儿去那儿凑什么热闹。"

"你来嘛，有好事。"

"有屁赶紧放。"

"哥，我在老葛花枝丸这儿等你，你快过来，你不来我不走，快点儿啊。"说完，他就挂了电话。

秦树阳看着手机皱了下眉头："搞什么名堂。"

林冬买完花枝丸，找了块空地站着吃掉，又在旁边的小门店买了串炸土豆。老四见她买完要走，怕秦树阳一会儿来了找不到，对她说："那家牛板肚特别特别好吃，你一定得尝尝。"

林冬还真听了他的话，去排队。

排到跟前了，有个女人插到林冬前头："老板，快来一份牛板肚，要重辣！"

"我先来的。"林冬看着女人说。

女人没有理她。

"请你排队。"

女人还是没有理她。

"请你排队，小姐。"

"你叫谁小姐呢！吵吵吵吵什么？"女人声音尖锐，刺得林冬快耳鸣了。她这一转身，幅度太大，衣服蹭到林冬的炸土豆上，立马又狂喊起来，"你干什么呀？你有病吧？"

"怎么了？"一个男人过来，把女人拉到后头，"怎么了亲爱的？"

女人指着衣服上的油渍抱怨："衣服都被她弄脏了。"

"是你自己撞上来的，"林冬语气平平，"而且是你插队。"

男人顿时凶神恶煞："小丫头，怎么着，欺负人？"

"就是，衣服都被你弄脏了！刚买的！七百多块！现在这样了，你说怎么办吧？"

林冬没有说话，路人缓缓而行，走过路过都在看他们，可是没有人帮助她。

"说话！"男人不耐烦。

林冬轻飘飘地看向他："我说了，不是我的错，请你们注意素质。"

男人见林冬这副目中无人的表情，更加恼火，骂了句脏话，指了指自己的耳朵："你说什么？再给我说一遍。"

"先生，请你文明点儿。"

男人上前推了林冬一下："我让你再说一遍！"

林冬退后一步："你再这样，我就报警了。"

男人瞪眼看着她："啥玩意儿？报警？你报啊，报一个。"

有好心路人喊："哎，算了算了，何必为难小姑娘。"

"谁为难她了！"女人一副不饶人的模样，"我才是受害者好吗，我衣服都毁了。"

老四刚买了瓶饮料回来，就看到林冬被一男一女恶狠狠地盯着吼，赶紧挤到前头护住她："你们干吗呢？发生什么事了？"

"哟！"男人瞄老四一眼，"你是谁啊？她是你女朋友？"

"不是啊。"

"那你一边去，没你的事。"

"哎，你怎么说话的！"

"我跟这女的算账呢！你哪儿凉快哪儿待着去。"

老四挡在林冬前头："你一大老爷们儿，欺负女的算什么！"

"是她把脏东西弄我身上了！"女人说，"赔！不赔你今天就别想走！"

"你自己插队蹭上来，"林冬看向自己的土豆，"还毁了我的吃的。"

"哎哎哎，你可别赖账！"女人瞪圆了眼，"证据都在这儿呢！"

叽叽喳喳，没完没了。

男人怕是说急了，搡了老四一下，他那弱不禁风的，被人一把推出老远，不服气，上来就要和人家干。

突然，一双大手捂住老四的脑门儿，把他往后推，护在身后。

"干吗呢！"秦树阳穿个宽松的四角大裤衩，上头穿着白色背心，也没换衣服就出来了，刚到就见兄弟被人欺负，一声吼，吓得那女人一激灵。

他皱着眉，回头看林冬，一下子就明白了老四为何非要自己过来，他问她："你没事吧？"

林冬摇头。

秦树阳扫一眼那一男一女："怎么了？盯着一个小姑娘咬？"

女人急了："你怎么说话的！"

"哥，这女的插队在先，自己蹭到你媳妇的土豆上，还在这儿吵吵，就想讹钱，什么玩意儿！"老四声音突然扬高了，"插队的还那么嚣张，要不要脸！"

"你骂谁呢？"男人指着老四吼。

老四有了帮手，底气十足，扬着下巴叫嚣："就骂你呢。插队的没素质，再咋呼信不信叫你出不了这条街？"

"你再说一遍！"男人气得龇牙咧嘴，气势汹汹地一边指着老四，一边走过来。

秦树阳按住男人的肩膀不费力地将人推到后头去，还他一句："你再说一遍。"

男人踉跄几步，站稳了。他没秦树阳高，力气也没秦树阳大，瞪着眼仰视着秦树阳，有些心虚："行，仗着你们人多。"他又指向老四，"狗仗人势的东西！"

老四一脸欠揍模样："我就狗仗人势怎么了，不服来干啊！你有种来啊！没种！"

周围有拉架的：

"哎，算了算了，小事。"

"互相道个歉不就完了，至于嘛。"

那女人见局势不利，也给自己男人找个台阶下，拉了拉他，说："算了算了，走吧，不和他们一般见识。"

两人刚要离开，林冬突然叫住他们："等一下。"她从包里拿出几张票子，甩到女人手里，"衣服钱，姑且算是我的东西弄脏你的衣服，但你插队在先，这个男的还骂我了，请你们也道歉。"

女人愣了一下，接过钱，心里很高兴，尴尬地笑了笑："哎，小事小事，都怨我，刚才不好意思啊。"

男人从女人手里抢过钱："不差这几个钱，丢不丢人！"他把钱扔到地上，拖着女人就走，"走。"

女人嚷嚷着："哎，干吗呀！你脑子有问题呀！钱啊！"

两人拉拉搡搡地远去了。

老四还在蹦跶："谁让你们走了，滚回来！给我嫂子道歉！"

秦树阳拍了下他的后背："乱叫什么。"

老四嘟嘟囔囔："那叫啥……"

秦树阳看向林冬，突然温柔地笑了一下："爽了没？"

她回："没有。"

"那再把他逮回来揍一顿？"

"算了，也没多大事。"她拿上牛板肚，淡定地走了。

老四跟后头纳闷："哎，钱不要啦？"

他刚要捡，被秦树阳一手拎起来："起来，出息的你。"

"钱啊！哥，你也疯了？"

林冬把炸土豆扔掉，走出了西闲里，他俩在后头跟着，你一言我一语：

"哎，我都准备活动筋骨干一架了，哥，你真是的，干吗放他们走。"

"你天天猴子似的跳什么跳，能不动手就不动手，差不多就得了，

080

人家无赖，你也无赖？打架好玩吗？"

"好玩啊！"

走到外头，宽敞了点儿，老四凑到林冬跟前："你不该给他们钱的，糟蹋！"

林冬说："我高兴。"

"……"

"人傻钱多。"秦树阳嘟囔一句。

"什么？"她看向他。

"你注意点儿吧，别一掷千金，钱又不是天上掉的。"秦树阳说。

"我给了七百。"

秦树阳无话可说。

老四扑哧笑出声。

林冬说："谢谢你们帮我。"

"没事！"老四眉开眼笑，"小嫂……不，小姐姐，你一会儿去哪儿？一起玩去呗！"

"玩什么？"林冬突然目光定住。

秦树阳顺着她的视线看去，那是一辆黑车，问："怎么了？"

林冬脸色不太好："我先走了。"

"噢。"

她快速向黑车走过去。

"哥，就让她这么走了？好不容易勾搭上！你说说你，一点用都没有！"老四一副恨铁不成钢的模样，"爱情和金钱是要努力把握的！"

"行了，我看你是闲得慌，说了我对她没意思，成天瞎连什么红线，滚回家去！"

那黑车一见林冬过来就要开走，慢了一步，被她拦下。林冬从车头绕到车侧："老周，你怎么在这儿？"

老周吞吞吐吐的，索性干脆说了："小姐，我实在放心不下。您说您这要是出了什么事，我可怎么跟何先生交代。"

"所以你一直在跟踪我？"

"小姐，我……"

未待他说完，林冬道："你就直接告诉何信君！我去哪里、干什么不用他管，东西我自己会找，请他别再像看孩子一样看着我！"

头一回见这小姑娘生气，老周一声不敢出。

她走出去两步，又折回来说了句："你再跟踪我，我就把你这车烧了。"

回到家，胡见兵一群人在打牌，看到老四和秦树阳，招呼道："来，打牌。"

老四坐下来："好嘞！"

"老二呢？"

"不打。"秦树阳直奔自己房间，喝了杯水，去厨房做饭吃。

晚些，老四来找他，问："哥，干啥呢？"

秦树阳在画图。

老四看了一眼："又画上啦。"

"嗯。"他笔"唰唰"的，没停。

"哥，她没和你再联系？"

"谁？"

"装什么，小富婆啊。"

秦树阳弯起嘴角："还是个二傻子。"

"大概人家根本不在乎那点儿钱。"老四笑呵呵的，"你们前几天都见面了吧？发展到哪儿了？说说呗。"

秦树阳冷笑一声，没有说话，手里还在画，隔了许久懒洋洋地说："你够了啊，不是我的菜，瞧她那挥金如土的德行，真娶回来，还不得败光了。"

"人家败的是自己的钱。"老四坐到桌子上。

"起开，压着我的纸了。"

老四往边上挪了挪："人家陈晓云会过日子，你不是也没看上吗？"

"你别跟我提她。"

老四哈哈笑几声，跷起二郎腿："不过，哥，你要是勾搭上这么个金主，哪还用担心还债的事。"

"我是那种人？"

"这金主多棒，有钱有貌有身材，还是你的菜，那么白！啧，你别说，现在想想，长得真够可以的。"

正说着，秦树阳的手机响了起来，老四勾头看了一眼来电显示："这谁啊，怎么叫猫骨头？"

说曹操曹操到。

秦树阳把老四从桌上撵下来："出去出去。"

"啥呀？鬼鬼祟祟的？"

"回去玩你的游戏。"

"得，我走我走。"老四关上门，"不打扰你的大事。"

秦树阳接了电话："喂。"

"秦树。"

"有事？"

"你最近有空吗？"

"怎么了？"

"想找你帮个忙。"

"这回又干吗？"他笑了笑，接着问，"哎，咱俩很熟吗？"

那头沉默了几秒："你不愿意就算了。"

"什么事？你先说说看。"

"我给你五万，你陪我五天。"

"……"秦树阳震惊了，愣得半天没吱声。

"十万。"

"……"

"二……"

"等等，你等等。"秦树阳揉了揉眉心，打断她的话。

空气凝固了五秒钟。

"我说丫头，你这条件又不是找不到男人，何必呢？"

电话那头的人沉默。

"你把我当什么人了？"

电话那头的人还是沉默。

"我不干！"他挂了电话，窝了一肚子火。

林冬一头雾水，自言自语："什么呀。"

紧接着，她又拨回去，却被挂断了。隔了几分钟，她发了条短信："我要找一样东西，可我对这里不熟悉，找起来会很麻烦，所以想找个向导。"

秦树阳一看短信，愣了。

这时候，另一条短信发了过来："我想你是误会了，我不是找你当情夫。"

完了，好尴尬，太尴尬了。

怎么办？

他一咬牙，给她回电话过去："那个，不好意思，我……"

"没关系。"她还是那种毫不在乎的语气。

"那……你要找什么？"

"一个人，一张画。"

"你找个导游不是更好，找我干什么？"

安静了近十秒，她才说："有一个认识的人，可我不喜欢他。除了他，这个城市我就只认得你。"

秦树阳正因为这句话而感动着。

她又说："而且，你应该挺缺钱的，我想你应该不会拒绝我。"

"……"要不要这么直接？

他问："找谁？"

"方少华，一个收藏家。"

"没听说过。"

"昨天我去了他的画廊，他女儿说方先生最近在菁明山隐居。"

"菁明山？那么远？"秦树阳打趣道，"还得出差啊。"

"如果你觉得佣金少，可以再加。"林冬补充，"如果提前找到，还是付你那么多钱，超时的话，再加钱。"

确实是个很不错的活儿，秦树阳想了想："成交。"

晚上，林冬正准备睡下，接到葛西君的电话。

"妈。"

"干什么呢？"

"准备睡觉了。"

"怎么样？玩得还好？"

"挺好的。"

"趁这个机会好好玩，好不容易脱离大姐的魔爪，该吃吃该喝喝，想干什么干什么，别听他们两个的。"

"嗯。"林冬听到那头的打火机声，"你少抽点儿吧。"

"你少来啊。大姐管我，信君管我，你现在也来管我。"葛西君长得很年轻，看上去连三十岁都不到，身着宽松的黑色吊带，一根油画笔随意地束起发，看上去懒洋洋的，"小冬，妈妈一个老朋友明天办画展，在美院的美术馆，你帮我送束花过去，一会儿我给你发个邮件。"

"我不想去。"

"哎呀，乖。"

"不去。"

"去嘛，宝贝。"又使撒娇这一套，"帮妈妈去一趟。"

"行吧。"

"谢谢宝贝。哎，玩那么多天，有没有艳遇呀？"

"艳遇了好多美食。"

葛西君笑了："有本事拐个男人回来，都快成老姑娘了，连恋爱都没谈过。"

"你是我亲妈吗？"

"小冬，不是我说你，我在你这个年纪的时候，已经结婚生下你了。"

"所以你跟爸爸离婚了。"

那头的人沉默了。

林冬皱眉，意识到说错话，咬了下唇："对不起。"

"没事。"葛西君深吸口烟，站在窗口吹风，"不说了，我继续画画，你早点儿睡吧。"

"晚安。"

"晚安。"葛西君一个人靠着窗户坐着，四周太静了，她突然有点想他，那个姓林的，比自己大了二十三岁的老男人。如果当初没有离开……

她晃了下脑袋。

死都死了，别想了。

第二天一早，秦树阳还没醒就接到林冬的电话，他慌忙地来到她住的酒店门口，一边打着哈欠一边等她。

林冬练完舞，冲了个澡换好衣服，刚出酒店就看到秦树阳靠着摩托车在一棵梧桐树下等她。她朝秦树阳走去，恰好路过一个卖油条豆浆的摊位，停下招了招手，示意秦树阳过来。

秦树阳小跑到她面前，听见她问："你吃过了吗？"

他说："没。"

"在这儿吃吧。"

"这儿？"

林冬没有回答他，直接对摊主说："一块烧饼，一碗豆浆。"

"我要两根油条，一碗豆浆，和一块烧饼。"

"好嘞。"

他俩坐在旁边的小桌边，秦树阳把一根油条泡进豆浆里，正要下口，注意到她的目光，问："你要吃吗？"

林冬摇了摇头，视线从他的碗里转移："昨晚胃不太舒服，早上不宜吃太油腻的。"

"噢。"

林冬又瞄一眼他的碗："这么泡好吃吗？"

"特别好吃。"

"多好吃？"

"超级好吃。"

林冬不说话了，边吃着自己碗里的，边情不自禁地瞥一眼他碗里，终于还是忍不住了："你能给我吃一口吗？"

秦树阳愣愣地看着她，一边嘴巴鼓着。

"一口应该没关系的。"

"……"

"就一口。"

他掰开一小块油条递给林冬，林冬接过来一口就吃掉了。

接下来，两人又沉默起来，一直到她放下筷子。林冬说："一会儿我要去趟美院。"

"你去那里干什么？"

"我妈妈的朋友今天办画展，让我送束花去。"

"我能和你一起去吗？"

"不然呢？"林冬看他一眼，"按道理来说，从昨晚十点开始你就是我的人了。"

秦树阳无言以对，转移话题："要不要租个车？"

林冬看向路边他的摩托车："你不是有吗？"

"你坐那个？"

"嗯。"

他上下瞄她一眼："算了，你还是坐轿车吧。"

"你车技不好？"

"好啊。"

"那为什么不载我？"

"……"

"我没坐过那个，"她站了起来，俯视着他，"我就坐那个。"

秦树阳开得比平时慢很多，一是路上微堵，二是怕后面那位掉了。这是他头一回载女人，有些紧张。

林冬坐在后面，没有抱住他，她双手拽住车尾的双杠，头上戴着秦树阳的头盔，迎着风，发梢乱飞。她第一次坐这样的车，心里格外激动。

美院不大，他们轻轻松松找到美术馆，馆前贴着大海报，红色字体在条屏上滚动，一遍又一遍地重复——欢迎参加李真茗老师油画展。

红地毯从外面直通玻璃大门内，林冬和秦树阳走了进去，在门口的来宾帖上签了字。来参加开幕式的大多是学生，还有电视台、报社的记者，李真茗还没有到。

从进这个学校开始，秦树阳就没有和林冬说过话。林冬看画，秦树阳不感兴趣，对她说："你在这边看，我去别的地方看看。"

"嗯。"

二楼有建筑设计展，秦树阳一早就注意到学校里张贴的海报，迫不及待上了楼。展厅很大，一个个玻璃展柜陈列，相隔甚远，布置得很大方。

　　他认真观赏这些大学生的设计图以及放在玻璃柜里的建筑模型，突然停在一个展示着音乐厅的模型前。他蹲下，趴在玻璃上仔细看小细节，挺精细。

　　手痒痒，要不是没钱，他乐意天天做这个。

　　楼下有人拿话筒做开幕致辞，声音穿透整个美术馆，秦树阳一句话也没听进去，完全沉浸在自己的世界里。

　　不知不觉，已经过了一个小时，林冬办完事打来电话："你在哪里？"

　　"二楼，建筑设计展，学生的，还有些老师作品，你要不要来看一下？"

　　"不去，你下来吧，我们准备走了。"

　　"你再看一会儿呗。"

　　"看完了。"

　　"你不是找你妈妈的朋友嘛，你跟人家再聊会儿。"

　　"你不想走？"

　　"我想再看一会儿，"他话语里充满了期待，就像一个小孩子跟家长要心爱已久的玩具，"行吗？再看一会儿。不行就算了，我现在下来。"

　　"那半个小时后我们再走。"

　　"好，谢谢。"

　　李真茗在和其他艺术家说话，忙得不可开交。林冬独自一人坐到长椅上等秦树阳。十分钟后，秦树阳下楼坐到她身边。

　　"不是说好半小时？"

　　"怕你等急了。"

　　林冬站了起来："那走吧。"

　　两人出了学校。

　　林冬坐在他身后，手拉住他的衣服："我们去火车站。"

　　"去火车站干什么？"

　　"买票。"

　　"你要坐火车？"

　　"嗯。"

"真的假的？"

"我没坐过火车，想试一下。"

"……"

　　他们买了两张明天去菁城的火车票，林冬还非要买硬座，说什么有坐火车的感觉，敢情是富家小姐体验生活来了。

　　拿到票后，林冬拿着它瞧半天，当个宝贝似的收在钱包里，接着两人又去超市买了些要带着的东西。

　　这么一处，秦树阳发现林冬根本没有一点生活常识，还有些傻不愣登的，也不知道她这二十年是怎么活过来的，哪天被拐卖了都不知道，好在人傻钱多，还知道找个保镖，还是找了我这么好的保镖。他心里想。

　　秦树阳把这些东西送到自己住处，林冬在东闲里的十字路口等他。

　　她想去西闲里吃东西，秦树阳不肯去："我带你去更好的地方，那里太挤了。"

　　于是，林冬跟着他去了一家百年老店。

　　"你看看想吃什么。"

　　林冬仔细看餐单，一时也选不出什么来，刚要全点上一份，听秦树阳说："这家的馄饨特别好吃。"

　　"那要一份。"

　　"蟹黄汤包也特香，味道一绝。"

　　"那要一份。"

　　"还有南瓜粥，甜而不腻。"

　　"那要一份。"

　　"还有……行了，吃完再说吧。"

　　林冬全吃完了，她没饱，又要了份汤包。

　　吃完喝完，秦树阳要送她回去。他们刚出门，就撞上一群出来玩的男人，有四个人，一个叫周迪，一个叫二狗，一个叫大牛，还有个叫黄豆。一看到两人，除了周迪，其余三人一窝蜂围过来。

　　大牛第一个号起来："这不是老二嘛！这是你女朋友？你也太不仗义了，什么时候好上的，也不告诉哥几个一声！"

二狗："就是，赶紧介绍给哥几个认识啊。"

"不是女朋友。"秦树阳赶紧解释。

林冬淡淡地看着他们，没有说话。

大牛："臭小子，还给你抢走了不成。"

二狗："牛啊，哪儿找的媳妇，长得真俊。"

黄豆："不请哥几个撮一顿？"

二狗："小嫂子好啊！"

大牛："小嫂子哪里人？做啥的？"

秦树阳："你们几个赶紧滚！瞎叫什么！"

你一言我一语，分不清到底是谁在讲话。

大牛："看看，老二你这就没意思了啊！"

"你们误会了。"林冬有点不耐烦了，直接说，"我是他雇主。"

"……"

"……"

"……"

"哟，老二，卖身了？"这时，一个长相帅气的男人走上前，这是周迪，街里街外出了名的浪子。

"滚滚滚，不和你们扯。"秦树阳喊了林冬一声，"走。"

还没走两步，又被他们给拦下，大牛奸笑："老二别急着走啊，这么猴急干啥去？"

二狗："难怪之前那些都没戏，原来咱树好这口。可以啊，够正！"

黄豆："小嫂子你别介意，我们这群人说话就这样，没恶意的。"

林冬没说话。

周迪从上到下打量她一番，一笑起来眼睛弯成月牙，温柔得像会说话，就这对眼，不知道祸害了多少人。他低声问秦树阳："女朋友？"

"不是。"秦树阳赶紧看林冬一眼，她好像没听见，还是一张平静冷淡的脸，"别乱说！你们赶紧玩去吧。"

周迪显然不信，舔了舔牙，笑容满面："没看出来啊老二，成天装得跟……"

秦树阳掐住他的后颈把他推去一边："别废话，走吧你。"

"真不是？"

"不是。"

"不是女朋友？"

"不是。"

"这妹子我喜欢，不是的话，介绍给我？"周迪往林冬看过去，笑得更温柔。

这一刻，秦树阳有种莫名的不爽，把他推开："你少来。"

林冬看这几个人把秦树阳缠住了，便说："秦树，我先走了。"

秦树阳喊："我给你打个车。"

林冬没说话，走出人群。秦树阳刚要跟上去，大牛把他拉住："哎，老二，别走啊，还没交代清楚呢。"

"不都说了！"

大牛："什么雇主不雇主的？玩的啥新鲜游戏？"

秦树阳："滚蛋！以后再和你们说。"

大牛又把他拽回来："难不成还被这小姑娘包养了？"

二狗："哈哈哈，老二，可以啊。"

那头，周迪挡住林冬的去路："一起吃个饭呗，大伙联系联系感情。"

"我没感情跟你们联系。"她回头看着被困住的秦树阳，又回过头来看了周迪一眼，"你让开。"

周迪微笑，侧身给林冬让路。林冬就走了。

另一边，大牛还拽着秦树阳，朝林冬喊："小嫂子别走啊！"

秦树阳一巴掌拍在他后脑勺上："说了不是女朋友，瞎喊什么！"

大牛摸了摸头："哎，疼啊，你这老没轻没重的！"

周迪过来揽住秦树阳的肩："到底什么关系啊？"

"人家要办事，花钱请我做保镖。"

"真的假的？"大牛"噗"一声大笑出来，"树啊，你这也是行行都能干，就服你！"

"说不定保着保着就看对眼了。"二狗一脸奸笑，"树你加把劲儿，不懂的问你迪哥，人家可是老江湖！"

大牛："走了走了，一起喝酒去？"

秦树阳："你们去吧。"

黄豆："别啊。"

秦树阳："我明天出差。"

一群人嘲笑起来。

大牛："还出差呢……要脸不！"

秦树阳一句话也不想说。

"走吧，少喝点儿嘛。"周迪搂住秦树阳的肩膀往前推，还不放弃，"哪儿认识的妹子？"

秦树阳知道他的德行，此刻特想一拳头砸他脸上，说："你别打人家主意，不是那种人。"

"认识很久了？"

"刚认识。"

"那是哪种人你知道？"

"你收点儿心吧。"

"这女的一看就很可以……"

秦树阳忽然甩开他胳膊："滚蛋，你成天脑子长屁股上了，懒得跟你们瞎扯，我回去了。"他走出去几步又折回来，指着周迪道，"警告你啊，别打她主意。"

周迪散漫一笑："瞧你生气得，我才没那么缺德，抢哥们儿的女人。"

秦树阳懒得解释，转身走了。

第二天一大早，秦树阳就过来接林冬，两人打了出租车去火车站。这个点客流量小，检了票，在候车室等上一小会儿就上车了。

秦树阳发现这小姑奶奶表面上挺冷静，端着架子看上去特优雅，眼睛却东瞟瞟西看看，仿佛周围的一切都是新奇的。

林冬坐到靠窗的位置，秦树阳坐在她旁边。他俩对面先是坐了一个妇女，后来又上来个女学生。

林冬一直望着车窗外，一片荒芜的，也不知道在看些什么。

秦树阳说："睡一会儿吧。"

林冬说："睡不着。"

"吃点儿东西？"

她摇头。

车尾有孩子不停地哭闹，斜对面的妇女半张着嘴靠着座背睡觉，被吵醒了，换个姿势继续睡，眉眼里尽是嫌弃，还嘟嘟囔囔骂了两句。

坐了许久，林冬也觉得有些无聊，手支着脸搭在桌上，时间久了，怎么坐都不舒服，左右换了好几个姿势。

秦树阳看她坐立不安的模样："你要不靠着我？"

林冬侧脸，看一眼他的肩："不靠。"

过去三个小时，秦树阳也睡着了。

"来，美女让一让，花生瓜子火腿肠，啤酒饮料矿泉水……"

乘务员推车走过去，林冬盯着小推车看，没有什么想吃的。

过了一会儿，又有推销的过来："内蒙古奶片，新疆蓝莓李果……"

这个听上去好像很好吃的样子，林冬循声望了过去，见乘务员推着小车从车那头过来，忽然停在车厢中间不走了，开始顺溜地介绍起来。

秦树阳动了一下，继续睡。

乘务员给乘客们分着吃："来，朋友们免费品尝了，营养又好吃，送朋友送亲戚……"她略过了林冬。

林冬愣愣地望着远去的乘务员。

给这个，给那个，怎么不给我呢？

林冬心里不太好受，又不好张口要。她看见隔壁的女人，剥开包装纸将小果子塞进嘴里嚼了起来——好好吃的样子。

乘务员走到车厢那头，又绕回来挨个问："帅哥美女要不要带一包？好吃又营养了，买两包送一包……来，这边带一包了啊……这位帅哥又带两包了啊……这边大哥要带一包吗？"

终于到跟前了，乘务员问林冬："美女带一包吗？一包二十五，两包四十，买两包送一包。"

"要。"

秦树阳是被玩具车的声音吵醒的，对面的妇女也醒了。那女乘务员就在他俩旁边呱呱讲这玩具车有多好、多便宜、多实惠、多好玩、多高级、多受欢迎。

秦树阳歪头无意看了眼林冬,瞬间被惊呆了。只见桌上放了一堆零食、一瓶水,她怀里还抱了一大袋吃的。

"你又吃。"

林冬与他对视:"关你什么事。"

"我们不是带水了,还带了四瓶,你又买,脑袋缺根筋吧。"

"你骂我干什么?"林冬皱了下眉,"你把包放上面我又够不到。"

"那你不会喊我?"

"你在睡觉。"

"你叫醒我啊!"

"我不想打扰你。"

秦树阳无奈,抱臂倚着车座继续休息:"行行行,大姐!你吃你喝。"

对面的女学生捂嘴笑了一下。林冬看她一眼:"笑什么?"

"没什么,感觉你们两个好好玩。"

林冬掏出两颗蓝莓李果递给她:"吃吗?"

"不用啦,谢谢你。"

林冬又递给秦树阳:"你吃吗?"

"不吃。"

她自己剥开吃了。

对面的妇女笑着说:"小姑娘以后少在火车上买这买那的。"

"为什么?"

"火车上卖得贵,坑啊。"

林冬自己想了几秒,一本正经地问:"什么叫坑?"

妇女:"……"

林冬:"为什么坑?"

女学生:"……"

秦树阳笑出声,听不下去了。他站起来从上方架子上的包里拿出泡面走了。

女学生解释道:"就是不划算的意思。"

"噢,方言?"

"呃……差不多吧。"女学生笑嘻嘻地看着她,人总是喜欢美女的,

“你们去哪里的呀？”

“菁明山。”

“去旅游的？”

“有事情。”

“我就是菁城人，菁明山现在风景挺好的，不过前几天下暴雨，山路不好走，估计游客也不多，离车站还挺远的，你们得坐一个小时车。”

“好。”

秦树阳端了两盒泡面回来，递一碗给林冬。她看了眼面：“你什么时候买的？我记得没有拿。”

“昨天忘了买，我就在我家那边小卖部买了两盒。”

“你吃吧，我不吃这个。”

“怎么了？”居然还有你不吃的？秦树阳心里乐。

“对身体不好。”

“对身体不好的东西你也没少吃。”

“我吃东西也是有基本的底线的。”

女学生听着又笑了，这小情侣太逗了。

秦树阳说：“那你去餐车吃饭吧。”

林冬还是摇头。

“要我带你去？”

“我不饿。”

“好吧。”他掀开纸盖，自己吃起来。

林冬闻着面香，舔了舔嘴唇。

天哪，好香。

太香了，怎么那么香！

林冬咽了下嘴：“那盒给我。”

秦树阳笑着瞄她：“基本的底线呢？”

下午三点，火车到站。秦树阳带着林冬去打出租车，司机一听去菁明山，都不愿意走。

他们站在路边等，天暗下来，下雨了。秦树阳掏出伞，遮住两人。

林冬惊讶："你还带了这个？"

"就知道你没带，我不准备好，咱俩这趟就是受死来的。"

"你怎么知道会下雨？"

"你出门都不看天气预报的？"

她不说话了，半晌，忽然道："谢谢你。"

秦树阳笑了笑："客气了。不把你伺候好了，对不起那么多票子。"

林冬不吱声。

秦树阳看一眼她的背包："你带个空背包，其实是来装吃的吧？"

"不是的，"她一本正经道，"也不是空的，里面有一双舞鞋。"

"你带舞鞋来干什么？"

"练舞。"

他又笑了："出来找人，哪有时间跳舞？"

"挤挤就有了。"

秦树阳俯视她一眼："你跳芭蕾？"

"嗯。"

"我就知道，看着像。"

"怎么像？"

"就是像。"

有辆车过来，秦树阳赶紧拦下："师傅，去菁明山吗？"

"不去不去，太远了。"司机说，"小伙子，这大雨天的往那儿跑干什么，我回来就拉不到人了。"

林冬看秦树阳与他磨蹭许久，只听到司机仍旧拒绝："不去，你们重找吧！"

林冬上前，直截了当地对司机说："我给你十倍车费，去不去？"

"上来吧。"

"……"

秦树阳终于理解为什么出租车都不愿意过来了，盘山路绕了近半小时，这就是个与世隔绝的大山沟沟。

车停在街口，司机说："你俩这是准备上山？"

"对。"

"我劝你们啊，还是等雨停了天气好点儿再上，这会儿山里头危险。"

"谢谢师傅。"

他俩下了车，秦树阳举着伞对林冬说："我觉得司机说得对，而且很快就天黑了，不如等天气好点儿，一早再上山。"

林冬说："那找个酒店先住一晚。"

秦树阳没说话，就这么个小地方，还酒店，有地方给你住就不错了。

菁明镇上，一条街短短一眼望到头，路上偶尔走过一个人，稀奇地看着他俩。

镇上只有一家青年旅社，看着寒酸的门面，估计生意也好不到哪里去。前台的小姑娘一边看电视剧，一边嗑瓜子，见有人来抬头瞄了一眼，声音懒洋洋："你好。"

秦树阳说："两间单人房。"

"满了。"

"那两间大床房。"

"没有。"

"那有什么？"

小姑娘朝他挑眉一笑："嘿，没房了。"

"……"

"最近一学校的学生过来写生，住得满满的。"小姑娘查了查信息，"混合间，有两个床位，住不？"

秦树阳转头看林冬："你行吗？"

"什么是混合间？"

"就是男女混住，一人一张床位。"

林冬不太愿意的样子。

小姑娘嘴还在不停地嗑着瓜子，一副幸灾乐祸的样子："不住也没得住了，这镇上就这一家。"

秦树阳说："其实也没事，挺安全，有我呢。"

林冬点头："那住吧。"

房间在二楼，事实上这个小青旅也就两层楼，虽说小，外面看上去也破破缺缺，但里头环境倒是还不错。房顶开了天井，院里养花养草，还放了个文艺的木桌，拼上几个细腿木椅。

他俩进了房，里面两男一女正在聊天。见有人进来，大家纷纷打招呼："嗨！"

秦树阳说："你们好。"

他把背包卸了下来，问林冬："你睡上面还是下面？"

"上面。"

"那你上去歇会儿，东西我来收拾。"

"我不累。"

秦树阳拉开床帘把东西放下，见林冬走了出去，便自己埋头拾掇物品。

一个男同学问："你们来这儿玩的？"

"不是。"

"那来干什么？我以为除了来旅游的就是我们这些苦兮兮写生的才来这鸟不拉屎的地方。"

"有事。"

"你们是情侣？"

"不是。"

"不是？真的假的？"

"不是也快了。哥们儿，把握机会啊，一男一女单独出来，绝对有事发生！"

秦树阳笑了笑："我和她连朋友都算不上。"

这时，林冬站在门口叫了他一声："秦树。"

他抬头。

"出来。"

林冬站在檐下，悄声对他说："我刚才逛了一下，这个店挺阴森的。"她踮了踮脚，凑近他耳朵边些，鬼鬼祟祟道，"会不会是黑店？"

平时不见你对人防范，这时候倒挺警惕。秦树阳笑着说："你想多了，哪那么多黑店。"

"那也不是很安全的样子。"

"还好吧。"

"楼梯那么窄，万一发生意外。"

"真要出什么事，我扛着你跑。"

林冬沉默片刻，盯着他的眼睛又问："你以前住过这种吗？"

"前几年经常住，那会儿喜欢出去玩，结交朋友。"

"那么多人不会吵吗？"

"吵了就叫他们安静点儿。你放心吧，这不还有我呢，刀子砍过来也是我挡你前头。"

"嗯，谢谢。"

林冬转身进了屋。

男同学见他们进来，问："打牌吗？"

秦树阳拒绝："不了。"

林冬没理睬，坐到他的床位上。

"你们哪个学校的？还是已经毕业工作了？"

秦树阳说："早就工作了。"

"她呢？看着跟我们差不多大吧。"

秦树阳看了林冬一眼。她没什么表情，淡淡地说："我没上过学。"

女同学惊讶道："没上过？怎么可能？"

林冬重复一遍："没上过。"

几人见这姑娘不大热情，不问了。

林冬晃了晃这个床的扶梯，对秦树阳说："我还是睡下面吧。"

"好。"秦树阳把自己的衣服拿到上头去，"你还有事吗？"

"没有。"

"那我上去躺会儿，有事叫我。"

"嗯。"

秦树阳脱掉鞋，两下爬了上去，整个床都在晃。

林冬站起来仰视他："这么弄不会倒吗？"

"不会，放心吧。"他忽然嬉皮笑脸地看着林冬，"没看出来你还挺怕死。"

林冬不说话，又坐了回去，就见那几个学生在看自己，问："你们看我做什么？"

他们转回目光，继续打牌。

林冬坐在床边，无所事事，太无聊了。她坐了几分钟，敲敲床板。

秦树阳拉开帘子，脑袋探出来："怎么了？"

"还是出去逛逛吧。"

"要我陪你去？"

"走吧。"

两人走在狭窄空旷的小街上，一条黄狗从路东窜到路西，又从路西窜到路北，一路狂奔。

林冬左看右看："吃点儿东西吧。"

他们去了一家面馆，小小的门面，里头只有四张桌子，看着菜单上的面，秦树阳要了份牛肉面。

老板说："没牛肉了。"

"那鸡块面。"

"也没鸡块了。"

"香菇肉面。"

"香菇也没了。"

"那还有什么？"

"除了这个都有。"

"那西红柿鸡蛋面。"

"好，还要别的吗？"

林冬盯着菜单，抬眼问秦树阳："螺蛳粉是什么？"

"就是一种有点臭又有点香味道非常奇妙的米粉。"

她与他对视："听着就很好吃。"

"那是相当好吃。"

林冬看向老板："我要螺蛳粉。"

"好嘞，还需要别的吗？"

"不用了。"

不一会儿，秦树阳的面先端上来了，他说："我先吃了。"

"嗯。"

等了十分钟，林冬有点急，望向通往后厨的门帘："我的怎么还不好？"

"那玩意儿难煮，等着吧。"

"噢。"

秦树阳都吃完了，林冬的粉还没来。突然，她嗅嗅鼻子："秦树。"

"嗯。"

"你有没有闻到一种奇怪的味道？"她皱眉，抹抹鼻子，"什么味道？"

秦树阳没回答，笑眯眯地看她。

林冬左右看一眼，低声道："这家店是不是不干净？"

"……"

老板端着大碗过来："你的螺蛳粉。"

林冬震惊地看着那碗粉，好丰富的料，可味道……

"这个……"她小声问秦树阳，"是这个的味道？"

秦树阳憋着笑："你尝尝，吃着很好吃。"

林冬有点犹豫，不敢轻举妄动："你先吃一口看看。"

"……"

秦树阳挑出两根面吃了，林冬才敢拿筷子。她小心翼翼地夹了一筷子，吃了一口。秦树阳观察她的表情："怎么样？"

林冬又吃了几口，眼泪汪汪："太好吃了！"

秦树阳愣了愣，赶紧抽纸给她："你别哭啊，好吃以后天天吃就是了，也不至于好吃得哭了吧。"

"没有哭，太辣了。"

"……"

外面雨停了。

他们吃完，在路上闲晃，去了街边卖民族服饰的店。

林冬拿着一件红色旗袍看了足足半分钟。秦树阳在门口等她，见她在那儿发呆，走过去问："你走什么神呢？"他看了眼她手里的衣服，"那么喜庆的颜色。"

"好看吗？"

"可以吧。"

"我很喜欢旗袍，"林冬看向他，"可是我觉得我不太适合。"

"喜欢就买。"秦树阳拿过衣服在她身上比了比，"还行吧，挺好的。"

"那我去试试看可以吗？"

"去吧。"

林冬进了试衣间，不久，她拉开门，探出头来叫秦树阳一声。

他凑过去："怎么了？"

"感觉怪怪的。"

"出来看看，里头能看出什么来。"

林冬拉开门走了出来。秦树阳打量她一番，这腰，这腿，这身材……

"哪儿怪了？挺好的啊。"

林冬站到镜子前转了一圈，这件短旗袍料子不怎么样，上头绣了两朵大牡丹，有点土。她问秦树阳："你有没有觉得我的胸有点平？"

"是有点……"

"我胸小，穿不出那种感觉。"

秦树阳瞄一眼她的胸口，没忍住又笑了，还挺有觉悟。

林冬看着镜子里的他，问："你笑什么？"

"没有。"

"我看到你笑了。"

他无可奈何，随口扯一句："就是觉得你穿这个像新娘子。"

林冬默默地走回试衣间，换回自己的衣服。秦树阳站在门口对她说："其实挺好看的，多喜庆。"

她没说话。

"你喜欢就买呗。"

她仍旧沉默着。

林冬换好衣服出来了，也没有说话，直接把旗袍挂了起来。

老板娘喊一声："不要吗？"

"嗯，麻烦你了。"

老板娘脸立马拉下来，不理他们了。

两人走了出去，秦树阳看她兴致不高，以为她伤了心，找话安慰她："你皮肤白，穿红色很好看。"

"不适合。"

"可以量身定做。"他继续说，"等回到燕城你可以去找那些有名的旗袍设计师定制。"

"不要，我没胸。"

你自己老提，这要怎么安慰嘛！他只能说："没事，以后会有的。"

"为什么？"林冬看向他。

"不知道，"他与她对视，"我乱猜的。"

"不行，我要跳芭蕾的。"她回过目光，"太累赘。"

"……"

林冬这一路时不时地嗅嗅衣服："我身上是不是有那个粉的味道？"

"我身上也有。"

"那回去换了吧。"

"行。"

返回前，林冬望向远处的小山径："应该就是从那条路进去，方小姐给了我地图，按照上面的指示，从这里一直往前走，翻过三个山头就到了。"

"……"

你再说一遍。

几个？

天要黑了，林冬躲在床上，拉着帘子，静悄悄的，不知道在干什么。秦树阳出去透透气，站在檐下吹风。一女学生路过，看他两眼，问道："哎？怎么没见过你，你是哪个班的？"

"我不是学生。"

"喔，不好意思。"女同学笑得格外甜。

秦树阳看到她手里提着的速写板，转个身倚着木栏杆，随意问了一句："去画画？"

"画完了。"女学生见他盯着自己的速写板，很感兴趣的模样，"要看吗？"未待他回答，女学生把速写板递给他，"看吧。"

秦树阳接了过来，随意翻翻。前面都是些速写风景，有些用钢笔画，有些用铅笔画，到最后还有几张人物画。他不翻了，合上速写本还给她。

女孩儿看着他笑："我画得好吗？"

秦树阳心想"没我画得好"，嘴上委婉道："还可以。"

"谢谢，哈哈。"

"你们大几了？"

"大三，油画。"

"这里都是你的同学？"

"一个学院的，油画、国画、壁画，都有。"

秦树阳轻声叹了口气："羡慕你们。"

"有什么好羡慕的，都累死了。"

"我倒希望能那么累。"

女孩儿站到他旁边，也倚着木栏："要不要我给你画一张？"

他转眼看她："不用。"

"放心，穿衣服的。"

"……"

"不穿衣服也行。"

"……"

女孩儿笑得明媚："不要想歪了嘛，艺术喽。"

"不用了，谢谢。"

"我叫高曲，你叫什么？"

"我姓秦。"

"名字？"

他看她一眼："秦树阳。"

高曲点头笑笑："你还在上学？"

"没有。"

"噢，那你做什么工作？来这儿考察的吗？"

"搬砖的。"

"啊？"她惊了一下。

"瓦工，建楼。"

女孩瘪嘴："好吧，你这气质不像啊。"

秦树阳想回去了："走了。"

他刚要转身，高曲叫住他："你玩游戏吗？开黑啊？"

"不玩。"

"反正你也没事，一起玩呗。狼人杀会吗？我们人多很热闹的。"

"你们玩吧。"他往房间走。

高曲追过去："这边网好卡的，你一个人多无聊。"

"我两个人。"

"女的？"

"嗯。"

"女朋友啊？"

"一个同伴。"

高曲面对着他倒着走，笑意盈盈："叫上她一起呗。"

"她睡了。"秦树阳看她这么走挺危险，提醒道，"你好好走路。"

高曲注视着他的眼睛，故意崴了下脚。秦树阳拽住她的胳膊，把人扶稳，语气严肃："说了好好走路。"

她拉着他的胳膊咯咯笑："好。"

"秦树。"

闻声望去，林冬就站在门口，看着他俩，秦树阳立马推开高曲。

"你醒了。"他朝林冬走过去。

林冬面无表情："打扰到你们了？"

"没有。"他赶紧解释，"路过，讲两句话而已。"

"那你继续。"

"不讲了，真没什么。"解释什么？为什么感觉像犯错了一样？

林冬说："屋里他们在抽烟，我去外面待会儿。"

高曲走过来，笑眯眯地看着秦树阳："喏，她醒了。你要不跟我们一起玩吧，狼人杀。"

林冬淡淡看着她："我不会。"

"教你啊，很简单，来嘛。"高曲突然格外热情地抱住林冬的胳膊，往楼下拽。

林冬愣了下："你松开我。"

高曲没松。

林冬推开她，回头看着秦树阳。

他跟上来，说："那就玩玩？"

林冬听他的："好。"

林冬听都没听过这个游戏，什么狼人、女巫、法官、预言家……一群人围在一起花样忽悠，脸不红心不跳。

开完三局结束，他们开始玩骰子，输的人喝酒。林冬胃不好，酒全被秦树阳挡下，他咕噜咕噜一杯接一杯，胸前的衣服都湿了。

秦树阳玩游戏很厉害，和一群同龄人混熟了，越来越放得开，甚至于有点不像那个平时的他。

热火朝天的一群人，玩得很嗨，林冬觉得自己融不进去，全程坐在秦树阳身边，不怎么说话，静悄悄地看他们闹。

秦树阳不经意碰到她一下，他转过脸来一脸宠溺地对着她笑，嘴角高高地弯起，像傻小子一样。

"秦树，"林冬轻轻唤他一声，"回去吧，别喝了。"

太吵了，他没有听见。

酒喝大了，气氛愈高，后来秦树阳还弹起了高曲的吉他。他一边唱一边弹：

> If I had to live my life without you near me
>
> *如果没有你在身边*
>
> The days would all be empty
>
> *光阴虚度*
>
> The nights would seem so long
>
> *长夜无尽*
>
> ……

是一首老歌——*Nothing's Gonna Change My Love For You*（《永志不渝的爱》）。

他的声音很好听，发音也很纯正，吸引所有人的目光，就连前台看店的小姑娘都目不转睛地注视着他。

高曲潇洒地坐在桌子上，身体跟着音乐摇晃，微笑着看他。

还说是瓦工，骗谁呢。

Our dreams are young and we both know

我们都知道，我们的梦想还年轻

They'll take us where we want to go

它将带我们去我们向往的地方

Hold me now touch me now

现在请抱紧我

I don't want to live without you

我的生活不能没有你

也许是酒精的缘故，他半眯着双眼，怀里抱着吉他，坐在复古的暖黄色灯光下，仿佛完全变了一个人似的，很迷人。忽然，他缓缓抬起耷拉的眼皮，目光懒散，望向不远处的林冬，唱道：

Nothing's gonna change my love for you

没有什么可以改变我对你的爱

You ought know by now how much I love you

你现在应该知道我有多爱你

One thing you can be sure of

你可以确定一点

I never ask for more than your love

除了你的爱我别无他求

……

高曲从桌子上跳了下来，笑着坐到他身边，拿起一个啤酒瓶当话筒，同他一起合唱。

其他同学见状，跟着乱起哄："在一起，在一起，在一起……"

林冬起身出去透透气，远处的高山连绵，一大片黑色的剪影，有些吓人。

她又看到下午那条黄狗，它看上去没那么激动了，低着头走在路边，见到她猛地抬头，与她对视几秒，又低头继续走，渐渐消失在夜幕里。

林冬走在无人的街道，听到犬吠阵阵，听到树叶挲挲，听到蛐蛐唱歌送给月亮听。她抬头仰望深沉的夜空，清风微凉，跟着她的步伐，天在走，云在转。

　　一条小野巷子里传来几声绵软的猫叫，林冬望了过去，只见到一个小小的白影。她刚靠近，小白猫就吓得窜进了草丛里。

　　远处走来两个醉汉，叼着烟，对林冬指指点点。她往回走，快步离开，他们跟了上来，步步逼近。

　　转弯处，林冬撞进了一个温暖的胸膛，她抬头，提着的心顿时落了下来："秦树。"

　　秦树阳皱着眉："大晚上你乱跑什么，到处找你。"

　　"有两个人跟着我。"

　　他望过去，只看到两个烟火星停在不远处，不动了。

　　"以后别乱跑。"他把她肩一揽，带走了。

　　上楼梯时，林冬跟在他的身后，忽然对他说："谢谢。"

　　秦树阳停下脚步，回过身，高大的人挡住整个楼梯，轻笑了一声，俯视着她："谢什么，应该的。"

　　"你吉他弹得很好。"

　　"那自然的。"他酒意还未散尽，又开始滔滔不绝，"我会的那可多了去了，钢琴、吉他、小提琴，连口琴也会。"

　　她沉默地仰视着他。

　　"不信？"

　　"信。"

　　"想当年……"他敛了笑，摆摆手，"算了，好汉不提当年勇。"

　　"秦树，你是个好人，我喜欢你。"

　　他愣了一下，却清楚地知道她所谓的喜欢是哪层意思："是吗？"

　　林冬没有回答。

　　秦树阳坏笑道："喜欢我的人多了去了。"

　　她平静地凝视着他。

　　"什么好人坏人的，你知道谁是真心对你，随随便便就相信别人，估计哪天我把你害了，你还会帮着我数钱，傻不傻？"

"你不会的。"

他笑着转身，摇摇晃晃地上楼："走了。"

秦树阳坐在院子里，看着天井外的星空。

一颗，两颗，三颗……五颗，六颗……十颗……

九颗……

到底数到几颗了？

　　林冬回了房间，拿上衣服去冲个澡。卫生间是公用的，两间浴室并着，她看到没处挂衣服，又折回来找袋子，拎着东西又回到卫生间，关上门刚要锁上，发现插销坏了。

　　林冬又拿着东西出来，隔壁间有人在用，她站在门口等，等了近十分钟，里头的人还没结束。

　　碰巧秦树阳过来上厕所："你杵在这儿干吗呢？"

　　"排队。"

　　"都有人？"

　　"那个门坏了。"

　　"噢。"他进去卫生间，不一会儿洗了手出来，见林冬还站在那儿等，走过来进浴室看两眼，发现插销断了，他招呼她，"过来。"

　　林冬走过去。

　　秦树阳把她手里的塑料袋挂在挂钩上："你洗，我在外头给你守着。天不早了，赶紧洗了睡，明早还得早起。"

　　"好。"林冬进去把洗漱用品放在小架子上，回身差点儿撞到他身上。她抬眼看他，顶灯照得眼睛亮晶晶，"你不出去吗？"

　　"啊？"

　　"我要洗澡了，你不出去吗？"

　　秦树阳这才反应过来，赶紧出去把门带上。

　　林冬把衣服拉了一半，又放了下来，拉开门探出头去嘱咐："你别走啊。"

　　"好。"

她缩回头去，还是不放心，又探出头："千万别走。"

"放心吧，我不会走。"

林冬把门关上，快速脱了衣服，打开花洒冲了起来。

秦树阳守在外头，听见里头的放水声，头晕晕的，身体发飘。他背靠到墙上。

不到十分钟，林冬湿着头发出来了："我洗好了，换你进去。"

秦树阳懒洋洋地眯着眼，看着她，勾起嘴角轻笑。

好看，真好看。

他什么也没说，几步迈进去关上门，里头还遗留着她的沐浴液香味，茉莉味。他三两下扒了衣服，闭着眼站在花洒下冲。水渐渐凉了，一阵凉水顶头而下，他一个激灵，被水冲得清醒些。

猛然一睁眼，完了，没拿衣服进来。他对着门："喂，你还在吗？"

"在。"

"你……"话说一半，他使劲拍了自己一下，叫她拿不好吧。

他看向换下的衣服，一股酒味，还湿漉漉的。

算了，将就吧。

"怎么了？"林冬在外头站着。

"呃……"

"有事吗？"

"你……"他单手支着墙，水顺着强健的身体缓缓流下，"你……你叫什么名字？"

对啊，只知道一个"冬"字，还不知道你的名字。

一门之隔，他看不到她的表情，听不到她的声音。那五秒钟的沉默，像流水到天空的距离。

"林冬。"

林冬，林冬。他莫名提了下嘴角，道："那个，你先回去睡吧，我洗好了。"

"好。"

秦树阳关掉花洒，抹了把脸上的水。他穿戴好，正准备回房间休息，拐弯处跳出个人来，吓得他一激灵。看清来人，他语气不悦道："你干什么？"

　　高曲拦住他的去路："她真不是你女朋友呀？"

　　"怎么？"

　　"说呀。"

　　他笑一声："不关你事吧。"

　　"这有什么好瞒的，不是女朋友，你那么照顾她？"高曲噘着嘴打量他，嘟囔，"除了黑一点，半点儿也不像搬砖的，你骗我的吧。"

　　"我闲的。回去睡觉，几点了？不累吗你？"秦树阳懒得理她，推开人就要走。

　　"等等。"高曲拽住他的胳膊，"我同学看上她了，如果你不是她男朋友，他可就要追了。"

　　秦树阳抽出胳膊，声音烦躁："爱追就追。"

　　"喂。"

　　他直直地走了。

　　高曲眨眨眼，瘪嘴看他："什么破脾气，一会儿好一会儿坏的。"

　　秦树阳回了房，几个学生呼呼大睡，下铺帘子大敞，他的东西都在床上。林冬睡在上铺，帘子闭着没有动静，大概睡着了。

　　说的不睡上铺，怎么又上去了？他小心翼翼地关上灯，躺到床上换掉衣服准备睡觉。突然，手机亮了起来，他打开一看，上头那位的短信来了："太吵了。"

　　此起彼伏的呼噜声，在静谧的夜里显得更加聒噪。秦树阳猛咳了一声。呼噜声停了，有个男同学翻了翻身，继续呼起来。

　　又来短信："你再咳一声。"

　　他轻笑："咳咳咳！"

　　没声了。

　　手机一亮，秦树阳打开信息："晚安。"

　　他没有回她，坐起身来，仰着脸隔着床板轻声说："晚安。"

　　刚躺下，他的床帘被拉开，林冬头挂在上铺床边看他。

　　秦树阳横躺着，沉默地与她对视。

　　林冬看了他一会儿，小声道："你干什么呢？"

他心里想笑，脸上憋住了："你干什么呢？"

林冬说："我先问的。"

秦树阳："我在看你。"

林冬："那我也在看你。"

秦树阳："快回去睡。"

林冬没有回答，缩回脑袋躺好。

秦树阳也闭上眼睛。

天还没亮，林冬就起床换上舞鞋出去，动静不大。秦树阳却醒了，看一眼时间，才五点，他闭上眼又睡着了。

一直到七点，秦树阳才起床，洗漱完找林冬，却哪儿都不见她人。他看到昨晚一起玩的一个同学抱着画板出门，拦下人家问："你看到我同伴了吗？"

"没有。"

"噢，谢谢。"

秦树阳下楼找林冬，刚下楼梯，就看见林冬拎着早餐回来了。她看到他，举了举手："过来吃东西。"

秦树阳跟林冬到餐厅，坐到她对面："你五点起来干什么？跳舞去了？"

"不然呢。"林冬拿出一个肉包子，使劲儿咬了一口。

"起那么早不困吗？"

她摇头。

"你吃完再去眯一小时，我们九点再走，不然爬山没力气。"

"嗯。"

"少练几天舞也没事吧。"

林冬喝了口豆浆，咽下后才认真道："从我学舞第一天到现在，从来没有间断过。"

"厉害。"

九点，秦树阳悄悄拉开林冬的床帘一角，见人还在熟睡。他瞧着她

112

的睡容笑了笑，没忍心把她叫醒。

直到九点半，林冬才自然醒。她从床上下来，看着躺在床上悠闲玩着的男人，怨他："你怎么不叫我？"

"不想打扰你。"

"耽误了半小时。"

"我的错。"秦树阳坐起身，"走吧，我都收拾好了。"

他们带上东西退了房。路过服装店，为防止山里太冷，秦树阳买了块大方巾塞进包里，又带了两个鸡蛋。

山梯是人踩出来的，秦树阳从农家借了一把镰刀，砍了两根野竹子。雨后泥土松软，不好走，一路泥泞，鞋脏了，裤脚也湿了。山路两边长着高大的竹子，种得密密麻麻，粗的有大腿粗。越往里走越幽静，嗅一口空气，夹着雨露和草叶的清香。这里很适合隐居，难怪那个收藏家每年都要跑这儿来住几个月。

秦树阳拿着地图，带她翻过一座矮山。两人都不觉得累，就是林冬老觉得饿，时不时停下来吃东西。另外，这小姑奶奶就像没爬过山一样，对什么都好奇：看见树上鲜艳的野果子，一遍一遍地问秦树阳能不能吃、好不好吃；草叶上跳过的蚂蚱，她都能追着跑很远。

山里没信号，天气也不好，灰蒙蒙的。他俩边玩边爬，两座山翻过去已经下午三点多了。林冬跟在秦树阳后头，突然叫住他："我们会不会走错了？"

"没有。"

"这里除了树和竹子就是草，"她停下脚，朝四周看了看，"我都分不清方向了。"

"我分得清。"秦树阳也停下来，回头看她，见她不动，"大小姐，你听我的没错，我方向感很好的，以前比这更难爬的山我都拿下不止十个，你信我。"

林冬跟了上来。

"你就跟着我走走看看，吃吃玩玩，路的事不用你操心。"

"你不累吗？"她注视着他前后挂着的两个背包，"我来背一个吧。"

"不用，我不累。你累了？要不歇歇？"

"不歇。"

"行吧。"他走了两步掉过头来，"要不你拽着我的竹子，我拉着你走。"

"不用。"

"别客气，拿钱办事天经地义，不多做点儿，这钱拿得不舒坦。"

"说了不用。"

"行吧。"

秦树阳腿长，一脚踩上一个大石头，继续往前走。忽然听到身后她的声音："秦树。"

他回头。

"你拉我一把。"

他笑了："说了不用？"

"……"

秦树阳伸过手。林冬却不理他，自己往上爬。

哟，还闹小脾气了。

"来吧，我逗你呢。"

她快爬上来了。

秦树阳笑着看她，弯下腰两手往她胳肢窝里一插，直接把人拎了上来。

林冬不满道："谁让你帮我了。"

"你啊。"

林冬不说话，继续往前走，半晌，抱怨了一句："早知道就雇个探险队来了。"

秦树阳笑道："你怎么不弄个直升机来？"

"有道理。"

"……"

他俩走了半个多小时，林冬问："是不是上雾了？"

秦树阳没有回答，看着周围稀薄的雾气，说："快走。"

前方横着一条河，挡了去路，泥桥被几天前下的暴雨给冲坏了。秦树阳把鞋子脱掉，裤子卷卷挽了上去，对林冬说："我先去试试水，你在这儿别动，等着。"

"嗯。"

秦树阳一脚下去，水淹到大腿。他走到河对岸，对林冬说："你小心点儿过来。"

林冬上前两步，有些犹豫："水下没什么东西吧。"

"没，不是很滑。"

林冬看那污水不见底，不敢下，便叫他："秦树，你过来背我过去。"

秦树阳笑呵呵地卸下背包，蹚水过来，背对她半蹲了下来，说："上来吧。"

林冬没有动弹，看着他宽大的背，强调道："不是我不敢过去，只是万一下面有什么，我脚受伤就不好了。"

"好好好，是我求着背你，快上来吧。"

林冬抱住他的脖子，趴到他身上，双腿抬高，灵活地圈住他的腰。

秦树阳托住她的大腿，走进水里，慢慢往前去。走到一半，他的身体突然抖了一下，往右倾。林冬问："你怎么了？"

他咬着牙："没事。"

"踩到什么了？"

"没有。"秦树阳继续往前走，到了对岸，把她小心放下来，就地坐了下去。他抬起小腿检查，红肿了一大块。

林冬问："这怎么了？"

"好像被什么东西咬了一下。"

林冬皱起眉："那怎么办？"

"没事。"

"怎么没事？肿这么大。会不会有毒？"林冬一脸认真，"你要是死了，我要负责任的。"

秦树阳笑出声："至于嘛。"见她担心，他站了起来，"你看，没事的。"刚走两步，伤口像是被针刺一样，半条腿都软了。

林冬扶住他："不行，你不能再动了。"

她把秦树阳搀到一块岩石边坐下，蹲在地上看他的腿。

他说："真没事，你别急。"

林冬拿出手机，没有信号。

秦树阳看她拿着手机从这边走到那边，又从那边晃到这边："你别转悠了，哪儿都没信号。"

林冬一本正经地看着他："我背你回去。"

秦树阳愣怔两秒，笑了起来："你开什么玩笑？"

"我认真的。"

"别，本来不会死，到时候被你背摔死了。"

"我会小心的。"

"我一个一米八的大汉子让你个小丫头背，我脸往哪儿搁？"

"我不告诉别人。"

"得了吧，我怕死。"秦树阳拍拍身旁的石头，"过来坐会儿，我歇会儿就好，这种事我有经验，虫咬一下而已，没什么大事，歇歇就行了。"

林冬盯着他的腿不说话。

"真的，明天就好。"

"真的？"

"骗你是小狗，行吗？"

"行。"

秦树阳看向天，伸直腿，对她道："交给你一个伟大的任务。"

"你说。"

"今晚看样子是走不成了，趁天亮，去多找些木棍来。"

林冬按照他的要求，抱回来一堆树枝："这些够吗？"

"不够。"

她放下来，转身又去找。再回来时，见秦树阳跪在地上把树枝插在土里。她走近，问："你在干什么？"

"给你搭个挡风的窝。"

"噢。"

秦树阳把多带的两件衣服给撕了，还有那块大方巾，被撑开绑在树枝上，弄成小帐篷。林冬见状，也把自己的衣服给他。他拒绝："山里的夜里很冷，你的留着穿。这些树枝不够，你再去找点儿。"

"还不够？"她心里默默叹了口气，"好不容易才找到这些。"

秦树阳抬头看她，顿了两秒："加油。"

116

"……"林冬掉头走开。

十分钟后，秦树阳远远就看到林冬缓慢地走过来，身后还拖了棵小树，他有些无语，又很想笑。

林冬把树拖到他跟前，很自豪地说："我找到一棵倒了的树，而且是干的！"

"你真棒。"

小窝已经搭好了，秦树阳坐在地上，用随身带的刀把林冬拖回来的小树剁成很多段。这一顿折腾，天已经暗了下来。

他对林冬说："有点冷了，你坐进去。"

她新奇地钻进小棚子，左右看看："结实吗？"

"放心，你不在里头打滚就没事。"

"好。"

秦树阳找了些碎石头铺在地上，挑些干树枝，堆垒起来点上。

生好火，秦树阳问她："你冷不冷？"

林冬摇摇头。

秦树阳不说话了，坐在篝火旁，低下头烤树枝。

林冬看着他的侧影问："你不进来？"

"你自己待着吧。"

"你进来。"

"不进。"

"进来。"

"不进。"

"你是伤患，衣服又薄，你不进来那我也出去陪你。"说着，她就要钻出来。

"哎，别动。"秦树阳立马爬过去，"来了。"

林冬给他挪开地方，他到她旁边翻了个身坐下，小小的棚子正好护住两个人。

起风了，火影跟着摇曳。两人不说话，沉默地坐着，秦树阳不时往火堆里扔树枝，隔一会儿便问她："冷不冷？"

"不冷。"

秦树阳看向她，突然哼笑一声。

林冬侧脸，与他对视："你笑什么？"

"这荒山野岭的，就这么跟一男的进来了，你就不怕我谋财害命。"

"你看着就像个好人。"

"谁长着一张坏人脸？"

"你要害我早害了。"

秦树阳转回脸，无奈地摇了摇头，自言自语："换个人你早被吃了。"

"什么？"

"没什么，夸你有眼光。"

林冬沉默了。良久，她说："我觉得这样还挺好玩的，有种探险的感觉。"她戳了戳紧绷的棚顶，"你还挺会搭。"

"我可是专业的，以前学建筑的。"

"建筑系的？"

"对，建筑与景观设计，可惜没读完。"

"为什么？"

"家里出了点儿事，欠一屁股债。我也喜欢旅行、探险，以前去过很多地方。后来家里出事，就一直赚钱还债，到现在这还是第一次出来。"秦树阳盯着火堆出了神，转瞬又一脸释然，"过去了，不提也罢。"

林冬沉默片刻，认真道："等回去后，我多付你薪酬。"

秦树阳转着小树枝玩，笑了："我再爱钱，也不能这么坑你啊。你给我的已经太多了，受不起了。"

"不多。"

他笑着睨林冬一眼："你哪儿来那么多钱？家里再有钱也不能这么糟蹋吧？"

"我自己赚的。"

"你才多大？能赚多少？"

"我也不知道，我没太接触过金钱，对数目没概念。"

"……"

"但是我想我应该挺有钱的。"

他轻轻笑了一声，继续扔树枝："难怪一言不合就砸钱，敢情不知

118

道这玩意儿的珍贵？"

"再珍贵它也是人造出来的，有生命珍贵吗？有水贵？"

好像也是这么个道理，秦树阳突然想到什么，说："对了，你之前说你没上过学，怎么会没上过学呢？"

"其实上过半年，小学一年级，就在燕城。我之前还去找过，可是已经被拆掉了。我爸爸和妈妈离婚后，妈妈带我搬去了伦敦，就再也没上过。"

"因为跳舞？"

"也不全是，Leslie（莱斯莉），我妈妈的姐姐，她是个很有名的芭蕾舞蹈家，从小她就教我跳舞，给我请各种家庭老师，文学、语言、音乐、礼仪、科学，Leslie说外面的世界太复杂，我没有必要浪费时间去接触。所以从小到大，从人到事到吃穿用，全部都是别人给安排好的，我只要按照设定好的路线走下去就可以。"

"那不是很没自由？"

"嗯，我得到了很多金钱、名誉，很多人羡慕我的人生，可是我一点也不喜欢。"

他沉默了。

"我想按照自己的意愿生活，跳舞，做自己喜欢的事。"林冬语气淡淡的，"他们总是在告诉我，什么是好的，什么是对的，可是从来没问过我想要什么。总是让我去他们觉得有意义的宴会，去认识他们让我认识的人，可我真的很讨厌那些。我没有朋友，没有自由，我的生活就像一个圆圈，每天都在重复、循环。"她低下眼，"可能你会觉得我不知足，矫情鬼。"

"不会，当然不会。"他心里暗想，原来是个不谙世事的小公主，难怪什么都不懂，"可你为什么不反抗？"

"我不敢。"

"有什么不敢的？你那么大了，可以自己做主了，没必要事事都听别人的。这是你的人生，别人不应该太过于干涉。"

"我不能让 Leslie 失望和伤心。她说过，我是她的全部心血，我不能辜负她。"

"她这是道德绑架，你不该为了别人委屈自己。"

林冬不说话了。

"家教这么严，你家人怎么放心你一个人乱跑？你那个小舅舅呢？"

"我把他们派来监视我的人全都打发了，小舅舅公司有事先回去了，在他心里什么都没有事业重要。"

真是各有各的惨。秦树阳用膝盖轻轻撞了她一下，说："唉，算了，别提这些了，想些开心的。"

林冬还是不说话。

他说："吃点儿东西？"

她瞬间振作。

秦树阳把包拽过来，呼啦呼啦将零食全倒出来："吃吧。"

林冬挑了个鸡爪子，她一边吃一边说："我第一次和别人说这些心里话，你不许告诉别人。"

"当然不会。"

她看向他："你是我第二个朋友。"

"荣幸。"秦树阳转头，目光与她的碰撞，"第一个呢？"

"我家的露西。"

"别告诉我那是你家狗，或者猫？"

"你真聪明，就是我家的狗。"

"……"

"所有生灵都一样，没有贵贱，你不要瞧不起狗。"

"没有没有。"秦树阳嘴角上扬，"大小姐教训得是。"

鸡爪子吃完了，林冬又拿块面包，拆开来掰成两半，给了他一半。

"谢谢。"他接过来，顺势拧开一瓶水给她。

林冬也说："谢谢。"

忽然，秦树阳问她："那你喜欢芭蕾吗？"

"当然喜欢，"林冬眼神顿时坚定，"像生命一样喜欢。"

"那还好。"

"我喜欢所有舞蹈，不仅限于芭蕾。而且我特别喜欢街舞，可是Leslie 最讨厌那个。"

"你怎么那么怕她，你妈妈呢？"

"我妈妈是个画家，她每天只知道抽烟喝酒画画，从来没有管过我。她很早就生我了，现在也经常像个孩子一样。我爸爸比她大二十三岁。"

"……"

"你想看我跳舞吗？"

"好啊。"

林冬把面包全塞进嘴里。

"别急，慢点儿吃。"

她快速咽下去，喝了口水，起身站到一块平地。摇曳的火光照得她的脸明暗分明，格外美丽。林冬俯视着眼前的人，挑了下眉梢："看好了，我的演出很贵的。"

"好。"

林冬踮起脚，抬起手臂，微微抬着下巴，舞步轻盈。

她的身体似乎像羽毛一样轻，又像流动的音乐般灵动。碎步，旋转，轻轻一跃，足尖画出一道优美的弧度，像一只飞旋的天鹅，从容又轻灵，刚韧又柔美，仿佛下一秒就要飞走了。

虫儿为她沉默，流水为她静止。

火光前的舞者，格外撩人。

一曲舞罢，林冬优雅收起，在风中静立："秦树。"

"秦树。"她看着眼前愣愣的男子，突然弯起了嘴角。

秦树阳回过神，一阵恍惚。

这是第一次，他见她笑。

林冬靠在秦树阳身上睡着了。第二天早晨，他的腿好了许多，两个人继续往前走，走了近一个小时，终于找到那个地方。

木门"咣当咣当"被秦树阳敲响，不久就来了人，是个白衣女子，穿一身白色长裙，披散一头黑发。她目光凉凉地看着门外二人，声音清淡："请问你们是？"

"我叫林冬，我父亲是林其云，与方少华先生是故交。这位是我朋友。"

"噢，你们好，先进来吧。"

他们随白衣女子入室，只见她去了后厅。没多久，方少华便来了。本以为会是个大胡子老头儿，谁知是个精神的中年人，他看上去很激动："其云的女儿？"

"您好，方叔叔。"

方少华一脸感慨地上下打量她："叫……小冬吧，都这么大啦，好多年没见了，快过来坐。"

"谢谢叔叔。"

秦树阳对林冬说："我先去外面。"

林冬点头："好。"

方少华问："这位是？"

林冬说："朋友，照顾了我一路。"

"你好。"秦树阳说。

"小冬的朋友，这一路辛苦了。"他与秦树阳握手。

林冬突然说："方叔叔，他的腿被虫子咬了，现在还红肿着，您这里有药吗？"

方少华转身唤："静一，静一。"

白衣女子走过来。

"静一，你带这位朋友去看看，擦点儿药。"

静一对秦树阳说："跟我来吧。"

"方叔叔，您身体还好吗？"

"好啊，好得很。"他看着林冬，突然长长叹息一声，"长成大姑娘了，这么一看，眉眼还真是像极了我那老朋友。你什么时候回国的？"

"就前不久。"

"你母亲也回来了吗？"

"没有，就我一个人。"

"那么多年没回来，挺想家的吧？"

"想。"

"想就常回来看看，叔叔随时欢迎你。"

"谢谢。"林冬微笑，"方叔叔，其实这次回来，是想拜托您一件事情。"

"什么事？你尽管说吧，只要叔叔力所能及。"

"爸爸曾把一幅画暂交给您保管，您还记得那幅画吗？"

"《雪竹图》。"

"对。"

"当然记得，那可是你爷爷的名作，我好好收藏着呢。"

"方叔叔能把它交给我吗？"

　　秦树阳抹完药后，在后宅一个敞亮的地方等林冬。

　　房间门墙皆为木质，几根柱子支起木檐，外面种满了松竹，布置得很雅致。他听到林冬的脚步声，转身问："要到了？"

　　"嗯。"林冬坐到草编蒲团上，侧靠着木栏杆，抬头看外头黑鸟振翅，跃到上一个枝头。叶尖上垂挂的水珠滴落在下一片叶子上，青翠的绿叶轻轻颤抖，"很顺利。"

　　秦树阳说："这里风景真不错。"

　　"是啊。"

　　"很有意境。"

　　"是啊。"

　　"大多画家都爱这种生活吧，隐居山林，每天喝酒作诗画画。"

　　"是啊。"

　　"你怎么了？"他见她情绪不高。

　　林冬沉默地望着树丫间的鸟巢，没有回答他。半晌，她才开口："我想我爸爸了。"

　　秦树阳不知道要说什么，顺着她的视线看过去。半晌，他也开口："我也想。"

　　不久，方少华取了画过来。他们俩同时站起来，方少华把画放在案上小心铺开。他对林冬说："这就是。"

　　林冬仔细地看着画。她幼时曾见过它，十几年了，仍完好无损。

　　秦树阳不太懂中国画，只识得这画是边角式构图，工写结合，没有用太多的色彩，一丛细竹上覆压积雪，山雀展翅，好像刚从竹上飞离，那细细腿脚间还沾着未化的白雪，竹叶恍若微颤，所谓静中有动，动中有静。

林冬说："谢谢方叔叔。"

"这是哪里话,它本就是你家的东西,带走后一定要好好地保存啊。"

"我会的。"

"唉,那么多年了,我每次出行都会带着它,说实话,还真有点舍不得,不过现在也是物归原主了。"方少华感慨地看着这幅画,"老先生遗作不多,这一幅,现在最少值这个数。"他竖起四个手指头。

林冬沉默,她并不在乎它的价位。

秦树阳随口问一句:"四千万?"

"恐怕还不止。"方少华向秦树阳笑了笑,"不过在我们这些晚辈心里,千金难换。"方少华拍拍他的肩膀,低头往他的腿看过去,"小伙子,腿怎么样?"

"好多了。"

"还劳烦你把小冬安全送下去。"

"我会的。"

方少华又说:"小冬啊,在这儿住两晚再走。"

林冬说:"不用了方叔叔,谢谢您。"

"别客气,跟叔叔聊聊天。再说这小兄弟腿伤还没痊愈,休息休息再走。"

秦树阳说:"我没事的,不用顾及我。"

林冬想了想:"好,那麻烦您了。"

方少华爽朗地长笑一声:"跟叔叔还客气。走,尝尝我煮的茶。"

午饭是清汤素食,野菜、白粥、馒头,像寺庙里的斋饭。他们四个人围坐在一个小桌边,方少华给林冬介绍:"这是我的侄女,静一。"

静一向他们点头作礼。

"别看静一年轻,可是个国画大师。"

静一:"哪里是大师,叔叔尽取笑我。"

秦树阳埋头吃着,心想这家走的都是复古路线,讲话文绉绉的。

方少华问:"小冬有学画画吗?我听说你舞跳得不错。"

林冬回答:"小时候有学一点画,不过都是皮毛,很多年没碰了。"

"你爸妈可都是一流画师，你也应该好好学学。"

"嗯。"

静一放下碗筷："我吃好了，你们慢用。"她就起身走了。

方少华说："我这侄女脾气就这样，清冷得很。前些日子被她父亲关到我这儿来静修，别见怪啊。"

第二日清晨，天气有些冷，秦树阳抱着胳膊出门。他到处走走看看，想研究一下这里的建筑，走着走着突然见到了林冬，她正在院子里跳舞。这么冷的天，她就只穿一件吊带和宽松的黑色薄裤，裤脚挽到小腿中央，踮着脚转动。一举一动，把身体的线条之美施展得淋漓尽致。

秦树阳靠着柱子站在廊下看林冬。林冬跳得很稳，不管做出什么样的高难度动作，着地的脚尖似乎黏在地上一样，一晃不晃。

得受多少苦，流多少汗，才能练成这一身功夫？

林冬注意到他，停下来朝他走过来，脸上、脖子上、锁骨上全是汗珠。她看上去心情不错，冲他一笑："站在这儿干什么？"

"看你跳舞。"

"好看吗？"

"好看。"

林冬抹去额角的汗："谢谢。"

"脚不疼吗？"

"不疼。"她接着又说，"一开始很疼，后来慢慢习惯了。"

秦树阳仍靠在木柱上："我听说你们跳多了，脚尖会出血。"

"是啊。"她的头发被汗浸湿了，贴在脸颊上，"可我是铁脚。"

秦树阳忽然抬起手，帮她撩开那一缕细发。

林冬盯着他的双眼，没有说话。

他问："还跳吗？"

"不跳也行。"

"进屋吧，风大，你这一身汗吹久了容易感冒。"

"嗯。"

秦树阳直起身走开了，林冬忽然叫他一声。

他回头："怎么了？"

"你的腿怎么样了？"

"没事。"

"那我们就回去吧。"

"好。"

告别方少华，两人回到镇上。天色不早，他们需要在这里再住一晚。那群学生还没有走，背着画包写生陆续回来了。

秦树阳和林冬躺在各自的床上，也不交流。

傍晚，学生们吃完饭回到各自房间，很远就听到吵闹声，轻快的脚步越来越近。门被打开，两个男同学看到秦树阳枕着胳膊躺在床上看手机："哎？你们回来啦？还以为你们走了。你们进山了？"

"嗯。"

"哇，在山里待了两夜！你们去露营吗？"

秦树阳不想和他们解释太多，直接"嗯"了一声。

"好玩吗？山里没蛇虫吗？"

"还行。"

高曲听见动静跑了进来，看见秦树阳可高兴坏了："你回来啦。"

"嗯。"

"我还以为你们走了呢，"她走近些，手搭在梯子上，"那个女孩呢？"

秦树阳没理她。

"在上头？"她翘首看了看，刚要拉帘子。

"她睡了，别动。"秦树阳不太高兴，"小点儿声。"

高曲撇嘴，放下手："那你出来，我有话跟你讲。"

"我累了，睡了。"秦树阳拉上帘子。

过了一个多小时，高曲拿着行李进来，看着秦树阳空空的床位问角落的男生："人呢？"

"刚出去了，好像吃饭去了。"

她走到男生面前，踢了踢他的腿："换个床铺，你去别的地方睡去。"

"还是亲同学吗？"

另一男生说："你就去吧，人家小曲有事。"

"噢——我懂了。"他收拾了东西，"大小姐，小的这就走，不耽误您大事。"

高曲把东西扔到床上，男同学走出门，又伸过头来："祝你成功啊。"

"去去去，讨厌。"

林冬和秦树阳又去吃了螺蛳粉，带着一身奇妙的味道回到房间。屋里只有高曲坐在床上玩手机，看到他俩回来，她立马坐了起来。

"回来啦。"高曲嗅嗅鼻子，"咦，你们吃了什么？"

林冬说："螺蛳粉。"

"噢。"高曲从桌上拿了包东西，递给秦树阳，"我今天给一个当地老太太画画了，她送给我自己做的糕点，你尝尝。"

"不了，谢谢。"秦树阳谢绝。

"你尝尝嘛，很好吃的。"高曲打开包装。

林冬看着她手里的桃酥，绿色的，小小块，很好吃的样子。

秦树阳仍拒绝："我不吃甜的，你自己吃吧。"

"客气什么。"

"没和你客气，我真的不吃甜的。"

林冬悄悄拉了拉秦树阳的衣角。秦树阳扭头看她。

这小眼神，他立马就懂了。怎么就那么出息呢？

"拿去吧，几块桃酥而已，我还有呢！而且这不是很甜的，特别好吃！"高曲还在说。

秦树阳接了下来："谢谢。"他转手把桃酥递给林冬，"你尝尝。"

林冬很高兴，对高曲说了声"谢谢"。

高曲看着他俩，一脸愣怔地说："不客气。"

林冬坐到他的床上，拿出一块咬了一口。秦树阳收拾着衣服，随口一问："好吃吗？"

"好吃。"

高曲："……"

林冬又对高曲说："谢谢你，很好吃。"

　　高曲僵硬地扯了下嘴角："不用谢。"她回到床位上坐下，不时瞄他俩一眼，心里窝着一团闷气。

　　秦树阳把被子扔到上铺，对林冬说："降温了，我这床被子给你，回头我再去要一床被子。"

　　"好。"林冬递了块桃酥给他，"你吃一块。"

　　"我不吃，你吃你的。"

　　林冬手举到他面前："你吃一块。"

　　秦树阳接过来塞进嘴里。

　　高曲气鼓鼓地蹬了鞋，躺到床上，用力拉上帘子。

　　不是说不吃甜的嘛！她给你就吃了！

　　林冬去外面洗手，透过天井看到外面下了雨，她打了个寒战，这才想起来秦树阳的衣服全被撕掉做了棚子。她回到房间，不见秦树阳，自己拿上钱包打上伞，出了青旅。

　　林冬去了那家服装店，随意挑一件厚外套带回来，她把外套放到秦树阳的床上。秦树阳洗完澡回来，看着床上的衣服问："这是谁的衣服？"

　　林冬说："我给你买的。"

　　秦树阳拎起来看了看，深蓝色的系扣复古大褂子，像老头子穿的一样。他突然发笑："这也太搞笑了。"

　　林冬说："虽然丑点儿，但是最厚的了。"

　　"多少钱买的？"

　　"三百二。"

　　"三……这破布料能值三百二？你被坑了吧？"

　　林冬没有说话。

　　"没还价吧。"

　　"什么还价？"

　　他无奈："退了去。"

　　"为什么？"

　　"哪值这个钱。"

她看了眼他，又看了眼衣服，皱眉道："我不去。"

"不划算，这款式我以后也穿不出去。"

"不去。"

秦树阳看她这个倔样儿，说："行行行，不退了。"他把衣服套到身上，"我给你钱。"

"我送你的，你的衣服都搭棚子了。"

秦树阳无奈地笑笑，敞开手臂："怎么样？"

"好看。"

"难看你也会说好看。"

"真的好看。"

"丑死了。"他一脸嫌弃。

"也没那么丑。"

"我出去照照。"说着，他开心地跑去卫生间，看着镜子里的自己，笑得格外欢乐。

啧啧啧，太难看了。

林冬去洗澡的路上，高曲拦住了她："等一下。"

"怎么了？"

"你和秦树阳，你们俩什么关系呀？"

"朋友。"

"就普通朋友？你喜欢他吗？"

"不喜欢怎么做朋友？"

"不是那种。"高曲见她一副不开窍的模样，有些心急，"我说的是男女之间那种喜欢。"

"爱情？"

"啊，对。"

林冬想了想："我不知道。"

"怎么可能不知道？喜不喜欢还感觉不出来吗？"

"不知道。"

高曲盯着林冬，抿着嘴笑了笑："那你把他的手机号码给我。"

林冬沉默。

"我喜欢他,你既然不是她女朋友,帮帮忙给一下号码呗。"

"虽然吃了你的东西,但我没有权利把他的号码给别人,你如果想要就自己去要。"

"……"

"我要去洗澡了,再见。"林冬走开了。

高曲撇了下嘴:"无聊。"

高曲当然没有要到号码,她也不是死缠烂打的人,见不好就收。

第二天一大早,林冬和秦树阳就离开了。这里没有出租车,当地人也极少开车出去。恰巧遇到一个卖水果的老汉开着拖拉机要去城里,顺路载了他们一程。

林冬看到这个车的时候,瞠目结舌——这敞篷车也太简陋了,不过真的很拉风啊!

她和秦树阳坐在木箱子上,身边全是瓜果蔬菜。车摇摇晃晃,两人也跟着左摇右晃。林冬盯着不远处的一箱黄瓜,有些嘴馋。事实上,这一路上她都在打这些水果的主意。

"你想不想吃黄瓜?"她问秦树阳。

秦树阳眯着眼,悠闲地坐着,昨夜没睡好,整个人看上去很疲倦,说:"不想。"

"这些黄瓜看上去很不错。"

秦树阳睨了她一眼:"想吃就吃吧,一会儿给他钱。"

林冬开心地站起来去挑了一根,从包里拿出一瓶矿泉水递给秦树阳,手伸到车外:"帮我倒一下。"

秦树阳拧开瓶盖,没精打采地倒水。林冬拿着黄瓜上下揉搓,仔仔细细洗干净:"好了,谢谢。"

他收回手,盖上瓶盖。

林冬坐回原地,举着黄瓜对他说:"要不要分你一半?"

"不要。"

于是,她自己吃了。

嘎嘣脆,汁多肉嫩皮薄,太好吃了!

林冬吃完一根，想要再吃一根，刚站起来走两步去拿黄瓜，拖拉机猛地一刹车，她没站稳往后倾，人直直向秦树阳倒了过来。

秦树阳正敞着腿打盹儿，刚被一个大刹车晃醒，慢悠悠睁开眼，就看到她整个人冲自己裆部倒过来。

他还没来得及护住裆部，林冬已经撞了过来。

完美命中。

第四章 ·
馋猫

　　一路波折，终于离开了这个地方。到燕城的时候，已经晚上五点多。

　　下了火车，两人准备打车离开火车站，等出租车时，林冬问秦树阳：
"腿怎么样了？要不要去医院看一下？"

　　"不去，没那么娇贵。"

　　"那别的地方没事吧？"她瞄了他一眼。

　　往哪儿看呢！秦树阳微微侧身："没事。"

　　林冬坐上车："如果你有什么后遗症，打电话找我。"

　　"……"你就指着我废了是吧？

　　车来了，林冬说："上车，先把你送回去。"

　　秦树阳关上车门："不用，我自己回去就行，也不远。"

　　"我要去西闲里，顺路。"

　　西闲里街口，两人就要分别。

　　林冬说："我回去再汇点儿钱到你账户。"

　　秦树阳沉默了几秒："不用。"又说，"走哪儿到哪儿都被坑，算
你走运，我不坑你。"

　　林冬不理他话，告知他："你晚上看一下账户。"

　　"别给我打了。"

　　"不行。"

　　"上次你给我卡里打的还没花完，那些就够了。"

　　"再见。"她直接走了。

　　秦树阳转头看着她的背影，自始至终她都没有再回头。

　　好歹相识一场，真是无情啊。

他一个人走回家，一路上不知怎的，闷闷不乐的。回到屋坐在床上，心里头也空落落的。他往后头躺过去，身后的背包硌到自己。

　　完了，包没给她。

　　他赶紧掏出手机，找出她的号码来。刚要拨出去，就听见门外老四在喊："小嫂子！"

　　他心里一激动，几乎是跳着跑出去，接着就看见林冬站在大门口。他淡定地走过去："你的包忘拿了。"

　　"我就是来拿包的。"

　　"你怎么找到这儿的？"

　　"我见你进了这个巷子，随便找人问了一下，他就告诉我了。"

　　"你等一下，我拿给你。"

　　"好。"

　　秦树阳进屋取了包递给她。

　　她背好，说："那我走了。"

　　"好。"

　　老四赶紧说："别走啊，在这儿玩玩呗。"

　　林冬看向老四："玩什么？"

　　"很多好玩的啊，我们这儿可热闹了。"

　　她又看回秦树阳："行吗？"

　　"随你。"秦树阳吐出两个字。

　　林冬跟他俩进了小院子，老四冲屋里头喊："迎客了！"

　　强子冒出个脑袋来："哟，谁啊这是？哪儿来的美女？"

　　林冬被迎进门："我是秦树的朋友。"

　　秦树阳随口一问："胡子呢？"

　　"陪他媳妇去了，今晚不回来。"

　　秦树阳对林冬说："等一下，我换件衣服再出来。"

　　"嗯。"林冬看到桌上乱七八糟的牌，"你们也打牌呀。"

　　强子说："对，你会吗？"

　　"不会。"

　　"简单，一教就会，来吗？"

老四也凑热闹："打吧打吧，很好玩。"

林冬坐了下来。

"教你简单的，斗地主。"

"可是我连牌都不认得。"

"识数就行！"

秦树阳把林冬买的那件奇葩外套叠好放进柜子里，听到外头老四正教林冬认牌，他找出套衣服换上出来，看到林冬正在很不熟练地抓牌。他走到她身旁："没事学什么打牌。"

林冬仰脸看他："为什么不能学？"

"浪费时间，也没意思。"

强子笑："老二你坐旁边帮帮人家啊。"

老四说："得了吧，哥不打牌。"

林冬手小，慢慢理着牌，老四和强子在旁边等了她好一会儿。她仰脸又看秦树阳："你不帮我吗？"

"……"秦树阳从她手里接过牌，理好了再交给她。

强子叹道："看看，咱们的话不管用，老二就听人家的。"

秦树阳斜了一眼："打你的牌，少说废话。"

"好的，树哥！"

过不久，强子说："老二买菜去啊？"

老四接话："就是，人家女孩子在这里，不得做顿大餐？"

强子笑眯眯地看林冬，对她说："老二厨艺一级棒！"

秦树阳问她："你今晚在这儿吃吗？"

林冬问："你做？"

"我做。"

"那我在这儿吃，我可以付饭钱。"

老四和强子同时笑起来。

秦树阳不想搭理他们："不用钱，请你一顿破不了产。那你先在这儿跟他们玩，我去买点儿菜。"

"哟！"

"哟！"

两人瞎起哄，秦树阳踹老四一脚："再哟！"

不一会儿，秦树阳拎了几袋菜从菜市场回来。老四迎上去，跟到厨房，翻了翻他买的东西："难得啊哥，怎么这么舍得？"

"不是给你吃的。"

"我就知道，咱几个沾了嫂子光。"

秦树阳正要扬手打老四。老四身子一闪，躲了过去。

"再乱说封你嘴。"

"嘿嘿，这几天有啥突破性进展不？"

"说了几遍不是那关系。"

老四笑一声："哥，这鱼怎么做？做麻辣鱼吧，辣到冒烟那种，你最拿手。"

"她胃不好，吃不了太辣。"

"那买几瓶酒去？"

"给姑娘喝什么酒。"

"那弄几根烤串来？"

"你去问问她吃不吃。"

"……"

秦树阳说："打你们的牌去，你跑我这儿来干什么？林冬呢？"

"你媳妇喝水呢，我出来看看你。"

"走开，碍手碍脚。"

"得嘞哥。不过我得嘱咐你一句，趁这个机会，该出卖色相就出卖，今晚就把人拿下。"

秦树阳拿起菜刀。

"我撤我撤。"老四溜走了。

秦树阳给林冬热了杯牛奶送过去，只见她满脸贴着白条。她无奈地看着他说："我一直输。"她低下头，深叹了口气，"我不想当地主，可每次都被我抽到。"

秦树阳踢了下强子的椅子，命令他们："下把让她赢。"

强子说："老二发话了啊，让着点儿啊。"

秦树阳扯掉她额头上的白条，扔进垃圾桶，对两个男人道："别乱贴。"

"是——"

秦树阳做好几道菜，端着盘子走过来："行了，别打了，吃饭了。"

没人理他。

他踢了踢桌子腿："都起来！"

"不打了，不打了，吃完再打。"老四点头。

老四刚要扔牌，林冬聚精会神地理着手里的牌："等等！打完这一局！"

秦树阳没辙，闷闷一声"噢"。

老四狂笑："啊哈哈哈，哥是妻管严！"

秦树阳抬腿直接蹬了老四一脚。

收拾掉牌桌，四个人围着吃饭，强子问："你俩这……"

未待他把话说完，秦树阳斥一声："少废话！"

"好好好。"强子给林冬夹菜，"那小姐姐，你看我有机会吗？"

秦树阳皱眉盯着强子。

强子收回筷子："你看，吃醋了吧。"

秦树阳敲了下他的碗："你还吃不吃了？"

"吃吃吃。"

等秦树阳去盛汤时，强子问林冬："你对我们老二有意思吗？"

林冬问："什么意思？"

"呃……你想和他处对象不？"

"什么处对象？"

这木头疙瘩，把强子给急得："哎呀，就是你想和他睡一块不？"

林冬愣了。

强子和老四期待地看着她的表情。

林冬淡淡道："不想。"

两人失落地缩回脖子。

"来让一下，小心烫。"秦树阳坐回位置，给林冬盛了碗汤。

吃到一半，走进来一个女人，打扮得花枝招展，声音又高又尖："哟，这小美女是谁啊？"

"我朋友。"秦树阳说。

"香香姐来啦，过来吃饭，老二难得做那么多菜。"强子说。

香香姐笑着坐到林冬旁边："什么好事？太阳打西边出来啦，老二难得舍得出血啊。"

林冬放下筷子："我吃饱了，先走了，你们慢吃。"说完，她就走了。

老四喊："哎，你才吃多少？"

秦树阳跟了出去。

香香姐愣了愣："不是，她这什么意思啊？我刚来就走？"

秦树阳追上她："怎么了？"

林冬揉了揉鼻子："那个女人身上香水味太大了，呛。"

"那带你出去再吃点儿？"

"不用了，我也不怎么饿。你回去吧，今晚麻烦你了，谢谢你的招待。"

"那要不要送你回去？"

"不用。"她径直走了。

秦树阳回到屋里，一群人盯着他，问："她怎么了？"

"不太舒服，回去休息了。"

香香抱怨："真的假的呀，我看着不像有什么事啊，你这什么朋友，有没有点礼貌？"

秦树阳没有说话，端起碗坐到别处继续吃饭。

"我刚来就走，她这样叫别人怎么想。"香香有点生气。

秦树阳端着碗站起来："李香香，你能不能少喷点儿香水。"

香香愣了。

强子和老四埋头边吃饭边偷笑。

"你这什么意思？嫌我香味大了？"她站了起来，"嫌我用的香水差吧？"

秦树阳刨了口饭："就是叫你少喷点儿。"

"因为这个走的？"香香嗤笑一声，"她有钱她高贵，别来这儿和我们这群穷鬼吃饭啊。"香香气呼呼地扭着屁股走了，"晦气。"

秦树阳坐下来夹菜："熏死了。"

老四用胳膊肘捣了捣秦树阳："哥，也就你敢这么说她。"

强子笑笑："八百里开外就知道是香香姐来了，那个味道，要命！"

林冬回到酒店，躺在床上看屋顶。刚闭上眼，手机响了，是何信君打来的电话。

　　她接通："老何。"

　　"小冬，你在干什么？"

　　"发呆。"

　　"我过两天就飞过去。"

　　"你不用来了。"

　　"怎么？"

　　"我已经拿到画了。"

　　"拿到了？找到姓方的了？"

　　"不然呢？"

　　"什么时候拿到的？"

　　"前两天。"

　　"这么快，没想到啊小冬，我得好好夸夸你。"

　　林冬不想说话。

　　何信君轻笑："那你就回来吧。"

　　话刚出口，他又说："还是我回去接你吧，你一个人飞我不放心。"

　　"不用。"

　　"我尽快赶过去。"

　　"不用你来。"

　　他听林冬语气坚决，妥协道："也行吧，回头给大姐打个电话，还有你妈。"

　　"嗯。"

　　"别耽误太久，尽快启程，让老周送你。"

　　"知道了。"

　　"那你早点儿睡。"

　　"嗯。"

　　"再见。"

　　林冬挂了电话，躺着发会儿呆，才站起来走到窗前。她看向外面的世界，就快离开这片土地了，又要回到那样的生活。

她无力地靠着窗户，长叹口气。

晚上十点半，林冬出了酒店，在路边买几根关东煮，一个人晃荡在陌生的街头，欣赏城市街景。

手里的关东煮凉了，她吃一口，没了胃口，便扔掉了。

对面走过来一对情侣，林冬目光飘飘地看着他们。女孩子注意到她的目光，朝她甜甜地笑了一下，便擦肩而过。

林冬继续往前走。

路上没什么人，她找了家开着门的店，进去买个锅盔带了出来。她不想回酒店，沿着街边散步，坐到花园台子上吃锅盔。

突然，身后传来一声："喵——"

林冬回头，看到一只花猫藏在花园里，露出半个头来。

"喵——"

"你不能吃这个。"

"喵——"

林冬从锅盔里抽出鸡丝放到它面前。花猫往后缩两步，又警惕地上前，含着鸡丝躲进草丛，吃完了又冒出头来："喵——"

林冬又抽出几根鸡丝，花猫很快吃完，又软绵绵地叫起来。

"不给你了。"

"喵——喵——"

林冬心软下来："最后一点。"

花猫胆子大许多，整个身体钻了出来，吃完后又仰脸期待地看她。

林冬把锅盔塞进自己嘴里，对它摊开手："没有啦，吃掉喽。"

"喵——"

"没有啦，我吃完了。"林冬点了点它的脑袋，"你是流浪猫吗？"

"喵——"

"你真幸福。"

"喵——"

"至少是自由的。"

小猫低头舔爪子。

"我一点也不想回去，"林冬看着空荡荡的街道，"好累，好烦。"她站起身，"我走啦。"

"喵——"

"我走了。"

"喵——"

她转身走开，一个人晃回了酒店。

早晨，林冬洗漱完，给秦树阳打了电话。他正穿着衣服，看了眼屏幕，衣服也不穿了，只套着一个袖子，专心去接电话："喂。"

"秦树。"

"哎。"

"你在家吗？"

"在。"

"你的那些朋友呢？"

"都上班去了，怎么了？"

"没事。"她沉默几秒，才坦白，"其实是我想打牌。"

"……"

林冬又解释道："就是那个斗地主。"

"……"

"他们说等有空再教我更好玩的。"

秦树阳忍不住出声："少玩点儿牌，不务正业。"

"就玩这几天。"

秦树阳无声地笑起来："他们晚上回来，七八点钟。"

"那我能过去吗？"

"能啊，你来就行。"

"那你今晚还做饭吗？"

他心里乐得很："你来我就做。"

"那我买点儿菜过去。"

"别，见识过你的买菜技术，你还是消停点儿吧。"

"你嘲笑我。"她并未生气，又说，"那不会打扰到你们吧？"

"你还会怕打扰？"

林冬沉默几秒："如果不方便我就不去了。"

"方便！我开玩笑……他们都爱热闹，你来就行。"

"那好。"

"嗯。"

"那我挂了。"

"行。"

秦树阳挂了电话，心里喜滋滋的，继续穿衣服。

林冬在外头闲逛一天，傍晚去了一个菜市场。虽然不会做，但她却很喜欢买菜。

这是她第一次来菜市场，还是那么多人的菜市场。她慢悠悠地走着，看到成山的蔬菜堆在柜台上，很多摊主身边都放了个小喇叭，一遍一遍重复录制的吆喝声。

林冬停在一个猪肉摊前，看大汉光着上身磨刀霍霍。

大汉见她，问道："要肉吗？"

林冬看了眼砧板上的猪肉，还有个猪头架在桌边，看着有点吓人。

大汉道："你看这肉多漂亮，来一块呗。"

"四个人能吃多少？"

大汉丢下刀，抬起手比画起来："得这么多。"

"那我就要那么多。"

大汉切了一大块："这么多行吗，姑娘？"

林冬看这些肉与刚才他所比画的相差甚多，便说："你切多了。"

"多那么一点而已，就几块钱。"大汉笑嘻嘻地睨她，"看着多，做了就不多了。"

"行。"

大汉给称了，林冬付了钱，拎过袋子："谢谢。"

"客气，再来啊。"他笑着一路目送她离开，心想：哪儿来的小妞，长得真俊。

林冬在菜市场逛了一个多小时，拎着几大袋东西往秦树阳家去。大铁门没关，林冬敲敲门，楼上一个妇人从窗户伸出头："找谁？"

　　"请问秦树在家吗？"

　　"小秦？上午还在，好像有什么事出去了。"

　　"那我在这里等等他。"

　　"你进来等吧，院子里有小凳子。"

　　"谢谢。"林冬把买的食材放在门口，给秦树阳打了个电话，没有打通。她站得无聊，把凳子搬到大门口坐着。

　　隔壁门口坐了个没牙的老太太，高兴地朝着她笑。几个孩子来来回回在巷子乱窜，有大人站在远处喊骂回家吃饭。

　　真热闹，林冬羡慕地看着他们。

　　忽然，有个卖豆腐脑的男人骑着电动三轮车走过，车前的喇叭里循环播放："卖豆腐脑，燕城豆腐脑，卖豆腐脑……"

　　"等等，豆腐脑，给我来三碗。"一个妇人从隔壁出来，三轮车停在了她家门口。

　　接着，林冬听见噔噔噔的脚步声从身后传来，一个小男孩从楼上急吼吼地跑了下来，冲到门口被箱子绊了个跟头，整个趴在地上。林冬站起来要扶他，小男孩自己爬起来，掸了掸裤子上的泥土，趴在墙边看卖豆腐脑的小车。

　　三轮车上的喇叭还在喊："卖豆腐脑——"

　　林冬问小孩儿："豆腐脑是什么？"

　　小孩儿奇怪地看了她一眼，又望向豆腐脑："就是豆腐脑啊。"他眼巴巴地看着那三轮车，"特别好吃的。"

　　林冬走过去瞄了眼。

　　老板问："要一碗吗？"

　　林冬好奇道："这为什么叫豆腐脑？"

　　"哪有啥为什么，就叫这名儿。"老板被她这话惹笑了，"还有一点，你要不要？"

　　"要。"林冬看老汉拿出个泡沫小碗，舀出几勺豆腐脑，放上香菜、虾米和其他一些看不懂的东西。

她说："这种塑料污染环境，你们应该让顾客自己拿碗盛。"

老汉睨了她一眼："都是用这个，要辣不？"

"少要一点。"

老汉插了把小勺子在碗里，递给林冬："拿好喽。"

林冬双手捧住："谢谢。"

老汉正要盖上大桶，林冬阻止他说："再要一碗。"

"哎，姑娘，不好意思，最后一碗了。"

"半碗也行。"

"刚这已经是底了，真没了，你看。"

林冬探了眼，桶里空空的，她遗憾地回到秦树阳家大门口，把豆腐脑递给小男孩："给你。"

小男孩手背在身后，咬着下嘴唇不好意思接。

"拿去吃吧。"

小男孩接了过来："谢谢姐姐。"他吃了一大口，被烫得直哈气。

林冬俯视着他，和他手里的豆腐脑，好嫩，好软，好好吃的样子。她咽了口口水，问："好吃吗？"

小男孩直点头："好吃。"

林冬卷了卷舌头，不说话。

小男孩举起碗："姐姐你吃吗？"

林冬看着碗里被他舀得稀碎的豆腐脑，摇头："你吃吧。"

秦树阳一到家就看到亮亮端着碗大口大口地吃，林冬在旁边可怜巴巴地看着他。

秦树阳喊了一声："林冬。"

她闻声，侧脸。

秦树阳推着摩托车走到她身边。小男孩唤他一声："哥哥回来啦。"

秦树阳点头："亮亮吃豆腐脑呢。"

"对！"

秦树阳睨了眼林冬："你不会是想和小孩儿抢吃的吧？"

林冬："我没有。"

亮亮开心地咧着嘴笑："哥哥，是姐姐买给我的。"

秦树阳空出手揉了揉他的脑袋："你看这小姐姐馋得，去，给姐姐吃一口。"

"……"

"……"

林冬没有吃，她跟着秦树阳走进院子。秦树阳看到门口堆的几袋食材："不是叫你别买？"

"我喜欢买。"

秦树阳支好车，翻了翻袋子："你买那么多肉干什么？这得吃多久？"

"卖家说四个人能吃完的。"

秦树阳摇了摇头："又被坑了。"

"……"

"以后买东西这种事你还是少干。"

"噢。"

秦树阳又翻了翻，笑着说："又买那么多虾。"他抬头瞅她，"你上次不就是吃多了胃痛的，忘了？"

"那是吃多了，这回不会了。"她认真地说，"这回大家一起吃。"

"行行行。"他站了起来，掏出钥匙打开了门，"走。"

林冬跟着进去。

秦树阳打开自己房间门。林冬站到门口："我能进去吗？"

"进来吧。"

屋里黑漆漆的，秦树阳到她旁边按下灯，黄色的小灯泡亮了起来。林冬仰着脸看它："这不会掉下来吗？"

"不会。"秦树阳拿起杯子，"喝水吗？"

"不喝。"

"坐吧。"他走了出去。

林冬没有坐，她看着秦树阳这小小的木床，看着墙壁上贴着的报纸和画纸，还有桌子上放着的几本书。房间虽小，却收拾得很整洁。

秦树阳进来了，他拿着白瓷缸喝两口水："你坐着等等，他们估计就快回来了。"

"好。"

"我这地方又小又破的，你别嫌弃。"

"没有，挺好的。"林冬刚坐下，椅子咯吱一声，她赶紧站了起来。

秦树阳解释："没事，它就这样。"

林冬又坐回去，仰面看他："你的图纸画得不错。"

"是吗？"秦树阳坐到床边，端着水杯笑了，"对了，你的画送回家了吗？"

"没。"

"放酒店了？"

"嗯。"

"那么重要的画，你就放在酒店？"

"嗯。"

"……"

秦树阳站起来把白瓷缸放到桌上："你嫌闷就出去待会儿，我去给你烧菜。"

"嗯。"

秦树阳离开房间，林冬拿起桌上一个速写本翻了翻，空白画纸只剩最后几页，前面每一张纸都满满当当画了速写，全是房屋建筑。看得出来，他真的很喜欢建筑。

亮亮突然趴到门上："姐姐。"

林冬转头，见亮亮走了进来，手里拿着一沓牌："哥哥说其他哥哥今天回来晚，让我先陪你玩牌。"

"你会玩？"

"会啊！"小孩儿利索地抽出牌，咧着嘴看她，"接火车。"

老四和强子陆续回来，秦树阳的鱼虾也做好了，又做了水煮肉片，还把昨天做剩下的蔬菜炒了炒，最后做了道清淡点儿的菜汤。

哥几个累了一天回来，个个如狼似虎。亮亮也跟着吃虾，满嘴满手的油，缠着林冬一口一个小姐姐，格外喜欢她。

林冬没有吃饱，事实上她连三分饱都没有，但是心里却很开心。她第一次和这么多人这样热火朝天地吃饭，以往聚餐的时候，大家都不怎么说话，大姨总是教导自己一定要注意言行举止，做什么、吃什么都要注意形象，人前面子一定要做足，拘束得很。可是在这里完全不一样，他们虽然生活在社会底层，可是平凡而善良、简单也纯粹，很热闹，很自在，每个人都很真实，很讨人喜欢。

吃完饭，秦树阳去把锅碗刷了，亮亮屁颠屁颠跟在他身后帮忙。旺财骨头吃多了，肚子圆滚滚的，趴在窝里一动不动。林冬跟着老四和强子一起打牌，一直到十一点。

夜深人静，她想要回去了。

老四开玩笑说："这么晚了你就在这儿睡呗，老二的床够睡，也干净得很。"

强子也说："哈哈，这家伙跟有洁癖似的，每天里里外外擦，见不得一点灰。"

老四意味深长地笑："搂着睡多美滋滋！"

林冬解释："我和秦树只是朋友，你们不要乱讲。"

强子说："好好好，不乱讲。"

老四也说："我们几个爱开玩笑，说话口无遮拦，你别介意啊。"

林冬道："不会的，我就喜欢你们这样，有什么说什么，很真实。"

老四哈哈笑起来："你看小嫂子把咱夸的。"

林冬站了起来："那我回去了。"

"行，改天再来啊，教你玩更好玩的。"

"好的。"

老四冲正在卫生间洗衣服的秦树阳大喊一声："哥，快出来送送，你媳……人家要走了！"

秦树阳赶紧出来，没擦手，全是水。

林冬对他道："秦树，我走了。"

"好。"

林冬转身离开。

强子用力推搡秦树阳一下："傻子一样，快送送去啊。"

秦树阳跟了过去："林冬。"

林冬回头，听他道："我送你回去？"

"不用，我打车走。"

"那送你到路口。"

"不用。"

"那你路上小心。"

"嗯。"

看到秦树阳这么快折回来，老四和强子一脸嫌弃："你怎么回来了？"

"不要我送。"

"人家那是客气话，你二百五啊！"

秦树阳不吱声了。

强子感慨一声："难怪泡不到妞儿！"

"你们俩操的哪门子心，都洗洗睡去。"秦树阳回卫生间继续洗衣服，手刚放进水里揉了两下，心浮气躁，使劲儿捶了下衣服，捣得水花四溅，他转身就朝外跑。

深夜的东闲里黑咕隆咚，什么也看不到，安静到就好像只有他一个人。他一直跑，一直跑，跑进有光的地方。

林冬站在路边等车。

秦树阳见她还未离去，顿时舒缓口气。他平定呼吸，朝她走过去，刚迈出两步，停了下来。

看着她的背影，他突然感觉心跳加速。

怎么了？

他往前踱一小步，又停了下来。

别过去。

他又走一步，停下。

不要去。

不要过去了。

从街口到家，短短几百米的距离，今夜对他来说却格外幽长。

回去的路上，秦树阳觉得自己有些不清醒，路走到一半，靠到墙上平静而理智地整理好自己的情感。

别想了。

别想了。

　　林冬没打到车，她自己走了回去。本来今晚就吃得不多，现在饿得更不想动，她看到一家烧烤店没有关门，进去点了三十根羊肉串，吃到最后有些腻，全给打包带走了。

　　回去途中，林冬又遇到那只野猫。路上没有什么人，偶尔一辆车疾驰而过，灯下，那只猫就在一堆垃圾里翻着人们丢弃的食物。

　　林冬向它走去，猫见有人来，一溜烟躲进不远的花园里。路过的人那么多，它并不记得她。

　　林冬跟上去，蹲在它消失那处的草丛旁，拿出羊肉串晃了晃："吃不吃？"她隐约看到它的身影晃动，"过来吧。"

　　幽深的草丛里，小猫慢慢探出头来，咬住了羊肉串。

　　林冬看着它微微笑了："我把你送去收留所吧？"她顿了一下，"算了，那里肯定很无趣。你看你现在多幸福，想去哪里就去哪里，想干什么就干什么。

　　"想和什么猫在一起都可以。

　　"你还长得那么胖，很多人喂你吧？

　　"过几天我就走了，你不要想我。

　　"你怎么会想我呢。

　　"没有人会想我。"

　　……

　　酒店套房里，何信君正在翻看手机，旁边躺着的金发碧眼女人醒过来，搂住他的腰，睡眼蒙眬，声音拖得又软又长："你在看什么？"

　　何信君没有回答她。

　　女人翘首看了一眼，是一个女孩子跳芭蕾的视频。她把他手机抢过来看："又是她。"她笑着感慨，"她很漂亮。"

　　何信君赞同："当然。"

　　"舞跳得真好。"

他懒散地笑了笑，声音迷人："我想每一个看过她跳舞的人，都会爱上她，无论男女。"

女人看向何信君："你也爱她？"

他轻轻挑眉："你说呢。"

"那你还找我？"女人并不在乎，继续看视频，"你们男人总能把爱和性分得很好。"

何信君没有说话，起身走向卫生间洗澡。到了一定年纪没有婚娶，有个稳定性伴侣很正常，毕竟是个正常男人，总会有需求。

他站在淋浴下，睁着眼睛看从下巴掉下的水柱，满脑子都是林冬。那个小东西太久没在身边，有点不习惯。

昨夜林冬和一只猫讲话到很晚，第二天起晚了，练完舞后在酒店玩手机游戏。她下载了斗地主，一玩就是一天。

傍晚，林冬换套衣服出门，到处找螺蛳粉店，没找到，于是她去吃了碗酸辣粉。吃完后不满足，她又去吃了两个蟹黄汤包，在路上逛了逛才去秦树阳家。

亮亮正在院子里逗旺财，见到她，立马迎了上来："姐姐！"

林冬看旺财张着嘴对自己笑，问："它是你的狗吗？"

"不是的，这是哥哥的，秦哥哥。"他普通话说不标准。

"情哥哥？"

"对，之前旺财在外面流浪，被人欺负，腿上都是血，特别可怜，秦哥哥就把它带回来了。"

"你是说秦树吧？"

"对啊，秦哥哥。"

"……"

这普通话，比自己还差。林冬问："卖豆腐脑的人今天还过来吗？"

"来，每天都来。"

林冬满意地"嗯"了一声，她从包里掏出梅子递给亮亮："你吃这个吗？"

亮亮笑着接过来："谢谢姐姐。"他撕开包装袋把梅子挤到嘴里，嚼了嚼，随口吐了核。

林冬看着滚到墙边的核："不能乱吐垃圾。"她从包里拿出纸巾递给亮亮，"去包起来扔进垃圾桶里。"

亮亮默默接了过来，听话地捡起核放到垃圾桶里，回头又跑到她身边："我捡起来啦。"

"嗯。"

"姐姐你等一会儿。"说着，亮亮噔噔噔跑上楼，不一会儿又大步跑了下来，手里攥着几个方块形小东西，他高高抬着手，递到林冬面前，"姐姐你吃泡泡糖吗？"

林冬看向他手心黄色的小包装，上头印着两个熟悉的字眼——大大。她接过来，会心地笑了："我好久没吃过这个了，谢谢你。"

"不用谢。"亮亮塞了一块到嘴里，腮帮子鼓着，用力地嚼着泡泡糖，"姐姐你也吃。"

林冬撕开包装纸塞进嘴里，甜甜的，熟悉的味道，好吃得要飞起来了。

她嚼了一会儿，问小男孩："这个在哪里买的？"

"就在小卖部，王奶奶家，离这里很近的。"

门口有两个小板凳，他俩并排坐着，一个大孩子，一个小孩子，一起嚼泡泡糖。

亮亮问："你会吹泡泡吗？"

林冬问："什么泡泡？"

亮亮示范给她看，吹出一个大泡泡来。

"好厉害！"林冬按他教的，也吹出来一个。

秦树阳还未进家门，就听到林冬的声音——

"你看，我这个好大。"

秦树阳推着车杵了一下，开心地拐进门，远远就看到林冬和亮亮坐在门口的小板凳上，一个大泡泡盖住林冬半张脸。见到她这一瞬间，所有复杂的情绪全消失了，秦树阳高兴地唤她一声："林冬。"

"啪！"

泡泡炸了。

空气似乎凝结三秒，林冬皱起眉，炸掉的泡泡糊了半张脸。

亮亮指着她捧腹大笑。

秦树阳望着她的脸："你在搞笑吗？"

林冬抠抠嘴。

秦树阳支好车，走到林冬面前，看向她怀里抱着的一大桶泡泡糖："你几岁了？还这么玩。"

林冬微微噘了下嘴，没回答。

"哈哈哈，哥哥，你看姐姐的样子多傻。"小孩儿笑得直接站了起来，"好傻！"

秦树阳拍了下他的屁股："怎么说话的。"

"哈哈哈，笑死啦，糊了一脸。"

"亮亮，吃饭啦！"楼上的妇人冲下面唤道。

亮亮说："我妈妈叫我了，我去吃饭啦。"

"好。"

秦树阳继续笑着看林冬："这么快就和孩子建立起友谊了？"

"嗯。"林冬用手抠脸，"弄不下来了。"

"别弄了，挺好看的。"

"……"

她还在抠，脸都被抓红了，问："怎么办？"

"你别乱抠了。"秦树阳蹲下来，平视着眼前的人，抬手给她清理。薄薄的一层，黏糊糊的。

林冬不动弹，任他抠着。

秦树阳笑得合不拢嘴。

林冬说："你别笑了。"

他笑得更厉害。

"别笑了。"林冬推开他的手，"有那么好笑吗？"

秦树阳继续给她抠："别动，一会儿真弄不下来，你还有脸见人吗？"

林冬不动了："那你好好弄。"

"行。"

抠着抠着，他又笑了。

林冬不满：“你还笑。”

“不笑了。”

林冬不悦地噘了下嘴，他声音温柔，手指划过她的嘴唇：“别动。”

林冬凝视着他的眼睛，他的睫毛又稀又长，很漂亮。她说：“秦树，你的眼睛很好看。”

秦树阳抬眼看她，两人的目光碰撞到了一起。第一次离得这么近，近到似乎能感觉到彼此的鼻息。

她问：“你怎么脸红了？”

他赶紧低下眼：“什么脸红，晚霞照的。”

“哪有晚霞？”

“……”

“你害羞了？”

“……”

终于抠干净了，她的下半张脸红红的。

秦树阳又笑了。

她不满：“你在嘲笑我吗？”

“对啊。”

林冬皱了下眉，从桶里拿出块泡泡糖，拆开吃了。

秦树阳还蹲在她面前，惊讶地看着她：“还吃？”

她快速嚼着，不说话。

“你还想糊一脸？这回我不帮你抠，你自己抠吧。也不怕吃坏牙。”

林冬一个字也没说，她吹出一个泡泡，一个又薄又大的泡泡。

秦树阳一副幸灾乐祸的模样：“再炸了你可别哭，我——”

未待他说完，林冬猝不及防靠向他的脸，把泡泡挤炸了。

“嘣！”

软软的。

甜甜的。

林冬张了下嘴，把糊在嘴上的泡泡糖撑开，看着他的脸哼笑一声：“你再笑。”

秦树阳整个人蒙了。

"你再笑，你再笑啊。"

他注视着眼前的女孩子，她笑得好甜，比这糖还甜。

"秦树，你又脸红了。"

世界安静了，他仿佛听不到她的话，只看到那个柔软的嘴唇，它不停地在动。

刚刚那个，算吻吗？

林冬挥挥手："秦树。"

他回过神来："你疯了吗？"

"谁叫你一直笑我。"

秦树阳扭过脸，故意道："一嘴口水，你太恶心了。赶紧去洗了。"

他站起来就往卫生间走，站到镜子前摸摸自己的嘴唇，面上忍住不笑，心里却狂喜，像个小孩子。

她刚刚……哈哈哈哈……她亲我了……

哈哈哈……

林冬站到他旁边。

秦树阳收起表情，抬手去抠自己的脸。

林冬问："你生气了？"

他淡定地回："没有。"

"我逗你玩的。"

"行了。"他把她往身边一拽，"快点儿自己抠了。"

于是，一男一女，一高一矮，一壮一瘦，对着镜子抠脸上的泡泡糖。

林冬突然笑了："秦树。"

"嗯。"

"以后谁嫁给你一定很幸福。"

他侧头看她，仿佛听到了自己的心跳声。

她继续说："天天都有好吃的吃。"

"……"你的心里除了吃还有什么？

泡泡糖清理干净，秦树阳递给林冬香皂："就只有这个，将就用吧。"

林冬抹了点儿在手上，往脸上搓，接着用清水洗了，她看着镜子里红彤彤的脸，怨他道："都怪你。"

"怎么就怪我了？"

"你笑我。"

秦树阳刚要狡辩，口袋里的手机响了。他洗洗手，接了电话："嗯……嗯……你俩瞎凑什么热闹……行……等等。"

挂断后，他对林冬说："我有个事，你去屋里等我。"

"好。"

"你要是闲得无聊，就去老四他们房里看电视，门开着，我一会儿就回来。"

"噢。"

秦树阳走了，林冬站在门口，见亮亮从楼上跑下来。

"姐姐！"他高兴地站到她身边，"我吃完饭啦。"

"吃的什么？"

"稀饭和包子。"

"好吃吗？"

"好吃！"亮亮仰着小脸看她，"你要吃吗？我家还有。"

"不吃，我要留着肚子吃更好吃的。"

"什么呀？"

"秦树做的饭。"

"哥哥呢？"

"有事刚出去。"林冬忽然想起豆腐脑来，遗憾道，"今天豆腐脑没有来。"

"对啊，每天都来的，不知道怎么没有来。"

"嗯。"

"那你明天再过来。"

"好。"

"姐姐，你还想玩接火车吗？"

"不想，不好玩，我喜欢斗地主。"

"那不行，缺一个人。"亮亮又问，"那你想玩溜溜球吗？"

"不想。"

"陀螺呢？"

"陀螺好玩吗？"

"好玩。"

"那好。"

亮亮去找来陀螺，两个人在院子里打了十几分钟，亮亮妈妈就叫他去写作业了。林冬独自站一会儿，觉得无聊，就去了老四房里。他们屋很大，放着两张床，还有一个长桌，上头堆满了杂物。这房间，真是够乱。

林冬很久没看过电视了，她找到遥控器，捣鼓半天打开电视机，屏幕上的画面静止在一个床头柜上。林冬找出个小板凳坐在电视前，按下播放键，紧接着就听到"嗯嗯啊啊"的声音。

"……"林冬看着电视里纠缠在一起的男女，瞪大眼睛，惊呆了。

二十分钟后，秦树阳突然出现在门口："我回来了。"

刚听到他的声音，林冬像做贼一样扑到电视前，背贴着屏幕，手伸到背后去关电视。

开关呢？

"你干吗呢？"秦树阳奇怪地看着林冬，"挡什么？"

未待林冬回答，就听到电视机里传来一阵声音："嗯……嗯……啊……啊……"

秦树阳："……"

林冬："……"

秦树阳淡定地走过去，把DVD给关了，声音这才停止。

林冬偷瞄秦树阳一眼，秦树阳也偷瞄她一眼，下一秒两人不约而同地转移视线。

他说："出来吧。"

"噢。"

林冬灰溜溜地跟着他出来，关上房门。两人都装作什么也没发生，秦树阳说："周迪他们喝大了在外头闹事，老四和强子也在那里，我刚过去看了下。"

林冬问："没事吧？"

"没事，他俩说一会儿就回来。"

"噢。"

"你再等会儿，我给你做个饭，饿了吧？"

"做什么呀？"

"你想吃什么？"

"面。"她双眼似乎在放光，"就像第一次你给我做的那个，一模一样的就行。"

"那估计我没那本事，你得先过来把面条下熘了，我才能做出个一样的。"

"……"

他问："其他呢？想吃别的吗？"

"听你的。"

"行。"

林冬这回坐到秦树阳房里等。他怕她饿着，做了道红烧肉先给林冬递过去，刚进屋就看到林冬躺在自己床上睡着了，鞋也没脱，两只脚悬挂在床框外头。

就这么睡了，心也真大。

秦树阳轻轻走过去，把床尾的被子轻轻拉到她身上。他蹲下身，看着她的睡颜，不禁笑了，做什么美梦呢？嘴角都带着笑意。

秦树阳蹲在床边一直看她，腿都麻了，才站起来走出去，小心翼翼掩上门。他到院子里打了个电话给老四，那头吵得很。他问："你们人呢？"

"在外头撸串。"

"撸什么串，不是说一会儿就回吗？人家等着你们打牌呢，赶紧回来。"

"这正吃得起兴，回不去啊。我说哥，好不容易给你俩创造单独相处机会，你倒是好好把握啊，成天跟傻子似的，人家都送上门来了，你非要安几个电灯泡在身边，你以为咱几个天天乐意当电灯泡。"

"废话那么多，带着强子赶紧滚回来！"

"哥你别急，实在不行你带她上这儿来，一起吃。"

"吃你个头，她睡了。"

"可以啊哥！"老四哈哈大笑，"不懂的打电话问哥们儿，第一次嘛可以理解，别不好意思，我挂了啊。"他郑重地最后又说了句，"哥，加把劲儿！"

"老四，你敢挂！"

嘟嘟嘟！

秦树阳懒得再打回去骂老四，他收了手机，又走到门口看林冬一眼，人还睡着。

野猫悄悄从巷子里溜过，院里的旺财时不时叫上一声，人们吃了晚饭出来溜达，夜市渐渐热闹起来。

秦树阳洗了澡，穿着背心和大裤衩站在床边，弯下腰，推了林冬几下："喂，醒醒……醒醒，林冬。"

林冬被晃醒了，一睁眼，看到眼前帅气的一张脸。

"起来，吃点儿东西。"

林冬浑身没劲，软塌塌的。她没有动弹，耷拉着眼皮凝视他。

"起来啊，睡傻了？"秦树阳拉住她的手腕，他的手掌温暖而粗粝，"起来。"

她被他拽了起来。

他说："我下了面条，起来吃。"

她又躺了下去，整个人懒洋洋的。

他劝道："一会儿要坨了，麻利点儿。"

她一动不动。

"怎么，要我喂你？"他看着她傻愣愣的模样，扯开嘴角笑了，"睡蒙了吧，你不饿吗？赶紧起来了。"

她没有动弹，轻飘飘地眨了眨眼，忽然说："秦树，我不想走。"

"什么？"

"我不想回去。"

"那你就在这儿待着呗。"

"可是他们一直催我。我是来拿画的，画拿到了，我该走了。"

他没有说话。

"秦树，我就像一只笼子里的小鸟，飞出去一阵子，还是要被抓回去的。"林冬轻叹口气，"我不想按照他们的方式生活，什么事情都做不了主，他们总是逼我做我不喜欢的事。我不喜欢穿着他们给我买的裙子去参加那些讨厌的宴会，我不喜欢和那些人打交道，不喜欢说句话还要酝酿很久。"

一行眼泪滑进了他的枕头。

"我就像个宠物，被圈养着，长成他们想要的样子。"

秦树阳俯身，帮她擦去眼泪："别哭了。"

"秦树，我过两天就走了。"

他沉默。

"可能再也不会回来。"

他还是沉默。

"我喜欢和你在一起，和你的朋友们在一起，你们真好。"

他依旧沉默。

"回到那里，我又是一个人了。"

他揉了下她的头发："不想走就别走了。"他收回手，对她一笑，声音温柔，"起来吃饭吧，不想这些。"

"秦树。"她拽住他的手。

"嗯？"

"你喜不喜欢我？"

他怔了一下："什么？"

"你喜欢我吗？"

他没有回答。

"秦树，你觉得我好看吗？"

他沉默了几秒，回答："好看。"

"你觉得我跳舞好看吗？"

"好看。"

"那你喜欢我吗？"

他又沉默了。

她抬起手，搂住他的脖子，突然去亲吻他的嘴唇。

他直接愣了，试图推开她，力气不到位，没成功，便又添了点儿力推了她一下，这下松开了："喝多了？"他凑近轻嗅了嗅，"没味啊。"

她说："我没喝酒。"

他望着她的眼睛，不说话了。

"刚刚电视上放的那个，我也想和你做。"

"……"

"我没做过，想和你试一试。"

"……"

"行吗？"

"……"

她也不说话了，直接解开自己的衣服。

他问："想好了？"

"嗯。"

"你别后悔。"

"不后悔。"

他笑了笑，手臂环住她细软的腰肢，压了下去。

这张脆弱的木床，仿佛下一秒就要散架。

"嘎吱——嘎吱——"

"嘎吱……"

"林冬……林冬……"

林冬睁开双眼，看着秦树阳的脸，一阵恍惚。

"起来吃饭吧，"秦树阳挥了下手，"怎么了，睡傻了？"

林冬猛地坐了起来，说话不利索："没……没……"

他说："他们今晚大概不回来了。面我做好了，你快起来。"

她看上去有些木木的，秦树阳叫她："林冬？"

她低着眼，出了一头汗。

"林冬？林冬？"

"啊？"她回过神，"嗯。"

秦树阳笑了起来："怎么了？出了一头汗，做噩梦了？"

"没……没有。"

他奇怪地看着她："那赶紧起来，面坨得快。"

"嗯。"

秦树阳转身出去了。

室内一片安静。

林冬看着身下他的床，突然一阵寒栗。

刚才是……春梦？

第五章·
乌龙

秦树阳还在盛面，余光瞥到林冬嗖地窜了出去，他跟出去，喊："你上哪儿去？"

林冬没回头，继续往外走。

"林冬，你干吗去？"

林冬这才站住，顿了两秒微微侧脸说："我回去了。"

"面还没吃。"

"不吃了，你自己吃吧。"语落，她头也不回地走了。

秦树阳皱了下眉，一头雾水地回到厨房，自言自语："怎么了这是，赶回去投胎去呢。"他看着这一锅面条，还特意做了很多辅菜，低头闻了闻，真香。

这吃货，太阳打西边出来了？不会出什么事吧？秦树阳低头沉思，回想她刚才的诡异行为与表情，有点难琢磨。他想给林冬打个电话问问，刚摸上手机又停住了。

他抽出手，心想还是算了吧。

林冬一个人在大街上游荡。她拎着包，低头走在人行道上，迎头撞上一个高大的男子。她稍稍抬头也没看对方："对不起。"

"没事吧？"男子笑眯眯地打量她，"美女怎么了？"

林冬没有回应，低垂着眼，绕过他走了。

那男人回头看她，笑了笑，又笑了笑。

周围很吵，人来来往往，正是热闹的时候。林冬沉浸在自己的世界里，兜兜转转，绕不出来。

怎么会做那种梦？

林冬站住脚，敲了敲脑袋，想这个干什么，一个梦而已。肯定是因为看了那个片子，肯定是。

　　她抬头朝四周扫了一遍，决定找些事转移注意力，立马就看到了不远处一家酸菜鱼馆。她走过去，透着玻璃墙看到里面满满的人。

　　服务员迎上来："美女几位？"

　　"一个。"

　　"一位，小张带去座位。"

　　叫小张的服务员小跑过来，是个不大的男孩子，约莫着跟林冬近龄。他领林冬到角落的一张二人桌上，把菜单给林冬，然后给她倒上茶水。

　　林冬点了三条鱼，没有要其他小菜。

　　小张看她一个瘦瘦小小的姑娘点了那么多鱼，先是愣了几秒，又好心说道："你能吃完吗？我们这鱼个头很大。"

　　"能。"

　　"真的很大！三条鱼得四五个人吃。"

　　"真的能。"

　　小张无奈，低头记下："好的，微辣、中辣、麻辣要哪种？"

　　"微辣。"

　　"好，请稍等。"

　　林冬笔直地坐着等待，看向周围的人，都吃得热火朝天的，只有自己独自坐在角落，怪凄凉的。

　　她抬头看了眼灯，似乎连光都没有别人上头的亮……

　　鱼做得还挺快，没多会儿就端了上来。小张说得没错，鱼个头确实大，脸盆似的大盆装满了鱼肉，漫出许多汤。鱼肉上垒满花椒、酸菜、红辣椒，红通通的一片。林冬拿起筷子夹上一块放进嘴里，这肉看上去厚厚的，咬下去却格外嫩，也没什么刺，全是大骨头，咸辣适中，稍微有些麻，总体还可以。

　　林冬从九点吃到了十一点，锅里干干净净，到最后就剩一点配料漂在红油油的汤上。

　　饭店里也没什么客人了，林冬挺直腰，坐着歇了几分钟。小张见她今晚一直一个人孤零零地从头到尾坐在那儿，便暖了茶给她送过去。

162

林冬跟他说了声"谢谢"。见他在看自己，她说："我坐一会儿就走。"

"没事，你坐着吧，我们凌晨两点才关门。"小张笑着又说，"你胃口还挺大的。"

林冬不想说话。

"能吃是福。"

"谢谢。"

"你是大学生？"

"不是。"

"毕业了？不是吧，看着挺小。"

"不是。"

小张见她挺冷淡，不太好搭话，也不自讨没趣了，他转身走开，干自己的活儿去。

林冬倒了两杯茶喝完，拎包就出了门。吃饱喝足，心情也好了很多。

走了十几分钟，她坐到一个小广场的公共长椅上吹风。不知道要去哪里，也没有什么好地方可去。她一个人坐着，忽然从远处走过来一位盲人。他戴着墨镜，手里拿着盲杖，身后背着吉他盒。他走到林冬旁边的公共长椅边，收了盲杖，把吉他从盒子里小心翼翼地取出来，架了一个麦克风，开始弹唱起来：

> 如果那两个字没有颤抖
> 我不会发现我难受
> 怎么说出口
> 也不过是分手
> 如果对于明天没有要求
> 牵牵手就像旅游
> 成千上万个门口
> 总有一个人要先走
> ……

他的声音低沉而缠绵，带着股绝地而生的嘶哑。林冬静静听着，不知道这是什么歌，却挺好听。

他唱了十几分钟，换了好几首歌。林冬一直郑重地注视着他，见他穿得单薄，吉他盒里空空的，一直没有人捧场。她从包里抽出一百块，放入他的盒子里，接着坐回自己的位置。

过了几分钟，她又抽出一百，放入他的盒子，再坐回自己的位置。

夜越来越黑，越来越静。

偶尔路过一个人，望一眼林冬，看一眼盲人歌手，却无动于衷。

林冬站了起来，准备回酒店。那位歌手叫住了她："请你等一下。"

她回过头去。

歌手蹲下身，从吉他盒里把几张钱拿了出来，慢悠悠地走到她面前。他的头发很长，盖住了眼睛，看上去有些颓废。他微笑着对她说："我看到你隔几分钟就过来给我一张钱，非常谢谢你。"

"你看得见？"她疑问道。

"一只眼看得见一点光，戴墨镜是因为怕吓着别人。"

"不好意思。"

"没关系。"他手伸到林冬面前悬着，手里攥着若干纸币。

"你的歌唱得很好。"

他暖暖地笑了。

"弹得也好。"

"谢谢你。"他的手依旧悬着，"谢谢你一直在听我唱歌。"

林冬看向他的手："不用给我，我听你的歌，这是给你的演奏会票钱。"

"演奏会？第一次听人这么说。"

"对啊，整个天地都是你的舞台。"

"这话……很浪漫。"

林冬淡淡地看着他："我还挺羡慕你的。"

"我？"他的嘴角拉出更大幅度的笑容，"我这样有什么好羡慕的。"

林冬没有回答，推开他悬着的手："回去吧，很高兴听你唱歌。"

"你给得太多了，"他动了动手指，"我不值那么多钱。"

"你值得。"林冬弯起嘴角，"你很棒，加油。"说完她就转身走了。

"哎，等等……等等……"

林冬没有再等他，去了野猫的花园。她在那周围唤了两声，那只猫果然出来了。它小心翼翼地露出脸，警惕地看着她。

林冬见它出来，赶紧从包里拿出下午买的一小包猫粮，放到台阶上。

小猫凑过来闻了闻，立马吃掉了。"嘎嘣嘎嘣"的，听得她都想尝尝。

林冬又倒出来一点，看着它歪着脸开心地嚼着，好可爱。

秦树阳带旺财出来遛弯，很远就看到了林冬，他情不自禁地笑了起来。这丫头弓着腰不知道在干什么，大半夜的，也不知道外面不安全。他正要向她走去，旺财撒腿就跑，狗链子松了。

"哎，旺财！"

野猫吃得正欢，突然一个抖擞抬起头，像是看到了鬼一样，嗖地窜回草丛里躲起来。

林冬还没反应过来，就听到远处悠长浑厚的叫声："喔——喔喔——"

她一转身，就看到旺财张着嘴朝自己狂奔而来。

"旺财，干吗呢！回来。"它身后追着秦树阳。

旺财两条前腿搭在台阶上，激动到使劲儿甩着尾巴，朝草丛里叫了几声，闻到猫粮的味道，顺着台阶把剩下的给舔了干净。吃完了，它朝天吼两声，没见到小猫，急得绕着花园直打转，吃了兴奋剂似的。

秦树阳走过来呵斥它："别乱叫，旺财过来。"

它听话地摇着尾巴到他跟前。

"你怎么在这儿？"

"你怎么在这儿？"

两人异口同声。

秦树阳笑了："我遛狗呢。这狗就爱撵猫，没吓着你吧？"

"没有。"

"大半夜的，你在外头瞎晃什么？"

"散步。"

"……"果然奇葩。

他又问："今晚你怎么跑了？"

林冬兀自思考两秒："我去吃鱼了。"

秦树阳轻笑起来："那你赶紧回去吧，一小姑娘深夜在外头很不安全。我给你拦辆车去。"说着，他就领着旺财往路边走。

林冬站在原地，望着站在路灯下的他，本就高大的身影在夜色中不知怎么显得格外颀长。

旺财绕着他直转圈，张大嘴仰着脸，充满爱意地看他。他一会儿看向路头，一会儿弯下腰揉揉狗头，看上去很温馨。

林冬心里暖暖的，就这么看着，出了神。

忽然，秦树阳转头叫她："过来呀，愣在那儿干什么呢？"他见她没反应，笑着招了招手，"过来。"

林冬回过神，缓缓向他走了过去。

"走什么神呢？"他问。

她站到他旁边，也不说话，也不看他。

旺财舔向林冬的手，林冬条件反射地抬起手，看向旺财。它仍然张着嘴，那样子似乎是在笑。林冬被逗乐了："它笑什么？"

秦树阳愣了下："笑？"他低头看狗一眼，自己也笑了，弯下腰揉了把狗脖子，"你笑什么？"

旺财激动得浑身都在动。

"它每天这么跳来跳去不累吗？"林冬问。

秦树阳蹲下身，捧住旺财的脸，两只大掌来回揉搓，笑道："旺财，你累不累？"

见旺财被他揉到皮都皱了起来，林冬忍不住笑起来："你这样弄，它会很难受的。"

秦树阳边揉着狗边抬脸瞧她："旺财喜欢。"

林冬目光平平地俯视着他："你怎么知道它喜欢？"

秦树阳仰望着她，两人就这样对视着。回想起来，初次见面也是这般场景。他站起来，话题一转："我一直在想，那天那么多人，你怎么就挑我了？"

林冬淡定地注视着眼前人："什么？"

"你找我修水管那天。"

她明白了："顺眼。"

"顺眼？"秦树阳扬着嘴角，与她玩笑，"你是见我长得不错，才找……"

未待他说完，林冬说："你想多了。"

"……"

"我见过很多长得不错的。"她从头到脚打量他一番，"你算中等。"

"……"

"找你，是因为你看上去干净点儿。"

"……"

林冬喃喃自语，也不知道他听没听见："我的眼光还是不错的。"

一辆出租车驶了过来，秦树阳抬臂拦下车："车来了。"

林冬见车停下，径直走过去打开车门坐了进去。

秦树阳在车窗外看她："走吧。"

林冬回过目光，对司机说了地址。车开走了，连句再见都没说。

秦树阳看了一会儿，深吸口气，转身带着旺财离开。

刚走两步，出租车停了下来。

"秦树。"

他听到声音顿时回过身，见林冬朝自己走了过来，心里格外激动："怎么了？"

林冬走到他的跟前，仰目看他："秦树。"

"嗯？"

"谢谢。"

"谢什么？"

她眼睛眨也不眨，黑溜溜的，含着微弱的小光点，澄澈地望着他："再见。"

秦树阳有点奇怪，她今晚怪怪的。

林冬转过身去走了。

他喊了一句："林冬。"

她立马回过头看他。

"明天你还来吗？"他问。

一阵冷风吹过，林冬笔直地站着，影子却像是晃了晃。

天都寒了，我早就该走了。

秦树阳以为她没听见，重复一遍："你明天还来吗？"

"不来了。"

"那后天呢？"

"也不来了。"

秦树阳点头，僵硬地笑了一下，向她摆手："早点儿回去吧。"

第二天清晨，林冬练完舞后出门吃早饭。她买了油条和烧饼，坐在早点摊的小桌上喝豆浆。忽然，葛成君来了电话，她呛了一下，差点儿喷出来，咳嗽几声清清嗓子，才接了电话："Leslie."

"小冬，你怎么回事？我听说你早就拿到画了，你还待在那里干什么？你自己算算已经多长时间了？"

"对不起。"

"别和我说对不起，你这是对自己不负责任。"

"你的油条，"摊主对一位客人说，"拿好，烫。"

林冬赶紧捂住手机，吓得心脏都快跳出来了。

"小冬？你在哪里？什么油条？"葛成君沉默了几秒，声音带怒，"你不会又吃这些脏东西了吧？"

林冬不敢说话。

"我一直以来是怎么跟你说的？小冬，你都二十岁了，我是觉得你长大了这次才让你出去，可现在你连控制饮食这种小事都做不好，你太叫我失望了。"

林冬不作声。

"什么东西对你好，什么东西对你不好，什么东西能碰什么不能碰，我觉得以你现在的年纪应该很清楚的。"葛成君喋喋不休，"这半年我都很忙，没太多时间管你，现在看来，当初就不应该让你去那边。"

她的嘴像机关枪一样说着，不给林冬半分插嘴的机会："你妈妈还一直抱怨我太过管制你、约束你，可是就你这自制力和好奇心，从小到大就没变过，我不好好看着能行吗？"

林冬声音弱弱的："Leslie，就这一次。"

"有一次就有第二次，我看你这回是野疯了，玩得连自己是谁都不知道了吧？"

林冬沉默地低着头。

"你十六岁的时候翻窗户偷跑出去玩，那次过后，我以为你已经懂事了。"葛成君微叹口气，"算了，我不多说，你订机票了吗？"

"订了，明天早上。"

"最后一天，你别乱跑了，外面不安全，你什么都不懂，遇到危险怎么办？"

"好。"

"别乱吃东西，宁愿饿着也不许再碰那些不干不净的，知不知道？"

"知道。"

"今天就去练练舞，听听音乐看看书，做些有用的事。"

"我知道了。"

"那路上注意安全，再见。"

"再见。"

终于挂断了，林冬收好手机呆坐着，杵了半分多钟。每次都这样，唠叨得没完没了。

她盯着那半截油条。

最后一口，就最后一口。

咔嚓——

真香啊。

吃完饭，林冬回了趟家，在老宅子里待了大半天。厨房里的菜还没做完，她觉得有些饿，上网搜了教程，用剩下的一小碗米煮了碗小米粥。喝起来怪怪的，还是秦树阳做的粥好吃。

突然好想他呀。

喝完一碗粥，林冬更饿了。

天也快黑了，老周的车在外面等她。

林冬把要带走的东西打包好放进车里。

老周把她送到酒店，临走前说："林小姐，我明天来接您去机场。"

"好，谢谢你。"

"客气了。"他转身要走。

林冬叫住他："老周，之前对不起，我不该对你那么凶。"

"没关系的小姐，您早点儿睡吧。"

"好的，再见。"

"再见。"

林冬在窗边看到老周开车走了，立马换身衣服出门，去了一家火锅店。她自己点了一桌子菜，一个人坐着涮火锅，还要了瓶白酒。

总见这里的人喝白酒，她还从来没尝过。第一口，她就被呛了一下，这么一呛倒更来兴趣，觉得还挺好玩的，她多喝了两口，菜也没吃完，整个人晕乎乎的。她趴在火锅店打盹儿，到十一点多钟，店员来唤醒她："美女，美女。"

"秦树。"她低唤了一声，恐怕连自己都不知道嘟囔了什么。

"美女，醒醒。"

林冬迷迷糊糊抬起头，听店员道："你睡了快两个小时了。"

林冬晃晃脑袋，站了起来，跟跟跄跄，脚下发飘。

"小心，"店员扶她一把，"您喝多了，要不要帮您叫个车？"

林冬抽出手，对他说了声"谢谢"，身体不听使唤，头脑却还清醒着，她付好钱就出去了。

店员在身后说："慢走。"

林冬摇摇晃晃沿着街道走，走一会儿觉得更加头晕，坐到了路边的台阶上。歇了一会儿，她去找野猫，可是它不在。

林冬坐在树边，看着远处的一对小情侣在路灯下拥吻，忽然听到身后传来声响，紧接着，"喵"了一声。

它来了。

林冬笑着跟野猫招手："过来。"

它向她走来。

林冬左摇右晃的，坐不稳，指着那对情侣对猫说："你看他们两个，一会儿就要到床上抱着滚了。"她压低声音，低头悄悄说，"没穿衣服的那种。"

小猫连叫都懒得叫。

"你懂吗？"林冬摸了摸它的脑袋，"你肯定不懂。"她笑着自言自语，"我懂，我看了那个 DVD。"

小猫蹭了蹭她的身体。

"我在秦树那里看的。"

……

夜深了，大多店都关门了。

林冬晃进一个小超市，买了些小东西。她浑身发软，一个人在路上瞎晃悠。这一走，就是半个多小时。这一走，她就走到了他家门口。

大铁门锁着，林冬"咚咚咚"敲门，旺财大叫起来，不一会儿，里面传来声音："来了。"

门一开，她就看见了想见的人。她笑着喊他一声："秦树啊。"

"你怎么来了？"秦树阳没穿上衣，脖子上挂条白色毛巾，漆黑的头发尖坠着水珠，一颗一颗地掉下来。

她在想，他的身材真好，比那个 DVD 里的男人好一万倍："秦树。"

"怎么了？"

"秦树。"

秦树阳嗅嗅鼻子，皱了下眉："你喝酒了？"

她点点头。

"你胃不好喝什么酒？"

她没有回答。

"哪里难受吗？"

林冬摇头，推开他就往屋里冲。

"哎。"秦树阳关上门，跟了上去。

林冬直奔他房间，秦树阳倒了杯水给她送过去："这么晚了你还在外面晃什么？还喝了那么多酒，一个女孩子，很不安全。"

林冬伸手接过来，"咕噜咕噜"喝了干净。

"慢点儿喝。"

秦树阳又倒了一杯给林冬，林冬不接了。他俯视着她，说："我以为你不来了。"

林冬目不转睛地凝视着他，一言不发。

秦树阳从床尾拾起衣服套上，他刚洗完澡，被外头的风吹得皮肤发凉。他穿好衣服转头又看林冬："老四他们都不在，也没人陪你打牌。"

"我来找你的。"

"找我干什么？又有活？"

林冬没有回答他，她转过身去，把门给关上，轻靠在门上，眼神发飘，迷醉地望着他："我来……是跟你上床的。"

"……"

房间里一阵尴尬的沉默。

"你愿意吗？"

秦树阳咽了口气，一时没缓过来，就见林冬朝自己走过来。他后退一步，身体靠到桌上："你喝醉了。"

林冬逼到他身前，仰面看他："我清醒着。"她从包里拿出一个小盒子，扔到床上，"我还买了这个。"

秦树阳看着那套套，一时有些接受不来，心脏狂跳，慌乱地抹了把脸："那个……林冬，我觉得咱们可以慢慢来，这太快了。"

"你不愿意？"

"……"

林冬不想强求，转身要走。秦树阳不由自主地拽了她一下，又立马松开，有些手足无措。

林冬回身，平静地说："那就是愿意。"

忽然，柔软的手臂勾住他的脖子，她踮起脚，去亲他的嘴唇。

秦树阳怔了几秒，脑袋一片空白，肢体也完全僵硬住，一动不动地任她触碰自己的唇。

林冬松开他，眼神轻晃晃的，双眸清澈柔和，与平时截然不同。她眨了下眼："你在想什么？"

秦树阳出了一头汗，声音微微颤抖："你是认真的吗？"

她轻笑一下，声音又软又飘："是啊。"

"你也喜欢我？"

"喜欢。"

"等你酒醒再说。"

"不要。"

她像一摊烂泥一样靠到他的身上："我没醉，秦树，我没醉的。"

"你睡会儿吧。"

林冬没有回应，闭上眼昏昏欲睡。秦树阳把她扶到床上躺下，给她脱了鞋，盖好被子。她一脚把被子踹开，他又重新给她盖上。

秦树阳见她安稳下来，倒了点儿水过来，扶她起来喝。林冬只喝一口，便把水杯打开。他又小心地把她放下去。

林冬闭着眼睡了，他伸出手，碰了下她的鼻尖，她动了一下，他赶紧收回来，眉开眼笑，乐到心里头。

秦树阳趴在桌子上睡着，深夜，林冬把他晃醒。他揉了下眼："酒醒了？"

"嗯。"

"渴了？"

"没有。"

"饿了？"

"也没有。"

她淡淡地注视着他："我走了。"

"太晚了，你就在这儿睡吧。"

"不了。"她低头走开，刚要开门，手悬在半空，停住了。

她转过身来，认真地说："我喝多了，但是意识清醒着。"那双眼快流出水一般，惹人心醉，"我没醉。"

秦树阳默默看着她，表面平静，内心早已翻江倒海。

"我是认真的，既然你不想，那就算了。"林冬转身就要走。

秦树阳两大步走过去搂住她，慌忙道："别走。"

林冬任他抱住，低头看着眼前的插销，它生锈了，看上去一点也不顺滑。

秦树阳吻了吻她的头发，迟疑两秒，还是问出了口："你还愿意吗？"

林冬没有回答，她把插销插上了。

"咔！"

林冬做得很自在，她的身体很灵活，柔软到不可思议，像条丝带一样缠着他的身体。自始至终，她都目不转睛地盯着秦树阳的脸，紧闭着唇，也不发出一点声音。

这么看着，倒叫秦树阳有些害羞了，他笑着问她："什么感觉？"

林冬目光飘飘，纤细的手落在他宽大的背上："梦境成真。"

秦树阳没听懂，也无心探究这句话的意思，再次抬起她的腰，温柔地探了进去。

深夜，林冬趴在秦树阳的身上，头枕着他的胸口。秦树阳轻轻抚摸她光滑的背，看着屋顶道："林冬，我不会一辈子都这样的。"

林冬没有回应他的话。

"我会努力，努力去配上你。"秦树阳歪脸看了看她的脸，已经睡着了，这么不经折腾。他笑了起来，小心地把被子往上拉了拉，盖住她的肩头，满足地闭上了眼睛。

后半夜，林冬穿好衣服，站在床边看了秦树阳两分钟。临走前，她将一张银行卡压在他的画本底下，具体有多少钱她也不清楚。大概……也许……可能……够他还债了。

她静悄悄地离开他的房间，走出了院子，走出了巷子。

走出了这个不属于她的世界。

清晨，天还没亮，秦树阳翻了个身，发现身边没有人。他套上裤子出去看了眼，外头静悄悄的，连旺财都在睡觉。

林冬可能回去了，难道不好意思了？不应该吧。

他伸了个懒腰，脸朝着天，闭着眼弯起嘴角。

心里舒坦，浑身都舒坦。

他躺回床上，春光满面，打开手机找到林冬的电话，看到"猫骨头"这三个字，又开心地傻笑了起来。他把备注改成了"媳妇"，刚要给她打电话，心想还是算了。这个点，林冬应该在练舞。

秦树阳拿着手机，手自然地放在肚子上，闭上眼准备再睡会儿，没

174

几秒就笑醒了，高兴到在床上打滚，用力嗅被子上她留下的味道，好香。

好开心，好激动，

睡不着啊……

过了一个小时，秦树阳仍旧精神亢奋，一想起她就笑得合不拢嘴。他实在忍不住了，躺在床上拨了林冬的电话，满怀期待地等她的声音。

"你好，您拨打的电话已关机，请稍后再拨。"

他看了眼屏幕，大早上关什么机，还在练舞？

老四他们是夜里回来的，大早上一个个睡得呼噜震天。秦树阳洗漱完，去烧了饭，做好以后端到桌上，去叫老四他们起床。

老四打着哈欠出来，看着桌上的早餐："哎呀我的哥，太阳打西边出来了，竟然给我们做了早饭。"

秦树阳从厨房拿过来几双筷子："洗漱去，强子呢？"

"还在睡呢，叫不起来。"

秦树阳坐下，拿出个饼，一口下去四分之一。老四凑过去弯着腰趴在秦树阳肩上："哥，不对头呀。"他猛嗅口气，"香香的。"

秦树阳抖了下肩："刷牙去，熏死了。"

老四奸笑起来："昨晚睡得怎么样？"

秦树阳嚼着饼不说话。

"我夜里起来撒尿，听见小嫂子跟你说话了。这大深夜的，她还在你屋里呢。"

秦树阳放下饼就要揍老四，老四跑到桌对面："哥哥哥，别动手，没偷听！"老四嬉皮笑脸的，"真不容易，哥，你终于开窍了！这回叫小嫂子没毛病了吧。"

秦树阳笑着："叫吧。"

"哈哈——"老四又凑过来，"感觉怎么样？爽歪了吧？"

秦树阳站起来抽出屁股底下的凳子要砸他，他吓得一溜烟窜出门。秦树阳把凳子放下，坐下继续吃，没忍住笑了笑。

"哎哟喂，瞧瞧你那嘴脸，乐得脸上都快开花了。"

秦树阳闻声望过去，见老四扒着门贱笑，骂他一句："滚去洗漱，还吃不吃了！"

"吃吃吃。"老四缩回头，往卫生间跑了。

秦树阳假作淡定，心里甜得厉害，高兴到背上快要硬生生长出翅膀，叫他原地升空。

胡见兵给介绍了个工地上的活儿，秦树阳埋头干了一天，晚上七点多收拾东西准备回家。他靠在摩托车上，给林冬打了个电话，还是关机。一天了，怎么还没开？

"搞什么？"秦树阳看着屏幕发愣，想起昨夜她的样子，又扬起嘴角笑了，自言自语起来，"不是吧，真害羞了？"

工友从旁路过："小秦，傻笑什么呢？"

秦树阳收起手机，抬起头："没什么。"

"看你高兴的，处对象了？"

他笑着点头："嗯。"

"恭喜啊。"

"谢谢。"

工友掸了掸裤子上的灰尘："先走了啊。"

"好。"秦树阳也骑上车往家走，一到家就带着旺财出去遛遛。

他一路走到西闲里，旺财闻见里头的香味硬要进去。他把它给拽住，蹲下身揉了揉它的头："就在这儿蹲着，你不能进。"

旺财张着嘴哈气，秦树阳拽它的耳朵，问："旺财，昨晚她什么时候走的？"

旺财不老实，动来动去。秦树阳稳住它的脸，笑意盈盈："你说她什么时候喜欢我的？肯定是第一眼就瞧上了，还不承认。"他揉着狗脖子，越说越开心，"你觉得我和她适合吗？"

旺财斜眼瞥路过的萨摩耶，秦树阳把它的脸硬掰回来："看着我。"他继续自言自语，"我觉得我和她就挺配，从上到下从里到外哪哪儿都配，除了我现在穷了点。不过这也不算事，谁还一辈子这德行了。等以后发达了，天天让你和她吃香的喝辣的。"旺财非要看那小母狗，秦树阳又掰回它的脸，"看什么呢？"他仍乐呵呵地说，"以后你就有女主人了，将来还有小主人。"

一想到这里，更是开心得不得了。就昨晚林冬睡着那会儿工夫，他暗戳戳把未来几十年全都给幻想了，美滋滋，太美了。

"你在这儿等会儿，我去买点儿吃的，你的女主人比你还能吃，我得先把她喂饱了。"秦树阳把旺财拴在树上，对街边的店铺老板说，"王姐，帮我看着点儿，我进去买点儿东西。"

"别拉屎啊！"

"刚解决过，谢谢啊。"他大步走进小吃街，排队买了几份不怕凉的甜食，挤挤攘攘快一个小时才出来。他回到旺财跟前，旺财绕着圈闻他手里塑料袋里的食物。他带着它去附近的菜市场买了些菜肉，把排骨炖上，还烧了个鱼汤。

就等她来了。

晚上八点多，林冬的电话还是打不通，秦树阳坐在家里干等。快九点，老四和强子也都回来了，看见秦树阳坐在门口，打趣道："哟，哥干啥呢这是？蹲着学旺财看门呢？"

"滚蛋。"

"等小嫂子吧？"

"老二成望妻石喽。"

"哥有媳妇了，咱回头得好好庆祝庆祝！"

秦树阳没说话，拔腿就去推摩托车出门。

老四追上去问："你这上哪儿去？"

"出去一趟。"

秦树阳去了林冬住的酒店，求了很久，前台才帮他查信息，她说："没有这个人。"

"怎么可能，你再查一查，叫林冬。"

"没有。"

秦树阳又去林家老宅子，越往郊区走越冷，风吹得人刺骨难受。好在今儿个天气不错，星星亮，不至于完全看不见路。

他到门口一看，大门锁着，人没过来，于是他又骑车回去。这一来回，已经晚上十一点多了。

往回骑的路上秦树阳才想起来，林冬那晚在山里与自己说过她小时候就搬去了伦敦，那登记的应该不是中文名，于是他又返回酒店。

他不知道她的英文名，问前台最近入住的英籍华人，人家厌烦了，拿规矩来挡，怎么也不给他查。

秦树阳无奈，坐在酒店外的花坛上等。

过了二十来分钟，一个女孩儿一手握着鸡蛋灌饼，一手拿着手机从他面前过去。他这才想起来自己还没吃晚饭。

街边很多小吃摊，炒粉、煎饼、凉皮、烤冷面、烧烤……很香。他摸了摸口袋，出门急，兜里只揣了十块钱。他从各式小吃摊面前走过，去一家包子铺买了三个大包子，也没钱买水，就这么干咽，边吃边等。

夜深了，街上人也少了，人还是联系不上。林冬一点社会经验和防范意识都没有，该不会是出什么事了吧？

秦树阳心里头更加担心，他一个人坐着，望着空荡荡的街头。

到底去哪儿了啊？

来接机的是何信君的司机，直接把林冬送到家。她一进门，就朝四周瞅了眼，问保姆苏菲："Leslie 回来了吗？"

"昨晚就没回来。"

林冬松了口气，又问："谁在家？"

"你妈妈在楼上。"

"我有点饿了，有吃的吗？"

"我给你做，你要吃什么呢？"

"面。"话音刚落，她愣了一下，"算了，不吃了。"

"好的。"

"谢谢。"

"不用客气小姐。对了，先生让我把你的手机还有在那边用过的东西都收起来。"

林冬目光定在她脸上，不太高兴，直接把包给了她。

"谢谢。"苏菲接过来，转身去了储藏室。

林冬往里面走，露西大张着嘴迎过来，这是条大金毛，毛发保养得格外顺滑。林冬蹲下来抱抱它："露西，好久不见。"

露西高兴地舔林冬的脸，林冬笑着揉它的脖子："想我了吗？"她突然想起旺财，心情立马有些低落。

她松开露西，上楼回到房间换了身衣服，打开行李箱开始收拾行李。

她从中国带了些好吃的、好玩的，这些东西如果让 Leslie 和小舅舅看到了，绝对会疯的。于是，她把它们藏好，非常隐蔽，非常安全。

整理好一切，林冬杵在空荡荡的房间中央，看着熟悉的卧室，却感觉恍如隔世。

晚些，林冬去了葛西君的画室。

她敲敲门，里头传来母亲的声音："进来。"

林冬推开门进屋里，一股油画颜料的味道扑面而来，夹着酒味、烟味，很难闻。

葛西君身穿工作服，一身油画颜料，头发蓬松且随意地绾在脑后，跷着二郎腿，手拿画笔转头看了眼，又回过头继续画画："咦，小冬回来啦，什么时候到的？"

"刚到。"

葛西君在画布上添了几笔，笑着站起来，从堆满油画胶管的桌上拿了块色彩斑斓的布擦擦手，对走过来的林冬说："小心点儿别碰到画。"

"你是怕弄脏我的衣服，还是怕毁了你的画？"

葛西君擦干净手，朝她走过来："都有啦。"

葛西君刚要抱，林冬退后一步："别弄脏我的衣服。"

葛西君撇了下嘴："坐吧。"

林冬扫视一圈，哪有能坐的地方。

葛西君潇洒地摆了摆手："哎，算了，出去说。"语落，她脱下了工作服，里头一件深红色吊带，包裹着完美的身材。

葛西君推着林冬出了画室，到阳台上坐着，她点上一根烟，眯着眼看林冬："丫头，你是不是胖了？"

"有吗？"

葛西君倾身，捏了捏她的脸："看着气色不错。"

林冬推开葛西君的手："妈妈，你别抽了。"

葛西君倚到沙发上，跷着二郎腿悠闲地抽着烟："又来了。"

"对身体不好。"

"好好好。"葛西君无奈，把烟掐灭在烟灰缸里，倒了杯红酒轻晃了晃，举手投足优雅又撩人，整个人看上去分外有味道，"怎么那么快回来了，没多玩几天？"

"我倒想，不是催得紧嘛。"

葛西君轻蔑地笑了笑，抿一口红酒："不用理她，我姐的话，一耳听一耳出就好。还有信君，你少搭理他，假正经。"

"嗯。"

葛西君放下杯子，三根手指有节奏地轻敲着玻璃桌："老房子怎么样？"

"挺好的。"

"里头家具呢？没招虫蚁吧？"

"没有，就是水管坏了。"林冬突然停顿一下，想起那个人来。

"修了？"

林冬走神了。

没得到回应，葛西君出声："嗯？"

林冬回过神，回答："修了。"

"想什么呢？"

"没想什么。"

葛西君睨着她，意味深长地笑了："想男人了？"

"……"

"那么多天都一个人玩的？"

"也不全是。"

"有人陪？"

"嗯。"

"男的吧？"

林冬点头。

"我就猜到。"葛西君顿时来了兴趣，"男朋友？"

林冬沉默了，不知道该怎么说。

"发展到哪步了？"葛西君好奇得不得了，"抱抱？亲亲？上床没？"

"你就别问了，"林冬瘫在沙发上，"不是男朋友。"

"好吧。"葛西君叹口气，抿了一大口酒咽下去，仿佛洞悉一切，悠悠地说了声，"女儿长大喽，有心事了。"

林冬沉默。

"算算，我都有十几年没回去了，都快不记得那边什么样了。"葛西君放下酒杯，又点上一根烟，站了起来，"去睡吧，晚安。"她亲了下林冬的额头，便走开了。

"妈妈。"

她回过身，看着林冬："怎么了？"

"你想一辈子都待在这里吗？"

葛西君突然沉默，手里的香烟缓慢地燃烧，一缕细烟袅袅直上。她淡淡地看着林冬的脸，这丫头，越看越像她爸了。

"不然呢？"

"我觉得那里也很好……那里才是家。"林冬讷讷。

葛西君没有说话。

"我们血脉里到底还是中国人。"

葛西君转移视线，抬起手吸了口烟："妈不想回去了。"

林冬平静地看着她，沉默了。

"你想回去？"

林冬对葛西君微笑："我和你在一块。"

葛西君点点头："去休息吧。"

"嗯。"

林冬就像阵风一样，就这么消失了。

秦树阳到处找她，甚至想过报警，可是除了一个名字，他对她一无所知，就连一张照片都没有。她的手机号码也是新办的黑卡，没有一点个人信息。

她走了。

她回家了。

她只是在玩我。

她不要我了。

秦树阳脑海里来来回回盘旋着这几句话。事实上，他大概已经猜到现在是个什么情况，可他还是不愿意相信林冬就这么跑了，还在傻乎乎地到处找她。这两天他就像疯了一样，从这里跑到那里，那里跑到这里，每天酒店、老宅跑几次，工地上的活儿也不干了，一心找媳妇。因为似乎只有这样，他才能阻止自己胡思乱想，心里才不会那么难受。

秦树阳去了能想到的所有她能去的地方，甚至又跑了趟菁明山。他火急火燎地连夜上山，一路停也没停，只用了两个多小时就冲到方少华隐居的地方。

后半夜，他又失魂落魄地下了山。山路不好走，他又心不在焉，摔了好几个跟头，头磕破了，胳膊也磕破了。

深更半夜，秦树阳就坐在镇口的石阶上发呆，整个人都被掏空了一般。

方少华对他说："林冬父母十几年前就离异，她母亲带着她去了英国，除了这一次回来取画，就是前几年参加她父亲的葬礼，按理来说，除了很重要的事情，她应该不会再回来了。"

夜里极寒，湿气很重。不久，他的眉毛、睫毛上都沾了一层雾水，冷风吹得汗毛直立，可他的心里却更寒——林冬跑了，没有留一句话，还把自己给睡了。

街上别说个人，连条狗都没有。黑夜里，他弓着腰，垂着眼，就一个人一直这么坐着。

等天亮，秦树阳搭上去县城的车，坐火车回到燕城。一路上，他一言不发，神色冷峻地盯着车窗外，看上去很平静，却叫人生畏。

傍晚回到家，秦树阳一个人闷在房里坐着，也不吃饭，也不喝水，也不说话。沉重的黑影无力地瘫在椅子里，在静穆的黑夜里，显得格外凄凉。

他侧头，看向自己的床，目光定住。几十个小时前，她还在这里，就躺在这里。

他自嘲地笑了一声，还天真地以为两情相悦，幻想了无数种幸福的未来，真是自作多情。

晚上，老四下班回来，见秦树阳房间门敞着，随意喊了一声："哥？"并没有回应，他自言自语，"谁把门开了？"说着就走过去准备关上门，手刚落到门把上，看到里头坐着的黑影，他吓得浑身一哆嗦，"哎呀哥？你这是要吓死人。"

没有回应。

"咋也不开灯？"老四有些奇怪，往里走一步，按着了灯，只见秦树阳坐在椅子上，一动也不动，"哥？哥，你咋了？"老四走到他旁边，就见他闭着眼，脸色难看得很。

"哟，咋糟蹋成这鬼样子？浑身泥呢！"

秦树阳一声不吭。

"哥，你这脸色怎么了？肾虚了？"老四呵呵地笑，"吃饭去呀，弄点儿牛鞭给你补补。"他见秦树阳不理睬，又问，"小嫂子今晚还过来？你昨儿个上哪儿去了？"

老四推了秦树阳的肩膀一下："咋了？一脸不高兴的样子？"

秦树阳依旧闭着眼，保持沉默。

"说话呀，咋还闷了？你看你这脸臭的，跟小嫂子吵架了？"他定睛看向秦树阳的脸，这屋里灯太暗，挨近点儿才看到秦树阳额头上的伤，"哥你打架了？头上咋弄的？"他又推了秦树阳一下，"哑巴了？"

秦树阳开口，声音低沉无力："没事。"

老四看出他心情不好，笑着缓解气氛，试图安慰："小两口之间吵架难免的，女的嘛，哄哄就好了，你看胡子哥他们俩，三天两头吵，还不是床头吵完床尾和。"

"你去吃饭吧。"秦树阳无力地说了一句，他的声音听上去很疲倦，又像闷了口气，充满隐忍。

老四皱了皱眉："真吵架啦？哎，哥，我跟你说，你打个电话过去，要么发个短信哄哄。她不是喜欢打牌嘛，叫过来大家伙热闹热闹，保准一会儿就好了。"

有种异样的平静，老四突然心里慌慌的。不对头，太不对头了，上次被他狠揍一顿之前就是这感觉。

"哥你别这样，怪吓人的。"老四隐隐感觉到一股杀气，小心翼翼，生怕说错话，"这……前天不是还好好的……不是还……"

"别再跟我提她。"

"怎么了……小嫂子干啥了把你气成这样？"

"我叫你别提她！"秦树阳提高声调，突然睁开眼瞪着老四。

老四被吓得一抖，打量他的眼神，心里一虚，闭了嘴，没到十秒又开始试图活跃气氛，说："哥，你别生气嘛，睡一觉消消气就好了，明天再找她。"

秦树阳闭上眼睛，眉头紧锁着，又不说话了。

"女孩子嘛，就得哄着惯着，咱大老爷们儿，犯不着。"

沉默。

"我觉得小嫂子，"老四睨了眼秦树阳，笑逐颜开，"小嫂子吧，虽然看着不热情，人也挺好相处的，你看哥你现在穷成这样，人家都没嫌弃你。"话一出口，他就觉得自己好像有点欠揍。

老四用胳膊肘捣了捣秦树阳，装作什么也没说："再说，这不是都过夜了嘛，睡都睡了，有啥事再睡一觉就好了。"

"你能不能闭嘴。"秦树阳一手从桌上挥过去，书纸笔全掉在地上。

老四猛地往后一退，心情还未平复，就听秦树阳发疯似的喊："早跑了，连个招呼都不打就跑了！我满城找她！"

老四看着有些害怕："哥，你别这样，冷静。"

秦树阳的手刚才一直垂着，老四这才看到他的手臂，太狰狞了，掉了一大块皮，都露肉了。老四紧锁眉头，心疼地说："哥，你的膀子。你的膀子去医院处理下吧，别感染了。"

老四看着秦树阳气红的双眼，咽了口气，把书和画纸一一捡起来放回桌上，正要退出去，看到椅腿边掉着一张银行卡，上头贴着一张字条，写了密码。

老四哪来得及多想，蹲下身拾起来一并放到桌上："哥，你先自己冷静冷静，我出去了。"

秦树阳盯着桌上那张银行卡，怔怔地把它拿了起来："老四。"

"哎，"老四回过身，回到他跟前，"咋了？"

"这是什么？"

气傻了？这都不认识了？

老四纠结地苦笑一声："哥，这是银行卡啊。"

"谁的？"

"在你房间，还能是谁的？你的呗。"

"不是我的。"秦树阳盯着它，眼神逐渐复杂。

"那不知道了，会不会是小嫂子的？"

秦树阳腾地站起来，椅子倒到地上，"砰"的一声巨响。他狠狠把卡摔了出去，眼里充斥着血丝，目光狠戾而绝望，大骂一句："她把我当什么了！"

老四吓得退后两步，腿靠着床不敢轻举妄动。说实话，那么多年，还没见秦树阳发过这样的脾气，哪怕是跟着兄弟们一起干架，哪怕是那些人来要债，也没那么恐怖过。他说话有点不顺溜，看着秦树阳这副模样心里发慌："哥……你别气，你消消气。"

秦树阳手撑着桌子，紧咬着牙，气得双手颤抖，心里像闷了一团火，压了一块石，积了一潭水，快要绷不住了。

他一抬手，把桌子给掀了。

老四退到门口，不敢上前，生怕他一个不小心，把自己也给撕了。

秦树阳逮到什么摔什么，把速写本、建筑图纸全都撕了个粉碎，手臂一挥，桌上杯子台灯全倒了。

老四吓得关了门出去，站在门外不敢发声，又听到屋里一声巨响。

"拿走！别让我看到它！"

老四开门把卡捡起来："好好好，拿走拿走，你一个人冷静冷静，我撤了……"

"把我睡了，就这么跑了！"

老四站在门外，看着手里的卡，震惊了。

屋里的人还在发狂："就那么跑了！"

"砰！"

"嘭！"

完了，拆家了！

老四没敢走，怕里头那位气急了出事，一直在外面守着。

不一会儿，强子回来了，看见他站在秦树阳门口："杵那儿干啥呢？"

"嘘！"老四走过去，把强子拉去一边，小声说，"这是咱自家事，你可千万别出去说，我跟你说，小嫂子跑了。"

"跑了？跑哪儿去了？"

"应该是走了，不要哥了。她不是国外来的嘛，八成是回去了。"

"真的假的？"

"我也不清楚，好像是这么回事，她就给哥留了张银行卡。"

强子笑一声："那不亏啊，那妞儿那么俊，老二得人又得财。"

"哎，别瞎说，哥怕是动感情了。"

强子瞅着卡："这里头有多少钱？"

"这我哪知道？他不要，让我拿走。"

"给你了？"

"那哪能！我暂时给他保管着。"

"查查去啊，看看那女的给他多少。"

"不好吧。"

"没事，这有啥的。你别说，我特想知道。"

"别吧。"

"看看而已，又不动，走啊。"

不远处就有个银行，强子非拉老四去看看。到那儿一查，两人直接蒙了。

强子干咽口气："我的天！"

老四数着那零，有些不敢相信。他重新又数了一遍，确认数字后，一愣一愣地唏嘘道："天哪！哥的初夜值三百万啊！"

五日后。

宽敞的舞房里，林冬在练舞。她已经跳一整个上午了，突然加大强度的练习，有些不习惯，脚实在是太疼了。

葛成君一到家就直奔舞房找她，突然推门而入，林冬在看到她的那一刻身体猛然一抖。

葛成君似乎心情不太好，脸耷拉着，语气冰冷："怎么了？立都立不稳了？"

"没有。"林冬毕恭毕敬地站着。

葛成君站在一边："来一遍。"

"好。"

林冬重新跳了一遍，可以说是动作完美。

葛成君穿着一身黑长裙，皮肤白得发光，身形笔直，气质拿人。她抱着臂，目不转睛地盯着林冬，眉头轻皱着，很不满意的样子。她突然喊了声："停。"

林冬稳稳立住。

"你怎么回事？"葛成君一脸失望地看着林冬，"以你现在的状态你觉得两个月后能够去演出吗？"

林冬不说话。

"再来一遍。"

林冬有点紧张，三个动作跳完葛成君就看不下去了："停。"

林冬立稳，敬畏地看着她。

"为什么看上去软塌塌的？你的力气呢？早上没吃饭吗？"

"吃了。"

"那你告诉我为什么跳成这样？"

林冬饿了，可是她不敢说，想了几秒，央求道："我再来一遍行吗？"

葛成君沉默地看着她，揉了揉眉心。

"Leslie，我再来一遍。"

葛成君仍不说话。

"可以吗？"

"你自己好好练吧。"葛成君转身就走，刚到门口又回过头，"林冬，你是我的家人，是我一手带出来的，请你不要让我丢脸。"她出去了，还锁上了门。

林冬立在空旷的舞房中央，傻愣了两分钟，微叹口气，继续练。

晚上，一家四口围坐在长长的饭桌用餐，桌上摆满了健康营养的食物，格外安静，没有人说话。

何信君见林冬练了一天舞，有些心疼："今晚有场音乐会，我带小冬出去听。"

葛成君优雅地喝着茶，声音随意平和，却叫你不得反驳："不许去。"

何信君微笑着看了眼林冬："好吧。"

林冬低着头不说话，她把脚伸到何信君腿边，踢了他一脚。

何信君面色不变，又对葛成君说："票我自己买好了，就……"

葛成君直接打断他的话："你的工作还不够忙？"

何信君默不作声。

"小冬晚上继续练舞，明天我不在家，后天晚上你们几个都跟我去画展。"她对葛西君和林冬说，"到时候我会派人送衣服过来，然后接你们过去。"

葛西君慵懒地吃着甜点，拖长了音调："我不去。"

"你敢不去，再怎么说那也是你公公的作品。"

葛西君白她一眼："你看我敢不敢。"

"你看看你整天什么样子？坐没坐样儿站没站样儿，都是跟谁学的！"葛成君头一昂，一脸傲娇，"还好小冬都是我带大的。"

葛西君随手一扔刀叉，把桌子一拍："你烦不烦！吃个饭都不安生，哪那么多事？"

何信君嘴角抽搐了一下，这世界上，怕也只有二姐敢这么撑大姐了。

葛成君无奈："算了，我懒得管你，你自生自灭吧。"她目光转向林冬，"你吃完了没？"

林冬回应："吃完了。"

"吃完了就出去走走，一小时后上楼跳舞。"

"我知道了。"

葛西君轻蔑地笑一声，起身走了，嘴里嘟囔一句："老巫婆。"

葛成君听见了："你给我回来。"

葛西君头也不回。

葛成君对这个妹妹一直无奈，擦了擦嘴，也起身离开。

何信君看向林冬："走了。"

林冬像只瘪了的气球，顿时松口气："我知道。"

"没办法，大姐发话了，去不成了。"

"嗯。"

"我不去工作了，今晚陪你。"

"你不是买票了？"

"骗她的。看你成天没日没夜地跳，就是想带你出去放松一下。"

"可惜没成功。"

"她今晚有个活动出席，不在家，你偷懒一下也可以。"

"算了，我上去了。"林冬起身走开。

何信君靠在座椅上目送她远去，舔了舔嘴唇，蛋糕留下的奶油沾了一点在嘴角。

他弯起嘴角，真甜。

林冬洗了澡，坐在床上揉脚。脚尖都充血了，好疼。

反正也习惯这样，她干脆不管了，整个人四仰八叉地瘫到床上，浑身酸痛，一动也不想动。

好安静。

林冬盯着屋顶上的大吊灯，觉得它还不如秦树阳家的小灯泡好看。

想起他，她心里突然暖暖的，不经意地笑了一下。吊灯太耀眼，长时间看下去刺得她眼疼。她闭上眼睛，皱了皱眉头，翻了个身躺着。

她看着空荡荡的大床，有点想他。更想他做的面，还有红烧鱼、水煮肉片、香辣螃蟹、麻辣小龙虾，还是那个什么……川味的？

啊，好饿啊。

可是在家里，禁止夜宵。

那边应该还是下午，不知道秦树阳在干什么。

秦树阳在干活儿。

成天埋头做事，一声不吭。不怎么笑了，也不太爱说话，脾气越来越暴躁，活脱脱变了个人似的。

晚上老四、强子和他去撸串喝酒，三个人干了快三箱啤酒，精神头依旧足得很。

周迪他们几个刚好路过，坐下来和他们一起吃。

不一会儿，吵吵嚷嚷，喝成一片。这几个人成天不务正业，在外头瞎混，出口就是脏话，三句不离荤段子。秦树阳和老四跟他们关系并不太好，倒是强子最近和他们打得火热。

秦树阳不怎么说话，闷声喝酒，也不吃东西，一瓶一瓶地灌着。

就他喝得最猛。

"哎，老二，不能这么喝啊，多伤胃！来吃点儿肉。"

秦树阳没理周迪，拿起啤酒瓶在桌上一磕，瓶盖撬开了。他对嘴正要吹，余光瞥到街对面一个小姑娘，穿着黄色裙子，像极了那个女人。

秦树阳撂下酒瓶就站起来，动作太大，撞到桌子，酒瓶都倒了，酒洒了一桌子。他跟跟跄跄像疯狗一样直奔那姑娘跑过去，看得身后几个男人蒙了："老二你猴急着上哪儿去！"

"这干吗去呢？看见啥宝贝了？"

"别搁大马路尿了啊！"

"这鬼小子。"

强子推老四："跟过去看看。"

"啊……噢……"

秦树阳直穿马路，路过的车主盯着他骂。他冲到姑娘后头，把人家胳膊一扯："林冬。"

姑娘被吓得一抖，怒喊："干吗呀！"

秦树阳松开她，心里一凉，不是林冬。

"神经病啊，吓我一跳。"姑娘赶紧走开了，虽说是比较帅的醉汉，但他这状态多少有些吓人。

秦树阳揉了把脸，转身见到老四。

老四与他对视，愣了一下："哥……"他嘟囔一句，"怎么还抹眼泪了……你……"

秦树阳摆摆手："回、回去。"

老四赶紧扶住他，两人往回走。

190

周迪看秦树阳魂不守舍的模样，笑了一下，说："至于嘛老二，不就是个妞儿，没了再找呗。"

黄豆也跟着应和："就是，不是还得了一笔巨款！知足吧！这事要是在我身上我得大半夜笑醒！"

老四瞪了强子一眼："不是叫你别乱说。"

强子醉醺醺的，嗯嗯啊啊地装傻充愣。

周迪说："老四你这什么意思？什么叫别乱说，敢情还拿我们几个当外人了？"

老四有点不高兴，扶着秦树阳站着："没。"

"来来来，别站着。"周迪站起来拽秦树阳坐下，拍拍他的肩，意味深长地教育他，"不至于，大老爷们儿的，悲春伤秋个什么劲儿，有钱了什么女人玩不到。"

秦树阳没有说话，随手拿起酒瓶，又灌了几口。

"我给你介绍个妹子！"他拿出手机翻出照片放到秦树阳眼前，"看，这胸，这屁股。"

黄豆笑周迪："老迪你得了吧，人家老二喜欢白的。"

老四紧皱眉头，不悦道："你们别说了。"

周迪见秦树阳看都不看一眼，收了手机，把他酒瓶抢过来："不是吧老二，看你这股傻劲儿，难怪人家跑了。"周迪忽然一脸猥琐的笑容，"至于吗？你就是太嫩了，多经历几个女人就不会这么想不开了，怎么，她技术了得，所以你这么念念不舍啊？我说你……"

未待周迪这句话说完，秦树阳直接一拳头砸过去，他一句话也没有说，把周迪按在地上就是一顿狠拳头。

哥几个上去拉，秦树阳力气大，一搡把人全推后头去："滚！"

几个男人直接愣了，看他恶狠狠的模样，没人敢上前拉。

周迪被秦树阳按在地上动弹不得，鼻子往外直冒血，疼得眼睛都快睁不开了。他连骂三句脏话，攥着秦树阳的衣服喊："你有病啊？为了一个女的至于嘛！"

秦树阳目光狠厉，像一头刚冲出笼子的野兽，像要杀人一般，随手拿过一个酒瓶子就朝周迪砸了过去……

画展那天，葛成君派来的人帮林冬化好妆，换上礼服，好好打扮了一番。她盘着发，脚踩高跟鞋，人高挑许多，更加有气质。她下楼时遇到葛西君："妈，你真的不去吗？"

　　葛西君轻晃红酒杯，靠在楼梯上，仍旧一副半醒半醉的懒散模样："不去，太无聊，你去吧。"

　　林冬也靠着楼梯："我也不想去。"

　　葛西君笑了笑："不怕母老虎发飙？"

　　"怕。"她直起身，"我走了。"

　　"去吧。"

　　林冬坐上葛成君派来的车，停在一处私宅门口。何信君在门口等她，他温柔地笑着，帮她打开车门，握过她的手，把人接下车："你妈妈呢？"

　　"她不来。"

　　"真不来？"

　　"假的。"

　　"……"

　　林冬松开他的手，自己往前走。

　　何信君自后头看着她，目光落在她的腰上。小丫头长成大姑娘，越来越有女人味了。

　　"小冬，等等。"他跟了上去。

　　这别墅装修偏中国风，到处充满传统元素，放了许多古董字画。今天来的也都是中国人，用母语交谈。展出的只有一幅画，就是林冬带回来的那幅《雪竹图》。葛成君把它送给了这座豪宅的主人。

　　它被挂在一块巨大的展板上，素静、娴雅，像个乱世中遗世独立的美人，高傲地俯瞰众生。林冬远远看着它，心情复杂。

　　何信君随口问一句："没听老周提，你一个人找的？"

　　林冬不想说话。

　　葛成君带着一个中年男子过来，他叫陈非，是个彻头彻尾的渣男。林冬的这个大姨英明一世，唯独在他身上栽了跟头。十几年前他们曾是情侣，可陈非过于开放，而葛成君保守，有洁癖，两人就分手了。后来陈非换了无数个女伴，一个比一个年轻，一个比一个漂亮，一个比一个会玩……他玩了十几年，膝下无子，也未婚娶，有意再回来追求葛成君未成，两人便做朋友相处。

葛成君介绍："这就是小冬。小冬，叫陈先生。"

陈非笑得格外慈祥，怎么也看不出那么个花花老头儿。他和气道："不不不，叫我陈叔叔就好。"

林冬看了葛成君一眼，见她点头，林冬才唤："陈叔叔。"

陈非看上去很高兴："听成君说你是林老先生的孙女，这么看眉眼还真是有几分相似。幼时得幸听过老先生授课，至今难忘，如今能得到这幅名作，真是谢谢你了。"

"您客气了。"文绉绉的，又矮又丑又老，Leslie 真是眼瞎了，怎么就坑在他手里了。林冬心里暗暗想。

对话几回合，像打了场大仗一样，身心俱疲。葛成君和陈非终于走了，何信君领着林冬到处打招呼。认识的不认识的，见人说人话，见鬼说鬼话，阿谀奉承，虚情假意。她恨不得找个窗户直接跳出去，远离这个世界。当然了，如果她这么跳下去，下场一定比摔死更惨。

Leslie 会骂死自己的！

熬了半个晚上，林冬实在受不了了，一个人去外头吹吹风。她看着偌大的花园，心里格外压抑，胃里像堵了一块东西，隐隐作呕。

她离他们远些，更远些，更远些……她站到一个没人的地方，把拖拉的长裙撩起来系个结，又把高跟鞋脱了，赤脚站在地上。她顿时解脱，太舒服了！

忽然，林冬看到不远处一个熟悉的背影。她愣了几秒，拎着高跟鞋朝那人走去。

林冬走到那人身后："妈。"

葛西君转身，问道："嗯？那么快结束了？"

"没有。你不是说不来吗？"

"在家无聊，突然想出来逛逛。"

"你还是想看画吧。"

葛西君没有明确回答,手快速摆了一下:"算了,又不想进了。"她从上到下打量林冬,"被大姐看到,又要说你。"

林冬直接坐在地上,花园挡住她的身影:"现在谁也看不到了。"

葛西君笑笑,也随地坐了下来。

林冬垂手摘了一片叶子放在手里折。葛西君看女儿心事重重的模样,用胳膊撞了她一下:"怎么了,不高兴?"

林冬点头。

"被大姐骂了?"

"没有。"

"看你这几天一直闷闷不乐的,想他了?"

林冬抬眼看着葛西君。

"我是你妈,虽然一直不怎么管你,但是这点儿事还是能看出来的。"

林冬又低下头。

"什么样的小伙子?"

林冬沉默。

"说说呗,好多年没和你正儿八经聊天了。"

"他做饭很好吃。"

葛西君"噗"一声笑了,头抵在她小臂上撞了两下:"你找个厨子好了。"

林冬推开她:"别闹,我是认真的。"

"好好好,你继续说。"

"他弹吉他很好听,唱歌也好听,他喜欢建筑。他人很好,很爱笑,也很穷。"林冬语气平平地描述,"他什么都会,修水管,修房顶,修电。

"他人高高的,腿很长,手也很大,就是有些粗糙,他很有力气,和他在一起很有安全感。

"他有两个朋友,一个叫强子,一个叫老四,他们有时叫他哥,有时叫他老二。

"他有一条狗,叫旺财。"

葛西君笑着点头:"听上去还不错。"

"我和他做爱了，我感觉很舒服。"

葛西君长叹一口气："小伙子很有效率嘛，那么快就把我闺女勾引到手了。"

"是我主动找他的。"

葛西君笑着拍了下林冬的背："行啊你，有你妈当年的风采。"

"我很喜欢和他在一起，还有他的朋友。"林冬继续说，"我喜欢和他们围在一起打牌，一起吃饭。可以大声说话，大口喝水，不用思考很多，想说什么就说什么，想做什么就做什么。我觉得经过这些天，我好像有点学会与人相处了。"林冬声音微微低沉下去，"那些日子，我真的很开心，至少不会像现在这样。"

葛西君一言不发。

"妈妈，我觉得我现在就像一个木偶娃娃，没有自由，被几根线拉扯着，任人摆布。被囚禁的野兽可以发出嘶吼，可是我不敢。"她低垂着眼，快把手里的叶子折碎了，"旺财也被链子锁着，可是秦树每天都会带它出去。"她停顿几秒，喃喃自语，"我还不如一条狗。"

"妈妈你知道吗，在外面的这些日子，我才感觉到自己像一个活生生的人，之前我没有看到过外面的世界，也不知道是什么样子的，所以不会去想，可是现在我看到了，我每时每刻都想要飞出去。

"这样的生活我一点也不喜欢，我喜欢跳舞，可是比起在华丽的舞台上，我更喜欢外面广阔的天地，哪怕是那些街头的艺人，哪怕活得辛苦一点，我也很羡慕他们。

"你可能会觉得我不懂事，不知足，胡闹。我和小舅舅说过一次，他嘲笑我不懂生活疾苦，他说等我真正进入那个环境，就会哭着闹着想要回来。他说人要往高处看，我应该在光鲜亮丽的舞台上风风光光，而不是在污浊不堪的深沟里徘徊苟且。"

"可那里不是深沟，不是的。"林冬撇了下嘴，忍住眼泪，声音轻颤，"这里才是。"

两个人都不说话了，葛西君像是在走神。

"妈妈，我第一次和你说心里话，你不要告诉 Leslie。"

葛西君回过神来，她站了起来，只对林冬说了一句话："小冬，妈妈对不起你。"

她转身走了。

"你去哪里?"林冬问。

葛西君没有回头,直朝宴会厅去。

林冬把叶子放进花园里,起身解开缠在膝间的裙子,穿上高跟鞋,准备回去。

葛西君穿着一身休闲衣裳,看上去慵懒随意,她大步流星地走进去,打扮与周围的人格格不入。她搬了把椅子到那幅画前,旁若无人地站上去开始取画。

周围人相继看向她,指指点点。

葛成君几乎是跑过来的,她拽着葛西君的衣服,不知这妹妹又要搞出什么事,急道:"你在干什么?"

葛西君没理她。

"西君!你干什么?"

葛西君把她的手推开。

"有话我们回去再说,这么多人在!"葛成君见葛西君不理睬,"不是之前说好的,这幅画你也不要了的!"

葛西君取下画卷起来,站在椅子上俯视着葛成君,淡淡道:"我后悔了。"她跳了下来,一身潇洒。

葛成君拉住她:"你给我放下!"

一旁的陈非有些尴尬:"这……怎么了?"

葛西君睨了他一眼,几年没见,这男人长得是越发油腻了:"陈先生,不好意思,这画不送了,我要带回去。"

陈非看向葛成君,一时无话可说。

林冬刚走过来就看到这么热闹的一出,她站到何信君旁边,问:"怎么了?"

何信君凑近她耳边:"你妈妈疯了。"

"……"

葛西君不顾围观,拿着画就往外走。葛成君觉得羞愧万分,与陈非

196

说：“我先去看一下。”便跟了过去。

“西君!

“西君!

“你给我站住!”

四下无人，葛西君停下。

葛成君绕到她身前："你想干什么？丢不丢人？你多大年纪了，做事还不顾后果，那么任性！这么多人看着！你——"

“嗬。”葛西君冷笑一声，打断她的话，"大姐，你多大年纪了？还想在渣男身上浪费时间？十几年了你还没醒吗？"

“葛西君!”葛成君恼怒地看着葛西君，却面色不改，连生气都保持优雅，"你怎么跟我说话的!"

“就这么说的。”

“你……”

“大姐，你一直挺傲气的，怎么一到他这儿变得那么卑微？”

“你闭嘴!”葛成君突然睁大了眼，"我还不是为了小冬，你不是不知道陈非的身份，他可以帮她!"

“停停停，找那么多借口，说白了你就是还忘不了他，但又因为你的洁癖接受不了和他结婚!”葛西君无奈地揉了把脸，"还有，从今天开始，你不要管林冬了。”

葛成君不可思议："你说什么？”

“大姐，你是想把她养成另一个你吗？我年轻时候不懂事，听你的话和老林离了婚去意大利学习。你说家庭式教育好，好，那不让小冬上学了，每天学这个学那个，然后像榨汁机一样把她榨得像个空壳子。她都多大了你还那么管着，以前我是信任你，觉得你会把她教好，可是现在我才发现，她活得太窝囊了!”

“你说话注意点儿!什么不开心？她不开心？她难道不喜欢跳舞？让她自己来跟我说。”

“你又来了!”葛西君懒得跟葛成君废话，"她到你跟前就跟蔫了一样，屁都不敢放一个!”

“葛西君!请你文明点儿!”

"大姐，我就这样，你老说我像个女流氓，对啊，我这几十年都这德行，改不了。你看不惯也没用，忍着！"

葛成君气得说不出话来。

"行了，我不想跟你说了，就这么定了，你好好带你的舞团，圆你的梦。我闺女成人了，她有自己的想法，我这个做妈的都管不着，你这个做大姨的就少干涉点儿！"

"就是因为你不管不问！我才得管！我养了她十几年，呕心沥血培养她，我为了什么！还不是为了她好！她有现在的成就不都得感谢我！"

"我谢谢你啊！"

两人同时沉默。

半晌，葛成君说："画你可以拿走，我不要了，但是小冬不行，我还是要管的。"

"……"

"她是我十几年的心血！"

"大姐！你是想把她当作一块木头吧，渐渐雕刻成你想要的样子，成为你心目中最完美的作品。可是不好意思，她是个人，不是你的心血，不是你的作品，更不是你的附属品！"

"不行，"葛成君微抬下巴，"你不懂。"

"你放过她吧，我给你跪下成不？"葛西君忽然就跪在地上，一脸无赖，"怎么样？跪下了。"

"你——"葛成君一巴掌扇过去，停在葛西君头边，她没有打下去，整只手都在发抖，紧紧握拳，收了回去，"随你便。"

葛西君见她转身离开，坐到地上叹了口气，拳头使劲儿捶了下地。

葛成君好几天没回家。

林冬依旧每日练舞，一天天过着重复的生活。

那天下午，葛西君来舞房看她。

葛西君极少来林冬的舞房，见她看到自己停了下来，说："继续跳，别管我。"

林冬继续跳了起来，葛西君就在旁边站着，看着看着就笑了。

林冬见她笑得那么开心，忍不住又停了下来："有什么好事？"

葛西君招招手，示意林冬过来。林冬坐到葛西君旁边，葛西君给了一样东西给她。

"妈妈。"林冬震惊地看着她。

"我和大姐说好了。"

"说什么？"

"让她放开点儿，别对你管太紧。"

"怎么说的？Leslie 没有生气？"

"她日子过得太好了，气气也挺好的。"

"……这是什么歪理。"

"你就别管了，大姐这个人，只有我能治得了她。"

"你们吵架了？"林冬皱着眉，一脸担忧，"Leslie 肯定生气了。"

葛西君揉了下她的头发，心疼道："你怎么那么怕她？"

林冬没有回答。

"都怪我，把你带到这里来，让你活得那么累。"

"没有。"

"得了吧，跟我还在这儿伪装什么。"

林冬沉默，垂首看向手里的机票。

"妈觉得人生最有意义的事就是当年遇到你爸爸。"葛西君一脸释然。

林冬抬头注视着她："那你们为什么离婚？"

葛西君苦笑一声："一言难尽，过去的事不提也罢。"她微笑着看着林冬，"有些事做过了才不会后悔。你才二十岁，把你生下来就没有好好照顾过你，是我的错。"她突然红了眼，"很多决定，从来没问过你的意愿。"

"妈妈，你怎么了？"

"没事，突然有点怀念以前的日子了。"

"你想爸爸了？"

葛西君沉默了，苦涩地笑了笑，去摸林冬的头发："别怕，有什么事妈妈在前面帮你挡着，人生是你自己的，去做想做的事，见想见的人。这一次，你自己选择吧。"

燕城阴了好几天，今天突然太阳格外好，家家出来晒衣服、晒床单。

天台上放着排排衣架，挂上各家衣服，可能是挂得太急，衣服都没有晾整齐，领口拧成一道道褶皱。

西边红霞漫天，太阳就要落山了。

今儿个活结束早，秦树阳和往常一样，在路边买了些吃的，推着摩托车进院子。旺财见他回来，高兴得直转圈。

秦树阳把东西放下，咕噜咕噜喝了两大杯水，坐在房里歇了会儿，就去天台收衣服。

他步子很大，几步迈了上去，就在视线与天台的地平线平齐之际，看到一双白色布鞋。

脚踝，他盯着那脚踝，停下脚步，目光定住了。

床单被罩高高挂起，挡住了她的身影，后面传来亮亮清脆的声音："姐姐，你看那个飞得好高！还没炸！"

"炸了。"

"哎，再吹再吹！"

熟悉的脚踝，熟悉的声音。那一秒，秦树阳感觉自己都要升天了。他咽了口气，喉咙干燥，心脏剧烈跳动起来，胸口像闷了一团火，包裹着沉重的石头，又压抑，又紧张，又愤怒，又高兴，又期待……想要立马冲过去，身体却僵在原地，一动都不能动。

她说："好漂亮。"

"姐姐，你头上有一个！哎，又炸了！"

秦树阳听着他们的对话，紧攥拳头，紧咬牙关，一鼓作气提步走了过去。他站到床单后，猛地一拉。一堆透明的泡泡扑面而来，林冬就在那美丽的泡泡后看着他，弯起了嘴角。

那一刻，他的心脏仿佛快要蹦了出来。

"秦树。"

在这些疯狂、萎靡、痛苦的日子里积压的无数不满、无数气愤、无数痛苦与绝望，顿时烟消云散了。

上一秒，还想对你发火，指责你、怨恨你、质问你。可下一秒，她

200

只是简简单单地唤了声自己的名字，胸口那团蓄势待发的烈火瞬间熄灭了。

"哥哥你回来啦！我和姐姐在吹泡泡，你要一起玩吗？"

秦树阳不说话，也不看亮亮，一张脸臭得很。

亮亮感觉到他们气氛不太对，觉得两人可能是闹矛盾了，赶紧找借口撤："呃……我先回家写作业喽，姐姐我一会儿找你玩！"

"好。"林冬点头。

亮亮跳着跑开了。

秦树阳移开目光，故意不去看她。

"秦树。"

他扯下衣服，冷笑一声："你来干什么？"

"我来找你。"

秦树阳收起衣服与被罩床单，冷言冷语："我没什么好找的。"

"你怎么受伤了？"林冬看他嘴角和眉尾的伤，"你打架了？"

秦树阳不理她，拿着东西就下楼去。他走进屋，把床单衣物扔到床上，拽过被子开始套。

林冬跟过来，站在他的门口："秦树，上次不告而别，是我的错。"

秦树阳弓着腰套被子，动作格外熟练，没有理她。

林冬淡淡地看着他："你生气了？"

还是没有回应。

"秦树。"

"你别叫我！"秦树阳停下手，摔了被子，侧眼看林冬，直起身突然讥笑了一声，"怎么，上次没睡爽？"

她定定地看着他的双眼。

"我怎么记得你挺享受的。"

林冬："你非要这么说话吗？"

秦树阳走到她跟前："那我该怎么说？"

林冬没有回答。

"嗯？你说说？我是不是还得跪在地上感谢你回来了？"他的手拍了拍床栏，"还想上我的床？"

林冬直视着他，仍旧沉默。

秦树阳勾起嘴角轻蔑地笑了下，抬起手，轻佻地挑起她的下巴，一副玩世不恭的模样："这回给我多少钱？"

林冬推开他的手："上次你情我愿，我们谁也没吃亏。"她眼也不眨地仰视他，"我问过你，你愿意的，后来我要走，你抱住我了。"

秦树阳凝视着她这张宠辱不惊的脸，突然笑了一下："所以你完事就跑？还扔了张卡，你当我是什么呢。"

"我只是想帮你还债，没有别的意思。我没有告诉你就走了，是我的错，对不起，我跟你道歉，可是本来我是想说的，你睡着了。"

秦树阳沉默，听她解释。

"谁让你精力不足，睡死过去了。"

秦树阳蒙了两秒："我……我精力……那晚……算了，你别扯没用的。"

"那你原谅我吗？"

秦树阳俯视着她的脸，没说话。

林冬说："我在这里只有你一个朋友。"

"矫情什么？谁跟你是朋友。"他皱着眉故意拿话气她，"所以你都是这么跟朋友相处的？上床？"

林冬面不改色："没有，你是第一个。"

"你还想有几个！"一听这话，他突然就来气。

林冬平静地说："你吼什么？请你别这么跟我说话。"

秦树阳看着她的眼睛，又沉默了，嘴上硬着，心早就化成一潭水。他抹了把脸，长吁口气，转身过去背对着她，声音平和许多："我就这么一粗人，粗鲁，没素质。听不惯你就离远点儿，何苦在这儿找难受。"

他拿出手机给老四打电话："卡呢？"

老四告诉了秦树阳，秦树阳挂掉电话："你在这儿等着。"接着他去老四屋里翻，银行卡被塞在鞋垫底下，臭到难以呼吸。

秦树阳拿到东西，走回屋，见林冬坐在自己床上，怔了一下，脑海中忽然闪过那夜她在自己身下的模样。他咬了下牙，走到桌前从抽屉里拿出另一张卡，一起塞到她的手里："还有你之前给我的那些，一分都没动，全还给你，咱俩现在两清，你回你家去吧。"

林冬沉默不语，手里拿着卡，坐在床上不动。

秦树阳说："起来。"

她听话地起身，站到旁边。

秦树阳继续套被子，侧眼看她一眼："还在这儿干什么？"

"这是给你的工钱。"

秦树阳苦笑一声，停下手里的动作，粗粝的大手紧攥着被角，气得胸闷："您这些钱我受不起，拿走。"

"我……"

未待她说完，他打断道："少废话，赶紧走。"

林冬没有动作，秦树阳看她寡淡的眼神，又说："你爱上哪儿玩上哪儿玩，爱玩什么玩什么，别再想玩我。"

一阵长久的沉默。

林冬垂下双眸，什么话也没有说，转身就走了。

秦树阳停住手，鼓了一肚子气快炸了。他一把扔了被子，狠狠踹了下床，"咚"的一声。

让你走还真走了！

他踢完就想追上去，到了门口又停下来使劲儿拍自己脑袋一下——追什么追！清醒点儿啊！

林冬拎着行李箱到之前住的酒店住下，收拾好东西就出门去吃东西。秦树阳的话似乎对她没有太大影响，该吃吃该喝喝该逛逛，轻轻松松过了一晚上，没事人一样。

可是秦树阳不一样，他没什么胃口，晚饭没吃多少。洗漱完，他躺到床上睡觉，翻来覆去睡不着，又气又恨又心疼，从上到下从里到外浑身哪哪儿都难受。

一股闷气堵在心口，快把自己给憋死了。

大半夜，他按亮桌上的灯，坐起来发了两分钟的呆，满头满脑都是林冬那寡淡的脸。

他穿上鞋，打开门出去倒了杯凉水，拿着水杯去院子透透气。刚打开门，旺财就从窝里出来摇着尾巴看他。

秦树阳走过去摸了摸旺财。旺财左右摇摆，舔他的手。

"还是你好，那女人太无情了。

"她又回来了。

"你说她回来干什么？

"她把我当什么了？

"你说她喜欢我吗？

"她只喜欢我的肉体。

"还是你好，每天吃饱就行，没什么烦恼。

"你说她会不会再来？

"再来我该怎么办？我和她和好吗？万一她睡完再跑……

"最近事真多。现在又一屁股债，你说我怎么那么倒霉？

"快吃不上饭了，旺财，要不咱俩要饭去吧。

"算了，天将降大任于斯人也，必先苦其心志……

"总有一天翻身。"

他叹了口气，不想再想这些窝囊事了，挠了挠旺财的下巴："渴没？"说着把水杯里剩下的水倒在旺财的碗里，旺财立马去舔了。

秦树阳抚着它的背："慢点儿喝，没人跟你抢。"

旺财喝完了，秦树阳把杯子放回屋，还是睡不着，便带旺财出去遛弯。

夜深人静，空街黑巷。他和他的狗沿着街边走，溜达了一个小时才回去。虽然心里很不想承认，可他就是想偶遇某人。

再次躺回床上，秦树阳把手机调成最大音，开始睡觉。

辗转难眠，迷迷糊糊，像是睡着了又像是没睡着，断断续续好像还梦到了她。一夜醒过来好几次，次次看手机，生怕错过她什么信息。

明明时时刻刻告诉自己该离她远一点，却不知道总是在等待与期待些什么。

漫长的黑夜终于过去。第二天，秦树阳早起去干活儿。夜里没睡好，眼白里都是血丝，他也不想做早饭，出门买了几块菜饼回来。

刚进门，他就看到林冬弯着腰看旺财。他杵了下，心里是又酸又爽

204

又无奈。

林冬也看到了他，直起身："秦树。"

秦树阳径直走进屋不搭理林冬，林冬就跟在他身后。

秦树阳回屋倒杯水，搬了个小板凳出来，坐在门口开始吃。他咬着饼，也不看她："你来干什么？不是叫你别来了。你走吧。"

"我来找你。"

秦树阳哼笑一声："我这家徒四壁的穷小子，有什么好找的。你要是还想睡觉就趁早走，我不奉陪。上回神志不清，这回你要是再能爬上我的床，我名字倒过来写。"

"谁要和你睡了。"

"……"

林冬进屋也搬了个小板凳出来，放到他旁边坐下。

秦树阳乜斜她一眼："闲得慌？跑我这破地方来坐着乘凉？"

"我们谈谈吧。"

"没什么好谈的，"他使劲嚼着菜饼，"不就是一夜情嘛，睡一觉的关系，怎么，还想我对你负责？"他斜眼看她，"我看你也不像那种人。"

林冬一言不发。

半晌，秦树阳见她不吱声，先开口道："没什么说的就回去吧，我没你那么悠闲，没空跟你废话。"说完，秦树阳又咬了一大口，使劲儿地嚼！

林冬盯着他的菜饼，看他掰了小块投到旺财的碗里，它立马吃掉了。

秦树阳又拿出一块，刚要下口。

"这是什么饼？"

他睨她一眼，不知怎么就回答她了："韭菜鸡蛋饼。"

"噢。"

一口咬下去，五分之一没了，鲜绿的韭菜，黄油油的皮，看上去好好吃的样子。

"能给我吃一口吗？"

"……"

秦树阳差点儿呛出来，他咽下饼："你怎么那么出息。"

林冬看了眼他，又看向他的饼。

秦树阳看她这眼神，恨不得去把饼摊给她拖来。不过他忍住了，还故意掰开一块扔给旺财："旺财。"

林冬看向狗嘴里的饼，真是混得不如狗啊。

"出门右拐，自己买。"

林冬站了起来，真出门去买了。

秦树阳拿着半截菜饼，忍不住笑了一下，笑完了又觉得自己有点傻，有点没原则——打定了主意不理她，怎么又心软了起来。

不一会儿，林冬买了三块饼回来。秦树阳已经吃完喝完，在屋里收拾东西准备去上班。他偷瞥她一眼，就看到她坐到门口的小凳子上，双手握着饼认真咬着，又忍不住抽了下嘴角。

林冬突然回头看他，他立马敛住笑容。

林冬见他推车要走，嘴里的饼还没咽下去，说话不清不楚："你去上班？"

他看也没看她一眼，骑坐到车上。

老四刚起床，从屋里出来，见到林冬时怔了一下，惊讶道："哎呀！小嫂子！"

秦树阳回头斥他一声："小什么嫂子，再乱叫把你舌头拔了。"

老四捂了捂嘴："哥，你一大早的凶啥！"

秦树阳开车出了门。

"慢走啊，哥！"老四见秦树阳拐弯走了，对林冬笑眯眯的，一脸激动，"小嫂子，你可回来啦。"

林冬点头。

"你啥时候回来的？昨天又在这儿过的夜？咋没听到动静呢？"

"昨天到的，我在酒店睡的。"

"你回来真是太好了。"老四傻笑着，"你都不知道，当初你跑了把哥给急得，差点儿没把房顶掀了，我都不敢和他说话。"

"真的吗？"

"那还能有假！我亲眼看到，每天想你想得泪流满面。"

"他哭了？"

206

"呃……"老四羞涩一笑，"我夸张一下。"

"可他现在不理我。"

"装的！哥这心里指不定怎么乐呢！等这傲娇劲儿一过，屁颠屁颠跟你后头！哥那肚子里装的什么水，几斤几两我还不知道！"老四根本停不下来，"小嫂子，你别看哥现在脾气拗着，他就是跟你赌气呢，过两天就好了。你想想，你这一跑，还留那么多钱，哥以为自己被嫖了，哪个正常男人受得了这刺激！"

"那怎么办？"

"你就哄哄，过不了多久就好了。"

林冬笑了一下："那他什么时候回来？"

"下午六七点吧，这几天都挺早的。"

"噢。"林冬递了块饼给他，"你吃吗？挺好吃的。"

"不不不，"老四连忙摆手，"我一会儿自己下个面条。"

林冬收回手，继续吃。

老四忽然紧张兮兮地问她："那你还走吗？"

"暂时不走。"

老四松口气："你可别走了，你都不知道哥被笑话成什么样，现在你回来了可太好了！好好打那帮人的脸！"他看着林冬一脸迷茫的样子，又开始绘声绘色地说，"你还不知道吧！周迪他们那伙人，平时和我们关系就不行，整天跩得二五八万似的，那天一起喝酒，说话贼难听，哥把他给揍了。啧啧，我说哥也真是的，动起手来没轻没重，弄了个轻伤！周迪见你给哥留了那么多钱，想讹他！你猜要多少！"

林冬饼也不吃了，认真地注视着他。

老四气道："二十万！最后协商，赔了十万。"

"可是秦树把钱全还给我了，他拿什么给的？"

"唉，哥这倔脾气，非不动你那钱，把攒了好久本来要拿去还债的钱赔了。"老四愤愤拍了下腿，"没办法，不私了的话周迪就要起诉，现在还在医院住着。故意伤害罪，这是要吃牢饭的，哥说他不能坐牢，只好私了。"

林冬问："他为什么打架？"

"还不是因为……呃……就闹了点儿小矛盾，算了，这事都过去了，你以后别问他了，本来这事就气人，提了更来气。男人嘛，都是有自尊心的，你千万别跟他提钱了，回头又炸了。"他见林冬不说话，"那你吃，我就去洗漱了啊，回头还要上班去。"

　　"好。"

　　老四刚走，林冬唤他一声："等一下。"

　　"怎么了小嫂子？"

　　"你知道这里有房子出租吗？"

　　"你要在这儿租？"

　　"嗯。"

　　"这儿环境这么不好，你也看到了。"

　　"我看到了，确实不太好。"

　　"那你这咋想的？有是有，但是吧……你没住过这种房子，你看这环境，我怕你不习惯。"

　　"没关系，我喜欢，"她微笑起来，"我想离你们近一点。"

　　秦树阳在工地干活儿，一上午心不在焉的，光被砖头绊就摔了四五次，工友一个劲儿地笑他傻大个儿。

　　中午，一群人拿着碗领饭吃，大锅饭，白菜炖豆腐和焖土豆块，几乎没什么油水，相当难吃。

　　秦树阳端碗坐到楼板上，还没开吃，就听到工友叫他一声："树，有人找。"

　　"找我？"他顿时激动起来。

　　"对，女的。"

　　秦树阳心里又乐得不行，估计林冬找到这儿来了。

　　怎么办，见不见？

　　"树？树？摔傻了？"

　　秦树阳一狠心，严肃道："不见。"刚说完，又补充道，"叫她走吧。"

　　"真不见？可漂亮了。"

　　"不见。"

"'作'什么呢？不见我见啦。"

"……"

工友嘿嘿笑两声，没再说什么，转身走了。

秦树阳朝他喊一声："你直接叫她走，别胡说话。"

"得嘞。"

秦树阳心里乱得厉害，筷子杵在碗边，哪还有心思吃饭。纠结许久，他站起来掸了掸裤子上的泥，理了下领口，大步走了出去。

工友见他，打趣道："哎哟，这咋出来了，说好不见的呢。"

"秦树阳！"一声清脆的呼唤，不是林冬的声音。

秦树阳望向来人，像猛地被人泼了盆冷水，转身就走。

陈小媛提着保温桶朝他跑了过来，挡在他面前，喊道："你躲什么呀。"

"让开。"

陈小媛当然没让，嬉皮笑脸："我给你送饭来了。"

"说了不用你送，一边去。"

"喂，要不要那么无情，第三次了，你好歹吃一顿。"

"谁让你送了，让开。"秦树阳绕路走开，坐到石板上拿起碗筷。

陈小媛跟了上来，坐到他旁边，打开保温桶："你看，我做了很多好吃的，牛肉、香菇、鸡蛋，你看看呀。"

秦树阳大口吃自己的饭，半个眼神也没给她。

陈小媛看着他的碗道："哎，你看你吃的那些都是什么啊，没营养，没油水，哪有力气干活，回头身体给搞垮了。"

秦树阳半点儿也不想理她，一声不吭，侧过身背对着她。

陈小媛又绕到他面前："你干吗对我那么冷漠嘛，我条件那么好，追我的人多了去了。"

"那你'作'什么？挑一个算了，何苦在我这儿找不痛快。"

"我就喜欢你啊！我看不上他们呀。"

秦树阳不想说话。

"那你到底看不上我哪点嘛？"

秦树阳专心吃饭，不搭理她了。

陈小媛拉了秦树阳一下，秦树阳立马躲开，怒道："别动手动脚的。"

"你怎么跟个女的似的，碰一下会死啊？"陈小媛噘着嘴看他，"长得挺爷们儿的，怎么那么放不开。"她又戳了他肩膀一下，笑嘻嘻的，"不过我就喜欢你这矜持劲儿。"

秦树阳瞥她一眼："成天追着我跑有意思吗？"

"有意思啊。"

"闲的。"

"你就当我是闲的。"陈小媛笑道，"女追男隔层纱，我早晚把你搞到手。"

"你做梦去吧。"

"我成天梦到你。"

"你没戏，"秦树阳轻笑一声，"我有女人了。"

"嗛！"陈小媛不屑地掸了掸衣服，"你说的那个小富婆吧。"她轻蔑地连笑三声，"我都打听清楚了，人家根本不指望和你好，不是早就走了嘛。"

秦树阳不想说话，大口吃饭。

"你这是一厢情愿，人家又不真心喜欢你，你再痴心妄想也没用。"陈小媛越说越起劲儿，"你们就不是一个世界、一个阶级的，门不当户不对，一点都不适合。你也不看看自己的条件，你觉得配得上人家嘛。"

"适合不适合关你什么事。"秦树阳皱眉看了她一眼。

"看，说到你心窝去了吧。"陈小媛噘噘嘴，一脸不屑，"就那身材，一点女人味都没有，真不知道有什么好的。"

秦树阳沉默不语。

陈小媛捣了他一下："说话啊。"

"你无不无聊！"

"我就要听听，除了钱，我哪儿比不上她了。"

"哪儿都比不上，"秦树阳站了起来，低着眼扫视她一眼，"有没有女人味我最清楚，你这还真差远了。"

"你……"陈小媛不服气地鼓起嘴，"你们走不到头的。"

"闭嘴。"秦树阳拿着饭盒走开，走出去两步又回过头来，"她又回来了，回来找我了。"语落，他还得意地笑了一下，然后大步走开。

"喂！喂，秦树阳！"

林冬请了个钟点工把出租房打扫干净，又添置一些日用品。忙活大半天，傍晚去巷中的小店里吃了碗馄饨，路过一个旱冰场，她好奇地进去玩了一下。

刚穿上鞋，林冬没站稳摔了一下，好在反应及时，用手撑住地没有跌倒，她扶着椅子小心站了起来，顺着栏杆往场地里走。

很多人玩得很熟练，快速地绕着圈，有些人还做一些高难度的动作，灵活又轻盈。林冬站在原地观察了一会儿，自己慢慢学，小心地沿着栏杆走。突然有个男生滑了过来，与她搭讪："小姐姐，我带你啊。"

"不用，谢谢。"

裴周笑了笑，面对着她倒着滑："别客气，我带你吧。"

林冬抬眼看他，严肃道："先生，麻烦你让一下。"

裴周笑了笑，歪一下头，侧滑了过去，不再缠她说话，背倚栏杆远远看着她。有哥们儿过来与他说话："哟，阿周，怎么，人家不理你？"

他散漫地笑了，目光尾随着林冬："妹子不错吧。"

"是不错。上啊，还有你拿不下的？"

裴周斜看他一眼，拍了拍他的肩膀，笑笑没有说话。

林冬慢慢地滑得顺溜许多，沿着外场地缓缓绕圈。她玩了几圈，觉得没什么意思，准备离开。在门口换鞋时，裴周又滑了过来："小姐姐，留个微信呗。"

林冬没有抬头，脱下旱冰鞋。裴周蹲了下来，仰视着她的脸，笑容很灿烂，声音也格外温柔："加下微信呗。"

林冬停下动作，目光淡淡地注视着他："我不用微信。"

"那QQ。"

"我不用QQ。"这是真话。

"那手机号。"

她沉默。

裴周挑眉，笑容异常甜："手机号，不会不用手机吧？"

"不记得。"

他不依不饶："那你打下我电话。"

"我不想打。"

"……"够直接的，有个性，我喜欢。

林冬穿上自己的鞋。

裴周依旧笑着："单身？"

"我有男朋友了。"林冬站了起来，"请你让一下，我要走了。"

裴周跟着站起来，偏身退后一步："真的假的？你大半夜一个人在这儿，他不担心吗？"

林冬没理他，还了鞋就离开。

裴周自身后朝她摆手："再见啊。"

他的几个哥们儿滑过来："怎么样？"

裴周一摊手，笑道："高冷美女，不理我。"说完，他一个反身潇洒地滑走了。

林冬来到秦树阳家门口，大铁门关着，她看了眼时间，已经晚上十一点了。她心想，算了，不打扰他了。

林冬回到自己房中，拿上换洗衣服去卫生间洗澡。

晚上太冷了，洗完澡，她打着哆嗦回到屋里，打开空调，却一直没热风，可能是坏了。

林冬钻到被窝里，捂了好久才给捂热，可是又翻来覆去睡不着。床太硬，看来明天还得再买个垫子。

秦树阳躺在床上发呆，实在睡不着，起身去敲老四的门。老四也没睡，正坐在被窝里打游戏，听见人进来，也不抬头。

秦树阳走过去坐到他床边："老四。"

"嗯。"他聚精会神地打游戏，没空理秦树阳。

"老四。"

"嗯。"

"林冬什么时候走的？"

"嗯。"

秦树阳直接喊了他大名："许天！"

老四抬眼看秦树阳一眼，又立马低下头："咋了？"

"林冬什么时候走的？"

"早上。"

"晚上没再来？"

"啥？"老四一个激灵，忽然对着手机咆哮，"你再追！再追我啊！打死你个小垃圾！"

"……"

"哥，你说啥？"他目不转睛地玩着游戏，"再说一遍。"

"她走的时候没说什么？"

"削死你个小子！还想阴我！"

"……"

"怕了吧！打得你妈都不认得！"

秦树阳站了起来，也不问了，起身就走。

老四抽空抬眼看他："哥，你咋走了？"

林冬这一夜都没怎么睡好，第二天睡蒙了，一觉睡到十点钟，起床吃了早餐，去河边跑步。

跑了一会儿，她突然有些胃痛，就坐在河边的长椅上歇了一会儿。疼痛却越来越重，她缓慢地走回出租房，吃了药到床上躺着。

一下午了，疼痛丝毫没有减轻，她不想动，不想吃东西，不想说话。

秦树阳干完活儿回到家，做了晚餐吃完后就坐在书桌前画图。前些天背到家，最近似乎有些时来运转，他找到了一家小工作室，帮人家画图，一单一百块，挣得不多，但是他强项，做起来很轻松。

秦树阳勾了几道线，心里烦躁，静不下来，于是出门透透气，正巧碰上老四去卫生间。他叫住老四："老四。"

"哎。"

"今天有人找我吗？"

"没有。"老四贱笑一声，"你是问的小嫂子吧，你去找她呗，反正那么近了，小两口没事怄什么气，瞧你这傲娇劲儿。"

"……"

"我憋不住了！"说着，老四跑进卫生间。

秦树阳走进院子里逗旺财。不一会儿，老四出来了，看着一人一狗："哥，你们俩越来越像了。"

秦树阳抬头看老四，老四吓得赶紧往屋里窜："当我没说！"

秦树阳看回狗："旺财，出去溜达溜达？"

他们又溜达了近一个小时才回来，秦树阳洗干净手，回到房间，看到五个未接来电，三个老四打来的，两个陌生号码。

他给老四回了过去。

"哥，你死哪儿去了？"老四上来就骂。

"遛狗去了，刚到家，怎么了？"

"你快来小区诊所，你媳妇出事了。"

秦树阳猛地站起来，声音急促："怎么了？"

"胃痛，在这儿打吊瓶呢。"

"现在还疼着？"

"好多了。"老四不耐烦，"别废话了，赶紧过来吧。"

"我不去。"

"啥？"

"不去。"

老四一脸郁闷："我说哥，这是你媳妇！真不要了？"

"媳妇什么媳妇，你也别凑热闹，回来。"

"不是吧，哥！"老四故意嘲笑一声，"呵呵，我跟你说，一会儿谁来谁是小狗，你媳妇快疼死过去了，你就在家待着吧！"

电话被挂断。

秦树阳放下手机，平躺着，眼皮一眨不眨，发了会儿呆，瞧瞧手机，又发会儿呆，心里异常烦躁。辗转反侧，就是睡不着。没到五分钟，他腾一下起身，穿上鞋，随手拿了件衣裳套上，揣着钥匙就出了门。

秦树阳一路狂奔过去，到地儿了却站在外头不进去。

小诊所只开了里侧两根白灯管，说亮不亮，说暗也不暗，值班医生坐在小房间里低着头，只能看到一个头顶，输液室角落坐着一个老大爷，有老伴相陪，两人互相倚靠着睡了。

诊所里很安静，只有墙上挂钟的嘀嗒声，没看到林冬。

秦树阳挪步到窗口，换了个方位继续往屋里头张望，这才看到了她。

林冬坐在蓝色的椅子上，左手插着针，人靠着墙，头无力地向右侧耷拉着。她闭着眼睛，神色安详，像是睡着了。

那一瞬间，他心里揪起般难受。

还疼吗？

这么坐着多不舒服。

晚上冷，可别着凉了。

成天"作"，肯定是乱吃东西了。

老四不在，也不知道跑哪儿去了。秦树阳没有进去，站在窗后默默地望着林冬的侧影，想进去，又憋着股劲儿拗着。他去远处给老四打电话，刚嘟嘟两声就被挂了，突然肩头被拍了一下。

"哥？"是老四。

秦树阳吓得肩膀一抖，立马捂住他的嘴："小点儿声。"

"哈哈哈，老远看到你跟个贼似的趴这儿偷窥，你丢不丢人！"

他把老四拉远些："她怎么样了？"

老四嘴角快拉到耳根，说："刚才谁那么坚定不移说不来的来着？谁啊？"

"行了，少废话。"

"我怎么说来着，谁来谁是小狗。哥，这狗你是当定了。"

"滚蛋！"

老四咯咯笑："哥，你太逗了！笑死我了！"

"你再笑！"

"不笑了，不笑了。"老四抹一把脸，恢复正常。

"她到底怎么样了？"

"放心吧，人不碍事，现在好多了，你不是看见了，都睡着了。"

秦树阳松了口气："你这不好好看着她，从哪儿过来的？"

"刚才上了个洗手间。"

秦树阳嫌弃地打开老四的手："洗没洗手？拿开！"

"看把你嫌弃的。"老四上去就要摸他的脸。

秦树阳往后躲："找打呢！"

老四收回手："不跟你闹了，没意思，你个尿货，没出息的东西。"

"许天你找死呢！"秦树阳皱眉严肃道。

"别别别，我跟你闹着玩呢，别叫我大名，听着怪生分。"

"她今晚吃东西没？"

"还吃东西，"老四呵呵一声笑，抠了抠鼻翼，"都疼成那个鬼样子了，还吃什么东西，到现在连口水都没喝。"

秦树阳拧着眉心："你怎么照顾人的！"

"你还跟我急，那你呢？你死哪儿去了？这是你媳妇，又不是我的。背着小嫂子跑两里路，我这还是头一回！"老四白秦树阳一眼，"媳妇什么媳妇，你也别凑热闹，回来！原话！"他轻拍秦树阳的脸，"你脸疼不疼？"

秦树阳捏住他的手指："皮痒？"

"疼……疼疼疼！轻点儿，轻点儿。"老四被握得面目狰狞，"松手，松手，不说了！"

秦树阳松开手。

老四甩甩手，看他那模样，嗤笑一声，又道："你这男朋友怎么当的，人家千里迢迢跑来找你，就这么对人家？"

秦树阳翘首望向林冬的方向："管那么多呢。"

"我都看不下去了！你不要，我给你收着，保管给伺候得美美的。"

"再说一遍试试。"秦树阳回过目光，拍了下老四的脖子。

"跟你开玩笑呢，我哪敢。"老四嘲笑他，"哥啊，你也真有意思，嘴上说着不要，身体倒很诚实，一路狂奔过来的吧，瞧你这汗淌得，怕是比旺财跑得都快！以后就叫你秦二狗子。"

"你再说。"

"不说了，不说了，我可不像你，不识好歹。人家多好，有钱有貌有才，愿意跟你这穷蛋，你还搁这儿赌气，别是打架赔了钱脑子也气出毛病了。"

"行了。"

老四还在唠叨："再说，不是一日夫妻百日恩，这不得正是浓情蜜意的时候，你'作'什么'作'，都水乳交融、缠缠绵绵了，还计较什么，想看她就直接上啊，躲这儿偷窥，我都替你害臊！一天天的，傲娇个什么劲。"

秦树阳掐住老四后颈，老四疼得哇哇叫："疼，疼啊，哥！"

他赶紧捂住老四的嘴："号什么号，小声点儿！"

老四掰了掰他的手，发不清楚声，咕噜咕噜地说："你先放开我。"

秦树阳松开手。

老四揉揉嘴，白了秦树阳一眼："你就不会对我温柔点儿。"他摇了摇头，"瞧你那德行，心早飞过去了吧，还口是心非，以前没发现你这么闷骚呢！"

秦树阳斥道："你今晚吃多了，哪那么多话？"

老四叹了一声："哎，哥，你这样早晚把人家气走。"

秦树阳不想和他废话了："你怎么碰到她的？"

"你媳妇疼得坐在咱门口敲门，都直不起腰了，啧啧啧，真可怜，这不被我撞见了，我这就近送到这儿来了。"

秦树阳奇怪地看着他："门口？她大老远来我们这儿敲门？你逗我呢？"

"不是吧，哥，你不知道她搬咱隔壁了？"

后来，秦树阳匆匆跑回家，从柜子里拿了条毯子送过来。秦树阳站在诊所大门口跟老四招手示意他过来，把毯子递给他："这个你拿给她盖上，夜里凉。"

老四嗤笑一声："你自个儿去呗，趁机也就和好了。"

"叫你拿去就拿去，还没完没了了。"

老四撇嘴一笑："一到女人这儿就犯怂，得，我去。"

秦树阳掰他肩头一下，嘱咐道："别说是我拿来的。"

"行行行，哥们儿心里有数。"他冲秦树阳打了个响指，"走了，服了你，你就趴这儿慢慢偷窥吧。"

老四唉声叹气地进去，把毯子盖到林冬身上。

她睁开眼看向老四："谢谢。"

"呀，把你弄醒了。"老四笑起来，"你别谢我，这是哥拿来的。"

"秦树？"

"是啊，他还不让我告诉你是他拿的。"

林冬没有说话，把毯子往身上拉了拉。

"小嫂子，你看你这一出事，把他给急得，都要蹦跶上天了。我之前怎么说来着，他就是嘴上犟，心里可担心你了，这下信了吧。"

林冬微笑。

"他就是跟你赌气，随他别扭几天，过两天保管好了。"

"是吗？"

"当然！"老四得意地笑了，"你还疼不？"

"好多了。"

"那就好。"

林冬问他："他们为什么叫你老四？"

"我在家排行第四，上头还有三个姐姐。"

"真幸福，你家一定很热闹。"

"热闹什么呀，天天不是打就是吵。"老四长叹口气，"姐姐们都结婚了，动不动和姐夫们吵架闹着回娘家，鸡飞狗跳的。家家有本难念的经，都这样，哥不也是，他那简直叫惨绝人寰。"

"秦树为什么负那么多债？"

"你不知道？"

"嗯。"

"哎，这个我不好说，还是以后你自己问他吧。"

"好。"

"小嫂子啊，其实哥人真的超好的，你没感觉到吗？他很有才的，就是倒霉，各种倒霉，就跟被谁下降头似的，我都心疼他。"老四长吁短叹，"你可真别再走了，哥那么喜欢你，都疯了一回了，好不容易等

218

到你回来，你要是再走了，我都不敢想象，杀了他得了。"

林冬没有说话。

"哥虽然现在穷点儿，但我信他总有一天能出人头地，他这几年就是点背，风水轮流转，好运会降到他头上的，毕竟实力在这儿。"

"我知道。"

"你也信他？"

"信。"

"那太好了。"

"我想帮他，"林冬又想起他还给自己卡时那张愤怒的脸，"可是感觉他不会接受。"

"男人嘛，都有自尊心的。虽然我平时老跟他开玩笑逗他，其实心里知道，哥是不会吃软饭的。"

"吃软饭？"

"就是靠女人。"

"噢。"

"我觉得哥现在跟你闹别扭，大概也是怕你哪天再跑了，他没安全感，可这正说明他不只是想和你玩玩而已，他对你们这感情是认真的啊，你说对吧！"

林冬觉得有点道理，微微点下头。

"还有，哥现在经济情况很不乐观，可以说是很糟了，我觉得他也是怕连累你、耽误你，虽然他嘴上不说，其实这心里都懂。你看我平时跟他嘻嘻哈哈地开玩笑打闹，也是想活跃气氛让他开心点儿，他的那些事要是放我身上我早崩溃了，真挺佩服他的。小嫂子，哥实在太不容易了，你可不能再欺负他了。"

"那我该做点儿什么？"

"你啊，嫁给他吧。"

林冬愣了，回答得格外认真："我从来没想过这个。"

"以后慢慢想。"老四被她这语气和表情逗笑了，"哥这人特重情义，你跟他在一块，他肯定往死了疼你，骗你天打五雷轰！"

秦树阳搁角落看着他们，心里越来越急躁。

这小王八蛋跟她说什么呢，吧啦这么久。

老四凑近林冬些，神神秘秘地说："小嫂子，我跟你说，你就看着我，别往别处瞟啊。"

林冬直视着老四的双眼，听老四低声说："哥啊，现在就躲在门口偷看你呢。"

林冬轻笑起来："你帮我叫他进来。"

老四缩回头："得了吧，哥就是死要面子活受罪，这个你还得等他缓两天。"

"好吧。"

"哥这人吧，还是欠，我教你两招。"老四跷起二郎腿，脚不停地晃动，"你就甭理他，冷落他两天，急死他。然后你再找他，若即若离的，保管有用。"

"真的？"

"当然！"老四一脸骄傲，"他几斤几两，我还不知道。"

林冬说："我知道我做错了，他生气也是应该的。"

"别这么想，你现在在这里就行了，其他别想了。"

"我不太会与人相处，以后如果哪里不对，你能提醒我吗？"

"当然，没问题！"他还秀了句英语，"No problem（没问题）！"

林冬微笑："谢谢你。"

"客气啥。"

林冬看向墙上的钟："很晚了，你回去休息吧。"

"没事，哥让我在这儿看着你。"

"你明天还要上班，我没事，你回去吧。"

老四瞅了眼吊瓶："也剩不多了。"他咧开嘴一笑，"那我先回去，哥肯定在外头候着呢，指不定看我走了他也就进来了。"

林冬点点头："路上小心。"

老四站了起来："那我走啦。"

"今晚谢谢你。"

"都是小事，说了别客气了，那我就走了啊。"

220

"再见。"

"行，拜拜。"

秦树阳看老四从里头出来，悄悄走过来："你俩说什么呢？"

老四斜眼看他："就不告诉你。"

秦树阳搡了他一下。

老四环抱双臂，扬了扬眉梢："我刚才和她说，你想她想得吃不下睡不着，钱不挣狗不遛，做梦都叫她名字，每天浑浑噩噩的，行尸走肉一样，以泪洗面，还瘦了一大圈。"

秦树阳愣愣地盯着他。

老四"噗"一声笑出来："骗你的，瞧你那样儿，还真信。"

秦树阳伸手就要打他："你小子——"

老四闪躲开："别动手啊，对我那么粗鲁，我不说了。"

"……"

"看你急得，也没说什么，问问她怎么样了，没啥事她就叫我走了。"

秦树阳皱着眉看他，半信半疑。

"行了，我要回去睡觉了。"说着，老四打了个大哈欠，正要走，被秦树阳给拦住。

"哎，你等等，哪儿去？"他压低声音，"你回去她怎么办？"

老四被他攥住袖子走不得，使劲儿抽了下鼻子，上下瞄他一眼："你不在这儿蹲着嘛。"

"……"

老四拍拍他肩："我说哥，怎么突然变得这么小气吧啦的，差不多就得了，跟女人较什么劲。"老四摆摆手，"我是真困得不行了，你看我这眼，要猝死了，让我回去睡会儿。"老四推开他的手就走。

秦树阳小声叫："喂。"

老四径直走开，头都没回一个，手臂抬起来挥了挥，与他告别。

秦树阳重新趴到窗口看里头，林冬低着头一动也不动，不知道在想些什么。

他看着出了神。

忽然，林冬抬起头望向他的方向，他吓得心脏剧烈跳动，赶紧缩回脑袋，背靠着墙深深呼吸了一口。

他贴着墙站了两分钟，又探出头去看看，林冬背靠墙，闭上眼睛休息了。

里面很安静，秦树阳看向角落里相依相靠的老夫妇，苍老的双手紧握着，真幸福。好想走过去，坐到林冬的身边。

他提步走到门口，又停住，退了回来。

吊瓶里的药水快到底了，不到一刻钟，医生给林冬拔了针，说了几句话林冬就出来了。

秦树阳躲到不远处的轿车后头，看她拐去了巷子，才悄声跟上去。

林冬一路没回头，她知道秦树阳就在后面跟着，心里乐滋滋的，脸上忍不住挂着笑容。这种感觉很奇妙，有种隐隐被保护的感觉。

突然好想一直走不到头，一直这么走下去。她故意慢悠悠地走着，穿过无人的街道，迈进幽深的巷子。

深更半夜，世界沉默着，这条漆黑的道路上只有他们两个人。

在这一刻，彼此想着对方，相继走出了黑暗。

秦树阳见林冬进了门才安心，他走进自己家院子，小心翼翼地锁上大门。

所有人都沉睡着，旺财从窝里出来，张着嘴摇尾巴看他。

秦树阳揉了把狗头："别闹，快睡去吧。"

他笑了笑，抬眼望向隔壁的楼上。灯亮着，那应该就是她住的房间，环境那么不好，也不知道能不能睡习惯。

他一直仰望着那里，直到灯熄灭了，瞬间心里空落落的。

第二天，林冬一个人在大街上瞎转悠，这儿看看那儿瞧瞧，专往人多的地儿钻。

天桥尾有块很大的场地，净是些卖艺的，歌手啊，乐手啊，玩杂技的，发传单的，卖小工艺品的……应有尽有。

中间一大块场地围满了人，林冬赶过去凑热闹，找了块地儿往里头看。前头堵成一座连绵的人山，她踮着脚也看不清楚。恰好有个男人拉着他

222

女朋友走了出来，林冬正好挤上前，站了个好位置。

这是一群跳舞的，街舞。

林冬很喜欢街舞，它随意、自由，尽兴地舒展着自己的身体。她无意地跟音乐轻晃，好想成为他们中的一员，可 Leslie 知道应该会气死吧，Leslie 总说这是不入流的东西。

观众走了一拨又一拨，又来了一拨又一拨，林冬在这儿看到最后，直到那群舞者散了她才离开。

回家时，她一路踮着脚尖，身体不自觉地转圈摇晃，像个开心的孩子，一直跳到住处。

她敲敲秦树阳家大门，不一会儿有人来开门了。

秦树阳一见是林冬就要关门，林冬伸出脚把门抵住。

"你干吗？"

"没干吗。"

"我没空。"

林冬淡淡地看着他："你让开，我是来找老四的。"

"……"

林冬推开门，自个儿走了进去。秦树阳一愣一愣的。

你说啥？你来找谁？

强子和老四在打游戏，林冬把他们喊出来斗地主，就在客厅。

秦树阳边在房间画画，边听着外头的打牌声，心浮气躁。他一会儿出去上趟卫生间，一会儿出去倒杯水，明摆着找存在感呢。可那三人一心打牌，别提多热闹，愣是看都没看他一眼。

这就相当郁闷了。

秦树阳一个人坐在屋里，被冷落了。

好孤单，好寂寞。

好可怜。

手头上的小工程收了尾，这两天秦树阳回来得有点晚，一直没遇到林冬，他这心里头怪怪的。

别是又跑了。

今天活儿完工得早，小半天难得自在，秦树阳把家里里外外打扫了一遍。天气渐渐凉了，他从衣柜里翻出厚衣服和鞋子，拾掇了全拿上去晒。

天台上空荡荡的，只有他那几件陈旧的暗色衣物。他无意瞥到隔壁的天台，一眼就认了出来——酒红色吊带、灰色裤子、白色内裤，还有那件熟悉的黑色内衣，随风飘着。他还清晰地记得它的触感。

他的双手落在竹竿上，望着那一抹黑色出了神。

正发着呆，林冬上来了。

秦树阳立马回过视线，心"扑通"一声剧烈地跳动一下。

林冬走到天台边缘，凝视着他的侧影："秦树。"

他装腔作势地理了理竹竿上挂着的衣服，没说话。

"你盯着我内衣做什么？"

"……谁盯着你内衣了。"

"你啊，我看到了。"

"……"

"你喜欢我送你。"

他突然耳根稍稍发烫："不喜欢！"

"秦树，今晚一起吃饭吧。"林冬站到天台边缘，"可以吗？"

"不吃。"语落，秦树阳扭头就走，余光瞥到林冬的身影，他心里顿时一慌，不由自主地朝她大步迈过去。

林冬只穿了一件薄薄的毛衣，整个人看上去空荡荡的，轻薄瘦削，好像一阵风就能把她吹倒。

"你别站边上，小心掉下来！"秦树阳站在这栋楼的天台边缘，情不自禁地伸出手，示意她退后。

林冬没有动弹，看着他的脸。

"退回去！别掉下来。"

林冬微笑起来，突然抬起手臂，指尖落在他的掌心，握住了他的手。

那一刻，仿若有股电流从他的掌心流遍全身，心脏剧烈跳动，浑身都酥麻了。秦树阳往后缩手，又怕她跌倒，没敢用力："松开。"

林冬当然没有松。

"松开。"

林冬看着秦树阳的眼睛，手松了松。秦树阳抽出手："你没事'作'什么！摔死了谁管！"他紧拧着眉，躲开她的目光，转过身去要走。

"秦树。"

他脚步顿住。

"别生我气了，我都跟你道歉了。"

秦树阳立在原地岿然不动，背对着她，忽然心软了一下。

"我都哄你了。"

"……"他忍不住笑了一下，收拾一下面部表情，转过身面对着她。

"去哪里吃？"她笑着问。

"……"

"去吃什么？"她又问。

"林冬，"他没有一点心思回答她的问题，长提口气，问，"我就问你，你还走吗？"

林冬笔直地站立，几根发丝被风撩乱，胡乱地刮着脸侧。她目光平平地注视着眼前的男人，仍旧是那种毫无感情的平淡语气："我不知道。"

秦树阳唇线紧抿，风吹得他眼睛发红，他轻嘲地干笑一声，攥紧了拳头。

不知道，不知道。

"那你现在到底在干什么？"他咬了咬牙，"耍我？好玩吗？"

林冬没有回答。

秦树阳转过身去，落寞地走开，心口闷得难受，脚步也愈渐沉重。

一步，两步，三步。

忽然，身后传来她的声音："我想你了。"

秦树阳似乎能听到自己的心跳，他眸光闪烁，内心极致地矛盾。他紧抿着唇，拳头松了松，还是没有理她，下了天台。

他停在楼梯口，心里很乱，冷静了快半分钟。

忍不住，忍不住啊！

不忍了。

他掉头返了回去，视线刚过地平线："我也想——"话噎在喉咙里，没有说完，天台上空空的，她已经走了。

秦树阳轻笑了一声，自言自语："你傻不傻。"他杵了两秒，又下楼去了。

回到屋里，看着收拾一半的小房间，他心里闷得慌，堵得浑身难受，干什么都不得劲。

很烦。

老四的一个朋友开了家酒吧，刚开业，晚上老四把哥几个都喊去捧场。秦树阳在家画图，刚画了一半老四撞进来，硬生生把人拖了出来。

老四一路跟他打嘴炮，秦树阳半天吭一声。

"哥，你能不能振奋点儿！血气方刚的年纪一天到晚蔫巴巴的，怎么跟个老头儿一样！"

没有回应。

"你学学旺财！人家整天多欢乐！"

秦树阳没精打采的，任老四拖着走："有什么振奋的，你成天耽误我挣钱。"

"钱钱钱，你快挣疯了，要适当放松下啊。"

不一会儿，走到了酒吧门口，两人正要进去，老四忽然拉扯一下秦树阳："哎，哥。"

"嗯。"

老四指着路对面，激动地叫出来："那不是小嫂子吗？"

秦树阳顺着他所指的方向望过去，还真是，这老四眼可真尖。他看着出了会儿神，她蹲在小摊前看什么呢？

"那是不是小嫂子？"

"是吧。"他回答得漫不经心，回过神来才拍了老四一下，"小什么嫂子，乱叫。"

老四白他一眼，一脸嫌弃："承认吧，犟什么！驴一样！"

"你又找打了。"

"这下来精神了！"老四往后跳两步，躲开他点儿，张口就朝林冬喊过去，"小嫂子！"

226

"……"

"小嫂子！"

这剧情，似曾相识啊。

林冬循着叫声看过来，就见老四边跳边朝自己挥手，秦树阳呆愣在一旁，看上去傻乎乎的。

她站起身。

"小嫂子！快过来！"

"你乱叫什么！"秦树阳冲老四怒吼一声，见林冬走过来，转头就要进酒吧。

老四把他往回一拽："哥，你躲啥啊，还害臊不成，瞧把你出息的。"

"你给我松开！"

身后一声汽笛长鸣，秦树阳猛地转身，见林冬停在路中央，心都快飞出去了。他失声朝她破口大骂："你不会看着点儿车？找死呢！"

老四愣住了，轻声道："哥，你那么凶做什么，小心把媳妇吓跑了。"

林冬走了过来，老四迎上去两步："小嫂……你看哥这暴脾气，吃炸弹一样。"

"你们在这里干什么？"林冬问。

"这不，朋友刚开的酒吧，你来玩不？"老四往后一指。

林冬看一眼门匾："好玩吗？"

"当然好玩，可热闹了！"

"老四！"秦树阳没好气地叫他一声，"废什么话？还进不进了？"

"你急啥！我跟小嫂子说话呢！"

秦树阳不跟老四废话，把老四脖子一掐，人直接拎走了："进去。"

林冬跟了上去。

秦树阳突然转身："你跟来干吗？"

"我也进去玩。"

"你不能进。"

"为什么？"

"不许进。"

"为什么？"

"没为什么。"

"那为什么我不能进？"

"……"

林冬见秦树阳不回答，还要往里走。秦树阳挡住她的去路："男人玩的地方，女的凑什么热闹。"

"我看到有女的进去的。"

"反正你不许进。"

"为什么？"

"……"还没完没了了。

老四在旁边闷声笑，这小两口太逗了。

正巧旁边路过一个打扮艳丽的女人，秦树阳指着那人："看，进来的都是这样的。"他上下瞄林冬一眼，故意说，"你觉得你这合适吗？难看死了。"

林冬看了眼自己的一身运动服和运动鞋，不说话了。

老四嘿嘿地笑："也没事，小嫂子身材好，穿啥都好看，而且也没人规定非——"

秦树阳一巴掌拍在老四后背，未待他说完，推着人进了酒吧："少废话。"走几步又回头看林冬，语气不善，"哪儿凉快哪儿待着去，不许进。"

林冬杵着没动，看两人的背影消失在门口。

嫌弃我丑？

又有小情侣进去，搂搂抱抱的，林冬看那女孩子一眼，又看自己一眼，转身走开了。

林冬找了家服装店，刚进门，一个洋气的小姐姐就迎了上来："你好，有什么需要的吗？"

"我要一件裙子，暴露点儿，性感点儿。"

小姐姐有点蒙，回神后笑着说："请跟我来。"

最后，林冬挑了条黑裙子。乍一看挺简单的，不长不短，款式简单大方，然而背后镂空，露出整块背来，有够暴露。

林冬去试衣间试了试，小姐姐在外面候着，见她走出来，直接惊叹："哇，你身材好棒。"

　　这裙子，正适合平胸。林冬看着镜子里的自己，问她："好看吗？"

　　"太好看了。你气质真好，这件裙子超显身材还显白。"小姐姐绕圈看她，很激动的模样，"你的背好漂亮啊，第一次看到有人把这条裙子穿得这么有感觉。"

　　当然漂亮，那么多年舞白练的？

　　"这条裙子平时都没什么人敢试的，之前见过一个客人试过，总觉得怪怪的，没想到你穿上去那么好看，太惊艳了！"

　　套路，都是套路，经过这么多天的实战经验，林冬已经习惯这些销售人员的吹捧，不管好不好看、适不适合，他们总能把东西夸上天，顺便再夸你一通。

　　林冬又在这家店挑了双高跟鞋，把换下的运动服让小姐姐装上，寄存在店里。

　　出来后，林冬进了家美妆店："给我化个妆。"

　　化妆师见林冬这一身装扮，哑然几秒："美女是想化个什么样的？"

　　"不知道，你看着化。"

　　"你这是要去哪儿？"

　　"酒吧。"

　　林冬平时不化妆，成天素面朝天，再加上日常生活穿衣打扮怎么舒服怎么来，看上去属于清秀大方那一款。

　　化妆师根据她的形象化好妆，给她介绍说这叫厌世妆，看起来有些丧，有些慵懒无神，有些冷漠不羁，却格外有气质。

　　一路上不少人看她，走进酒吧更是吸引了许多目光，尤其是盯着她的背。可能真的因为跳芭蕾的原因，她的脖颈、背部线条实在太好看了。

　　这里人特别多，和林冬平时参加的宴会完全不同，人很多、很吵、很热闹。林冬微微有点兴奋，她找个人少的地方站着，环顾四周，并没有看到秦树阳，便去吧台上坐着。

　　"你好美女，"调酒师小哥哥目不转睛地盯着她，"喝点儿东西吗？"

"嗯。"

"喝点儿什么？"调酒师将酒水单递给她。

林冬没有挑选，直接说："最好喝的。"

调酒师看她似乎什么都不懂的样子，笑道："每一样都好喝。"

林冬看向酒水单，随意点了一个："这个。"

"好的，请稍等。"

"谢谢。"林冬坐在高凳上，转身靠着吧台，看向周围的人，有玩游戏的、喝酒的、聊天的。

她在看别人，别人也在看她。有个男人走过来与她搭讪："美女？"

她看了那人一眼，没有说话。

"一个人？"

她还是没有说话。

男人坐到她旁边："请你喝一杯。"

"不用，谢谢。"

"怎么一个人呢？"男人上下瞄她，看上去色眯眯的，"我在那边开了座，过去喝两杯吗？"

林冬不想搭理他。

"别这样嘛，说句话。"

"我在找人，不想和你说话，请你走吧。"

男人也不自讨没趣，笑笑走了。

林冬目光四处扫，试图找秦树阳。

人呢……人呢？跑哪里去了？

哎，找到了。

那一桌正在玩游戏，秦树阳几杯酒下去，整个人有些发昏。

小宋眯眼看向吧台，突然说："树，你看那姑娘，是不是一直盯着你呢？"

小杨也看过去："天啦，真漂亮。"

小宋又说："就是盯着树呢！"

小杨朝林冬招手，挑眉向她笑："嘿，美女！"

秦树阳酒杯还没放下，侧过脸漫不经心地望一眼，接着与她的目光碰撞上，登时清醒了。

林冬站了起来，身后的调酒师喊了声："哎，你的酒。"

她径直朝秦树阳走过去。

林冬人本就是细高个儿，穿上高跟鞋人更显高挑，小黑裙紧紧包裹着翘臀，走起路来风情万种。

小宋望着她，啧啧感叹："这妞儿很绝。"

老四激动到一边喊一边拍秦树阳："哥，哥！那不是小嫂子吗？我的妈呀，疯了吧，捯饬捯饬美炸了。"

一堆臭男人不怀好意地盯着林冬。

这一刻，秦树阳想把她揣到自己兜里。他回过头闷声灌了一大口酒，胃里烧得难受，好像有股火快蹿上来。

林冬站到他旁边，面无表情地俯视着眼前沉默的男人："你看，我现在这样行吗？"

秦树阳看她这身打扮，被无数双眼睛盯着，一肚子火，怕自己控制不住情绪，憋着气闷声不说话，看也不看她。

林冬就在他旁边站着。

老四推了秦树阳一下："哥！"

小宋也开玩笑："树，找你的，低头干啥呢？"

"就是，怎么大姑娘似的，还害羞了？"

"别让小姐姐等急了啊，老二。"

秦树阳被推搡着，手里的酒杯猛地往桌上一放，"嘭"一声："起什么哄！"

众人一怔，都不说话了。

秦树阳抬头仰视林冬："你这干吗呢？打扮成这个鬼样子。"

林冬平静地俯视着他，这妆容让她的眼睛看上去更加空灵："不好看吗？"

"难看！"秦树阳回过目光，又不去看她，"丑死了，哪儿来回哪儿去，别在这儿丢人现眼。"

老四怔怔地说："哎，哥，你咋说话。"他笑呵呵地看着林冬，竖起大拇指，"别听他胡说，好看，超级好看的。"

"谢谢。"林冬看着秦树阳的头顶，"你不理我了？"

他闷头灌了杯酒。

"那我走了。"林冬也没跟他啰唆，转身就走了。

众人这才看到她的后背，小宋感叹："这身材，这腰背……树，这是你媳妇？真可以啊！"

"她真走了！"老四搡秦树阳，"哥，这地方，穿成这样！你再不管你媳妇今晚怕是得被猪拱！你看看吧！"老四用力捶他一下，"装什么！你快看看啊！"

秦树阳侧脸看过去，一见她的背影，手里的杯子直接摔了。他站了起来："被狗拱我都不管，走了！"

老四把他拽下来继续坐着："你媳妇还在这儿，你上哪儿去？好歹待在这儿看着啊！"

秦树阳还真不动了。

林冬自个儿走回吧台，酒还给她留着，她就坐那儿静静地喝。调酒师有一眼没一眼地偷瞥她。

林冬突然问："我不好看吗？"

调酒师愣了愣："好看啊，很漂亮。"

DJ 在台上玩音乐，四周环绕的乐声巨大而热烈，震得人五脏六腑都在颤抖，林冬转了个身背靠吧台，看着舞池里乱摇的人们，真热闹。

她有些心痒痒，好想去啊。想着想着，她放下酒杯，钻进人群。

林冬没穿过这么高的鞋子跳过舞，她轻轻摇晃身体，尽量避开左右挤靠过来的人。边上人时不时地睨她，从头打量到脚，目光最后还是停留在脸上。

林冬一个人傻乐着，心里很激动，这还是第一次在这种场合跳舞！疯了，简直疯了！

突然有个男人挤过来："哎！真的是你！我看你半天了都没敢认，你今天真漂亮！"裴周弯着嘴角看她，瞧上去格外阳光，"世界真小啊，没想到在这里又遇到！"

232

林冬没有理他。

"那天在旱冰场，你不记得了？"

"不记得。"

裴周笑眯眯的，仿佛连眼睛都在笑："没关系，重新认识一下。我叫裴周，这里的老板是我朋友，原来在我的舞社待过，老铁，今天就来捧个场。"

林冬来了兴趣："舞社？"

"对啊，舞社，街舞。"

林冬简直双眼放起光来："你跳街舞？"

裴周笑着点头："怎么，你也感兴趣？"

"嗯，我很喜欢。"

"改天可以带你去看一下，我们那儿超好玩。"

"好。"

"你呢？一个人来的？"

"嗯。"

"坐在那边那个男的是谁啊？我刚见你找他了，男朋友？"话音刚落，裴周意识到自己有些逾越，"不好意思，我问多了，你不用回答。"

"没关系。"林冬朝秦树阳看过去，他还在喝酒，"好像是，又好像不是。"

"吵架了？"

"嗯，我做错事，他不理我了。"

"噢——我知道了，小两口赌气呢。"裴周朝她挑眉，"我教你一招，一定有用。"

"什么？"

"你跟我跳舞，他一会儿保准过来找你。"

"为什么？"

"那个男人也喜欢你啊，我看得出来。"裴周眉开眼笑，"信我没错。"

林冬沉默，像是在思考。

"男人最懂男人，你就信我吧！"

周围有些挤，一点也看不到舞池外头什么情况。其实林冬很想跳，不管对方是谁，出于什么目的，她都太想跳了。她说："可这儿很挤。"

"我有办法。"

"跳街舞？我不会。"

"那就别的，你会跳什么？"

林冬面不改色："你会跳什么？"

裴周想了想："探戈？会吗？"

"会。"

"那你先等我一会儿，我去打个招呼。"

"嗯。"

说着，裴周走出人群，一溜烟地没了身影。

林冬站在原地轻轻晃动身体，无意看到一个女人拼命地甩头发，她愣了一下，这人怎么开心成这样？

突然，音乐停了，周围人也都慢慢停了下来。酒吧老板站在台阶上说："各位帅哥美女，打扰各位雅兴，我一哥们儿想请一位美女跳个舞，麻烦耽误大家几分钟。我这哥们儿说了，今天酒水全部他请客，大家尽情喝、尽情玩！"

"好——"

"阔气！"

热闹谁不爱看，有的鼓掌，有的起哄，都散去四周。

林冬站在舞池中央，各种各样的眼神全部聚集在了一处，看着灯光下的她。

这高跟鞋太高了，不太方便，她想把鞋脱了。裴周赶紧蹲过来帮她。

"不用。"林冬自己脱了，赤着脚轻盈地立着。

裴周看到她伤痕累累的脚趾，一阵心酸。

音乐声响起。

裴周仰视着她，朝她微笑："看过《闻香识女人》吗？"

林冬笑着点下头："*Por Una Cabeza*（《一步之遥》）。"

裴周站了起来，把她的鞋拿去一边摆放好。他站在远处，朝她绅士地鞠上一躬。

234

两人走向一个点，对视着旋转，裴周一手揽住她的腰，一手牵起她的手，将人举起，落定旋转，踢腿，交叉步，再旋转。

四周的欢呼声此起彼伏……

老四翘首往人群里看，舞池被堵严实了，什么也看不到。他说："有人跳舞哎，不去看看？"

秦树阳一点兴趣也没有，还沉浸在刚刚的气愤中。

老四自己兴冲冲地往里头挤，还没到前头，隐约看到林冬的身影，吃惊地叫了一声："完了！别真要被猪拱了！"他赶紧往回跑，"哥，那跳舞的是小嫂子，和一个男的，都贴到一起了！你还不上！"

秦树阳一听这话先是愣一下，本来一肚子火，现在更是火上浇油，简直快炸了："跳跳跳！让她跳！"

"还装！"老四用力把他拽起来，"再不管，媳妇真跟人跑了。"

秦树阳把他手一甩："爱跟谁跑跟谁跑去！"

老四一脸恨铁不成钢："真不管了？"

"不管！"秦树阳气急败坏地坐了回去，又一口烈酒灌下去。

"哎哟，看你喝得那么急，伤胃啊。"小宋看得明白，笑道，"去吧，该低头时就低头，别等以后后悔啊。"

老四摇摇头，故意激秦树阳："他不去我去喽。哎哟，那舞跳得好看死了！"

小宋看秦树阳闷声喝酒，说："得了，憋什么呢？还不快去把媳妇抢回来。"

"不去！"

舞步让人眼花缭乱，时而高雅收敛，时而热情狂放，节奏不断地变化，有种欲拒还迎的诱惑。

林冬虽是跳芭蕾的，但跳起探戈也格外有味道，妩媚而不风骚，妖娆而不浪荡，配上这性感的黑裙，看得观众目瞪口呆。

秦树阳冲过来的时候，林冬正勾住裴周的腿往后倾，裴周手落在她雪白的腰上，姿势格外暧昧。她活生生被秦树阳给拽了过来，一个踉跄撞进他怀里，还没说话，就听到他近乎咆哮的呐喊："跟我走！"

老四在后头看着，快笑喷了，说着不来的，不还是来了！口是心非的家伙，每回都这样。

秦树阳拽住林冬往外走，顺路拎上高跟鞋，把人拖了出去。

满酒吧看热闹的人，跟着瞎起哄："追啊！"

"还不快追！"

裴周散漫一笑，对大家拍拍手："不管他们，继续跳起来、喝起来。"

他们停在走廊上，四下无人。

秦树阳把鞋往地上一扔："穿上。"

林冬弯腰穿鞋，撅着圆滚滚的屁股，大腿又嫩又白。秦树阳看着她，又想起刚刚那个男人搂住她的样子，呼吸都变得重了起来。

林冬穿好鞋，抬脸看他，两相沉默。

一对情侣走过幽暗的走廊，消失在尽头，又只剩他们两个。

"说话！"他语气不善。

"说什么？"她轻声慢语。

秦树阳转过身面对着墙，冷静了五秒，又转回来："回去把你的妆卸掉，穿得正常点儿。"

林冬淡淡道："是你说我丑的，我打扮一下怎么了。"

"谁说你丑了！"

"你。"

"……"真要命。

"你美，你最美了，回去吧，行吗？"

"我不。"林冬仰视着他，"我正玩得起兴，我不走了。"

她转头就往里走。

"回来，你给我回来！"

林冬理都没理他。

"林冬！"秦树阳两步跟过去把她扛到背上就往外走。

林冬拽住他的头发："我要踢你了！"

秦树阳一巴掌拍在她屁股上："再动把你扔河里去。"

林冬顿了一下，膝盖猛地顶他一下。

秦树阳捂住肚子："你还真踢！"他把林冬放了下来，声音平和许多，"行了，别闹了。"他皱着眉，脱下外套给她披上，"你穿成这样很容易出事，知道吗？"

秦树阳无奈地看着她，心情复杂："走吧。"

林冬始终沉默。

秦树阳朝马路边走，走出去两步回头看她："杵着干什么呢？"

她默默跟了上去。

秦树阳一路护送林冬进门。

林冬打开大门锁，回头看他，忽然小心翼翼地问："我是不是又做错了？"

秦树阳没说话，转脸走回隔壁院子。

林冬杵了几秒，看着空荡的黑夜，迈进门。

夜深人静，黑灯瞎火，大家都睡了，林冬回到自己房间坐了会儿，想找浴巾去洗澡，到处找不到，隐约记得它好像还在天台挂着。她有些疲倦，呆坐了一会儿才上天台拿浴巾，刚走上去，就看到不远处的一点星火。

她看着不远处的月光下，坐在天台边抽烟的男人。原来，他也会抽烟的。

同一秒，他也看到了她。

林冬走近些，端正地站着，像个犯错的孩子："秦树，你生气了。你别生气了，对不起，我错了。还有之前的事情，对不起，你原谅我行吗？"

无声。

"我以后不这样了。"

他一声不吭。

林冬低下头，手抠着裙子："我知道自己性格不好，讨人厌，我也惹你讨厌了。"

"秦树，"她看向那抹黑影，"对不起，我知道你不想看到我，我不会再来烦你了。"

突然，那道黑影站了起来，直接从那个楼顶跳到这个楼顶，站到了她面前。

林冬吓得退后一步，人靠在长长的衣架上。

秦树阳把烟往地上一扔，一脚蹍灭："我就问你一句，你还想我吗？"

林冬没有回答，他认真地看着她："嗯？"

"现在不想。"她微抬脸，双眸被月亮照得清澈。

秦树阳俯视着她，不说话。

林冬说："因为你就在眼前啊。"语落，她猝不及防地被秦树阳紧紧搂到怀里，好温暖啊。

"我不管你以后走不走，反正今天你别想走。"他的手摩挲着她光滑的背，一路向下，"谁让你跟男人跳舞？"

林冬任他的手在自己身上胡来："他说这样你就来找我了。"

秦树阳轻笑一声，手伸进她的裙里："你也信？"

"你不信？"林冬抬起手臂，抱住他的脖子，提了下嘴角，"可是你来了。"

"故意激我？"秦树阳用力地捏了她一把，"够狠啊。"

"没你狠，那么久不理我。你再不理我，我真的走了。"

"谁让你招呼不打一声就跑了，我找你快找疯了。"

"对不起嘛。"

他早已不生气了，笑着蹭了下林冬的耳尖，一手落在她的腰上："故意挑的这个款刺激我？"

"没有。"

"没有？"

"没有。"

"嘴硬。"他的指尖在她腰上轻轻滑动。

林冬扭了扭腰，没忍住轻哼了一声，软着声儿问他："那你不生我气了？"

"气。"

"那你打我吧。"她额头轻抵着他的胸膛，"随便你打，你解气就好。"

"……"

"打完了别不理我了。"

秦树阳用力亲了下她的头发："对不起，不该不理你。我的错，不会再有下一次。"

林冬抬手搂着他："比上次摸得舒服。"

秦树阳低笑："知道为什么吗？"

"不知道。"

"你猜我每天夜里都在想些什么？"

"什么？"

"自个儿猜。"

"无耻。"她猜到一二，想往后退。秦树阳再次把她按进怀里。

她问："在这里？"

"你不想？"

"不会有人看见吗？"

"这么晚了，"秦树阳温柔地抚摸着她，"没人会上来。"

"万一……会被笑话的。"

他抽出手，捧起她的脸，亲吻她的额头："月亮看得见，你问它会不会笑。"

林冬却笑了。

秦树阳堵住她的嘴唇，带着浓浓的烟酒味。林冬突然推开他："没有那个。"

秦树阳愣了一下，声音低哑："上次买的呢？"

"还剩一个。"林冬看着他，眨眨眼，"被我扔了。"

两个人对视，同时沉默。

秦树阳说："我去买。"

"那我呢？"

"你在房里等我。"他弯起嘴角，"我一会儿就回来。"

"我也去。"

他抚摸着她光滑的背："好。"

"你背我去。"

“好。”

林冬双腿很有力量，紧紧缠住他的腰，灵活地转到后头，趴到了他的背上。

“抱紧了。”

“嗯。”

秦树阳背着她走下天台。

夜深人静的小巷只有他们两个人。

秦树阳一点也不觉得累，他的脸上自始至终带着笑意，心里抹了蜜糖一样，甜死了。

林冬闭上双眸，趴在他宽大的背上，心里很踏实。夜里凉，可他的身体很暖，很有安全感。这一刻她在想，哪怕是这个男人把自己带入地狱，她也心甘情愿了。

秦树阳还是第一次进成人用品无人售卖店，林冬之前买过，指导他买好，两个人就往回走。

他们悠闲地行走在无人的黑巷，不像久别的情人，不像干柴遇烈火，倒更像一对恩爱的老夫妻。

秦树阳问：“你饿吗？”

“不饿。”

“今晚吃了什么？”

“包子。”

“什么馅？”

“白菜肉的一个，豆角的·个。”

“这就饱了？”

“还吃了面条。”

“好吃吗？”

“没你做的好吃。”

“那我以后天天给你做。”

“好啊。”

秦树阳弯起嘴角：“下次做刀削面给你吃，我还会做肉酱，炒刀削面也很好吃。"

"我会做好多好吃的。"他侧脸蹭了下她的脸颊，"以后慢慢都做给你吃。"

"好啊。"

他回过脸，敛住笑容："林冬啊。"

"嗯。"

"我负了很多债。"

"我知道。"

"我前两天打架又赔了很多钱。"

"我知道。"

"我现在就是个穷光蛋。"

"我知道。"

"我很想给你一个家，"他停顿了一下，"可我现在做不到，我连自己的问题都没有解决。"

"我知道。"

"我不想找捷径，靠女人。"

"我知道。"

秦树阳背着她慢悠悠地走，脚步很稳，颠簸很小，轻轻地晃着，舒服得她快睡着了。

"傻媳妇，我现在养不起你，可是将来有一天会养得起的。

"之前我很害怕，怕你一时新奇，怕你再离开。

"可我想通了，不管以后怎么样，至少现在你在我这儿。

"或许我们现在不是一个世界的，或许有一天你还是会离开。

"那我想你就待在你的世界里，我去努力，努力爬得越来越高，然后去找你。"

他豁然地笑了。

"你知道吗，从你回来，看到你的那一刻起，我就绷不住了。

"老四说得对，我在你跟前就像条狗一样，不管你对我什么样，我都不变地喜欢你。

"对不起，一直让你说对不起。"

"林冬。"

她没有回应。

"媳妇?"秦树阳停下来杵了几秒,微微侧脸看过去,才发现这小家伙脸靠在自己肩膀上睡着了。他轻笑了笑,嘴唇轻碰她的鼻尖,回过头,走得更加缓慢。

回到房间,秦树阳把林冬轻轻放到她的床上,盖好被子,就躺在她身边,一动不动地看着她。

这屋里凉飕飕的,不知道哪里透风。秦树阳小心地爬起来,找漏风点。原来是上叶窗户关不严实,留了一道缝隙,他在那儿掰扯半天,整不合,又回家拿了工具,给她把窗户修好了。

已经是深夜两点多,可是他一点儿也不困,一点儿也不觉疲倦。他把工具送回去,换掉一身酒气的衣服,冲了个澡,准备再回到林冬屋里看她睡觉。

秦树阳一进门,见床上没人,正纳闷,后头的门被关上了。他回过头,见林冬赤脚站在地上,背靠门看着自己。

"你醒了?"他抱歉地笑了一下,"我声音太大了,吵到你了吧。窗户关不上,我怕你冻着,就修了修。"

"秦树,我做了个噩梦。"林冬倒吸一口气,"我梦到你不要我了。"

他走过去抱住她,亲她的眼睛:"不会的。"

林冬没有动弹,任他亲吻。

"除非你不要我了,我不会不要你。"

"秦树,我要你的。"她轻嗅着他身上淡淡的肥皂味,"我回来就是找你的。"

话音刚落,她的双脚腾空,被抱了起来。

"我想死你了。"秦树阳一手抱着她的腰,轻吻她的头发,沉重的身体压了下去。

林冬抱着他的脖子,双腿紧紧缠绕在他结实的腰上,手顺着他的脖颈往上滑,插进他的头发里。

她目光涣散,盯着墙上的黄色小灯泡,好像看到有个小人儿,站在里头跳舞。她微张着嘴，笑了一下，感受着肉与肉的紧密贴合，感受着他赋予的极致快感。

突然，她的脑海里闪过一个久违的画面——对不起，我不知道后面站了人，对不起。

那是他们的第一次碰面。

那天，她忘记了穿安全裤。风拂过来的时候，他应该什么都看到了吧。

在她失神中，秦树阳抱着她走到床边，将她放到床上，沉重的身体再次压了下去。

林冬被他压得喘不过气来："你重死了，走开。"

他的手按在她脸边，用手臂支撑起身体："别闹。"

林冬说："累了。"

秦树阳坏笑着说："那天谁说我精力不足来着？"

林冬扯被子盖住自己："谁啊？"

"还装。"

……

床单被抓得皱成一团，林冬背过手去拧他。她的身体很柔软，直接抓到他后腰，小猫爪子似的，一下下挠着。

秦树阳扣住她的手，她不动了。

一波未平，一波又起。二十多岁的小伙子啊，真是有用不完的力气。

……

第六章·

蜜糖

　　秦树阳是在林冬那儿过的夜，地上一片狼藉，他俩折腾了大半夜，到了近六点才眯会儿眼。

　　早晨七点多，林冬就要起床练舞，一翻身弄醒了秦树阳。秦树阳把她拽回怀里抱着："上哪儿去？"

　　林冬推了推他："放开啦。"

　　他闭眼紧扣着她："不许走。"

　　林冬又挣开他："我要去练舞的。"

　　他没说话，过了几秒钟，翻身压在她身上："就在这儿练。"

　　林冬推他的肩："别闹了。"

　　他的手越发不规矩，将她扣得牢牢的。

　　林冬逃不掉，干脆不动弹，任他继续放肆。

　　两人腻歪一上午，早饭都没吃，快到十一点，收拾收拾起了床。

　　刚站立，林冬双腿发软，没站稳，扶着床又坐下。秦树阳穿好衣服，在一旁看着她笑。

　　"笑什么？"她说。

　　"高兴，"他还在笑，"高兴死了。"

　　林冬揉着腿说："我饿了。"

　　秦树阳走过去亲了她一口："想吃什么？"

　　"随便，好吃的就行。"

　　"我做？"

　　"你做。"

　　"那我先回去，你一会儿过来。"

"好。"

"不，你还是在这儿等着，我一会儿端过来。"

"好。"

他低头亲了下她的头发："就等一会儿。"

"嗯。"

秦树阳依依不舍地走了，走到门口又回过头来亲她两口才离开。

林冬觉得浑身没劲，又躺平歇着。

今天不知道是什么好日子，大家伙都在。老四正打着游戏，听见秦树阳回来了，一局游戏没结束也就没出去，光听见外头强子与他说话。

"老二，你去哪儿了？一夜没回来？"

"跟林冬在一块。"

"咋？和好了？"

"嗯。"

老四一听这话，游戏也不打了，冲出来问："共度良宵了？"

秦树阳笑得那叫一个甜。

"哥，我就知道！"老四一看他这状态，立马明白了，"昨晚谁说不管她了来着？"

"再说！"

"打脸了吧！"老四拍拍自己的脸，"脸疼不疼？"

秦树阳举起拳头朝老四走来。老四赶紧关上门锁起来："啪啪啪！"

"今儿个心情好，不和你计较。"秦树阳笑眯眯地去厨房。

秦树阳做了两个菜一个汤，一趟趟地往隔壁端。

老四嗅着鼻子探过来，看他端着一大碗鸡蛋汤走出来，问道："哥，你这是端隔壁去？伺候媳妇吃饭？"

"让开，让开。"

"啧啧啧，还真是床头吵架床尾和，看你这忠犬样！"

老四上前要喝一口鸡蛋汤，秦树阳赶紧护在身侧："一边去。"

"伤心，你这是有了媳妇忘了兄弟。"

秦树阳用膝盖抵开他："快走开，她等着呢，锅里还有自己盛去。"

一听这话，老四赶紧让开："好好好。"

秦树阳端着碗匆匆走了。他来到林冬房间，把桌子整理好，拖到床边。

林冬坐在床上吃，屋里没小板凳，秦树阳就蹲在地上，双臂搭着桌子，下巴垫在叠起来的手臂上，眼巴巴地看着林冬吃："好吃吗？"

"嗯。"她看向他，"你蹲着不累吗？"

秦树阳乐着摇头。

"你坐过来一起吃吧。"

"我不饿，"他笑得傻乎乎的，"我看你吃就饱了。"

"……"

"快吃啊。"

林冬继续吃。

"喝口汤。"

"……"

"我喂你吧。"

"……"

等她吃饱了，秦树阳把剩菜剩饭全部消灭干净，端着空盘子回来洗。

林冬浑身没劲，一路扶着墙去洗澡。

另一边，秦树阳一边洗碗，一边哼着小调。

强子站在窗户口探耳朵听，瞧老四一眼："老二是疯了吗，怎么跟个傻子似的？"

老四打着游戏，笑一声："可不是。"

林冬洗完澡来找秦树阳，然后和强子、老四在一起打牌。

秦树阳拉了把椅子坐到林冬身边，看她小小的手把牌理得乱七八糟，他一脸傻笑，恨不得整个人贴在她身上。

林冬听见他的笑声，侧头与他对视，没有说话。

"我来帮你。"秦树阳从她手里拿过牌，原本散乱的牌被他几下理好了，"看见没，这么插牌就好拿多了。"

"嗯。"

"来，拿好。"他把理好的牌交给林冬，刚到她手里，牌又散了，他握着她的手，"抓紧了呀。"

246

老四、强子两人一阵唏嘘：

"太虐了！打个牌还这么秀恩爱，还让不让人活了。"

"唉，哥不是狗，我俩才是狗。"

林冬微笑地看牌。

强子说："人家小情侣如胶似漆呢，之前你什么时候见老二凑过来看打牌来了。"

秦树阳敲敲桌子："少废话，好好打。"

强子撇嘴，扬下眉梢。

秦树阳看了一会儿，对林冬说："还想吃点儿什么吗？"

老四一阵嫌弃："哥，你当喂猪呢，这不刚吃完饭。"

秦树阳给他一巴掌："怎么说话呢！"

"啊，小嫂子，失言失言！"

秦树阳继续问林冬："吃什么？"

"烧烤。"

"吃什么烧烤，吃多了不好。"

"楼上的小孩子上次给了我一包辣条，我觉得挺……"

未待她说完，秦树阳立马打断："垃圾食品，还不如烧烤，吃那玩意儿做什么。"

"那就烧烤。"

"不行。"

林冬不说话了。

另外两人闷声偷笑。

"换点儿别的，水果。"

"橘子。"

"这个行，我去买。"秦树阳站起身，回屋拿钱出门去买。

老四喊："带点儿瓜子回来。"

"好。"说着，他就拐出了大门。

打完一局，趁洗牌摸牌的工夫，强子勾头神秘兮兮地问林冬："小嫂子，你家干啥的，那么有钱？"

老四踹他一脚："问那么多干啥？小嫂子你别理他。"

强子委屈巴巴："我就好奇，那么一问。"

林冬一本正经地回答："我舅舅开公司，妈妈是画家，姨妈和我都是跳芭蕾的。"

"哟，难怪，是艺术世家啊！"

林冬笑笑："差不多。"

强子又问："小嫂子，你和老二到底咋认识的呀？说说呗。"

"他给我修水管。"

"这都行？我说老四，咱也去修修水管啥的，指不定也能修个媳妇回来。"

老四笑着说："你也不看你长得什么样，猪头似的！你要是有哥那张脸，坐马路边都能坐个媳妇回来。"

"啧，你就嘴欠，欠抽，我——"

"怎么说话呢！"老四及时打断，"注意言辞，文明！文明！人家姑娘在呢。"

林冬笑了，看着强子说："你挺好的，我喜欢你的性格。"

强子用胳膊肘捣了老四一下："听见没，夸我呢。"

"人家跟你客气呢，真当自己一朵花了，瞧把你美的。行了行了，打牌，一张小 3。"

不多久，秦树阳提着橘子和瓜子回来了，他把东西给分了。

"一对 4。"强子扔出两张牌，嬉皮笑脸地看向忙活的秦树阳，"看哥跟个小书童似的。"

老四："哈哈，小书童。"

秦树阳不屑搭理他俩，又坐到林冬身边，他剥开一个橘子递到她嘴边，说："来。"

林冬正认真地琢磨牌，张嘴咬住橘子，嚼了两口，对他说："谢谢。"

强子捂了把脸："哎哟，我的天呀，深度虐狗，太残忍了。"

老四说："哥，给我喂一个呗。"说着，他就张了张嘴。

秦树阳扔了块橘子皮过去："给你。"

老四闭嘴，白他一眼："没人性。"

强子出了个顺子，手里就剩两张牌："快点儿，快点儿，我要出完了啊。"

老四："炸，怎么样，要不要？要不要吧！"

"出出出。"

老四哈哈笑两声："三个 8 带一对 3。"

"……"

老四："三个 10 带一对 5。"

强子蒙了："这还怎么打，你出你出你出。"

林冬看着手里的牌，纠结要不要拆开来出，就问秦树阳："秦树，我这么出，还是这么出？"

老四阻止道："哎，小嫂子，你挡我干啥呀？"

秦树阳踢了老四一脚："我们先出。"

老四一脸无奈，憋着笑："行吧行吧，你们先出。"

秦树阳正忙着给她剥瓜子，腾出手指了几张牌："这么出。"

"噢。"林冬出了三个 K 加两个 6。

秦树阳笑着看他俩："不要吧。"他抵了林冬一下，"媳妇，继续。"

林冬又出了三对顺子，还是没人要。

强子道："哟呵，牌可以啊。"

一对 J，出完了。

强子扔了牌，感慨道："啧，夫妻上阵。"

老四也笑："看哥这妻奴，瓜子都剥现成的。"

秦树阳："你们俩再废话试试。"

老四："不说，不说了。"

秦树阳剥了一把瓜子，递到林冬嘴边。林冬推开他的手，说："你自己吃。"

"我不爱吃这玩意儿。"

"我也不爱吃。"

"我都剥好了，你就吃一口。"

林冬就是不吃。

"你吃一口嘛。"

"不想吃。"

"哥，我爱，我吃啊。"说着，老四一嘴下来，舔了个干净。

秦树阳蒙了，下一秒用力将手心的口水揩在老四身上："你要恶心死我！"

秦树阳不玩纸牌，之前也从来不碰，一是因为不喜欢，二是因为没时间。可是今天下午，他不但打了牌，还打了麻将，不停地给林冬点炮放水，哄媳妇开心。

一不小心到了晚上，老四撺掇大家去 KTV 玩，另外又叫上了三对情侣。几个人要了个大包厢，带着啤酒烤肉一起进来摆上，边吃边号。

音乐声巨大，震得林冬胸口咚咚响。只见男男女女对唱着，或是哀伤抒情，或是热烈奔放。

林冬坐在沙发上，手里拿着一根羊肉串，看着他们嘻嘻哈哈地打闹，唱着、跳着、笑着，毫不顾忌形象，大口吃肉，大口喝酒，不像她从前所参加的聚会，一个个西装革履，端着个架子装腔作势、权衡利弊，每一句话都精心考量、设计修饰。撕破那些华丽精致的外皮，全是自私与虚伪，难受得让人喘不过气来。

秦树阳从外头又买了些水果来，他把林冬手里的肉串拿了过来，凑近她耳朵说："你胃不好，晚上别吃太多肉，不容易消化。水果买来了，你吃这个。"他缩回头，把她剩下的串吃了个干净。

林冬侧头盯着秦树阳，秦树阳注意到她的目光，囫囵咽下肉："怎么了？"

她笑了笑，向他坐近了些。

秦树阳以为林冬要说话，把耳朵凑了过去。林冬轻轻亲了下他的耳朵。

秦树阳愣了一下，紧接着开心地笑了起来："被我感动到了？"

林冬摇摇头。

"被我帅到了？"

林冬又摇摇头。

"被我的歌声折服了？"

林冬还是摇头。

"还不承认，你知道以前上学时有多少姑娘因为哥的歌喉被迷得死去活来的，前赴后继地追着我。"

林冬没说话。

"呃……当然，她们没追到，我小时候爱玩别的，心思不在这上面。"

"以前很多人追你？"

"现在不也是，"秦树阳朝她挑下眉，一脸坏笑，"眼前不就一个。"他手伸到她腰上，"哎，说实在的，我长得还可以吧。"

林冬上下睨他一眼："就你这样，那些女孩儿审美不行。"

秦树阳把脸凑过去，贴着她的耳朵："你审美行，还不是眼巴巴和我好了。"说完，一本正经地转过头。

林冬没有说话，过了几秒，手指勾了勾示意他靠近些。

秦树阳得意扬扬地凑过耳朵去。

"你也就身上好看点儿，"她贴近他的耳根，声音软软地说，"脱了好看。"

那一秒，他像被电了一下，身子轻颤，赶紧缩回头，离她远了些。

林冬嘚瑟地看着他："怎么了？"

"等回去有你好看的。"

一个男人拿着啤酒过来对林冬说："老二媳妇啊，不说别的，来，跟哥走一个。"

秦树阳拦下酒："她不喝酒。"

"哎，树，你这不够意思啊，人家姑娘还没说话呢。"

"她胃不好，我代她喝。"秦树阳把酒拿了过来，一口闷了，将杯子倒过来，放在了桌上。

"树，哥今儿个先给你交代了，今晚你是别指望竖着出去了。"

一堆人凑过来跟着瞎起哄，秦树阳被灌了好几瓶。林冬看他一瓶接一瓶喝，站起来拉了拉他："别喝了。"

秦树阳笑着看她一眼，继续喝。

这些人丝毫没有饶了秦树阳的意思，于是，林冬从秦树阳手里拿过酒瓶，灌了半瓶。

"看见没老二，人家能喝！"

"妹子豪爽。"

秦树阳有些醉意，含情脉脉地看着她，把酒瓶抢了回来，长长的手臂环住她的腰，把她捞进怀里，手落到她肩上，轻捏了两下，柔声道："没事。"

"哦哟，瞧瞧老二，宠妻狂魔啊。"

"闻见没？恋爱的酸臭味。"

秦树阳笑了笑，轻搂着林冬，喝掉余下的酒。

周围的嘈杂声仿佛尽数消失，林冬沉默地仰视着他，无论是在黑暗、光明、阴冷抑或是温暖的地方，这个男人总是能给自己一种安稳的感觉。

她微笑起来，往他身上靠了靠。

秦树啊，因为你，我仿佛进入了另一个世界。这个世界，它热闹、真实、自由、无拘无束，叫人永远都不想回去了。

她的声音轻飘飘的，被喧闹声掩盖："秦树，我好喜欢你。"

也不知道，有人听见了没。

已至深夜，老四拿着麦对林冬喊："小嫂子来一首？"

"我不会唱歌。"林冬说。

"啥？"老四歪着脑袋竖起耳朵听，"听不见。"

秦树阳喊："她不唱。"

老四边喊边走过来："别不好意思嘛，都是熟人，来来来，开开嗓！"

"对啊，来首呗，小美女。"一个女人说着，热情地把她拉起来，"来吧，大家伙儿一起热闹。"

林冬看了眼秦树阳，她不想唱。

秦树阳立马懂了，站起来把她拉回来："你们唱。"

老四蹲在那头喊："哥，你别啊，不带这么护着的。"

一堆人跟着喊闹："就是啊。"

"唱一首嘛。"

"我代她唱。"秦树阳站了起来，去选歌。

"这宠媳妇宠得！"

"哥就是一护妻狂魔，外加狗腿子。"

一个女人坐到林冬身边，给了她一个橘子："老二对你是真好。"

"嗯，谢谢。"

"我看得出来，那眼里全是爱意，从来没见他用这种眼神看一姑娘。"

林冬笑笑。

"好好珍惜啊，这小伙子靠谱的，以后有出息。"

"我会的。"

女人笑着挪到她男朋友边上去。林冬又一个人坐着，看到秦树阳选好了歌，坐在高凳上，也不看歌词，也不看屏幕，就看着自己。

轻快的音乐响起，秦树阳握起话筒，凝视着林冬，也许因为喝多了的原因，整个人看上去很是慵懒：

> An empty street（空寂的街道）
>
> An empty house（空寂的房间）
>
> A hole inside my heart（空寂的思念深藏在我的心中）
>
> I'm all alone（孤孤单单）
>
> The rooms are getting smaller（无尽的孤寂压迫着我）
>
> ……

他的歌声还是一如既往地好听。林冬突然回忆起在菁明山的时候，那个夜晚，也是这样的情景，他看着自己，只看着自己。

强子在房间另一头喊："又是外文的！"

其他人起哄：

"来首听得懂的啊！"

"对啊，中国话的！"

"不要你们听懂。"秦树阳继续唱，目不转睛地看着他的情人，眼里的爱意控制不住地漫出来：

> To hold you in my arms（我想抱紧你）
>
> To promise my love（我向你保证，吾爱）
>
> To tell you from my heart（我决不是在撒谎）
>
> You are all I'm thinking of（你是我所想的一切）

……

林冬与他对视，缓缓笑了起来。

他见她笑，也弯起嘴角。

Overseas from coast to coast（漂过大海，翻山越岭）

To find a place I love the most（去找寻一个我最喜爱的地方）

Where the fields are green to see you once again（那儿有翠绿的草原还有你醉人的眼神）

My love（我的爱人）

……

闹一晚上，朋友们都散了。秦树阳喝大了，和老四、强子拉拉扯扯地回到家。林冬跟在他们后头，听着三个男人号了一路。

进了房间，林冬要回去，秦树阳拽住她不放，她被他拉进屋。老四和强子两个闹腾着回屋，一会儿没了动静。

秦树阳四仰八叉地倒在床上。林冬关上门，坐到床边，解开他的衣服，脱掉他的鞋子，给他盖上被子。刚盖上，秦树阳一脚蹬开了，他眯着眼看林冬，握住她的手腕轻轻一拉，把人拉了过来。

林冬伏在他的身上，注视着他的眉眼："怎么了？"

秦树阳傻笑起来，双臂扣住她，嗫嚅几句，懒洋洋地唤起她的名字："林冬啊。"

"嗯。"

"林冬。"

"嗯。"

"媳妇。"

林冬顿了几秒，还是答应了："嗯。"

秦树阳醉醺醺地看着她，嘴角带着止不住的笑意："真好看。"

"多好看？"

"比我妈妈还好看。"

"你妈妈多好看？"

"我妈妈是这世上最好看的人。"

林冬笑了笑："自相矛盾。"

秦树阳更紧地搂住她，腿绕到上面圈住她的身体："我家基因好，祖祖辈辈、世世代代都好看……以后我的孩子也好看。"

"自恋。"

"真的，给你看照片。"说着，秦树阳就开始摸手机，"哎？手机呢？"

林冬把他按回来："明天看，你睡吧。"

秦树阳不动了，仍旧搂着她不放："媳妇。我们以后……以后要个孩子……不……要两个……一男一女……男的帅气女的漂亮。"他想象着，幸福地笑了，人还醉着，嘟嘟囔囔说不清话，"哼哼……肯定……"

未待他说完，林冬打断他："秦树，我不要孩子。"

屋里一阵安静。

林冬重复："我不想生孩子。"

秦树阳捏捏林冬的耳朵："没事，没事……那就不要，你不想生我们就不要了，听你的。"他干咽了口气，凝视着林冬清澈的双眸，"我知道……你们啊……跳舞……可能……可能会不想生孩子……保……保持体形。"他提了下嘴角，"我理解。"

"谢谢。"

"别跟我说谢谢，"秦树阳闭上眼睛，"咱们两个……不用谢谢。"

林冬要起身，秦树阳仍搂住她不放，他说："那……过些日子……我带你去我老家看看。"

"好。"

"带你去见我妈妈。她肯定喜欢你。"

"好。"

"我老家有很多好玩的地方，很多好吃的东西……你肯定喜欢。"

"好。"

"你见过熊猫吗？我带你去看熊猫。"他笑得傻里傻气，"它们跟你一样……特别能吃……坐在一堆竹笋里……就不停地吃……不停地吃……特别可爱……你肯定喜欢。"

"好。"

"我以后带你去草原……去骑马，去藏区……去看雪山……还有啊……好多有趣的地方，很多有趣的人，你肯定喜欢。"

"好。"

"那……"秦树阳顿了下，闭上的双眸微微睁开点，"那你不走了，好吗？"

林冬沉默了。

"好吗？"他眼睛红红的，期待地凝视着她，声音有些嘶哑，"好吗？"

"好吗？"他晃了晃她。

"秦树，我的家人都在那边。"

这回换他沉默。

"我也不想离开这里。"

沉默。

"也许有一天，我会说服他们，可是希望很小。"

沉默。

"但我会努力的。"

秦树阳更紧地搂住她，脸埋进她的脖间，他声音异常沉重："好，没事，没事。"

秦树阳早早去上班，林冬又起晚了，洗洗出门去西闲里吃完午饭，又去了酒店。她的套房没退，平日都在里头练舞。

一下午过去，林冬感觉精疲力竭，脚指甲劈了，还流了血。反正也习惯了，她随意包包，继续跳。

晚上，林冬又回到东闲里。还没到门口，亮亮在路上玩，刚见到她就直奔而来，嘴巴甜得要命："姐姐！你来啦！"

林冬与他打招呼："你好。"

"姐姐，我放假啦，今天国庆节哦！"

"恭喜你。"

"我放了好几天假，可以天天陪你玩。"

"你没有作业吗？"

"我晚上写的。"

"噢。"林冬往秦树阳家走。

亮亮跟在她身后："姐姐，你又来找秦哥哥吗？"

"我就过来逛逛。"

亮亮仰着小脸望她："哥哥他们要好晚才回来。"

"嗯。"

"姐姐，你在和哥哥谈恋爱吗？"

林冬看向他，顿了一下："对呀。"

"那你们什么时候结婚？我想吃喜糖。"

"不知道。"

"那你们要早点儿结婚噢。"

林冬捏了下他的脸，这小孩儿，人小鬼大的。

她说："等你长成大人了，我们就结婚了。"

"我才八岁，"亮亮嘟嘴卖萌，掰着手指算了算，"那起码还要十年呀！"

林冬笑笑："不说这个了。"

"那姐姐，你想玩什么吗？"

"我今天好累，改天陪你玩。"

"那好吧。"

后来，亮亮给了林冬几本漫画书看。一楼门锁着，天也黑了，她就坐在厨房里看。

一个多小时后，秦树阳回来了。他见林冬坐在小板凳上聚精会神地看漫画，停了车就走过去，蹲下身看她："你又看这个了。"

"好看。"

秦树阳轻笑着叹了口气："奇葩。"

"奇葩是什么？"

"一朵美丽的花。"

林冬半信半疑："我觉得你在骗我。"

"没有，我是夸你看漫画的样子可爱，像朵花。"

"是吗？"

"是啊。"秦树阳乐得不行，笑着站了起来，拉住她的手把人拽了起来，"走，跟我进屋去。"

他开了锁，进了门，开了灯，支好车，把门关上。

秦树阳把她按在门上，想贴过去抱抱，又突然停下了。他掸了掸身上的尘土："算了，我身上脏。"

林冬背靠门目光淡淡地看他，双手拉着他腰部的衣服："噢。"

秦树阳扯开嘴角笑了："噢什么？"

林冬没有回答。

他单手撑门，痴痴地欣赏着林冬的脸，也不说话。

林冬认真地与他对视，一本正经地说："你这样像个傻子。"

"那你看上傻子，你是不是更傻？"

她思考两秒："你又欺负我，我说不过你。"

秦树阳更乐了，抬手摸了下她的脸蛋儿："今天干吗了？"

"跳舞。"

"累吗？"

"有点。"

"脚疼不疼？"

"有点。"

"腿呢？"

"也有点。"

"那今晚我给你按摩。"

"好。"

林冬也问他："你呢，累吗？"

"有点。"

"脚疼吗？"

"有点。"

"腿呢？"

"也有点。"

"那我今晚也给你按摩。"

"好。"

两人不约而同地笑了。

秦树阳凑过脸去，轻碰一下她的嘴唇，蜻蜓点水般："吃过没？"

"还没有，"林冬拽住他的衣角，轻轻地摇一摇，"等你一起吃。"

"想吃什么？"

"没什么想吃的。"她手指卷着他的衣服玩，突然想到什么，"不，我想吃豆腐脑，可是我每次都碰不到那个人。"

"今天又没来？"

"没有。"

"我带你出去吃。"

"我好累，不想走了。"

"那你进屋躺着。"秦树阳笑着拉她往房里走，进屋后松开手，脱去外套，换了件干净的，"你先坐，我去给你买。"

"去哪里买？"

"说了你也不知道，等着吧，我知道哪家的好吃。"

"噢。"

"你继续看漫画吧。"秦树阳转身就走了。

林冬坐了一会儿，又不想看了，躺到床上看着上方垂挂的那只黄色灯泡。

她看了一会儿，觉得眼睛有些不舒服，侧了个身，头不小心硌到枕头下的一个小方盒子。她掀开枕头看了看，是个糖果盒子。她盯着盒子上糖果的图片，好好吃的样子。

林冬打开了盒子，没有糖，里面装着大小的零钱，一毛的、五毛的、一块的、五块的……秦树阳把零钱放这里干什么？

怕林冬等急了，秦树阳一路狂奔到小吃店，要了份豆腐脑打包带走，又怕它凉了，一路揣在怀里带回来。他到厨房找了碗倒好，给林冬端过去："来啦。"

她腾地坐起来。

秦树阳把豆腐脑放到桌上："快来吃，热乎着。"

林冬坐到他的椅子上，看着碗里白嫩的一片："好好吃的样子。"

"快吃吧。"

林冬拿起勺子挖了一口："好吃。"

秦树阳看着她的吃相，心满意足。

她给他一勺："你也吃。"

秦树阳挡开她的手："你吃你的，我不爱吃这个。"

"好。"

秦树阳心里特高兴，喜上眉梢，看着她一直傻笑，忽然嘴凑过去吧唧亲了她一口："你慢慢吃，我去洗个澡，然后给你做饭。"

"嗯。"

他拿上衣服出去。

林冬吃完，自个儿去把碗刷了，擦干净放回橱柜，又回到他房间继续躺着，真的是太累了。

不久，秦树阳一边擦头发一边走进来，他没穿上衣，把擦头发的毛巾搭在床尾，躺到林冬身边，搂住人就是一通亲，从肩头到后背，轻轻地磨蹭。

"你不冷吗？"林冬问。

秦树阳紧扣着她："不冷。"

林冬被他挤得不舒服，躲了躲："喘不过气了。"

秦树阳把她扳了过来，放在自己身上："那你压着我。"

林冬不动弹，趴在他身上，嗅了嗅鼻子："你用的什么沐浴露？"

"怎么了？"

"很好闻。"

"香皂，地摊货。"

"我也买一块。"

"你用不惯。"

"我就要。"

"那你闻我身上的就好了，"秦树阳笑着摊开手，"全身上下，随你闻。"

林冬愣愣地看着他。

"不闻？"

林冬躺去他旁边："我要自己用。"

秦树阳又翻身过去压住她："那好办，和我一起洗。"

260

林冬不说话。

"我可以陪你再洗一次。"

"……"

他撩开她的衣扣："去吗？"

"不去。"

"那我帮你洗。"

"不用。"

秦树阳继续解衣扣："那今晚在我这儿睡。"

"嗯。"

他俯下脸，亲吻她的胸口。

外头有声音传来，秦树阳抬起头，翻身坐起来："他们回来了。"

他穿上拖鞋，大长腿两步迈到门口，正要把插销插上，就听到林冬说："别锁，我要出去打牌了。"

"……"

早晨，秦树阳醒过来，林冬不在身边，他给她打了个电话。

"秦树。"

光是听她叫自己就幸福得快要飞起来了，秦树阳应道："媳妇。"

"……"

"媳妇。"

"有话就说。"

"你在练舞？"

"嗯。"

"回来吃饭吗？"

"都行。"

"那我等你一起吃早饭，你想吃什么？"

"你不去工作吗？昨天不是谈好一个新活？"

"我陪你吃完饭再去。"

"那你别等我了，我不回去了。"

"……"

“挂了。”

“好吧，”他嘱咐道，“别到处乱跑，晚上等我。”

“嗯，我挂了。”

“去吃——”未待说完，电话已经被挂断了，秦树阳放下手机，伸了个懒腰，起身下床。

林冬饿得前胸贴后背，随便找家早餐铺子吃了碗小馄饨、一根油条和一个茶叶蛋。她当然没有听秦树阳的话不要乱跑，一个人在街上闲逛，顺便消消食。

林冬晃进了个小广场，随意坐到公共长椅上看大爷大妈晨练。

小广场很热闹，老的、小的、团体的、个人的、耍剑的、拉琴的、练太极的、跳广场舞的，还有些小孩子翻跟头练武术。

不远处有个吹糖人的，林冬瞧着有趣，走过去看了看。可爱的小糖人，很好吃的样子，于是她也要了一个。

摊主问她：“要哪种？”

她说：“最大的。”

糖人黏得牙沾在一起，林冬边艰难咀嚼边往长椅走，突然一个身影闪了过来。裴周惊喜地看着她：“是你，又遇上了！”

“你好。”林冬记得这个人。

“太巧了，这是第三次见了吧，你一个人在这儿干吗呢？”

“随便逛逛。”林冬往长椅那儿走。裴周就跟在后头，坐到她旁边。

“那么大的糖人，”裴周看着她手里的龙形糖人，“好吃吗？”

“好吃。”

“吃这个不怕胖？”

“锻炼就消耗了。”

“也是，你这小骨架，也吃不胖。”

林冬不说话了，专心致志地吃东西。

“那天那个男的呢？和好了？”

“嗯。”

“那你得好好谢谢我。”

"谢谢你。"

"请我吃饭吧。"

林冬停下嘴，看向他。

"哈哈，开个玩笑，别那么认真，他怎么没陪你？"

"去工作了。"

"你是大学生吗？"

"不是。"

"也工作了？"

林冬不想回答他，看了他一眼，没有说话，继续吃。

"不好意思，又问多了。"他眸光闪烁，"呃……我看你跳舞超级棒，你是专业的吧？"

"算是。"

"跳什么的？"

"芭蕾。"

"哦，我觉得芭蕾舞最难了。"他见林冬没有回应自己，又说，"上次说带你去我的舞社看一看，怎么样，今天有空吗？"

"街舞社？"

"对。"

"我经常看到街上有人跳，感觉很酷。"

"多半就是我们的人，社里经常外出搞活动，燕城我们数第二，没人敢说是第一。"

"真厉害。"她边吃边说，"我很羡慕你们。"

裴周感觉她对这个有很大兴趣，继续说："那就去看看呗，可以的话欢迎加入舞社，就在留川路上。"

"好。"

"你叫什么？"

"林冬。"

"我叫裴周，之前跟你说过，不知道你还记不记得。"

林冬不记得，她不想撒谎，诚实说："不记得。"

裴周并未觉得尴尬："好吧，那走吧。"

舞社很大，两层楼加天台，一楼有两个大更衣室和两个大浴室，还有吧台、沙发、茶几，墙上画满了壁画，角落的架子上摆设一些小小的雕塑，装修得很精致。

　　"舞房在二楼，大家会在一楼喝点儿东西，打牌聊天玩桌游。"裴周领林冬上楼。楼梯是木质圆孔镂空环形梯，绕了两圈来到二楼。

　　还没进舞房就有人迎上来打招呼："阿周。"

　　"嗨。"

　　"哟，这谁啊阿周？"

　　"朋友。"

　　裴周带林冬进屋，介绍道："我们这儿有三间舞房，这是最大的一间，大家在排练。"

　　一男一女正在练舞，宽大的镜子里映着两人灵活奔放的身姿，四周围绕一群男男女女，有些坐在地上，有些靠在墙边。他们看着裴周带了个美女进来，纷纷打招呼："阿周来啦。"

　　"又带美女过来？"

　　"女朋友？"

　　裴周解释："不是，我一朋友，叫林冬，也是跳舞的。"

　　"哎哎哎，这不是那天酒吧那个吗？"正在跳舞的男孩儿停了下来，走上前仔细打量林冬，"还真是！"他竖起大拇指，"那天看你跳探戈，太棒了！"

　　林冬："谢谢。"

　　"跟我们阿周绝配啊！"

　　裴周笑着斥他："别乱说，练你的舞去。"

　　男孩儿一摊手，跟上音乐节奏继续跳。

　　裴周问林冬："要不要看看我们刚编的舞？"

　　"好啊。"

　　他冲大伙拍拍手："来来来，来一段尼塔。"

　　几个人从地上站起来，站好队形，原地活动下筋骨。裴周站在最前头，拿了顶帽子戴上。他打了个响指："音乐。"

264

林冬往后站了站。

音乐声起，他们动作起来。抬臂、勾手、抖肩、踢腿、伸、展、伸、展……很带劲。

一个女孩儿朝林冬扬了扬下巴："你也跳街舞？"

"不是，芭蕾。"

"你喜欢这个？"

"喜欢。"

女孩儿笑了，回过头对旁边坐着的男孩儿说："哈，有没有觉得阿周今天发挥相当好。"

"嘿，那是，带了妹子过来，不得好好表现表现。"

裴周教了林冬一套简单的动作，她很快就学会了，一直在这里跳到晚上。

天黑以后，他们在天台弄火锅吃，裴周留林冬下来一起吃。既然是吃的，林冬又喜欢这群志同道合的人，自然不会拒绝。

大家热火朝天地围在一起吃火锅，他们对林冬很热情，问东问西，聊七聊八，比老四那伙人还能闹腾。光是吃个饭，音乐声震耳欲聋，动不动手舞足蹈，活力四射，尽是一群舞痴。

玩闹好几个小时，嗨翻了天，这就导致秦树阳的四个电话林冬都没有听到。结束后，她掏出手机看了眼时间，才看到了几个未接来电。

裴周站在她旁边瞅了一眼，笑着问："男朋友？"

"嗯，我打个电话。"

林冬走到没人的地方，电话很快便接通了："秦树。"

"终于接了……"秦树阳轻声慢语，没有生气，只是听着有些无力，"你在哪儿呢？吃过了吗？"

"我在外面，吃过了。"

"本来打算叫你去吃饭，顺便看个电影，可惜时间过了。"

"你买票了？"

"买了。"

"不好意思。"

秦树阳顿了几秒，笑道："这么说干什么，没事。"

"那我们现在去吧，再买两张。"

"好啊。"

"我一会儿回去找你。"

"你在哪儿？我去接你。"

"我也不知道，"林冬看向窗外的夜景，"你等我吧。"

"行，路上小心。"

"嗯。"林冬挂了电话，往回走。

裴周微笑着看她："怎么了？"

"我得回去了。"

"有事？"

"嗯。"

"我送你。"

"不用。"

"别客气，我的车就在外面。"

"不用，"她语气淡淡地说，"今天谢谢你的招待，再见。"

"那好吧，路上慢点儿。"他比了个打电话的手势，"再联系，有空过来玩。"

"好。"说完，林冬转身走了。

裴周看着她的背影，欣赏地笑起来，回了舞房。

有人问："哎，林冬呢？"

"有事先回去了。"

"哟，没送送人家？不是你的风格呀。"

"不让我送呀。"

"还有人拒绝你不成？"

裴周撇了下嘴角，无言。

有人打趣道："阿周，把你那保时捷开出来遛遛，什么女人搞不定。"

裴周散漫地笑了："行了，就别操我这心了，人家有对象，只限于欣赏。"他拍拍手，"休息够了，赶紧动起来。"

266

林冬回到秦树阳的住处，影院就在附近不远，两个人步行过去。

假期影院爆满，他俩挑了部鬼片，叫《请开门》。林冬要了一大堆吃的，抱着进了电影院。

"一身火锅味，"秦树阳嗅嗅鼻子，"晚上没吃好？"

"当时饱了。"

"现在又消化了？"

"对。"

他笑了："你这个胃真的是很奇妙。"

林冬从头到尾瞪大眼看屏幕，别说一丁点儿，半丁点儿也没被吓着。

电影放完了，零食也吃完了。秦树阳牵着林冬走在路边，问她："还要不要吃点儿东西？"

"不用了吧，"她揉揉肚子，"你看，都鼓起来了。"

秦树阳低下头看她隆起的肚子，伸手摸了摸："还真是。"

林冬拿开他的手："陪我走走消食。"

他又牵住她的手："好。"

林冬推开他："我不喜欢牵手。"

他也没再强迫她："好吧。"

黯淡的路灯下，两人并肩行走。

秦树阳说："你胆子是真大，刚才那个女鬼出来的时候我都吓了一跳，我看你一点反应都没有。"

"都是假的。"林冬看了他一眼，"我不信鬼神，也不怕。"

秦树阳站到她面前，低头看她，微笑道："那你怕什么？"

她目光淡淡的，平静道："怕我姨妈。"

"姨妈？"

"嗯，Leslie。"林冬思考几秒，又说，"还有，我怕有一天我不能跳舞了。如果那样，恐怕都不知道活着还有什么意义。"

秦树阳身体僵了一下，伸手捏她的脸颊："不会的。"

林冬开心地笑了："是啊，不会的，我会跳一辈子。"

走了十几分钟，林冬看到天桥下有人卖棉花糖，拉着秦树阳过去买了一个。

"我好久没吃这个了，上次还是十几年前，我爸爸买给我的。"她心满意足地咬了一大口。

两个人都不说话。秦树阳看着湖里灯光斑驳的倒影，突然道："林冬，我想跟你说个事。"

"嗯。"

"关于我和我家里的一些事。"

"嗯。"

"我家以前是做生意的，有个小公司，规模不大，但也有点小钱。后来公司破产了，那时候我正上大学，生意上的事完全不过问，具体什么原因我也不太清楚，但是从那以后我爸日渐消沉，赌博成瘾，最开始赢了几把，尝到了甜头，后来就一直输，越输他越想捞回来，然后输得更多。那个时候周围的朋友亲戚，能借的都借了，最后输到没人再愿意借钱给他。"他长吁口气，"不管我和我妈怎么说都无济于事，后来他瞒着我们去借高利贷，从那以后就一发不可收拾，卖了房，卖了车，还是还不起，别人找上门来。"

林冬没有说话，棉花糖拿在手里也不吃了，默默听他讲。

"他就跑了。"他眉心浅浅一皱，"我妈想尽了一切办法，把能卖的都卖了，最后求着舅舅那边借了一百多万，还清了高利贷，但是欠舅舅的这笔钱还是得还。我爸跑了，我妈妈做全职太太很多年，什么都不会，这些债务只能我来背。"他苦笑一声，"不管怎么样，我是他儿子，血浓于水，他养育了我二十年，丰衣足食，现在，父债子偿，我心甘情愿。"

"秦树，我可以帮你。"

"不用，我再拿了你的钱，不还是负债累累，一样的。"

"我不用你还，"林冬注视着他的双眸，"这点钱对我来说不算什么。"

"你要包养我？"他笑了。

"我说认真的。"

"那我也是认真的，我不要你的钱。"秦树阳很严肃地对她说，"我会靠自己还清债，然后过正常的生活。"

林冬不知道怎么安慰人，忽然想起来："你不是会建筑设计吗？为什么没进公司呢？"

"哪那么容易？我大学没读完，只有个高中学历，虽然现在讲究经验和技术，但是起码的敲门砖还是要有的。"

林冬又沉默了。

"我就快还清了，我再努力努力，很快就还清了。"

"嗯。"

"行了，不说了。一开始郁闷、崩溃、绝望，现在也习惯了。"秦树阳笑了笑，"再说要是没这些事，我也遇不到你。"他吧唧亲她一口，"值。"

林冬开心地对他说："秦树，我今天跳街舞了。"

"街舞？"

"嗯，对，你要不要看？我跳给你看。"

"好啊。"

林冬把棉花糖交给他，退后几步站到一个平地，没有音乐，她直接尬跳起来。

林冬身体轻盈，动作有力，跳起街舞来很有感觉，很简短的一段小舞，引来了好几个观众。跳完后，众人给她鼓掌。

林冬笑得好开心，跳着跑到秦树阳面前转了个圈："好看吗？"

"好看死了。"

"我好喜欢街舞啊，"她拿回棉花糖，大咬一口，"太喜欢了。"

"你慢点儿吃，沾到下巴了。"秦树阳抹去她下巴上的糖，放进嘴里舔干净。

"怎么你也这么馋？"林冬把棉花糖递到他嘴边，"给你吃。"

秦树阳推开她的手："我就爱吃你脸上的。"

"你好恶心。"

秦树阳笑着用手指挑了块棉花糖沾到她脸上，凑过嘴去亲她脸："甜甜的媳妇。"

"你太恶心了。"她推开他，脚步轻快地跑开了。

秦树阳追上林冬，双臂圈住她："别动，让我亲一口。"

她听话地仰着脸。

秦树阳一边亲一边笑。

林冬问："你笑什么。"

他把她抱了起来："高兴。"

林冬晃晃腿："你喜欢抱我吗？"

"喜欢。"

于是，她往他身上一坠："那你把我抱回家吧。"

秦树阳心喜道："娶你？"

"不是娶，是抱回家。"

"好吧。"他掂了掂怀里的人，"要不我背着你，好走一些。"

林冬直接爬到他身后。

吃完了棉花糖，林冬又看到街边卖糖葫芦的老头儿，对秦树阳说："我想吃糖葫芦。"

"就不给你买。"他故意逗她玩，往反方向走。

林冬急了，一下一下地撞着他的背："别啊，回去。"她见他不听话，脸凑到他耳边，"那我今晚不跟你睡了。"

"……"

林冬用脚后跟蹭了蹭他的大腿。

秦树阳身体一抖，赶紧抓住她的脚踝挪开："你干吗？大庭广众的！"

林冬气定神闲地坐在他背上，昂首挺胸："你看着办吧。"

糖葫芦吃到嘴，林冬站到地上，鼓着腮帮子把晶莹的小玩意儿递到秦树阳嘴边："吃吗？"

"不吃。"

她缩回手，自己吃。

"不早了，回去吧。"

林冬咬着半颗糖葫芦"嗯"了一声。

"去我那儿？"

林冬把籽吐出来："去我那儿。"

秦树阳笑了笑："还不都一样。"

"不一样，"林冬睨他一眼，"我那儿舒服。"

"床大？"秦树阳低头，嘴巴靠近她耳边，"施展得开？"

林冬推开他的脸："我是说去酒店，之前订的房还没退。"

"你不是住在我隔壁吗？"

"我会去酒店洗澡，我租的那个房子卫生间里水温总是不稳定。"

秦树阳看向她手心："你把山楂都吐出来干什么？"

"太酸了。"

"浪费。"

林冬睨秦树阳一眼，没说话。她吃下第三颗，正要吐出来，秦树阳按住她的脑袋，埋下脸靠上她的嘴唇，把山楂咬了过来。

林冬推开他，皱起眉："你怎么这样？"

秦树阳吐出几颗籽来："也比你浪费好。"

林冬不想说话了，秦树阳揉了下她的脑袋："你连着外面的糖衣一起吃，没那么酸的，你试试。"

"我不。"

他又捏一下她的腰："不听话呢。"

林冬理都不理他，自顾自地继续啃起糖葫芦。

"不听话今晚有你好看。"

"什么好看？"

秦树阳笑着看她："一会儿你就知道了。"

林冬一脸不解地看着他，黑漆漆的双眸看上去有两分小可怜。秦树阳倒吸口气，这眼神……真让人受不了。

他把人拉到桥底下，按在支柱上，二话没说低头就亲了上去。林冬面不改色地任他亲吻，目不转睛地盯着手里吃了一半的糖葫芦。

亲吻的间隙，秦树阳睁开眼："你在看什么呢？"他松开林冬，鼻尖靠着鼻尖，呼出来的气息扑在脸上，怪痒痒。

林冬往后退了些，把糖葫芦举到他面前："这个。"

"……"

他无奈地笑了，单手撑着支柱："亲个嘴你都不能认真点儿。"

林冬轻飘飘地眨眨眼，仰着小脸说："那继续。"

秦树阳轻捏她的下嘴唇："你还是专心吃吧。"

"噢。"

两人小闹着到了酒店。秦树阳跟林冬走到房间门口，林冬刷卡开门，人前脚进去后脚就要关门，秦树阳把门给抵住了："哎？不让我进？"

林冬顿了两秒，拉开门："进吧。"

秦树阳看着这套房："那么大，用来洗澡？"

林冬放下包，把外套脱了放在沙发上："我要跳舞的。"她指向窗前的一大片空地，"我把桌椅都挪开了，这样活动得开。"

秦树阳看着那片空地，突然笑了，刚要凑过来抱她，她反身往卫生间走："我要洗个澡。"

"行，行。"

秦树阳坐在沙发里等她。

不久，林冬湿着头发出来，只穿了吊带睡裙。

秦树阳见她，立马又迎了上去，把她的小细腰一搂，紧贴在自己身上，手磨蹭在她光滑的背上，缓缓向下，捏了下她单薄的侧腰："好细。"

"嗯。"

"虽然细，但挺有劲儿。"

"那当然。"

他笑道："你晚上不练舞吧？"

"不练。"

"那练点儿其他的？"

林冬身体往后倾，揉着头发说："你臭死了。"

秦树阳咧起嘴傻笑起来，说："那我去洗澡。"

"去吧。"

秦树阳亲了下她的嘴，走进卫生间，不到十分钟便洗完了。

他高兴地走出来，见林冬趴在床上吃零食看电视剧。这美背，这长腿，他杵在不远处看了她两三秒，急忙又走了过来趴到她身边，长长的手臂压到她身上，刚要把人翻过来，她用胳膊肘抵住他："别动。"

秦树阳不动了，抬眼看向正在播放的宫斗剧："这有什么好看的？"说着上半身不安分地压到她身上。

林冬扭了扭："你别动，我看电视呢。"

272

他可怜巴巴地看着她："要看多久？"

"不知道。"

"那我等你。"

林冬一心在电视剧上："这个静妃太坏了。"

"……"

"怎么能这样，好歹是条人命。"

"……"

"她的下场应该不好吧。"

秦树阳躺到一边，呆呆地看着顶灯，不动弹了。

"秦树。"

他一个激灵翻腾着坐了起来，双眼发光。

"你看过这个剧吗？静妃最后什么结局？"

他又躺下去，落寞道："没看过。"

林冬没有再问了。

一个小时过去。

秦树阳强睁着疲惫的眼，不停地打哈欠："林冬。"

无声。

"林冬。"

"嗯。"

"睡觉吧。"

无声。

"不早了睡觉吧。"

"你先睡。"

"……"哎，熬不住了，他躺去另一边。

林冬回头看他一眼，用脚把被子勾到他身上："别冻着。"

秦树阳翘首望她，刚要伸手，她又转向电视，认真看起来。他把被子卷到身上，扑腾一下翻了个身，委屈巴巴地睡了。

第二天早晨，秦树阳一睁眼就看到林冬用手臂撑着脸打量自己。他往后缩了一下："你不会是一夜没睡？"

"睡了。"

秦树阳皱了下眉，扣住她的腰，声音懒懒的："你这一大早的不睡觉盯着我干什么？"

林冬把手机拿过来给秦树阳看了眼时间："不早了，七点了。"

秦树阳揉揉眼眉："你不困的吗？"

"不困。"林冬看上去很清醒，面色红润，"你睡得像猪一样，我跳了一小时了你都不醒。"她穿着吊带，下头是条灰色运动短裤，额前头发湿湿的，应该是刚冲了澡。

秦树阳握住她的胳膊揉了揉："精神那么好呢。"

"我有点饿，去吃一下早饭再继续跳。"

"吃什么早饭，"他半眯着眼，"吃我吧。"

"你好吃吗？"

"特好吃。"

"炖着吃还是炸？"

"……"

"要不煮吧。"

"……"

林冬笑了一下，掀起他的被子，懒洋洋地趴到他的身上。

秦树阳握住她的腰坐了起来，托着她的后腰，视线落在她的胸口，弯着嘴角意味深长地笑着："真小。"

林冬双臂环着他的脖子，歪了歪脑袋："大了怎么跳芭蕾。"

"也是，累赘。"

她翻身过去平躺到床上，秦树阳顺势压了过来，手指欲挑开她的肩带。她捂住他的脸，把人推走："刷牙去。"

秦树阳把她翻了个身："刷什么刷。"他看着那薄薄的运动裤，上头沾了些水渍，捏住裤脚轻轻一拉，"等不了了。"

林冬换个姿势，双手交叠垫在下巴下，轻叹口气。

秦树阳凑过脸来，嘴唇碰到她的耳垂："怎么了？"

"没怎么啊。"

他看林冬脸朝着窗，像一条咸鱼似的躺着，不禁又笑了。

朝阳透过窗帘的缝隙斜了进来，像一把柔软的刀横在她的脸庞，细细的一层小绒毛融着温暖的光。

好舒服，一切。

一个小时后，秦树阳从卫生间出来，利索地套上衣服，高兴地看着林冬。林冬躺在床上，腹部搭着白色被褥，目光涣散无力。

他边穿鞋边对她说："我挣钱去了，别想我。"

林冬没有回答。

"我走了啊，晚上见。"秦树阳套上鞋，刚开了房门，又掉头回来，往床上一扑，按住她就是一通乱啃，亲够了才爬起来。

林冬揩了揩脸上的口水，头发凌乱，有气无力地道："你快走吧。"

秦树阳嬉皮笑脸地舔了下嘴唇，转身走了："再见。"

秦树阳买了三个大包子，先回趟家，咕噜咕噜喝了两大杯水，再收拾东西骑车到工地。骑一路，笑一路，干活儿都格外有力气，整个人看上去意气风发，隔一会儿便自个儿傻笑一番。

老王过来拍他两下："发春了？"

秦树阳还在笑。

"嘿，"老王跟着爽朗一声笑，"瞧你乐得，什么好事？"

"中彩了。"

"哟，真的假的？多少钱？"

"无价之宝。"

"这啥？逗我呢？"

"干活儿，干活儿。"秦树阳脚步轻快地走了，还哼起了小曲儿。

胡见兵之前跟媳妇去了外地，今天上午才回来。他们这一回来，家里更热闹了。

放假了，大伙都在家。傍晚，强子、老四、露姐和林冬一起搓麻将，一屋子人吵吵嚷嚷，热闹得不得了。

秦树阳在厨房忙活，胡见兵嗑着瓜子站到他旁边，倚靠厨台："可以啊老二，我这出去一趟，你就抱了个美娇妻。"

秦树阳笑笑。

"难怪看不上那陈晓云，原来搁这儿等着呢，还真被我说准了，小仙女。"

"你就别开我玩笑了。"

"谁跟你开玩笑，闲的。"

"那我谢谢你啊。"

"不过啊，"胡见兵意味深长地瞥他，头靠近些道，"老二，你没觉得你这媳妇不太热情吗？"

"她就这性格，对谁都这样。"

"那也太冷淡了。"胡见兵吐出瓜子壳，"她那眼里，怎么说呢，感觉空得慌。"胡见兵皱皱眉，"我老感觉怪怪的，不像你嫂子。那会儿刚和我谈恋爱，眼睛会说话一样，情意绵绵的。"胡见兵轻笑一声，"大概像你说的，性格原因。"

秦树阳拿着汤勺搅，笑着说："她现在好多了，以前连个眼神都不给我的。"

胡见兵哼哼两声，塞了颗瓜子进嘴里："你俩的事，你们自己清楚，哥们不多说，你放机灵点儿，别成天傻乎乎的，恨不得命都要给她一样。"

"你放心吧，我俩好着呢。"

"好就行，我回去躺会儿啊。"

"去吧，吃饭了叫你。"

"得。"胡见兵直起身走出厨房。

秦树阳煮了一大锅面，用盆盛起来端去给他们吃。饭桌被占着打牌，他用脚勾起倒地的凳子，把盆放了上去，又去准备小菜。

他们玩得倒是热闹。

"碰！"

"三条。"

"……"

捯饬完饭菜用具，秦树阳喊："吃面了。"

没人理。

"吃面了。"

276

"二饼。"

还是没人理。

秦树阳上去直接把林冬打横抱起，放到地上站好："吃面了，媳妇。"

一群人跟着起哄：

"哟——"

"哟，看看啊。"

"真腻歪。"

"老二这臂力惊人啊。"

林冬并没有不好意思，跟老四他们说："我们吃完继续。"

露姐笑着看他俩："热恋期嘛，都这样，我和胡子就不和你们吃了，一会儿出去玩。"

"好。"

旺财也被放了，开心得在屋前屋后来来回回跑，跑累了蹲在桌边舔林冬的腿。林冬往下看一眼，戳了戳秦树阳："旺财舔我。"

秦树阳抱住狗头把它拽到另一边，旺财又去舔他。

老四"哧溜"一声吸了一大口面条，嘟囔道："你看旺财就不来舔我们。"

强子嗤笑一声："人家只认老二。"说完又戏笑起来，"小嫂子身上有老二的气味，旺财当然也喜欢。"

秦树阳敲敲他碗："吃你的，废话这么多。"

吃完饭，强子问："咱几个继续？"

老四一巴掌扇过去："继续你个头啊，你忘了，咱今晚有事。"

强子揉揉脑袋，一脸疑惑："什么事？"

老四又下去一巴掌："什么烂记性。"

"你老打我做什么！"强子恼了。

老四拽了他一把，挤眉弄眼："你是不是傻？"接着对林冬说，"不好意思啊小嫂子，我们几个有事先撤，改天再陪你打。"

林冬点了下头："好的。"

老四拽着强子离开，强子走到门口嘴里还在念叨："什么事啊，我怎么不知道？”

"啧。"老四停下来白他一眼，"你是不是傻，当电灯泡好玩？"

"噢噢——"强子频频点头，"早说嘛，吓我一跳。"

秦树阳在厨房洗碗，林冬没事干，无聊地把麻将码了几层高。

秦树阳洗了手，坐到她旁边："干吗呢？"

林冬头也没抬："码牌玩。"

他的手滑到她的颈上，问道："出去逛逛？"

林冬停下动作，抬起脸看他："好啊。"

夜市很热闹，各种小商贩在道路两边摆摊，有的只铺了块布在地上，放着零零碎碎的小玩意儿；有的架了箱子在小车上，首饰玩具什么都有。

秦树阳带着林冬走过去，一路跟人打招呼。林冬问他："这些人你都认识？"

"老摊主成天见，基本都熟悉了。"

"噢。"

"有什么想吃的？"

"好多。"

"那这一路你怎么不说？"

"挑一挑，选更想吃的。你的面太好吃了，我又吃多了，胃放不了那么多东西。"

秦树阳无奈地笑了："那别吃了，省得再撑得胃胀。"

林冬的目光落在一个拿着一块又黄又脆的东西的女孩儿身上，惊奇道："那是什么？"

秦树阳顺着她的视线看过去："炸饺盒。"

"好好吃的样子。"

"走，买去吧。"

卖饺盒的大妈看到秦树阳和林冬，大喜道："哎哟，小秦，女朋友？"

他笑得那个开心，立马应下："对，女朋友。"

"真漂亮，看这水灵的，长得真好。"

林冬看着油锅里的美食："这不就是放大了的饺子吗？"

"……是这样。"秦树阳低头看她，"要几个？"

"一个。"

"拿一个，沈姐。"

"好嘞。"沈姐取出塑料袋，装了个饺盒递给林冬。

林冬说："谢谢。"

"不客气啊。"

秦树阳付了钱，带着林冬离开。走远些，她拎着袋子问秦树阳："用这种袋子不会不卫生吗？"

"会。"

"也不环保。"

"那你拿出来。"

林冬没有动作，秦树阳把袋子抢了过来："那你别吃了。"

"哎——"

秦树阳举高了手。

林冬："给我。"

他俯视着她不说话。

林冬噘了下嘴，直接踮起脚，可还是够不到："给我啊。"

"等会儿，"秦树阳把她的腰一抱，"烫，等会儿。"

林冬两手捏着饺盒，一口一嘎嘣，吃得极香。

秦树阳又给她买了粥，两个人一路晃悠，看到一群大妈在跳广场舞，越走近音乐声越震耳。

林冬在燕城这么久，也时常看到这种画面，她觉得很好玩，也很棒。

她对秦树阳说："我们过去看看吧。"

"一群阿姨，有什么好看的。"

"那我去了。"

"好好好，去去去。"

两人站在人群外看了一会儿，林冬笑起来："她们跳得好好玩，动作一点也不标准。"

"我就说嘛，不好看的。"

"秦树。"

"嗯？"

"你会跳什么舞？"

"什么都不会。"

"真的吗？华尔兹呢？"

"不会。"

"我来教你啊。"

"我不跳。"

"跳吧。"

"……"

"跳吧，好吗？"

秦树阳对跳舞一点兴趣也没有，但看她这种眼神还是心软了："好吧。"

林冬牵过他的手："你按我说的来，很简单的。

"左脚进。

"错了。

"左脚。

"不是这样。

"……

"你踩到我了。"

秦树阳松开她："对不起。"

"没关系。"

"我太笨了。"

"刚开始，没事的。"

"我这四肢不协调，"他抓了下头发，"媳妇儿，您别为难我了。"

"那好吧。"林冬松开他。

秦树阳又把她拽进怀里搂着不放："不跳了，就这么抱着。"

她的手放到他腰上："秦树，你的身体好暖。"

"那你抱紧些。"

林冬用力抱住他，声音淡淡的："秦树，我们认识多久了？"

"一个多月。"

"好快的感觉，一个多月前我们还是陌生人，现在我在你怀里。"

"是啊。"

"陪我回我家看看吧。"

"好。"

"我带你去看我爸爸，他就葬在我家不远的山坡上。"

"好。"

"他应该会喜欢你吧。"

"为什么？"

"因为我喜欢你啊。"

秦树阳心里乐开了花，抱着她晃了晃："我也喜欢你。"

夜很寒，风又凉，两人一直抱着，很温暖。

"对了，媳妇。"

"嗯。"

"从明天晚上开始，我大概不能经常陪你了。"

"怎么了？"

"我找了一个兼职，之前接的图纸订单也快画完了，我想利用晚上也挣点钱。"

"做什么的？"

"送外卖。"

"有什么好吃的呀？"

"一家麻辣鱼馆，专程跑。"

"那我要是以后天天订，你是不是可以拿到多一点提成，还能见到我？"

"傻媳妇，"秦树阳揉了下她的脸，"你就别操心我的事了。"

"噢。"

"以后晚上十点下班。"

"那我也晚点儿回来。"

秦树阳笑着亲吻她的头发："现在呢，能多挣一点是一点，也好早一天还完债。"

林冬沉默片刻，说："秦树，我该说什么？"

秦树阳低下头靠近她耳边，轻声道："什么都不用说，回家睡觉去。"

"还早。"

他的声音突然软下来："不早了。"

林冬手机突然响了，她推开秦树阳，看了眼来电显示，对他道："我接个电话。"

"好。"

林冬走到个相对安静些的地方，站在花坛旁，接通电话："老何。"

"小冬，"那头声音平和，"你在哪儿呢，那么吵？"

"一个广场上，一群人在跳广场舞。"

对面一阵沉默。

林冬问他："有事吗？"

"我现在也在燕城。"

"你也来了？你来干什么？"

"找你，"对面的人安静了五秒钟，"带你回去。"

"我不想回去。"

"不可以。"

林冬不说话了。

"小冬，你不要任性，看看你都和什么人鬼混在一起，无业游民、下层工人、流氓混混！"

林冬平静地说："你调查我了？"

"小冬，"何信君又一声叹息，"我现在不和你多说，等我们见面再说，你先回酒店来。"

无声。

"听到了没？"

林冬："我今晚不回去。"

"你住的那个酒店，我等你，到了打电话。"说完，他就挂断了。

林冬收了手机往回走。

秦树阳笑着迎上来："走吧。"

她说："秦树，我小舅舅来了，我要过去一趟。"

"何先生？"

"嗯，今晚不去你那里了。"

秦树阳点头："我送你。"

"不用，我打车走，你回去休息吧。"

"那好。"

走到路边，秦树阳给她拦辆车，亲一下她的额头，便送她上车，又对司机说："师傅，麻烦您慢点儿开。"

司机没有回应。

秦树阳弓着腰看她："明天见。"

"明天见。"

车子开走了。

秦树阳目送她离开，直到看不见了才转身回去。

"先生？现在回去吗？"

何信君坐在车里，远远望着秦树阳。他看上去很平静，平静得可怕，连声音都冷透了：

"回去。"

再次见面，何信君西装革履，一身淡淡的男士香水味，张开手臂朝着林冬："过来，让我抱抱。"

林冬过去敷衍地搂了他一下，问："你来干什么？"

"找你，顺便谈点儿生意。"

"生意拉到中国市场了？是做生意，顺便来找我吧。"

"别这么说，"何信君拉拉领带，见她堵在门口，"不让我进去？"

林冬转身走开，何信君跟进去，优雅地关上门："没办法，谁让我的小公主不回家。"他坐到沙发上，对林冬招招手，"小冬，过来。"

林冬拿着路边买的关东煮，坐到他旁边吃。

何信君注视着她，表情凝重："小冬，别吃了。"

林冬丝毫不理会。

"别吃了。"

她还是不理。

何信君直接把关东煮拿过来，起身扔到了垃圾桶里。

"你干吗？"林冬不悦地皱起眉。

何信君去卫生间洗洗手，擦干净了才坐回她身边："多久了？"

"什么？"

"和那个男孩子，多久了？"

林冬淡定地掰开手指数了数，没有注意到他隐忍的目光，她记不太清，干脆不算了："好久了，记不清。"

"喜欢他？"

"喜欢。"

"喜欢他哪点？"

林冬不回答了。

"喜欢哪点都说不出来，我再问你，你喜欢他？"

林冬看着他认真的表情，又皱了皱眉："什么呀？"

何信君盯着她的双眼，重复问："喜欢他？"

"喜欢，哪点都喜欢。"

"小脾气。"他轻笑一声，忽然放松地躺进沙发，"被压制了那么多年，你压力大我也能理解，想玩玩也不是不可以，可是别玩过火了。"

林冬没说话，倒了一杯水喝。

"你好歹找个上点档次的，有个成语说得好，饥不择食，现在的你就是这样。"

林冬看向他："你别这么说。"

"难道不是吗？"何信君看着她笑，"一只笼子里的小鸟没见过世面，偶尔被放出来一次，对整个世界都是新奇的，看什么都有趣、都不一样、都吸引人、都喜欢。"他提了下眉梢，"童话故事也都是这么编的。时间久了，厌倦了，吃到苦头了，自己就飞回来了，你一个小孩子，能懂什么。"

她握着水杯与他对视，严肃道："我不是小孩子。"

何信君往她身边坐了坐："跟我回家。"

"我不回。"

"难道你想永远待在这儿？"

"可以吗？"

"当然不可以，而且也不可能的。"

林冬白了他一眼，继续喝水。

"谁教你那么看人的，女孩子要优雅。"何信君扳直她的腰，"坐直了，这才一个月，规矩都忘了。"

林冬推开他的手："你少来，如果你是来带我回去的，那你走吧。"

何信君不说话，却依旧目光温柔，对她没有一点气愤。

林冬说："我还没打算走。"

"那么我想知道你打算什么时候走？"

"不知道，至少现在不走。"

"因为他？"

"一大半是。我喜欢和他在一起。"说到这里，林冬突然笑了一下。

何信君心里一颤，那是他从未见过的笑容。

他沉默片刻，继续说道："你知道你现在所接触的都是些什么样的人吗？不干不净，生活在社会最底层的小小蝼蚁。这些人不是你应该碰的，男人的那些花花肠子你也不懂，被骗得团团转还乐在其中。你啊，早晚会尝到苦头。"他嗤笑一声，"这个家徒四壁的毛头小子，有什么好的。"

"秦树不会骗我。"

"小冬，你太单纯了。"

"你怎么老把人往坏了想？他是很好的人，他的朋友也是，你以后也别再说这些话。"

"是你太天真，小女孩。"

"我已经不是小女孩了，"林冬直直盯着他，"我是女人。"

何信君轻咬咬牙："你觉得你们有未来吗？就算大姐二姐都同意，你们也不可能的，小冬。"

"为什么？"

"天上的飞鸟和地上的野鸡。"何信君站了起来，目光有些冰冷，"你觉得能结合吗？"

何信君走了。

林冬坐在原地，眨巴眨巴眼，自言自语："可是已经结合了呀。

"怎么不能了，都是禽类。"

何信君搬到林冬的套房来。林冬一大早就出门了，他来到她房间，打开窗户透透风，然后到她的床上安安静静地躺着。

干净的床单上还留着她身上的香味，他把脸埋进枕头里，深深一嗅，真好闻。

躺了一会儿，何信君起身准备出门，余光不经意瞥到床头柜上的小盒子——避孕套。他顿时愤怒到极点，努力克制住自己的情感，压抑着怒火，仍旧保持平静。

他捏瘪了盒子，放到口袋里，心平气和地带出去扔掉。

晚上九点半，林冬带何信君去吃夜宵。

进了家小餐馆，何信君杵在门口小半分钟，看这家小小的门面房，迟疑着要不要进去。

林冬喊他一声："站着干什么？"

何信君拉开珠帘走进来，见林冬坐在陈旧的小木椅上，问她："在这儿吃？"

"嗯。"

"换个地方。"

林冬没有动弹，目光淡淡地仰视着他："你不吃就出去。"

何信君无奈地摇了摇头，抽出张纸擦擦椅子才坐了下去。

他身体挺得笔直，警惕地打量着这小餐馆的环境，认真道："这种地方很不卫生。"

林冬瞥他一眼："那你走吧。"

何信君当然没走。

"需要点什么？"服务员笑着走过来，目光在他俩脸上来回流转，最后还是停留在何信君身上。她手指抠着菜单，舍不得错过每个瞬间。

是的，何信君长得很帅，且是成熟的、极有味道的那种帅，再加气质好，有种高贵儒雅的绅士感。他保养得好，不显年纪，看上去也就三十多点儿，和林冬在一起，说是情侣也不会觉得怪异。

"两个蟹黄汤包，两碗南瓜粥。"林冬熟练地点着，顺口问何信君，"你吃不吃酸辣粉？"

"什么？"

"酸辣粉？"

"那是什么？"

服务员："就是酸辣粉啊。"

林冬懒得解释："来两份酸辣粉，一份少放辣。"

"好的。"

"谢谢。"

"不客气的。"服务员走了。

何信君又抽出张纸仔细地擦桌子："看你对这儿挺熟的，常来？"

"嗯。"

"他带你来的吧？"

"嗯。"

"他也只能带你来这种地方，也就是你什么都不懂，傻乎乎地被人家忽悠，还自以为很美。"

林冬踹他一脚，冷冷地看着他："你别说话了。"

何信君不说她了，扔了纸巾，又抽出张新的来擦擦手："以后少来这种小餐馆，吃多了生病。"

林冬乜斜他一眼，没有说话。

何信君："你看看你的裙尾。"

林冬低头，今天穿了长裙，拖在地上沾了点泥。

"乌烟瘴气。"

她抬眼看向他："你再说。"

"嗯，我不说了。"

食物端了上来，何信君看着酸辣粉里红油油的汤水，被重重的味道冲得遮住鼻子："这是什么东西？"

"酸辣粉。"林冬抽出双筷子，夹了根粉吃掉。

何信君放下手，嫌弃地看着她："你胃不好，不要乱吃。"

林冬埋头吃东西，不看他："你尝尝。"

何信君一动不动："看着很辣，怎么吃？你也别吃了。"

"秦树吃比这个还辣的，两碗不带喘气的。"

何信君一听到这个名字，目光略微不善地看向林冬。

提及这个人，她满面春风，还有点小自豪："秦树很厉害的。你真没用，这个都不能吃，白长了那么大年纪。"

"……"

何信君看了眼筷桶里的筷子，问服务员："请问，有叉吗？"

"有的，"服务员高兴地去给他找了一个叉子来，"给。"

"谢谢。"

何信君有些不服气，一边心里头笑自己这么大人了还和小孩子较劲，一边抽出纸擦了擦叉子。他小心地挑了根粉进嘴里，顿时被呛得说不出话来。

他起身去冰箱里拿出瓶矿泉水，喝了半瓶水才缓解些。

林冬无奈地看着他："没出息。"

"你别吃了。"他握住她的手，把她的筷子抽出来，"不能吃了，对胃很不好。"

"你不吃就算了，别管我。"

"小冬！"

林冬抬头，突然看到秦树阳嘴里叼了个大馒头，从门口一闪而过，她立马起身出去看。

人已经没影了，眼花了？

她又回来坐着。

何信君问："怎么了？"

"没什么。"

这时，服务员把汤包端了上来。

林冬："这个不辣，你尝尝这个。"

"非吃出毛病来。"

"你别这么小题大做。"林冬拿起筷子，夹住汤包，低头咬了一口，"哧溜"把汤水全吸了上来。

"别发出这种声音。"何信君很郁闷，"你一个女孩子，吃东西斯文点儿。"

林冬自顾自吃着，一点也不想理他。

"要是大姐看到你这副吃相，得气得晕过去。"

"她又不在。"林冬起身去找了根吸管，插进何信君面前的汤包里，"你用这个吸吧，做作的何先生。"

何信君不动。

"快点儿，尝一尝。"林冬端起小碗，举到他眼前。

何信君无奈了，吸了一小口，突然扬下眉："味道倒是还可以。"

林冬笑了起来："我对这里的食物很有研究的。"她抖抖手，"拿着。"

何信君接过碗，又吸了一口。

"还有更好吃的，我以后带你吃。"

何信君不说话。

"你要见见秦树吗？他很讨人喜欢，你见了他就会喜欢他了。"

何信君抬起脸看她，突然笑了一下："好啊。"

"可是你说话得注意点儿。"

"好。"何信君放下碗，故意问，"他现在干什么呢？"

"在工作。"

"那么晚了。"

"他找了个兼职，送外卖。"

何信君轻笑起来，一字一顿地重复："送、外、卖，真有出息。"

"你又这样。虽然现在他穷点，但是靠自己双手挣钱，脚踏实地的。"林冬的声音平淡而认真，边吃边说，"不像你，奸商。"

"在你心里我还不如个搬砖的。"何信君轻叹口气，"唉，一起生活了十几年，还不如一个认识几十天的。"

林冬抬眼朝他轻笑："他是情人，你是亲人。"

"你这个小情人，注定不能长长久久。"何信君看着她，"早点断了吧。"

林冬心里莫名不爽，放下筷子也不吃了，拿出手机看了眼时间："我不陪你了，秦树要下班了，你坐这儿慢慢吃吧，我要去找他了。"

何信君没说话。

林冬拿上包，起身走了。

何信君："早点儿回来。"

"我不回来了。"

何信君愣了几秒，掏出手机打了个电话给老周："怎么样？"

两三句话后，他挂了电话。

他没什么表情变化，放下钱直接走了。

秦树阳在桥头等林冬，身上还穿着外卖服。林冬站在不远处看了他一会儿，心里暖暖的，忍不住微笑一下，快步去见他："秦树。"

刚听到她的声音，秦树阳猛地转身，脸上笑开了花，朝她一瘸一拐地跑过来。

林冬愣了愣，看向他的腿："你这是怎么了？"

秦树阳一脸伤，尤其是嘴角，破皮流血，还红肿着。他仍旧笑着看她："没事。"

"去医院处理下。"林冬拉着他就要走。

"不用。"秦树阳拽住她，"没事，小伤，不至于。"

"你打架了？"

"没有，没有。"

"那是怎么了？弄成这样子。"

"刚摔了一跤。"

"你又掉坑里了？"

他吞吞吐吐："没，就摔了。"

"哪有摔跤摔成这样的？"

秦树阳岔开话题，从怀里掏出几个热乎乎的玩意儿："烤红薯，你没吃过吧。天那么冷，我怕凉了一直放兜里揣着，你摸摸，还烫着呢。还有你爱吃的，这个春卷，我特意跑到西闲里买的，今天可多人了，排

290

了好长的队。"

原来那个身影真的是他。

"还有这个糕点，上次你说没吃够，我买了很多，今天吃不完明天还能吃。还有月饼，这个牌子的很好吃，好几种馅，不知道你喜欢哪种，就每样都买了一个。"秦树阳乐呵呵地看她，像哄孩子一样，"吃吧，先吃这个，凉了就不好吃了。"他嘴巴又流血了，还在不停地说话，"今天过节，老板给我们提前一小时下班了，还发了个红包，我想着这个点你肯定又饿了，就去买了点吃的。"

林冬一个字也没听进去，满脑子都是他叼着馒头匆匆走过的样子。

"媳妇？媳妇？"他吧唧亲了林冬一口，温柔地叫她，"媳妇。"

林冬回过神，见他一脸伤痕，肿得两边脸都不对称了，还一副喜上眉梢的模样，傻乎乎的。

他说："走什么神呢？"

林冬拿出纸巾给他擦擦血："又出血了，还是去医院吧。"

"不用，大过节的我才不想去，小伤，没那么娇气。"秦树阳拿过纸自己捂了会儿，把烤红薯塞到林冬手里，"你快吃。"

林冬双手握着它，真暖和："你等很久了？"

"没有，我也刚到，找个地方坐吧。"

周围没地方坐，秦树阳领林冬走到河边。他弯下腰掸了掸阶梯上的尘土，愉快地看向她："擦干净了，来坐着吃。"

林冬看着他有些瘸的腿，心里挺不是滋味。

"过来呀。"他招招手。

林冬走过去坐下来。

秦树阳把烤红薯撕开，递到她手里："香吧。"

林冬点头，吃了一口。

"好不好吃？"他期待地看着她，脸上的伤看得叫人心疼。

"好吃。"

秦树阳把她另一只手拉过来放在怀里焐着："手怎么那么凉？最近降温厉害，你要多穿点，感冒了很难受。"说着，他把自己的外套脱了披到她身上。

林冬这才看到他手臂上的伤，她愣了一下，放下烤红薯，把衣服还给他，顺便脱下自己的外套给他披上："你受伤了，给你穿，我不冷。"

　　秦树阳笑着把她的衣服小心地拿了下来："穿媳妇衣服，我这老脸还要不要了。"

　　林冬任他为自己穿上衣服，心里说不出的感觉，又酸又甜的。她把红薯递到他嘴边："你也吃。"

　　秦树阳推开她手："我吃过饭了，不饿，你吃吧。"

　　"你吃的什么？"

　　"呃……和老四他们，吃的大餐。"

　　"什么大餐？"林冬凝视着他，想起他叼的那个馒头，弯起嘴角，"下次带我一起。"

　　"好。"

　　林冬掰开一半红薯给他："我晚上吃多了，吃不下，分你一半。"

　　"慢慢吃，不急，反正现在哪里人都多，我们就在这里坐着。"一阵冷风吹过来，秦树阳站起来蹲到林冬前面，"我给你挡风。"

　　林冬怔了怔，又把他拉回来："你回来坐着，我不冷的。"

　　"好吧。"秦树阳又坐回她身边。

　　林冬说："你和我一起吃吧。"

　　"我不吃。"

　　她靠近他的脸："你要我喂你吗？"

　　"用嘴巴喂吗？"他开玩笑道。

　　林冬想都没想，咬了一大口，喂到他嘴里。

　　秦树阳咽了下去，嘴里甜，心里更甜："媳妇，这是我吃过的最好吃的烤红薯。"

　　林冬看着他的笑脸，心里更加难受，明明为了省钱，自己吃白馒头，还浪费钱买这么多小玩意儿给自己吃。

　　傻秦树，傻秦树。

　　"你是找人打架了吧。"林冬问。

　　"没有。"

　　"真的吗？"

"真的。"秦树阳没骗她。晚上,他好端端地骑着车送外卖,突然就被一群陌生人拦了下来,按到巷子里没缘由地群殴了一顿。

那些人,他见都没见过。可能是被揍傻了,他居然一点也不气,一心想着买了好吃的去见媳妇。

"谁打你,我去帮你教训他。"林冬一本正经地说。

"你这小身板,不够人家几下推搡的。"秦树阳笑了。

"你不要小看我,我很有力气的。"林冬竖起胳膊,"你捏捏,都是肌肉。"

秦树阳抱住她的腰,小声说:"知道你力气大。"

"下次打架叫上我。"

他握着林冬的手放在怀里:"好好好,一定叫你,快吃吧。"

"嗯。"

晚上太冷了,风吹得人浑身都不舒服,秦树阳把她整个儿包在怀里:"媳妇,冷不冷?"

林冬摇摇头,侧脸看他。

"你呢?疼不疼?"

他笑起来,每每扬起嘴角的时候就撕扯到伤口,看着都疼:"不疼。"

林冬轻轻吻了下他的伤口。

"舒服,再亲一下。"

林冬又亲了秦树阳一下。秦树阳开心得合不拢嘴,指了指嘴唇,说:"这里。"

林冬搂住他的脖子,嘴巴盖了上去,舌尖轻划过他的嘴唇,挑了下他的牙尖,触碰向里面柔软的舌头。

秦树阳被她撩得浑身发热,紧紧扣住她,与她亲吻。

吃完了、抱完了、吻完了,两人沿着河堤走。林冬看到天上有几只孔明灯飞过,拉住秦树阳的衣角:"那是什么?"

"孔明灯。"

"孔明灯是什么?"

"据说是写下愿望,让它飞上天。"

"会实现？"

"不知道。"

"那它会掉下来吗？"

"当然会。"

"不会造成火灾？"

"一般不会，灯里的燃料烧完了，火灭了才会掉下来。"

"你放过？"

"放过一次。"

"你想放吗？"

秦树阳笑着看她："是你想放吧。"

林冬没有回答。

"走，放一个去。"说着，他领着林冬往卖灯的小老头那儿去。

秦树阳拿一个灯和笔到河边，对林冬说："写吧。"

"写什么？"

"想写什么写什么。"

她想了几秒，写下一行字——

　　　　希望秦树早日还完债，吃饱穿暖。

他苦笑："你这么写感觉我好可怜。"

林冬把笔递给他："换你写。"

"我不写。"

"为什么？"

"我的愿望得靠自己。"

"什么愿望？"

秦树阳眄着她笑了："暂时不告诉你。"

"那我不问了。"

"你点火还是我点？"秦树阳问。

"我点，不过你得教我。"

他手捏住孔明灯两角，把它撑开："对角点。"

林冬蹲在地上点火，秦树阳俯视着他，火光摇曳，映得她脸颊格外好看。他突然想起来那夜在山里，想起她跳舞的样子。

大概，就是那个时候吧。

秦树阳看着她出神。

林冬点好了火站起来，高兴地说："点好了，放吧。"

他仍全神贯注地看着她。

"秦树，"林冬摆摆手，"傻秦树，你在想什么呀？"

秦树阳回过神，笑了："在想我真幸运。"

林冬轻拍了他两下："幸运什么，可以放飞了。"

他放开手，把灯送上了天。

林冬目送飞走的孔明灯，越来越遥远："它会飞到哪儿？"

"天知道。"

她看着消失在黑夜里的光点，又回过眼看他。

秦树阳正仰脸对着夜空，伤痕累累的一张脸。

"秦树。"

他低下脸俯视她："嗯？"

"秦树，"她轻轻眨眨眼，"你今天好像比平时好看了一点，尤其笑起来的时候。"

"得了吧，都破相了。"

"真的好看。"

他又和她不正经："原来我媳妇喜欢这口？是不是觉得特有野性？"

"……"

"放心吧，今晚没问题，带伤上阵，包你满意。"

林冬懒得理他这些话："你低下头来。"

"干吗？"

"我想吻你。"

"今天怎么了？一直想亲。"他嬉皮笑脸地看她，"怎么突然这么主动？"

"只是觉得，不该总让你主动。"

"我是男人嘛，应该的。"

林冬仰望他，瞳孔里印着他的脸颊："你低下头。"

"想亲？"秦树阳一脸轻佻，逗她玩，"想亲自己踮起脚。"

林冬拽住他的衣角，一本正经地说："你低下头，我也踮起脚。一直以来都是你在付出，我好像做得不够好。我们两个应该是平等的才对。"

　　秦树阳不说话了。

　　"你不要对我那么好，让我也对你好一点，可是我又不知道怎样对别人好，一直以来我好像都是这个样子。"

　　"小舅舅昨天问我喜欢你什么，我回答不上来。可是我就是想和你在一起，我觉得和你在一起很舒服，什么都不做也很舒服。"

　　他看着她这个样子，听她说这些话，心里软得一塌糊涂。

　　"回伦敦的那段日子，我总是会想到你，想起你做的饭，想起你房间的灯，想起旺财。我没有对别的人这样过，你是第一个。秦树，我不知道怎么形容我的感觉，我说不出来。"林冬笑了笑，"我不知道喜欢一个人应该是什么样子，可是我想我是喜欢你的，和对别人的喜欢都不一样。"

　　他眼眶忽然湿润起来，立马别过脸去，伸手揩了。

　　林冬："你怎么哭了？"

　　因为我觉得，一直以来我对你的感情终于有了回应。

　　"是不是我又说错了什么？"林冬愧疚地看着他。

　　"没有。"秦树阳平复好心情，回脸笑着看她，"中秋节嘛，想妈妈了。"

　　"那你回家见妈妈吧。"

　　"没钱，舍不得买票，不回去了。"

　　林冬低下头，鼓着嘴不说话了。

　　秦树阳猝不及防地亲了她一下："还是我低头吧。"

　　林冬抬头继续凝视他。

　　"不满足？"

　　他又亲她一口。

　　"秦树，"林冬抬起双手覆上他的脸，"我想好了，以后我可以两个地方跑，和家人一起，也和你一起。"

　　他沉默了。

　　"我不怕累，"刚说完，林冬又解释，"不，一点也不累，这样我很开心。"

秦树阳捏了捏她的脸："傻媳妇。"

"我是认真的，可是你却骂我。"

他被逗笑了。

林冬又说："我那天在昌平路的许愿墙上看到几句诗——海有舟可渡，山有路可行。"她顿了一下，"我忘记下面的了。"

秦树阳突然蹲下去，搂住她的腿，轻轻松松地把人抱了起来。他仰视着她，破了皮的嘴巴轻靠着她的下巴，笑得灿烂："此爱翻山海，山海俱可平。"

- 上 册 完 -

有爱的青春陪伴者

Uin

著

冬风啊

下

四川文艺出版社

第七章·
苦口

　　林冬和秦树阳昨晚累坏了，贪睡到了七点半，然后一起起床，洗漱，做早餐。

　　秦树阳一个人在忙活，林冬便卷起袖子上前："我来帮你。"

　　秦树阳笑着说："得了吧，越帮越忙。"

　　林冬待在一边不说话了。

　　秦树阳见她闷闷不乐的，撞一下她的腰："来吧，来吧。"

　　秦树阳把水烧上，见林冬握着个西红柿在切，动作小心翼翼，跟切金子似的，慢慢地一刀一刀下去。

　　他站到林冬旁边看了好一会儿。林冬抬起眼问他："怎么样？"

　　"不错。"

　　她切得太认真了，切出来的片儿又薄又匀，切完一个又切另一个。

　　秦树阳说："随便切切就行了，不用那么严谨。"

　　"噢。"

　　秦树阳笑笑，敲了几个鸡蛋，用筷子打匀，又嘱咐："小心点儿别切到手。"

　　"哎呀。"林冬轻叫一声。

　　"怎么了？"秦树阳紧张起来，赶忙过来抓住她的手，"我看看。"

　　林冬弯腰笑着看他："逗你的。"

　　秦树阳松了口气，拍一下她的屁股："吓我。"

　　林冬没理他，切完西红柿，手捏了一片放到嘴里，酸酸甜甜，很好吃。她又吃了一片，嘴角流下红色的汁液。

　　"慢点儿吃。"秦树阳说。

　　"流下来了，给我纸。"

　　他笑着凑过脸，把汁舔了个干净，还咬了下她的下唇。

　　林冬推开他："忙着呢。"

秦树阳又把她捞回来。

林冬踢了他小腿一脚："你烦不烦，走开。"

秦树阳嬉皮笑脸地松开她，到锅前看水开了没，脸上仍挂着笑，不时瞅她两眼。

林冬嘴不停地吃着，见他总瞥自己，拿了一片西红柿递到他嘴边，说："吃吧。"

秦树阳接过来，顺势舔了下她的手指。

林冬在他袖子上揩两下："你太恶心了。"

他开心地扬眉，一股嘚瑟劲儿。

不一会儿，林冬看着空空的砧板说："呀，全吃完了。"

秦树阳笑笑："怨谁？"

林冬看向他："那怎么办？"

"我不知道，你自己解决。"

"我去买点儿？"

"你用一分钟飞到菜市场，再用一分钟飞回来，大概能赶得上。"

"……"

秦树阳满脸笑意。

她说："你飞一个我看看。"

"我不会飞。"

林冬瘪嘴不说话了。

"看把你愁的，咱不弄这个了，放青菜行吧，再给你煮两个蛋，或者弄鸡蛋羹。"

"好主意。"

本来不到半小时可以做好的早餐，多了林冬，硬是忙活了快一小时。

秦树阳已经迟到了，还在家跟她腻腻歪歪地吃早餐。

两人坐在小板凳上，林冬一脸陶醉："好好吃啊。"

秦树阳皱着眉看她："至于嘛……一个清汤面吃成这德行。"他给她剥了个鸡蛋。

林冬咬掉一半鸡蛋，把余下一半塞到秦树阳嘴里。秦树阳嚼嚼咽了下去："你自己吃，你得补。"

"不用，你才得补。"

碗见了底，林冬一脸抱歉地看着他："对不起，秦树，我没忍住都吃掉了，还有一点，给你吃吧。"

他瞄了眼碗底，只有薄薄一层鸡蛋羹："媳妇，你当我是狗呢，这怎么吃？舔吗？"

"对不起。"

300

秦树阳揉她头发一下："没事，别和我说对不起。"

"那说什么？"

"说我爱你。"

"……"

秦树阳不逗她了："你还想吃我再给你煮一碗去。"

"不用了，太麻烦你了。"

"你又和我客气。"

林冬埋头吃面："我吃面，吃面了。"

"吃吧，媳妇。"

林冬把面汤都喝了个干净，摸着肚皮感慨："把你带回家就好了。"

秦树阳一听这话更乐了："行啊，带我回家。"

林冬淡淡笑着没说话。

"你嫁过来也行，我做更好吃的给你吃。我厨艺特别棒，好多拿手菜都没做给你吃过。"

林冬抬眼看他，一脸认真地问："真的？"

"当然，骗你干什么。"

"你还会做什么？"

"八宝丁儿、鱼香茄子、肉末豆丁、大盘鸡、糖醋排骨、红烧猪蹄、可乐鸡翅、烧花鸭、辣子鸡、鱼香肉丝、油卤豆腐、蚂蚁上树，还有各种各样的面，各种各样的汤，多了去了。"

"这些你都没给我做过。"

"不留一手，怎么继续勾引你？"

"我看错你了，你果真对我有所隐瞒。"

"……"

吃完饭，秦树阳去干活儿，林冬回酒店练了会儿舞。何信君不在，应该做事去了。

她跳了整整一上午，何信君中午回来带她去吃了顿西餐。他看上去心情不太好，两个人一直没怎么说话。

快结束时，何信君对她说："明晚跟我出席一个宴会。"

"不去。"

"不行。"

"不去。"

"听话。"

"你知道，我最不喜欢宴会。"

"你答应我去，我也答应你一件事。"

"没什么需要你的地方。"

"小冬。"

"我不去。"

何信君叹了口气。

林冬想了想："我也可以跟你去，我们说好了，至于是什么事你先欠着，以后不许反悔。"

"行。"

林冬下午去了街舞社，跟他们跳到晚上十点才回来，又和秦树阳折腾了好一会儿，到凌晨两人才睡。

凌晨两点多钟，林冬忽然胃痛得厉害，她出了一身冷汗，实在忍不住痛，用脚踹了踹秦树阳。

"怎么了？"他困意浓浓，手覆上她的脸，感受到了她脸上的大把汗珠，人立马清醒了，腾地坐起来把灯打开，接着就看到了她苍白的脸。他抱起她靠在自己身上，"又胃痛了？"

林冬点头，捂住胃，声音断断续续："包里……包里有药。"

秦树阳把她放平，下床去找药，鞋子也忘了穿。找着药，他又去倒杯热水给她端了过来。药是吃了，可是林冬仍然疼得直不起腰，脸色煞白，什么话也不说，死咬着嘴唇，一身冷汗。

秦树阳："不行，得去诊所。"

秦树阳找衣服给她套上，打横抱起直冲去了最近的小诊所。

医生给林冬打了点滴。林冬闭着眼靠在秦树阳肩上睡觉，后半夜她的脸色才渐渐好了起来。

秦树阳一直在旁边守着，被她枕得半边身子都麻得没知觉了，他却丝毫不敢动弹，就怕把她给吵醒。

凌晨四点多，吊瓶输完了，秦树阳把林冬抱回家。他困得快睁不开眼了，抱着她倒床就睡着了。

林冬一觉睡到早上十点多，醒来时看到床边的字条，是秦树阳留下的——

> 锅里有粥，热了再吃，不会热的话叫旁边的王姐，等我回来。

突然想起来，很久以前他也给过自己一张这样的字条，她还因为他的字好看，把那张字条收藏了起来。

林冬笑了笑，放下字条，下床披上衣服，去厨房看看，锅里有半锅粥，她自己热了热，吃完了。

饭后，林冬又回到秦树阳的房里躺着休息，快十二点的时候，秦树阳居然回来了。

他火急火燎地跑进来，到房门口步子又轻下来，悄悄拉开门往里头瞄，

302

目光刚好和林冬对视。见她醒着，他才敢放声开门进来，坐到了她旁边：
"好点儿没？"
"嗯。"
"吃东西了吗？"
"吃了。"
"自己热的？"
"嗯。"
"真棒。"
"你怎么回来了？工地上没事情了？"
"请了一会儿假，回来看看你。"
林冬看到他手里的包裹，问："这是什么？"
"中药，给你养胃。"
"中药？"
"胃这种东西还是要养着，医生建议喝中药。"
林冬想了两秒，问："好喝吗？"
秦树阳看着她认真的眼神，忍不住想要笑，伸手捏了下她的腮帮子：
"特别好喝。"
"真的呀？"
"特别真。"秦树阳松开手，"你继续躺着，我去做饭给你吃，然后熬个药。"
"嗯。"
"想吃什么？"
"鸡蛋羹。"
"还有呢？"
"不想吃别的了。"
"那我给你做一盆鸡蛋羹？"他用手比画着，"这么大一盆。"
林冬白他一眼："你太讨厌了。"
秦树阳特意买了个砂锅用来给林冬熬药喝。熬到一半，她循着味道摸了过来，凑到砂锅前嗅了嗅鼻子："怎么不太好闻的样子？你确定好喝？"
"良药苦口利于病，"秦树阳笑了一下，向她挑眉，"听说过没？"
林冬直起腰："苦口？苦的？"
"有点吧。"
"苦怎么会好喝呢？"
"……"
"像咖啡一样？"
"……"
"不是说好喝的吗？"

"……"

　　林冬眉头都没皱一下，一口气喝完。刚放下碗，秦树阳赶紧往她嘴里塞颗糖。见林冬一愣一愣的，他问："苦傻了？"

　　林冬咂咂嘴，盯着他不回答。

　　"好喝吗？"

　　林冬摇摇头。

　　"看你喝得挺享受。"

　　"我忍着苦味，一口干。"

　　秦树阳起身拿着碗去刷："行了，你继续睡吧，我做好饭叫你。"

　　"不用，我早就不疼了。"

　　"那你想干什么？"他睨她，意味深长地笑了。

　　"看你做饭。"

　　"来吧。"

　　"今天做什么？"

　　"你想吃什么？"

　　林冬翻了翻家里的菜，拿起一个土豆："这个。"

　　"行。"

　　她又拿起一根黄瓜："还有这个。"

　　"行。"

　　"要怎么做？"

　　"炒土豆丝？黄瓜炒蛋？"

　　"好。"她撸起袖子准备大干一场，"来吧。"

　　"媳妇，你就在旁边看着吧，我得赶紧做完回去上班。"

　　"……"

　　下午，林冬回到酒店。何信君在屋里看书，听见外头的动静放下书出来："回来了。"

　　她不理他。

　　何信君："看着没精打采的，又去哪里疯了？"

　　"要你管。"

　　"小冬，"他跟着林冬走进房间，"你对我温柔点儿。"

　　林冬看向他："我不温柔？"

　　何信君愣了两秒，笑出声，随手拿过镜子给她照了照："你看你这张脸，我又不欠你的钱。"

　　林冬接过镜子看了看自己："挺温柔呀。"

　　何信君无言以对。

　　"小舅舅，你说男人是不是都喜欢温柔的？"

304

何信君心里一咯噔，不怎么高兴。

林冬对着镜子忽然微笑一下："秦树也喜欢温柔的？"

何信君将镜子拿过来放在桌上："礼服在你床上，去换吧，我给你找了个化妆师，应该快到了。"说完，他走出房间。

林冬往床上看一眼，那是条红色长裙，她走过去提起来看了看，开衩，且又是露背的，很性感。

林冬想起那条小黑裙，后来被秦树阳撕扯得成一块烂布了，不知道他看到这件又会怎么样。

她突然很开心，想着今晚穿去气他。

宴会地点是燕城最大的酒店，地上铺着蓝色云纹毛毯，顶上是六层水晶吊灯，墙壁上挂了许多油画，金碧辉煌的，看上去非常高档。

进了宴会厅，何信君就开始跟各种人打招呼，奉承客套，太做作了。

林冬跟在他旁边，从头到尾挽着他的胳膊，一句话也没说。过了不久，她实在有些忍不住，一个人去阳台透了透气。

夜黑风高，真舒坦。

半个多小时后，何信君过来找林冬，他站在后面看了林冬足足五分钟才走上前去："小冬，站在这儿干什么？"他靠到她旁边，"外面风大，小心生病。"

"就是出来吹风的。"

何信君心情愉悦，笑着欣赏她的侧颜："小冬。"

她仍旧看向远方。

"今天真漂亮。"

"妆化出来的。"

"不是，你不一样。"

林冬没什么情绪，转眼看向他，目光在他的脸庞上停留了几秒，忽然唤："老何。"

何信君缓过神："嗯。"

"我后悔了。"

"怎么了？"

"你以后不要带我来这种场合了。"

"为什么？"

"我不喜欢。"

何信君轻笑一声："小冬，这就是你的世界。你是舞者，将来也少不了这种场合，除非你退出这一行。"

"我不喜欢，"她平静地看着他，眼里毫无情绪波动，语气却严肃，重复道，"不喜欢就是不喜欢。"

"你不喜欢也得去适应。"

"我可以选择另一条路。"

"那条路是不对的。"

"对不对不是你说了算的。"

"事实而已。"

林冬凝视他的双目，不想与他争辩，转移了目光，淡淡道："我准备走了。"

"去找他？"

"嗯。"

"自甘堕落。"

林冬懒得理他。

"我订了后天晚上回去的机票。"何信君见她不说话，又说，"两张。"

"我不回去。"

"小冬，你成熟点儿，他到底给你灌了什么迷药？你要知道，激情过后是平凡枯燥的生活。"何信君轻蔑地笑一声，"到时候你还是会厌倦的。"

沉默。

"放肆那么久，该收收心了。"

沉默。

"你妈妈不懂事，她的三观有问题，你不能尽听她的。"

沉默。

"你是不是把你的演出忘了？"

林冬目光闪烁，是啊，演出。

"你是大人了，要对自己负责，对大姐负责，对站在你身后的所有人负责，做什么事要考虑周全，多为别人想想。一意孤行、得不到家人的祝福，是没有好结果的。"

好累，一和他说话就好累，林冬长吁口气："老何，你真的好烦。"

"我是为你好。"

林冬又不说话了。

"当初就不该让他回来，那个年轻人，是我大意了。"何信君也叹了口气，一脸懊悔，"你爱玩那也该有个度，他那种人……就算是真心，那你和他在一起也是在害他。"

"我不是玩，"林冬笃定地看向他，态度格外认真，"我也不会害他。"

"小冬，你太年轻了，什么都不懂。"

"别说了。"

两人都不说话了，何信君先开口："还去吗？"

林冬提着裙摆就要走："去。"

何信君拉住林冬的手腕，林冬望向他："小舅舅？"

他没有阻拦，微笑道："我送你。"

"谢谢。"

他的手机突然响了："我接个电话，稍等。"

林冬转头，继续看向远方的灯火。

"你送上楼来。"一句话，挂断了。何信君碰了林冬一下，"发什么呆，走吧。"

他先走一步。

林冬长呼口气，感觉压抑得很难受，缓了缓才跟过去。

　　秦树阳有些奇怪，在这么高档的地方办宴会，怎么会有人点酸菜鱼？他大步往楼上迈，站在门口没好进去，门露了条缝隙，可以看到里头西装革履的人，想必都是些名流。

他在门外等了一会儿，还没有来人，于是又给买主打了电话："您好，我已经到门口了，您出来拿一下吧。"

"你进来吧。"

"我这不太方便进去吧？"

"没事，进来吧。"

"好的。"秦树阳拉开门，那一瞬间，优雅的音乐与明亮的灯光一同袭来，熟悉又陌生。

可现在的自己与这个世界已经格格不入了。

何信君从不远处走来，秦树阳一眼就认出他。

林冬的……舅舅。

他瞬间懂了。

紧接着，林冬从她舅舅的身后跟来。

她看到秦树阳先是愣了一下，后又高兴起来："秦树，你怎么来了？"

秦树阳杵在原地，感觉到那些奇怪的目光纷纷落在自己身上，窃窃私语着，眼里充满了不屑与鄙夷。拎着外卖的手攥紧了些，他硬着头皮走过去，将外卖送给何信君。没想到，会以这种方式见面。

"您的外卖。"

林冬看向何信君："你点的？"

何信君接了过来："我点的。"

林冬："你点外卖干什么？"

"没什么，就是把你的小情人叫过来，让你看看。"他从口袋里掏出钱，伸出手递给秦树阳，"小费。"

空气凝结。

林冬拽回何信君的手："你干什么？"

秦树阳看向林冬，僵硬地笑了一下："我还要送别的，先走了。"他转头快步走了。

"我和你一起。"林冬刚要跟过去，被何信君拉住。

"小冬。"

林冬看向何信君，盯着他带笑意的双眸。

"看到没有，这就是你们俩的差别。"他依旧一副温文儒雅的样子，一副高高在上的样子，"看到别人的眼光没有，你还想往泥潭里钻？"

林冬甩开他的手："你闭嘴。"

何信君一愣。

林冬拧着眉心看他，她彻底明白了，订什么外卖，他就是想羞辱秦树阳。道貌岸然、假仁假义的伪君子！

"你不觉得自己无耻吗？"

"别激动，我只是让你看清现实。"何信君语气平和，一脸宠溺地注视着眼前的女孩儿，"小冬，我在帮你。"

"你是不是管得有点儿多了？"林冬厌烦地看着他，"你凭什么管我？"

"因为你在走错路，我得把你拉回来。"

"关你什么事！"她冷静下来，"你又不是我亲舅舅！"

何信君笑了："连自己的情绪都把控不好，到底还是小姑娘。"

"你太过分了。"语落，林冬提着裙子追了出去，走了两步又折回来，"你说过答应我一件事的，本来想让你站在我这边以后劝 Leslie，现在我只希望你少干涉我的事情。"

说完，她就走了。

何信君一直在隐忍着，即使心中愤怒，也没有半点儿失态。以前的她，从来不会这样。越来越叛逆，越来越控制不住。

变了，变了。

他提起手里的外卖看了一眼，随手递给一个服务员，说："帮我扔掉，谢谢。"

一个女人笑着走过来询问："怎么了？"

何信君看向她，保持微笑："小女孩，闹小脾气。"

"不去哄哄？"

"不用哄，自己会好的。"他拿过一杯香槟，与她碰杯，"吃点儿苦头，哭着闹着就回来了。"

林冬脱了高跟鞋，一路小跑追过去："秦树，秦树。"她跑到秦树阳的车前，"你生气了？"

"没有。"秦树阳看了眼她的脚，弯下腰帮她穿上鞋，"你怎么这样跑出来了？"

"我来找你。"

"你还是回去吧，外面冷。"

"不冷。"林冬拽起他，"对不起。"

"说对不起干什么。"

"他那个人就这样，你不要介意，我代他道歉。"

秦树阳低头轻轻地笑了一下："看来你舅舅对我有很大意见。"

"不用管他。"

"行了，你快回去吧，穿那么少。"

"好看吗？"

"好看。"

"我们回家吧。"林冬抱住他的手臂，"走吧。"

秦树阳揉了揉她的头："我还没下班呢。"

"那我和你一起送，"说着，她就提起裙子坐上他的车，"我还没送过外卖。"

秦树阳很无奈，脱下外套给她穿上，骑到车上："拿你没办法。"

林冬高兴地搂住他的腰："我在里面快闷死了，你带我走吧。"

"抱紧了。"

"下一站去哪里？"

"前面拐过弯的一个小区。"

"远吗？"

"不远。"

"你饿不饿？"

"不饿。"

"我饿了。"

秦树阳笑了起来："你不会是想吃这鱼？那不行，这鱼有主了，你想吃我一会儿给你买。"

"不吃，等你送完了，我们回家自己做。"

这两个字总能让人感觉很温暖——回家。秦树阳心里一阵暖意，听林冬一直自言自语："做什么呢？炒饭吧……不，吃面条。还是炒饭吧……蛋炒饭，加个小米粥……亮亮的妈妈给了糖醋大蒜，我们吃那个。"她蹭了蹭他的背，"想想就好好吃啊。"

每天折腾到半夜，林冬却还是很有精神，早早就醒了。她不想看到何信君，没有去酒店练舞，一个人跑到河边。

练了一小时，她给秦树阳打了电话。他还没醒，睡意浓浓地接通。

"秦树。"

秦树阳立马来了精神："媳妇。"

"你还没起床吗？"

"就起。"秦树阳绷直了腿，声音慵懒，"你又去练舞了？"

"嗯。"

"回来吃早饭吗？"

"不回了，我在路边随便吃点儿。"

"好吧，别吃太油腻。"

"嗯。"林冬穿上外套，往街上去，"我准备做午饭，给你送过去，一会儿你把你工作的地址发给我。"

"你？给我做饭？"秦树阳捏捏眉心，笑了，"宝贝儿，别闹。"

"我认真的。"

"何苦想不开呢。"

"什么？"

"没……没什么。"

林冬很认真地说："老何之前说我不温柔，从现在开始我要做一个贤良淑德的人。"

秦树阳听到这话，没忍住笑出声。

"你在笑话我？"林冬停下脚，严肃道。

"没有，觉得你很可爱。"

"你笑吧，我会向你证明我的实力，笑够了把地址发给我。"

"我那儿又脏……"

电话被挂了，他咽了下面的话，放下手机，乐得合不拢嘴。

贤良淑德？搞什么笑，不把房子烧了就成。

林冬十点多回来，抄家伙开始做饭。她把土豆丝炒煳了，蒸的米也硬得硌牙。兴致勃勃地折腾那么久，还是失败了，她心灰意冷地倚靠着厨台，好烦啊。已经快到饭点了，秦树阳肯定在等着自己的饭呢。她按照他给的地址寻过去，在路上找了家餐馆买了饭菜。

这是林冬第一次来秦树阳工作的地方，可谓是一路坎坷。各种车来回穿梭，扬起滚滚灰尘，林冬找了块宽敞的平地站着，看那些工人戴着安全帽，一个个埋头苦干。

林冬给秦树阳打了个电话，那时候他正焊着钢筋，没听到，她站着等了一会儿。一个工人路过，她叫住人家："你好，请问秦树……阳是在这里工作吗？"

"小秦？是啊。"小王看一眼林冬手里的袋子，立马明白了，"给他送饭？我给你叫他去啊。"

"谢谢你。"

小王找到秦树阳："树，又有个女的来找你。不是我说，你这也够可以的，成天有妞儿给送饭，还是不同的妞儿，这回这个比上回那个还好看。"

秦树阳活儿也不干了，赶紧起来："别瞎说，这是媳妇。"

"哟，可以啊。"

秦树阳从里面心花怒放地跑了出来，轻轻一跃，从楼板上跳下来。

林冬说："你慢点儿，小心再摔了。"

"没事。"他开心坏了，看向她的手，"我的饭呢？"

林冬把袋子递过去，见他一脸灰尘，也戴着那个安全帽，有点儿可爱。

秦树阳迫不及待地打开看了眼："这是买的吧？"

"嗯。"

"你不是说你要做吗？"

"我没做好，煳了。"

"煳……"他笑了起来，"亏我还期待了一上午。"

"那我回去再给你做。"

秦树阳把她拉回来："别，以后有的是机会。"

"秦树，下次一定成功，这是意外。"

他看林冬这一脸决绝的小模样，打从心里乐："加油！"

林冬突然说："你这个帽子给我戴戴。"

秦树阳拿下安全帽，卡在她头上，有点儿大，看着特逗。

"好看吗？"

"我媳妇戴什么不好看？"

林冬扶着帽子笑起来。

秦树阳领她到一堆钢筋条前，脱下外套铺上去："坐这上面，别弄脏你的衣服，里头是干净的。"

"不用，你穿起来。"

"坐吧，跟我还客气个什么劲儿。"

"噢。"她坐到他旁边。

"煳了也是媳妇亲手做的，肯定倍儿香。"秦树阳想起这茬就忍俊不禁，"你应该拿过来。"

"我以后再给你做。"

"然后再煳了。"

"你不要笑话我了，我很认真地在做，没做好我也很难受。"

秦树阳赶紧哄道："多大点儿事，做饭这种事男人干就好，你做不好也没关系，我来，你会吃就行，实在想做以后我慢慢教你，手把手地教。"

"嗯。"

"看把你委屈的，"他安慰道，"不就炒煳了菜，我一开始也这样。"

"真的吗？"

当然是假的，哥天赋异禀，无师自通！

"真的。"

"那我多练练，以后也能像你一样。"

"必须的，我媳妇这么聪明。"

"那你还生气吗？"

"什么？"秦树阳一时没反应过来，想了几秒才知道她指的什么，"你说昨晚的事？"

"嗯。"

"我没生气，哪那么容易生气。"

林冬沉默地看着他。

"他不喜欢我也正常，不过没关系，我会努力奋斗，以后让你的家人全部接受我。"秦树阳打开盒饭，"我吃啦。"

"嗯。"

秦树阳夹起一块红烧肉嚼嚼，囫囵地咽了下去。林冬看着他狼吞虎咽的样子，这是得有多饿啊。她说："你慢点儿吃。"

她看着那色泽诱人的红烧肉，突然想起来自己还没吃午饭。

他吃得好香。

这个肉好好吃的样子。

林冬目不转睛地盯着他的肉，一块接一块地没了。

"你吃了没？"秦树阳随口一问。

没吃！没吃啊！我没吃！

"吃了。"这菜的分量本来就不大，还是不跟他抢了。

"你要尝尝这个肉吗？做得还挺好的。"

"不用，你吃吧。"

"真不吃？"秦树阳夹起一块送到她嘴边，"我不信你不吃。"

林冬情不自禁地张开嘴，到嘴边的肉，不吃不是人啊。她咽下肉，强调："不是我抢你的肉，是你硬塞给我的。"

"是是是，我逼你吃的。"秦树阳开始吃素的，把肉夹给她。

林冬不吃了，推开他的手："你吃吧，还得工作到晚上呢。"

秦树阳笑着用胳膊捣了捣她："心疼我了？"

"没有。"

"还不承认。"他凑过脸亲她一口，带着肉味的吻，格外香。

"哟，这干啥呢，光天化日的。"工友路过。

秦树阳开心地介绍："我女朋友。"

工友："你好啊。"

林冬："你好。"

"这么丰盛，幸福啊。"工友瞄了眼饭盒。

秦树阳傻笑着看了林冬一眼。

"你俩继续，我撤。"工友小跑着走开。

吃完饭，秦树阳和林冬一起去扔掉饭盒。

她与他告别："那我走了，你忙吧。"

"抱一下，不，我身上脏，亲一下。"

林冬往后退："晚上再亲，我等你。"

他欢快地说："好！"

"你回去吧。"

"行，你路上小心点儿。"

"嗯。"

"我看你走。"

林冬转身走了，直到没影了他才回去，吃饱喝足心里爽，浑身都来劲儿。

为了挽回尊严，林冬特意去书店买了一本菜谱，准备照着菜谱做个菜，好叫秦树阳刮目相看。

她兴高采烈地去超市买菜，到门口时突然想起来秦树阳说菜市场的便宜一些。她觉得他那么辛苦挣钱，自己也应该节省点儿，于是转道去了菜市场。

人很多，很热闹，林冬也很兴奋，她最喜欢买菜了。

林冬站在菜摊前盯着一个超级大的白萝卜发呆，一心在想：怎么会长那么大的，这得吃多久？

一旁的妇女在和摊主还价。

"十一块八毛。"

"便宜点儿，零头去了，十块。"

"哪能这么去的，十一块十一块。"

"就十块了，我再称点儿葱行不。"

"哎，行行行，给你抹了，常来啊。"

"谢谢了啊。"

还可以这样讲价的。

林冬见那妇女走了，上前去要了那个心仪的大萝卜。

"五块六。"摊主说。

林冬小心翼翼地问："能便宜点儿吗？"

"哎哟，姑娘，够便宜了，你前前后后看看哪有卖到我这个价的？"

林冬不知道下面该怎么说，这台词不对啊！和刚才那个人说的不一样。她声音小小的，没什么底气："就五块行不行？"

"啥？"

林冬鼓起勇气："五块！五块的话我也再买几根葱！"

林冬拎着排骨、大萝卜和葱兴高采烈地回去，总共才花了不到五十块，买到那么多东西，她相当得意、相当自豪。

　　林冬赶回去照着菜谱一步一步非常严谨地做，可以说没有丝毫差错。

　　小半个下午过去，终于做好了——白萝卜炖排骨，香得她自己都想立马吃光。

　　林冬准备给秦树阳个惊喜，把萝卜炖排骨盛进饭盒里给他送过去。

　　天黑了，这个点他应该会去鱼店。店离家不远，她没有打车，步行过去。

　　一想到秦树阳肯定会非常惊讶，她就格外开心。

　　路过一段僻静的路，没什么人，她一个人优哉游哉地走过，突然感觉身后有人跟着，听脚步声，还是个男人。

　　在确定那人是尾随自己后，林冬开始加快步伐，几近小跑。走过这一段，前面有人就没事了。

　　就快要走出小巷时，那道黑影突然从后头蹿到前面，挡住她的去路。

　　林冬镇定地看着对方。

　　"你跑什么呀？不认识我了？"

　　林冬："不认识。"

　　周迪一身酒气，笑了："还真是贵人多忘事。"

　　"你让开。"

　　"两次对我说同样的话。"他的额头有块疤，是上次被秦树阳用酒瓶子砸的，他摸了摸那道疤，"你不认得我我可认得你。秦树阳的小情人，你不是跑了吗？怎么又回来啦？"

　　林冬没有回答。

　　"我叫周迪，没听他提起过？"

　　林冬想起来了，老四说过，周迪找碴儿，讹了秦树阳十万块。她不想多事，说："他没说过，我要走了，你让开。"

　　"上哪儿去？"周迪看向她手里的饭盒，"给那小子送饭？他走了哪门子运，怎么就让你跟了他？这做的什么呀？"说着，他就要抢林冬的饭盒，"给我闻闻。"

　　林冬把手缩到身后。

　　"什么宝贝，还不让看了？"周迪伸手挑了下林冬的下巴，"看看怎么了？"

　　她后退一步："滚开。"

　　"还挺有脾气，有个性，难怪那小子为你那么疯。"

　　林冬绕过去要走，被周迪一把拉回来，他边笑边说："他怎么放心让你一个人走夜路呢？不怕遇到坏人吗？"

　　"你喝醉了，让开。"

　　"就不让，你又能怎样？"

314

"你再这样我就报警了。"

周迪嗤笑一声："报警？我又没做什么，你报什么警？报警说我干什么？调戏你？骚扰？"他似醉非醉，步步紧逼，"还是什么？啊？"

林冬掉头往回跑，他将她一把搂住："上哪儿去？"

"你放开我！"她奋力挣扎，"放开！"

"就不放。"他把林冬按在墙上，紧压住她的身体，"别动了小宝贝儿，哥哥看上你好久了。"

"放开！"

"不放。"他一脸痞笑。

"滚开！"林冬拳打脚踢，挣脱不开，力气再大，终究还是女孩子。

"还来劲儿了。"周迪用力在她身上到处嗅，"让我闻闻是什么味儿，把那小子迷得神魂颠倒的。"

"周迪！"

"哥哥的功夫比那小子强多了……"

任林冬怎么踢，周迪丝毫不放，那一身酒气，加上劣质香水味，让林冬快要吐了。

"别挣扎了宝贝儿，给哥哥过来。跑什么啊，省着点儿力气留着待会儿叫啊。"

林冬从来没有这么生气过，她集了全身的力气一个抬腿，膝盖猛地撞向他下身。

"啊——"周迪情不自禁地叫出来，疼得捂住下身，没站稳跌坐到了地上。

林冬撒腿就要跑，他立马抱住她的小腿："还来劲儿了。我还就喜欢你这股劲儿。"

周迪仍坐在地上，爬过去咬了口她的小腿："真香，别动。"

林冬挣不开，一手使劲儿地拽他的头发，一手拿饭盒砸他。

一下，两下，三下。

饭盒盖松了，里头的萝卜排骨汤全倒了出来，流了周迪一身。很遗憾，这汤已经凉了，没把这浑蛋给烫着。

周迪一头萝卜和排骨，汤水顺着头发流下来，滑进他衣服里。他这才松开林冬，拼命抖掉身上的汤，叫嚷道："啊！你个小贱人，用汤洒我，你给我回来。"他连滚带爬地追了上去，眼看着就要抓住了，迎头走过来几个男人。

林冬看清来人，先是愣了一下，再是躲到来人身后："裴周！"

周迪被堵在巷子里，窝囊地蹲在墙根。裴周抽着烟，单手撑墙有一眼没一眼地看周迪，两个同伴踢了周迪两下，这货是彻底清醒了。

裴周轻蔑地俯视他这尿包样儿，冷不丁地笑一声，问林冬："怎么着，送派出所吧。"

　　"嗯。"

　　"强奸未遂。"他居高临下地看着周迪，用脚挑了挑周迪的下巴，看向林冬，"判几年？"

　　周迪一听这话，直接跪倒在面前："大哥，别送我去派出所，我错了，我喝多了人不清醒。"他又跪向林冬，"小姑奶奶，你放过我行不行，求求你，我不想坐牢啊。"

　　林冬往后退一步，没有说话。

　　"姑奶奶，我给你磕头成不？你别告我，求你！"说完，周迪头"咚咚咚"地就往地上撞。

　　两个同伴在不远处看着笑出声，有一个人还拿出手机录视频。

　　"求你，求你，你想怎么样都行，就求你放过我。"周迪又求裴周，爬过去要抱他的腿，"大哥，大哥你放过我，我再不敢了。"

　　"少废话，拿开你那臭蹄子。"裴周嫌弃地退后两步不让他碰到，"要不是女孩子在，我现在就废了你。"

　　周迪闷声不敢说话了。

　　裴周扔了烟头，脚底用力踩了踩，对林冬说："走吧。"

　　"大哥！"周迪惊恐地望他。

　　"等一下。"林冬说。

　　周迪又可怜巴巴地看向她，继续央求："我错了，你放过我，只要不坐牢，让我干什么都行，我真的是喝多了，我犯贱！"

　　"好。"

　　周迪突然愣住了，感觉不可思议，这原谅得也太容易了。

　　裴周拉她一下："你想什么呢？"

　　林冬没回答，俯视周迪："你把十万块钱还给秦树。"

　　周迪还处于愣怔中。

　　林冬问："不愿意？"

　　"愿意愿意！"

　　裴周无奈了，背过身，手撑着墙。

　　这傻丫头。

　　"我不知道你们之间发生什么，但是我相信秦树，他不会无缘无故打架，一定是你欺负他。"

　　周迪一个劲儿地点头："是我的错，我的错。"

　　"你把钱还给他，就告诉他之前的事是你有错在先，你后悔了。"

　　"好，好好，我还，我一定还！"

　　"今晚的事情，不要对他提。"

316

"不提，绝口不提。"

"希望你信守承诺。"她不想再看他一眼，对裴周说，"走吧。"

裴周招呼两个兄弟："走了。"

他们俩走过来，其中一个轻笑地看着周迪，摇了摇手机："说话算数哟，有视频哟。"

几个人走出了巷子。

周迪出了一身冷汗，瘫坐在地上。他拳头紧攥着，青筋暴起，咬了咬牙，抬手抹了一把汗，还有一头油。

裴周让两个兄弟先走了，对林冬说："你还真信他？跟小人谈什么诚信？"

林冬没说话，隔了几秒，对他说："谢谢你。"

"看你说的，客气什么。"他问林冬，"不过你怎么那么淡定？"

"那我应该怎样？"

"遇到这种事不应该很害怕吗？"他温暖地笑了，"正常走向应该是，抱着我，大哭一顿。"

"……"

"开玩笑的。"他挑了下眉梢，懒懒道，"别当真。"

"你怎么在这里？"

"去滑旱冰啊，走这条路近。"裴周手机响了起来，他随手挂断了，继续与林冬说话，"今天没在社里见到你，明天来吗？"

"我最近不去了。"

"怎么了？"

"我过些日子要离开这里回伦敦，回去演出。"

"什么时候？"

"不确定，快了吧。"

"那什么时候回来？"

"演出完。"

"好，等你回来。"

"嗯。"

"滑旱冰去，一起吗？"

"不了，我要回去了。"

"行吧，我送你。"

"不用，我就住这附近。"

"那注意安全，别往人少的地方钻了。"

"好，今晚谢谢你。"

"别再跟我那么客气了，都是自己人。"

"行，再见。"

"再见。"

林冬走了，背影看着挺落寞。裴周准备找哥们儿去，走出去两步又折回来，远远跟着她，见人平安进了家门才回去。

他看着这周围的环境，长吁口气，这傻丫头呀。

林冬闷闷不乐地坐在秦树阳的房间里。他还没有回来，老四和强子也不在家，屋里挺静的，她就一个人坐着，心里怪不舒服。她坐了会儿，躺到他的床上，目光呆滞地看着上方。

晚上十点多钟，秦树阳回来了，她不想动，躺着等他过来。

秦树阳见屋里亮着灯，支好车，进屋看着她。

"媳妇。"他笑着脱下外套，"媳妇。"

林冬没有动弹。

"躺着干吗呢？"

她没有说话。

"想我呢？"秦树阳凑近亲她一口，"怎么了？一脸不高兴？"

"没事。"

"等急了？"

"没有。"

"饿了吗？"

她摇头。

"真的假的？居然不饿。"

"真的。"

"我饿了，我去下个面条。"

"去吧。"

"你不吃？"

"不吃。"

"真不吃？"

林冬推推他："你快去做吧，我不吃。"

"稀罕啊。"秦树阳走了出去。

没多久，他端着个盘子过来："媳妇？这就是那糊了的土豆丝？"

林冬坐起身："我忘记倒掉了。"

秦树阳坐到桌子前，拿着筷子吃了一口："倒了干什么，我得好好尝尝媳妇的手艺呢。"

"都糊了。"她伸手过去要抢过来。

秦树阳护在怀里："我就爱吃糊的。"

"别吃了，我尝了，太难吃了。"

“谁说的？”说着，他又吃了一大口，“特好吃。”

“那你热一热再吃也行呀。”

“没事。”

林冬坐在床边，见他大口大口地吃着，心里很难受。本来要给他送排骨的，多香多好的排骨啊，花了一下午做的，自己都没舍得吃，就那样没了。

她忽然抱住秦树阳。

“怎么了媳妇？”他顿住，偏头看她。

“没事，想抱抱你。”

“一个人无聊？”

“有点儿。”

“怎么不去街舞社？”

“不想去。”

“都怪我，每天回来得那么晚，不能好好陪你。”

林冬抱着他不动弹，声音小小道：“秦树，我有点儿想哭。”

“怎么了？”他赶紧放下筷子，“想家了？”

“不是，就是想哭，可我哭不出来。”

秦树阳正过身搂住她的腰，什么都没说。

“我好像都没有哭过。”林冬说。

“哭什么，笑。”他轻抚她的后脑勺，“笑一个。”

林冬没表情，无精打采地耷拉着眼皮。

“笑一个。”秦树阳歪脸看她，嬉皮笑脸地做起鬼脸。

林冬看他这个样子，没忍住笑了一下。

“哎，这就对了，笑多好看。”秦树阳转身，“我继续吃了。”

“嗯。”林冬默默地看他吃了一会儿，“那么难吃，你就不要勉强了，我再给你做。”

“不难吃，比我过去吃的任何一顿都好吃。”

她心里暗暗又叹了口气，我的萝卜炖排骨啊！周迪那个家伙，真是便宜他了。

可是当她看到秦树阳手上的茧，心里又软了下来，换回了他的十万块，这样的话，可以少送很多外卖，少干好多活儿。值了。

“你吃什么了？那么香？”秦树阳凑过去嗅嗅，“肉？萝卜？”

林冬推开他：“你快吃吧，吃完了睡觉。”

秦树阳不听，坏笑着要亲她：“那么急。”

林冬按远他的脸：“只睡觉，我好累。”

“好吧，那你去洗洗赶紧睡，一会儿我小点儿声，不会吵到你。”

“嗯。”

第二天，秦树阳早早地起床给林冬熬药喝。她喝完后，他立马往她嘴里塞了块蜜饯："还苦吗？"

她摇头。

"再吃一块。"他又递过去一块。

林冬用手接过来，吐出嘴里的枣核："我今天要回家里一趟。"

"老宅子？"

"嗯。"

"怎么过去？"

"打车。"

"挺不安全的，那么远，你一个人？"

"没关系。"

"要不……你让你小舅舅和你一起？"

"不要，不想和他说话。"

"我请假送你。"

"不用，没事的，你放心吧。"

"那你上车后把车牌号发我。"

"好。"

"我晚上能见到你吗？"

"不知道。"

"舍不得。"

"才一晚上。"

"一分钟都舍不得，"秦树阳抱住她蹭了蹭，"我晚上下班去找你吧。"

"可是都那么晚了。"

"没事，去见媳妇，那点儿路程算什么。"

"好。"

他亲她脸颊一口："那晚上等我。"

"嗯。"

林冬回到老宅，没想到何信君也在。她不想理何信君，何信君一路跟在她身后："还在生气？"

林冬不回答。

"跟我较什么劲儿，"何信君递给她两本《乌龙院》，"你喜欢的。"

林冬瞄了一眼。

"那天是我太偏激，做事欠考虑，我的不对。"何信君揽住她的肩，"找个机会我会跟他道歉，行了吧。"

林冬这才接过漫画书："你以后别那样了。"

"好好好，听你的。"

320

"你不是订机票了，怎么还不走？"

"我等你一起走。三天后？不能再拖了。"

"行吧。"林冬突然有些落寞，"那你今晚在这儿住吗？"

"怎么了？"

"秦树晚上过来。"

何信君摊手："当我不存在。"

林冬翻开书开始看。

晚上两个人一起吃饭，谁也不说话，直到吃完离开。

何信君淡定地切牛排，无意看到桌边她的手机。这孩子，丢三落四的。

晚上十一点多，林冬敲他的门："小舅舅。"

何信君很快开门。

林冬问："你看见我的手机了吗？"

"没有。怎么，又找不到了？"

"不知道放哪里去了。"

"回去好好找找。"

"嗯。"

"对了，你不是说他要来？"

"可能在路上，可能有事情在忙。"

"我借手机给你打电话？"何信君挑起眉。

"我不记得他号码。算了，我再去找找。"林冬转身走了。

深更半夜，何信君端着酒杯站在窗前，看湖里破碎的月亮。

很久很久，他把手伸进口袋里，拿出林冬的手机来。没有屏锁，直接打开了。有两通未接电话，晚上九点多钟的时候，来电显示——秦树。

何信君盯着这两个字，冷笑了一声，抬起手，把它扔了出去。

一道优美的弧度划过，手机"扑通"一声落进湖里，湖面上月亮碎得更惨烈。

他又将手插回口袋里，微晃酒杯，不屑地弯起嘴角。

年轻人。

今天傍晚的时候，周迪拎着一个包吊儿郎当地走进秦树阳家门。他到处张望，满脸嫌弃。

旺财不停地盯着周迪叫。周迪呵斥它："再叫吃了你，蠢样儿，跟你主人一德行。"

老四听到动静，出门看看，一见是周迪，脸立马耷拉下来："你来干什么？"

周迪笑着看他："哟，老四啊，在家干什么呢？"

"你又来干吗？"

"怎么，我不能来看望看望你们？"周迪进屋坐到桌子上，环顾四周，"你们这儿也真够寒酸的。"

老四半句话也不想跟他说。

"许天，你那好兄弟呢？"

"没在。"

"还没下班？"周迪拍了拍大腿，"哎呀，真够拼的啊。"

"你赶紧走，还想被揍？"

"你别说，我还真皮痒得难受。"周迪戳了戳心口，"这儿难受，有口气出不来，闷啊！"

"有毛病。"

"嗬，我找他是真有事。"周迪把提包放到身后，"我就在这儿等着他。"

老四进屋了："爱等就等吧。"

周迪坐在椅子上靠墙睡着了。

秦树阳一回来，老四就冲出去把他拦在门口："哥，你千万要冷静！"

"什么冷静？说什么呢？"

"周迪在里头。"

秦树阳愣了一下："他来干什么？"

"不知道，说是找你有事。"

"他能有什么事？"说着，秦树阳就要往里走。

老四拖住他的车："哥，这回你可千万得冷静，别再闹什么事啊。"

"放心，有数。"秦树阳一进屋就见周迪仰着脸沉睡，他一脚踹过去，"干吗呢？"

周迪身子猛地一抖，醒了，抹了把脸怨他："你这一惊一乍的，要吓死我。"

"有屁快放，没事滚蛋。"

"啧，"周迪站起来，"你看你凶什么。"

秦树阳懒得理他，这会儿回来换件衣服准备去见媳妇，没工夫跟他在这儿瞎掰扯。他支好车往屋里走，周迪跟了进去，在他房里到处瞄。

秦树阳脱下外套，从衣柜里拿衣服换，他心情好，不想跟周迪计较，权当他不存在。

周迪看着墙上的建筑图："你这手艺，画得可以啊。树，你别说，那么多哥们儿，我还真就最服你。怎么着？大建筑师，日后发迹了别忘了小弟啊。"

"你要没事赶紧滚，别在这儿废话。"

"有事，"周迪把门给带上，"有事，大事。"他把包放在桌上，"你的十万块。"

秦树阳睨他一眼，没说话。

"不信？"周迪打开包掀开给秦树阳看一眼，"刚取的。"

"你撞坏脑子了？"秦树阳回头，开始换衣服，"抽哪门子风？"

"看你说的，还你钱还不高兴了。"

秦树阳散漫地笑一声："假钞？"

"啧，哥们儿是那种人吗？"周迪背手走到墙边，意味深长地长叹口气，扯下墙上一张建筑图抖了抖，一本正经地欣赏着，"昨儿个哥们儿差点儿去局子喝茶。"

秦树阳坐到床上脱鞋，不搭理他。

"你猜为了什么？"周迪阴险地笑了一声，"强奸。"他见秦树阳没反应，继续说，"大晚上的，一个姑娘家急吼吼地去给她男人送吃的，排骨汤，啧啧，特别香。你说她怎么胆子这么大？一个人钻黑咕隆咚的巷子，不怕鬼，也不怕人啊。不过你别说，那妹子真够劲儿，爽。"他转身弯着嘴角看秦树阳，"你再猜，我现在怎么一点事儿也没有？"

秦树阳不说话，隐约总觉得哪里不对。

"这妹子不告我了，不过有个条件。后来啊我答应了，她就不追究了。"

秦树阳停下动作，抬眼看他。

"她让我把这十万块还给你，还让我瞒着你这事，让我对你说后悔当初讹你钱，你说她傻不傻？"周迪冷笑到浑身都在抖，看上去格外瘆人，"树，你媳妇怎么就对你那么死心塌地，你说……"

未待他说完，秦树阳直接扑了过来，握住他的脖子把人按在墙上："你说什么？"

周迪任秦树阳压着，一副挑衅的模样，嘴巴凑近他耳边："茉莉味的，真香。"

秦树阳双眼通红，掐住他的两只手颤抖着。

周迪还在笑："好不容易得来个宝贝媳妇，怎么就不知道看紧点儿，连人带汤，都便宜我这儿。"

一拳下去，周迪脑袋发昏，眼神发飘，整个世界都在晃。他听不清秦树阳说什么，就感觉浑身都在疼，快散架了。

老四听到动静，直接踹门进来，一进门就看到周迪被秦树阳按在地上。他快急死了，赶紧上去拉架："我的哥啊，你又犯浑，别打了！"老四刚碰到秦树阳，就被秦树阳一搡，人直接撞到墙上，疼到他感觉骨头都断了。

哥疯了，哥疯了！

他赶紧打电话给胡见兵，巧的是胡见兵正往家走。一听老四电话里急得像天塌了似的，胡见兵拔腿赶紧往家里跑，一进门见秦树阳的疯癫模样，一声吼："撒手！别打了！"他力气大，把秦树阳拽了过来。

周迪被揍得人不像人，脸上还在发着硌硬人的笑容："茉莉味！十万块搞一次！值！"

"你们俩放开！"秦树阳瞪着眼看周迪，声嘶力竭，"找死！"

胡见兵和老四拼了命地抱着他，往别屋里拉。

"放开！"秦树阳拳打脚踢的，面目狰狞，"放开！

"我杀了他！

"我杀了他！"

胡见兵脾气火暴，直接给了他一拳："闹够了没！几岁了！杀什么杀！"

"我杀了他！"

他们俩直接把秦树阳手脚给捆了，撂在床上。

"许天！你给我松开。

"胡见兵！

"松开！"

老四被秦树阳盯得心里发毛，说话不利索："哥……你……你还是冷静会儿……我先出去了。"他赶紧出门，把门关上。

"回来！

"老四！

"……"

老四背贴门，抚着胸口一阵唏嘘，这要是放出来，真得闹出人命。

"胡子哥，咋办？"

"能咋办，关他会儿再说。"胡见兵叉着腰，一身汗，"怎么那么大劲儿，拧死我了。"

老四揉揉胳膊："你要不在怕是真得出人命。"

"怎么回事，打成这样？"

"不知道啊，周迪来找他说是有事，两人在房里说话，没一会儿就打了起来。"

胡见兵气狠狠道："肯定是姓周的找事，敢欺负我兄弟，上回讹钱我不在，这账还没找他算，倒是自己送上门了，我早看他不顺眼了。"他气势汹汹地往秦树阳房里走，里头已经没人了，"人呢？"

老四往里张望一眼："跑了？肯定是刚才捆哥的时候跑的。真经打，都那样了还能溜。"

屋里那位还在闹，也不知道在撞什么，咚咚作响。

老四长叹一声："胡子哥，我感觉我家产不保。"

"你有个屁家产！"胡见兵一脸忧愁，"头一回见老二这德行，什么事把他气成这样？不行，你在这儿看着点儿，我出去看看。"

周迪左摇右晃地往外跑，手里紧攥那十万块，血顺着脖子往下流，精神有些恍惚。

　　冷风里，他一阵又一阵冷笑："气死你。"

　　他跑到大路上，眼前一黑，人晕了过去。

　　老四在门口守了半宿，听里头没动静，悄悄开门一看。秦树阳被捆着躺在地上，平静许多。

　　老四凑过去看他，见他睁着眼，模样骇人。老四又怕又心疼："哥，你这不会半宿没合眼？到底出啥事了？他说啥把你气成这样。"

　　秦树阳目光定着，一动不动。

　　老四挥挥手："哥。"

　　"许天。"秦树阳突然看向他，声音嘶哑，喉咙磨破了似的，听得人一身鸡皮疙瘩，"给我松开。"

　　"哥，我不敢。"老四愁眉苦脸。

　　"帮我松开。"

　　"不行，松了胡子哥得打死我。"

　　"我再说一遍，松开。"

　　"你就别为难我了。还有，那周迪已经跑了。"

　　秦树阳闭了闭眼，紧咬牙关，恨不得把那姓周的给撕碎了。他冷静道："我没事，已经不生气了，你给我松了，我半边身子麻了。"

　　老四犹豫着："那哥你可别再闹了，回头再赔十万，你哪有那么多钱！你不想过正常日子？你想想，你妈还在等你回家呢！还有你媳妇，你不想还完债娶她了？"

　　秦树阳不说话，心如刀绞。

　　"你还想再欠一屁股债？"老四长吁短叹，无可奈何，伸头看一眼秦树阳被绑在后头的双手。绳子浸满了血，两只手腕紧绑着，被绳子磨得血肉模糊。

　　"哥，"老四紧蹙眉头，"你瞎挣脱什么？你看你那手，不想要了？"

　　"老四，你给我松开。"秦树阳双目布满血丝，嘴唇微颤，看着叫人难过。

　　"那你别闹了，哥，咱说好了，冷静。"

　　"嗯。"

　　老四去拿了把剪刀。绳子太粗，又是死结，剪了好几下才剪开。

　　手腕一松，秦树阳连爬带滚一头撞开他，冲了出去。

　　老四被撞得胸口疼："哥！哥！回来！

　　"站住！

"秦树阳！"

周迪不知道躲哪儿去了，胡见兵没找到人。秦树阳也找他一夜未果，第二天班也不上了，把这附近翻了个底朝天。

秦树阳一身泥，衣服上沾了许多血，有周迪的，有自己的，像个疯子一样乱窜，路人见了都离得远远的。

林冬还是没找到手机，她一大早在阁楼练舞，何信君做好早餐叫她。

吃饭时，林冬与他说："让老周开车过来接我们吧。"

"待烦了？"

"都准备走了，我得去见秦树。"

"他不是要来找你？万一你走了他再来，不是错过了。可能有什么事耽搁了，再等等。"何信君夹了个荷包蛋给她，"多吃点儿。"

"好吧。"

等到第二天夜里，秦树阳还是没有来，林冬坐在床上看漫画，看了眼钟点，十一点半了。

他该不会是忘了吧？

何信君的房间黑了灯，他的作息时间规律，已经睡下了。林冬站在门口没有敲门，回房间继续看漫画。

翌日清晨，林冬又去找何信君，他正在厨房做早餐，身形颀长，着白色毛衣和休闲裤，看上去随和而阳光，少了许多平时的严肃。

林冬站到门口。

"跳完了？今天那么快？"何信君对她微笑，"饿了？"

"我要回城里了，你让老周现在过来吧。"

"那么急？"他边煮着奶，边看了林冬一眼，"手机在我卧室桌上，你自己去打吧。"

林冬一声不吭，直接掉头走了。

何信君关了火，看着热腾腾的牛奶，轻笑一声。

那边，林冬拨通电话，老周上来便叫一声"何先生"。她说："老周，我是林冬。"

"噢，林小姐，您好，有什么事吗？"

"你方便过来接我一下吗？"

"不好意思啊小姐，我女儿生病住院，我在陪她，家里没人照看，现在我实在走不开。"

林冬沉默。

"小姐您别生气，那我看看能不能抽出点儿空过去一趟。"

"我没有生气。那算了，你还是照顾孩子吧。"

326

"谢谢体谅。"

"没关系，不过麻烦你帮我找一辆车过来。"

"这……"

"怎么了？"

"呃……"老周吞吞吐吐，"要不这样吧，今天晚上我过去接您，孩子我托亲戚照顾一下。"

林冬想了想，白天秦树阳忙，反正也见不到，晚上过去的话正好赶上与他见面，便答应下："也行。"

"好的，还有别的事吗小姐？"

"没事了，你忙吧。"

电话挂断了，林冬放下何信君的手机，回自己屋里。

手机丢了这么久，也不知道秦树阳有没有找自己。

林冬晚上九点半到的东闲里，秦树阳家门紧锁，透过门缝看，黑灯瞎火，没人在。倒是楼上亮亮家有一屋着灯，但他们一家人休息得早，林冬也不好意思去打扰人家帮自己开门，就独自站在门口等，等到了十点，等到十一点……怎么还没回来。

她想去秦树阳干活儿的那家店找他，又不太敢一个人乱跑，站得也有些累了，便去隔壁自己的出租房里歇着，等到十二点又过来看一眼，还是没人回来。

真奇怪，人都上哪儿去了？

林冬回去洗洗睡了，夜里一点多突然惊醒，披了件衣服下楼，还没走下楼梯又折了回来。

她想：就算他回来了，天色已晚，还是不去打扰，让他好好休息吧。

强子回老家了，胡见兵和老四不知道干什么去了，一宿没回来。秦树阳中午回了趟院子，整个人邋里邋遢的，跟个流浪汉似的。他两天没吃东西，人憔悴不少，胡子拉碴的，看着怪吓人。

他蓬头垢面地站在门口，掏出钥匙准备开门，头晕目眩，钥匙对不准孔，手一抖，落在地上，"刺啦"一声。他愣了几秒，一拳砸在门上，手在发抖。

两天了，林冬没有联系他，他也没有联系她，不知道怎么开口，不知道怎么去面对。一想到她，他这心里就刀钻般疼。

秦树阳浑身无力，瘫下去跪坐在地上，头抵着门，双目无神，死灰一般。

"秦树。"

那一刻，他又活了过来。

"秦树。"

他转过身，仰脸看林冬，眸光闪动，想要流泪。

"你干什么去了？怎么一身血？"林冬震惊地看着他，她蹲下来，手轻触他额头上的瘀青，"你又打架了？"

秦树阳微张着干裂的嘴唇，如鲠在喉，努力保持平静，心里早已经翻江倒海。

"你的手腕，"林冬皱眉看着结痂的伤口，怕弄疼他，不敢碰，"怎么弄成这个样子？"

秦树阳目不转睛地看着她。

林冬拉住他的手："跟我去医院包扎。"

秦树阳抽出手，声音低哑，快发不出声了："小伤。"

"你的嗓子怎么了？"

"没事，吃辣的吃多了。"

林冬半信半疑地看着他，冷静道："秦树，出什么事了？"

"没事。"他累得快睁不开眼了，有些精神恍惚，"没事的。"

"我不信。"

秦树阳抓住她的手，握得紧紧的，放在胸口，声音哑到她听不清楚："你去哪里了？"

"什么？"

"你去哪里了？"

"我在家等你，你一直没来，我手机又丢了。"

他低头吻了吻她的手，干翘皮的嘴巴磨得她手痒："对不起。"

"你是去打架把我忘了吧？"

难以启齿，害怕说错话，害怕说多话，害怕再次伤到她。他闷声道："我自己摔了。"

"你又骗我，你每次都说这个理由。"

秦树阳心揪着疼，僵硬地对着她笑，装作什么也不知道的样子："又被你拆穿了，我在工地上，和同事闹了点儿不愉快，已经没事了，你别担心。"

"你以后别打架了。"林冬凑近他的脸，身上香香的，"再打架破了相我就不要你了。"

茉莉味。

茉莉味的。

他强忍住愤怒与悲痛，极度控制着自己的情绪，声音轻微颤抖："我不打架了。"

林冬一脸认真地看着他："秦树，我要和你说一件事。"

他心里骤然一紧，突然搂住她："别说。"

沉默。

"秦树。"

他更紧地搂住她："什么都别说。"

　　林冬也抱住他："秦树，我下午要回伦敦了。"

　　秦树阳一怔，心里顿时空了，耳朵里一阵莫名的电流声，随着远处的车鸣渐渐消失，世界也跟着安静了。

　　"下午三点多的飞机。"

　　秦树阳缓缓松开怀里的人："什么？"

　　"我快演出了，"林冬拉住他的衣角，满脸落寞，"我要回去好好准备演出。"

　　他没有说话。

　　"本来前几天要跟你说的，可是一直没见到。还有几个小时。"林冬看他的眼神，有些愧疚，"对不起，这么快又要走。不然我推迟回去好了，再陪你几天。"

　　"没事，你走吧，不用管我。"秦树阳低下脸，心情很复杂。

　　"真的吗？"

　　"真的。"

　　林冬又拥住他："没有提前跟你商量，你不会生气吧？"

　　"没事。"

　　"不过我很快就回来了。"

　　"好。"

　　"一个月，等演出完，我立马回来找你。"

　　"好。"

　　"一个月很快的。"

　　"好。"

　　他搂着她，渐渐沉静下来，合了双眼，轻声问："吃午饭了吗？"

　　"没有。"

　　"那我去给你做饭。"他累得快睁不开眼了，轻轻推开林冬站了起来，腿一软，整个人撞到门上。

　　林冬赶紧扶住他："怎么了？"

　　"蹲久了，腿麻。"

　　"那你去歇歇，我也不饿。"

　　"没事。"秦树阳拿出钥匙开门，领她进院子，"你坐这儿等等吧，我屋里有点儿乱。"

　　"我和你一起收拾。"

　　"不用，"他疲惫地看着她，"不用，你坐这儿就行。"

　　"噢。"

　　秦树阳推门进房间，看着眼前的一切干杵了几秒。那天打得太猛，砸了不少东西，地上还有一摊血。他刚要出门拿拖把，林冬站在门口。

他退后两步，挡住那血。

林冬震惊地看着这一片狼藉。

秦树阳慌忙解释："进老鼠了，我……我那天抓老鼠。"

她觉得他今天很不对劲。

"你别进来了。"

林冬仰视他："你杵在这儿干什么？"

"你出去等我吧，屋里乱。"他岿然不动。

林冬上前一步，突然把他拽到旁边，她看到了地上的血。

"老鼠血。"

林冬看向秦树阳，他目光闪躲。

"秦树，你太不会撒谎了。"她顿了一下，"是不是谁跟你说什么了？"

"没有。"

"是不是周迪？"

"不是，没什么事，就是老鼠。"他不想提那件事，自己不想提，不想让她提，嗓子疼说不明白话，用力地清了清，奋力解释，"就是打了只老鼠。"

林冬低下目光："周迪跟你说了。"

秦树阳忽然抱住她，说："没关系的，又不怪你，我们不提那个，都过去了。"

"他把钱还给你了吗？"

秦树阳咬了咬牙："说了不提这个。"

"他没给？"

他沉默。

"你是和他打架了？"

"别提了行吗？"秦树阳猛地松开她。

林冬没站稳，身子晃了一下。

"对不起。"他扶着脑袋，转身对墙。

"秦树。"

"你觉得在我心里你就只值那十万块吗？"

她不言语。

"你觉得在我心里，钱比你还重要？"

"秦树，我只是……"

"别说了。"他头抵着墙，"求你别说了。"

"我不说了。"

秦树阳冷静了一会儿，转身与她擦肩而过："我去给你做饭。"

林冬一个人站着。

怎么办？他又生气了。

不久，秦树阳给林冬端来一碗面："家里没菜了，将就吃吧。"

　　"你不吃吗？"林冬问。

　　"我不饿。"

　　林冬看着这面，也没什么胃口，却还是坐下来硬撑着吃完。她自己去把碗给刷了，就去他房里找他。

　　秦树阳坐在椅子里，像座快要倒塌的山。

　　"秦树。"

　　他回过头看她一眼："吃完了？"

　　"嗯。"

　　良久，她说："那……我走了。"

　　沉默。

　　"你保重身体，工作别太辛苦，早点睡觉，好好吃饭。"

　　沉默。

　　"等我回来，好吗？"

　　沉默。

　　林冬抓了抓门，一根木刺扎进肉里，手指猛地一缩："我走了。"

　　她远远地看他。

　　你不送送我吗？

　　秦树阳没一点反应。林冬转身走了出去，心里突然很难受。她停在门口，看着阴沉沉的世界，天寒得真快啊，冷风里夹着毛毛细雨，又下雨了。再回来，这里就是冬天了吧。

　　她走了出去，刚迈出铁门，秦树阳追了过来，从后头抱住了她："我等你回来。

　　"媳妇，我等你回来。"

第八章 ·

心病

　　林冬离开一周了，秦树阳表面看上去心情平复许多，心里却压着一团火，随时要爆发出来。酸菜鱼店生意不景气，他送外卖的兼职也不干了，最近晚上没什么事干，难受得他快要发疯。

　　老四最近勾搭上一个女孩儿，长得水灵，说话又甜又温柔。老四游戏也不打了，成天陪她聊天到深更半夜，看这情况多半是要成了。

　　胡见兵前两天搬了出去，他和露姐订婚了，两人看了好久的房子终于下狠心给买了，不大，八十平方米，足够小两口敞亮生活。

　　强子昨天晚上才从老家回来，没人再提打架的事，他也不清楚就这么短短几天，秦树阳怎么突然跟变了个人似的——脾气暴躁，一身戾气，动不动就摔东西，话少了，人也不笑了，成天耷拉个脸，都叫人不敢搭话。

　　工地上的活儿快结尾了，秦树阳最近回来得更早，想着找点儿别的事情做做。于是，他和老四在大学城附近的小吃街租了一个摊位，两人热火朝天地卖炒饭、炒饼、炒面。别看是小本生意，那可是相当挣钱，每天晚上能挣小一千，生意好时能挣到一千五。

　　周围好几所大学，来吃东西的基本都是大学生，听说新来了两个卖炒饭的帅哥，都稀奇地过来相相眼，有几个人还拍了照片传到网上，结果吸引来了更多的人。总之，他们的生意很红火，自然也很累。老四搁旁边打下手，端饭收钱，送送外卖。东西都是秦树阳在炒，他一个晚上下来几乎不带停，回家基本倒头就睡，夜里胳膊又酸又疼，第二天早早地再赶去工地上，拼老命似的赚钱。

　　林冬每天忙着练舞，双人舞、单人舞，除了吃饭睡觉几乎毫不停歇地跳。

　　演出时间快到了，他们两人一直没有联系，他忙，她也忙，一忙起来，日子过得特别快，一转眼二十天过去了。

　　那天晚上，秦树阳正卖力地炒着饭，动作格外潇洒，一会儿一份。老四挨个给送到同学跟前，见两个女生笑着偷看秦树阳，低头窃窃私语的，他凑过去，挑眉笑："帅吧。"

一个女同学害羞地点头。

另一个女同学说："你们俩在我们学校都火了。"

"没办法，谁让咱哥俩颜值高！"

"你们这是副业吧？"

"对。"

"那你俩白天干啥？"

"我修电脑的，他……他搞建筑。"

"你们是兄弟啊？"

"不是啊。"

"他看上去还挺高冷的，不好说话，有点儿凶凶的。"

"想女人想的。"老四嘿嘿地傻笑，"我哥有媳妇了，你们没戏。"

"那你呢？"

老四笑得更开心："我也快有了。"

"真的假的？"

"那还能有假，都准媳妇了。"

秦树阳一声吼："老四，过来端饭！"

"来啦！"他对两个小妹妹说，"慢慢吃啊，忙去了。"

"好，谢谢啊。"

老四见秦树阳忙得不可开交，凑跟前玩笑："要不我给你炒炒，你去和姑娘们拉拉呱？"

"拉个屁，端你的，我炒得快。"

"说着玩呢，我可不会。再说了，小嫂子回来不得劈死我。"

秦树阳手顿了下，皱着眉吩咐他："送外卖去。"

"得嘞。"老四端走盘子，回来拿好外卖就要走，"我说哥，咱要不雇个兼职的过来？"

"没钱。"

"你看你成天累的，一脸肾虚样，小心小嫂子回来不要你了。"

"你赶紧滚蛋，有这废话工夫都送一份了。"

"太累了！"老四唉声叹气。

"你累，我都没喊累，滚去送。"

"好好好。"老四骑着电动车走了，一路嘟囔，"凶凶凶，凶什么凶。"

秦树阳在锅里倒上油，配料放进锅，米饭倒进去，正要再炒一份，手机响了。他一手操着锅铲，一手摸出手机，也没看来电显示："喂。"

"小秦吧。"

"嗯。"

"我老李，找你有事，大事！"

秦树阳看了眼来电显示，是之前画设计稿那家工作室的头儿："什么事？"

"好事！"

"直接说，别拐弯抹角的。"

"噗，你急什么，忙啥呢？"那头的人顿了一下，"炒菜啊？"

"我挂了。"

"别别别，真有事。有空不，出来见一面。"

"没空。"

"没空也挤出空来，明天中午，来我工作室一趟。"

"又有活儿？"秦树阳翻炒着饭，单手磕开鸡蛋，倒进锅里，"这回给我加钱，之前的太少了。"

"这都是小事，现在是比画图更美的事，我这电话里一言难尽，总之你来了再说，保准叫你开心到哭。"

"狗屁。"

"狗什么屁，怎么说话的！你小子越来越不像话了。行了，不说了，明天一定来啊！带你挣大钱！"

那头电话挂了，秦树阳收起手机，握住锅柄，往上一抖，锅里的炒饭翻了个身。对面摊位卖吊炉烧饼的妇女盯着他，他皱眉没好气道："看什么呢？"

那女人挪开眼，不看他了。

秦树阳最后撒了点儿葱，翻炒两下，盛起来给人送过去："谁的火腿炒饭？"

没人理。

"谁的火腿炒饭？"

端着手机打游戏的姑娘吓得一抖，连忙招手："我的我的。"

他面无表情地将饭放到她面前，转头回去继续炒面。

姑娘一愣一愣地望着他，那么凶！不过，凶起来好帅……

老李一点也没夸张，真的是好事。之前秦树阳给工作室画图，有一份来自一家建筑公司设计师的单，那设计师自己懒得画图，花钱找了工作室代画应付差事，现在那张画稿被上头看上了，把设计师喊过去一问，答得是驴头不对马嘴，一问三不知，后来设计师承认是在外头买的设计。现在人家要见这图的设计师，先是找到老李，再通过他找到了秦树阳。

中午，老李和秦树阳见了面，准备带他过去人家公司，一看他这身打扮，说："不是我说，小秦，你这么大一帅小伙儿，怎么也不知道捯饬捯饬？你看你这凩样儿，灰头土脸的。"

"就这怂样儿，又不是靠脸吃饭。"

"我都觉得寒碜。"老李嫌弃地从头到脚打量他，"你这德行怎么出去勾搭妹子？"

"我有媳妇了，勾搭个屁。"

老李扬起手要打他："说话注意点儿！"

秦树阳不说话了。

"走，带你买身去。"说着，他就推着秦树阳往前走。

秦树阳不耐烦地甩开他："不去，没钱。"

"啧！"老李接着又拉他，"我给你报销，报销！"

"不去，老子就这德行，看不惯拉倒。"

老李这回一巴掌实在地落了下去："老子什么老子，做我儿子还差不多。几天没见脾气倒是长了不少。"

"废话什么，去不去了？请了假来的！不去走了。"

"走走走，走吧。"老李无奈了，在前头领路，"一会儿注意点儿，你又不是没听说过这家公司，在业界那是牛气哄哄的，你表现好没准就被留下了。"老李苦口婆心，"好好拍拍马屁，机会难得啊，你要是留下了，我这也算是勾搭上大公司了。"

"马屁你拍去，我不拍。"

"怎么回事？一股子火药味，谁招你惹你了？"老李用心良苦，"我是不忍看你小子才华被埋没，还能懂点儿事不？"

"那我谢谢你啊。"

老李叹了口气："行了行了，你一会儿机灵点儿就成，收收你那破脾气，别不知天高地厚的，人家看上你的设计，那是你走运！还不知道好好把握机会！"

秦树阳懒得说话。

那设计师叫裴吉，小孩儿一个，充其量二十岁。他就等在公司门口，见人来了，招招手，瞄着秦树阳，笑问老李："就他？"

"对，你那设计稿就是他画的，秦树阳。"

裴吉笑呵呵的，低声说道："图画得那么好，怎么人这挫样。"

"你有种再说一遍。"秦树阳听见了，冷冷地看着他，声音平静低沉，却气势十足。

老李尴尬地拉了拉秦树阳，悄声说："别闹，让你客气点儿！听话！"

秦树阳不理他，对着裴吉嗤笑一声："你牛，不是还得找人代画。"

老李简直郁闷了："祖宗，行了，你收敛点儿吧。"

裴吉拍了拍老李："哎，别，我还挺喜欢他这模样，够个性。"

老李无奈地笑着看裴吉："小年轻，不识好歹。"

"男人嘛，就该这样，我还就讨厌那种嘴上说一套心里又是一套的人。"

秦树阳压根儿一句话也不想说。

裴吉朝他勾勾手："哥们儿，走吧。"

三人进了公司。地方真是大，秦树阳心里暗笑这小伙子不识好歹，进了那么好的公司还不好好工作，找代画，不思进取的东西。

他们进了一间私人办公室，一个中年妇女坐在里头，她是这家公司的设计总监，短发，休闲西装，打扮得干练利索，见他们进来，站起来欢迎："来了。"

程芝笑着看秦树阳，伸出手："你好。"

秦树阳与她握手："你好。"

"坐吧。"

几个人坐到沙发上。

程芝吩咐助理倒几杯茶过来，她打量着秦树阳："我还以为会是个中年人，没想到是那么年轻的小伙子，再看看我这不成器的小儿子。"

裴吉白眼翻过去："你就别说我了，这么多人在，给点儿面子。"

"你还知道要面子的？当初怎么想起来做这醒龌事了？成天不务正业的。"

"我不务正业？"裴吉不服，"你怎么不说大哥！他那整天蹦蹦跳跳的！"

"人家那也算自己的事业，你呢！做一行要爱一行！行了，我不跟你扯了。"

老李听得尴尬，只好笑笑："原来是您公子啊。"

程芝微笑："小儿子，成天惹我生气。"

裴吉摆摆手："行了，我也不在这儿惹你嫌了，我找大哥玩去。"

"你走吧。"

裴吉朝秦树阳扬下下巴："哥们儿，下回见，找你喝酒。"说完，一脸笑意潇洒地走了。

老李目送裴吉，直至人出门。

程芝说："不好意思，让你们见笑了。"

"没事，多可爱。"老李说。

程芝看向秦树阳："小秦，我仔细看了你的设计图，构思很好，设计得很棒，细节方面还想和你再探讨一下。"

秦树阳点了下头。

"我儿子一把这图拿过来给我看，我就知道不是他画的，他呀，怕是买来了连看也没看，我就往里稍微问几句，这小子就坦白了。"程芝微笑，格外和蔼，"小秦，做这个几年了？"

336

"没几年。"

"之前在哪家公司？"

"没进过公司。"

"毕业几年了？"

"大学没读完，辍学。"

程芝点头："那我能问问你现在在做什么吗？"

"修理工，建房子，卖炒饭。"

"做那么多？"程芝抱臂靠着沙发，"就打算一直这样？"

"不用扯这些，直接进正题。"

老李踹他一脚，笑脸相迎："这小青年脾气冲，说话没脑子。他以前也不这样的，最近家里出了点儿事，心情不好，不好意思啊。"

秦树阳心里冷笑，真能编。不过老李说得对，他心情一直不好，明明在自己最想待的地方与同行人交谈，可就是开心不起来，反而还有些烦躁。

"没事，我倒喜欢直接的人，交谈反而不累。"程芝并未在意，"小秦，我这个人呢，挑人不看年纪，不看工龄，不在乎是不是名校，我们这一行，拿得出好作品最重要。我看了一些你的其他作品，说实话，我很欣赏你。"

他面无表情地注视着程芝。

"怎么样，有没有兴趣来我这儿工作？"

秦树阳没回答，老李又踢他："问你话呢！"

"听见了。"他一脸严肃，"月薪。"

老李恨铁不成钢，这情商是被狗吃了？怎么说话这么不经脑子，想钱想疯了吧？

程芝放下腿，笑着站了起来，朝办公桌走过去："放心吧，薪酬方面，一定会让你满意的。"

老李拍了下秦树阳的大腿，又竖起个大拇指。

"能多赚多少，那就得看你本事了。"程芝拿着图纸过来，将它递到秦树阳手中，"现在，可以工作了吗？"

秦树阳没有立刻辞职，他等工地上的活儿彻底结束才去公司上班。他到底还是准备去买两套新衣服，之前跟老李去公司权当是帮忙，无所谓穿着，可现在正式工作，起码的衣冠整洁是对别人的尊重。

秦树阳和老四今晚没出摊子，一起去逛商场，秦树阳按照之前的穿搭风格简单搭配两套，连试也不想试就要去付钱。

老四拦住他："别啊哥，试试看啊。知道你身材好穿啥都好看，好不容易出来玩一趟，你说你急啥？去试试啊。"

"不试。"

老四简直无语了："叫你去试个衣服，又不是叫你当场脱，怎么扭扭捏捏的！"

　　"你再说。"

　　"行，不说了。"

　　秦树阳拿上衣服就付钱去了。

　　出了商场，老四别扭地跟在秦树阳身后，一脸不愿意，絮絮叨叨暗自吐槽秦树阳。

　　快到路边，他突然叫住秦树阳："哥，我们下馆子去！吃点儿好的，日料。"

　　"钱多烧的。"秦树阳自顾自往前走，"不去。"

　　"嘿，看你说的，这不是要升官发财了嘛，不好好撮一顿？"老四跳过去搂住他的肩膀，"都要登上人生巅峰迎娶白富美了，一顿好吃的怎么了。"

　　"走开，别挨我。"

　　老四撒开手："咱现在赚得够多了，你还指望咋样？我请客，我请客行吧。"

　　"不去。"

　　"哎，拿你没办法。哥，我真心劝你一句啊，债要还，生活也要有，成天跟个守财奴似的，亏小嫂子看得上你。"

　　秦树阳表情微妙："吵死了，回去炒面给你吃。"

　　"又是炒面！我不吃。"老四赶紧岔开话题，"小嫂子啥时候回来？"

　　秦树阳皱起眉，又烦躁起来："不知道。"

　　"你俩吵架了？一天到晚也不见打电话啥的？"

　　"没。"

　　"那她……"

　　"你能闭上你的嘴吗？再叽叽歪歪我给你缝了。"他推开老四，一人快步往前走。

　　老四白他一眼，自言自语："成天凶，等小嫂子回来看你还凶不凶得起来。"

　　两人回到家，秦树阳简单炒了个饭，凑合填饱肚子。晚些，老四回屋陪女孩儿聊天，秦树阳又把自己闷在房里，一点动静也没有。

　　他坐在桌前发愣，不知道自己要干什么，速写本也好久没动了，一点儿画画的心思也没有。

　　他从抽屉里摸出烟点上，靠着椅背默默地吐烟。最近他抽烟很猛，一天下去一包，烟灰缸堆满了烟头，屋里弥漫着浓浓的烟味。

　　坐着抽了一会儿，他把烟灰倒了，烟头摁灭，又点上一根。

338

以后不用早起了，九点才上班，可是秦树阳之前早起惯了有些适应不了。他昨晚近两点才睡着，早上不到七点就醒了。最近好像一直是这样，晚上睡不着，早上睡不着，人没精打采的，颓废了许多。

他去做早饭，顺带把老四和强子的也做了，慢悠悠吃完后也才不到七点半，他又把中午饭做了放饭盒打包带上，穿戴好准备出门。

老四听到声音，裹着被子开门冒出头来："呀，哥，你要上班去啦？"

"嗯。"

"这身可以啊哥，有型，快赶上模特了！"

"起来上班去，饭给你们做了。"

老四含情地望着他："哇，哥，你又温柔了。"

"滚吧。"

老四撇嘴："不经夸啊。"

秦树阳没理他，准备推摩托车。

"哥，你骑着这玩意儿去上班？"

秦树阳默认。

"哥啊，你可别去丢人了，这破摩托你也不怕别人笑。"

秦树阳冷眼瞧他。

"呃，我认真的，这不合适，也太那啥了。"

"那我跑过去？还是走过去？"

"也不是啊，你去搭公交车啊，三站路，我都给你看好了。"

"没钱。"

"你得了吧，几块钱的事，你这一天工资得多少？再加晚上我们的小摊，你算算吧！就别抠这几块钱了。"

"行了，你睡你的，我走了。"说着，秦树阳还是推着摩托车出了门。

这铁公鸡啊！老四摇摇头，裹着被子回到床上继续寐会儿。

高楼林立，秦树阳仰望身前的高楼大厦，想起当初刚刚辍学，找工作不断碰壁，没有公司愿意要他，他的作品人家连看也不看一眼。现在，算是时来运转吗？

他低下头，冷笑一声，什么狗屁时来运转。

他又想起林冬了。

他掏出手机，看着她的号码，手指摸了摸那熟悉的两个字。她说她手机丢了，走的时候连自己的号码也忘了记下，到现在是音信全无，人就像一阵风一般消失了。

他皱起眉头，好想她，好想她啊。

已经一个月了，她说会回来，一定会回来的。

秦树阳收起手机，理了理衣服，提步上前……

伦敦之夜，演奏厅坐满了人，Leslie 带的团在舞台上表演，已经过去十多分钟，还有十几分钟才结束。

　　林冬坐在舞伴身边，她最近胃口不太好，再加上训练强度大，人清瘦了不少。

　　她正对着镜子发呆，男舞伴问她："在想男朋友？"

　　"嗯。"她大方地承认。

　　"他没有来看你演出吗？"

　　"他在中国，他很忙。"

　　"是吗？那真是可惜，他真该来看一看。"

　　"以后会有机会。"

　　"你紧张吗？"

　　林冬摇摇头。

　　"是啊，这种演出你经历得多了。"

　　林冬笑了笑："不用担心，我们配合得那么好了，就当作平常练习，不会有问题。"

　　"好。"

　　该他们上场了，简短的双人芭蕾，动作熟练优美，紧跟音乐节奏，轻快优雅。

　　何信君坐在下面，一直望着林冬。

　　她穿着白色芭蕾舞裙，白色的袜子包裹着细长的腿，动作灵活敏捷，尤其是那对足尖，十分诱惑人。

　　他弯起嘴角，深邃的双眸含情脉脉，双手交叉，分外舒畅。

　　我的小冬啊，还是一如既往地迷人。

　　双人舞结束，林冬在更衣室换衣服，突然有些想吐，她找到垃圾桶，呕了几下，什么也没吐出来，胃隐隐觉得不舒服。

　　服装老师问："Lin，你怎么了？没事吧？"

　　"没事。"林冬抚了抚胃，坐到镜子前让化妆师给自己戴头饰，准备下场单人舞。

　　雾气弥漫，林冬蜷缩在舞台中央，冷蓝色灯光照在她的身上，有种仙境般的梦幻感。

　　从前跳舞，总觉得少了些什么。妈妈曾经说过一次，她的情感过于匮乏，动作虽然无可挑剔，却总给人冷冰冰的感觉。可是任凭她再艰苦训练，也改变不了这一点。

　　可是现在有一个人，他的名字和他这个人一样，很温暖，很可靠。

　　林冬脑海中突然浮现出秦树阳的样子来，她闭上双眼，甜蜜地笑了起来。

他把我这只冰冷的小鸟从寒冷的密林中带了出来，带到了阳光下，带进了一个炽热的、疯狂的世界，渐渐教会我什么叫爱，什么叫付出。

让我的心逐渐变得有温度起来，让我活得更像一个活生生的人。

我喜欢他。

很喜欢，很喜欢。

即使那片阳光可能刺眼，那个世界可能充满艰难。可我宁愿陪他披荆斩棘，也再不想回到过去那冰冷的世界里。

帘幕缓缓拉开，她睁开眼。

看，连舞台都变得温情起来。

她轻盈地立起来，柔软的身体舞动着，像白云，像清风，像一只优雅的精灵。

何信君眸光闪动。见惯了她的舞姿，诱人的、灵动的、高贵的……却是第一次见到如此温情的。

他轻轻蜷起手指，突然有一种自私的欲望——想把她藏起来，不让任何人看到，不让任何人抢走。

一个工作人员急匆匆来在葛成君旁边："Leslie，怎么回事？怎么和排练时候跳的不一样？"

葛成君伸手，示意来人不要说话。她目不转睛地看着林冬，舞台上的林冬动作随意而自由，节奏很好，有缓有急，有柔有刚，爆发力也很强。

这孩子向来反应灵敏，身体灵活，也很有力气，技巧上可谓完美，可就是少了一种东西在里头，这种道不明的东西，是连她自己都欠缺的。可在今天，她终于看到了。

葛成君笑着捂住嘴巴，眼眶居然湿润起来。她看懂了林冬在表现什么……禁闭、拘束、痛苦、孤独、自由、炙热。

还有生命。

葛成君突然想起妹妹的话来，想起这十几年来对这个孩子所有严厉的要求与训责。或许她们是对的，错的一直是自己。

演出结束，掌声不绝。

林冬走向后台，看到葛成君动容地看着自己。

"Leslie，"林冬愣了愣，"Leslie 你怎么了？"

葛成君失态了，背过身去。

"你生气了吗？我没跳之前的。"林冬担心地问。

"没有。"葛成君整理好情绪，保持微笑转身，"我没有生气。"

林冬紧张地看着她："那……Leslie，我跳得怎么样？"

葛成君看着她认真又害怕的小脸，想起这孩子初学舞蹈时的样子，无数次脚尖出血、受伤、被训责，她从来没有哭过，没有过一声呐喊，永远是强忍疼痛，咽下所有的委屈，永远是一副冷静坚强的样子。

葛成君突然上前拥抱住她："很棒，小冬，很棒。"

林冬欣慰地笑了，和大姨的上一次拥抱还是她十三岁第一次演出的时候，而且这是大姨第一次对自己连说两个很棒。她松了口气，一直压在心里的石头终于落下了："谢谢你，Leslie。"

葛成君松开她，笑着摸她的头发："孩子，你比我跳得好。"

林冬不敢说话。

"别紧张，也别这么怕我。一直以来对你那么严厉，把我的想法强加到你身上，确实有些过分了，你走的这些日子我想了很多，是我不好，是我没有站在你的角度思考。小冬，姨妈很对不起你。"

"没有，没有的。"林冬被她这一番言语说愣了，不知道该回答什么。只是很奇怪：Leslie 今天怎么了，变了个人似的？

葛成君拉住她的手："聚会完，一起回家吧。"

"Leslie，"林冬颤颤地看她，"我想再回中国一阵子。"

"又去？"

"我喜欢上一个男人，我想去找他。"

葛成君沉默。

"可以吗？"

"你妈妈和我提过。"葛成君摸了摸她的脸，"既然是你的选择，这次我不干涉你，去吧。"

林冬笑了起来："谢谢你。"

林冬连聚会也不想参加了，直奔机场。

何信君跟了上来："小冬。"

她停下。

"你还要回去？"

"当然。"林冬直视他的双眸，"你要拦着我吗？"

"我拦得住你吗？"

"不能。"

看着她一脸决绝的模样，何信君苦笑了一声。

"那我走了。"

何信君没有说话。

突然——

"小冬！"

他俩同时闻声望去，就见葛西君步伐潇洒地走了过来："闺女，等等我啊！"

秦树阳和老四忙得不可开交。

天真冷啊，各个摊位搭起绿色大棚，里头坐满了人。

一个清瘦的女子穿着长大衣，包裹住整个身子，头上戴着宽大的大衣帽子，外人看不到她的脸庞。她坐到棚子里，看着周围的男男女女，真热闹。

老四送饭过来给客人："来，你的木须肉炒饭。"

"谢谢。"

"不客气，慢用啊。"老四掉头就要出去。

突然，身侧传来声音："老板，我要一份火腿炒面。"

老四怔了一下，这声音怎么听着那么耳熟呢？他转身看过去，顿时见了鬼似的："小嫂子！"

林冬做了个嘘的手势，示意他不要声张。老四激动地随手拿个小马扎坐到她旁边："小嫂子，你啥时候回来的？"

"今天。"

"我的妈呀！"老四拍了下自己的嘴，"我的天啊！要不要那么劲爆！你回来哥还不知道？"

"嗯。"

"那一会儿是不是有大戏看了！"老四一脸兴奋，"我激动了。"

林冬对他笑了笑："看样子你们两个生意不错。"

"那是，赚大发了。"老四抠抠后脑勺，格外得意地笑，"而且哥最近出息了，进公司上班了！"

"不去工地了？"

"不去了，人家现在可是要干大事挣大钱的人了！建筑设计师！大公司呢！据说那总监可看好他了！唉，苦了那么久可算熬出头了！"

"这样的话是不是没那么忙了？"

"以前那是体力活，现在是动脑子，没得比啊。不过我想现在也不容易吧，看哥每天都熬夜，具体我也不清楚。但是哥牛啊，对他来说应该很简单。"

林冬笑了笑。

"你咋不告诉他你回来了？哈哈，我知道了，你是想给他个惊喜。"

"那我该做什么让他惊喜呢？"

"这……你往他面前一站，那就是最大的惊喜了，什么都不用做。"

"噢。"

"要想特别点儿，呃，我想想……哎，对了，哥的生日是不是快到了，对！就是大大大后天。"

"那太久了。"

老四奸笑起来："也是，你俩这分开一个月了，还不得干柴烈火，哪能等得了那么多天。"

　　林冬似乎没太听懂他话里的内涵："我饿了，先吃饭。"

　　"行，你稍等一会儿啊。"

　　"别告诉他是我要的。"

　　"我懂。"老四朝她挑眉，乐呵呵地站了起来。

　　"谢谢。"

　　"跟我客气啥。等会儿啊，马上来。"

　　"好。"

　　老四小跑出去，猛地拍了秦树阳一下："哥！"

　　"你要吓死我，一惊一乍的，找死呢？"

　　"没，哥，快来份火腿炒面，要大份，超大份！"

　　"等会儿，还有两份没完。"

　　"等个屁，不能等！现在就做！立刻！马上！做！"

　　"抽的哪门子风？"秦树阳睨他一眼，"相好的来了，急成这熊样？"

　　"我……"老四忍住不说，一脸意味深长的笑意，"让你做你就做，废话什么！"

　　秦树阳冷眼看向老四，老四被他盯得浑身一抖："哥，我跟你开玩笑呢，你听我的没错，不然一会儿有你后悔的。乖，先做个火腿的。"

　　"滚吧，你要恶心死我。"

　　"行了行了，快点儿，快点儿吧。"老四撞了他两下，"我的哥啊。"

　　"炒了，催什么！"

　　林冬在里头隐隐约约听到他俩的对话，这兄弟俩，还是这样欢乐。

　　老四就站在边上监督着秦树阳炒："放两个鸡蛋，不，三个。"

　　秦树阳没理老四，老四自己拿两个鸡蛋敲开倒进锅里。秦树阳扬着锅铲要打他："你是不是闲的？放那么多干什么？真是相好的来了？柔情小妹？"

　　"不是。"

　　"换新的了？"

　　"你就别问了，待会儿你就知道了。"老四声音小小的，嘟囔一声，"看你一会儿怎么秒怂。"

　　秦树阳快速翻炒着，老四忍不住又指挥："多放点儿火腿啊，再放点儿肉，这个菜也多放点儿。"

　　"火腿的放什么肉，给你炒。"说着，他就撂下锅铲，"爱放什么放什么去。"

　　"哎，哥，你别那么暴躁嘛！我哪会啊，你继续继续。"老四打量他的神情，心里乐得慌，一肚子话就快要憋不住了，硬忍了下来，"哥，里

344

头一大美女，这份你可得好好炒，用心炒，用情炒，用爱炒。"

　　"滚，"秦树阳骂老四一句，斜眼瞥他，"你今儿个有点儿不对啊。"

　　老四不理秦树阳的话，自己拨了点儿肉倒进锅里。

　　秦树阳打开他的手："放多了！"

　　"不多不多，再放点儿。"

　　秦树阳抬腿要踹他："滚！收盘子去。"

　　老四猛地跳走躲开了，自言自语："一会儿你就嫌少了。"他又催，"赶紧的，麻溜点儿，人等着呢！等急了一会儿有你好看！"

　　秦树阳操着锅铲看他一眼："有毛病吧！"

　　做好了，老四火急火燎就给端了进去："来啦。"

　　林冬看着眼前一大碗丰盛的炒面，香味扑鼻，很好吃的样子，说："谢谢。"

　　"说了别客气了。"

　　林冬旁边的女学生问："哎？这是什么炒面？没吃过呢？看着好好吃，老板我也来一份。"

　　"老婆饭，特供的，你不行。"

　　"老婆饭？"女学生勾着头好奇地看林冬，可是她的帽子太大了，什么也看不到，"她是你老婆？"

　　"不是，外头那位的。"

　　"老板结婚了？"

　　"没有。"林冬轻飘飘地说了句。

　　"那是女朋友啊。"女学生歪脸看她，还是看不到，瘪嘴道，"好吧，那我要一份木须肉炒饼。"

　　"好嘞。"老四冲外头就是一声吼，"木须肉炒饼一份！"

　　秦树阳听见了，懒得回应。他不停地炒着，忙得胳膊都快抽筋了。

　　林冬拿起筷子吃了一口。

　　老四期待地看着她的表情："小嫂子，好吃不？"

　　"好吃，"林冬点头，"真好吃。"

　　"哈哈！好吃就行。"

　　女学生又睨那碗一眼，有点儿郁闷，看上去可真香啊。

　　林冬满意地吃着，抽空道："我就说他有做厨师的潜质。"

　　"哥全能，你以后可有福了！"

　　"我决定了，我要投资你们的生意。"

　　老四没忍住笑出声："小嫂子，你逗我呢。"

　　"我是认真的。"

　　"这点儿小本生意投什么资，你要笑死我。"

　　"帮你们把生意做大，开分店。"她一本正经地看着他，"虽然我不懂，不过可以讨教我小舅舅，他做生意很厉害。"

"小嫂子，你还是吃你的面吧。我们没大追求，就是闲得没事干出来多挣一份钱，男人的事啊，你就别操心了。"

"好吧。"

老四弯着嘴角："还不告诉哥？"

"等我吃完。"

"哎哟，我都快急死了，赶紧的呀。"

"你去忙吧，我自己吃会儿。"

"行吧。"

"老四，你窝在里头干吗呢！滚出来干活！"秦树阳手忙脚乱，饭炒好了也没人端，气急败坏地端着两个碗掀开门帘进来，一下子愣住了。

他人高，门又矮，弓着身子看她。

哪用看得见脸，这气质，这身材，一看就是林冬没跑。

"呀，小嫂子，被发现了。"老四笑起来，默默站到旁边去，专注地盯着秦树阳的反应。

林冬摘下帽子，笑着看他："秦树。"

老四见秦树阳愣着不动，过去拍他一下，把他手里的两份炒饭接过来给角落的小情侣送过去，回来见他还杵着："哥，你魂掉了！"

秦树阳按住老四的头，把人往外推，声音低沉下来："收摊。"

"不卖了？"

他没有回答，目不转睛地盯着林冬。

刚要了炒饭的女同学一直在偷瞥林冬，欣赏了一会儿又郁闷起来："那我的炒饼呢？"

老四笑着说："不好意思啊，明天你来吃，免费。"

女学生心想着，反正也没付钱呢，还能白吃一顿饭，便拎着包走了："行吧。"

老四又走出去，对外头要买饭的几个学生说："不好意思啊，今天有事，提前收摊了，实在不好意思。"

同学们散开了。

秦树阳木木地坐到林冬面前，还有点儿小紧张，声音柔柔道："你回来了。"

"嗯。"林冬笑着夹了一块肉，"我先吃饭啦，好饿。"

"好。"他面上平静，心里却如巨浪汹涌，"够不够吃？"

"够了。"

"我再给你加两个蛋？肉够吗？肉太少了，要不我再给你做一份？"

"不用了，这个已经很好吃了，分量也很大。"

秦树阳弯起嘴角，温柔地问："冷不冷？"

346

未待林冬回答，他就跑去把取暖器拿过来给她烤上，傻乎乎地瞧着她，说："暖和吧。"

"嗯。"

林冬埋头认真吃着，秦树阳一脸痴汉地看她。一个月没见，更漂亮了。

"渴了吧，这个炒面挺干的，我去给你买杯粥。"

几分钟后，客人走光了，大棚里只剩下他们两个，老四为了不当电灯泡，一个人孤苦伶仃地坐在外头吹风，冻得腿不停地抖。

天冷，心更冷啊。

林冬面前放了一堆吃的，秦树阳说是只去买杯粥，结果带回来了一堆东西，烤冷面、烤红薯、羊汤、南瓜粥，还有橘子、草莓……

他把橘子放热水里烫着，就坐在旁边慢慢给她剥着吃。

一会儿吃一口这个，一会儿吃一口那个，林冬有些忙不过来了，嘴里不停地动，趁他剥的空隙，说："你吃吧，我吃得好累。"

"我不饿。"秦树阳拿着橘子的手杵在她嘴边，"张嘴。"

林冬无奈地吃了下去。

"好吃吗？"

"好吃。"

老四往里瞄一眼，吸了下鼻子。瞧那里头暖和的，他抱臂坐着，一阵冷风吹过来，冻得浑身一哆嗦，太虐了。

收了摊，三人一起回家。

刚进院子，旺财看到林冬很激动，跳起来高兴地朝她嗷嗷叫。

林冬走过去摸摸它："旺财，好久不见。"

狗更加开心了。

秦树阳领她进屋："冷吧，坐床上。"

"不冷。"

"天太冷了这儿不好洗澡，我给你接点儿水泡泡脚暖一暖。"

"好。"

秦树阳接了一大盆水过来放到地上："来，媳妇，脱鞋。"

林冬把鞋脱了，见他还蹲在地上，开玩笑道："你要帮我洗吗？"

"好啊。"说着，他就撸起袖子。

"我开玩笑的。"

"没事，我来。"他握住她的脚，放进水里，"水温刚好吧？"

"嗯。"

"舒服吗？"

"舒服。"

秦树阳看着这对伤痕累累的脚，轻轻地揉着，格外心疼。

林冬往后缩了缩："痒。"

"脚伤成这样，"他抬脸看她，"这些日子很累吧？"

"不累。"

房间里一阵安静。

"你呢？你累吗？"

"我也不累。"

他又低下头。

林冬看着他的头顶，总觉得他跟以前有点儿不一样了，好像人变得深沉了点儿。她跷跷大脚趾："想我吗？"

秦树阳突然停住手。

林冬笑着说："我很想你。"

秦树阳猝不及防地扑过来把她按在床上，满是水的手伸到背后，在自己衣服上随意揩了揩，接着握住她的肩，亲吻了下去。

林冬闭上眼睛回应他。

秦树阳什么也没有说，开始解她的衣服。

林冬按着他的双肩："门没锁。"

"没人会进来。"

他掀开她的裙子。

有点儿疼，林冬紧攥他的上衣，木床发出"嘎吱嘎吱"的声音，很重。她有些不习惯："轻点儿。"

秦树阳没有听她的话，一点也没有听她的话。

他像只野兽一样，放纵，疯狂……

深夜，林冬醒过来，发现旁边没有人，秦树阳可能去卫生间了。林冬裹了裹被子，没有他被窝都是凉的，走很久了？大半夜的他去哪里了？

林冬打开灯穿上衣服下床，出门看一眼。她走路静悄悄的，秦树阳没有听到，他身上披着外套，就坐在门口的台阶上抽烟。

暗夜里，他的背影格外落寞。

林冬远远看着他，不知道他怎么了，总是心情不好的样子，总觉得哪里怪怪的，可能是有什么心事吧。

她没有去叫他，看了一会儿，又回屋继续躺下。

林冬没有再睡着。半个小时后，秦树阳才回来，蹑手蹑脚，动作轻轻地躺到床上盖好了被子。黑灯瞎火的，他往林冬身边凑了凑，轻轻吻了下她的肩头。

林冬翻了个身搂住他。

秦树阳身体一僵："媳妇？"

林冬没有回答，闻到他身上浓浓的烟草味。她向来不喜欢烟味，可今天不知道为什么，突然觉得特别好闻。

秦树阳搂住她，她的脚碰到他的腿，冰凉的。他小心地把她的脚夹到腿间焐着。

林冬微微笑了笑，好温暖。

第二天早上，知道林冬会早起练舞，秦树阳更早起床，给她做了顿丰盛的早餐。六点钟，天还没亮，热腾腾的肉丝面、卤蛋和豆浆摆了满桌，两个人围着小桌子一起吃，格外温馨。

林冬胃口又不太好，面没有吃完，豆浆也只喝了一半。

秦树阳问："不好吃吗？"

"不是，我的胃不大舒服。"

"胃痛？"

"不疼，就是有点儿胀胀的。"

"你走了一个月都没喝药，我一会儿给你煎药喝。今天就别练舞了吧，天那么冷，你去被窝里躺着。"

"那你呢？"

他捏了下她的鼻子："宝贝，我得上班啊。"

"噢。"

"今晚还去卖炒饭吗？"

"不去，陪你。"

"陪我干什么呀？"

"你想干什么？"

"都可以。"

林冬看他大口地吃着，突然笑了一下。

秦树阳扬起眉看她，也笑了笑："笑什么？"

"你很可爱。"

哪有形容男人可爱的。

"哪里可爱？"

"这里，这里，这里，这里。"林冬伸出手，点了点他的额头、眉毛、眼睛、鼻子，"还有这里。"手指落在他的嘴巴上，轻轻地戳了一下。

秦树阳抓住她的手亲了一下："傻姑娘。"

林冬抽出手："傻秦树。"

秦树阳笑了。

"你不是傻狗，"林冬认真地说，"你穿这一身很帅。"

"你喜欢？"

"嗯。"

秦树阳端着碗站起来，绕了个圈："喜欢就多给你看两眼。"

林冬拽拽他："行了，你好好吃饭吧。"

他又坐回来，吸了一大口面。

"我一会儿想去街舞社。"

他囫囵咽下面："我送你去。"

"不用。"

"我送你。"他的语气格外认真。

"好吧。"

街舞社在市区，不能骑摩托过去，秦树阳要打车，林冬却拉着他一起坐公交车。两人在站台等车，林冬扬着下巴遥望来车的方向。

"车来啦。"她从秦树阳手里拿过硬币，"我来投。"说着直奔车门，把钱投进去，对司机说，"两个人。"

她高兴地坐到了最后排，招招手示意后头跟着的秦树阳过来，两人并肩坐着。

"秦树，我很喜欢坐公交车。"

"你什么不喜欢？"

"都喜欢。"她靠上他的肩，脸朝着车窗，伸出手挡住阳光，"你周围的一切我都喜欢。"

秦树阳握住她的手，两人十指相交，都不说话了。

到了街舞社门口，秦树阳对林冬说："进去吧。"

"你不想进来看看吗？"

"我快迟到了，下次吧，你要回家时告诉我一声，我来接你。"

"我自己回去就可以。"

"不行，我来接你。"

"好。"

"哟，这是谁啊！"裴吉大老远就看到秦树阳，稀奇地走过来盯着他，"树！"

"裴吉？你怎么在这儿？"

"我还要问你呢，你怎么在这儿？"裴吉乐坏了。

"我陪女朋友过来。"

裴吉惊讶地看向林冬："这你女朋友？在这儿跳街舞？"

"嗯。"

"不是吧，世界那么小！"裴吉对林冬伸手，"你好，你好，我叫裴吉，裴周是我大哥！"

林冬与他握手："你好。"

"林冬，"裴周从后面走了过来，"你回来啦，什么时候回来的，也

350

不打声招呼？"

"刚回来。"

裴周看向秦树阳："我记得你，小冬的男朋友，是吧。"

"对。"秦树阳不认得裴周，那天他俩在酒吧跳探戈，他一股脑冲过去，气得拽着林冬就走，哪还顾得上那男人。

裴吉激动起来："哥，他在我们公司工作，这也太巧了吧。"

秦树阳不想说话，心里有些不爽，嘱咐林冬："别忘了回家时叫我来接你，我走了。"

"好。"

"哎，树，别走啊，玩一会儿啊。"裴吉拽了他一下。

秦树阳皱着眉看裴吉："你不去上班在这儿瞎逛什么呢？"

裴吉："……"

"还不赶紧上班去，游手好闲！"

裴吉还就特喜欢秦树阳这暴脾气，听着格外爽，见他走了，一边追上去，一边回头对裴周说："哥，我不跟你玩了啊，去公司了。"

"稀奇。"裴周笑了声，看向林冬，"你男朋友心情不好？"

"大概吧。"

"演出怎么样？"

"挺顺利的。"

"那就好。外面冷，走，进去吧。"

"好。"

"树，等等我啊！"

秦树阳回头看着裴吉："你跟着我干吗？"

"上班啊，不是你叫我上班去？"他一把揽住秦树阳的肩，"走，上完班咱喝酒去。"

"不去。"

"别啊，难得那么有缘！下次把你女朋友也带上，咱们几个撮一顿。"

"滚蛋，带什么带，松开。"他把裴吉的手抖开，大步流星地走了。

裴吉乐着望他，真粗暴！我很欣赏你！

中午，秦树阳过来接林冬，两人一起吃了饭，他把她送回家，路上给她买了几本漫画书，嘱咐她在家看书不要乱跑，又去上班。

林冬很快看完了，她在屋里坐着没事干，没听他的话，又出门了。

她去商场逛了逛，买了两套嘻哈的衣服，高兴地穿着到处晃。路过一个理发店，她摸摸自己的头发，提步进去。

傍晚回来，大门锁着，林冬掏出钥匙开门，旺财对着她摇尾巴。林冬弯腰摸了它一会儿才进屋，没有一个人在。

她刚放下大包小包，手机响了，是秦树阳。

"媳妇，你在哪儿？"

"家里。"

"我晚一点儿回去，被几个同事缠着出来吃饭，我让老四给你带了饭回去，你不要到处乱跑，就在家待着。"

林冬没有说话。

"听到了没？"

"嗯。"

"无聊的话去老四屋里看电视，"他顿了一下，想起那次林冬一个人坐那儿看片，"他那儿碟挺多，什么类型都有，你自己好好选选，别放错了，不会弄的话让老四帮你。"

"噢。"

"回头我买一台放我屋里给你看，方便点儿。"

"噢。"

"那行，一个人在家把门锁关好。"

"噢。"

"再见吧。"

"再见。"

电话挂断了，屋里瞬间恢复平静。

林冬没有去看电视。

老四不一会儿就回来了，给她捎了好几份饭菜："小嫂子。"

林冬起身出门。

"哥让我给你带饭回来，"老四把桌子整理了下，打开一个个饭盒，"买的都是他说你喜欢吃的。"

"谢谢你。"

老四看着林冬愣住了："呀，剪头发啦，那么短！"

"嗯。"

老四打量着她："完全变风格了。行啊，这一身行头，很帅，够范儿！"

"是吗？"林冬低头看了自己一眼，"我也觉得。"

"哈哈。哎，快坐下来吃。"

林冬端着小板凳坐下："你也吃。"

"我就不吃了。"老四搓搓衣服，还不好意思了。

"一起吃吧，这么多我一个人吃浪费。"

"好嘞。"老四开心地坐到她旁边，"小嫂子，一会儿我也在家，哥怕你一个人无聊，让我来陪陪你。强子最近加班回来晚，你要是想打牌，我就再叫个人过来。"

"谢谢你。"

"哎哟，你可别再跟我客气了，都是自己人，老说谢谢生疏。"

"好。"林冬心不在焉地吃着，"老四，秦树是不是最近不开心？"

"哪是最近不开心，那是这一个多月都不开心。"

林冬沉默。

"上回和那周迪打一架，人简直疯了，再加上你又走了，他就一直暴脾气，动不动发飙，分分钟爹毛。"

"都怪我。"

"哎？你知道他和周迪那事为了什么吗？我一直没敢问，那回打得太吓人了，哥一直吼着要杀了他，要不是我和胡子哥拉着，非得出事。"

"那天晚上我给秦树送排骨汤，路上遇到周迪，他喝多了要非礼我，后来被我几个朋友遇到阻止了，准备把他送到派出所，但是我突然想起来你和我说过，他讹了秦树十万块，我就想让他把十万块还给秦树，不追究他责任，他答应了。"

"你也信周迪那狗东西的话！"老四顿时急眼了。

林冬没有说话。

"他那什么货色！他的话不能听啊小嫂子，你知道他是什么人吗！那人太恶心了，我都跟你说不出口。"老四气到大喘气，"人渣中的极品！不过你没什么事吧？"

"没事。"

"哎，当初就该把他送进去关关！那货太贱了！这钱哥一毛都没见到！而且小嫂子，以哥那性格，他怎么可能要这个钱，绝对会打一顿！难怪哥那么气！我都气得想打人！"

"我没想那么多，只想让他不那么辛苦。"林冬低下头，一脸抱歉，"那个时候他就很生气了，好像到现在还没有完全消气，我也不敢再提。"

"哎，你别这样，都那么久了，过去了，过去了，以后也别再提这事了，省得哥再爆炸。周迪那贱人被打得也够惨的，你是没看到，啧啧，哥下手够狠！你也别自责了。"老四见她一脸不高兴，"别想了，快吃吧，一会儿凉了。"

"嗯。"

吃完饭，林冬闲得没事干，到秦树阳床上躺着，一不小心就睡着了。

"铛——铛——铛——"

突然的钟声打破寂静，她被惊醒，朝钟看过去，快晚上十点了。

林冬坐了起来，手脚冰凉，头有些晕。她站起来出门去吹吹风，刚走到门口，就看到两个醉汉互相扶持着走过来，一个裴吉，一个秦树阳。

"哎，树，那不是你女朋友？"裴吉指着林冬笑。

秦树阳半眯眼，摇摇晃晃地抬起头，看到林冬，他顿时笑了起来，撒开手朝她走过去。

"那我回去，我回去了啊。"裴吉转身摇晃着走了，司机在路口等他，他爬上车就睡着了。

林冬站着不动，任这个醉汉凑过来搂住自己。他的下巴靠在她的肩膀上，闭着眼睛笑："媳妇，等我呢。"

"喝醉啦？"

"没有。"

"真的？"

"真的。"他哼哼了两声，重复道，"真的。"他想抓她的头发，手落了空，"头发呢？"

林冬轻抚他背："我们进屋去。"

"好。"

他没有动弹。

"进屋了。"

秦树阳被她推开，浑身软了一样，晃来晃去，对着她的脸吧唧就是一下，傻笑着道："真甜。"

林冬稳住他的肩膀："还说没有醉。"

"没醉啊。"他捧住她的脸，"剪短发啦。"

"好看吗？"

"我媳妇，什么发型都好看。"

林冬笑了起来，拉着他往屋里走，把人按坐到床上。

秦树阳全身瘫软了一样，向后头倒过去。

她说："把鞋子脱掉。"

他扭了一下，没有动作。

林冬去卫生间湿了块毛巾，刚进来就看到地上倒着的鞋子，已经飞到门口了。她把鞋子放好，用毛巾在他脸上、手上胡乱擦了擦，接着脱去他外套，盖好被子。她自己也去卫生间洗了洗，换上衣服躺到他的身边。

一个胳膊压了过来，她把他推开。他半边身体又压了过来，她推不动了："秦树，你要不要吃点儿东西？"

他哼了两声。

"要不要喝点儿水？"

"不。"

"那你往那边一点儿，你这样我很难受。"

"不……"他用腿环住她，八爪鱼一样紧紧扣住怀里的人。

林冬被勒得难受："秦树，你松开点儿，我很难受……你再这样我就走了。"

秦树阳赶紧松了松，仍旧搂着她的身体，脸埋进她的脖子里："我松了。"他蹭了蹭她的脖子，"我松了，你别走。"

林冬不吱声了。

彼此沉默了五分钟，就在林冬以为他睡着的时候，他又蹭了蹭她的脖子，然后亲吻她的下巴。

胡子拉碴，扎人得很。

她说："你怎么还没睡？"

秦树阳没有回答，把她拽到自己身上："媳妇。"

"嗯。"

"媳妇。"

"嗯。"

"你喜欢我吗？"

"喜欢。"

他傻傻地笑了起来："我也喜欢你，太喜欢你了……所以我不想让你难过，过去那些事，就当不存在，我忘了，你也忘了……我们还像以前那样，好好的……"

林冬趴在他身上，看着这张醉意浓浓的脸。

"我也想像以前一样，可就是笑不起来。"他意识不清醒，似乎不知道自己在说什么，"我只是笑不起来，没有嫌弃你……那不是你的错，是我的错。对不起，都怪我。"他眼红红的，"是我没看好你，我没保护好你。"

林冬侧脸贴到他的身上，感受着随着一次次沉重的呼吸起伏的胸膛，没有说话。

"不管发生什么，你还是你，还是我媳妇，不管怎么样……我都爱你啊……媳妇啊……我快爱死你了。"他把她压到身下，脸盖住她的脸，"对不起。"他声音嘶哑，流泪了，两滴泪水落到她的脸上，"对不起。"

他紧紧地搂住她，脸埋进她的颈窝："对不起。"

"你在说什么呀？"林冬一头雾水，"你是说周……"她及时止声，还是不提那事儿了，"秦树，你别哭，我没事。"

"我没哭，"他头又疼又晕，两行眼泪也干了，"媳妇。"

"嗯。"

"你别再走了行吗？别走。"

"我不走。"

"明天也不走。"

"不走。"

"后天也不走。"

"不走。"

"下个月，明年，也不走。"

她不知道该怎么回答，也不敢轻易许下承诺。

"行吗？"

可他醉了，也许明天醒来，他什么都不记得。

"行吗？"

"行。"

"那以后接你妈妈过来，你们就都不走了。"

"行吗？"

"行。"

"说好了。"

"好。"

"你不要老和别的男的在一块儿，我嘴上没说，但我心里吃醋，我醋死了。"

"好。"

"我会努力赚钱，努力还债。"

"好。"

"我不会让别人说你是下嫁，说你眼光不好，说你和我在一起可惜了，我会努力，出人头地，不让他们笑你。"

"好。"

"你信不信我？"

"我信。"

"那你愿意嫁给我吗？"

沉默。

他抬起脸看着她："林冬，你嫁给我，行吗？"

沉默。

"跟我结婚，以后都一起生活，行吗？"

沉默。

"行吗？"

"我们俩现在这样一起生活着就很好了，不用在意那个。"她的声音轻而缓，很平和地说，没有一丝情绪波动。

"我在意，我就在意，我就想娶你，以后还想要孩子。"

沉默。

"媳妇？"

"秦树，我说过，不想要孩子。"

"那不要，不要也行，有你就够了，你说了算，我都听你的。"他与她对视，不知道清醒着还是仍醉着，"那上一个？"

林冬笑了笑，手覆上他的脸颊："秦树，如果你明早起来还记得今晚的话，我就嫁给你。"

"我会记得。"他撇了下嘴，吻了吻她的额头，缓缓向下，"我一定会记得。"

吻止于锁骨，他的头埋在她脖间，没声了。

"秦树？"

他睡着了。

林冬小心地推开他，给他盖好被子，侧脸看着他的睡颜。

傻秦树。

早上，林冬刚睁开眼，就看到秦树阳一张脸靠在耳边，痴痴地注视着自己。她还没反应过来，嘴唇印了上来。他宠溺地唤了声："媳妇。"

"酒醒了？还难受吗？"

他没回答，小孩子似的搂住她。

"你松开，再睡会儿吧。"

他不放："我睡不着。"

"还难受？"

"不难受，太好受了。"

林冬要推开他，他把她搂得更紧："媳妇，你昨晚答应嫁给我了。"

"你还记得？"

他快把她揉进自己身体里了："我忘了，看到墙上的字，又想起来了。"

林冬的目光落到墙上的一行字上，那一瞬间，如沐春风，心里一阵暖流淌过。

他说："我半夜突然醒过来，你已经睡着了，我害怕今早起来忘了，就随手拿了一支铅笔在墙上记了下来。"

那行字歪歪扭扭的，横不像横，竖不像竖，轻飘飘的，快要飞起来了——

今晚，林冬答应嫁给我。

"我以为你不会记得。"

秦树阳松开她，忽然失望地看着她的脸："你要反悔吗？"

"我反悔你会生气吗？"

"不会。"

"不会？"

"我希望你嫁给我是因为爱我，而不是怕我生气，或者别的什么。"他捏了下她的脸，"你不愿意，我不会强迫你。"

"可我已经答应你了。"

秦树阳愣了愣。

"那我收回？"

他笑着说："收不回，收回也没用，我觉得你嫁给我是早晚的事。"

"为什么？"

"不知道，直觉。"

"那你的直觉准吗？"

"不太准。"

"……"

"这次会准的，"他拥抱住她，"媳妇，你真好。"

"你才好。"

他用力地亲了口她的头发："你怎么把头发剪了？"

"没剪过短发，想试一试，而且觉得短发跳起街舞来很好看，很酷。"

秦树阳捋了捋她的头发："我媳妇什么发型都好看。"

"昨晚你说过了。"

"是吗？"他笑了下，"我忘了，还跟你说什么了？"

"表白，一直表白。"

"其他呢？"

"哭着求我嫁给你。"

"敢情你这是被逼无奈？"

"是啊。"

"唉——"他长叹口气，"没事，你会嫁的。"

"那我后悔了。"

"别闹。"

"噢。"

"天还早，你再睡会儿吗？"

"好啊。"

他以一种舒服的姿势把她搂在怀里："睡吧。"

"嗯。"

……

秦树阳不记得自己的生日，可是老四一直给他记着。这两天他一直加班，晚上很晚才回来，老四和林冬一起去买了个大蛋糕，买了点小彩灯气球回来布置上，弄得还挺像样。

老四把胡见兵两口子也叫过来，强子也早回来了，几个人和一条狗在屋里等秦树阳回家。

晚上八点二十五分，秦树阳拐进门，老四在门口候着，一见人赶紧上前给拦了下来："哥！下班啦！"

"嗯，门口蹲着看门呢？"

"等你呢！"

秦树阳笑着睨他一眼："太晚了，不出摊。"

"不是等你出摊。"老四打量他的神情，试探道，"有啥好事？心情不错啊？"

"行了，进屋去。林冬在吗？"

"在啊！"老四挡在秦树阳前头，秦树阳过不去。

"干吗呢？好狗不挡道，让开。"

"哥，你今天真帅。"

"毛病。"

"哥，你看旺财。"

秦树阳看向脚边开心到直打圈的旺财，摇着尾巴激动地看自己。他弯腰，伸手揉了揉它的脖子："旺财怎么了？这么高兴，吃肉了？"

"你没觉得它长得越来越像你？"

秦树阳直起腰，正要一脚踹过去，老四事先预料到似的，往后一跳躲了过去。

"你又皮痒，边儿去。"秦树阳皱着眉往前走，一把推开门。

"祝你生日快乐，祝你生日快乐，祝你生日快乐，祝你生日快乐。"

他直接蒙了。

林冬捧着生日蛋糕站在秦树阳正前方，笑得弯起双眼。

屋里头亮着小彩灯，各色气球到处挂着，强子、胡见兵、露姐都在。

老四从后头蹦过来，猛拍了他的肩膀一下："哥，惊不惊喜！意不意外！开不开心！"

"老二，生日快乐啊。"

"哥生日快乐！"

"生日快乐。"

"这下还想踹我不？"老四凑他脸边。

"秦树，生日快乐。"

秦树阳心一软，鼻子一酸，感动到一塌糊涂："我都忘了今天是我生日，谢谢你们。"

胡见兵："别酸！"

露姐："再说谢谢跟你急啊！"

强子："就是，咱哥几个还客气什么！"

露姐："老二，快许个愿！"

"许什么愿！矫情！"胡见兵拍了下露姐的屁股，顺道揉了一把，"直接开吃，饿死了。"

"胡子你烦不烦，老二，别听他的，许愿呀。"

"秦树，许个愿望吧。"林冬开口。

秦树阳注视着林冬，没有说话，猝不及防单膝跪了下来，从口袋里拿出一个小盒子，取出一枚戒指："嫁给我。"

露姐捂住嘴："哇——"

老四高兴得直接跳起来："哥，你要不要这样！也不开个预告的！"

胡见兵说："哟，漂亮！"

露姐捣了下胡见兵："你看人家，多浪漫。"

胡见兵："下次也给你搞一次，行了吧。"

强子在一旁看热闹，笑着没说话。

"那天喝醉了，我什么都不记得，不算数。"秦树阳诚挚地仰视林冬，等待着她的回应。

林冬没动静。

露姐推了她一下："快答应他呀。"

林冬俯视跪在面前的男人，笑着说："墙上不是写了。"

秦树阳开心地笑了起来："答应了？这回我清醒着，没得反悔的。"

"嗯。"

露姐有点儿蒙："不是？这啥意思？啥墙？"

老四："我也有点儿蒙。"

"媳妇，伸手。"秦树阳笑得脸快开花了。

林冬抬了下脚："我空不出手呀。"

强子赶紧帮林冬把蛋糕捧过来，林冬一腾出手，便从秦树阳手里拿过戒指，自己给套在了手上："我戴上了。"

胡见兵声音浑厚，大笑两声："哈哈哈，我说老二，指不定你们小两口比我俩还早。"

秦树阳站了起来，搂住林冬的腰："抽空带你回家见我妈妈。"

"好。"

老四跟猴似的在一边乐："哈哈，这就成了！双喜临门啊！赶紧结婚，然后生个秦小狗子！"

秦树阳一巴掌拍他背上："怎么说话呢。"

露姐突然喊一声："哎，都忘了，赶紧吹蜡烛啊。"

老四："哎哟，都烧一半了，快。"

呼——

火灭了。

今天晚上秦树阳格外感动，在这些痛苦的、艰难的日子里，他们能够陪伴着自己，他很开心，很庆幸结识了这样一群人，热情、善良、真心实意，不管贫穷还是富贵、落魄还是得志，他们始终不离不弃。

晚上，他和林冬坐在天台上吹风。

月亮很亮，薄薄的一层月光铺洒在他们的身上。林冬倒在他怀里，抬起手看了看自己的戒指："什么时候买的？"

"就今天，下班刚买的，本来打算过两天我不忙了，和你好好吃顿饭再正式给你，今晚情绪上来了，没忍住。"

她轻笑了起来。

"你让我许愿，当时我的脑袋里只有这一个愿望。"

她没有说话。

"媳妇，我现在没钱，只能给你这样普通的戒指，但是我会努力赚钱，以后送你大的钻戒，带你住大的房子。"

"大的钻戒？多大？"林冬放下手，侧眼看他，"汤圆那么大？"

"……"

"鸡蛋那么大？"

"……"

"包子那么大？"她笑了，手落在他的腰间，"你还欠着债，钱不拿去还债给我买这个做什么，浪费，这个多少钱？"

"不到一万。"

"要做多少份炒饭才能挣到一万块？"

"……"

她要摘下戒指："我不需要这些，你拿去退掉吧。"

"不许摘，"他按住她的手，"我不退。"

"我不要。"

"那你扔了、丢了、吃了，随你怎么处置。"

"吃了？你要让我被噎死吗？"

秦树阳笑笑没说话。

"你已经那么累了，以后要是累死了怎么努力赚钱？怎么送我房子？怎么送我大钻戒？"

"我现在在这家公司工作，工资挺高的，也不累，我可以再找份活儿干，再努力点儿不到半年应该就能还完债，然后……"

她突然一脸认真地凝视着他，打断他的话："然后累死了。"

"怎么会……你别那么损嘛。"

林冬抱住他的脖子："可是你说的那些我都不想要，很大的房子我住烦了，又空又冷清。太大的钻戒我戴着累，我手小手指细，也不适合。"她竖起手，心满意足的，"我就想要这种简单的款式，想要小小的一间屋子，就像现在这样，虽然又黑又小又冷，墙上还会掉皮，偶尔还会有小虫子，床一点儿也不软，椅子也不舒服，可是我喜欢。"

秦树阳又感动到说不出话来。

"我想要去很多地方，认识很多人。

"想跳一辈子舞。

"想要好多好好吃的。

"想和你的朋友们玩。"

"想每天和你看月亮、看星星，看烟火气。"她向他凑过脸，嘴唇轻轻碰了下他的唇，"想和你在一起，说话、吃饭、睡觉、起床。"
　　……

　　葛西君这趟和林冬一起回来的，这些天她一直在老宅子住着。她每天打扫打扫屋子，修剪修剪枯草，翻翻过去的书，偶尔画点儿国画。多年不碰，手生得厉害，握笔都觉得别扭，想起最初画写意，也是老林教自己的。
　　一大早，葛西君穿着黑大衣，厚厚的围巾盖住半张脸，脚踩平底棉鞋，身材细长高挑，略显瘦削，拎着一壶酒去看他。
　　冬天了，一片萧条。
　　她在他的墓碑前坐下，点上一根烟，动作利落潇洒。
　　想了好几天的开场白，终究说不出口。
　　"老林啊。
　　"老林啊。"
　　十几年没那么叫你了。
　　"老林啊。"
　　她只重复地唤他的名字，不知道该说什么，一个人沉默地抽烟。周围太静了，静得她心里很难受。
　　"好久不见。"一语刚落，她苦笑一声，心里闷闷的，"你闺女谈恋爱了，你知道吗？"
　　她喝了一口酒，又笑一声："一晃那么多年了，闺女也长大了，要嫁人喽。
　　"回头我帮你看看那小伙子去。
　　"你爸的那幅画，本来大姐想要去送人，后来被我抢了回来，我带来了，放家里呢。
　　"你说我是烧给你呢，还是捐给博物馆？
　　"捐了吧。
　　"我过几天就走，下次还不知道什么时候回来。
　　"你就好好躺在这儿吧。
　　"也许再也不会见了。"
　　她喝多了，双目迷离地看着他的墓碑，看着那熟悉而冰冷的三个字——林其云。
　　"我一直不敢来见你。"
　　她低下头，看着松软的泥土，用手指戳了戳："我害怕。
　　"怕我会后悔。"

　　冬日的荒野，格外荒凉。

只有一个女人坐在坟墓前，坐了很久，很久……

她哭得好绝望。

好绝望啊……

"大叔，你在画鸡吗？"

"不是鸡，是鸟。"葛西君摇头晃脑地看着宣纸上的画，"明明就是鸡。"

"一点都不像。"葛西君摇头晃脑地看着宣纸上的画，"明明就是鸡。"

"你说鸡便是鸡，我不与你这小姑娘争辩。"

"啊，你这个老头子。"

"没礼貌，论辈分，我可算你师公，一会儿告诉你老师，看他怎么罚你。"

"我才不怕他。"她用手指点了下砚台里的墨，放到舌尖上尝了尝，"好难吃。"

"馋鬼，怎么能吃这个？看看你的舌头。"

她伸长舌尖看了看，黑乎乎一片，墨慢慢晕染开。

"洗不掉了，小黑舌头。"林其云笑着唬她。

葛西君瘪嘴，一时任性，爬上了他的桌案，跪坐在他的画作上，薄薄的宣纸拧作一团。

她拽住他的衣领，舌尖轻轻划过他的脸："哈哈哈，老黑脸！"

那个时候，这里种满了树，只有一条林间小道，通向老宅。

……

葛西君是坐着三轮小蹦蹦来的，到了巷子口，她叫开蹦蹦车的老爷子停下来，从包里掏出一百块给了人家。老爷子掏腰包正要找钱，她摆摆手，潇洒地走了："不用找了。"

老爷子笑眯眯地喊："谢谢嘞！"

葛西君回头冲他明媚一笑："不谢喽。"她转头继续往里走。

今天天气好，气温上升了。葛西君穿着平底鞋、牛仔裤、黑色厚毛衣，也就是寻常装扮，简单随便，懒洋洋的感觉，说不上来哪里好看，可就是让人看着很舒服，赏心悦目的。

葛西君左看看右瞧瞧，对着门牌摸到了秦树阳的家。

一进门旺财就疯了，她盯着夋毛的狗，淡定道："你知道我是谁吗？你再叫。"她想起来林冬跟她提过，那小女婿有条狗，叫什么来着，叫……旺财！

她走近些，故意气它："旺财，来认认脸，我是你主人未来的妈。"

"汪汪汪……汪汪汪……"

旺财疯了，龇牙咧嘴，气得眼珠子都快瞪出来了。

老四听到狗疯了一样叫，出来看了眼，就见一个女人弯着腰嬉皮笑脸地撩狗。

"你是？"

葛西君转身，从头到脚打量老四一翻："哟，还是小鲜肉，原来我那傻闺女好这口。"

"啥玩意儿？"老四猛地反应过来，"你你你……你是小嫂子她妈？"

"小嫂子？"

"那个……我叫许天，不是秦树阳，我是他们的朋友。"

"……"

秦树阳这两天老加班，今儿个又回来迟了，老四给他打了好几通电话没人接。没办法，他只能先替秦树阳好生伺候着岳母大人，客客气气地招呼着，端茶倒水送吃的。

葛西君倒是一点也不拿自己当外人，照收不误，还和老四拉了会儿家常。后来老四带她去秦树阳的房间，她就一个人在屋里坐着。

直到晚上八点半，秦树阳才回来。

老四悄悄逮住他，神神道道："我的哥，你可回来了。"

"怎么，想我了？"秦树阳心情不错，与他玩笑。

"你咋一直不接电话！"

"噢，我忘了。我那会儿在开会，结束了正要给你回过去，总监又找我有事。"

"算了，甭管了。"老四往里屋一指，神神秘秘的，"你猜谁来了？"

秦树阳以为林冬今儿个自己回来了，迫不及待就往屋里钻。老四把他往回一拽："回来，我这还没说完，你急个啥。"

秦树阳解开大衣扣："不是我媳妇？"

"你媳妇你媳妇，天天就想着你媳妇。"老四小声说，"你岳母来了。"

秦树阳愣了一下："谁？"

"你岳母，你媳妇她妈。"

"……"

老四见他愣着不吱声了，继续强调一声道："亲妈！"

秦树阳突然触电似的，急促地整了整衣服，又理了理头发，紧张兮兮地问老四："你看我这行不？"

老四抠抠后脑勺，嘶了一声："要不去洗把脸？一路风尘的，洗把脸精神。"

秦树阳指了指老四："靠谱。"他转身就去了卫生间。

老四过去扒在门框上："哥，我跟你说，你岳母看着贼年轻，说二十五六都能信，而且人特好看，真的特别好看！比你媳妇都好看！"

364

秦树阳扯了块毛巾擦擦脸，没说话。

"而且我觉得她人也不错，看面相不好相处，其实很好说话，还和我聊了一会儿！我都把你夸上天了！哥们儿够意思不？"老四连连赞叹，"你说你这哪儿来的福气！走了什么大运！杀进了这么一大家子！"

秦树阳一个字也没听进去，一心捯饬着自己的外观，他对着镜子照来照去，摸了把下巴："我这胡子是不是有点儿长？"

"是有点儿。"

"完了，刮胡刀在房里呢，你的拿来。"

"不用刮！有胡子好啊！硬气！爷们儿！你岳母人看着挺随意的，不用紧张，也不用刻意，大大方方就行，太过了反而显得做作。"

"那就这样？"秦树阳又整理一下衣服，正对着老四，"行吗？"

老四竖起大拇指："帅，贼帅的。"

"那我去了。"

"去吧，去吧，加油！拿下岳母！"

秦树阳走两步又回来再次向老四确定："没问题吧。"

"帅炸了！"

秦树阳蹑手蹑脚地走到房门口，站到跟前了，有些紧张，长提一口气，抬手敲了敲房门。

"进。"

第一眼，他就看到葛西君坐在他的书桌上，跷着二郎腿自在地坐着，手里翻看自己平时乱涂乱画的画稿。他站在门口没往里走，有些手足无措，唤了声："阿姨。"

葛西君抬眼瞄他一眼："回来啦。"

"您好。"他微笑，"加班，回来有些晚了，不好意思。"

葛西君跳下桌子，倚着桌子随意站着："客气什么，别杵在门口啊，进来吧。"

真有意思，反客为主。

秦树阳往里蹑了两小步，端正地站着："阿姨您什么时候来的，我这屋里乱得都没收拾。"

"有一会儿了。乱好，乱的人有创造力。"她朝四周瞄了眼，"还没我乱呢。"

这眉眼、气质，跟林冬还真有几分相似。老四说得对，她看着很年轻，倒像是林冬的姐姐。

葛西君手里仍在翻他的画稿："画得不错呀，有想法。"

秦树阳怔了怔："乱画着玩的。"

"还挺谦虚。"她放下速写本，目光软乎乎的，看似无力，"小冬呢？我以为你俩出去玩了。"

"林冬最近排练街舞，晚上十点半才结束，我一会儿去接她。"

葛西君抱臂，从头到脚把他打量了一番，笑着说："你这长相才对我们家胃口嘛，还挺俊的，难怪把我那奇葩闺女迷得团团转。"

奇……奇葩闺女。

秦树阳抓了抓脑袋："没有，您过奖了。"

葛西君笑了："可以抽烟吗？"

"没事，您抽吧。"

葛西君从包里掏出烟盒打火机，抽出一根来点上，一吸一吐，分外风雅。她的头发随意绾在脑后，松松垮垮的，额前一缕细发挂在耳边，有种不经意的美。

这母女俩长得是像，气质却完全不一样。林冬属于清冷型，略带呆萌，而葛西君身上散发着一种特别的味道，成熟、神秘而撩人。缭绕的烟雾后，她眯着眼问秦树阳："来一根吗？"

"不用了，谢谢。"

"别客气啊。"

"真的不用，林冬不喜欢烟味，我最近又戒了。"

葛西君笑了："这小丫头。她就这样，也总说我。"她又翻了翻他的画本，"你很喜欢建筑。"

"喜欢。"

"想当建筑师啊？"

秦树阳笑笑："正在朝这方面努力。"

"你多大来着？"

"刚过二十四。"

"那么年轻，加油吧，前途无量。"葛西君放下画本，"我不太了解这方面，不过这么乍一看，你设计得真不错。"

"谢谢。"

"客气什么。"葛西君直起腰，扭了扭脖子，"有吃的吗？饿得不行了。"说着，她就走出去。

"我给您做点儿。"秦树阳跟在她后头。

"不用。"葛西君一点也没跟他客气，她打开冰箱瞅了两眼，把一碗肉丸子端了出来，她一手拿着烟，一手端着盘子，扬了下眉，"我能吃吗？"

"我给热热再吃吧。"

"不用。"说着，她把盘子放到桌上，用手捏出一个塞进嘴里，腮帮子鼓起来，慢悠悠嚼着。她满意地点点头，又捏出一个吃掉，"还真好吃，谁做的？"

"我做的。"

"可以啊，闺女有福了。"

秦树阳给葛西君倒了杯水，葛西君咕噜咕噜喝了一大半。他沉默地在一旁看着，唉，难怪林冬那德行，遗传。

葛西君吃饱了，擦擦手，回屋拿上包："我就不等小冬了，先走了。"

"我送您，我……"

未待他说话，葛西君打断他的话，一本正经地告知："不用，别送，千万别送。"

她招招手示意他回屋去："回去吧。"

秦树阳跟着出门，葛西君突然停下，转过身来皱了下眉："啧，叫你别送。"

"好，那再见。"他站定不动，看着岳母大人潇潇洒洒、大摇大摆地走了。

她举起手朝他摆了摆，一个字也没说。

老四听到动静从屋里蹦出来猛地搂住他，差点儿没趴在他身上："哥，咋样，岳母怎么说？"

秦树阳开心地弹他一个脑瓜崩："叫谁岳母呢。"

老四摸摸头，嘿嘿地笑："这不是替你叫嘛。"

秦树阳笑了笑，心里格外舒畅："也没说什么，倒是感觉挺亲切。"

"我就说吧！人倍儿亲切，我琢磨着应该没问题的！"

秦树阳回头捏了下老四的肩："睡觉去。"

"那么早。"

"我肯定不睡，一会儿还得去接我媳妇。"

"得了，我也去和我的茜茜聊天去了。"

"你们俩发展怎么样了？"

老四害羞了，直往屋里窜："快了，快了！"

秦树阳刚回屋，就听到葛西君和林冬说话的声音，他赶紧出去一看，就见两人一起进来了。

"阿姨。"他看向林冬，"媳……林冬，你怎么自己回来了？不是说好我去接你？"

"不用麻烦你了，我自己打车回来的。"

"以后还是我去接你。"

"哎，不用你接，这丫头又不是三岁小孩儿。"葛西君对他笑了笑，"那个……小冬说你要做夜宵，我就顺便跟过来看看。"

秦树阳给她们做了两碗格外丰盛的面，两人埋头吃着，一言不发，他就坐在旁边观看。

"哧溜哧溜"的，吃得可真香。

葛西君专心地在汤水里捞细肉丝，捞得干干净净。

冬风啊 · 下册　367

"够吗？不够我再给您做点儿。"秦树阳说。

"够了，够了。"葛西君把汤也喝完了。

林冬又没吃完，她最近胃口很不好，食量也变小很多。

葛西君见她放下筷子："嗯？不吃了？"

"嗯。"

"浪费，我吃。"说着，葛西君把她那碗端过来吃了。

不是说够了？秦树阳又问："要喝东西吗？我给你们弄个银耳粥？"

林冬："不用了。"

葛西君："好啊。"

林冬看向葛西君："你还没吃饱？"

"吃饱了，还想再喝点儿。那个，女婿，多加点儿糖啊。"

林冬："……"

秦树阳一激动，你叫我什么？女婿？女婿！你再叫一遍！

"好的，稍等一会儿。"秦树阳开心地起身去做了。

林冬睨着自个儿妈："好吃吗？"

"好吃啊，很久没吃得这么爽了。"葛西君突然抓住她的手，"哎！戒指！他求婚啦？"

林冬点头。

"你答应了？"

"忘了跟你说了。"

"啧啧啧，有了男人忘了妈。"葛西君仔细看着她的戒指，"你不是说他欠很多债，还有钱给你买这玩意儿？"

"我不想要的，他为了挣钱已经那么辛苦了。"

"说明人家心里有你啊。我看得出来，瞧他看你那样，啧啧，就差把'爱'写在脸上了。"葛西君松开她的手，"知足吧，你爸那会儿求婚倒好，送我一玉扳指，说是祖传的，还是男款，特别大，还不合手，笑死人了。"

两人一同沉默。

"哎，不说了。"葛西君捋了捋头发，"对了，我后天就回去了。"

"不多待几天吗？"

"不待了。"待久了伤感，"回去画画，几天不画手痒痒。"

林冬突然一本正经地问："妈，你真的不想回来生活吗？"

"暂时不想。"葛西君顿了几秒，"你别想多了，就在这儿跟你的小情人安心过着吧，想我了回来看看就行。"

"好吧。"

吃饱喝足，葛西君伸了个大懒腰："女婿，你这手艺真是不错。"

"我可以天天做给你们吃，不带重样的。"

葛西君眉梢一挑，满意道："我很看好你。"她站了起来，"行了，不打扰你们小两口子恩爱了，我这老太婆撤了。"

秦树阳跟着站起来。

葛西君背上包："你俩别送我，我走了啊。"

说着，她就大步走了出去。

秦树阳从后头抱住林冬，脸贴着她的脸："她这是算同意了？"

"是吧。"

"她叫我女婿。"秦树阳开心地笑了，"你妈妈太可爱了。"

"……"

"不，是咱妈。"

"……"

第二天，葛西君和林冬一起去街舞社。孩子们特热情，她在街舞社待了半天，陪林冬与他们排练，见女儿这么开心，她也很开心。

中午，她请大家去吃饭。

人多当然吃烧烤，一群活泼开朗的孩子，玩闹得热火朝天。葛西君和大家玩得也很开，一点也没有长辈的架子。吃到一半，她喝到微醺，端着啤酒坐到裴周身边，拍了拍他的肩："小伙子。"

"嗯？"

"你跟我说实话，是不是喜欢我们小冬？"

裴周低下头笑了笑，没有回答。

"那不行，我有女婿了，你可别和我家女婿抢啊。"

"阿姨，我是喜欢她，可是自打知道她有男朋友后我就一直把她当妹妹。"

葛西君笑着用胳膊肘抵了他一下："我可不认你做儿子。"

"……"

一顿饭吃了两个多小时，林冬要陪葛西君出去逛逛，葛西君不愿意，自己一个人走了。

林冬就跟伙伴们回了街舞社，一周后他们有个街舞表演，林冬也参加了，最近排练紧张。

葛西君到处走走看看，一不小心晃到了晚上。她买了一堆吃的回酒店，刚进门就听到何信君在打电话。他今天中午刚到燕城，葛西君有一眼没一眼地瞥他，这糟心的管事公，不知道又跟来干什么。

她拎着食物坐到餐桌上默默地吃。

何信君面对窗户，一口纯正的英伦腔，与客户谈笑风生。隔不多久，他挂了电话，转过身。

葛西君舔了舔手指，见他忙完了，招呼道："吃点儿东西？"

何信君身挺条正地走过来，见她圈着腿大大咧咧坐着："二姐，你能注意点儿吃相吗？还有你这坐姿，能不能优雅点儿？虽然这儿没外人，但习惯会成自然。"

又来了，唠唠叨叨……

葛西君睨他一眼，咬了口酥饼："就你事儿多。"她抬抬手，递到他嘴边，"吃点儿？味道一绝，你绝对没吃过。"

何信君挡开她的手："我不吃这些，你愿意吃就吃你的吧。"

葛西君哼笑了一声，自己继续吃。何信君去开了瓶红酒。

"对了，我昨天去见女婿了。"

他的手顿了一下，神情有些微妙的变化，难以捕捉："那个小男孩？"

"嗯。嗯？什么小男孩，大小伙子。"她一边吃一边说，"挺好的啊，哪有你形容的那么惨烈。"

何信君倒了杯酒，坐到她斜对面："说说。"

"这孩子挺上进的，也挺有才，关键是对小冬好，有一分钱给她花两分，而且做饭很好吃，很适合这丫头。"

"有一分花两分，"何信君低笑一声，"你是不够了解他的情况。"

"哎哟，谁还没有个穷的时候了，人不怕穷，就怕没志。"

"你知道他的家庭吗？他父亲赌博欠债跑了，这种家庭，从根本上就有问题。"

"小冬只和我说他欠了一屁股债，没想到是这么回事。孝顺，为父还债，啧啧，好孩子。"

"不行。"

"怎么不行？"

"不配，不是一个世界的。"

葛西君舔了舔牙齿，喝了口果汁，笑眯眯地看着何信君："怎么不是一个世界的？神仙？妖魔？外星人？"

何信君无奈："你女儿的终身大事，你能不能正经点儿？"

"我哪儿不正经了？"她换了个姿势坐着，悠闲地继续吃，"我不正经吗？"

"小冬怎么会有你这么个妈，"他叹了口气，"好在不是你带大的。"

葛西君扬下眉，撇了下嘴，一脸无所谓。

何信君把她手里的零食拿过来放下："少吃点儿，都是什么垃圾东西。"

她抢了回来："你少管我。"

"二姐，你认真点儿吧，别总是这种态度，都什么年纪了还这么任性。"

"我就这样，改不了。"她轻晃了晃脑袋，故意气他。

"总之，我不同意。"

"没用，我才是她妈。再说这事我都不宜太干涉，人家那么大人了，

370

又不是小孩子。"

何信君把杯子用力一放，突然站了起来，说："你这妈从小到大管过她吗？"

葛西君眨了眨眼，没说话。

"这事能闹着玩吗？"他扶了扶脑袋，镇定些，"自己都管不好，她的事你还是别管了。"语落，他转身走开。

葛西君注视着他的背影，至于吗？发那么大脾气？

她拿起零食继续吃，自言自语："难得见你发脾气，我闺女才是被你们管坏了。"

没过两分钟，有人按门铃。葛西君拿着食物小跑到门口开了门，惊讶："哎，你怎么来了？大晚上的不陪小男朋友睡觉？"她轻轻一挑眉朝林冬笑，"那么冷的天抱着多暖和。"

"老何叫我过来。"

"他又要干什么？"

"不知道。"

葛西君把糕点塞到她嘴里："尝尝，超好吃。"

林冬张开嘴，小小咬了一口："这个我早就吃过了，方圆几里的美食，我都吃过。"

"是吗，还有什么好吃的，你给我说说。"她给林冬让开道，"先进来。"

"等我列个清单给你，你慢慢找。"

"行。"

何信君听到动静，从房里出来："回来啦。"

林冬坐到餐桌前吃东西，何信君一看到她，皱起眉，有些震惊："怎么把头发剪了？"

"喜欢就剪了。"

"还有你这衣服怎么回事？"

林冬看了自己一眼："有什么不对吗？"

一身怪异。何信君拽了一下她的衣袖："你让你妈看看，奇装异服，像什么话。"

葛西君瞄过来一眼："挺好的呀，可帅了。闺女给你小舅来一段街舞，超酷。"

"小冬，你是跳芭蕾的，少和这些不三不四的人鬼混。"

"你别这么说话。"林冬有些不高兴。

"行，我不说了。"何信君无奈地坐下，"总之你离他们远点儿，这副模样给大姐看到会气死。"

林冬不想再和他说这些了："你找我来什么事？"

何信君朝葛西君看一眼："说说你和秦树阳的事。"

"好，你说。"林冬一边吃一边听。

何信君沉默了几秒，认真道："还是那句话，你们不合适。"

"我觉得没什么不合适的。"葛西君认真地剥着小龙虾，语气漫不经心，"样貌过关，感情过关，人品过关，穷是穷了点儿，但是上进啊，我看过他那些图纸。"她捅了林冬一下，扬眉笑道，"可以的。"

"二姐，你少说两句，什么都不清楚，别跟着瞎掺和。"

"怎么能叫瞎掺和呢。"葛西君白了何信君一眼，把虾肉放进嘴里。

"你自己的婚姻都有问题。"

葛西君正拿起一只龙虾，手顿住了。

一片沉默。

林冬在桌子底下踹了何信君一脚。何信君意识到说错了话："不好意思。"

葛西君扔了小龙虾，擦擦手："好好好，你说你说，我回房去了，懒得听你叨叨。"她拿上喝的走了。

"如果没有其他事，我就走了。"林冬也不高兴。

"小冬，"林冬站起来刚要走，何信君握着她手腕，"你一个小姑娘什么都不懂，被人骗得团团转还不知道，男人那些花花肠子你不懂。"

林冬看着他，无声。

"你太单纯了，小冬，感情路单一，没什么经历，太容易被骗。一个男人他想哄你骗你占你便宜时，什么花言巧语、山盟海誓都说得出口，不能全信的。小冬，你们差距太大，现在是热恋期可能会觉得这些身份、财力上的阻碍根本算不了什么，可是一旦长久了，价值观上的分歧会越来越明显，这种人，我们要不得。"他语重心长，"永远别完全信任一个男人。"

"可是小舅舅，你也是男人。"林冬笑了笑，推开他的手，"他没有要哄骗我，一开始也是我主动的，如果说占便宜，也是我占他的便宜。"

林冬转身走开："我去找他了。"

"小冬，小冬！"

她停步，回头。

何信君皱眉看着她，目光柔软，有一丝祈求的味道："别去。"

林冬没有回应。

"别去，或者明天再去，今晚别去。"

沉默。

"好吗？"

她走了回来："好吧，我去陪妈妈。"

第二天，林冬和葛西君玩了一整天。

第三天，秦树阳请了假，和林冬一起送葛西君上飞机。

何信君不在，他去忙生意，没有来送姐姐。

临别前，葛西君抱了秦树阳一下，嘱咐他好好照顾小冬，没有太多煽情的话，开开心心地就走了。

这些天，林冬一直在街舞社，礼堂已经租好，演出日子也快到了。这是她第一次街舞演出，准备得格外认真，连晚上在秦树阳的床上都手舞足蹈地蹦，导致他的床板都断了一根。

林冬跳舞很带劲儿，感觉很对，也越来越有范儿。几天下来，形象全变了，活脱脱一个街舞少女的感觉。

虽然每天很累，但很开心，很有成就感，只是她最近胃痛得越来越频繁。秦树阳工作忙，最近不知道在干什么，经常加班到很晚，她不想让他再为自己的事情操心，没有与他说自己身体的问题，大部分都是自己忍了过来。

演出前一天下午，舞房里音乐震耳，林冬在前头领着舞，动作优美有力，极有爆发力。

她的短发别在耳后，戴了一顶黑帽子，卖力地舞动着，因为有很强的功底，身体轻盈灵活，比起别人，总感觉多了种灵气在里头。

突然，她胃痛了起来，停下动作，蹲了下去，接着直接躺在了地上。

一群人紧张地围了过来，见她蜷缩成一团，手捂着胃部，本来跳舞跳得一身汗，现在汗更是像水一样流。

裴周闻讯赶了过来，把她抱起来，开车送去了医院。

检查结果很不好，可以说是很糟糕。

医生说："经常疼那么厉害怎么就不知道来医院检查下？虽然是间歇性疼痛，但你这个胃溃疡情况比较严重了，而且疑有癌变，准备住院做切除手术。"

林冬远比想象中冷静："医生，有生命危险吗？"

"放心，现在这方面手术已经很成熟了。"医生见她不说话，"而且是初期，不用太担心。"

"我再想想。"

"这还有什么好想的？姑娘，这可不能拖啊。"医生看向一直默不作声的裴周，"你这男朋友？不劝劝她？"

"他不是我男朋友。"林冬解释。

"哎哟，姑娘，什么时候了还纠结这个，你赶紧准备住院手术吧。"

"林冬，"裴周皱了皱眉，"如果你是因为演出的事，我可以把演出推迟。"

"不用。"

"听医生的，先做手术，身体最重要。"

"过两天再说。"

医生无奈了："随便你吧，不能拖久，我先给你开点儿药，每天过来打吊瓶。"

晚上九点半，秦树阳趴在办公桌上沉睡。同事们差不多都走了，程芝见他这儿亮着灯，凑过来叫醒他："小秦。

"小秦。"

他腾地站了起来，拎住程芝的衣领，怒目圆睁地看着她。

椅子倒地，巨大的一声响，程芝被他吓了一跳。

这眼神，感觉要杀人。

"对不起。"看清来人，他赶紧松手，"对不起。"

秦树阳双手抹了把脸，失魂落魄的模样，把椅子扶了起来。

"做噩梦了？"

"嗯。"他无力地坐下，捂着脸，克制自己的情绪。

"出什么事了吗？感觉你心里有事情。"

是啊，心里堵了块带刺的石头，动不动一阵刺痛，一直压抑着，强颜欢笑，却总有控住不住的那一刻。

"没事，不好意思啊，吓到您了。"他放下手，整理一下图纸，"您先走吧。"

"等忙完了这段时间，给你放个假，好好休息吧。"

"不用。"他站起来，揉了揉太阳穴，"我自己会调整好。"

"好吧。"程芝拍了拍他的肩，"加油，很不错。"

"嗯，谢谢。"

程芝走了，秦树阳又瘫坐进椅子里，干咽口气，林冬说今晚住酒店，不去自己那儿了，他也不急着回家。

他疲倦地坐着，闭了闭眼，拳头紧攥。

又梦到那个浑蛋了……

下午的时候，老周给何信君打了个电话，说林冬去了医院。何信君这一下午一直心神不宁的，晚上回到酒店见到林冬屋里的灯亮着，他去敲敲门。

"进。"

他见林冬躺在床上看书，坐到她身边："没去他那里？"

"他加班太晚了，我今天不太舒服，不想去。"林冬脸色不太好，"帮我倒杯水。"

何信君起身给林冬倒一杯水来，林冬刚伸手，他一把抓住她手，看着她手背上的针眼："你怎么了？打针了？"

林冬推开他的手，拿过杯子喝了一口："没事。"

"说实话。"

林冬与他对视两秒："病例在桌上。"

何信君立马起身去看了，一系列专业术语，且字迹潦草得不像中文，他看不太懂："医生怎么说？"

"要动个小手术。"

何信君看着她怔了几秒，什么话也没有说，起身出门，掏出手机开始打电话。

六分钟后，他又推门进来："我给你预约了医生，明天下午的机票，收拾收拾准备走。"

"就在这里做。"

"不行。"他格外严肃地看着她，表情有些令人恐怖，"这一次你不听我的也得听，绑我也把你绑回去。"

林冬沉默着。

"听话。"

"晚上，或者后天。"她平静地看着他，"我明天晚上要街舞演出。"

"小冬，你开什么玩笑？"

"就这样，我退一步，你退一步。"

何信君注视着她，知道劝不动，没再多说，转身出去了。

门被关上，屋里开着暖气，却依然冷，林冬握着杯子坐着，闭上双眼。

好烦，好烦啊。

这个时候，秦树阳来了电话。

"秦树。"

"睡了没？"

"没有。"

"在想我？"

"嗯。"

她听到他轻声笑了："你刚下班吗？"

"对，太忙了。"

"秦树，我有一件急事，需要回伦敦一趟。"

"什么急事？"

她不想告诉他，只说："就是伦敦那边的事情。"

"什么时候走？"

"明天晚上，或者后天。"

"那么急，走多久？"

"我不知道。"

他不说话了。

"秦树，你不高兴了？"

"没有，放心吧，你去安心做你的事，办完了想我再回来，没关系，我等你。"

"嗯。"

林冬突然听到一阵刺耳的鸣笛声，问："怎么了？"

"在路上，一辆车不长眼。"

"没事吧？"

"没事，放心。"

"你好好走路吧，我挂了，准备睡了。"

"好。"

"明天早上能来我这里吗？你九点上班，可以有一点儿时间。"

"想我了？"

"嗯。"

"不如我现在就过去。"

她胃还是很难受："我都睡了，你别来了，明早来。"

"行吧。"

"那一会儿我把房间号发给你。"

"好。"

"那我挂了。"

"好，晚安。"

"晚安。"

秦树阳六点多就来了，林冬刚开门，他就上前抱住她："想死你了。"

林冬抚了抚他的背："我也是。"

屋里开着暖气，林冬穿着睡裙，外头披了一件毛衣开衫，两人就站在门口相拥。他的身上凉凉的，带来了外头的寒气。

林冬问："冷吗？"

"不冷，很暖。"他亲吻她的耳尖，鼻头冰凉，冻得她耸了下肩。

"进屋吧。"

"你舅舅在吗？"

"应该不在，昨晚出去了好像就一直没回来。"

"那就咱们俩。"秦树阳松开她，捧起她的脸，"脸色不太好，昨晚没睡好？"

"有点儿。"

"想我想的？"

"不是。"

秦树阳笑了笑，抬抬手，举起一个包："养生粥。"

"好喝吗？"

"特别好喝。"他拉着林冬到桌子前坐下，打开包袋，"特意早起给你熬的，热腾腾，先喝点儿。"

"我还没刷牙。"

秦树阳瞧着她笑："要我帮你刷？"

"别闹了。"林冬起身去洗漱，顺道敲了敲何信君的房门，"老何。"

没有回应，真是一夜没回啊。

于是，她拐去了卫生间，几分钟后洗漱好，朝餐桌走去。

"快来吃，凉了吃下不舒服。"秦树阳把勺子递给林冬。

她看了一眼粥，里面有米、核桃、红枣、绿豆、芝麻、莲子，色泽丰富，看上去很不错。她吃了一勺，甜甜的、软软的，滑进胃里，暖暖的。

"怎么样？"

"嗯，好吃。"

"那多喝点儿。"

"好。"

秦树阳就趴在桌上傻傻地看她。

林冬问："盯着我干什么？"

"好看啊。"

"那这么一直看不会看腻吗？"

"怎么可能。"他笑了起来，"看一辈子都不会腻，不对，十辈子。"

"噢。"

"噢？"他抬手捏了下她的脸，"以后不许噢。"

"好。"

林冬吃了一会儿，有些想吐。她忍下来，又吃了几口，放下勺子，实在吃不下去。

"怎么了？不舒服？"秦树阳突然紧张地问，"是不是又胃痛了？"

"不是，太甜了。"

"不会吧，我尝了的。"他拿过勺子喝了一口，"不甜啊。"

"先放着吧，我不太饿，一会儿再吃。"

"也行。"秦树阳把椅子往她跟前挪一些，腿与她的腿叠着放，手蹭蹭她的手，蹭着蹭着握在手里，握着握着又晃了晃，"练舞吗？我看着你跳。"

"不练。"

"不练？难得啊。"

"留点儿力气，今晚演出。"提及演出，林冬突然来了精神，"今天晚上能来看我跳街舞吗？这是我的第一次街舞演出，小舅舅一直不赞同我跳这个，他不肯来，我都没有亲友团，别人都有。"她嘴角弯着，眼睛轻轻眨了一下，期待地看着他，"我想你来看，可以吗？"

"好啊，"他没带一点考虑便答应了，"必须去。"

"你会不会很忙？如果你有事不来也没关系。"

"不忙，再忙也来看你演出。"

"那好，晚上七点钟演出，在燕城大剧院，你六点半到，我在门口等你，然后带你进去，坐在前排。"

"行，"他的手落到她的腰部，"不练舞，那你叫我一大早来想干吗？"

林冬拽下他不安稳的手："睡觉。"

"睡觉好啊。"秦树阳突然笑了起来，一手扫开桌子上的杂物，起身把她抱起来压在桌子上。

林冬趴着，扭头看他："干什么？"

"装什么傻。"

"我说的睡觉就只是睡觉，不是这个。"林冬要直起腰，又被他按了下去。

"那我理解错了？"

"对。"

"将错就错。"

……

何信君面对房门站着，他已经在这儿杵了足足半小时，他们以为自己不在。

外头桌子被撞得咚咚作响，还有她的声音。

她的声音。

何信君紧握拳头，短短的指甲快要掐进肉里。

此时此刻，他只想杀了外面那个男人。

碎尸万段。

碎尸万段！

很久以后，林冬无力地瘫在床上，秦树阳摞起枕头给她靠着。他去酒店厨房找了微波炉，把粥给热了，端到床头喂给她吃。

一顿折腾，林冬倒有了些胃口，吃掉一半，秦树阳把剩下的喝完。

她抚摸着他的小臂："你的手臂真好看，你好像变白了点儿。"

"我本来就不黑，身上你又不是没见过。"

林冬圈了圈他的手臂："好粗。"

"不粗怎么一手抱得起你。"

她松开他："你去上班吧。"

秦树阳黏着她："不想去。"

"快走吧，我们晚上再见。"

"再待一会儿。"

"再不去就迟到了。"

他亲了她一口："那我走了。"

"嗯。"

"晚上见。"

"好。"

秦树阳起身，穿上外套，眼里还不舍地一直望着她："走了。"

"去吧。"

秦树阳走到门口，回头看她："真走了。"

"快走吧，你好烦。"

他笑了笑，开门离开，不到五秒又折了回来，抱住林冬温柔地亲了亲。

"我爱你。"

可算是走了，屋里静悄悄的，仿佛温度都降低了些。林冬想起床去冲个澡，刚站起来，腿软得没力气，跌坐到地上。她扶床起来，又扶着墙一路走到卫生间，关上门，打开花洒。

何信君看上去格外平静，走出房门，站到了卫生间门口。他听着里头哗哗的流水声，脑海里一直是刚才她销魂的声音。

我的小冬。

我的小冬。

他的手落在门把上，没有动作，放了足足五分钟，还是松了手。

他转身离去，走出酒店……

晚上，大家化好妆，都在后台准备演出，练舞的练舞，聊天的聊天。

六点二十分，林冬披了件红色的大衣，站在剧院门口等秦树阳。她给他打了好几个电话，可是一直没人接。

大概是在赶来的路上吧，林冬想。

男男女女来来往往，川流不息，这两天猛降温，天气预报说今夜有雪。

雪前的夜晚格外冷。二十分钟过去了，林冬还是没有等到秦树阳。裴周过来叫她："林冬。"

她回过头看去。

"外面那么冷，你怎么在这里？"

"我在等男朋友。"

"还没来？"

"嗯。"

"你胃怎么样？还好吗？能跳吗？"

"我没事。"

裴周皱了皱眉："不行就别逞强。"

"真的没事，我有吃药。"她对他笑了一下，"当年芭蕾演出，我崴了脚，走路都疼，最后都坚持跳完了。"

裴周一脸担心。

"没关系的，而且我现在没有疼。"

他看着她冻红了的鼻子，有些心疼，很想揉揉她的脸，手颤了颤，没有抬手。

林冬说："你回去吧。"

裴周看向来路："再等五分钟，不来就赶紧回来，要开始了。"

"好。"

"那我先进去了。"

"嗯。"

他走了，路人也少了。

十分钟过去，秦树阳还是没有出现。

林冬看着空荡荡的世界，突然有些难过，突然有种再也见不到他的错觉。

脸上一丝凉意，她抬头看向天空。

下雪了。

一个小时前，秦树阳收拾东西离开公司，特意早点儿出来，去一家花店，给林冬买了一大束玫瑰花。

他坐在公交车后排，心情愉悦地去见她。突然，手机响了。他换只手抱花，从口袋掏出手机，看了眼来电显示，是老四。

他接了："喂。"

对方无声。

"说话啊。"

还是无声。

"老四？哑巴了？"

依旧无声。

"玩我呢？再不说话我挂了。"

突然，一阵瘆人的笑声传了过来。

秦树阳一怔，魂被抽走了一般。

"好久没听见你声音，老二啊，你知道我有多想你吗？"

秦树阳猛地站了起来，那一瞬间，手指、嘴唇，就连牙齿都在发抖。

"嗯？老二？我快想死你了，天天想，夜夜想，我这梦里都是你啊。你知道我现在过得多惨吗？你那几脚，我算是彻底废了。"

"你在哪儿？"秦树阳努力克制自己的情绪，紧握手机，那力度，仿

380

佛要把它捏碎了。

"哟，这么想见我？"

"你在哪儿！"

突然一声吼，全车人都看向他。

有人嘟囔："神经病。"

"吓死我了。"

"西郊码头，万宁工厂。"

秦树阳听到电话那头的呼喊声："哥！别来！别来！"

秦树阳喊："你别动他！你敢动他我弄死你！"

"噢，你说老四？嗬，我对他没兴趣，我对你才有兴趣，还有……"又是一阵诡异的笑，"还有你那美娇妻。"

秦树阳挂了电话，大步往前走。车到站牌，人直接跳了出去。

玫瑰花还遗留在后座，掉落几片花瓣在地上。

他拦下一辆出租车，整个人精神不太对，瞧着疯疯癫癫的。

脑子里来回只闪着两个字——周迪。

林冬回到剧院后台，已经有人上台表演了，何信君没有来，秦树阳也没来。她失落地站在镜子前看着自己，不太有精神，于是她拿出口红抹了抹，厚厚的一层深枣红色，美得深沉。她又拿了支眼线笔，把眼尾线条拉长，在颧骨点了一颗痣，很个性。

"林冬，准备了。"

"来了。"她脱下大衣，抓了抓头发，让它看上去凌乱松散点儿，就朝着人群走去。

直到演出结束，秦树阳也没有来，大家一起去庆祝，林冬不太舒服，没有去。演奏厅里只剩打扫卫生的阿姨，她坐在尾排给秦树阳打电话，没有通，他的手机关机了。

可能是没电了，林冬想。她不敢走，怕秦树阳来了找不到自己。

晚上十点多，看门的大爷要关门了，她走出演奏厅。

短短几小时，世界裹了层白衣。

林冬没有带伞，站在宽敞的屋檐下，看着大雪纷飞，好冷。她搓了搓手，双手夹在胳肢窝下取暖，工作人员一个接一个离开。近晚上十一点，灯灭了，人也走光了，周围空荡荡的，只剩下路上的路灯，只剩下灯下晶莹的白雪，很美也很凄凉，就好像整个世界只剩下她一个人了。

林冬倒吸口气，胃有些不舒服，可能是吸了凉气的原因，不禁一阵寒战。她感觉秦树阳不会来了，刚要走进雨雪中，一个身材高大的男人朝自己走来。他撑着伞，走在纷扬的雪下，身影模糊。

看清来人，林冬有些失望，有气无力地唤一声："小舅舅。"

回去的路上，林冬胃痛得厉害，何信君送她到医院打点滴。林冬睡着了，他就一直在一旁守着她。

夜里十二点，林冬醒了。

何信君放下手里的文件："感觉怎么样？还疼不疼？"

林冬摇摇头，口干舌燥的："给我倒杯水。"

何信君出去接了杯水回来，扶起林冬坐起来喝："慢点儿喝。"何信君心疼地注视她，"我就不该由你任性，都这样了还去跳那个干什么？"

林冬放下水杯，继续躺下。

"下雪了还一个人站在外面，你总是叫我担心。"

林冬撇了下嘴："谢谢你了。"

何信君看着她的表情，突然又想起今天早上在酒店的时候，他咽了口气，伸手摸了摸她的头："跟我还说什么谢谢。"

"就你在吗？"

何信君手顿了一下："嗯。"

林冬闭了会儿眼，要坐起来，何信君按住她的肩头："又要干什么？"

"我没事了，不疼了。"

"躺下。"

她沉默地注视着他，没有动弹。

何信君语气坚定："没事也躺下。"

"我的手机呢？"

"怎么了？"

"有人给我打电话吗？"

"没有。"

"短信呢？"

"也没有。"

林冬有些失望。

"你指他？"

"嗯。"

"没来看你演出？"

"说好来的，可能有什么事情，手机也关机了。"

"工作忙起来，可能就忘了。"何信君把被子给她往上拉一拉，轻声慢语，"我就是这样。"

林冬没说话，默认了。

"大姐二姐听说你的情况都很担心你，让你抓紧时间回去，如果明天身体没大碍，我们就走。"

"就在这里做不行吗？"

何信君表情严肃："不行。"

"为什么？"

"我不放心。"

"医生说这种手术已经很成熟了。"

"我不放心。"他重复道。

林冬根本不知道要怎样与他沟通。

"我请了一位专家，明天一路陪同，不会有问题。"

她闭上眼，不想说话。

"我去给你弄点儿吃的过来。"

林冬转过身，不想理他。

何信君默默看了她几秒，走了出去。

第二天早上七点，林冬精神好很多，和何信君、医生一起去机场，中途她让老周把车开到东闲里。

到了巷口，车进不去，林冬说："你们在这儿等我一会儿。"

"快点儿。"何信君闭上眼，靠着椅背轻语，话音听不出情绪来。

"嗯。"林冬走下车。

雪越来越大，她撑着伞走进雪白的巷子。

全世界变得格外明朗，林冬心情很好，感觉漫步在这条通往秦树阳住所的小路非常浪漫。

可是他家大门紧锁着，透着门隙往里看，里头门也紧关着。会不会还没起床？

林冬看了一眼时间，七点了，不应该啊。于是，她给秦树阳再打了个电话，还是关机。

林冬抬手敲敲门，大铁门凉得手疼，她裹了裹袖子，继续敲。

里头旺财在叫。

"秦树。"

听到她的声音，狗不叫了。

"秦树。"

"老四。"

"亮亮。"

家里一个人都没有。

都出门了？或许昨夜加班一宿没回来？或许有其他什么事情。

林冬站在门口，左右看了一眼。白色的东闲里，不再是往日的破旧样，完全变了一个样，变得她有些陌生了。

林冬目光落到身边的小树上，枝丫上积着厚厚的雪，树干太细太脆弱，被雪压得弯了起来，突然承受不住压力，折断了。一截树枝掉在雪上，伏落着，她弯下身把它捡了起来，握在手心，冰凉冰凉的。

你也会疼吗？

林冬看向树的断口，突然心里莫名地难受。

就在林冬走神的时候，一个浑身捂得严严实实的妇人远远地打量着林冬，碎步朝林冬走了过来。她嗅了嗅鼻子，一吐气，一大团子热气扑出来："姑娘。"

林冬扬起伞檐。

"你是小秦的女朋友吧？"

"您好，是的。"

"在这儿等他？"

"嗯。"

"你别等了，他不在。"

"您知道他在哪儿吗？"

"老家出事情，好像连夜回去了，不知道怎么了，应该有什么急事。"

"噢，谢谢您。"

"没事，大冷天的，瞧你冻得脸都红了。可别感冒了，赶紧回去吧。"

"好，谢谢。"

"不客气。"妇人紧搂棉袄笑着走了，走几步回头看她两眼。

林冬又站了几分钟，她给秦树阳发了条短信——秦树，我先回伦敦了，过些日子再回来，你忙完了再找我。

她收起手机，看了眼大铁门，转身离开。

车还在巷口等，林冬上了车，何信君突然握住她的手："那么凉，我给你暖暖。"

林冬抽出手："不用。"

何信君愣了片刻，看向她手里的一截树枝："握着树枝干什么？"

林冬抬起手，她也有些莫名其妙，怎么一直握着它。

何信君把树枝拿了过来，未待她反应过来，他已经把它扔出窗外了。

"你干吗呀？"林冬下车把树枝捡了回来。

何信君笑了："一截树枝，不会是想带回伦敦吧？"

"这是秦树家门口的。"林冬把它揣进包里，何信君又把树枝拿过来扔了出去。

"什么都玩，你不是小孩子了。"

"老何！"

"开车。"何信君对老周说。

"好。"车子开动。

林冬闷闷不乐地背对着何信君，面朝车窗靠着。

他说："你睡会儿吧。"

无声。

他轻笑："小孩子。"

何信君送林冬和医生到机场，对医生说："就拜托你这一路照顾她。"

"放心吧。"医生说。

"你不走？"林冬问何信君。

"我还有点儿事，明天回。那边的事我都打理好了，你先回去，大姐二姐会去接你。"

"好吧。"

"安心治病，别想其他的。"

"噢。"

他们走了，何信君坐回车里，轻皱着眉，心情很不好。

"先生，现在去哪儿？"

"回酒店。"

"好的。"

巷口，那穿黄棉袄的妇人与一个男人面对面站着。男人手里拿着一沓钞票在数，妇人眼睛发光地盯着那钱。

"这些，给你的。"他把钱交给她。

"谢谢，谢谢。"妇人开心得眉飞色舞。

"走吧，就当没这回事。"

"这我清楚。"她把钱揣进棉袄口袋里，拉好拉链，拍了两下，笑得眼尾一道道皱纹，"放心吧，我什么都不知道。"

何信君回到酒店。他倒了杯红酒喝，单手插在裤兜里，心平气和地看着窗外的雪景，素净、洁白、一尘不染。

我的小冬应该是这样的。可是现在啊，有人把她弄脏了。

不行，不行啊。

他在等一个人。

两个小时后，门被敲响。人来了。

他勾起嘴角，依旧淡定地喝着酒。

门没有锁，掩了条缝，来者自己推门进来，人高高大大的，穿了件又大又长的黑棉袄，围着厚厚的围巾，戴着口罩。身上的雪化成水，浑身湿漉漉的，他神神道道地扫视四周，感叹一声，背身把门锁上。

躲了一夜，风尘仆仆的，可累坏了。他脱下棉袄，扯下口罩，随意地扔在地上："钱呢？"

何信君优雅地转过身来，看他一身血与泥，轻声道："请你洗干净了再来见我。"

周迪低头看了自己一眼："少废话，给钱我立马走人。"他见何信君不说话，有些急，"你不会是反悔了？你答应给我一笔钱而且把我送出国的！事情已经办了，我要是坐牢你也别想跑了！"

"别急。"何信君朝他走过来，放下红酒杯。

屋里开着暖气，周迪一身汗，扯掉围巾，脖子上、衣领上全是血。

何信君挑眉看他："受伤了？"

周迪轻蔑地笑了一声："不是我的。"

何信君到房间拎了一个大黑包出来放在周迪面前。周迪赶紧打开包看了眼，拿起其中一沓钞票用力地甩了甩，放在鼻间深嗅，销魂地笑起来。

"走吧。"这嘴脸看得何信君极不舒适。

"不急，我歇会儿。"周迪拉了椅子不紧不慢地坐了下来，拿起个苹果就开始啃，"饿死我了，有其他吃的吗？"

"没有。"

"给我叫一份呗？大哥？"

何信君没理他，转身对着窗外，不屑地笑了声：垃圾。

周迪白了何信君一眼，心里也暗骂：什么玩意儿。

"大哥，你跟他有什么过节，这么阴他？"周迪啃了半个苹果，随口那么一问。

"不该问的就别问，拿好你的钱走人。"

周迪瞅着何信君的背影，嗬，仪表堂堂的伪君子，不就是有几个臭钱，装什么。

"这么个小瘪三还真值钱，"周迪又剥了根香蕉，一口下去半截没了，"不过，真是太解气了，看到他那个样子，"他一嘴吃的还没咽下去，疯子一样又低笑起来，"你是不知道我这心里有多爽。我这口气闷很久了，舒坦啊。"周迪捶捶自己胸口，吃下另一半香蕉，"终于出来了。"

苍蝇似的，嗡嗡嗡，何信君懒得与他废话，权当听不见。

"就算你没找我，这口气我也早晚得出了去。嗬，搞我，也不看自己几斤几两，我以前也不是这副人不人鬼不鬼的样子，要不是他和他那贱丫头，我至于变成这样吗？"

何信君陡然一精神。

"只可惜啊，可惜了那小贱人。"周迪扔了苹果核，舔舔嘴，眯起眼，"差点儿就搞到那小贱人。"

何信君转过身来，远远地看着他，目光冰冷："你说什么？"

周迪哼笑一声，得意扬扬地拍了下大腿："就秦树阳那小媳妇。你没看见，那女的真可以，不知道怎么就跟了这么个穷光蛋，说是个跳舞的，巨有钱，个性，长得还特好看。那天晚上她给那小子送汤，被我给堵在巷子里。"

何信君缓缓向他走过来。

周迪依旧一副回味无穷的模样："啧啧啧，我到现在都记得她身上那味，茉莉香，还有那手感，那皮肤，又白又嫩的。"

何信君站到他身边，双手撑着桌子，微微俯身，目不转睛地盯着他的脸，轻声慢语："然后呢？"

"然后被她给跑了，还洒了我一头汤。"周迪把手搭在桌子上，用力拍了一下桌子，骂了句脏话，"要不是突然冒出那几个男人，我早得手了。"周迪回想起林冬，一脸淫笑，完全没有注意到何信君的表情，"要是给我再遇到那死丫头，嘿嘿嘿……不提这事，我回头还得去找找她，她男人现在这丸样儿，废了，我得给她暖暖床去。大哥，要不要带来给你玩玩？啊——"

周迪突然撕心裂肺地喊叫一声，剧烈的疼痛连接着五脏六腑，半边身子都疼得没知觉了："啊——啊啊——"

他眼睁睁看着桌子上自己的两根指头掉下来，面目狰狞，残缺的手剧烈地颤抖，人往后翻，跌坐到地上，滚了一圈。

何信君面无表情地俯视着他，语气平平，却格外骇人："你知道你嘴里这个小……她是谁吗？"

周迪捂着手指，血止不住地淌，他惊恐地看着眼前的男人，疼得发不出声来。

"她是我的爱人。"

周迪吓得人往后缩，牙齿都在发抖。

何信君蹲到他面前，对他笑了笑，手里长长的水果刀拍了拍他的脸，留下一块块血斑："我都没舍得动。"

刀尖划到周迪的脖子，周迪仰着脸不敢动，出了一头汗，混着血流下来，渗入衣领。

"你该庆幸你没得手，否则断的就不是两根手指头了。"

周迪看着何信君的笑容，起了一身鸡皮疙瘩："你……"他哆嗦着，话说不清楚，"你……"

何信君站了起来，随手扔了水果刀："把血清理干净，拿上你的钱和手指，滚。"他垂眸看了眼溅到手面的血，又看了眼地上疼得抽搐的周迪，走进卫生间清洗。

外头人痛苦地闷哼着。何信君手抓着洗漱台角，青筋暴起，狠狠地盯着镜子里的自己，心情逐渐平复。

第二天，何信君找到了秦树阳。

老四和一个妇人陪在他病床边。见有人来，老四一瘸一拐地迎过来，大门牙掉了一颗，半边脸还肿着："您是？"

何信君手拿黑色长伞，披着长大衣，里头一身西装，他没有理老四的话，往病床上看。

"您是公司来的？"

"我是林冬的家人。"

老四听林冬提过自己的舅舅，想来就是此人了。他顿时一脸愁苦，嘴一撇，撕扯到嘴角的伤口，疼得用手捂了下："哎哟，我的天啊，小嫂子呢？"

何信君没有回答。

"啊，不，林冬呢？"

"她回伦敦了。"

"回伦敦？"老四纳闷了，"又走了？"

何信君不与他说话了，往里走到病床边，见秦树阳戴着氧气罩，一脸苍白。

守在床边的妇人是秦树阳的母亲杜茗，她眼睛红肿着，看向何信君："你好。"

"你好。"何信君离近些看他，"还没醒？"

"没有。"

"我等他醒了再来。"

"好，谢谢你。"

"不用客气。"

老四要送他离开。

何信君说："别送。"

"那您慢走。"老四望着他背影，突然喊，"舅舅。"

何信君回头。

"小……林冬还回来吗？"老四眼红红的，"她会不会不要哥了？"

何信君没有回答，转身走了。

老四心里难受，一个人在走廊站了会儿，眼泪流下来，他随手揩掉，一拳打在墙上，又气又难受。

晚上，何信君又来了。这一次秦树阳醒着，不过药力没过，没劲儿说话，眼皮耷拉着，瞧着就剩一口气在。

老四和杜茗都出去了，病房里就他们两个人。

"秦树阳，是吧。"

秦树阳无力地看着何信君，声音嘶哑："林……冬……林……"

"她走了。"

秦树阳的目光更加黯淡。

"小伙子，恕我直言。"何信君给他拉了拉被子，"你现在这个样子，还想赖着她？"

秦树阳轻微摇下头："不是……我……"

"说不了话就别说了，听我说。"何信君手插在口袋里，拄着伞走到窗前。

"林冬这孩子，挺单纯的。"雪还在下，"她自小就被带到英国，妈妈是个艺术家，前几年在意大利学习，后来回伦敦后也是整天把自己关在画室，对她几乎不闻不问。林冬从小缺乏父爱母爱，一直接受家庭式教育，没上过学，没和同龄的孩子接触。

"别看她对什么都冷冰冰的样子，其实倒也不是冷漠，只是不善于交际，不懂怎么和别人相处，说话可能会让别人不太舒服，显得没情商。可是没关系，我们把她养那么好，不是用来讨好别人的。"

"小冬是个念旧的人，小时候的漫画书、零食，家里的一砖一瓦。"何信君温柔地笑了笑，"离开久了，对这里的一切都有兴趣，吃的、玩的、用的，也包括人。"

"我这么说，你能懂我意思吗？"他回头看秦树阳一眼，扬起嘴角，"我们为她阻隔了外界所有不好的人与事，让她在一个绝对安全、干净的环境下长大，一路顺顺当当，按照正确的轨迹往前走，却没想到在你这儿栽了跟头。是我当初太疏忽，我以为像你这样的人，根本没有一点儿危险性。"

他走到病床边，双手按着伞把，笔直地站立，气势凌人："你觉得她和你能长久吗？你觉得，她这样的人，和你这样的人，你们能一起走多远？

"你背负债务，还有个出逃的父亲，母亲在别人家做保姆，这样的家庭，你拿什么来确保她的幸福？

保姆？什么保姆？秦树阳的脑子里顿时"嗡嗡嗡"的，乱成一团。

"热恋中的情人很容易被冲昏头脑，等激情过去，剩下生活与现实的时候，就会发现曾经的山盟海誓都是幼稚。

"小冬是个芭蕾舞蹈家，她以后的丈夫，不该是你这样的。你也给不了她未来。

"她太年轻，容易受外界迷惑，整天稀里糊涂的自以为是。年轻人嘛，抵抗不住诱惑和欲望很正常，现在她走上一条错误的道路，迷途不知返，就该有人拉她一把，我会把她带回属于她的世界。

"她已经回伦敦了，我在这里留几句话给你，我想你也是聪明人，你应该知道我不喜欢你，而小冬的妈妈思想一直有问题，她对你的喜欢是建立于林冬和你在一起的基础上，换一个男人，只要女儿喜欢，她依旧会接受。"

"对了，你知道她回去干什么去了？"何信君俯视着他，温和地笑了，

"胃癌，回去做手术了。"

插着针的手一颤，秦树阳仰头要起来，却一点儿力气也没有。

"别激动，你现在这个样子还是好好躺着比较好。"何信君故意扬了些语调，"看来你真的一点儿也不知道。"

秦树阳咬着牙，双目通红，嘴唇轻微地颤抖，想要说话，却哑口无声。

"你看，这么大的事，她都瞒着你。为什么？因为她觉得你没有能力照顾她，没有精力管她，没有钱财帮助她，你觉得呢？"何信君看着秦树阳的眼神，又笑了，"别这么看着我。"他坐到秦树阳的旁边，"做人不要太异想天开，得先学会照照自己。

"我猜你一定想说，你会努力工作，赚钱，给她好的生活。"

秦树阳恢复平静，沉默地看着他。

"三年？五年？十年？你凭什么叫她用一个女人最美好的青春为你等待一个不确定的未来？

"年轻人，奉劝你一句，不管过去现在还是未来，不适合自己的东西，从最初就不要去妄想，否则到头来伤的还是自己。

"放过她吧，也放过你自己。

"看看你自己现在的样子，你觉得你还能配得上她吗？你能给她什么？穷困潦倒的生活？一个残缺的躯体？还是不值得一提的爱？"

"爱，"他轻蔑地笑了一声，"你们两个小孩子，懂什么叫爱？"他靠向秦树阳的脸，与秦树阳对视，目光极具侵略性，"从她九岁我就开始爱她，整整十一年，你们这区区几个月，算什么？"

秦树阳抬了抬手："你……你是……她……"

"我是她舅舅？"何信君微笑，捏了下秦树阳的肩头，秦树阳疼得咬住牙，闷哼一声。

"我不是她舅舅。"他手下更加用力，秦树阳痛苦地紧皱眉头。

"我是她的归宿，我才是她的未来。"

何信君洗了洗手，走出医院，坐进了车里。

老周问他："先生，现在去哪儿？"

"就在这儿停一会儿。"

"好的。"

何信君头靠着椅背，看着车窗外的景色，微笑了一下。

"您心情不错？"老周问。

"打扫掉一些小垃圾，浑身舒畅。"

"那个人答应放弃小姐了？"

"我想应该是。"

"那么容易妥协？"

"人往往在受伤的时候，意志力最薄弱。他现在这个样子，已经是心里最脆弱的时候了，本来胸口那堵墙已经饱受摧残摇摇欲坠，我只要顺势轻轻一推，嘣——"

老周僵硬地扬了下嘴角，不说话了。

"怎么，觉得我没人性？"

"先生，我只是觉得这么做会不会有些过了，小姐应该会很伤心。"

"我这是在保护她。"

"可是……"

"行了，走吧。"

"去哪里？"

"机场。"

林冬的手机又不见了，在秦树阳家门口的时候分明放进包里，跟上次一样，突然就没了。她没心思想太多，住进医院做了一大堆检查，准备做手术。

何信君很快便赶回来，他第一时间前往医院，却未曾料想林冬对自己说的第一句话就是："是你拿了我的手机吗？"

何信君无辜地微笑着看她："什么？"

"老何，是不是你拿走了我的手机？两次都是。"

"为什么这么说？"

"我觉得就是你拿了，每次都是和你在一起的时候没的。"

何信君看她认真的表情，不再否认："是的。"

"老何！"林冬气得坐起来，"你不想我联系秦树？你还是不接受他？"

何信君平静地坐到她旁边，拍了拍被子下她的大腿："小冬，你们不合适。"

"为什么你一直这么执迷不悟？"

"执迷不悟的人是你。"

"你不觉得你这么做很没道德吗？你凭什么拿我东西？"林冬推开他的手，"还给我。"

"我是为你好，就算没道德，我也无所谓。"

"小舅舅！"

"他不适合你，"何信君重复，"他不适合你，小冬。"

林冬平静地看着他，沉默了。

"就当放了个长假，玩够了，假期结束，你的生活该回到正轨，别再和无关紧要的人牵扯过多。"

"说完了吗？"

何信君摊手。

"我和他的事不用你管。"

他微笑，并没有生气。

"他到底哪里不招你喜欢了？"

"从上到下，从里到外。"

"你不喜欢也没用，我喜欢就行，而且你也没有权利管我。"

何信君伸手要揉林冬的头，林冬一巴掌给他打开了："你别碰我。"

"小脾气。"何信君收住手，笑了笑，"小冬啊，你还小啊。"

"把手机还我。"

何信君默不作声。

"给我。"

"扔在中国了。"

"你……"林冬用脚踹了他一下，"你走吧，我不想和你说话，你别再来烦我了。"

何信君握住林冬的脚，林冬又踹他。他无奈地站了起来，依旧面带笑容："你看，小孩子，淘气。"

林冬闷声躺下，用被子捂住脸，不想看到他。

一旁的女护士笑着看两人："她真可爱。"

何信君笑得甜，看着床上的人："是啊。"

这段时间，很多人来探望林冬，认识的、不认识的，叫上来名的、叫不上来名的……鲜花一束接着一束，人群一批接着一批。

可是秦树阳不一样，除了胡见兵、露姐、强子，还有楼上的王姐，就只有裴吉了。

虽然认识不久，裴吉却格外欣赏秦树阳，现在秦树阳辞了职，又伤成这个样子，裴吉几乎每天都会来看望他一次。人家说患难见真情，裴吉是真心想交这个朋友。

强子搬走了，老家那边给他托关系找到工作，还相了亲，看对眼，都快订婚了。老四也谈了恋爱，成天浓情蜜意的，除了上班时间几乎全和女朋友腻在一起。

短短不到一个月，下了七次雪，断断续续的，天气越来越冷。

秦树阳出院了，他在家里住着，屋里阴冷潮湿，盖再多被子也还是觉得冷。他坐在床上，消沉地翻看着过去画的图纸，突然一张速写映入眼帘，他一下子就想起了那个炎热的午后。那是他们初次见面的时候。画面里是一条街道，当初等林冬的时候他无聊随手画的。

秦树阳看着这画，出了神。

突然，杜茗进来："树阳，妈出去买个菜，你一个人在家注意安全。"

"好。"

杜茗拿上菜篮子出门，走好远了不放心，又回来把大门锁上。这些日子，她看上去苍老了许多，额前多了几根白头发，心事重重地低着头往前走。

　　"啊——"杜茗没看前路，撞上一个女孩儿，"对不起，对不起，你没事吧？"

　　"没事。"语落，林冬继续前行。

　　杜茗回头看林冬的背影，心里想：哪里来的姑娘，长得真好看。

　　她叹了口气，回过头去继续往前走。

　　林冬刚下飞机，拎着行李箱就过来了。她走到秦树阳家门口，大门又锁着，透过门缝往里看去，客厅大门也锁着，没人的模样。

　　林冬没逗留，去酒店放下行李又去了街舞社。大家一见她都跑上来问东问西。裴周不在，社里的小姐姐把电话号码给了林冬，她跑到天台上坐着，给他打电话。

　　"你好。"

　　"裴周，我是林冬。"

　　"林冬？换号码了？"

　　"之前的手机丢了。"

　　"你回来了？"

　　"回来了。"

　　"现在在哪里？要来社里吗？聚聚，我去接你。"

　　"我现在就在社里。"

　　"是吗？那我赶过去，你等我一下。"

　　"下次吧，我就走了。"林冬望着远方楼顶上的积雪，"我找你是有个事。"

　　"你说。"

　　"我记得你弟弟是秦树的同事。"

　　裴周突然沉默了。

　　"裴周？"

　　"嗯，我在。"

　　"我记得你弟弟是秦树的同事。"

　　"对。"

　　"我想麻烦你帮我跟他再要一下秦树的号码，我的手机丢了，号码没了，没法联系他。"

　　"没问题，你稍等会儿，我一会儿给你把号码发过去。"

　　"好的，谢谢。"

　　"别那么客气。"

裴吉不知道在干什么，裴周打了一个小时才把电话打通，开门见山："把秦树阳电话号码给我。"

　　"你要他号码干什么？"

　　"他女朋友，林冬回来了。"

　　"她不是走了吗？咋又回来了？"

　　"……"

　　"我以为树这样，她不要他了。"

　　裴周皱眉，心里隐隐不太舒服："林冬不是这种人。"

　　"你等等，我给你发过去。"

　　"好。"

　　裴周收到了号码，复制给林冬，刚要发出去，自嘲地笑了笑，那么好心干什么？真傻。

　　林冬在社里没待多久就回酒店了，回来的时候急，没带内衣，她想去附近的商场买两件。以往的内衣都是别人买好的，这是她第一次逛内衣店。她拿起一套黑色的看了看，蕾丝的，她来回翻看着，心想：太透了，这个什么也遮不住吧。

　　导购笑着走过来："你好。"

　　林冬赶紧放下内衣。

　　"美女，你眼光真好，这是我们店里的最新款。"

　　"……"

　　"你身材那么好，长得漂亮，穿上男朋友一定会很开心的。"

　　"真的？"

　　导购笑眯眯道："当然，哪有男人不喜欢女朋友穿这个的。"

　　林冬又把它拿起来："可是太透了，不会太暴露吗？"

　　"美女，情趣内衣当然得越暴露越好啊，这套穿起来很性感的。"

　　林冬想起秦树阳来，微微一笑。她想穿给他看，好久没见了，他应该会很开心吧，便说："那我要一套。"

　　"好的，美女，你还需要其他的吗？"她又给林冬拿了一套更暴露的，"这套也很适合你。"

　　"……"怎么就适合我了？

　　林冬被导购忽悠得团团转，买了四套情趣内衣，一套比一套暴露，一套比一套性感，又买了三套正常的，开心地回酒店。

　　裴周的短信来了，林冬给他回了个谢谢。

　　她把几套情趣内衣摊在床上欣赏，脑袋里浮想联翩，羞涩地躺到床上直打滚。

中午，杜茗做了午饭，给秦树阳端进屋里来。他要下床，杜茗阻止："别下来了，冷，就坐在床上吃。"

杜茗拿了块毛巾铺在被子上，防止弄脏。秦树阳背靠叠起来的被子，把碗放在腿上，用勺子挖着一口一口慢慢吃。

"多吃点儿，长得快。"杜茗给他盛了碗骨头汤，"来，喝点儿。"

秦树阳单手要端过来，杜茗手往后缩："我来喂你吧。"

"不用。"

"来，喂你，张嘴。"

"真不用，妈。"

"不听话呢，张嘴，跟妈还客气什么。"

秦树阳张开嘴。

杜茗慈爱地看着儿子："好喝吗？"

"好喝。"

"多喝点儿，烫不烫？"说着，她就吹了吹。

"不烫。刚好。"

"那就行，来。"

"妈，你也吃吧。"

"妈不饿，你先吃。"

老四从维修店回来就直奔秦树阳房里："哥。"他高高兴兴推开门，"哥，我店里收了台二手平板，送给你，打发时间。"

"用不着，我不要这个。"

老四直接给他扔到床头："拿去吧哥，我下了好几部电影，你无聊就看看，我回店里了啊。"

"老四啊，来喝点儿汤。"杜茗说。

"不用，谢谢啦阿姨。"老四说完就跑走了。

杜茗笑了笑，继续喂秦树阳："这老四真可爱。树阳，你这些朋友里，我看就他最靠谱，对你也最真心。"

"嗯。"秦树阳从她手里拿过碗，"我自己喝。"

手机铃声响了起来，是个陌生号码。杜茗随手就把电话挂了，继续给秦树阳夹菜："吃点儿肉。"

手机又响起来。

"又是推销吧，"杜茗拿起手机接通了，"喂。"

"秦树。"声音并不大，只是这两个字，太过于敏感。

秦树阳心头一震，胸口像被锤子猛烈敲击一下，"咚"的一声，阵阵回音。他忽然坐直，伤口撕扯，疼得厉害。他从杜茗手里抢过手机，未说一个字，挂断电话。

"哎，你干什么呀？"杜茗被这突如其来的举动吓了一跳，只见他脸色煞白，"树阳，怎么了？"她紧张了起来，"怎么了？哪里难受吗？"

秦树阳神色慌乱，失了魂似的盯着手机，没有回答。

"脸色突然这么不好，怎么了儿子？"她抽出张纸擦了擦他额边的汗，"说话啊，你要急死我啊？"

"妈——"他的手轻微颤抖着，连声音也是颤抖的，他抬起目光，看着母亲，眼睛红了。

杜茗愣怔着，顿时明白了："那姑娘……是……是林冬吗？"

秦树阳点头。

杜茗沉默了几秒，说："那你怎么给挂了……她是不是还不知道你出事了？"

"我不知道。"

"那你打算怎么办？"

"我不知道。"他绝望地低下头。

这时，电话又打了过来，秦树阳盯着这串长长的数字没有动作。

杜茗见他不知所措的样子，说："妈给你挂了。"

正要挂断，他说："等等。"

铃声依旧响着，太刺耳了。

秦树阳拿起手机，滑动接通。杜茗一声都不敢出，紧张地看着他。

世界一片空旷。

"喂？您好。您好，是我打错了吗？"

熟悉的声音，叫人听着想落泪。

"您好？在吗？"

秦树阳紧紧地抓着被褥，气息不平稳，轻声唤了句："林冬。"

那头安静了几秒。

"秦树。

"秦树，我回来了。我早上去你家，可是大门关着，没有人在，我就在酒店先住下了，还是之前的那家。"

沉默。

"秦树？"

沉默。

"你在听吗？"

"在，我在听。"

"你怎么了，听上去不太对劲儿，你不舒服吗？"

"没事。"

"刚刚接电话的是个女人，你和别人在一块儿吗？"

"是我妈妈。"

杜茗坐在床边，静静地听。

"秦树，你在老家？还没回来吗？"

"没有。"

"你在燕城？"

"在。"

"你妈妈过来了？在旁边？"

"嗯。"

"替我问好。"

"嗯。"

"那我晚上去找你，你今天还加班吗？"

看来她什么都不知道，何信君没有告诉她。

"没有。"

"那我晚上去你那里，七点，行吗？"

秦树阳没说话。

"行吗？七点？"

逃不掉的，他答："行。"

"我给你准备了一件礼物。"林冬见他迟迟不说话，主动道，"你不想知道是什么吗？"她笑了，"不告诉你，到了再给你看。"

沉默。

"那你先忙，我挂了，晚上见。"

"好。"

电话挂断，秦树阳仍旧举着手机，身体僵硬地一动也不动。

杜茗神色紧张："怎么说的？"

他放下手，搭在被子上，仿佛浑身的力气都泄了，突然好疲倦，好疲倦啊。

"树阳，她怎么说？"

秦树阳没有回答，把腿上的碗拿开放到桌子上，被子一揭就要下床。

杜茗拦住他："你干什么啊？"

他放下腿，准备穿鞋，半边身子都在痛。

"你干什么！树阳！"

"我去找她。"

"外面那么冷！"杜茗拦住他，"你这个样子要上哪儿去？"

他不听话，站了起来。

杜茗挡到他身前："妈知道你想见她，但是你准备好了吗？怎么面对？怎么说？她知道之后会有什么反应？你都想清楚了吗？"

秦树阳愣住了。

"你先好好想想吧。"

他重新坐了下来。

"先吃饭吧。"杜茗一阵心酸，眼睛红了。

哪还能吃得下，他胡乱塞了两口，难以下咽。

杜茗把碗筷收拾了，下午她忙活完，过来与正在发愣的秦树阳说："妈妈出去一趟，给你取药，有什么事打电话，你不要乱跑。"

"好。"

杜茗走了。

秦树阳干坐着，手里紧握着手机，度秒如年。他心里烦乱，探身从抽屉拿出烟，一拉一扯，伤口又疼得厉害。他艰难地点上烟，抽了一口觉得索然无味，抽不下去，便又摁灭在桌上的烟灰缸里。

时间一分一秒地过去。

他感觉自己浑身从里到外、从上到下每一处都难受得要命，倒出几颗止痛药吃掉，躺了下去。

不一会儿，还是忍不住了，他戴上口罩帽子，披着宽松肥大的外套，这样看上去一点儿也察觉不出来少了些什么。

秦树阳也没锁门就出去了，来到林冬住的酒店楼下的马路对面，掸了掸花坛上的积雪，坐了下去。他并不确定能否见到林冬，可他就是想坐在这里，坐在这个离她近一点的地方等等看。

六点，天已经黑透了，车潮拥挤，灯火辉煌，风寒雪来，他搂着衣服坐着，肩头落满雪。

树影挡住了前方的路灯，他就像一座雕塑一样，被一席黑暗笼罩，静静地等待。

林冬从酒店出来了。

看到她的那一刻，秦树阳立马站了起来。他站到梧桐树的后面，一手扶着树，远远地望着她。

林冬。

林冬。

你还好吗？

他望着她弱不禁风的身影，想起何信君的话来——胃癌。

为什么不好好治病，到处乱跑。

傻姑娘。

林冬把手放进口袋里，沿着街道走，她停在一个煎饼摊前，眼巴巴地看着那煎饼。摊主与她说话，她摇摇头走掉了。

秦树阳远远跟着她，一路走走停停。她路过什么好吃的都会看一眼，却什么都没买，最后进了"大玩家"店。

秦树阳找了个花坛台子坐下，身体倚靠一棵树，坐着坐着有些犯困，眼皮子耷拉下来。最近吃的这个药总是这样，很疲惫。迷迷糊糊中，思考了很多事情，从前、现在、未来。

秦树阳醒过来的时候，脑袋有点儿发热，头晕晕的，好像有点儿发烧了。他没带手机，问了路人一嘴："请问几点了？"

"七点三十五。"

林冬应该已经到了。

他站起来，心里很急，却慢悠悠地往回走，心情复杂，脑袋里一片混乱，想见到她，怕见到她，这一路上心里七上八下的。

房里亮着灯，秦树阳在房门口杵了足足十分钟，举步维艰，还是迈了进去。

林冬听见开门的声音，裹着被子站在床上，高兴地看着他："秦树。"

那一刻，他突然觉得，伪装的那层坚硬无比的铠甲，顿时碎得渣都不剩。

"秦树，把门关上。"

他没有动弹，林冬裹着被子跳下床，关上房门，插好插销，又爬到床上，面朝着他，打开被子："Surprise（惊喜）！"

他看着她白皙细长的身体，丝毫也没注意到她穿了什么，只是觉得，她瘦了，瘦了好多，腹部还有一小块刀痕。

林冬见他盯着自己的肚子，摸了摸疤："秦树，对不起，我之前没有告诉你，我回伦敦是去做了个小手术，不过现在我已经好了。"她转了个圈，"你看，我还和以前一样。"

他脸色阴沉。

林冬见他这副表情，停下动作，有些不知所措："这个疤现在不太好看，以后可以去掉的。"

"秦树。"她见他没反应，赤脚下床，朝他走过来，"秦树。"

秦树阳退后一步："把衣服穿上。"

她杵了下，又要上前："你不喜欢这个吗？"

秦树阳又退后一步，身体撞到门上，一阵剧痛："别过来。"

林冬傻愣愣的，穿着几近透明的内衣，就这么站着。

他仓促地看她一眼："你不冷吗？"

"冷呀，好冷。"林冬笑着仰视他，等他过来拥抱自己，"你不抱抱我吗？"

林冬见他不动弹，又主动朝他走过去。

"别过来，"他伸出左手，挡住来人，"别过来。"

"怎么了？"

秦树阳低侧过脸，不去看她："林冬，你走吧。"

"走去哪里？"她笑了一下。

"别来找我了。"

"什么？"

"别来找我了。"

"你在跟我开玩笑吗？"林冬勾着脑袋看他的脸。

秦树阳又侧到另一边："我是认真的。"

"你叫我上哪儿去？"

"随便你。"他声音有些低哑，胡子拉碴的，头发也长了许多，看着很颓废。

"秦树，我不懂你什么意思。"

"你穿上衣服。"

"我是不是哪里又惹你生气了？"她内疚地看着他，"手术的事情我是怕你担心，你工作那么忙，我不想让你为我分心。

"你是不是气我一个月没联系你？我的手机又丢了，我不记得你的号码，今天还是找别人要的号码。

"秦树。"

"我现在记得了，我今天特意背了。"她僵硬地笑了一下，接着就开始背他的手机号，一字一顿，格外认真，"你听，我背上来了。"

秦树阳仍侧着脸，不看她，一声也不吭。

"你能不能不生气了？对不起，下次我不会这样了，再走一定当面和你说。"她小心翼翼地叫他，抬手拉他的衣角，"秦树。"

突然，秦树阳像触电似的抖开她的手："我们分手吧。"

"什么？"

"你走吧，我不想看到你。"

林冬平静地看着他："你再说一遍。"

秦树阳抬起双目，与她对视，眼睛通红通红的："我不想看见你，我玩腻了。"

林冬笔直地站立着，手自然垂落在身侧："什么玩腻了？"

"你傻吗？听不懂？"他故意讥笑了一声，"你，我玩腻了。"

林冬凝视着他，不由自主地后退一步，很奇怪，将近一丝不挂，自己居然一点儿也不觉得冷："你不喜欢我了？"

秦树阳咬了咬牙，说不出话来。

她平静道："我知道了。"

那一刻，他的意志几乎快垮掉了。哪怕你愤怒，打我也好，骂我也好，可是为什么你那么冷静？就这平平淡淡的四个字，只有这四个字，却像一把利刀，狠狠地捅向他的脑袋，最后的一点儿理智快要被剧痛的撕裂感驱逐殆尽。

整个人紧绷着……紧绷着，快绷不住了。

林冬低下头，看到自己赤裸的脚，冻得发紫。怎么会这样？不该是这样的，走的时候还好好的。

　　"可是你跟我求婚了，秦树，我答应了。那天在酒店，你还说你……"

　　"我骗你的。"他嗤笑一声，打断她的话，轻佻地捏着她的下巴，往上抬了一下，"男人的花言巧语，你怎么能全信呢？我就是想哄你上床而已，白白一个女人送过来，不睡白不睡。"

　　"可我睡够了，"秦树阳从上到下打量她一眼，"一身骨头，没意思，把衣服穿上。"他背身就出去了，站在门口，紧握着拳头，手控制不住地颤抖。

　　林冬一件一件把衣服穿上，拉开门，沉默地看着眼前的男人。

　　秦树阳一个字也没有说，推开她进了屋，把门给关上了。

　　林冬杵了一会儿，刚要走，又折回来，面对着冰冷的木门："为什么？"

　　他紧咬牙关，人站在床尾，没有回答。

　　"我可以吃胖的。"

　　"我不信是因为这个，到底为什么？"

　　"你能回答我吗？"

　　他努力压抑着心底的慌乱与绝望，声音平静而镇定："因为你自私、冷淡、无情，目中无人。"

　　"因为你蠢，你笨，你不谙世事，像个傻子。"

　　"因为我厌倦了，厌倦了你随时随地悄无声息地突然消失，厌倦了不停地分分合合。"

　　"因为和你在一起一点乐趣也没有，我受够你了，我不想陪你玩幼稚的游戏，不想整天像哄孩子一样，我这小破庙供不起你这尊大佛。"

　　"因为从一开始就是玩，你玩我，我玩你，你睡我，我睡你，因为我从来都没有真心对过你。

　　"够了吗？"

　　"我没有玩。"她说，"我是真心的。"

　　两个人同时沉默了。

　　秦树阳用力地掐自己的肩膀，眉头紧拧着，血混着药渗透了衣服，钻心地疼。他浑身都在发抖，声音也跟着低颤，狠心道："林冬，我嫌弃你，我嫌弃你脏，嫌弃你被周迪睡了，行吗？行吗？"

　　"什么？"林冬没听明白。

　　"不，没有。"她反应过来，赶紧解释，"没有，他没有，我没有，不是你想的那样。"

　　林冬敲门："你开门。"

　　"咚咚咚——"

　　每一下都像重锤用力地敲击他的头颅，仿佛下一次就要将它砸碎。

　　"开门，听我跟你解释。"

"你走吧，别说了，我真的很累了。"秦树阳咬了咬牙，"反正我们也不适合，跳进我这坑里算你倒霉，也是一个教训，以后机灵点儿，长好眼。"

　　"算我对不起你。"他咬住手，说不下去了。

　　林冬不再敲门，手落了下来，冷静了半分钟："秦树，我不接受你的道歉。"好委屈，好难过。

　　"你不喜欢我，我不会赖在这里，你也不用一直撵我。"

　　秦树阳没有回应，腿靠床框支撑着残破的身体，终究是立不住，滑坐在了地上。

　　"我们谁也不欠谁的。再说，是我先找你的。"她转身，"秦树，你让我走，我走了就不会再回来了。"

　　"我不会回来了。"她还傻傻地在等他。

　　会不会开门？会不会有一句挽留？

　　没有。

　　没有。

　　秦树阳失魂落魄地坐着，脑子里一片空白。

　　她走了。

　　一行眼泪滑落下来，他突然站起来，头昏脑涨，天旋地转，重心不稳地倒在了地上，披在身上的大衣滑落，掉在了身后。他受了伤，人怕冷，里头还穿着一件棉袄，右袖空荡荡地垂落。

　　他的头滚烫滚烫的，有些神志不清，跪倒在地上，单手撑着冰冷的水泥地。他低着头，泪流满面，额头狠狠地撞着地面，一下又一下。

　　"对不起。

　　"对不起。

　　"对不起。

　　"对不起。"

　　林冬走出院子，杜茗小跑着追了上来："林冬。"

　　她停下脚步。

　　杜茗站到她面前，拉起她的手，泪流满面，腰弓着求她："孩子，不是这样的，他骗你的，不是这样的。"

　　林冬抬起眼看着杜茗，她哭得好绝望啊。

　　"他只是怕拖累你，树阳不是那种人，你知道他的。林冬，你别走，阿姨求你了，他真的很喜欢你，他那些话都是假的。"

　　林冬推开她的手："阿姨，您听到了，他不要我了。"

　　"不是的。"杜茗又拉住林冬，"林冬，不是的。"她不知道说什么了，好像怎么说都不对，或许不该那么自私，或许不该干涉太多。

林冬面无表情："阿姨，我要走了，您放开我。"

杜茗松开她，眼泪直掉，落寞地杵着。

林冬没再说什么，走出了巷子。

冷风飕飕的，伴着低沉的呼啸声，卷着细碎绵软的雪粒，温柔地落在她的头顶。

走着，走着，她停了下来，捂住腹部，蹲在了路边。她看着眼前厚厚的白雪，看着雪花飘落，抓了一把雪握在手心，可是似乎感觉不到凉，感觉不到风，也感觉不到周围的喧闹声。

不久，一双锃亮的皮鞋出现在眼前："起来。"

林冬抬起脸："你怎么来了？"

"你偷偷跑出医院，我不放心你。"

林冬仰望着他，突然眼泪掉了下来："小舅舅，他不喜欢我了。"

何信君没有说话，这么多年，他第一次见这孩子哭。

"他不要我了，这下你满意了。小舅舅，我是不是真的很讨人厌？"

何信君伸手擦去她的眼泪，心里又闷又疼："是他配不上你。"他将林冬拽了起来，"你活着的意义，不是为别人流泪的。"

他拉林冬上车："我带你回家。"

雪越下越大，林冬站在酒店的窗前，望着外面空旷的世界，平静得有些不像话。

何信君订了晚餐，叫她："看什么呢？过来吃点儿东西。"

林冬转身，走到餐桌前坐下，拿起餐具默默开始吃。

何信君坐到她旁边，他时不时瞄她一眼，这状态，看着倒是挺正常。

两人全程没有说话。

林冬吃完后，对他说："麻烦你收一下，我去洗澡了。"

"去吧。"

她褪去外衣，看着镜子里头穿着情趣内衣的自己，心里有些烦，快速把它脱了，扔进空空的垃圾桶里。接着，她站到了花洒下，垂着脸，看着身上流动的热水，蹲下身抱住膝盖，闭上了眼睛。

林冬洗完回房间了，她穿着睡裙平躺在床上，也没有盖被子。

何信君见她门掩着，过来给她关上门，就看到她目光空洞地盯着上方发呆。他敲敲门，往里走两步，站在门口，胳膊抵着墙，悠闲地站着："被子盖好，别冻着。"

林冬没有理睬他。

屋里凉飕飕的，窗户也没关严实，何信君走过去关好窗，打开空调，看着她苍白的肩膀，把被子拽过来拉到她身上。

"不冷吗？"何信君坐在她旁边，"想他呢？"

林冬不想回答。

"小冬？

"忘了他吧。"

林冬突然看向何信君，沉默了几秒，问道："小舅舅，你为什么不结婚？"

他怔了怔，微笑着问："为什么突然问这个？"

"就是想问问。"

"因为，我在等待。"

林冬淡淡地注视着他："等适合的人？"

何信君沉默了。

林冬继续问他："在我记忆里你就从来没有交过女朋友，你就没遇到过喜欢的人吗？怎么会呢？"

"有啊。"

"然后呢？"

何信君摸摸她的头，目光温柔，修长的手指落在她的肩上轻拍了两下："好了，别乱想了，你早点儿休息。"他起身走开。

林冬轻飘飘地注视着他的背影，无力地回过目光。

何信君回房，在床上坐了几分钟，拿上睡衣去卫生间冲个澡，无意间看到了垃圾袋里的东西，他盯着它，走了神。

"你就没遇到过喜欢的人吗？"

"有啊。"

"然后呢？"

他弯起嘴角，苦涩地笑了笑。

然后，我在等。

等她长大啊。

可是……

他低垂着头，落寞地站在花洒下，有种凄凉的破碎感。手掌按在瓷砖墙上，五指修长，骨骼明显。

十一年。

我已经等了十一年。

他闭上眼，回想起很久之前在那个客厅里发生的事，恨意充斥整个躯体。渐渐地，他的双眸燃烧起怒火的红，脖子上的青筋暴起，手轻微颤抖着，狠狠地砸向墙壁。

雪停了。

这一夜，风平浪静。

第二天，林冬早早醒了，她一个人坐在沙发里发呆。不久，何信君也起床，他穿着睡衣，还没洗漱，头发凌乱着，有一小缕高高翘着，眼睛半耷拉着，懒散地看向她："早。"

"早。"

"不多睡会儿？这种天气不宜出门。"

"睡不着了。"

何信君把电视打开："无聊就看看电视。哦，忘了告诉你，我订了后天的机票。"

"嗯。"

"有什么没做的事抓紧做吧，以后大概不会回来了。"

"嗯。"

"回你老家再看看？"

林冬思考了一会儿，说："不回。"

"行。"

"出去吃早餐。"她说。

"好，你稍等，我去洗一下。"

"我先走了。"她站了起来，想先出去。

"你稍微等等我，二十分钟。"

林冬不吱声。

"十五分钟。"

"嗯。"她又坐了回去，无精打采的。

何信君转身进了卫生间，不一会儿，传来水流声。

林冬盯着电视屏幕，正在播综艺节目，几个人嘻嘻哈哈地闹着，好开心。她一点儿也看不下去，无聊地坐着，目光落在对面的白墙上，好白的墙，她突然想起秦树阳家的墙——今晚，林冬答应嫁给我。

她的脑海里来回晃动这几个字。想着想着，她慢悠悠地站起来回房间从包里找出秦树阳送她的戒指。前段时间住院，她取下来一直没有戴。

她捏着这枚小小的戒指，淡淡地看着，出了神。

何信君收拾好自己，准备回房换衣服："小冬，我换个衣服就走。"他环顾一圈，没见着人，"小冬。"

"小冬？"何信君敲敲她房间门，"你在里面吗？"

无声。

"我进来了。"他推门而入，里面空荡荡的，白色的窗帘被风掀起一个边儿来，又轻轻落下。

没有人，她不在。

陈小媛听说秦树阳出事了，抱着一束花来看他。她前不久刚找了男朋友，还是个大四学生，两人感情特别好。

林冬来的时候，陈小媛正坐在床边给秦树阳削苹果。林冬站在门口看着两个人，愣怔几秒，走了进来，从包里取出戒指，放在他的桌上："你的戒指。"

陈小媛看了眼林冬，又看了眼秦树阳："呃，我先……"

未待她说完，秦树阳拉住她的手。

林冬平静地注视着他，什么也没有说，转身就走了。

秦树阳松开陈小媛的手："不好意思啊。"

陈小媛一阵唏嘘："分了？"

"嗯。"

"你主动的吧？"

"嗯。"

"怕耽误她？她不会不知道你胳膊没了吧？"

"嗯。"

"不是吧？我说你也真是的。"陈小媛跷起二郎腿，感慨，"要我说，你应该告诉她，然后去留随她。你以为这样是为她好，可是真的为她好是让她自己选择，而不是一味地将她推走呀。"

秦树阳没有说话，闭上双眸，头靠住墙："我自己都照顾不了，没法照顾她了。"

"她又不是三岁小孩儿，要你照顾干什么？"陈小媛一本正经地说，"你右手没了还有左手，双手没了还有脚呢，那些重度残疾的人不是也活得好好的，欠债早晚也有还完的那一天。不就是少了条胳膊，多大点儿事，只要还有一口气在，就什么都不要管，一直向前冲啊。"

秦树阳目光低垂，沉默不语。

陈小媛轻轻推了他一下，说："你振作起来啊，我认识的你不是这个样子的，你以为我以前为什么那么死乞白赖追着你？噢，难道就是因为你长得帅？这世界最不缺的就是花瓶子了。秦树阳，我喜欢你，是因为我觉得你这个人有一股劲儿，像野草一样，割了还会长，永远斗志昂扬的，从来不会放弃，就永远打不倒的样子，可是现在你这样，一点儿也不像从前的你，我很失望。"她拽了拽秦树阳的两边脸蛋，"噫，不要这个样子，笑一笑嘛。"

他看着眼前做鬼脸的女孩子，勉强地笑了一下。

"这就对了嘛，收拾好心情，养好身体继续奋斗，然后去把她追回来啊。"

秦树阳伸手去够桌上的戒指，右手没了，左手太远，够不到。

陈小媛把戒指拿到秦树阳手里。秦树阳目不转睛地看着它。

"你要是同意，我现在就帮你追过去跟她解释。"

秦树阳没有说话。

"我跑得很快的，如果她不听我解释，我扛也把她扛回来给你。"陈小嫒看他这闷葫芦样，急了，"说话呀，你怎么想的？"

秦树阳握住她的手："算了。"

陈小嫒撇嘴看他："好吧，随你了，你自己的决定，以后可别后悔啊。"

"嗯。"

林冬一个人晃到路边，这个点路上开始有些堵了，加上这个地段，不太好打上车。有辆电动小三轮路过，开车的是个小老头，问她一句："姑娘，坐车不？"

她没有回答，直接坐了上去。

"去哪儿姑娘？"

她低着眼，没有回答。

"姑娘？

"姑娘？"

林冬木木地看向他。

"去哪儿？"

"酒店。"

"哪家酒店？"

她心不在焉的，又不回答了。

"去哪家酒店？姑娘？"

"酒店。"

小老头无奈了："酒店多了去了，去哪家啊？"

"燕华。"

小老头看着她呵呵笑："这小姑娘，走什么神呢。"

别看这小老头年纪不轻，车开得飞快。林冬扶着铁杆，身体左摇右晃，随车一颠一颠。他对这路熟悉，一路吆喝着，听不懂的方言，甚至有人接他的话，像是在对骂。

林冬想对他说不用急慢慢开，却又不想张口。她满脑子都是秦树阳握着那个女孩儿手的画面，挥之不去。

她突然捂住嘴巴，觉得自己快吐了。

路过十字路口，小老头一个大转弯拐了过去，驶过了道，一个碰巧，可好赶上另一辆小三轮。

"嘭——"

"嘭——"

十天后，伦敦。

葛成君穿着黑色高领裙子，头上戴了宽檐黑色帽，与医生在院子里交谈。她脸色不太好，说完后，送走医生，独自回到屋里。她倒了杯酒，站在厨台边走神。

半晌，葛成君放下酒杯，直奔林冬的房间而去，她敲敲门。

"进。"

葛成君打开门进屋，见林冬坐在轮椅上，面对着窗户，不知道在看什么。

"小冬。"

林冬转过轮椅，面对葛成君："Leslie。"

葛成君笔直地站着，远远看着她，目光微微俯视，双臂环抱在胸前，神色严肃："小冬，我在你身上用尽了心血，你是知道的。"

林冬没有说话。

"我花了那么多精力和时间去培养你，是希望有一天你能站在最高处，能够替代我。"

"对不起。"

"对不起有什么用，对不起你的腿就能好吗？"她扶了扶脑袋，沉默许久，"年轻人，贪玩是可以理解的，很正常，我也理解，也放你去追求爱情。可是你怎么就这么不小心，我从前怎么嘱咐你的？"

林冬低着头。

"我放任着你不管，是因为觉得你已经长大了，有自己的思想，可是放任着放任着就成了现在这个样子。你看看你现在的样子。"

林冬沉默。

葛成君放下手，无声地叹息着，转身走了："我对你很失望。"

耳边萦绕着这句话，一遍一遍地重复，好像没有任何一句话，比这更有杀伤力了。

门被关上，"咔"的一声，世界又恢复寂静，静得叫人心慌。

林冬仍低着头。

过了半分多钟，她转动轮椅，又面向窗外，心里毫无波澜，格外平静。她就这么看着外头的天空，偶尔飞过几只鸟，就这样看着……看着，直至黄昏。

天色沉了，林冬睁开眼，感受到一丝凉意，她低头注视自己的小腿，被石膏捆绑着，难以动弹。她双手按着轮椅，试图单脚站起来，刚扶上窗子，重心不稳，跌了下去。

她躺在地上站不起来了，手勾着轮椅想要爬起来，没有力气，出了一头的汗，身体又滑了下去。

花了整整三分钟，她才重新坐回轮椅上。

好累啊，从来没有这么累过。

日子浑浑噩噩地过去，又是半个月。

没意思，实在没意思。

胃部手术后期保养，饮食严格按医生嘱咐的来，林冬最近胃口又不好，食量小了很多，人也瘦了很多。

葛成君忙得很久没回家了。葛西君最近在画一幅一米长的作品，成天窝在画室不见人影。何信君工作忙，但每天都会抽空回来看林冬，陪她说话。即便她总是一言不发，他也一直陪着她。

林冬习惯了早起，每天没什么事干，醒得更早，一般四五点就睡不着了，经常一个人躺在床上发呆，盯着黑暗的上方，一动不动，只是偶尔眨一下眼睛。

一天早晨，天蒙蒙亮，家中还没有人起床，林冬坐着轮椅，一个人晃了出去。她在周围转了转，来到一个湖边，没有风，湖面很平静，平静得仿佛时间都停止了。

她没什么表情，目光浅浅地注视前方，不知道在看些什么，又或许什么也没有入眼。

没意思，真没意思。

她看着寂静的湖面，摇动轮椅向前走，就快到水边了。

快了，快了。

忽然，身后传来一声熟悉的呼唤："小冬。"

"小冬，你在做什么？"

林冬没有回头。

"回来。"何信君紧蹙眉头，"回来，小冬！"

"小冬！"何信君伸出手，吓得脸色惨白，"你别想不开，小冬，快回来，我陪你一起渡过难关，没事的，会好起来的。"

林冬没有理他，身体前倾，栽进了湖里。何信君大步跑过来，想都没想跟着她跳了进去。

林冬被他拽了上来，她只是呛了几口水，看着眼前的男人："你怎么来了？"

"我去卫生间，见外头铁门没关，后来发现你不在屋里。"

林冬幽幽地叹了口气："你实在是太讨厌了。"

何信君把她搂进怀里，紧紧地抱着："小冬，你听我说，腿会好，总有一天会好起来的。那个男人，他也不过只是你人生中的过客，总有一天你会忘了他。"

一阵沉默。

"他不值得你这样。"何信君轻抚她的背，"你还小，还年轻，所有你今天觉得刻骨铭心痛彻心扉的事情，明天都有可能会忘记，如果忘不了，那就后天，大后天，没有什么人什么事会占据你的心一辈子。"

"小舅舅，"她声音轻得很，像羽毛划过肌肤，又软又轻，"我不能跳舞了。"

他心里揪起地疼，皱着眉，脸埋进她的颈窝里。

"医生说，就算康复了，我也很难跳舞了。"

"我一定会想办法治好你，小冬，你不要自暴自弃，就算真的不能跳舞，还有很多其他美好的事。"

"小舅舅，可我只有舞蹈。"她慢慢地说，双目涣散地看着暗暗的天空，"小舅舅，我只有舞蹈。"

"可它现在也不要我了，"她弯起嘴角，似笑非笑，"我什么都没了。"

何信君松开她，捧起她的脸："你还有我，还有大姐、二姐，我们永远不会离开你。"

林冬半睁着眼，目光软绵绵的。

"小冬，不管你变成什么样子，我都爱你。"

日出了。

他吻住她冰冷的额头。

"我养你。

"我会守护你一辈子。"

杜茗一直在燕城陪着秦树阳。半个多月，伤口恢复不少，只是每每一到阴雨天都疼到崩溃，疼到绝望。

他的精神很不好，饭量小了，人也瘦了不少。杜茗一直买补食给他吃，他还是很虚弱。

如今这般模样，也不方便在这座城市待下去了，两个人商量好搬回老家。他的东西不多，左右就那么几件衣服加上那些个画册书籍，杜茗先回去了，秦树阳准备月底再走。

走的前一晚，秦树阳失眠了，一直到早晨六点多才睡着，八点多又醒过来。

他面色憔悴，胡子拉碴，头发长得盖住了眼睛，整个人看上去萎靡不振。他站在水池前，嘴巴叼着牙刷尾，左手去拿牙膏挤出来一点儿，放下牙膏，再从嘴里拿起牙刷，低头弯腰去喝杯子里的水。从前不到一分钟就可以搞定这一系列事情，如今花了十几分钟。虽然过程麻烦点儿，时间久了倒也习惯了。

洗漱完，他回到房间最后检查一遍行李。角落放着一只大纸箱子，里面是他不要的物件，大多是纸笔，不方便带走，还有一些不能穿的衣服，多是杜茗收拾的。

秦树阳打开箱子看了一眼，把他的存钱盒拿了出来。一只手不方便打开，他只能最后看看外观。这小玩意儿又破又旧，陪伴他很多年，虽用作存钱，可好像从未超过一百块。他将盒子放回去，又随意翻了翻。木箱子最底下铺了厚厚一层衣服，都是他穿破无数次的，想来是杜茗实在看不下去才全扔掉的吧。

秦树阳刚要收回手，忽然愣住了。他猛地拨开乱七八糟的东西，从下面抽出一件厚厚的衣服。他指尖发颤，提着它呆如蜡像。

深蓝色系扣复古大褂子——是在菁明山时，林冬给自己买的那件很丑的外套。从带回来，他一次也没穿过。

秦树阳单手抱住它无力地坐在椅子里，弓下腰，脸埋进衣服里深嗅。上面仿佛还残存着她的味道，还有菁明山的雨露味。他紧咬着牙，背脊涌上一阵莫大的寒意，和着胸腔的悲痛，快要坠入暗无天日的深渊。

东西打包好放在门口，老四出门还没回来，秦树阳坐在自己屋里的床上等他。

秦树阳还是没舍得扔掉那件衣服，紧紧塞入行李里准备带走。他心情平复下来，看着空荡荡的书桌，空荡荡的墙面，空荡荡的房间，空荡荡的床。

视线停在那块有裂痕的木板上，那是林冬在床上跳街舞给他看，一蹦一跳踩断的。他回忆起她那时的模样，笑了一下，笑完了，心里却更难受了。

这时，老四拎着吃的回来："哥，我给你买了早饭，还有一会儿火车上吃的东西。"

秦树阳听到声音，走出来，站在门口最后看了眼这个又小又黑的房间。两年的时光啊，做梦一样。

他关上门，心里空荡慌，走到桌前。老四打开塑料袋："肉饼，还有小米粥和茶叶蛋，热乎着，吃吧。"

"谢谢啊。"

"这就没意思了哥，你跟我客气个啥。"

"这两年谢谢你。"

老四沉默片刻，突然站起来走了："烦人呢，你吃吧，我出去一趟。"他走出门，躲到角落，嘴一撇，难过地哭了起来。

来送秦树阳的有老四、胡见兵、露姐、裴吉、陈小媛，还有旺财。没有很多煽情的话，因为那样只会让人更难受。

秦树阳用剩下的一条胳膊挨个拥抱他们，最后到了旺财。他弓着腰看着不大欢乐的狗，它似乎感觉到了什么，没有往日的活泼，格外乖巧。

"旺财，我走了。"

旺财仰起小脸看着他，这些天它也没吃好，整个狗身瘦了一圈。

秦树阳摸了摸它的头："我没办法带你走。"

它舔了舔他的手。

"老四会好好照顾你的。"

"对不起啊。"秦树阳拽了拽它的耳朵，直起身。

"我进站了，别送了。"秦树阳对众人笑了下，转身离开。

几个人，一条狗，沉默地送他离去。突然，旺财对着他的背影叫了两声，打破沉痛的寂静。

秦树阳停下脚步，怔了几秒，没有回头，又继续往前走。

旺财激动地跳起来，又哼又号，声音听上去格外痛苦，它用力地想要挣脱链子，好像在呼唤，在挽留，在告诉他，带我走吧。

……

生活很戏剧，在秦树阳一无所有，处于人生最低谷几近绝望的时候，秦德安——他的父亲回来了。这些年他没脸见他们娘俩，在外地做生意，现在存到一些钱才敢回来找他们。背负那么久的债务终于还清了。

半年多过去，秦树阳几乎没出过门，他每天把自己闷在屋里，用左手写字、画画，练得还不错。

你看，没有什么困难是不能克服的。

一天下午，秦树阳带着速写本出去写生，这是他大半年来第一次出门。他去了一个小广场，坐在台阶上画画，路过的人都好奇地过来张望几眼，看这独臂男人画了些什么。

傍晚，他往家走，路上见到一个接一个卖花的姑娘对来往的情侣们甜甜地笑："七夕快乐。"

"买花送女朋友吧。"

"买朵玫瑰吧。"

又是一年七夕节啊，牛郎织女见面的日子。

他苦涩地笑了笑，莫名其妙停在了暗淡的路灯下。他看着不远处的一个卖糖葫芦的老头儿，突然平静地泪如雨下——

这么久了，我尽量让自己不去想、不去念、不去触碰那些久远的回忆，可是每个日夜、每个梦境里，你都会毫无预兆地突然出现，像身体的一部分，抹不去，散不掉。

我们的每一句话、每一次对视、每一次拥抱……一遍又一遍地重复，像夹着蜜糖的刀锋剑雨，疼里带着隐隐的甜。可就是这仅仅的一丝儿甜，便叫人回味无穷。

我还是喜欢你啊，还是喜欢想你，喜欢梦到你。

都说时间是最好的良药，所有感情都会随着年月流逝而慢慢淡去，可是我开始害怕，不管过去了多久，每当我想起你，每当有人提及你，每当看到你名字里的一个字，每当看到一片树林，一个舞者，或是，当冬天到了，所有的情感还是会回到原点。

无论十天，十个月，还是十年……

第九章·

岁岁

　　林家老宅间歇有人来照料，这些年里，除了打扫卫生的阿姨、修剪树草的大伯，只有秦树阳偶尔会过来看一看。他每次只在门口坐上那么一会儿，或是在周边逛逛，抑或是在林里走走。

　　盛春，院子里的藤蔓长出墙来，生机勃勃地耷拉在久经风雨的黑瓦白墙上，这儿一大撮，那儿一大摊，争相成长，个比个长得壮。

　　秦树阳立在墙边看这叫不上来名的青藤好一会儿，随手摘了片绿叶，捏在两指间，又抬眼看这高墙，回想曾经轻轻松松一跃身，便能翻个来回，可现在……他出了会儿神，脑袋里塞满杂七杂八的事，随后走向宅门。门没有上锁，大概又是那些大婶大伯在打扫，古旧的木门上又脱落了些薄皮，更加斑驳。

　　岁月不饶人，亦不饶物啊。

　　秦树阳立在门口几分钟，天色忽然阴沉下来，起雾了，远处的山树都被模糊了轮廓，雾气来势迅猛，快速地蔓延过来。

　　他朝四周环视一遍，目光落到远方深雾里隐隐约约的一棵枝丫低垂的大树上，他不经意地扬起嘴角，眼里也带着笑。

　　"你在那棵树下等雷劈吗？"怎么会说出这种话来，真是个可爱的女孩子。

　　时间不早，也该离开了。临走前，他最后看了眼大宅门，心中隐隐有些不舍，这一秒转身，下一秒又回过头再望一眼。难得碰到有人在，好想进去看一看，下一次来又不知道会是什么时候。

　　他杵在门口，思量几番，终还是下决心去敲敲门。半晌，无人回应，许是忙开了，再来这院子大，若是深处里院，想必也听不真切。

　　秦树阳推门进去，看着眼下陌生而熟悉的景色，一时间有些恍惚，木木地杵立，一动不动，直到听闻后院的动静，方才提步。

　　长廊、小湖、假山石……九年了，这院子还是记忆里的模样，没有什么大变化。他沿着湖穿过走廊，想先去与那些人打声招呼，循着"叮叮咚咚"的声音走去，可不知为何，却好像越走越远。

忽然，他停下脚步，看着前方陈旧的木栏，想起从前林冬在这里看书的场景。

绕来绕去，怎么就绕到了这里。

回想她看过的那些书，《乌龙院》《小学语文》，那时只觉得这姑娘奇葩，傻里傻气的。

"秦树阳。"

一声熟悉的呼唤，顿时将秦树阳从回忆里拉了出来。他的心脏突然剧烈地跳动，快要蹦出来一般，就在他开始怀疑自己是否幻听的时候。

"秦树阳。"又一声。

他的眉心浅浅皱起，左手轻微颤抖一下，蜷了起来，无力地耷拉在身侧。紧张、害怕、期待、惊喜……复杂的情绪交缠着，让他的身体也不受控制，僵硬的双腿如负千斤，想要回头，却仿佛有种莫名的拉力拴着自己。

"秦树阳。"

他紧紧攥住衣服，猛地回过头来。

空荡荡的长廊，一眼望到了尽头，什么也没有。

他反倒松了一口气，浑身的力气却似被消耗殆尽，整个人都要垮掉一般。他坐到木椅上歇会儿，走了会儿神，发了会儿呆，缓了会儿，不想在这儿再待下去，便准备离开。

刚起身，一个身形颀长的男人从走廊尽头拐了过来，秦树阳看见他的那一秒，脑袋突然空了一下。是何信君，她的舅舅，噢不，不是舅舅。

何信君在同一时间看到秦树阳，他也怔了几秒，定住脚步，立在秦树阳不远处："秦树阳？"他走了过来，面色平和，貌似没有太多惊讶。

就在秦树阳思考如何开口之际，何信君说："小秦，正好，请你帮个忙，我刚准备做饭，厨房的水池好像出了点儿问题，麻烦你帮我看一下。"

又是修东西。

秦树阳愣了一下，接着说："好。"

何信君领秦树阳往厨房去："那么多年不见，你这变化不小。"他看向旁边的人，稍稍打量一番，"成熟了。"

"九年了，谁都有点儿变化。"

何信君放慢脚步，语气慢悠悠道："我呢？"他瞥向秦树阳，"我变化大吗？"

何信君穿着休闲西装，身上散发着淡淡的男士香水味，斯文优雅。他的样子、气质几乎没有什么变化，还是一副上流绅士的矜贵模样。秦树阳凝视着他深邃的双眸，说："不大。"

何信君微微扬眉，轻笑起来："是吗？"他似笑非笑的，无奈地摇了摇头，"不，老了，还是老了些。"

两个人步调一致地往前走。忽然，身侧的房里闪过一道黑影，一晃而过。秦树阳停下脚步，莫名其妙地盯着那房间。何信君转身看着他，问了句："怎么了？"

"没什么。"秦树阳转过头，跟了上去。

"以为是小冬？"

秦树阳没有回答，反问："你一个人回来的？"

何信君也没有回答他的问题："这趟回来，是准备点儿东西，再加祭拜一下她的父亲。"他停顿一下，脸故意转向秦树阳的方向，观察着他的表情，"我们快结婚了。"

"轰——"

像一声剧烈的爆炸，秦树阳的脑子里顿时一片空白，耳间萦绕着无数电流，"嗡嗡嗡嗡——"

何信君欣赏着他煞白的脸，十分满意："我说过，我才是她的未来。你看，我没有骗你。

"只不过，我很惊讶，小伙子，九年了，你还没忘啊。也是，否则你也不会出现在这里。"

秦树阳低着头，纹丝不动，他的眼里布满了血丝，没有爆发，没有失态，也没有说一个字。

"倒也不稀奇，我的小冬确实很有魅力，把我都折磨了这么多年，何况一个毛头小子。"何信君笑着拍了拍秦树阳的背，满满一种胜利者的姿态。他总是这样，道貌岸然，温文儒雅，不打你，不骂你，不辱你，可就是能轻而易举将你打到卑微的尘土里去。

何信君看着秦树阳隐忍着的模样，心平气和地说："别难过，我早和你说过，不是你的东西，永远都不会是你的，哪怕曾经拥有过一阵子，它还不是你的。"何信君落下手，看着眼前溃不成军的对手，弯起嘴角，"晚上留下，请你吃个饭。"

"不用。"

"别这么客气。行了，水池就麻烦你了。"说完，何信君就走了。

秦树阳失魂落魄，他不知道自己是怎么走进厨房通了水池的。它没坏，只是堵了，堵了一些米粒和碎菜。

他在水池前蹲下，出了会儿神，再站起来时感到天旋地转，好像胸腔里多了些什么，又少了些什么。明明知道不会再在一起，明明知道伤害过她，明明知道她不会再回来了，可还是好难受，好难受。

他浑浑噩噩地走了出去，天也黑了，他并不想与何信君告别，兀自离去。
走廊下黑洞洞的，湿润的雾气包裹着他冰凉的身体，什么也看不见，什么也听不见。他低着头往前走，一不留神就会撞到东西，下阶梯时绊了一下，险些摔倒，跟跄地扶住五形方窗，手指沾满露水，一片潮湿。

"秦树阳。"

又来了，这要人命的呼唤。

"秦树阳。"

他猛然回头，一瞬间仿佛看到林冬模糊的轮廓，就立在不远处。

"是你吗？"他拧着眉，泫然欲泣。

"你回来了？"他抬起左手，使劲儿揉眼睛，醒了醒目，却仍旧看不清她的模样。

他声音颤抖着，有些沙哑，有些痛苦，甚至带了点儿哭腔："你回来了吗？

"对不起。

"我是骗你的。

"你别恨我。"

他终于还是没忍住，眼泪簌簌流下："你要嫁人了？"

一句回应都没有。

起风了，她飘走了。

"别走。"秦树阳跟了上去，她却越来越远，像阵风，怎么也追不上。

一瞬间，四面八方的雾铺天盖地涌了过来，好像世界都颠倒了。

他一直跑啊，一直跑……

"林冬。"

一片树叶落在秦树阳的腿上，他看着眼前平静的湖面，长提了口气，再又轻缓而无力地吐息出来。

又做梦了。

鱼竿落在地上，他俯身，腰微微弓着，紧闭双眼，两指轻揉了揉眉心，头胀痛起来。

春意正浓，身下的草香扑面而来，本该是清新而醒神的，他却越发压抑、疲倦，也无心再钓鱼。

恰是晚昏，西边那橙红的日光挣扎着留下淡淡的余晖。昏昏沉沉，一天又过去了。

秦树阳叹息一声，抬起脸来，眉心轻皱，景色尽不能入眼。

梦到过她无数次，不是追不上，就是看不清。

小赵恭敬地站在一旁："你睡着了。"

"嗯。"

"做梦了？"

他沉默了几秒，看上去有些落寞："嗯。"

"梦到了不好的事情？你刚才睡着的时候看上去很痛苦。"

"她就那么不想见我，"秦树阳喃喃自语，"连梦里都不愿意见我。"

"什么？"小赵没听清，断断续续两个字眼听得一头雾水，他挠了挠耳后，看秦树阳心情低落，也没有再多问。

小赵二十出头，大学毕业没找到工作，无意结识了秦树阳，后来就一直跟着他，到如今也差不多三年了。这小伙子长得眉清目秀，穿衣打扮也简单素净，乍一看倒有些老四的神韵。

秦树阳直起身，看向池塘里摇曳的潾光，仿佛不知道自己在说什么，有些不走心："每次都是这样。"

"我本想叫醒你，"小赵笑了笑，"又见你难得睡那么沉，就没叫。"

一时皆沉默。

"回去吗？天快黑了，夫人该等你吃饭了。"

秦树阳仍旧盯着那池塘，神思似乎还遗留在梦中。

"下午走时，她特意嘱咐让你早点儿回去。"

没有回应。

"老秦？"

无声。

"老秦？"

无声。

"秦总。"

秦树阳缓过神，低下目光，心里像是突然堵了一口气，闷着出不来，翻来覆去乱搅，难受极了。他站了起来，声音低沉："走吧。"

秦树阳坐到后座，慵懒地靠着座背。小赵将东西都收拾好，放到车后备厢，接着坐到驾驶座。他回头看了一眼闭目养神的秦树阳，欲言又止，系上安全带，发动了车子。

一路开得很平稳，车停在了一座别墅旁边的道上，小赵以为秦树阳睡着了，没有叫醒他，蹑手蹑脚地下车，把后备厢里的用具拿到屋里去。他刚走出门，就见秦树阳迎面走了过来。

"老秦，你醒了。"

"留下吃个饭？"秦树阳邀请。

"不了，我还得去陪女朋友。"

"去吧。"

"好，明天见。"

"嗯，慢点儿开。"

"好。"

秦树阳走进屋，陈姨迎上来："哎，你醒了。小赵说你睡着了，让随你先睡会儿，饭好了再叫你呢。"

“没睡，就是闭眼休息会儿。”秦树阳换下鞋，准备脱外套。陈姨帮他一把，将外套拿去挂上。

　　他道了声谢。

　　杜茗听到外头的动静，从厨房里出来，身上还系着围裙，高兴地跟秦树阳打招呼：“回来啦。”

　　“嗯。妈，你在做饭？”

　　杜茗笑开了花，眼角的鱼尾纹一道一道蔓延，看上去格外慈祥：“我跟你王阿姨学了一手，炖鸡汤，今天回来试了试，做给你吃，你坐那儿等着啊。”

　　“我来给你打下手。”

　　秦树阳正要走过去，杜茗赶忙摆手撵他：“你别来，沾你一身味。在那儿等着就好，也快好了。”

　　“好吧。”

　　杜茗缩回头去，拉上了门。

　　秦树阳往楼上走，棕黑色的木栏泛着哑光，被擦得一尘不染。这整栋别墅偏欧式古典风，以乳白、黄、深木色调为主，看上去温暖有格调。

　　秦树阳去洗了洗手，回房换件衣服。他戴着智能假肢，虽然比不上自己的血肉之躯好用，这么长时间用习惯了倒也算方便。这是他的第三只假肢，前年花了不少钱定制的，不注意看好像和正常人没什么区别，可贴上去仔细听，能听得到机器运作的刺刺声。

　　他换好衣服，下楼走去客厅。乳白色大理石上铺着一块巨大的巴洛克式绒地毯，花纹繁复细腻，上头环摆着三座棕红色长沙发，腿壁的雕花简单而精致，散发着浓浓的古朴与艺术气息。

　　秦树阳刚要坐下，就听到老四吵吵闹闹地走进来，一路上不知道在和陈姨拉什么呱。他还是从前那样，整天嘻嘻哈哈、无忧无虑的，三十岁的人了还跟二十多的小伙子似的，活力满满。早在几年前，秦树阳出资帮了老四一把，现在老四是两家大网吧、一家休闲会所的老板，成天吃吃喝喝、打打游戏，坐等收钱。

　　他猴子似的坐到秦树阳旁边，把人肩膀一搂：“哥！”

　　“干吗呢，一惊一乍的。”秦树阳单手推开他，随手拿了本杂志。

　　老四嘿嘿地笑：“哥，几天没见，想我没？”

　　“一边去。”

　　老四嘴一撇：“你就凶吧。”

　　杜茗听见外头的声音，又探出头来：“许天来了啊。”

　　“阿姨！”老四挥手，笑眯眯地跟杜茗打招呼。

　　“来得正好，阿姨今天下厨，一会儿你得好好尝尝。”

"那我来得可真巧。"他嗅嗅鼻子，"我都闻到味了，真香！做的什么好吃的？"

"等会儿你就知道了。你们先坐着，马上就好，等着啊。"杜茗回去厨房。

陈姨也进去给她帮忙，不一会儿切出盘水果端出来。

秦树阳说："谢谢。"

老四站起来接过果盘，也说："谢啦，陈姨。"

"客气什么。"陈姨心情愉悦，一见老四就高兴，瞧着他一直笑。她特看好秦树阳这朋友，生龙活虎的不说，嘴甜得要命，谁见谁喜欢，想要说给自家外甥女认识，可人家小伙子又有对象了。

"你们先吃，我去厨房忙活。"

"好嘞。"老四坐了下来，捏了块瓜塞进嘴里，鼓着嘴囫囵地咽了下去。

"慢点儿吃，急什么。"秦树阳边看书边说。

老四塞了片西瓜，瞅一眼秦树阳："哥，你咋了？情绪不高啊，谁惹你了？"

秦树阳从书里抬眼，漫不经心地瞥他一眼："你。"

老四蒙了一下："不是吧，我又怎么惹你了？"他自个儿琢磨会儿，"你逗我呢？"

秦树阳笑了笑："反应不快。"

老四踢他一脚，又白了他一眼："一大把岁数的，成天没个正形。"

"谁没正形？"

老四懒得理他，继续吃瓜。

"你怎么来了，不陪你媳妇？"秦树阳问。

"媳妇，嗬，这媳妇又要没了。吵架，又闹分手，不理我好几天了。"老四憋憋屈屈地说着，却没有太过难过。这些年他的女朋友换来换去，什么类型的都有，不是不合适就是"作"得分了手，经历多了，对女人这事也算看得开。

秦树阳轻提嘴角："你们这两天一小吵三天一大吵，消停不了，习惯就好。"

老四苦笑一声："不提她，闹心，成天'作'，说我对她不够好，不够爱她，还疑神疑鬼的。"

"人家这是没安全感，你多陪陪她。"

"我对她够好了啊！哥，平心而论，我对她够意思吧！要啥给啥，钱撒手用，瞧她那些小姐妹有几个不羡慕的。"

秦树阳无奈地摇了摇头。

这时，杜茗端着汤到餐厅："来喽，快过来你们俩。"

"哎，不说了，不说了，吃饭。"老四跳起来跑过去接。

420

杜茗挡了挡："哎，别，烫，小心伤着手，我这包了毛巾的。"

"小心点儿，"老四手动脚不停，"我来盛。"

"不用，你可别帮倒忙了，坐着就好。"

秦树阳也坐了过来，杜茗笑着盛了一碗给老四，老四又给推向秦树阳："哥先尝。"

"不容易，跟我还客气上了。"秦树阳拿起勺子。

"啧，哪儿来的脸？我是看在阿姨的面子上。"

杜茗高兴地看着这两人，一见面就互撑。她又盛一碗："都是自家人，有什么好客气的，小心烫，凉会儿再喝。"

老四拿起勺子就是一口。

"哎，真的烫！"杜茗话没喊完，老四已经被烫得直哈嘴了。

秦树阳看他这屌样儿："说了烫，你急什么？"

"哎哟，我这舌头！"老四啊啊叫。

"快喝点儿凉的。"陈阿姨端来杯凉水。

老四接过来咕噜咕噜地喝："谢谢。"

陈阿姨笑着看这活宝："这孩子，真逗。"

"好点儿没？"杜茗弯腰看向老四的嘴。

老四说："没事，烫一下而已。"

"慢慢喝，别急。味道还行吧？"

"好喝，阿姨您别忙活了，快坐下。"

"你们先喝着，我去洗个手。"杜茗去厨房洗洗手，脱了围裙，又坐了回来。

陈姨把饭菜都端上来，坐下来与他们一起吃。

杜茗瞅着老四："许天，几天没见，怎么瘦了呢？"

老四叹了一大口气："别提了，愁的啊，情场失意。"

"又和小菲吵架啦？"

"可不是，烦人得慌，我这没地待不是，跑您这儿蹭饭来了。"

"女孩子啊，还得哄，你这躲着也不是事啊。"杜茗夹了块肉给老四，"小两口在一起就是要互相迁就、磨合的，以后结婚了一吵架你就跑出来还得了。"

老四撇嘴，睨了秦树阳一眼："阿姨您就别管我了，瞧瞧您这儿子。"

秦树阳正喝着汤，从碗里抬起脸："你们说你们的，别扯我。"

杜茗拍了他一下："许天说得对，你得赶紧的，再不给我带回来一个儿媳妇真是要急死我的。"

老四与他做鬼脸，笑得没脸没皮。

秦树阳从桌底下踹老四一脚，老四"哇"一声叫了出来："阿姨，您儿子踢我，快管管！"

"……"

吃完饭，老四在这儿陪秦树阳说了会儿话就回去了。

深夜，秦树阳躺在床上，翻来覆去睡不着。他起来接了杯凉水，坐在沙发上喝。

窗没关严实，轻薄的纱帘微荡着，他望向窗外的夜色。

又失眠了……

秦树阳订了最早的机票，第二天清晨来到燕城。他先去了林家老宅子，可是大门紧锁着，并没有像梦里那样。他站在门口一边看着这栋老宅子一边在心里笑自己傻，居然会去信一个梦。

他在门口坐了一会儿便离开了。之后，他去了趟东闲里，之前的那个出租屋。

多年过去，燕城变了几次样，唯独东闲里没有变，这么一大片老宅区，也是这座城市的一大亮点，它还是从前那样又破又旧，可是住户们换了一拨又一拨，大多数人他都已经不认识了。

早在好几年前，秦树阳就把之前住过的那套房子买了下来，楼上的亮亮一家仍在这里住着，那孩子现在读高中，长成个大小伙儿，又高又帅气。强子回老家发展，胡见兵和露姐结婚了，露姐是独生女，不愿离家，他们俩就在露姐老家买了套房，现在都有两个孩子了，他们之前的房间现在是一个刚毕业的男孩儿住着。上下楼几户都不用交房租，平日里打扫打扫，让这个屋子有点儿人气就好。

秦树阳回自己屋坐了会儿，这小伙子可以，把这小屋收拾得还挺干净。

他躺到床上，看着屋顶，突然很想念那些日子。虽然苦点儿，穷点儿，落魄点儿。

当晚，秦树阳就回去了。第二天下午，他去手下一设计公司走了走，员工们已经四天没见他人了，都上来打招呼问候。

秦树阳回到办公室，处理掉一些文件和下头上交的图纸，就瘫在椅子里打盹。前些年太累了，没日没夜地埋头工作，跑业务，喝酒应酬，还学了一些新的东西，弄出了一身的大小毛病。现在公司稳定壮大了些，在别的城市也开了分部，他是能闲则闲，大小事都交给手下的人处理。过去累够了，如今只想让自己过得轻松点儿。

晚上与商业伙伴有场饭局，他干脆在办公室多待一会儿，翻翻书，签签字，喝喝茶。

员工都下班了，他戴着黑框眼镜，站在长桌前看打印出来的巨幅图纸。

突然听到外头"咚"的一声，隔着玻璃门，他看到一个粉衣女孩儿摔倒在地上，捂着膝盖"呀呀"喊疼。

女孩儿见到他，立马捂了嘴，尴尬地爬了起来。见老总朝自己招手，她又紧张又胆怯，小心翼翼地走进办公室："秦总。"

"没事吧？"

"没事。"

他仓促地看她一眼，虽说这公司大多员工他叫不上来名，但多多少少都碰过几次面，这个却完全没印象。

"新来的？"

"啊？对对对，我是上上个月刚来的实习生。"她见秦树阳不说话，又细声说，"我叫孙伽灵，设计部的。"

"年纪大了，记不清人。"他一边看图纸，一心不在焉地与她说话，"下班了吧，大家都走了。"

"组长让我整理些文件，刚弄完，这就准备走了。"

"嗯。"

"那……您还有什么事需要我？"

"没事，你回吧。"

"好的，秦总。"孙伽灵刚要走，又回头提醒他，"对了，秦总，您晚上有饭局，现在已经六点四十五了。"

秦树阳直起腰，看了眼腕表："这么快，是该走了。"他摘下眼镜，放回办公桌上，"你走吧。"

"好的。"

秦树阳取下外套穿上，走出办公室，见孙伽灵还没走，问："杵这儿做什么？"

"呃……等您先走。"

这小丫头。

秦树阳从她身旁走过："一会儿路上注意安全。"

"好的，秦总。"

他转回头又对她说了句："随他们，叫我老秦就行。"

"好的，老秦。"孙伽灵羞答答地看着他，"再见。"

"嗯。"

等人走得没影了，孙伽灵才松了口气，"啪啪啪"地直把巴掌往脸上扇："笨啊，笨啊！丢死人了。"

不过这个老总真的像别人说的那样，感觉还挺亲和的，而且……

她捂着嘴偷笑。

而且，他好帅啊！

秦树阳近晚上十点才回来，杜茗还在等他，见人回来，让陈姨煮了养生粥。

餐桌上，秦树阳闷声喝粥，杜茗坐在一旁嘘寒问暖："累了吧？"

"不累。"

他的身上有些酒气，杜茗心疼地问："喝了多少？"

"没多少，就几杯。"

"一会儿早点儿休息，我让陈姨给你热牛奶递上去，睡前喝了，助睡眠的。"

"好。"他抬头看自己的母亲，微笑着说，"你去睡吧，不早了，以后再回来晚别等我了。"

"那不行，我得看你平安到家才放心。"

"小赵开车稳，车技一流。"

杜茗拍他一下："和妈耍起嘴皮子来了。"

秦树阳边笑边喝。

杜茗就在旁边看着他，半晌，欲言又止，没说出来。隔了会儿，又欲言又止，一副浑身不自在的模样。

秦树阳睨她一眼，笑着说："妈，你有话就说吧，瞧你憋的。"

杜茗把椅子往他边上拉了拉："树阳啊，妈一个朋友，介绍一女孩儿给你认识。"

秦树阳顿了一下，无奈地继续喝粥："你又来了。"

杜茗手落在他的背上，可高兴了："你等等。"说着就往房间里去，一路小跑着，不一会儿给他拿出张照片来，送到眼前，"你看，这孩子长得多好，又白又俊，气质也好，人家前段时间刚从悉尼留学回来，研究生，刚过二十五岁，看了你的照片，说可以见见面。"

秦树阳瞅了一眼，推开她手："不喜欢。"

"什么喜欢不喜欢的，你这每回都拒人于千里之外，不相处下怎么知道不喜欢呢？妈是过来人，跟你说处处就好了，感情都是培养出来的嘛，再说，人家条件多好，又年轻，又有相貌有学识的。"杜茗苦口婆心地劝他，"而且人家通达，也没有太在乎你这手臂，你说这么好的姑娘上哪儿找去，要是谈成了多好啊，不说爸妈高兴，你也有个人陪不是？"

"不喜欢。"他喝着粥，听着杜茗在一旁滔滔不绝，又笑，"看着没感觉，喜欢不起来，培养也没用。"

"那你喜欢什么样的？"

"再说吧，不急。"

杜茗把照片放到桌上，沉默了几秒："树阳，你是不是还没忘了那个女孩儿啊？"

秦树阳睨向她，双眉一挑，瞧着没个正经："是啊。"

杜茗蹙眉，一脸哀怨："树阳，不是妈劝你，这都那么多年过去了。多少年了啊？九年，都快十年了吧，该忘了。再说了……再说人家现在指

424

不定都有丈夫孩子了，你说你这……"她大叹口气，"你说你这执着什么呀？又不是十八九岁小孩子了，怎么想不明白呢？你还能揪着过去一辈子不放？"

秦树阳不说话，面带微笑，小口喝粥。

"你听没听见？"

"听着呢。"他一脸轻松，全然不当回事的模样。

杜茗没辙了："要是实在放不下，你就去找她，要是人家还单着你再把她追回来得了。之前情况特殊，你觉得自己穷又残疾，怕耽误人家，妈能理解，可现在不一样了，你还怕啥？"

秦树阳不吱声。

"我看你就是还心存念想，去见见她也不错，估计只有人家有了家庭，你这才能断了根。"

秦树阳放下勺子，抬起义肢搂住她的肩："妈，我骗你的，早忘了。"

杜茗拿开他的手，一脸的难过与无可奈何："你猜我信不信？"她唉声叹气的，"你这老半夜里醒，老失眠，为了什么，妈还不知道？安眠药那东西吃多了不好，是药三分毒啊。唉，我这是一直不忍说，不想提起这事，免得再伤你心。"

秦树阳放下勺子，单手给她揉了揉肩，哄道："你说的我都知道。妈，我才三十出头，也不算老，再说这种事也急不来。"

"你老说这种话，前些年说忙事业，现在事业成了，你又乱找理由搪塞我，我是说不动你了，改明儿还得叫你爸来说，整天让人操心。"

"是是是，我的错。"

"说到你爸，他下周回来。"

"这么快，不是说还有半个月？"

"谁知道，瞎折腾，一群老年人闲的，家里待着不好非要跑去环游，一大把年纪的还能玩出个花来？让他别去别去，这成天累得走不动，还跟我抱怨脚磨了泡。"杜茗拿开他搭在自己肩上的手，"行了，不说了，你快把粥喝完吧，一会儿该凉了。"

"不喝了，饱了。"

"那你就赶紧去洗洗休息吧，记得睡前把牛奶喝了。"

"好，那我上去了，你也睡吧。"

"嗯。"

秦树阳上楼了。杜茗坐在原地望着他的背影，又叹了口气："这傻儿子。"

"凉皮给我打包，不放香菜，多放醋。"孙伽灵开心地对卖凉皮的大爷嘱咐。她的旁边站着一个女孩儿，身材细条气质好，五官精致，脸小脖子长，叫江珂，是孙伽灵的老乡兼好闺密。

凉皮打包好，两个人挽着胳膊回学校。江珂低头看手机，与她说："你少吃这个啦，对身体不好，还容易长胖。"

"行了我的小仙女，我就好这口，你啊是不懂我们凡尘的美味。"

"烦人，少损我。"江珂依旧专心看手机，笑眯眯的。

孙伽灵瞥她一眼："又是哪位大帅哥？"

"不是啦。"

"大土豪？"

"财经大学的一个，游戏主播，最近开小号带我打游戏呢。"她朝孙伽灵挑眉，"据说超有钱，就是长得有些寒碜，我这正纠结要不要跟他好呢。"

"哎，你这是红红火火啊，哪像我们，凄凄惨惨。"孙伽灵想到傍晚那事，一脸懊悔，"珂珂，我今天丢大脸了。"

"怎么了？"

"就是在公司，我临走的时候摔了一跤，四脚朝天，可巧被我们老总看到了。"

"然后呢？"

"他叫我进办公室。"

"然后呢？"江珂突然面向她，惊讶地睁大眼，一脸八卦。

"没然后了，问我几句话就走了。"

"不对啊，按照正常的剧情，应该是，"江珂捏着她的下巴，"女人，你成功引起了我的注意。"

孙伽灵拿开她的手，白了她一眼："得了吧，你霸道总裁剧看多了，我们老总很正经的。"

"嘁，每一个表面正经的男人都藏着一颗不正经的心，我见多了。"江珂散漫笑笑，"男人啊，都一样。"

"人家哪能看得上我。"孙伽灵叹息一声，"好了，好了，不说这个了，你不是说那个什么什么音乐部长找你有事，今晚别回出租屋了，就在你宿舍住吧，赶紧走，一会儿宿管阿姨要锁门了。"

"是噢，快走！"

江珂洗完澡，穿着睡裙敷上面膜躺在吊椅里打游戏，两条大长腿又白又直，跷在桌子上。她的声音软绵绵的，对游戏里衣袂飘飘的李白说："小哥哥，你好厉害，程咬金追我！"

楼上宿舍的肖肖来敲门，探首："江珂回来没？"

"在，玩游戏呢。"舍友说。

肖肖回宿舍抱了个大箱子来，兴高采烈地走到江珂旁边："珂，珂——"

"哎，等会儿哈，我这局打完。"

"好。"

肖肖坐到后头空着的椅子上等江珂，就听到江珂对着手机说："有人找我，这局完了先休息一会儿。"

手机里传来低沉的男声："好，我晚些找你。"

不到两分钟打赢了，江珂潇洒地扔了手机："完事了。肖老大，神神秘秘地喊我回来有什么大事？"

肖肖指了指地上那大箱子："喏，王智送你的。"

舍友高调震惊："谁？王智？那个出了名的学神？"

肖肖哼笑："对，就是他。想不到吧？"

江珂瞅了一眼："这是什么？"

肖肖说："我哪知道，你拆开看看嘛。我还挺好奇的，这个大学霸好不容易开窍了追女神，能送什么好东西？"

江珂撇了下嘴："算了，不毒害三好青年，你还是拿回去吧。"

"别啊，人家千叮咛万嘱咐让我一定叫你收下。"

"不要，还给他吧。"

"哎呀，珂珂。"

舍友蜷起腿，边修着脚指甲边调笑道："你就拿回去吧。不是我说，王智那样的，我都看不上，别说珂珂了。"她摇摇头，戏谑地笑了下，"哎，算了吧。"

江珂也说："我和他不合适，你还给他吧，谢谢哈。"

"唉，好吧。"肖肖抱起箱子，"就是可怜了我，重死了，撤了撤了。"

"拜拜。"

"拜。"

肖肖回到自己宿舍，舍友见她把东西抱了回来，都八卦地伸过头来："怎么样，没要吧？"

"不然呢，我都搬回来了。"

"我就说了她不会收。王智那人，就不说长相了，家庭一般般，人家江珂那群前男友，不是富二代就是小老板，能看上他就怪了。搞不懂王智怎么想的，成天做白日梦呢，学习学傻了。"

"就是，不说别的，胆够肥。"

"不过这个江珂是真够可以的。"

肖肖放下箱子，坐回椅子上："人家有那资本，江珂那模样身材，别说男人，我一女的都喜欢。"

"总之，咱学校舞蹈学院那几个丫头，乱得很。"说话的胖子一脸不屑，挤眉弄眼，一边看着韩剧，一边"嘎嘣嘎嘣"吃着薯片，酸里酸气地说，"江珂也不是什么好鸟，见钱眼开的东西，长得再好看有什么用？要我说，以后哪个男人收了她也是倒了八辈子霉了。"

江珂是公认的校花，她的感情经历丰富，前男友如云，富一代、富二代、瘦的、胖的、黄皮的、白皮的……

　　有人说她实际上是个穷鬼，有人说她同时有好几个男友。关于她的那些事被同学们传来传去，夸张、放大，改编成各种各样的版本，大多数男人喜欢她，不顾谣言还是围着她转来转去。大多数女人讨厌她，甚至背地里恶意诋毁她……

　　某一天，她穿着一条吊带蓝裙，头发高高绾起，露出细长的脖颈，站在秦树阳公司门口等孙伽灵，她们约了一起去逛街。

　　"小嫂子？"

　　这是老四看到她的背影时，不由自主地脱口而出。

　　江珂与秦树阳的初次见面，是在一个夜晚的剧院。老四神神道道地硬拉着秦树阳去看演出——由他事先安排好的，只有一个人的演出。

　　优雅的音乐环绕，一束冷蓝色的聚光灯落在她身上，舞台上的女孩儿穿着白纱裙和芭蕾鞋，动作轻盈，尽态极妍。

　　那一刹那，秦树阳痴怔了许久，他呆呆地站在过廊望着她，可是看不多久，什么都没说便走了。

　　"哎，哥，哥！"老四匆匆追上去。

　　江珂也停下来，愣愣地站在舞台上看着离去的二人。

　　老四跑到门口停下来转头朝她喊一句："你先回去，再联系。"

　　"哦。"

　　老四坐到车上，秦树阳斜眼睨他，可是并没有生气："你故意的。"

　　老四笑了："故意什么？"

　　"你说呢？"

　　"嘿嘿，喜欢不？"

　　秦树阳半眯着眼，看上去懒洋洋的，并不想理他。

　　老四面向着他，认真地问："说实在的，没一点心动？"

　　秦树阳一言不发。

　　"嗯？"老四推推他，"哥？我就不信没一点儿心动。"

　　"动了。"

　　老四一拍大腿，乐得叫出来："我就说嘛。姑娘长得多俊，二十出头，水灵灵的，又是跳芭蕾的，我就知道你好这口！哈哈哈哈！"

　　"没兴趣。"秦树阳的声音太过慵懒低沉，没多大活力，像个老头子。

　　"那你说心动！啧，哥！你耍我呢！"

　　"没有。"

　　"自相矛盾，"老四气得踹他一脚，"整天耍我？"

　　"没有。"秦树阳看上去很疲倦，耷拉着眼皮看向老四，声音低沉，

428

"我想到了另一个人。"

突然的凝重，空气都变得压抑。

老四不作声了，良久才开口："哥，别想她了。"

车里一阵沉默。

"何必为难自个儿呢？"老四也难受起来，"哥，放过自己吧。"

秦树阳直直腰，往上坐了坐："行了，陪我喝两杯去。"

"得，走吧。"

两人随便坐到路边一家烧烤店，喝了近半个多小时。老四还是忍不住吐槽："我说哥，看你这寒碜的，一老总，带哥们儿吃路边摊，说出去我都不好意思。"

秦树阳笑着喝了口啤酒："又不是没吃过，当年吃一顿可是穷三天。"

老四边点头边喝酒："是啊，想想过去那些日子过的，啧，就跟昨天似的。你别说，还挺怀念的，强子、胡见兵、露姐，楼上的那家，我们那小破屋，多热闹。"

"改天都约上，聚聚。"

"难啊，天南海北的，都忙各自的生活，胡子现在一心投在那两个孩子身上，强子号码又换了，那么多年也不和咱们联系。就剩咱俩了，哈哈，还是哥们儿眼光高，跟你混。"老四拿起酒瓶与他碰，"走一个。"

秦树阳拿起杯子刚要喝，老四猛踢下桌腿，桌上的酒瓶乱晃："娘们儿唧唧的，直接吹！"

"好好好，吹。"秦树阳拿起酒瓶又与他碰，"来，兄弟。"

老四"咕噜咕噜"喝了半瓶，放下酒瓶，"咣"一声："嘶——爽。"

秦树阳笑着看他："虎头虎脑的。"

"嘿，别说我，还得说你。你啊，现在什么都不缺，就缺个女人。"

秦树阳又不作声了。

"你说你咋没憋坏了呢？"老四与他坏笑，"你就不想吗？"

"喝你的。"

"我正经问你呢。不应该啊，那么多年不用？你就不怕坏了？"老四贱了吧唧地瞅向他手，"哥，你这左手比女人还好使？还是那机器手？"

"你找打。"秦树阳扬起拳头，"几年没揍你，皮痒痒了？"

老四往后躲，笑着摇摇头："你啊，跟十年前一个样，没毛病。"

"……"

"不过这女的可以，我第一眼见她就觉得你和她以后肯定会有事。"老四观察着他的表情，"嘿嘿，你要是觉得有点儿那个意思，先试试也不错。"

"说什么浑蛋话。"

"哟哟哟，尿样儿，跟我还害什么羞，还当自己清纯小处男呢。"老四扬扬下巴，舌头划过牙尖，眉飞色舞，"灯一关，立马回到十年前，啧啧，醉生梦死。"

秦树阳盯着老四不说话，老四见气氛不妙，赶紧说："别别别，跟你开玩笑呢，别认真，别认真。"

"你现在啊，流里流气的。不行啊老四，得改改，听到了吧。"

"是是是，老大！听到了！"两人又碰一个，老四接着说，"不过说认真的啊，我还是觉得，何必一棵树上吊死，美人遍地是，啥样的没有？再说这都那么多年了，人家说不定都结婚有孩子了，你搁这儿执着什么呢？"

"哪儿执着了？忘了。"

"忘了？嘁！"老四轻讽地笑了，连灌两大口闷酒，"装什么？你是没看见，你刚才第一眼看那姑娘的眼神。"老四哼哼了两声，突然间语气有些伤感，"以为是小嫂子吧。"

秦树阳默认了。

"你那眼神，"老四拍拍胸口，突然有些哽咽，"你那个……那个眼神啊，我瞅着都想哭。哥，你太可怕了。"老四摆摆手，"太可怕。"

"行了，别说了。"

"我就不懂了，这是啥感觉？喜欢到十年还不忘？哥，啥感觉啊？"

"你喝多了。"

"哥，不然你去那什么伦敦找她得了，她不愿意回来就拖、捆、绑，哥们儿帮你！"

秦树阳瞧他这义薄云天的模样，忍不住笑了。

"说真的！你一句话！哥们儿第一个往前冲！"老四信誓旦旦地捶了捶胸口，"谁也不怕！"

"行了，老说这个干什么，喝酒。"

"你别老躲话题。"老四唉声叹气的，"你还就是尿，一到她这儿就尿，你怕什么！不就是缺了条胳膊。"老四突然噎声了，想起很多年前那件事，良久才又开口，"哥，我许老四这条命都是你给的，我、我……"

"瞎扯什么，喝不喝了？"秦树阳不想提旧事，拿起个铁扦砸过去，"不喝滚蛋。"

老四抹了把脸，笑着说："算了，不说了。"

秦树阳看他这样，心里也不好受："别废话了，喝酒。"

"喝，喝，今儿个不醉不归，敞开了喝。"

老四还是不死心，经过他的撮合，这个跳芭蕾的姑娘经常出现在秦树阳的身边。起初江珂只是觉得这事挺有意思，再加有钱拿，会会这个大老

430

板也不错。可接触久了，她发现这个男人油盐不进，怎么都不上钩，反倒是激发起斗志来了。

一天晚上，秦树阳和客户谈事情，很晚才结束。江珂在餐馆门口等了他两个小时，他刚出来，她就迎上去："秦树阳。"

"你怎么找到这儿了？"

她仰着小脸："我来找你啊，想找自然能找到。"

"回去吧。"

江珂看着他，不说话。

"别浪费时间，我不适合你。"秦树阳坐上车，"早说过了。"

"噢。"

他与小赵说："走吧。"

小赵没动作，扭头问秦树阳："不送人家一程？这块可不太好打车，估计得等不小工夫，大半夜的，一个女孩子多危险，更别说还是个漂亮女孩儿。"

秦树阳捏了捏眉心，回头看江珂一眼，只见她一个人站在路边，单薄而弱小。他恍了恍神，又下车去。

江珂见到他，高兴地唤了一声："秦树阳。"

"以后别那么晚在外面晃。"

"我知道了。"江珂淡笑着。

"上车。"他皱着眉看她，"送你回去。"

"好啊。"

这是他们第九次见面，这是江珂第一次坐上秦树阳的车，这是秦树阳第一次有了点儿心软，却是因为小赵的一句话。曾让林冬独自走夜路，是他这辈子最后悔的事。

一路上，秦树阳一直闭着眼，江珂问他："你睡着了？"

没动静。

"我知道你没有睡着。"江珂靠近他些，伸出手指触了下他的鼻尖。

秦树阳睁开眼睛，看到眼前女孩儿弯着眼睛浅浅地笑着。老四说得没错，是有那么几分相似。

"秦树阳。"

他不回应。

"秦树阳。"

他突然走神了。

"秦树阳，你在想什么？

"秦树阳？"

他别过头去，声音落寞："没什么。"

"你想她了？"

秦树阳看向江珂，干看了几秒，转回头笑了。

"我都知道，许天和我说过，她叫林冬。她真幸运，能有个这么好的男人想念她这么多年。"江珂落寞地低了下头，绕着手指，"我的前男友们，没有一个这样的，初恋也没有，和我分手不到两周他就找了别人。"江珂抬头看他，"不过你跟我在一起，我会让你忘了她的。"

秦树阳又轻笑起来。

"怎么，不信？不试试怎么知道不会呢？"她凝视着他好看的侧脸。好温柔啊，从未见他笑得如此温柔。江珂莫名心软一下，"你根本不想忘，我说得对吧？"

他睨她："小女孩。"

"我可不是小女孩。"

"小女孩。"话说得没精打采，他闭上双眼，平心静气的。

"你觉得我好看吗？"江珂问。

他没有回答。

"你就点头，或者摇头。"

秦树阳侧脸看着她认真的小模样："从生物学角度看，还算不错。"

江珂无语了："那她好看吗？"

他沉默了，脸转向了窗外。

"她好看吗？"

倏尔。

"太好看了。"

高跟鞋，黑纱裙，红嘴唇。

她在舞池恣意舞动，性感、热烈而自由。

嘈杂的音乐、疯狂的灯光，伴随着放纵的尖叫、激情的欢呼。

"真漂亮。"

"别想了。"帅气的调酒师潇洒地倒着酒，"看看你的眼神，哥们儿，她可不是你能睡的。"

"是吗？"男人目光直勾勾的，充满了赤裸裸的欲望，"没有女人不爱钱、钻石、名牌包。"

"她可不缺这些，这里的一切都是她的。"调酒师轻笑，随着他的目光，看向舞池里的美人，"并且，这只是其中一小部分。"

"真的？"男人轻佻地扬下眉，盯着那扭动的细腰，"她跳得真棒。"

"当然。"

"比过我见识过的任何一个女人。"男人举杯靠向唇边，红色的液体流过干燥的喉咙。

调酒师撇嘴笑："你没见过她认真跳舞的样子。"

她突然停了下来，走向吧台，利索地抓了下头发，目光冷漠，纤长的手指敲了敲面前的高脚杯。

"叮叮叮——"

声音清脆。

"给我杯喝的。"

"好的。"

伦敦夜，凌晨十二点十四分。

烟酒味，香水味，女人味。

第十章 ·

嫌隙

林冬胃不好，很少喝酒，渴了只会要一杯饮料，还总是喝同一种，常温枸杞红茶。调酒师也习惯了，每次她来都提前给她备着。

调酒师给她倒了一杯递过来，她喝了两小口，余光瞥见身旁的中年男人盯着自己，她淡淡看了他一眼，什么也没说，回过头继续喝自己的。

突然有人过来与她搭讪，是个二十出头的年轻小伙儿，穿着粉衬衫和紧身裤，戴着方钻耳钉，骚包到不行。他已经观察了林冬好一会儿了，说："美丽的小姐，请你喝一杯。"

油腔滑调，调酒师捂嘴轻笑。

"不用，谢谢。"林冬连个眼神都没给他。

"不用客气，我的荣幸。"粉衣男扬了扬下巴，举起手中的酒杯对调酒师说，"再给我一杯。"

调酒师看向林冬，没有动作。

"再给我一杯，"粉衣男重复道，见调酒师不理睬，说，"你听到我说话了吗？"

"再给他一杯。"林冬随口说了句。

"好的。"调酒师点头。

粉衣男朝林冬挤眉弄眼。林冬瞧着他的电眼，莫名想笑。

"啊哈，美丽的小姐笑了。"

林冬放下杯子，红茶留下一半，没有喝完，语气平平地对调酒师说了句："走了。"

"拜。"

"等等！别走啊！"粉衣男说。

林冬潇洒地走了，头也没有回。

粉衣男摊了摊手表示遗憾，转头又去与别的女孩儿搭讪。

倚着吧台的那个中年男人仍在，与调酒师对视一笑。调酒师说："她就这样。"

男人没有回应，拿起她的杯子，一口喝光了剩下的枸杞红茶。似乎杯沿还留着她口红的味道，格外香甜，男人舔了舔嘴："真有味道。"

林冬一个人走在潮湿的街道中，巷子里有情侣激情拥吻着，她看了他们一眼，一定很甜。她散漫地笑了笑，两手插进外套口袋里，抬头看了眼暖暖的路灯，轻嗅口深夜的空气。她真是爱死这味道了。

林冬回到家，衣服也没换，站在洗漱台前卸妆。她以为大家都睡了，没有关门，可是突然有个人站在门口。

来人敲敲门，是何信君，想都不用想，一定又兴师问罪来了。

林冬没有看他，专心卸自己的妆。何信君往里走两步，笔直地站立，表情沉重地看她这一身打扮，说："你又去夜店了？"

嗬，果然。

"知道还问。"

"别再去了。"

用冷水扑扑脸，她抬起脸看向镜子里的何信君，水顺着脸颊流下，坠在精巧的下巴上，"啪"的一声，掉落在洗漱台上。

"别再去了，听到了没有？"

"噢。"她不以为然地朝他笑了笑。

"你总是敷衍我，小冬，我跟你说了多少次了，你为什么就是不听呢？"

"我听了。"

"可是你没做到，你还要我和你说多少次？"

"所以别说了。"她用毛巾擦了擦手，直起身子，盯着镜子里的男人，"你不烦吗？"

"我不烦，我知道你烦，但我还是要说。"

林冬随手扔了毛巾，懒懒散散地走出卫生间："啰唆。"

"我是啰唆，那也是为了你好。"

林冬走到桌前从烟盒里抽出根烟点上，走到阳台上悠闲地靠着栏杆，一吸一吐，分外撩人。

何信君跟过去，站到她旁边，什么也没说，直接将她手中的烟拿了过来，怪异地捏在手里："小冬。"

她扭头盯着他的脸，一脸毫不在乎的模样。

何信君微拧着眉："别这样。"

林冬从他手里夺回烟，吸了一口，扬起下巴对着他的脸，缓缓吐出烟，声音轻快而凉薄："你烦不烦啊？"她抖了抖烟身，冷笑道，"你去管我妈呀。"

何信君被烟呛得咳了几声："小冬，你知道你现在像什么吗？"

"你说来我听听。"

"一个叛逆的未成年少女。"

林冬沉默地看着他，冷不丁笑出声来："少女。"

"不是吗？"

"你说是就是吧。"

"可是你不觉得这叛逆周期太长了吗？"

"是吗？"

"小冬，"他叹了一口气，对她一贯的这副模样无可奈何，"我年纪大了。"

她没有说话，安静地抽自己的烟。

"你懂吗？我年纪大了。"

林冬耷拉着眼皮，懒懒地注视着眼前的男人。她的长发随意束在脑后，一缕细发卷曲着垂在脸侧。没有了艳丽的妆容，她的眉目还是从前那般清浅动人，不过多了几分成熟，多了几分味道，长开了，也更美了。

何信君没有再说其他话，只是靠近了她一些，一手撑着栏杆，一手随意地垂落，缓缓抬起来落到了她的腰间："听话，听我的话。"

林冬看着渐渐靠近的这张脸，他的双眸深邃迷人，只是因为上了年纪多少增了几分混浊之感，眼角也已经有了几道不深不浅的皱纹。

"小冬。"他温柔地唤她的名，"小冬，我……"

近到感觉得到彼此的呼吸，温暖而暧昧，就在他要亲吻她的那一刻，她打断他："小舅舅。"

何信君怔住了，看着近在咫尺她面无表情的脸，非常无奈地说："说了别叫我这个。"

她勾起嘴角轻笑一下："小舅舅，你该回去睡觉了，不早了。"

何信君站直，手从她腰间落下，又拿过她手里的烟，扔进烟灰缸里："少抽点儿。"他转身离开，"睡吧。"

"小舅舅。"

他停下脚步，背对着她。

"你该找个伴了。"

何信君微微低着头，背影看上去格外苍老、格外落寞、格外悲凉："小冬，别再说这种话。"

"你该找个伴了。"

他默默走开了。

林冬独自站了会儿，看着烟灰缸里一缕青烟缭绕而上，他的心意她不是不明白，可是又能怎么办呢？赶走他？离家出走？老死不相往来？

笑话。

林冬又点了一根烟，每每想到这些事就心烦，每每回到这个家都心烦。

她转了个身，踮起脚坐到了纤细的铁栏杆上，手一松就会坠下楼来。

赤裸消瘦的双脚悬在半空，随着飘逸的纱裙，在风里轻轻摇晃。

抬头看，星星真亮。

何信君回到自己房间，背靠门站了一会儿。他缓慢走进独卫，洗了洗手，看着镜子里的自己。

小冬啊。

我的小冬啊。

我没有多少时间了。

我四十六岁了。

他手撑着洗漱台，看到头侧的一丝银发。

二十年了，我等了你二十年。

你还不要我吗？

Leslie 结婚了，七年前的事，奉子成婚，陈非的孩子，现在她又有了二胎，眼看着就到了产期。自打她有了孩子和自己的家庭，就彻底告别了芭蕾，一心相夫教子，做个全职太太，平时看看书、养养花草、养养猫狗，过得倒也幸福自在。

林冬依旧从事着这个行业，只不过她很多年没有上台演出过，现在手下带着舞团，平时的工作就是带着舞团到处演出，以及培养一些新的舞者，或是举办一些大小型比赛。不轻松，也没有特别累，用着闲钱又开了三家小酒吧，日子一天天重复着过，没什么太大意思。

一早，林冬就到舞团去。

舞者们已经排练许久，她上去指导一番：

"手臂抬高。"

"动作太拘束，到这个点手臂张开，不然不太好看。"

"下巴抬那么高干什么？"

"大跳再来一次。"

……

林冬在舞团忙活了一天，何信君晚上来接她回家。不管他的工作有多忙，不管林冬有多么不愿意，他还是每日坚持来接。

艾琳与她一道走，见到何信君，玩笑道："多好的男人，干脆嫁了吧。"

林冬笑笑，不作声，跟着他走了。

"累吗？"他问。

"不累。"她答。

"要不要吃点儿东西？"他又问。

"不吃。"

一路上两人没说什么话。

到家后，何信君对她说："早点儿休息。"

"嗯。"

可是林冬并没有听他的好好去休息，她安稳不到一小时，换了身衣服就要出门，刚下楼就被何信君抓了个正着。

"不许去。"他说。

"让开。"林冬要从他身旁过去。

何信君一把拉住她："不许去。"

林冬抬眼看他："放开。"

"睡觉去。"

真事儿！她甩了甩胳膊，没甩掉，说："行了，松开，我是去舞协，有事情。"

他这才松开："我送你。"

"随你便。"

林冬没有骗他，真是去了舞协。过不久将有一场国际舞蹈比赛，分了好几个国家不同的赛区，将选拔出优秀舞者来伦敦决赛，林冬正是去参讨这件事。

舞协里会派两个人去亚洲协同选拔，中日韩方面上头原意是让林冬去，可是她不愿意，经过讨论，最终定了艾琳。

会开到很晚，何信君一直在外面等着林冬。回家的路上，何信君问："听说你不愿意去中国。"

"你这消息够快的啊。"

"我以为你会想去。"

她看向他："为什么？"

何信君与她对视："你说呢？"

林冬沉默地看着他，突然嗤笑了一声："因为秦树阳？"

他不说话了。

林冬回过头："那个毛头小子，你不会以为我还想着他？"

"可你想到了他，我可没提。"

林冬不知道该说什么了。

"你心里怎么想的，自己清楚。"

"别废话了，烦不烦。"

何信君还真不说话了。

林冬沉默地看着车窗外，手落在腿上，想起了当年的那场车祸；想起那个冰冷的早晨——她从轮椅上滚下来落进湖里，想要就此了结那无趣的生命；想起那些拼命想要站起来、痛苦煎熬的复健生活；想起了四年前第一次登台，却跌倒在了舞台上。

她突然闭上眼，眉头紧蹙了一下，每每想到那个画面，都恨不得杀了自己。

"怎么了？"何信君看着她的侧脸。

林冬没有回答。半晌，她才开口："现在提起他，我只会想到曾经的自己有多惨，有多傻。"

"年轻人，难免糊涂。"何信君严肃地说，"忘了最好，那种人，不值得。"

到家了，林冬没有动弹，斜着身子靠在车窗上。

"下车了。"

她目光呆滞地盯着窗外，不知道在想什么。

"小冬，到家了，下车。"

林冬这才直起身，开门下车，大步流星地进了家门，她洗洗便睡下了。

晚一些，何信君离开家，来到一家酒店。

女人已经洗好了在等他，还是十年前那个金发碧眼的女人。他对性这件事算是比较讲究，不愿费心再去寻觅别的合拍的人，那么多年来一直是她。

三十四岁的女人，没有生养过，身材依旧火辣，细腰肥臀，胸大腿长，一个眼神，把人勾得魂都没了。

何信君什么话也没说，从进门就开始解皮带，走过来分开女人的双腿就开始横冲直撞，没有半点儿情感。

何信君看着她的脸，拽过枕头盖在她的脸上。女人刚要拿开，就听到他严厉的声音："别动。"

她放下手，何信君的动作也温柔了许多，他低下脸，低微的声音性感撩人："冬——"

深夜，秦树阳失眠了。他有点儿饿，下楼去厨房想找些东西吃，却只有些面包和水果。他不想打扰陈姨睡觉，自己下了一碗清汤面。

杜茗起床去卫生间，看到厨房亮着的灯，她睡眼惺忪地走过去，就看到秦树阳站在锅边，没有戴假肢，睡衣袖子空荡荡的，也不去餐厅坐着，弓着腰吃厨台上小碗里的面条。

"让你晚饭吃那么少，饿了吧？"

秦树阳嘴里咬着面条，闻声转过头，样子莫名可爱。他把面条吸进嘴："吵到你了？"

"没有，我去卫生间。"她打了个哈欠，"真香。"

"要吃点儿吗？"

"还真有点儿饿了。"杜茗揉着眼走过去，"好吃吗？"

……

"呸，太难吃了。"葛西君吐出嘴里的面条，"你怎么做的？一点儿盐味也没有，而且怎么感觉有点儿苦呢？"

"是吗？"林冬夹了一口，皱起眉，味道确实不怎么样，"我也不知道。"

"还不如我来，"葛西君轻嘲，笑着看自己的傻大闺女，"起码不是苦的。"

"等下。"林冬找了瓶牛肉酱来，挖出两勺放进面里搅了搅。

葛西君嫌弃地看着碗里的东西："啧啧，难得大半夜来蹭闺女吃的，搞得真恶心。"

林冬扬了扬下巴："你先尝。"

"凭什么？"葛西君一脸不愿意。

"我难得做一次，你尝尝怎么了？"

葛西君白她一眼："我才不傻，你怎么不先尝？"

林冬自己吃了一口。

葛西君盯着她的表情："怎么样？"

"挺好吃的。"

"真的？"她半信半疑，拿起叉子挑了一根品了品，伸长舌头，"黑暗料理。"

"哪有那么难吃。"

葛西君一边戳着面一边嘟囔："唉，好可怜，珍妮不在，信君也不在，好可怜。"

"不吃算了。"林冬要抢她叉子。

葛西君动作迅速闪了过去："难吃也比没得吃好。"

"小舅舅去哪儿了？"

"鬼知道。"

那么一番折腾，林冬一夜没睡好，第二天还是早早到了舞团。

排了一天的舞蹈，所有人都又饿又累。傍晚，大家都去吃饭了，林冬独自一人坐在后面，看着空荡荡的舞台。

艾琳找到她："到处找不到你，原来还在这里。"

"嗯。"

艾琳见林冬有心事，坐到一旁，问："怎么了？"

"没事。"

"你看上去可不太高兴。"

林冬轻笑了笑："没有。"

艾琳叹口气，舒服地靠着软绵绵的椅背："Lin，你已经五年没上台演出过了。"

"是啊。"

"你现在情况那么好，腿已经没有问题了，完全可以重新上台的。"

林冬没有说话，平静地望着舞台。

"几年前那次只是个意外，当时你还没有完全康复，发生那种事情是可以理解的。"

脑海里又浮现出摔倒的那一幕，浮现出台下观众们那些诧异的表情。林冬弓着身子，手捂住脸，噩梦，噩梦啊。

艾琳抚了抚她的背："Lin，不要想太多了，也不要有太大压力，你很棒的。我觉得你是心理作用，努力克服吧，我可是很怀念当年的芭蕾小公主噢。"

"谢谢你。"林冬抬起头，心情平复了些。

"走啦，去吃点儿东西，你不饿吗？"

"你先去吧，我没什么胃口。"

"那好吧。"艾琳刚走不远。

"艾琳。"林冬叫住她。

她回头看着林冬，笑容暖人："怎么了？"

"艾琳，我去吧。"

"嗯？"

"中国那边，我替你去。"

一周后的一天上午，江珂听孙伽灵说秦树阳过来公司了，慌忙从舞蹈房出去，回出租屋准备了点儿东西拿过来。

秦树阳正在办公室看文件，助理进来通报一声，秦树阳头也不抬，说："让她回去。"

可是江珂已经推门进来了。

助理："哎，你这小姑娘。"

"算了，让她进来。"

"好。"助理不高兴地看了江珂一眼，出去关上了门。

江珂拎着包走到办公桌前，将包里的东西取了出来："好久没见，今天终于见到你了。"她将饭盒打开，放到秦树阳面前——粉红的盒子，里头摆着四个好看的寿司。

"我亲手做的，尝尝。"

秦树阳看了眼寿司，挑眉注视着她："我不爱吃这个。"

江珂与他对视几秒，收起饭盒，随手扔进了垃圾桶里："那扔掉好了。

你喜欢什么，我再给你做。"

秦树阳笑了一下："别折腾了，回去吧。"

"晚上有空？"

"没有。"

"那就是有了。"

秦树阳低头继续工作："别费劲儿了，在我这儿纯属浪费时间，我们不合适。"

"哪里不合适？"

"哪里都不合适。"

"我不觉得。"

秦树阳又笑了下："小姑娘，你看上我哪点了？"

"有才，多金，长得帅。"她趴在桌子上，撅着翘臀，"还不够吗？"

"帅？"秦树阳指了指自己的手臂。

"小缺点，可以忽略。"

他摇摇头，继续翻文件。

江珂两手撑着桌子，身体抬高了些，问："你前女友，她是因为这个离开的？"

"不是。"

"那为什么？"

秦树阳没有回答。

"算了，你不想说我就不问了。"江珂站直，俯视着眼前的人，"那我先走了，晚上再来找你，你等我吃晚饭。"

她转身就走，不给秦树阳说话的机会，刚到门口又回头："眼镜戴上很斯文，有种禁欲的味道。"说着笑笑跑了出去。

秦树阳倒也没在意，继续工作。

傍晚下班，秦树阳当然没有等她，回家吃了饭，晚上出来夜跑，却没想到又遇到了江珂。她远远地跑过来，声音轻快地唤他："秦树阳。"

他把耳机扯了下来："你怎么找到这儿来的？"

"我问许天你住哪儿，他告诉我了。"

"这老四！"秦树阳擦了把汗，继续往前跑，"跟你说过，晚上不要一个人乱跑，不安全，回家去。"

江珂没有听话，就在旁边跟着他一起跑："我是想来告诉你，过些日子我要参加一场比赛，很重要的比赛，可能不能时常来找你了。"

秦树阳没有理她。

"等我比赛完了再找你。"

"姑娘，跟你说过，我们不适合。别费心思了，有这种闲工夫不如好

442

好研究怎么把舞跳好。"

江珂只当没听见，继续说自己的："你注意休息，工作别太累。"

"……"

"就这样，那我先回去练舞了。"江珂快步跑开了。

经过一轮筛选，江珂拿到比赛资格，之后每日的训练更加严厉，除了吃饭睡觉，就只有跳舞了。

一天早晨，老四来找江珂，两人坐在露天长椅上说话。江珂心不在焉的，一直在刷手机。

"几天没和你联系，最近和他咋样了？"老四问。

"上不了套。你兄弟真行，油盐不进。"

"又不是没警告过你，"老四从兜里摸出一张卡，"我这兄弟啊，照我看呢就是经历得太少，多谈几个女的肯定就不是现在这熊样了。你呢，就陪他好好玩，拿去。"

江珂瞄了一眼卡，将他手推回去："我不要钱了。"

"怎么，这城攻不下？知难而退了？"

"哪有我攻不下的城？"江珂笑着看他，"我现在不要钱，我要人。"

老四愣了一下，抱臂靠到椅背："可以啊。"

"我觉得他挺有意思，"江珂低下脸，边看手机边说，"认真试试也不错。"

"你这还挺自信。唉，不过他那臭性子，要说动起真心来还真挺难的。"老四愁眉苦脸，"按理来说应该有戏才对，怎么就上不了钩呢？不过你这么一说我这心里还有点儿怪怪的，以后要真是叫你嫂子，嘶，觉着还挺别扭。"

老四自顾自地说着，江珂一句也没理他。

"喂。"

"嗯？"她敷衍地抬了下头，又继续看手机。

"看什么呢？那么认真？"

"没什么，你不懂。"

"我不懂？"老四笑笑，"什么好玩的，看得那么开心？"

"一个芭蕾舞蹈家，挺漂亮的，英国来的，不过是个中国人，最近来这儿了，听说是我们比赛终选的主选官，我刚一直在看她之前的演出视频，超级棒。"

老四想起林冬来，感慨一声："听着还挺像我认识的一个人。"

"那不可能，你怎么可能认识她，而且我听说她好像一直在伦敦生活，这个还是她最近刚来这边别人偷拍到的照片。"

老四并不感兴趣："得了，你抓紧回去练吧，我不打扰你了，比赛加油啊。"

"嗯。"

老四刚起身要走，无意瞥到江珂的屏幕，他一把夺过手机，瞪大眼震惊地看着照片里的女人："我的妈呀！"

"怎么了？"

"我的姥姥呀！"

老四花了不小的劲儿打听到林冬住的酒店，他没有第一时间告诉秦树阳，独自在酒店门口等了三个多小时，终于给他等到了。

林冬穿着简单随意的运动装，从玻璃旋转门内走出来。老四一眼认出她来，激动地跳了过去："小嫂子！"

林冬注视他几秒，没有说话。

"噢，不，林冬。"老四笑得傻头傻脑，"嘿嘿嘿，现在再这么叫不太好。"

可是她转头就走了。

"哎，林冬。"老四跑到她面前，"你不认得我了？"他看上去非常高兴，指着自己的胸口说，"老四，老四啊！许天！出租屋里那个！秦树阳的朋友！"

"有事吗？"林冬淡淡地道。

像是一大盆冷水迎面泼了过来，他有些心凉："呃……好久没见了，得有九年了吧。"

"嗯。"

"你变漂亮了。"

"哪儿？"

"啊？"老四被她问得一愣一愣的，"噢，哈哈，哪都漂亮，更成熟了，更有女人味了，哈哈。"

林冬看着他沉默。

老四挠了挠头："你、你啥时候回来的？"

"大前天。"

"在这儿待多久呢？就你一个人吗？"

林冬没有回答："如果没有什么事我就先走了。"

"啊？"老四蒙了下。

"我还有事。"

"……"好尴尬。

老四忙说："那好，你忙，改天吃顿饭什么的。"

未待他说完，一个男人从黑车上下来，还领了个七八岁的女孩子。女孩儿冲上来抱住林冬，调皮地伸长舌头，说："我刚才去吃了火锅，好辣好辣！"

"嘴都红了。"林冬摸了摸小女孩的小嘴。

小女孩中文名叫陈曦，是林冬的表妹，听说表姐要来中国，吵着嚷着要跟着，正好 Leslie 要生产了，陈非便派了手下的一个助理跟着她们俩过来。

老四傻傻地看着这三人。

助理："这位是？"

林冬说："很多年前认识的人。"

助理："你好。"

老四皮笑肉不笑，面部僵硬道："你好。"

林冬对陈曦说："回房间睡一会儿，等我回来再带你出去玩。"

"好的，那你快点儿回来。"

"嗯。"

"那我带她上去了。"助理牵起陈曦，又笑着对老四说，"再见。"

老四没回应。

两人进了酒店，老四闷闷不乐地站在一边。

林冬对他说："谢谢你来看我，有空请你吃个饭。我先走了，再见。"

"再见。"老四望着远去的车，心里愤愤不平。亏哥这些年对她心心念念的，人家这日子过得倒好，男人女儿两不差，圆圆满满！

老四好几天没找秦树阳，他一点也不想告诉秦树阳那个女人又突然出现了，与其再乱其心、纠缠不清的，还不如一个江珂来得实在。

说到江珂，自打她得知林冬就是秦树阳的那个前女友以后，整日心不在焉的，满脑袋都是这个事。静不下心，食欲也不太好，运动量大，整个人又瘦了一圈。

直到比赛那天，她才真正见到林冬。

江珂化好妆在后台候场，往前头偷看，就见林冬坐在几个导师中央，面无表情地盯着舞台，看上去冷冰冰的。

后来，江珂发挥得不算太好，而来参加比赛的人中高手如云，她连进入终选的资格都没有。

傍晚，妆容未卸，舞裙未换，江珂在林冬将要经过的电梯口等着。

林冬真是看上去一点儿也不好说话，江珂平时气焰足，到她这儿完全被压了下来，本来酝酿好的一肚子话，真正见到面一句话也没敢说，一个人背对着墙站着，等林冬和几个老师走了过去才敢回头……

刚离开公司，秦树阳坐在车上往家去。小赵与他聊天："我那个女朋友，不让我打游戏，整天吐槽我不务正业。前两天我拉着她注册了个号，一起打了几把，结果现在比我还入迷，见我就喊开黑，昨晚打到两点多，困死我了。"

"有个共同爱好也挺好。"

"可不是，笑死我了，又菜又爱玩。"

年轻的小情侣，真可爱。秦树阳心情不错，笑眯眯的，脸转向车窗。

"刚还和我发微信说，一会儿早点儿回家打游戏。哎，老秦，你无聊的时候也可以玩一玩。"

"我是玩不动了。"

"这有啥的，我……"

"停车。"

"啊？"

"停一下。"

"好。"刚好有个岔路口，小赵把车停到路边，顺着秦树阳的目光看去——剧院外张贴着巨型海报，是个舞者的背影。

"芭蕾舞？老秦，你对这个有什么执念？每次看到都会停一下。"小赵笑言。

是啊，那么多年了，每每看到，还是会忍不住多看两眼。

秦树阳说："只是觉得很美。"

"那要进去吗？这是在办比赛吧？"

"算了，"他回过头，"走吧。"

就在这时，车窗被敲响，是江珂。

车窗降下，江珂惊讶地看着秦树阳："你怎么在这儿？"

"路过。"

浓浓的妆遮不住她煞白的脸色。秦树阳多问一句："你在这儿比赛？"

"嗯。"

"比完了？"

"嗯。"江珂突然开门上车，"那个，送我回去吧。"

秦树阳往另一边坐坐，与她拉开一段距离："发挥得怎么样？"

江珂回头，看到林冬与那一群人已经走到剧院门口，准备下楼梯了。她赶紧用身体挡住秦树阳的视线，着急地对小赵说："快走，我饿死了。"

车子发动，江珂松一口气，整个人瘫了下去。半晌，她才想起来问秦树阳："你刚才问我什么？"

"没什么。"

"噢，你问我发挥得怎么样。"她叹了口气，"没跳好，应该是没戏了。"

"再接再厉。"

"我会加油的。"

江珂松了松头发，头靠到他的肩上。秦树阳刚要推开江珂，江珂拉住他的袖子："好累，让我靠一会儿。"她闭上双眼，"求你了。"

江珂住在学校附近的小区里，秦树阳将她送到楼下。

"起来。"他直接将她推醒。

江珂惊醒过来，坐正了埋怨他："那么粗鲁干什么，吓我一跳。"

"到了，下车。"

她扶住脑袋看他一眼："怎么了，突然这么冲？"

"下车，到了。"

"你就那么不想和我待一块儿吗？"江珂可怜巴巴地嘟了下嘴。

秦树阳没有回答。小赵也不敢出声，在前头默默听着。

江珂转向他，试探道："去我家坐坐？我给你做拿手好菜，我会做……"

他直接打断她的话："下去。"

"你——算了，真没意思。"江珂气鼓鼓地拿上包下了车，"行了，我走了，明天再见吧。"

"等等。"

她高兴地回头。

"别再来找我。"

"为什么？"

"我没时间陪你耗，一直对你很客气，是因为你是女孩子。"

江珂看着他，本来心里就不好受，这么一刺激更难过了。她委屈地撇了下嘴，不说话了。

"以后再这样，我就不会那么客气了，记住了吗？"秦树阳从头到尾没有看她，严肃且冷漠，"行了，小赵，开车。"

小赵发动车子，开出小区。

江珂还愣愣地站在那儿，待缓过伤心劲儿，用力地摔了包，眼睛红红的："什么呀！"

小赵看向后视镜里的秦树阳，说："话说重了吧，毕竟女孩子，多伤人家的心。"

"早该重了。"

"也是，快刀斩乱麻。"

车子里还弥漫着江珂身上的香水味，并不算太重。秦树阳却觉得被熏得难受："通通风。"

"好。"

路过工地，秦树阳让小赵把车停下来，下车去工地看了看，顺便透透气。建筑工人们还在忙，已经快晚上七点了。

小赵在秦树阳后头跟着："前面路黑，杂石多，小心绊到。"

"没事。"

"灰尘大，要口罩吗？"

"不用。"

这是一个正在建设中的体育馆，秦树阳站到一块平地上，看着初现造型的巨大建筑物。小赵从工头那儿给他找了个头盔来，说："戴上这个吧。"

"谢谢。"秦树阳拿起这熟悉的玩意儿，抖了抖，左右看看，看上去心情不错，微笑着戴到了头上。

工程师过来与他打招呼："秦董。"

"嗯。"

"这里头磕磕绊绊的，您小心着点儿。"

秦树阳往里走，工程师跟着他。他对工程师说："你去忙你的，我随便看看。"

"这……"

小赵："忙去吧。"

"行，那您有事叫我。"

秦树阳带着小赵转了一圈，又绕回原地。两人往回走，一路闲聊。

"我干这个的时候，你怕是才读初中，刚做这行年纪还小，又细皮嫩肉的，脚上磨出泡，晚上回家戳了，第二天又起了新泡，手上也是，时间长了就结上厚厚的老茧，能用小刀削掉一层一层。"

小赵搭话："我早就听说了，你年轻时可受过不少苦。"

"是啊。"秦树阳悠闲地走着，谈及过去，一脸释然与祥和，"确实挺苦。摆地摊、修东西、铺地砖、建筑工，还有路边卖炒饭，太多了。"

小赵由衷地佩服："老秦，要说走到今天，你真厉害。"

秦树阳朝他笑了笑："只是后几年走了些运。"

"光靠运气哪行，还是有实力。"

秦树阳突然停下来，转头望向高大的塔吊："以前年轻，浑身都是劲儿，好像有用不完的力气似的，也不觉得累。"

"你现在也年轻啊，事业有成，三十多，多好的年纪。"小赵笑起来，"就是缺个贤内助。"

"贤内助……"秦树阳笑着自言自语，回头继续往前走，"说到过去，我刚辍学出来的时候，还干过两周跑保险的活儿，后来觉得没意思，还是喜欢捣饬房子这一类。"

"你这也算阅历丰富了。"

"什么阅历，"他叹息一声，笑道，"都是些小事小活，谁都能做。"

两人你一句我一句，就走到了车旁。

次日，秦树阳在建筑公司待了一天，晚上去见合作的王氏木业老董，地点定在夜店。

包间里，几个人喝着酒，三言两语谈工作，忽然进来了几个穿着暴露的女人，挨个儿坐到他们身旁。

李总招呼一个绿衣女人："去，给秦董倒酒。"

绿衣女人笑眯眯地过来倒了杯酒，递到秦树阳嘴边："秦董。"

他把酒杯接了过来："谢谢。"

女人的手自然地落到他的大腿上。秦树阳放下酒杯，将她的手拿开："去，到那边坐。"

女人不解地看着他。

"去陪王董。"秦树阳没有严声呵斥，语气轻又淡，"快去，没听到？"

女人站起来走开。

王董笑着与他打趣："小秦还是这样，不沾女色啊。"

吴董："你说我们这有了家室的得提防着家里那个，你这黄金单身汉……"

秦树阳自己倒了杯酒，打断他的话："喝酒。"

高董："哎，小秦，别躲话题，你别说还真的是，怎么也不见你身边有女人的？给你介绍几个，怎么样啊？"

秦树阳："不用。"

"客气什么。老高那儿资源丰富，什么类型的都有。"说话的男人左拥右抱的，下巴上坠着肥肉，颤颤的，眼睛笑得眯成一条缝，"要什么有什么。"

秦树阳："过几年再说。"

"过几年？"胖子捏了把女人的屁股，"年纪不小了，还不趁年轻多玩玩，小心以后年纪大了心有余而力不足啊。"

"哎哟，你可别说人家，管管你自己吧老陈，看看你这一身肥肉。"王董笑得满脸皱纹，"还提得上劲儿吗？"

包厢里烟酒味刺鼻，沉闷又压抑，时不时充斥开他们几个的大笑声。

秦树阳在一旁默默听着他们讲荤话，插不进嘴，也无法融入。男人们围在一起，无非两件事，钱和女人。对于这种很平常的茶余闲聊，他也都习惯了。

林冬在舞池伸展筋骨，跳累了坐到吧台喝东西。

好不容易哄睡那位小祖宗，她又觉得无聊，出来走走，顺道来这个传说中最大的夜店转转。

"美女喝什么？"调酒师扎着小辫子，下巴一撮小胡子，长得还挺个性。

林冬问："没有酒精的有吗？"

"没有酒精？"

"嗯，饮料之类的，柠檬水、橙汁随便来点儿。"

"噢，我懂了。"他边调边与林冬说话，"美女第一次来？以前从没见过。"

林冬轻靠吧台，手撑着侧脸，随意地"嗯"了一声。

"一个人来的？"

"嗯。"

"这么漂亮，怎么会没人陪呢？"小辫哥笑着将杯子递给林冬。

"谢谢，"她抿了一口，"有酒精？"

"很淡的。"

林冬想了想，又喝一口。

"怎么样？"

"还行。"

"还要吗？"

"不要了，我不能喝多。"

"出来玩嘛，偶尔喝多也没关系。"

林冬看着他的笑脸，这双勾人的电眼，不知道撩了多少小姑娘，她莫名笑了一下："我很多年没喝过酒了。"

"很多年？真的假的？上次是什么时候？"小辫哥利索地给别人调着酒。

林冬说："九年多前。"

"喝醉了？"

"嗯。"

"断片了？"

"断片是什么？"

"不省人事，忘掉一切。"他将酒杯递给客人，双臂支着吧台，悠闲地欣赏着林冬的脸。林冬化着淡妆，眉清目浅的，却气质拿人，第一眼不算惊艳，可越看越好看，叫人挪不开眼。

她说："没有。"

"那不算醉，"小辫哥挑眉，"只能说喝得有些多。"

林冬笑了笑。

"喝多了，然后呢？不会发酒疯了吧？"

她抬眼看他，晃了晃手中的淡酒，又喝了口："然后把一个男人睡了。"

"哇，这么酷。"调酒师跟着音乐节奏轻点着下巴，"那个男人很幸运。"

林冬转了个身，背靠吧台，看着舞池里形形色色的男男女女："他啊，就是个小王八蛋。"

秦树阳喝得有些上头，起身去卫生间，躲了几轮酒，他用冷水扑扑脸，冷静一会儿，后劲上来了，脚下也越发轻飘飘的。他靠着洗手池站一会儿，缓了缓才往外走。

闪烁的灯光，动感的音乐，身旁三两男女，或亲吻、或交缠。

他往前走几步，无意垂眸，看到倒在地上的高跟鞋——黑色的，细细的跟。

不远处，一个穿着红裙的女人，手里拿着酒杯，一只脚光着，脚指头轻跐，点着光滑的地面。她两指夹着酒杯，整个人摇摇晃晃，像是喝醉了。

秦树阳弯腰拾起脚下的高跟鞋，看着它根部缠绕着好看的纹样，挺精致。

一起身，眼前有些恍惚，晕晕地看向那掉鞋的女人。她轻轻转了个圈，长发轻摇着，遮挡了脸。一举一动，说不上来的动人，就像是在跳舞一般。

秦树阳突然有些痴迷地看着她摇晃的身影，傻傻地笑了。

真像，真像我媳妇。

噢不，不对，现在不是我媳妇了。

他敛了笑，晃晃脑袋，试图让自己清醒点儿，叫她一声："等一下。"

她没有回头。

"等一下。"

她还是没有转身。

"女士，你的鞋掉了。"

林冬抿一口酒，全然未闻身后的呼唤。

秦树阳大步跟上前去："你的鞋掉了。"

她身体一僵，听到了身后很熟悉、很熟悉的声音。

"女士。

"你的鞋。"

林冬回头，似笑非笑地看着他，拖长了音调："秦树……阳。"

"咚！"

鞋子落在地上。

一瞬间，酒醒了。

林冬微微侧脸，眼神轻飘飘地看了眼掉在地上自己的鞋，又看了眼面前失魂落魄的男人："秦树阳？我想我没认错人。"她跐着脚向他走一步，"见鬼了？"

"没、没有。"他有些语无伦次，脑袋一片空白，话也不会说了，"你、你怎么？"

"我怎么在这儿？"

"嗯。"

"那你怎么在这儿？"

"我来这儿谈……谈工作。"

林冬笑了下："瞧你这傻样。"

秦树阳看着她，像个犯了错的孩子，站得笔直，心慌地等待着大人的打骂，每一个眼神都小心翼翼的。

"我来这儿玩。"林冬身体晃了下，她酒量本就差，刚贪杯喝多了些，便有些晕乎乎的，又只穿了一只鞋，左右受力不一，险险摔倒。她扶住旁边的墙，背靠过去，脚后跟抵着墙，微微地弯曲着膝盖，"生活太平淡，出来找点儿乐子。"

"这里鱼龙混杂的，"他眉心浅皱，"你……少喝点。"

林冬完全没有理会他的话，仰着脸，一口喝完杯中所有的酒。

秦树阳注视着她细长的脖颈，感觉自己快要疯了。

"我的鞋。"

秦树阳没反应。

林冬朝地上的高跟鞋看过去，扬了扬下巴："那个。"

"噢。"他赶紧蹲了下来，拾起高跟鞋，刚要站起来，头顶传来冷淡的声音。

"不帮我穿上？"

他蹲在她面前，仰面看她。

这画面，太熟悉了。

"穿、穿的。"

林冬见他不知所措的样子，还有些反应迟钝，笑着说了句："穿呀。"

"好。"秦树阳低下头，看着眼前雪白纤瘦的脚面，再次恍了神。

林冬歪脸看他："想什么呢？"

"没什么。"他轻轻用义肢捧起她的脚，把高跟鞋套在脚上，迟迟没有站起来。

林冬没有说话，漫不经心地俯视他。

身后一对男女路过，秦树阳这才站了起来，整个人有点儿发愣，不知道该怎么站，不知道手该往哪里放，也不知道该说什么。

林冬头靠墙，闪烁的五颜六色的灯光照在清淡的脸上。

秦树阳想不出什么词来形容他眼前的女人，只是觉得，好看，好看死了。

两人沉默半分钟，皆一语不发。

林冬突然笑了一下："还杵在这儿干什么？"

"没、没有。"

"你紧张什么？"

452

"没有。"

"你的手刚才在抖。"

"是……不是……冷的……不……喝多了。"

"你都结巴了。"

"我……我就是喝多了点儿。"

林冬抬起手，挑了下他的下巴："秦树阳，我有那么恐怖吗？"

"不是的。"

她举起杯子想再喝口，里头空空的："没了。"她将酒杯放到他手里，"帮我还回去，不喝了，走了。"

秦树阳听话地接过酒杯，把它放到了吧台，然后就在她身后跟着。

出了夜店，林冬跟跟跄跄地沿着街道走，路边有卖唱的歌手，她笑着朝人家飞吻，醉醺醺地从包里扯出几张票子放进歌手的吉他箱。

歌手说："谢谢。"

林冬笑着挥挥手。

秦树阳一路这么跟着，短短两三分钟，他甚至觉得自己像条狗一样，像她的一条狗，她走一步，他动一脚，她停一次，他顿一下。

走着走着，林冬停下来回头看他："跟着我干什么？"

"你喝多了。"

林冬摊了下手，一个没站稳，扶住身旁的垃圾箱。

秦树阳赶紧伸出手，往前一步："小心。"

她松开手，直直身子，还是没站稳，再次扶住垃圾箱。

秦树阳忧心忡忡："你胃不好，别喝太多。"

林冬盯着他，脚下发飘，她嗅嗅鼻子，朝他招手："过来。"

秦树阳没敢动。

"过来。"

他走到离她一步远的地方站着。

"你离我那么远干什么？"林冬往前伸下脚，勾了他的腿一下，目光略显戏谑，"我又不会吃了你。"

秦树阳看她这副模样，很无奈，又心疼。

"你怕我像上次一样？"她忽然拉住他的衣领，将人拽了过来，仰脸对着他，鼻子靠着他的下巴，声音低下来，"怕我再把你拐上床？"

"没有。"

她的身体不由自主地往下坠。秦树阳搂住她的腰，将人捞了上来，他的声音有些发颤："我送你回去。"

林冬扶住他的肩膀，踮着脚坐到垃圾桶上，松开了他："你走吧，我自己坐会儿。"

"太晚了，别一个人在外面晃。"

林冬低垂脑袋，身体微晃着，没再回应。

"你住哪儿？我……"话没说完，她人就往后倒，秦树阳扶稳她，"你都坐不稳了。"

她又往前倒，倾入他怀里，不省人事了。

那一刻，秦树阳觉得自己的心都化了，他抬手想要抱抱她，悬在半空迟迟未落："林冬？"

无声。

"林冬。

"林——"

突然，他不想叫醒她了。

就这样吧，至少现在你什么都不会说，什么也不会问，好像回到我们年轻的时候。

我爱你，而你也还喜欢我。

晚上天凉得慌，秦树阳艰难地脱下外套给林冬披上，然后就这么抱着她站了二十多分钟。他一点也不觉得冷，一点也不在乎路人的眼光，一点也不想动。

她的脸贴着他的脖子，温暖的呼吸让他觉得有些难受的瘙痒感，可是他心里却高兴得快飞上天了。

后来还是小赵吃了点儿东西走回车里，看到自家老板抱着个坐在垃圾桶上的女人，不知道在干什么。起初他还以为眼花了，再离近那么一看，还真是老板——有意思，真有意思。

"老秦，你杵在这儿干吗呢？"小赵一副看戏脸，奸笑两声，"这是那个江珂？"

"不是。"

"那是谁啊？"小赵勾着头瞧林冬，她的脸完全埋在秦树阳脖子里，除了长长的头发，什么都看不到。

"不告诉你。"秦树阳突然一脸傲娇。

"噗，还不告诉，这么宝贝着。"小赵竖起大拇指，"老大，可以的。"

"……"

风越来越冷，林冬穿得又少，秦树阳怕她冻着，把人弄到车里坐着，林冬靠着他的肩睡了。

他小声对小赵说："你去和王董说一声，我有事不过去了。"

"好。"

他一动也不敢动，注视着靠在肩头的女人，足足盯到小赵回来。

小赵说："王董问我你在哪儿，怎么不说一声就走了。"

未待秦树阳说话，手机忽然响起来，他怕一动弄醒林冬，慌忙轻声道："快，把我手机拿出来。"

"好，"小赵给他取出手机，看了眼来电显示，"是王董。"

"关机。"

"关机？可是……"小赵有些担心，"刚才王董看上去不太高兴，这样会不会不太好？"

"随他。"

"那……"

"别吵。"

小赵很无奈，第一次看到老板对一个女人那么上心，也很识趣："那你坐着，我还是再出去逛逛吧。"

秦树阳没有回应，满眼都是林冬。

这小小的车隔绝了外面纷杂吵嚷的世界，静极了。他自私地想要她就这样一直睡着，一直不要醒过来。

他弯起嘴角，心满意足地看着她，觉得一切好不真实，像做梦一样。

想到这里，他傻乎乎地用力掐了自己一下，然后疼得笑了起来。

他欢心地注视她，连眼都舍不得眨一下，想要亲吻她的额头，靠到脸边，没敢下嘴。

林冬忽然动了一下，秦树阳的心里也跟着咯噔一下，接着就看到她顺着自己的胸膛滑下去，倒在了大腿上。

他伸出手，轻轻地划过她的长发。

林冬啊，好久不见。

你可知道，这说长不长、说短也不短的九年时光，于我而言，就像是过了九个世纪。

林冬睡了两个多小时。夜深了，小赵也在驾驶座睡着了，唯独秦树阳精神抖擞。她睁开眼，半抬起身子，手还按在他的大腿上，左右看了眼："这是哪儿？"

"我车上。"

"不好意思，打扰你了。"

"没有，"他慌忙说，"不打扰，我也没什么事。"

"几点了？"林冬揉了揉太阳穴。

"快一点。"

她坐直身体："我走了。"

"去哪儿？"

"回去睡觉。"

"我送你。"

"不用。"

她正要下车，秦树阳拉了她一下，瞬间又松开。

"我送你吧，挺晚的了。"

林冬没有说话。

"我顺路。"

她笑了："我都没告诉你我住哪儿。"

"……"

"那好吧，"林冬又坐了回去，"麻烦了。"

"不麻烦。"

一路上，林冬不说话，秦树阳也不知道怎样开口，话到嘴边又紧张地说不出口，闷了半天实在憋不住了，鼓起勇气说了句："什么时候回来的？"

"好几天了。"

"那……回来有什么事的吗？"

"工作。"

"噢。"他捏着衣角，来回揉搓，"没想到会在这儿遇到。"

"是啊。"林冬贴着车窗，眼睛一眨不眨地欣赏外面的夜景，心不在焉地回应他。

"我去那里是工作的，不是其他什么，"他竭力解释，"工作上的伙伴约的这里。"

"噢。"

两人又沉默了。

小赵从后视镜里偷瞄秦树阳的表情，没忍住"噗"一声笑出来，打破了凝重的气氛。

秦树阳问："笑什么？"

小赵赶忙摇头："没什么，刚一条狗窜过去。"

"……"

秦树阳一直送林冬到门口，林冬取出房卡打开门："谢谢你送我回来。"

"不用谢，那你……你早点儿休息。"

"嗯。"

"砰"的一声。

秦树阳看着关上的门，愣了几秒，不再说两句吗？

他落寞地转身离开。

忽然——

“秦树阳。”

他立马回头，看到半掩着的门，和门后的她。

“不进来坐坐？”

秦树阳很意外，更多的是紧张。他不知道林冬这一刻究竟在想些什么，究竟想干什么。可是不管她出于什么目的，他还是忍不住，哪怕与她再多待一秒，多说一句话，也是值得的。

“可以吗？”

林冬拉大门，秦树阳刚走到门口，就听到屋里头传来声音。

“你回来啦。”声音的主人揉着眼睛出来，拽了拽林冬的衣服，“你怎么才回来，我等了你好久。”

秦树阳傻愣愣地看着女孩儿，七八岁的样子，长长的头发乱糟糟的。

“怎么还没睡？”林冬问女孩儿。

“起来喝了口水，然后我就睡不着了，还很害怕，一直开着灯睡不着。”陈曦长得又白又高又瘦，两只大眼睛水润润的，看上去很有灵气。她噘着红红的小嘴，看向门口站着的男人，睡眼惺忪，“他是谁啊？”

林冬揉了揉她头发：“那么晚了，快去睡吧。”

“好吧。”陈曦走了。

林冬看向门口的秦树阳：“不进来？”

“不早了。”他的声音低沉沙哑，隐藏着巨大的落寞与悲哀，却依旧轻柔，“你还是早点儿休息吧。”

林冬没有说话，淡淡地看着他。

“那我先走了。”他低垂着眼，始终没有看她，转过身去，顿了一下，默默地走了。

林冬走过去关上门，头还有些晕晕的。她到桌边倒杯水，喝到一半，不经意看到陈曦趴在门口看自己，便问：“干什么呢？”

“我害怕，你能和我一起睡吗？”

“你先去，我要洗个澡。”

“好的。”陈曦刚转身又回头，“刚才那个人是你男朋友吗？”

“不是。”

“他怎么走了？”

“不管他。”

“好吧。”陈曦又说，“你身上还穿着他的衣服。”

林冬当然知道他的衣服还在自己身上，她一直都知道，只是故意没有还给他。

“大人的事，小孩子别问，回床上。”

“那你快来噢。”

“嗯。”

林冬喝完水，放下杯子，脱下秦树阳的衣服，一根手指挑着它瞧瞧，轻笑了一声，随手扔到一旁的沙发上。

　　我啊，正想找你呢。

　　省事，自己送上门。

　　秦树阳走回车上，小赵刚见他回来，可高兴了："这么快？老秦，你行不行？"

　　秦树阳没有理他。

　　"咋了？"小赵见他脸色不好，不敢再问了，"那……回家吗？"

　　"走吧。"

　　这一夜，秦树阳都没睡好，事实上他基本没有睡，浑浑噩噩地躺在床上，一不留神就天亮了。

　　一早，陈姨叫他起床吃了早饭，他一天哪儿都没去，就在家里待着。

　　一整天，林冬都在忙比赛的事情，晚上大伙儿去聚餐，她胃不好，很多东西都忌口，只吃了个三分饱。

　　桌上热火朝天的，林冬出来吹风，站在窗前，手里转着手机，拨出去一长串号码。

　　秦树阳正躺在床上补觉，被电话铃声吵醒，看一眼是陌生电话，习惯性地随手给挂了。过了不到十秒，铃声又响起来。他心情低落，闭着眼接了电话："喂。"

　　"秦树阳。"

　　他睁开眼，腾地坐了起来。

　　林冬开了免提，将手机放在窗台上，悠闲地俯视外面的街景："我打着试试看，没想到这么多年你真没换号码。"

　　"换也麻烦，"他心里五味杂陈，"你还记得。"

　　"背过，记性好，一直没忘。"

　　秦树阳想起她那时的话，她的一言一语、每个表情都历历在目。

　　林冬不说话了，看着一排跳动的五彩灯，与他说："你衣服落在我这儿了。"

　　秦树阳沉默几秒："你扔掉就好了。"

　　"你不过来拿？都给你洗好了。"林冬拿起手机，边走边说，"昨晚谢谢你，让你那么晚回去。你吃过了吗？一会儿请你吃个饭。"

　　"我吃过了。"

　　"吃过也没事，再吃一次。"

　　"我不饿。"

　　"那就过来喝杯茶。"

"不用，不用那么客气。"

"那你请我。"

秦树阳不知道怎么接话了。

林冬笑了："逗你的，一会儿我把地址发给你。"

无声。

"你会来吗？"

沉默。

"嗯？来吗？"

"我马上过去。"

"好的。"她顿了几秒，又说，"我等你。"

电话挂断了，秦树阳握紧手机，皱着眉，不明白自己到底想干什么，明明知道不该再联系，可是只要她的一句话，还是抗拒不了。

他到的时候，林冬已经点好了东西，正在慢悠悠地吃着。她看到了他，招招手："这里。"

秦树阳站到桌旁："不好意思，久等了。"

"坐吧。"

他想了想，还是坐了下来。

林冬把身侧的袋子给他："衣服还给你。"

秦树阳抬起左手接了过来，放到身旁，右手一直垂在桌下，不太想让她看到。

"我随便点了点儿东西，你如果不爱吃再点些别的。"

"你吃吧，我不饿。"

"噢。"

秦树阳注视着她，欲言又止，不知道要怎么开口。

林冬专心致志地吃东西，半点儿没有要理他的意思。

"怎么就你一个人？"他眉心浅皱，沉默几秒，"那个女孩儿……"

说曹操曹操到，陈曦蹦蹦跳跳地不知道从哪里突然冒出来，抱住林冬的胳膊："我的房卡放在房间里了。"

紧接着，助理也跟了过来，看向林冬对面的秦树阳："这位是？"

林冬随口说了句："老情人。"

"……"秦树阳看向眼前的男人，带着一种审视的目光。那种眼神，像刀子一样，快要把人穿透了。

助理笑着与他打招呼："你好，你好。"

"你……"秦树阳声音哑了，喉咙像堵了块什么东西，清了清嗓子，"你好。"

陈曦歪着小脸，笑嘻嘻地与他招手："你是昨晚那个。"

"……"

林冬把房卡掏出来，递给陈曦。

"没别的事，"秦树阳待不下去了，"我就走了，还有工作，不打扰你们了。"

助理拦住他："哎，别走啊，你们吃，我和小曦这就走了。"

"……"这么心大？

"那我走啦。"陈曦摇了摇房卡，与秦树阳再见。

两人手牵手离开。

"她是你……"

一句话没问完，陈曦又窜过来跑到秦树阳跟前，靠近他耳朵小声说："哥哥，我姐姐很难搞的，加油。"

哥哥？

姐姐？

陈曦跑远了，秦树阳突然笑了起来。

林冬正吃着东西，抬眼看他："笑什么？她和你说什么了？"

"没什么。"他控制不住面部表情，仍在笑。

"有什么好笑的，说出来让我也笑一笑？"

"刚那个孩子……"

林冬喝了口汤："怎么了？"

"她不是你女儿？"

"不是。"

他突然感觉浑身放松，好像胸口堵着的一口气顿时畅通了，世界一下子明朗起来。

"她是大姨的女儿，我表妹。"

"嗯。"秦树阳低下头，又笑了，喃喃自语，"表妹，表妹。"他叫服务员一声，"你好，点餐。"

"你不是要走了？"

"不走了。"

"工作呢？"

"不做了。"

服务员把菜单给秦树阳，他说："我知道这家餐厅有几样好吃的。尤其甜点，你可以尝尝。"

"我不爱吃甜的。"

"你以前……"

她打断他的话："那是以前。"

他低低地"噢"了一声，指了几道菜，把菜单还给服务员："谢谢。"

"请稍等。"

林冬手拿勺子，认真地看着他，忽然问："你结婚了吗？"

"没有。"

"女朋友呢？"

"也没有。"他也问，"你呢？"

"没有。"

秦树阳点了点头，笑意若隐若现，看着她未施粉黛的脸，还是从前那般模样。

林冬先开口："你比以前白了。"

"这些年没怎么见太阳，而且我本来也不黑。"

"我呢？变化大吗？"

秦树阳摇摇头："还是那个样子。"

她轻笑，吃了口蔬菜沙拉。

"这些年，你过得还好吗？"

"真老土的一句话。"她边吃边说，"不好，一点儿也不好。"

秦树阳没有说话，默默注视着她，听她说出不好，自己心里也格外难过。

"不过我看你倒是过得不错。"

"没有，"他转移目光，无奈地笑了笑，"也一点儿都不好。"

"是吗？"

"何先生，"他突然不说了，"他……"

"怎么了？"

"没什么。"

不一会儿，桌子上摆满了吃的。

林冬看着这一大桌子吃的，问："你吃得完吗？"

"吃不完。"

"那点那么多干吗？"

"给你吃。"

"我也吃不完。"

"那……放着看吧。"

林冬扫了一眼："是挺好看的啊。"

"这附近有家卖蟹黄汤包，你想吃吗？我给你去买。"

"不想，"林冬放下勺子，"我已经吃饱了。"

"那你想玩玩吗？我带你去几个不错的景点逛逛。"

"不想动。"

"那你一会儿？"

"睡觉，"她朝他挑眉，"一起吗？"

秦树阳耳根红了。

林冬笑了起来："开玩笑，那么认真干什么。"

他没有说话。

"害羞了？"林冬勾头看了看他的耳朵，"真害羞了？"

秦树阳快速地摸了把耳朵："没有。"

"挡什么？"她笑着喝口茶，"我都看到了。"

他低下头，面色红润。

林冬观察着他的表情，一本正经地说："你在想什么龌龊事呢？"

"没……没有。"

林冬夹了块碟子里的甜点，吃最后一口，放下叉子："走吧，出去。"

"好。"

服务员来结账，林冬掏出卡，秦树阳抢先把卡塞到服务员手中："我来。"

两人出门，沿着街道往桥上走，路过一个卖糖葫芦的老头儿，林冬多看了两眼。

秦树阳问："要吃吗？"

"你还以为我是小孩子呢。"

"你的口味变了很多。"

"这么多年了，都这么大了，当然会变。"

秦树阳低下头，看着自己的右臂，心里一阵酸楚，她好像一点也没有发觉，如果她发现了……

两人走到吊桥上，风有些大，吹乱了她的长发。

"林冬，九年前……"

"别和我提九年前那些破事，"她看上去没有一点情绪，也许是藏着，也许是释然了，"我一点也不想听。"

"对不起。"

"对不起？"林冬停下脚步，看他一眼，"你确实挺对不起我的。"她走到桥边，靠到铁栏上，俯视底下黑漆漆的湖面。

秦树阳愣在原地，望着她单薄的身影，心里很难受。他走过去，站到她的旁边："你这次来，待多久？"

"一周。"

他低了下头："那么短。"

"嗯。"林冬侧头注视着站在身旁的男人，只见他低垂着目光，看上去死气沉沉的。

她唤："秦树阳。"

"嗯。"

"秦树阳。"

"嗯。"

"你看着我。"

秦树阳抬起眼，侧头看向她，凌乱的头发胡乱地刮在她的脸颊，他没忍住，抬起手将她的头发绕到耳后。

良久，林冬扬了下嘴角："秦树阳，你喜欢我？"

他眸光闪烁。

怎么办，藏都藏不住。

"你想睡我？"

"不是，林冬，我……"

"不想？"

"不是的。"他不知道该怎么说了。

"算了，我走了。"林冬像是懒得再理他，转身自顾自往前走。

突然，她听到后头的人叫了一声："林冬。"

她回过头，看着风中颀长的身影。

"林冬，我改名字了。"

她沉默。

"我叫秦树。"

"秦树？"

他苦涩地笑了起来："欸。"

"为什么改名字？"

因为你喜欢。

"两个字方便。"

"是吗？"她远远地望着他，"你还有话说？"

"我……"我可以跟你走吗？"没有。"

"那我就走了。"她转个身便离开了。

秦树阳独自在桥上站了很久，就在他准备离开的时候，老四一个电话打了过来。老四和女朋友分手了，一个人在喝闷酒，醉醺醺地给秦树阳瞎嚷嚷，吧啦吧啦乱讲一堆。秦树阳问了八遍他在哪儿，他终于说出地址来。于是，秦树阳在路边打了个车去找他。

到的时候，服务员正把躺在地上的老四往上拖，秦树阳到跟前拉了一把，将他扶到座位上。

服务员皱眉，一脸无奈："都喝九瓶了。"

"不好意思，麻烦了。"

"没事，别喝伤就好。"

桌上一片狼藉，老四四肢瘫软，趴了一会儿，抬头眯眼看向秦树阳："哥。"他傻乎乎地对着秦树阳笑，"你来了哥。"

"怎么了，醉成这德行？"

"没醉，"老四挥挥手，嘟囔不清，"没醉呢。"

"行了，回去。"秦树阳拽着他胳膊往上拉。

老四一个劲儿往下赖："不走，还喝呢。"

"还喝什么？都喝成这样了。"

老四用脚踹秦树阳，弄得秦树阳一裤子灰："哥！你别拖我，我还喝呢！"

"喝死你吧。"秦树阳放了手，随他坐回板凳上。

老四也给秦树阳开了一瓶酒："哥，你也喝，陪兄弟我喝点儿。"

秦树阳看着这醉鬼，没有动作。

"哥，我跟你说句实在的，女人都不是什么好东西，成天不知道……不知道她们那些脑子里都装了啥。"老四长吁短叹，愁容满面，"唉，你说我也早就受够这娘们了，这回终于彻底分了，可我这心里头怎么还那么难受呢？"

秦树阳看他悲伤的样子，沉默着。

"我该笑才对，可是……可是我就是笑不出来啊。"老四抹了把脸，"唉，真犯贱。"

"对了哥，你知道谁回来了不？"老四抱着酒瓶，"小嫂子……林冬回来了。"

"我知道。"

"你知道？咋知道？"

"见到了。"

"然后呢？"

"没然后。"

"也是，也是啊。"他又灌了一口，"人家都有孩子了。哎，我那天去找她啊，就是想看看她现在是……是个什么情况……然后就看到她旁边陪着一个男的……还有一女孩儿……我就没告诉你，怕你伤心……"

"你误会了。"秦树阳语气平平的，"男的可能是朋友，或者同事，女孩儿是她表妹。"

"是吗？"老四哼唧了几声，"那就好……那还挺好的……不……也不好……哎……哥……她变了……变得感觉……感觉一点感情都没有。"老四突然精神一抖擞，"那她没结婚？"

"没。"

"那你打算咋办？把她追回来？"

秦树阳没说话，低着头，拿起酒瓶一口下去半瓶酒。

"哥，你是我这个坑里出不来了，干脆追去吧。你还犹豫啥？你个尿货。"他见秦树阳没反应，一脚踹下去，"尿货！"

"你别管了。"

"啥我别管了！"老四眼看着就要哭了，"林冬她不认我就算了，你也让我别管！都没情没义！还有我媳妇，不……不是我媳妇了，还有那

464

潘……潘灵！她也是，老说我对她不好，她……她把我给绿了。"

"行了，别想了，这种人不要也罢。"

"我就是气，气得慌。"老四眼泪哗哗，"你说我这怎么就那么难找呢？九个了，没一个到头的，我也想谈个长久的，结婚生娃，一辈子。"老四抹了把脸，"行了，不说这倒霉事，喝……你喝不喝！够不够意思！是不是哥们儿！"

"喝喝喝，陪你。"

一箱下去，老四不省人事了，走一路吐一路，秦树阳把人拖上车，回老四家。

司机强调："别吐车上，吐车上两百。"

秦树阳说："有袋子。"

老四吐了小半塑料袋，秦树阳提着那秽物扔到垃圾桶里，好不容易把老四拖到家门口，问他："钥匙，钥匙呢？"

"口袋……口袋里。"

秦树阳又去摸口袋，拽出钥匙开了门。他把老四送进去，扒个干净扔卫生间里："洗洗去，臭气熏天的。"

秦树阳在外面坐着，看他家被糟蹋的，像是刚被抄家似的，垃圾、卫生纸、脏衣服到处都是。

老四在卫生间睡着了，大概是号累了，四仰八叉地趴在地上，浑身被瓷砖浸得冰凉，半天没出来。秦树阳进去把他裹了裹扔床上，折腾得出了一头汗。

老四隔一会儿哼唧两声，突然一下子又翻腾起来，哇啦哇啦吐得满地都是。秦树阳坐在一旁，看着呕吐物溅到床单上，想把他扔出去。

屋里乱，没处插脚，打扫完呕吐物，秦树阳把沙发整理了下，坐下歇歇。

夜深了，屋里屋外格外安静。一静下来，就格外落寞。

秦树阳坐了一会儿，觉得自己身上也臭臭的，于是去卫生间冲个澡。

他脱去衣服，卸下假肢，看着镜子里的自己，突然感到一种莫大的悲凉。

"秦树阳，你喜欢我？"

可是林冬，不管我现在有钱、有事业，还是有名誉、有时间，我都觉得自己配不上你。我甚至不敢让你看到这个残缺的身体，哪怕幻想一下你看到它时的眼神，我都觉得自己快要崩溃了……

林冬没有回酒店，她就近来到一家清吧，喝了一丁点儿酒，这回控制住量，没有喝醉。

中途，她站在水池前准备洗洗手，水龙头半天不出水，她又换了一个。

就在这时，江珂来了，她是一路跟着林冬进来的，在暗处观察林冬许久，直到林冬起身去了趟卫生间，她才鼓起勇气上前说话："你好。"

林冬没有回应。

"你好。"

林冬抬起头，看着镜子："叫我？"

"嗯。"

"我不认识你吧。"

"我认识你，"江珂心里有些小紧张，努力平复着情绪，"你是秦树阳的前女友。"

水龙头出水了，林冬边洗手边透过镜子看江珂的脸："所以呢？"

"我刚看到你和他在一起。"江珂往前挪了一步。

林冬没有说话。

"你们和好了？"

"这和你有关系吗？"林冬抖了抖手上的水，到烘干机那儿吹了吹。

"之前的一段时间，我一直陪着他。"

林冬收回手，情绪一点也没受她的话影响，对着镜子理了理头发，说："是吗？"

江珂对她的反应有些意外："你不会生气？"

"为什么要生气？"林冬打开包，想要找头绳把头发扎起来，"寂寞时候找个伴很正常，他也是个正常男人，总会有需要不是吗？"

"你一点也不在乎？"江珂皱着眉，有些不知所措，"我前天还和他在一块儿。"

林冬随意束起头发，看上去松垮垮的，她毫不在意地看着镜子里的女孩子："所以呢？你是想表明他是你的？"林冬转身，对着身前的女孩子轻笑，"那么现在我来了，你可以消失了。"

江珂攥紧拳头，觉得有些羞愧："你还喜欢他？"

林冬冷笑了一声。

"那你们当初为什么分手？"

"小姑娘，少管点儿闲事，喝酒，或者回家去。"林冬突然意味深长地看着她，"噢，我知道了，你想拆散我们。"

江珂眉头轻蹙，有些躲闪她笔直的目光。

"你害怕？因为我的出现？"林冬说。

"没有，不是的。"

"你害怕了，不然你也不会在这里。"

"我只是好奇。"

"不用好奇，等我走了，没人和你争。"林冬径直往外面走，"你想要，就拿去好了。"

"你什么意思？你不打算和他在一起！"江珂看着她离去的背影，"那

466

你现在是什么意思？"

林冬没有回答。

"什么叫拿去就好了？你在耍他吗？"江珂不由自主地上前一步，"他那么喜欢你！我没想到你是这种人，亏我还把你当偶像！他都残疾了，你怎么忍心！"

林冬突然停了下来，回过头："你说什么？"

里面太吵，林冬出去找了条安静的巷子，给秦树阳打了两个电话，可是他没有接。

不远处的一盏墙灯散发出微弱的光芒，铺满长长的巷子。她抱膝蹲了下去，面无表情，看着地上被拉长的黑影。

突然，电话打了过来，她立马接通了："秦树。"

"我刚在洗澡，没听到，不好意思。"

"你在哪儿？"深巷空空，她似乎能听到自己的回声，冷漠而悲凉。

"老四家，怎么了？"

"我去找你。"

"这么晚了，你有什么事吗？"他还光着上身，头发湿湿的，往下掉水珠，"你别过来了，我去找你吧。"

"不用，"她站了起来，脚有些发麻，"我去。"

"这么晚了，不安全。"

林冬往路边走，正好过来一辆出租车，她伸手拦了下来："我已经坐到车上了，地址。"

秦树阳慌乱地戴上假肢，把老四家收拾了一通，打开各处窗户透气，一直忙活到林冬过来。

他听到门铃声的时候几乎是跳着过去的，门一开，见林冬笔直地站立，目光淡淡地看着自己。

他说："我本来想去门口接你，老四这里有点儿乱，我稍微打扫了下。他和女朋友分手了，喝了点儿酒，现在不省人事睡熟了。

"那个，刚吐了一地，屋里不太好闻，你觉得难闻的话就别进来了，我们出去说。"

他见她一句话也不说，问道："突然来找我，是有什么事情吗？"

林冬往前走一步，抬起手想要拉他，他不自觉地往后退一步。

她盯着他的眼睛："你那么怕我干什么？"

"没有。"

林冬垂眸，看向他的右手。

秦树阳感受到她的目光，稍稍背过手去。

她抬起脸，仰视他："比赛的事情明天就结束了。"

秦树阳点头。

"我后天就走了。"

他没有说话。

"这次走了，不知道什么时候再回来。"她淡笑着，"十年，二十年，也许永远不会回来了。"

他咬了咬牙，还是没有说话。

"秦树，"林冬仔细观察他微妙的表情，"你不想过来抱抱我？"

他看着她，没有动作，嘴唇微微颤抖了两下。

林冬上前一步，什么也没有说，直接抱住他。

她轻笑了笑，感受到了："怎么弄的？"

秦树阳僵硬地站着："意外。"

"什么时候？"

"几年前。"

"你没打算告诉我？"

"我只是……"

"算了，别解释了。"她打断他的话，握住他的义肢，用力捏了捏，"我也懒得听。"她的手突然落到他的腹前，撩起衣服，往上探去。

"别。"秦树阳突然抓住她的手。

"让我摸摸。"

他握着她的手不放。

林冬仰视着他，眼睛亮晶晶的："让我摸摸。"

秦树阳松开了她，那只冰凉的手灵活地顺着他的身体往上游走，他深吸口气，心跳加速，被摸得浑身发烫。

手刚滑到胸口，秦树阳突然搂住她的腰，将人按到后头的门上。

"咚"的一声，撞的是他的手臂。

林冬被他宽大的身躯压着，感受到他温热的鼻息在耳畔流过；感受到他的手臂环住自己的腰肢，有些颤抖；感受到他的情难自控和不均匀的喘息。

"林冬。"他的脸埋进她的长发里，陶醉在每一根发丝迷人的清香里，难以自拔。

林冬缩回手，试图推开他，却被抱得更紧。

秦树阳贪婪地吸嗅着她的气味，长长的手臂用力地环绕着她的腰，仿佛要把怀里的人按进自己的身体里。

"秦树，"林冬有些喘不过气，"你放开我。"

他没有放，耳鬓厮磨地黏着她。

"秦树，我快被你勒死了。"

他稍稍松了松，嘴唇从脖颈磨蹭到她的脸颊，温柔而克制："原谅我，

468

再给我一次机会。行吗？"

像一个信徒虔诚的忏悔，渴求着神明的宽恕，而她便是自己的神。

林冬任他搂着，像一个软塌塌的玩偶，浑身没有一点力气。她没有回答，感受到一只温暖的大掌揉捏在自己腰间，浑身又麻又痒，内心是抗拒的，然而身体却舒服得难以推托。

她任他亲吻，整个人仿佛被放空了。她闭上了眼睛，手不自觉地拥住他，感受这太熟悉又太陌生的交缠。那一瞬间，似乎忘掉了过去的一切，好像天堂地狱都愿随他而去。

"我很想你。"他在她耳边轻语，声音像有种魔力的磁性，将她的意志狠狠地击溃。

林冬一阵寒栗，任他将自己腾空抱了起来，她的双腿有力地夹住他的胯，下巴垫在他软软的头发上。

她感觉到了那个硬物正顶着自己，也清楚地知道接下来会发生什么事，没有挣脱，恍若突然变成一具没有思想的行尸走肉，却充满着对爱欲的渴求。她仰着脸，情不自禁地抱住他的脖子，轻声呢喃，迷失到不知自己在说什么，声音细微："我也是。"

"呕——"

"呕——"

"呕——"

突然，房里传来老四呕吐的声音。

三声，铿锵有力。

林冬突然睁眼，推开他，站到了地上。

秦树阳有些没缓过来，恍惚地俯视她。他咽了口气，呼吸仍旧不均匀，往老四房间看了一眼。

"你去看一下他吧。"她说。

秦树阳点头："嗯……好。"他手指微颤着，指了指沙发，"你……先坐。"

林冬靠着门，手背在身后，低着头没说话。

他又说："你坐，我去收拾下。"

"嗯。"

秦树阳转身走了，林冬抬眼，见他拿了一堆清理的东西进房间，关上了门。她咬了下嘴唇，回想着刚才发生的事，懊悔地紧蹙眉头。

更可怕的是，她居然沉迷于那种感觉。

堕落，真堕落。

等秦树阳拿着拖把再从房里出来，只见客厅空荡荡的，他四处看了眼，喊："林冬。"

无声。

"林冬。"

无声。

他落寞地低了下头。

她走了……

一大清早，林冬准备出门。刚开门，一股重力撞了过来，门磕在她的膝盖上，"咚"的一声。她看着躺在地上的男人，用脚轻轻踢了踢他："秦树。"

没醒。

"秦树。"

又是一脚。

这下醒了。

好像光太刺眼，他抬起手遮了遮眼睛。

"你躺在这儿干什么？"

他仰面看她："林冬。"他站了起来，"我来找你。"

"什么时候来的？"林冬拉开门，"你不会是在这儿躺了一夜吧？"

"没有，五点多到的。"

"有事吗？"

"我就是想见见你。"他眼睛红红的，一看就是没睡好，"我怕晚了你有事，赶不上，就早早来等着了，又怕你睡着，没敢叫你。"

林冬没说话。

"昨晚……昨晚不好意思，我太失控了，吓到你了。"

"我没那么好吓。"

"那就好……"

林冬看着他的双眸，道："现在看到了，你可以走了，我还有事。"

他失落地抿下嘴，顺手拉住她的手，却什么也没说。

"干什么？"

他低着头，不吱声。

林冬想要抽出手，无奈他攥得太紧，抽不出来。

"松开。"她用力挣脱，却被握得更紧了，"松开。"

"我不，"他抬起脸，一副可怜兮兮的样子，"就不。"

林冬无可奈何，任他拉着："松开。"

"不。"

"秦树，你怎么变得那么无赖？"

他一本正经地说："老四告诉我，人就要厚脸皮点儿，世界属于不要脸的人。"

林冬甩了甩手："你非拉着我干什么？我又不会飞了。"

"你会飞。"

"你……"林冬站了会儿，一动不动。

半晌，她又甩了甩手，连着他的胳膊一起晃动起来。

两个人闷声较劲儿的模样，格外可爱。

"再不松我生气了。"

"没有几天了，"秦树阳把她的手握紧，放在自己肚子前宝贝着，"我怕我一松手，你又没了，我就只有一只手了。"他抬起脸，那眼神，看得人心软，"你嫌弃我吗？"

林冬没有回答这个问题："跟我进来。"

"好。"

林冬拖着他进屋，关上了门："这下松吧。"

秦树阳松开她。

"小点儿声，陈曦还在睡。"

"好。"他高兴地注视着她的背影，突然震惊，"林……你干吗？"

林冬转向他，纽扣解了一半，黑色的内衣若隐若现："你不就想这个吗？"

"不是的！"

林冬直直地盯着他，扒开衣服："不想要？"

秦树阳上前捂住她的手，声音低下来："别脱了。"

她看着他，目光浅浅。

"你觉得我来找你，就是为了这个？"

"不然呢？"她轻笑。

"不是的，"他皱起眉，放下手，往后退了两步，"不是。"

"那你来做什么？"

"我想和你吃个早饭。"

"早饭？"她无奈地也斜他一眼，"你直接说不就好了。"

秦树阳松了口气："那你吃过早饭了吗？"

"没有。"

"我也没有。"他试探地问，"我能和你一起吗？"

"随便你。"林冬系上纽扣，打开门走出去，沿着走廊往电梯走。

到电梯口，秦树阳赶紧按了下，又默默站回去："还有午饭。"

电梯门开了，林冬走进去。秦树阳乖乖跟在她后头："还有晚饭。"他拽了拽她的衣角，"行不行？"

林冬冷淡道："随便你。"

他弯起嘴角："好。"

路过街边的早点摊，油条、豆浆、煎饼的香味扑鼻而来。秦树阳本以为林冬会想吃这些，却没想到她看都没看一眼，去了一家咖啡厅，要了面包和牛奶。

林冬细嚼慢咽的，专心吃饭，不看他，也不与他说话。秦树阳有些亢奋，压制着激动的情绪，一点也不饿，光是看着她就已经饱了。

他说："你饭量小了很多。"

"嗯。"

"喜欢的吃的也变了。"

"嗯。"

好冷漠。

"那一会儿你去忙，我在外面等你。"

"嗯。"林冬瞧他一眼，"你不工作的啊？"

"先陪你。"

林冬轻笑一声，继续吃东西。

吃完早餐，秦树阳找小赵来一起送她去剧院。林冬走后，秦树阳拽着小赵问："你闻闻我身上有没有什么怪味？"

"没啊。"

"再认真闻闻。"

"真没有。"

"那香吗？"

"老秦，你没事吧？"

"不行，快，开车回家，我要洗个澡。"

"……"

一路上秦树阳都在笑，小赵看他这样也跟着笑："老秦，你知道你现在像什么吗？"

"什么？"

"三岁小孩儿。"

秦树阳一点也不介意，反倒很开心地问他："小赵，你看我和她配不？"

"男才女貌，当然配。"

"我也觉得，是不是特别有夫妻相？"

小赵实在绷不住了，"噗"一声笑出来："有有有，特别有，简直金童玉女，天造地设的一对。"

秦树阳满意地"嗯"了声。

"老秦，你别说，你这副模样，哈哈，还挺可爱。"

"我一直可爱。"

小赵从后视镜看他，果然恋爱让人变傻。

秦树阳回家后，把自己上上下下洗了好几遍，找了套简单舒适的衣服穿上，戴上假肢，开心地去等林冬。

　　中午，林冬与同行一起出来，就见秦树阳倚着车等她。

　　见她出来，他迎了上来："走吧。"

　　"嗯。"

　　秦树阳帮她打开车门。二人坐定后，他问她："想吃什么？"

　　"随便。"

　　"新疆菜，行吗？"

　　"行。"

　　秦树阳对小赵说："去老许那儿。"

　　"好。"

　　秦树阳又微笑着看她："累吗？"

　　"不累。"

　　"下午干什么？"

　　"还去剧院。"

　　"好。"

　　车内一阵安静。他不开口，她就不会主动说话，虽然有些疏离感，但是他还是很开心。

　　到了菜馆，林冬看着几个穿异域裙子的女服务员，问："她们不是本地人？"

　　"新疆的。"

　　"噢。"林冬看了眼菜单，没什么兴趣，"你点吧。"

　　"不想吃这个吗？"

　　"没有，你知道什么好吃，你点。"

　　"行。"秦树阳点了几个招牌菜，大盘鸡、羊肉串、汤饭、羊肉煲，还有一些零碎的小吃。

　　一个接一个上来，光是一份大盘鸡就占了四分之一的桌子。林冬看着那一大盘鸡肉："分量太大。"

　　"慢慢吃。"

　　她拿起筷子夹·块咬了口。

　　"怎么样？"

　　"有点儿辣。"

　　"那换份不加辣的。"

　　"算了，就这样吧，我也吃不了太多。"

　　"那你多吃点儿别的。"

　　"嗯。"

秦树阳给她盛了一碗羊汤，她注视着他的右手："不注意还真看不太出来。"

他弯起嘴角，将碗递到她面前。

林冬没有喝，仍旧盯着他那假肢："好用吗？"

"好用。"

"和真手一样？"

"当然没有真手好用。"

"我摸摸。"

秦树阳把手伸过去，林冬碰了碰手指："凉的。"

"嗯。"

她好奇地看着它，戳一戳，捏一捏，这只手突然抓住她，她吓得缩回手，惊讶道："它动了。"

周围有人听见声看过来，林冬压低声音，重复一句："它动了。"

"当然能动。"

"我没接触过这个，为什么会动呢？"

"连接神经，大脑控制，我想摸你。"他抬义肢划了一下她的脸，"它就摸了。"

"噢。"林冬往后退一点。

秦树阳缩回手："快吃饭吧。"

"嗯。"她喝了口汤，又问他，"这个不便宜吧？"

"不算便宜。"

她低头吃饭，又沉默了。

半个小时后，林冬问："你现在在做什么工作？还是之前那个？"

"还是这个行业。"

"你发达了。"她轻笑一声，放下勺子，"恭喜你。"

"不吃了？"

"饱了。"

"那么快，"他微笑着说："要是九年前，这些你能吃光。"

刚说完，秦树阳就后悔了，不该提，一个字都不该提及。

"年纪大了，哪能像小时候那么任性。"她的手指有节奏地点着桌子，"不吃了？我看你也没胃口。"

"我也饱了。"

"那走吧。"

"直接去剧院？"

"太早了。"

"那我陪你在附近逛逛。"

"行吧。"

474

周边没什么好玩的，两人走走看看，来到一个娃娃机边，林冬停下脚步，看向橱柜里的娃娃。

秦树阳问："抓吗？"

"嗯。"

秦树阳去换了些游戏币："抓哪个？"

林冬看着角落的一只绿色玩偶猫："那个。"

"你抓？"

她瞄了他一眼："你抓。"

"好。"秦树阳投了币，晃动摇杆，将三爪调准位置，按下降键，爪子下去，抓住了绿猫，摇摇晃晃抓到半途又掉了下去，"爪子太松了。"

林冬站在一旁，一言不发地看着。

第四次才抓了上来，秦树阳弯下腰，拾起绿猫送给林冬："给你。"

她拿着猫看了看，并没有太惊喜，语气平平："谢谢。"

"还要抓吗？"

"不用，走吧。"

两人继续沿街道走，路过一个垃圾桶，林冬随手把绿猫给扔了。

"怎么扔了？"

"这种游戏，重要的是过程。"她看着秦树阳蒙蒙的模样，笑了笑，"我又不是真的喜欢它。"

秦树阳一时不知道说什么。

"行了，回剧院吧。"

"好。"

回剧院的路上，助理小宋打电话过来说自己肚子不舒服，下午恐怕不能陪陈曦出去玩了。林冬嘱咐他让陈曦就待在酒店里哪里都不要去，陈曦一听这话立马抢过手机，委屈巴巴地说："姐姐，我不要待在酒店。"

"那你想干什么？别人不舒服，你总不能硬拉着人家出去吧。"

"那你回来陪我，酒店好无聊的，我不要一个人。"

"我要工作，晚上回去。"

"姐姐——"她拉长了音调哼着，与林冬撒娇。

"好了，你自己看看电视，别乱跑。"

"姐姐——"

"挂了，听话。"

"姐姐——"

林冬挂断电话，秦树阳问："怎么了？"

"表妹，一个人不想待在酒店，闹小脾气呢。"

"小孩子嘛，你得哄。"秦树阳想了想，又说，"不然我去陪她玩会儿？"

林冬睨他："你？"

"反正我下午也没事，晚上正好带她出来和你一起吃饭。"

林冬没有说话，默默思考着。

"可以吗？"

林冬点点头。

送她到剧院后，秦树阳就去了酒店。

林冬事先和小宋打了招呼，等秦树阳来，他就到医院看病去了。

陈曦抱着枕头开心地看着秦树阳，一点也不认生："姐姐让你来的？"

"对。"他蹲下身，单膝跪地，与她视线平齐，"她怕你无聊，让我带你出去玩。"

"你追到她了？"

"好像还没有。"

"早就跟你说过，我姐姐很难追的。"陈曦拍拍他的肩头，鼓励道，"不过你不要气馁，还是很有希望的。"

"借你吉言。"秦树阳看着这孩子，一句话，一个眼神，小大人似的，真是可爱。

陈曦摇了摇他的手："那哥哥，我们去哪里玩？"

"你想玩什么？游乐园？还是去吃东西？"

"那先去吃东西。"

"好。"秦树阳站起来，牵着她的手，"我比你大了二十多岁，你还叫我哥哥？"

"我随着姐姐叫的呀，那叫你姐夫？"

秦树阳格外开心地笑了起来："你姐姐听了会不开心的。"

"那我还是叫你哥哥吧。"

"好，走吧。"

陈曦想吃点儿特别的，秦树阳带她去小吃街买了一堆零零碎碎的小吃，这孩子给啥吃啥，跟她姐姐当初一个模样，馋得很。

后来，秦树阳又带她去了游戏城，骑摩托、打鼓、抓娃娃、射击……玩得不亦乐乎。

一下午吃喝玩过去，陈曦累得走不动，抱着娃娃机上抓来的大兔子，被秦树阳牵着走。

秦树阳见她有气无力的，蹲下来摸摸她头："累了？"

"嗯，快要走不动了。"

"我抱你走？"

陈曦张开手，趴到他怀里，他一手轻轻松松把她抱了起来。小姑娘就搂着他的脖子懒洋洋地趴着，声音也软绵绵的："哥哥，你的手为什么是机器手啊？"

　　"因为哥哥手截肢了。"

　　"那你为什么截肢啊？"

　　"受了伤，不得不截掉它。"

　　陈曦抚了抚他的手臂："很痛吧？"

　　"早就不痛了。"

　　"哥哥，你不要害怕。"她轻轻抚摸着他的头发，安慰道，"姐姐不会嫌你只有一只手的。"

　　"真的吗？"

　　"真的。"陈曦累得闭上眼，声音小小的，"姐姐虽然看上去冷冷的，不太好相处，可是她心地很好的。"

　　"我知道。"

　　"姐姐赞助了很多过得不好的人，有孤儿、残疾人，还有其他国家的很穷很穷的人，她每年都会捐很多钱出去。"

　　秦树阳宽慰地笑了："你姐姐是个很好的人。"

　　"可她还是很孤独。"

　　这人小鬼大的，还挺会说。秦树阳抱着她慢悠悠地往前走，就听这么一个七八岁的小女孩一本正经地说："他们都说她是个怪人。"

　　"怎么怪了？"

　　"不爱说话，不爱笑，不谈恋爱，也没有什么朋友，总是一个人。"

　　秦树阳有些心疼，那么多年了，她还是这个样子。

　　"感觉姐姐好像没有什么特别喜欢的东西，什么事情都是随便，妈妈都说摸不清她到底在想什么。哥哥，你是最接近她男朋友的人了，你要加油呀。"

　　"好。"

　　"哥哥，你会和她结婚吗？"

　　路灯忽然亮起，他脚步停顿了一下，笑容略苦涩："我很想，可是害怕她不愿意。"

　　"哥哥，你把她追到手，然后回伦敦结婚，生一个小妹妹，我就成长辈了，我可以带着她玩，给她好多玩具，还有给她好多好吃的。"

　　"那你得帮帮我。"

　　"我怎么帮你？"

　　"跟她说我的好话啊。"

　　"没问题，放心，交给我吧。"

　　秦树阳笑了："谢谢。"

"不用谢。不过哥哥你要抓紧时间，我们明天要回伦敦了，好像是早上十点多的飞机。"

他皱起眉。

是啊，要走了，没有多少时间了。

"你会来伦敦找我们吗？"

无声。

"哥哥？"

"会、会的。"

两人聊着聊着，陈曦就趴在他的肩上睡着了。

离剧院不远，秦树阳索性抱着她走过去。到的时候，林冬刚好出来，远远就看见秦树阳一手抱着孩子，一手夹住大白兔子，还拎着三个大小不一的袋子，微笑着朝自己走过来。

那一瞬间，她的心里有种莫大的暖意。

"睡着了？"林冬走到跟前，看着孩子问道。

"嗯，玩累了。"

"哪儿来的兔子？"

"夹娃娃夹的。"

"那么大。"

"对，夹了三十多次。"

"你这都拎了些什么东西？"

"也没什么，小东西。"

林冬见他提了太多东西，把兔子和手提袋拿过来："我来拿吧。"

"不用，挺轻的。"他的假肢僵硬地往后缩缩。

林冬坚持拿过来。

秦树阳见她抱住大白兔，笑了起来。

她问："笑什么？"

"没什么。"

林冬凝视着他，不说话了。

"就是觉得你抱着这个很可爱。"

话一出口，林冬把兔子塞回他手里："你抱着慢慢笑吧。"

他还真笑得合不拢嘴了。

"……"

"送她回酒店吗？下午一直吃东西，应该吃不下晚饭了。"

"好。"

陈曦睡得很熟，林冬和秦树阳将她送回酒店，放到床上盖好被子，人一直没有醒。林冬翻了翻那一堆包装袋："这都是什么？"

"给她买的吃的，一对手工泥娃娃，还有旗袍。"

478

"你给她买那么多东西干什么？"

"孩子喜欢。"

"多少钱？我给你。"

"不用。"

"多少钱？"

"真的不用。"

"多少钱？"

她还是这样，一根筋犟到底。秦树阳无奈了，说："没多少钱，你请我吃个晚饭抵了，怎么样？"

林冬淡淡地看他："你可真会算计。"

"走吧。"

"吃什么？"

"汤包。"他强调，"蟹黄汤包。"

到了汤包店，林冬像是跟秦树阳赌气一般，要了十笼。她笑眯眯地注视着他："吃吧，吃不完不许走。"

"那你得盯着我吃完。"

林冬点了点头："行啊。"

"你不吃？"

"不吃。"

秦树阳低头，把汤包咬了个孔，吸出汤水，"哧溜哧溜"的，格外动听，像是在故意诱惑她："你要不要吃一口？"

林冬手撑着脸，不去看他。

"肉很嫩，味道真不错，香吧。太好吃了。"

林冬瞄过来一眼："吃你的吧，少说点儿话。"

"好好，好。"

不一会儿，林冬感到一丝饿意，闻着这香味，觉得自己更饿了。

唉，真香。

秦树阳把汤包递到她嘴边，目光温柔："吃吧。"

林冬看了眼汤包，看了眼他，不动作。

"吃一口。"

林冬面无表情，忽然站了起来："你自己吃吧，我走了。"

他的手还杵在半空，愣愣地看她离去的背影，低下了头，自己一个人默默地继续吃。

四十个汤包，他一个不差全吃完了，走出汤包店的时候，差点儿吐了出来。

林冬晚上在酒店吃了点儿面包，喝了点儿牛奶，简单解决掉晚饭，哪里也没去，早早睡下了。

　　九点多，陈曦敲门进来，爬到她的身旁："姐姐。"

　　林冬将她盖好被子，问："饿了？"

　　"没有。"

　　"睡不着了？"

　　"嗯。"陈曦搂住她的脖子，"姐姐，今天哥哥带我去了好多好玩的地方。"

　　"都去哪里了？"

　　"玩了好多游戏，去了旗袍店，小吃街，还在路边看老爷爷吹糖人，还有鬼屋。"

　　"鬼屋？"

　　"我从来没去过，爸爸妈妈不许我去，小宋叔叔也不肯带，我就让哥哥带我去了。"陈曦吸了一口气，"好可怕，我一直躲在哥哥怀里都不敢睁眼睛，还有真人扮鬼的，还好有哥哥保护我。"

　　林冬想了想那个画面，莫名笑了起来："他就惯着你，乱跑。"

　　"姐姐，我很喜欢哥哥。"

　　"嗯。"

　　"你也喜欢，对吗？"

　　林冬没有回答。

　　"不然你才不会和他讲话，更不会让他带我去玩。"她晃了晃林冬，"姐姐？"

　　"睡吧，明天早上还得赶飞机。"

　　"你不带哥哥走吗？"

　　"不带。"

　　"为什么啊？"

　　"小孩子别问这么多，好好睡觉。"

　　"姐姐。"

　　"再说话回自己房里。"

　　"好吧。"她立马紧闭双眼。

　　"叮——"

　　手机来了信息。

　　林冬打开手机看一眼，是秦树阳发过来的——我吃完了。

　　她看着信息发了会儿呆，什么也没有回，把手机关机，准备睡觉。

　　第二天，秦树阳赶到酒店的时候，她们已经退房了，明明是十点，怎么会那么早走？

480

他飞快地拖着行李箱冲下楼，小赵见他着急忙慌的，问："怎么了？"

"去机场。"

"噢，好。"

林冬手机打不通，秦树阳在机场到处找她们，还是陈曦叫了他一声："哥哥！"

他闻声望过去，陈曦正骑在小宋的脖子上，笑着朝自己招手："哥哥！"

他跑过去，却没有看到林冬。

陈曦问："哥哥，你是要跟我们一起走吗？"

"她、她呢？你姐姐呢？"

"哥哥你不用走啦，姐姐不和我们一起回。"

"那她？"

"姐姐说延迟几天再回去，她回老家了，好像叫，叫什么城？"

"燕城。"

燕城天阴，好像要下雨，空气里弥漫着潮湿的味道。

林冬的手机终于打通了，秦树阳问："你在哪儿？"

林冬没有回答。

"林冬，你在哪儿？"

"燕城。"

"在你家？"

"嗯。"

"我去找你。"

一阵沉默。

"我去找你。"

"随便你。"

秦树阳打了个车过来，出租车停在小河边，没往里面开。他要了司机的联系方式，一个人走去林冬的老宅子。

几日没来，路两边的草似乎又深了些，风有些大，拂着树叶沙沙响，也快要将他的心带到远方。秦树阳沿着这条熟悉的小路，远远能看到老宅子的轮廓，他心里有些激动，迫不及待地想要看到林冬，步子更快了些。

脸庞一凉，一滴雨落了下来。他仰面看向阴沉沉的天空，乌云快速地滚动，一只黑鸟嗖地飞了过去，看来又要下大雨。算起来，当年也是因为一场雨，把自己和她拉到了一起。突然觉得很奇妙，像回到过去一样。

宅门没上锁，秦树阳敲敲门，乖巧地在门口站着，等里头的人过来开门。

良久，无人出现。

他意识到林冬在屋里可能听不到敲门声，于是给她打了电话，却没人接。他又连打了两个，还是没人接。

雨下大了，他贴着大门站，风有些凉，吹得人不太舒服，已经过了十几分钟，可是他一点也不觉得着急，仍旧满怀期待。

屋里，林冬端着一杯热茶，站在一扇镂空木窗前。她的手机搁在房里，刚才一直在响，她当然知道是谁打过来的，也知道敲门的人是谁。

林冬面无表情地站着，看着院里的花草树木被越下越大的雨打得弯下了腰。

以前，他可以轻轻松松翻墙进来，再翻出去，可是现在……

林冬抿了口茶，合上窗子，走回桌子前放下茶杯。她坐到床上盖好被子，倚着身后的雕花木床靠背看书。

被窝很温暖，屋里也很温暖。

雨越来越大，风从窗户缝隙吹进来，发出"呼呼"的声音，像鬼号一般。

一声惊雷，林冬醒了过来。她往窗外看一眼。因为天气不好的原因，天暗得更早。

也不知道他走了没。

林冬直起身，把压在身侧的书合上放到枕边，披上件外套，去倒了杯热茶，站在廊下看院子里的景致。

真冷。她揽了揽衣服，双目无神，倦怠地耷拉着，视线不知落于何处。

突然，"轰隆隆——"头顶传来几声响亮的雷声，伴随着天边一道长长的闪电，她的杯子掉落，碎了满地。

林冬看着脚下一阵恍惚，这突如其来的惊雷，仿佛打到了她的心里一般。她往大门的方向看过去，心里突然莫名地揪着难受。

她长吸口气，蹲下身拾起碎片，心不在焉地，被尖锐的碎片割伤了手，没有很疼，却血流不止。

林冬没太在意，把这些打扫完才想起来去清理伤口。医药箱不知放到哪里去了，她回到房间，打开床头的抽屉，想找些东西暂时包裹一下，却没想到翻到了一张陈旧的字条，颜色已经泛了黄。

她拿起字条看了看，那上面写着一行隽秀潇洒的字——我走了，锅里有粥，壶里有水。

回忆一下子铺天盖地地涌上心头，林冬清楚地记得这张字条的由来。是当年她夜里犯胃病，秦树阳帮了忙，临走时留下的，那时只觉得他写中文好看，没想到在这里一放就是近十年。

她不经意弯起嘴角，刚笑完，心里又有些难受。

林冬放下字条，拿着伞出了门，可是当她怀着那一丁点儿的期待打开大门的时候，眼前空空。

她撑着黑伞，腰杆笔直地站在檐下，看着这震风陵雨，有些懊悔地闭了闭眼。想多了，他怎么会等这么久。她轻撇下嘴，看上去依旧没什么情绪波动，整个人冷淡淡的，转身回门。

　　"林冬。

　　"林冬——"

　　她猛然回头，就见秦树阳顶了扇芭蕉叶，手里还兜了一片，上面沉甸甸的，放了些东西。他笑着向她跑过来，站到门梯下，开心地仰望着她，说："你来了。"

　　她不由自主地上前一步，伞往他头顶倾了倾，盖住他："你这样……干什么呢？"

　　秦树阳取下头顶的芭蕉叶，放在一旁的地上，举起手，满心欢喜地展示给她看："我猜你睡了没听见，就坐在这儿等了会儿，突然看到那边树下长了一堆蘑菇，我想干坐着也是坐，不如摘些蘑菇去，正好快天黑了。"

　　林冬看着他湿透的衣服和欢喜的脸庞，牙关紧咬了一下。

　　"放心，我认得这个，这些没毒。"他见她不说话，又说，"要不先进去？你饿不饿？天不早了，我做饭给你吃。"

　　"秦树。"她声音有些嘶哑。

　　"怎么了？"

　　"没什么。"她低下头，躲开他的目光。

　　"你感冒了？声音怎么怪怪的？"

　　"没有。"林冬拉了拉他的袖子，"进去吧。"

　　"好。"

　　林冬看向他拖着的行李箱："你怎么还带这个了？"

　　"本来我打算跟你走的，后来——"他傻笑起来，"我不是来这儿找你了，顺便带过来的。"

　　"你都湿透了，快去换了衣服吧。"

　　"好。"

　　林冬从他手里拿过蘑菇来："给我吧。"

　　"行。"

　　林冬去了厨房，秦树阳熟门熟路地去了她的房间，关上门，脱下衣服，快速地换了一身，接着就去厨房找林冬。

　　刚进厨房，就见她正盯着电水壶发呆："林冬。"

　　她闻声看他一眼："换好了。"

　　"嗯，"他走近些，"你在干什么？"

　　"我烧点儿水。"

　　"挺好的，还会烧水。"

　　林冬皱起眉头看他："我还会煮面。"

秦树阳看她这副较真的模样，笑了。

"我还会炒土豆丝，还有萝卜炖排骨。"

"我知道，你很厉害。"他笑着到处瞄瞄，"有什么食材？"

"没有。"

"那一会儿吃什么？"

"不是有蘑菇？"

"这么点儿哪里够。"

林冬说着就要出门："我再去摘点儿。"

秦树阳把她拉了回来："能摘的我都摘了。"

林冬："对了，我来的时候从超市买了面条，还有两盒牛奶。"

"油盐呢？"

"没有。"

"那怎么煮？"

"这里不是有吗？"

"早就过期了吧。"

"是哦。"

"这个煤气也不能用了吧。"

"不知道。"

"太久了，不能用了。"

她问他："那怎么办？"

"算了，你别管了，去房里等我。"

"不用我帮忙吗？"

"你能帮什么忙？"他笑笑，"快去吧。"

"那麻烦你了。"

"说这话干什么。"

林冬睨他一眼，转身离开。

秦树阳找些柴火自己搭了个灶，拌着肉酱炒了蘑菇，还煮了点儿面。他盛好了想叫林冬来吃，又觉得天太冷，便把晚饭端到她房里。

"谢谢。"林冬起身迎过来。

"跟我客气什么。"他把筷子递到她手里，"尝尝。"

林冬看着那盘灰灰的蘑菇，莫名轻笑了一下："看着还不错。"

"这种小野蘑菇很好吃，快尝尝。"

林冬没有动。

"怕有毒？"他笑着夹了一块吃掉，"你看，有毒也是我先死。"

"不是的。"林冬慢腾腾地夹了一块放入口中，看上去没什么食欲。

"好吃吗？"

"嗯。"她点头。

484

"多吃点儿。"

"嗯，你也吃。"

"好。"他高兴地端起碗，刚要下口，转头打了个喷嚏。

林冬愣愣地看着他："你感冒了？"

秦树阳揉了揉鼻子，声音都变了："没事，赶紧吃。"

她用筷子戳着面条，心事重重。

秦树阳敲了敲她的碗："想什么呢，吃饭啊。"

"噢。"林冬还在戳面，突然说了句，"对不起。"

"嗯？"

她唇线紧抿，低垂着眼："谢谢你。"

"跟我不用谢的，快吃吧。"

吃完饭，秦树阳把碗筷给刷了。林冬要帮他，可是他不肯。

林冬一个人坐在房里，觉得心里有些难受。

不久，秦树阳忙活完回来找她，他敲敲门："林冬。"

"进。"

秦树阳推开门，杵在门口，看向坐在床上的人："你要休息了？"

"嗯。"

"我……我睡哪里？"

林冬注视着他，没有回答。

"我……"

"隔壁。"

"噢。"他点头，"那……你早点儿睡。"

"嗯。"

秦树阳关上门离开，他到隔壁房间开了灯，在床上坐了会儿，眉心紧皱，腰背弓着，胳膊疼得难受。一到阴雨天就这样，之前一直强忍着，怕她看出来。他慢慢脱去衣服，把假肢卸了下来，再穿上衣服，去关了灯，躺到冰冷的床上，刚盖上被子。

"咚咚——"

他猛地坐起身。

"秦树，你睡了吗？"

"没有。"他赶紧披上外套，揭开被子，坐到床边。

"我能进吗？"

"好。"

门开了，灯亮了，林冬在门口站着，穿得单薄。

他抓了抓身侧的床单，吞吞吐吐起来："有事、有事吗？"

她没有回答。

"天有点儿冷，你多穿点儿……小心着凉。"

"秦树。"

"嗯。"

"我……"她低下头，"今天下午你在门外敲门，我听到了。"

屋里一阵安静，外面的雨声格外清晰。

"我故意不接电话的。"

傻姑娘，你真以为我不知道啊。他笑了笑，向她伸出手："过来。"

林冬没有动弹。

"过来呀，"秦树阳声音温柔，又向她招招手，"过来，林冬。"

林冬这才走过来。

"坐。"他轻拍了下身旁的被子。

林冬立到床边，忤了几秒才坐到他旁边，一直低垂着眼。

"你来找我，就是说这个？"

她轻轻"嗯"了一声。

"我可以抱抱你吗？"

林冬突然抬脸看他，有些讶异："嗯？"

未待她往下说，秦树阳已经拥了过来，一条左臂，把她扣得牢牢的。

好温暖的怀抱。林冬闻着他柔软的头发上淡淡的清香，一时有些恍惚，手攥着他的衣角，问道："你不生气吗？"

"为什么生气？"

"我……"

"可你最后还是开了门。"他鼻尖凉凉的，轻蹭了下她的耳垂，"可我现在还是抱着你。"他靠着她的肩膀，整个人不太有精神，声音也没什么力量，"其他都不重要，我一点也不在乎。"

林冬听他略带沙哑的声音，心软得一塌糊涂，像化了块经年寒冰，流水溢出整个胸膛。她抬起手，握住他的衣袖，空空的，手缓缓上移，还是空的。最终，她的手落到那截残肢上，它脆弱而敏感，微微往后缩了一下。林冬放下手，推开他，看着那空荡荡的衣袖，开始解他的纽扣。

秦树阳迅疾抓住她的手，阻止了她的动作，一句话也说不出。

林冬抬眸："让我看看。"

他沉默。

"我看看。"

他松开了手。

暖黄色的灯光下，他的肤色暗了许多，因为坚持锻炼，身体依旧很结实，只是与十年前相比，还是差了些。

秦树阳没有说话，目光有些凄凉，一直低垂着，不敢看她。

林冬盯着这一小截残肢，有些不知所措。

在这悲怆的沉静下，秦树阳想要拉回衣服，掩盖残肢，可瞬间又被林冬扒开，她目光直直地看着那残缺的部位，面色平静。

"林冬。"他抬起脸，瞧一眼她的神情。

"轰隆隆——"

雷声震耳。

她的心脏跟着剧烈地抖动一下，腾地站了起来。

窗外电闪雷鸣。

秦树阳仰视着她，双目清澈，映着小小光点，晶莹得快要滴出水来："林冬。"

"我走了。"她低着声说。

秦树阳默默地看着她，没有说话。

林冬走出去两步，突然停下来，背对着他，不知道在思考些什么。

雨点砸在房顶上，噼里啪啦的，时不时伴随一声惊雷。

屋里一暗，停电了。

一道闪电划破天际，屋里屋外刹那亮起来，那一瞬间，他看到林冬面对着自己。他正要开口，灯重新亮了起来。不到两秒，又熄了。过了三秒，又亮了。

雷声停了，屋里也静悄悄的。

"你害怕了吗？"秦树阳看着面前一动不动的人，"你去睡吧，我陪……"

一句话未讲完，林冬直接扑了过来，身体灵活地骑在他身上，膝盖跪在他的两腿外侧。她双手捧着他的脸，亲向他的嘴唇。

秦树阳大脑一片空白，任她撕咬着自己，瞠目结舌，失了魂一般。

林冬抱住他的脖子，亲吻许久才松开嘴下这块"木头"，目光淡淡地观察他的表情："秦树。

"秦树？"

他的嘴巴红红的，微张着，愣怔地瞧着她："嗯？"

"不愿意？"

他没有回答。

林冬正要爬起来，秦树阳突然搂住她，把人圈了过来。

彻底停电了。

时不时的一道闪电，照亮屋内缠绵的两人。

像是回到了很多年前，那一个个熟悉的、温暖的、醉人的夜晚。

林冬向他看过去，就见他用嘴巴叼起自己的睡衣边缘，另一手用力一撕，可怜的衣服就成了两半。

她缠住他的胯，脚尖从他长满毛发的小腿肚轻轻划上来。那一刻，秦树阳像是打了个寒战，转脸轻咳一声，紧接着回过脸继续亲吻她。

林冬闭目回应他。

久违的感觉，很舒服。

可是秦树阳好像有些吃力，他的背上出了汗，湿湿的。林冬握住他的双肩，手上用力，将他反压在身下。她的衣服松松垮垮地挂在肩头，借着闪电的光，看得他浑身燥热。

林冬俯下身，趴在他的胸膛上，亲吻他嘴边短而硬的胡楂。

又是一声惊雷，似乎打醒了在爱欲里沉沦的男人。

突然，他抓住她的手："没带套。"

"……"

恰好，来电了。

林冬与他对视，身体僵住，突然躲闪目光，翻身躺到床的另一边，像做了亏心事一般，蜷起身体背对着他。

秦树阳冷静了好一会儿，呼吸逐渐平稳。他看向身旁的女人，衣服烂得不成样，肩头露在外头。他拉过被子，盖到她身上："林冬。"

她啃着手指，不理他。

"林冬。"

还是不理。

秦树阳往她身边挪了一下，停住，试试探探，又挪了一下。见她一动不动，他慢慢靠过去，脸埋在她的长发里，手落在她的胳膊上："睡着了？"

当然没睡着。

他笑了一下，手滑到她的腹部，轻轻地搂着："睡吧。"

这该死的阴雨天。

深夜，秦树阳的胳膊疼痛难忍，他好像还有些感冒，一直想要咳嗽，又怕吵醒林冬，用被子闷住嘴不敢出声，到后半夜实在忍不住了，便蹑手蹑脚地披上衣服走出了房间。

他扶着墙，身子冷得打哆嗦，却又出了一头汗，背靠着冰冷的墙，左手紧紧搁着右臂，疼到脸色苍白。

他捂住嘴咳了两声，往房间方向看了看，怕吵到林冬，直起身又走远些。

夜里又停电了，天上没有星月，空荡荡的院子没有一点光亮，伸手不见五指，黑得吓人。

秦树阳扶墙艰难地摸到厨房，倒了点儿水喝，他浑身疲乏无力，直接坐到了地上。

四下里安静极了，只有滴滴答答的雨声和他压低的咳嗽声。

林冬醒过来的时候发现身旁没人，她坐起来发了会儿愣，起身开门四处扫一眼，黑洞洞的，什么也看不见。她唤一声："秦树。"

声音幽幽回荡。

"秦树。"

可能去卫生间了。

林冬揽了揽衣服，回到房间，躺回被窝，眼睛睁得大大的，盯着黑洞洞的上空。她回想起之前发生的事情，没有后悔，没有喜悲，心里格外平静地等他回来。

过了很久，外面的雨更小了些。

他还没有回来，不会是迷路了？不应该啊，也许是太黑？看不见路？

她又下床，想要去找他，从抽屉翻出蜡烛，可是打火机打不着，又翻出一盒火柴，擦了好几次终于出了火，没待点亮蜡烛，火柴却熄灭了。她不停地擦，直到第五根，才把蜡烛点亮。

外面风大，林冬用手护着火苗，到处找他。

"秦树。

"秦树。

"秦树。"

后来，林冬在卫生间找到了他，他躺在地上，脸旁掉了一块湿毛巾。

她蹲了下来，晃了晃他："秦树，秦树。"

他猛地抽了一下，睁开眼睛，无神地看着林冬。

"你怎么躺在这儿了？"

他单手撑地，坐了起来。

"你在梦游吗？"

他笑了笑："我出来找水喝。"

林冬沉默了两秒，说："你来卫生间找水喝？"

他咽了口气，口干舌燥，嗓子疼，声音嘶哑得厉害："快回去吧，穿那么少，小心冻着。"

秦树阳刚要站起来，腿脚无力，踉跄着要摔下去。

林冬顺手扶住了他："你怎么了？"

"没事，腿麻了下。"

两个人一同回房，秦树阳忍着咳嗽，快要把自己憋死了。他拉着林冬停在她的房间门口："你回你房里去睡，我好像有些感冒，怕传染给你。"

"你感冒了？"林冬举起蜡烛看了看他的脸，另一只手靠向他的额头，"有发烧吗？"

"就是轻微感冒，没什么。"秦树阳握住她的手腕，拉了下去，"有药吗？"

"有。"

"十年前的？"

"嗯，不能吃了吧。"

他疲倦地笑了起来："你也知道不能吃了。"

"那怎么办？送你去医院。"

"明天再说吧，先睡觉。"他把她往房间推，顺手关上了门，"去睡吧。"

秦树阳皱了皱眉，手撑住墙，缓了会儿，去隔壁房间睡下了。

第二天，林冬早早醒过来，透着隔壁房间的窗户看了一眼，秦树阳还在睡。

八点多，他还没有醒。

林冬也无聊，在宅子里到处逛了逛，从储物室里翻出一个小木马来。她擦了擦上头的灰尘，把小木马搬到院子里，蹲着看它。这还是很小的时候她爸爸给她做的，那时候可是喜欢得不得了。

林冬骑了上去，所幸她身子骨软，蜷缩坐着，倒也没有显得很怪异。她抱住小马头，脸贴了上去，身体跟着它摇来摇去，样子格外可爱。

她闭上眼睛，深嗅了口雨后的空气，身心舒畅。突然间想起昨天秦树阳顶着芭蕉叶的模样，她不由得笑了起来。

爸爸，

你说，这一次，他是真心的吗？

490

第十一章·

重圆

　　九点多钟，秦树阳还没有醒来，林冬去敲门叫他起床，喊到第三声，他才过来开门。他的头发乱糟糟的，胡楂好像更长了些，略显沧桑。

　　林冬看他一脸憔悴的模样，问："感冒严重了？"

　　秦树阳嗅了下鼻子，眉头浅皱，轻咳了一声："还好。"

　　"你声音都变了，还是去医院吧。"

　　秦树阳点点头："早上吃东西了吗？"

　　"没有。"

　　他迈出门就要往厨房走："我去给你做点儿。"

　　"不用，"林冬拉他一下，"你都这样了。"

　　"没事。"

　　"真不用，我不饿。"

　　"我饿了。"秦树阳对她笑笑，"做给我自己吃，你顺便蹭点儿，行了吧？"

　　林冬松开手，不再说话，在他身后跟着。

　　秦树阳没戴假肢，走到厨房，往锅里倒了点儿水，放到昨天搭的小灶上。林冬在旁边站着，卷卷袖子："我帮你。"

　　"不用。"他抬起身，有些头晕，"那你去帮我找点儿柴火。"

　　"柴火？"她想了想，点头，"好。"

　　林冬找不到干树枝，且昨天刚下过雨，堆在后院的木棍被泡得又湿又脏，完全不能使用。她没辙，索性找了把斧头，再从屋里搬来椅子，提去给秦树阳。

　　秦树阳这边刚把昨晚剩下的木棍点着了，那边看林冬拿把椅子进来，问："你拿这个做什么？"

　　"没有柴火，就先劈这个用吧。"

　　秦树阳看向这雕花木椅："会不会有点儿可惜了？"

"不会，还有很多。"

"好吧。"

林冬见他有气无力的样子，说："我劈？"

"你还是一边待着吧，"秦树阳从她手里接过斧头，弓着腰，看上去精神不振，"站远点儿。"

"嗯。"林冬退到后面，背手贴墙站着，就见秦树阳一脚踩住椅子，一斧头下去，"咔"一声，椅腿没了。

她默默地看秦树阳一点一点把椅子劈成根根木棍，突然对他说："我来劈几下。"

"不用，我不累。"

"我是觉得挺好玩的。"

"……"

林冬把它劈成了碎渣渣，蹲在锅边添柴火，玩得不亦乐乎。

伴着肉酱的清汤面，两人简单解决了早饭。秦树阳的脸色一直不太好，还不停地咳嗽。林冬打电话给司机，让他过来接一下他们。

开车就近去了周边的小镇，找到当地的医院。三层楼，看上去规模不大，冷冷清清的，也没什么人。司机找了个地方停下车，林冬叫醒秦树阳——从上车到现在，他就一直在睡。

秦树阳眼皮无力地耷拉着，浑身酸痛，头脑发热，连鼻息都滚烫。下了车，他跟着林冬走向门诊，刚到大门口，眼前一黑，整个人摔了下去。

秦树阳在病房躺着，护士给他打上吊瓶，林冬坐在一位头发花白的老医生旁边，听他慢悠悠地说话。

"哎哟，这都四十度了，怎么烧得那么高了才来医院？"

"我不知道。"

"不知道？都烧成这样了，你这个老婆怎么当的。"老医生无奈地看着她，"好好照顾啊，虽然残疾，到底也是你男人啊，上点儿心吧。还有，都肺炎了，咳得不轻吧？"老医生故意讽她，"你也没听到？"

"肺炎？"林冬紧攥着衣角，"肺炎是很严重的病吗？"

老医生推了下眼镜，面对电脑，鼠标慢慢点着："你说呢。"

林冬吓得不说话了。

"真要把脑袋烧坏了，你日子可就好过喽。"老医生说话阴阳怪气的，"行了，去拿药，再去办个住院手续，先住个四五天观察观察再说。"

林冬脸色煞白。

"去吧。"

她没有动弹。

"去啊。"

林冬腾地站起来，俯视着他，杵了几秒，缓慢地走出去。她刚到门口又折回来，声音微颤："治得好吗？"

医生用一种看弱智的眼神瞥了她一眼："肺炎，你说呢？"

林冬沉默了，僵硬地转过身离去。如果说 pneumonia（肺炎），她一定不会是这个反应。林冬也并非不了解这个病，只是常年不在中国，母语有时难免领会不清。

办好手续，拿完药，林冬站在病床前看着秦树阳，她站了一个多小时，一直目不转睛地盯着他，身旁有一把椅子，可是她觉得自己没有资格坐下去。

雨不知何时又开始急急躁躁地下了起来，她抬起眼，看向吊瓶里一串串往上冒的空气泡泡，出了神。

秦树阳一直没有醒过来，林冬就站在旁边，不说话，也不吃饭。傍晚，护士过来换水的时候，见她一动不动地站着，一步都没挪动，好奇地问："你不去吃点儿东西吗？一直见你守在这儿。"

林冬注视着床上的人，摇了摇头，没有说话。

"怎么不坐呀？你都站一下午了吧，不累吗？"

林冬又摇摇头。

护士瞧这美女真有意思，笑了："去吃点儿东西吧，得先照顾好自己啊，别等他醒了你再倒了。"

林冬看向护士："他什么时候能醒？"

"这我就不知道了，也许一会儿就醒了。你就放心吧，去买点儿吃的喝的回来，等他醒了估计也饿了。"护士笑着从林冬身旁走过，忍不住多看她几眼，"我给你在这儿放了把伞，外面雨挺大，你要是出去顺便带上，有什么事叫我们就行。"

"谢谢。"

"不客气的。"护士出去了。

林冬继续站了会儿，转身出门下楼了。她没有带伞，站在医院大门的宽檐下看着外面的大雨。

昨天就是这样的大雨，她故意把他晾在外面三个多小时。

三个多小时啊。

她迈下阶梯，向外头走去，停在了雨里……

秦树阳醒过来的时候，吊瓶里的药水还剩下一小半，病房里三张床，只有他一个病人。房里昏暗阴冷，他还是觉得浑身乏力，头昏脑涨，无力地按了下呼叫器。

没过一分钟，护士赶了过来，按着了灯："哎，你醒啦。"她走过来给他换水，"你可醒了，那个女的是你老婆还是女朋友呀？不知道怎么了，一直在楼下站着淋雨，站了快一个小时了。"

秦树阳撑着身体往上坐了坐："什么淋雨？"

"就在楼下，你从窗户口就能看到，拉她都不回来，一下午都奇奇怪怪的。"

未待她说完，秦树阳掀开被子坐了起来，手上的针头还未拔掉，直直朝窗户口走过去。

"哎，针啊！"护士着急喊道。

秦树阳站到窗户前，玻璃被雨打得模糊不清，他拉它，一眼看到了楼下雨里的林冬，他掉头就往门外走。

护士拦过来拽住他的手，用布胶带把针眼堵上："手按一会儿，出血了都，你……"话还未说完，她眼睁睁看着这独臂的男人疯狂地冲了出去，她愣了两秒，拿着地上的伞去追，"给你伞啊。"她急跑赶上，把伞塞进他手里，"拿着。"

"谢谢。"秦树阳撑开伞冲进雨里，握住林冬的肩，把人掰了过来。

林冬瑟瑟发抖地看着他，怔住了。

"你干什么呢？你疯了吗？"

林冬仰脸看他，声音控制不住地打战："秦……树，你……你醒了。"

秦树阳拽着她往回走，她推开他。

"怎么了？"秦树阳回头看着她湿透的头发丝紧紧地贴在脸上，本来浑身就难受，这下好了，还添了个心疼，"林冬，怎么了？"

"对不起。"她低下头。

楼上一堆趴在窗户上看热闹的，有护士、医生，有病人、家属，皆议论纷纷：

"这两口子咋了？"

"不知道。"

"男的残疾，女的不会精神病吧？我看她精神不太正常。"

"有可能。"

"可惜了，男的帅，女的好看。"

"他俩在那儿说什么呢？"

"你问我？我问谁？你自己去听。"

"你够了啊。"

"嗬，依我看，这就是对痴男怨女，作呢。爱情嘛，就是作来又作去。"

"什么对不起？你再这样淋下去会生病。"秦树阳低头咳了两声，"跟我回去。"

林冬往后退了几步，又站进雨里："都是我的错。"

秦树阳无奈地看着她。

"是我故意没开门，你才淋得生病了。"

他上前，雨伞挡住她头顶："说什么呢。"

"我明知道你在外面，明知道下那么大的雨。"

"没事了，都过去了，走。"他牵住她的手。

林冬推开他："是我害你病成这样。"

"行了，进去说。"

她硬是不肯走："你为什么一点也不生气？"

"有什么好气的，我都说了，没关系。"

林冬推开伞，退后两步："你干吗那么顺着我？你就没一点脾气吗？"

"因为我爱你，"他上前，又遮住她，"我爱你啊。"

"可是我恨你，我在报复你，你傻吗？"

"你报复我吧，"秦树阳单手抱紧她，"我愿意被你报复。"

"傻子。"她心疼地拍打他的背，"你这个傻子，干吗这样委屈自己。"

"对，我就是傻，我这个傻子这些年每天都在想你，可我知道，我配不上你，不管是从前还是现在。可是林冬，我还是想再努力一下，不想让我的下个十年还这样浑浑噩噩地过。"

"那天在老四家，你说的我听到了。"他亲了下她冰凉的黑发，"你说我也想。"

"你知道我有多开心？我在想，只要你还有一点喜欢我，哪怕就那么一点，我都想再试着争取。"雨滴"啪啪啪"地落在伞上，混着他低沉的声音，"哪怕我站得低一点也没有关系，只要还能和你在一起，什么尊严、委屈，都无所谓了。"

"你说一直爱我，可你九年前为什么那样说？"头发上的雨水顺着脸颊流下来，与她的眼泪混在一起，分辨不清，"我出车祸了，我差点儿自杀死掉了。"

秦树阳用力地抱紧怀里的人："是我的错。"

"秦树，如果不是小舅舅，我九年前就已经死了。"

他听不得这个字，光是幻想起一些画面，就足够让他痛不欲生。他抱着她的身体，膝盖屈了下去，跪在了她的面前，一只手臂环住她的腿："对不起。"

"你不要我了，我原本想这辈子都不会回来的。"她抓了抓他潮湿的头发，有些哽咽，"为什么，为什么啊？"

"我故意那样说的。"他低着头忏悔，"因为你舅舅说你得了胃癌，你回伦敦做手术了。

"因为我没用，只能让你跟着我受苦。

"因为我是个负担，我是个累赘。

"我是个残废。

"我配不上你了。"

"什么？"林冬单膝蹲下来，扶着他的肩膀，"你的意思是那个时候就这样了？"

"是。"

"可是……可是明明……我见你时你还好好的。"

"我穿着大衣，挡住了。"

"我一点都没看出来。"她瘫坐在了地上，目光有些呆滞，拼命地回忆着当年的场面，"你怎么藏得那么深？"

"我们进去好吗？我有点儿头疼。"

林冬一点也不理会他，还在纠结于过去："所以你是故意那样说？故意撵我走？"

"进去再说。"

林冬突然拽住他的右肢质问："那你怎么搞成这样的？"

秦树阳欲言又止，视线有些闪躲的意思。

"怎么弄的？"

"意外。"

"意外？什么意外？"

"没什么，都过去了，我不想提了。"

"是不是那个叫周……周什么？"

提起那个人，秦树阳不禁咬了下牙。

"我还记得，你以为他强奸我了。"林冬打量着他的表情，"你不会现在还以为？我当初要和你解释，你不听，他是图谋不轨，可是街舞社的朋友正好路过，阻止了。"林冬晃了晃他的身体，"你是真的傻吗？如果真是那样，我就算不杀了他，也会把他送进监狱。"

秦树阳垂着头不说话，林冬捧起他的脸："真的是他弄的？你以为他侵犯了我，所以和他打架？弄成这样？"

"你别问了。"

"是我回伦敦做手术的时候？"

"别问了。"

"是不是？"

"不是的。"他与她对视，目光悲戚，"是你街舞表演的那晚。"

林冬愣住，脑袋顿时空了几秒："所以那天你没来，是因为……我一直在等你。"她咬了下嘴唇，心口一阵酸意涌过，"我走的时候一直找不到你，是因为你受伤了。"

一片沉默，只剩下雨的声音。

"都过去了。"

"没过去！"林冬愤怒地皱起眉，"他在哪儿？秦树，他在哪儿？"

"我不知道。"他浑身没什么力气，说话声也轻飘飘的，"当年我报了警，但他跑了，我也找了他快十年，还没有找到。"

　　林冬放下手，傻傻地坐着。突然，她拿起雨伞，拽他起来："秦树，如果有一天他再出现，我会把他的两条胳膊都卸了，还给你。"

　　回到病房，好心的护士给他们俩送来病号服，秦树阳换了衣服回床上继续躺着，把床头柜上的药给吃了。林冬在卫生间换衣服，就听护士嘱咐秦树阳："三十八度五，降了点儿，不过还是高烧，你们可别折腾了。"

　　秦树阳说："谢谢，麻烦你了。"

　　"没什么，晚上还有一针药水，你先好好休息吧，多喝热水。"

　　"好的。"

　　护士刚转身，又掉过头来，神秘兮兮地小声问他："那是你老婆？"

　　"还没成老婆。"

　　"噢——"护士笑笑，"她真好看。"

　　"是的。"秦树阳笑了起来。

　　护士刚走，林冬就穿着松松垮垮的蓝白条纹病号服从卫生间出来，秦树阳头靠床背，朝着她笑。

　　"笑什么？"她低头看了自己一眼，"很丑吗？"

　　"没有，特别好看。"

　　"真的吗？"

　　"真的。"

　　林冬向他走过去，坐到病床边："你穿也好看。"

　　"脸长得好，没办法。"

　　"又开始油嘴滑舌了。这才是你的本性，之前装得那么乖，都是假象。"

　　"你不喜欢？"

　　林冬没有回答。

　　秦树阳笑得眼睛都弯了起来："你喜欢的。"

　　她懒得理他："自恋。"

　　林冬突然想起来一事，猛地站起来："我要去给你买晚饭的，居然忘记了，都这么晚了。"说着就要走。

　　秦树阳一把拉住她："不急，等会儿。"

　　"你不饿吗？还是早上吃的那一点面，你生病，得多吃点儿东西才行。"

　　"不饿，歇会儿再去。"

　　林冬又坐回来。

　　"不生我气了？"秦树阳把她手拽到自己胸前握着。

　　林冬抽出手："气。"

　　"还气？"

"你不记得你对我说的那些话了？再怎么样你不该那样说我的。"她顿了下，"虽然你说得很对。"

"……"

"其实那就是你内心的真实想法吧，我又傻又笨又烦人，你早就厌倦了。"

"没有，我发誓，没有！"他摇了摇她手，哄道，"我那是故意气你。"

林冬不吭声。

"真的，"他又捏捏她手，"都不是心里话，你别生气了。"

"我没有生气，我只是觉得那么大的事你应该告诉我。秦树，你不觉得自己太自私了吗？其实这件事在我看来根本不算什么，你还是你，不过是失去一条胳膊而已，主要问题在于周……"她及时停住，不想在此时提起那个人，"你都没有告诉我，问过我，就自己替我做了决定。是去是留，这都是我的自由，你是我男朋友，你跟我求婚了，可是遭遇苦难的时候不让我陪在你身边，只想着赶我走，还一心觉得是为我好。"

"我错了。"他把她拉到怀里，亲了下额头，眉梢往上挑了下，"我知道错了。"他试探地唤了声，"媳妇。"

林冬没有回应他。

"媳妇……媳妇——"

"干什么呀？"

"你答应我了，"他环住她的腰，开心地笑起来了，"你答应我了。"

"你好啰唆。"

"媳妇。"

"……"

"媳妇。"

"……"

"媳妇——"

"别叫了。"

秦树阳还真闭了嘴，隔了会儿，他推推林冬："淋了那么久雨，你也去吃颗药。"

"不吃，我又没病。"

"那也吃一颗，预防。"

"我身体好，又不像你。"

秦树阳把她拎起来，瞅着她的脸："我身体不好？"

"嗯。"

"我身体很好。"

"所以你病成这个样子。"

"……"

"算了，不和你乱扯了，我今晚睡哪里？附近没看到酒店。"

"那怎么办？"

她认真地注视着他："我在问你。"

"要不睡我隔壁？将就一晚？"

"也行吧。"说着，林冬脱了鞋，钻进他的被窝。

秦树阳抬起膝盖抵住她："我是说隔壁床。"

"可我已经躺下了。"

"我生病呢，会传染给你的。"

"没关系。"

"不行。"他要把她挤下床去。她挂在床边，险险掉下去。

她站起来，从床头一堆药盒里找出感冒药，干咽下去："我吃药了，这下没事了吧？"

秦树阳看她这较真样，揭开被子，人往旁边挪了挪："来吧。"

林冬满意地躺下去，盖好被子。秦树阳贴过来搂住她："好怀念这种感觉，跟做梦似的。"他突然拍了下她的腰。

林冬身子一抖："打我干什么？"

秦树阳傻里傻气地对着她笑："会叫，不是做梦。"

"真俗。"林冬扭扭腰，换了个舒服的姿势躺着，冰凉的手在他身上乱摸。

"干什么呢？"他被她摸得痒痒，不自觉地轻动。

"你身上好烫。"

"还烧着呢。"

"活该。"

秦树阳眯着眼，亲了她一口："刚才谁在雨里淋着不肯回来，一直说对不起？"

林冬不理这茬，忽然问："秦树，这些年你有过几个女人？"

"就你一个。"

"真的？"

"真的，"他低着声音答："这辈子就你一个。"

"之前有个小姑娘，二十多岁，自己跑来找我了。"

"她说什么了？"

"说你们前段时间一直在一起。"

"你当真了？"

"嗯。"

"她……是她缠着我，我没答应她，我对她没兴趣。我那么多年都没交过女朋友，只被逼相过一次亲，还是我不知道的情况下，被我妈骗过去的，后面也没有再联系。真的！"

林冬凝视着他的双眸，一本正经地问："秦树，那你猜猜，我有过几个男人？"

他笑了："你？"

"嗯。"

"我猜我是第一个，也是最后一个。"

林冬沉默了。

"是不是？"秦树阳见她没声，觉得默认了，嘴角上扬的幅度更大，"是。"

她没有回答他，爬起来穿上鞋跑了出去："我去给你买晚饭。"

秦树阳望着她落荒而逃的模样，把被子往身上提了提，笑了起来。

天黑透了，雨还在下，林冬撑着伞走到一家小超市买了些吃的、喝的、用的。这小镇里没什么餐厅，路边的几家小餐馆门面都很小，也没什么好吃的，林冬要了两份鸡蛋面和一碗清粥，就回了医院去。

她把伞还给那个小护士，顺带送了小护士几个梨子。

秦树阳等得睡着了，林冬回到病房，放下大袋小袋，叫他一声："秦树，起来吃东西。"

没有回应。

"吃晚饭，"她晃了晃他，"秦树，起来吃饭。"

无声。

"秦树？"

他一动不动。

她拍了拍他的脸，声音透着隐隐的恐惧："秦树？醒醒，你别吓我？你怎么了？"

"护士！"

林冬刚要去按呼叫器，秦树阳握住她的手腕，笑着说："别按，我逗你玩呢。"

林冬愣住了，松口气，抽出手腕："你无不无聊？"

"生气了？"

林冬拽着他的胳膊使劲儿往上提，动作粗鲁："吃饭。"

"噢。"秦树阳坐起来，把床上的桌子架起来。

林冬将晚饭摆放好，筷子递到他手里："这个地方太小了，没什么吃的，你发烧不能吃太重口的，这些很清淡，应该可以的，这个面我还让少放盐了，吃吧。"

秦树阳笑着打量她："不错嘛，还知道感冒发烧要少吃重口的。"

林冬一个字也不想和他说了，拿起筷子开始夹面。

他动了动腿，蹭蹭她，见她没反应，又蹭了蹭。

林冬不耐烦了："干什么啊？动手动脚的。"

　　"逗你。"

　　林冬懒得与他废话："吃你的吧，一会儿凉了。"

　　"说说话。"

　　"吃饭说什么话？"

　　"随便说什么，聊聊天。"

　　"我跟你没什么好聊的。"

　　秦树阳瞅了眼床头柜上放着的超市大袋子："这么多东西，你都买什么了？"

　　"对了，我买了梨子，还有冰糖。我之前听别人说嗓子不好的人吃冰糖雪梨好，你声音都有些哑了，我就顺便买了点儿。"

　　"冰糖雪梨？你在这儿怎么做？"

　　"什么怎么做？"

　　秦树阳见她似乎什么也不懂的傻乎乎的模样，说："这个冰糖雪梨呢，是要放到锅里煮的。"

　　"那怎么办？"

　　"你觉得呢？"他转过脸咳了两声，埋头吃面。

　　林冬思考几秒，一本正经地说："我有办法。"

　　"嗯？"他扬眉，抬头纹一道一道，等着她的好主意。

　　"你把冰糖含在嘴里，再吃梨不就行了，我觉得这样也可以。"

　　还以为什么好办法，秦树阳笑了："真聪明。"

　　"是吧，结果都是一样的。"

　　媳妇真可爱！

　　"好好好，我听你的。"

　　"我买了牙膏、牙刷、牙杯、洗发露、沐浴液和毛巾，还看到一些盆、衣服架、洗衣液，不过东西太多了我搬不回来，明天再去买。"

　　"用不着，又住不了几天。"

　　"你都肺炎了，已经这么严重了，肯定要住好久的。"

　　秦树阳一头雾水："哪有那么严重。"

　　"肺炎不严重？"

　　"一般般。"

　　"那也是要多住几天的。"

　　"你一直在这儿陪我？"他期待地看着她，"暂时不回伦敦了？"

　　林冬与他对视："你想我在这里？"

　　"这话跟没问一样。"

　　"噢。"她戳戳面，"那我就多待几天。"

　　他高兴地点下头："好。"

吃着吃着，林冬突然把脸凑到他耳边，小声说了句话。

秦树阳差点儿一口面呛着，转过脸捂着嘴咳嗽，脖子上的青筋都暴了起来。

林冬淡定地看着他："没事吧？"

"没……咳咳……没事。"

"至于吗？"

他咳够了，缓了缓冲她笑："你想在这儿？"

林冬没回答，低下头兀自吃面，抽空道："我是留着以后用，护士说了，你还发烧，不能折腾。再说，你站都站不稳了，还想干什么？快吃。"

"噢。"

"吃好喝好，休息好了，早点儿恢复，才能尽早出院。"

"马上吃。"

吃完饭，林冬把餐盒扔掉，洗洗手，从袋子里拿出个内裤盒子给秦树阳："给你，去洗洗换上吧。"

秦树阳单手给它拆开，提着红内裤笑出声："你喜欢这种颜色啊？那么喜庆。"

"我随便拿的。"林冬拆开自己的，也是红色。

秦树阳从她手里拿过来，敞开看了看："还不承认，这都情侣款了。"

林冬夺回来："你少说点儿话吧。"

"噢。"

她把毛巾扔到他脸上："去洗吧。"

秦树阳掀开被子下床，拆了牙刷，咬着杆子尾，用手挤出点牙膏出来。林冬默默看这一过程，问："你都是这么挤牙膏的？"

"不然呢？"秦树阳放下牙膏，拿着杯子起身，"难不成让别人给我刷？"

"我不是这个意思。"

他笑着弯弯腰："要不你给我刷？"

林冬面无表情地看着他。

秦树阳顿时蔫了："我去了。"

林冬跟他进卫生间，她站在门口，倚着门框看他刷牙。

秦树阳边刷边瞧她一眼："好看吗？"

林冬没有回答，也去挤了点儿牙膏，站到他旁边一起刷。秦树阳看着镜子里的他们，用胳膊撞了她一下："记得那时候你炸我一脸泡泡糖吗？"

"嗯。"

"真甜。"

林冬往旁边挪一下，离他远些："抠得很疼的。"

502

秦树阳想起当时的场景，不由得又笑起来，低下头冲她的嘴巴亲了一口，两人嘴上的沫沫混到了一起。

林冬推开他："你恶不恶心？"

"当年你吃泡泡糖沾我半张脸，你不恶心？"

林冬没话说了。

"我只是亲你一下，还没糊你一脸。"

林冬吐了泡沫，拿起洗手台上的杯子漱漱口："刷个牙说那么多废话，我都刷完了，快点儿。"

"好。"秦树阳拿起牙杯接水漱口。

晚上，秦树阳早早就睡了。林冬不太困，出去透了透气。

雨停了，风怪冷的，她穿着一身病号服，路过的人总是会多看她几眼。她觉得有些冷，便顺着路边走，让自己动起来。

街上没什么人，格外寂静，这样独行仿佛突然间回到在菁明山的时候，一晃都这么多年过去了。

她心情一直不太好，在秦树阳面前不太好表现，可是一个人安静下来的时候就特别难受，一是因为那些真相，二是因为秦树阳的胳膊，虽然那是周迪搞的，可是说到底，还是因为自己。

晚上十点多了，林冬怕秦树阳醒来找不到自己着急，又往回走。到了病房，看到秦树阳睡得沉沉的，她落下心来，没有开灯，轻声轻步地走到他旁边，小心揭开被子躺了下去。

她怕弄醒他，不敢靠近，被子只盖了一半的身体，又不忍心拉过来，闭上眼就睡了。

好久，好久……秦树阳替林冬盖好被子，也是害怕吵醒她，不敢贴过去。病房里很暗，只有外面的路灯照进来一点微弱的光，他看着她并不清晰的脸，嘴巴轻轻碰了下她的嘴唇，立马又缩回去，满意地闭上双眸。

可是那被偷吻的人啊，睡意阑珊，轻轻弯起了嘴角……

第二天，林冬很早就起床了，秦树阳一脸没睡醒的模样，对她说："起这么早干什么？"

"我习惯了早起，睡不着。我去买点儿早餐，回来了叫你，你睡吧。"

他嘱咐："路上小心，买了就回来。"

"嗯。"林冬换上自己衣服离开病房。

太早了，街上一个人都没有，小饭店也才刚开始做早餐，让她稍微等一会儿。反正干等着也是等，她索性到处逛逛。

雨后，空气清新得不得了，每一口都是享受。林冬慢悠悠地走着，闲逛了近半个小时，她停在一家裁缝铺门口，隐约看到不远处有一座小寺庙，青烟袅袅。

林冬没宗教信仰，对佛教也了解甚微，她从没进过寺庙，可如今近在眼前，倒是有几分好奇。

她沿着石板路走过去，看到一个十几岁的小和尚正在开门，抬眼看去——静空寺。

小和尚朝她看一眼。

林冬问："请问我能进去吗？"

小和尚点头。

"谢谢。"

这座寺庙不大，并且有些破旧，杏黄色的院墙连同几座木桩的外皮皆大片脱落，斑斑驳驳，檐下挂的铜铃铛随风轻摇，声音清脆悦耳。

寺庙里还有一位老和尚，看上去平和慈祥，林冬与他打招呼："您好。"

老和尚微微点头，双手合十，林冬也学他的样子，合掌问候。

小和尚领林冬往殿里走，林冬不敢多说话，怕扰了这里的清静。她点上三炷香，插在香炉中，跪在菩萨面前。

据说，心诚则灵。

"菩萨，我有一个心愿……"

林冬拎着早餐回医院，一进病房，没看到秦树阳。她刚把早餐放到床头柜上，身后一暖，一条胳膊环住自己的腰。

秦树阳低头，下巴抵着她的肩膀，鼻子蹭了蹭她的耳朵："买那么久，我还以为你又跑了。"

"我不跑。"她微微笑起来，手覆上他的手，轻轻抠了几下，"不过我要是真跑了，你会气死吧？"

"不会。"

"为什么？"

他看她解开塑料袋，从里头拿出三个方盒子："我会去找你的。"

"也是啊，你现在有钱了。"林冬将盒子一个个打开，轻笑着说，"不过我要是真心躲着你，你是找不到的。"

"那不一定。"秦树阳将她翻过来，手依旧搂着她的腰。

林冬上身微微往后倒，看眼前靠过来的一张脸，随手拿了个包子，堵进他嘴里。秦树阳眨巴眨巴眼："给我亲一下。"

"先吃饭。"

"亲一下再吃。"

林冬手下用力挤压他的嘴，包子都变形了："张嘴，吃一口。"

秦树阳张了张嘴，咬住包子。林冬看他这个样子，突然想笑："我买了香菇肉、牛肉、白菜肉和豆沙，不知道口味怎么样，这个是什么馅儿的？"

他咬着包子，话说不清楚，嘟嘟囔囔的："你来尝尝。"说着就低下来脸，把嘴里叼着的大包子递到她嘴边，"咬一口。"

林冬仰着脸，刚要咬，秦树阳立马抬头。

哎，没够到。

他又低头给她咬，她严肃地看着他："你在耍我吗？"

秦树阳用一种极其无辜的眼神看着她，摇了摇头。

"你就是在耍我。"

他又摇头，低下脸，继续给她咬。

林冬嘴巴刚碰到软软的白包子，秦树阳突然张了下嘴，故意让包子掉下去，顺势亲了她一口，得意扬扬地挑眉："豆沙的，甜不甜？"

林冬推了他一下，看着掉在地上的包子："你浪费。"

他腻腻歪歪地黏着她："谁让你不给亲。"

"你三岁啊？都是做老总的人了，还这么幼稚。"

"在你面前我一直三岁。"

林冬把地上的包子拾起来放进垃圾桶："我本来想着一人一半的，这下一口都没了。"

秦树阳退烧了，从早上一直到睡觉他就不停地撩林冬，两个人打情骂俏的，实打实热恋中的老情人。

在医院住了几天，他身体恢复很好，提前出院了。

之前林冬回老宅子一趟，把两人的行李都搬了过来。离开医院的时候，他们没有去林冬老家，也没有去开房间，秦树阳带她回到了东闲里。

九年了，关于这里的记忆一点都没有模糊，在离开的日月里一帧帧在她脑海里回放，充斥着不可说的怀念。

林冬跟在秦树阳旁边，走进那个熟悉的小院子。她站在大门口，看它好像没怎么变样，只是东西比从前少了许多，也没有一见她就会张着嘴摇尾巴的旺财了。

她问："那条狗呢？"

"前年去世了。当年你走了以后，我没多久也回老家了，隔了大半年回来过一次，把旺财接走，后来它就一直和我生活着，直到老死。"

"那你的那些朋友呢？"

"强子早就不联系了，胡子和露姐也回了老家，只有老四还和我在一起，他说之前见过你。"

"嗯，是见过一次。"

"楼上一家还在。"

林冬想起亮亮来，不由得笑了笑："那个小男孩长大了吧。"

　　"大小伙了，跟我差不多高。"

　　"那是挺高的。"

　　秦树阳拿出钥匙开了门，林冬跟在身后，看着这暗暗的小屋，停在门口没有进去。

　　"进来呀。"

　　她往里迈两步，突然道："秦树，这个房间还是从前那个样子。"

　　"你不会想哭了吧？"

　　"没有。"林冬看向墙上的图纸，"你一直租着这里？"

　　"被我买下来了，一直给别人住，多点儿人气。住在胡见兵房间的小伙子有空会进来打扫，省得我过来落一层灰。"

　　林冬往前走去，手落到椅子上，轻轻地划过椅背："好神奇。"

　　"什么神奇？"

　　"好像回到很久以前，我第一次来的时候。"她坐了下来，"也是这样坐着。"

　　秦树阳把门关上，走到她身边蹲了下来，握起她的手："然后我说，我这地方又小又破的，你别嫌弃。"

　　林冬笑了起来，掰着他的手指玩："还有豆腐脑，早晨街口的韭菜饼，你做的面条、麻辣鱼、红烧排骨、饺子。"

　　"你都记得啊。"他仰脸温柔地看着她，笑得越发灿烂。

　　"当然记得，这么多年一直没忘，还有打牌、玩麻将、唱歌。"林冬叹了口气，"说到打牌，我这么多年没玩过了。"

　　秦树阳抬起手，勾住她的脖子吻了上去："玩什么牌，跟我玩吧。"他把她拉起来，放到桌子上。

　　林冬环着他的脖子："你好玩吗？"

　　"特别好玩。"

　　"有多好玩？"

　　"你不知道？"他的手不规矩起来，"从前缠着我一次一次地要。"

　　林冬皱了皱眉，故意说："我忘记了。"

　　"没关系，带你重温。"他单手抱住她，将人放到床上，那一小截断肢支撑着身体，手愚拙地解她的衣服。

　　他看到了林冬肚子上那一小块不太明显的疤痕，用指尖摩挲："现在还经常胃痛吗？"

　　"好多了，一直注意饮食，定期检查。"

　　他无声地微叹一声，眉心轻蹙起来，挤满了心疼："以前给你吃那么多乱七八糟的，也怪我，不该惯着你。"

　　"我本身胃就不好，小时候落下的毛病，跟你没关系。"

"安慰我呢？"秦树阳抬起手，握着她的肩头，"对了，你知不知道你小舅舅……"他突然停顿了一下。

"小舅舅怎么了？"

"他对你……对你的心思。"

"你不用吞吞吐吐的。"林冬捏了下他的脸，"我只把他当长辈，亲人。"

他不吱声了。

林冬疑问道："不过你怎么知道？"

"我受伤住院的时候，他来找过我一次。"

"找过你？那他知道你的胳膊？"

"知道。"

"他没有告诉我。"林冬皱起眉，随即又舒展开，"算了，懒得管他。"

"嗯。"

"他救了我的命，还是我的恩人。"林冬轻叹了一声，"舅舅就是舅舅，虽然没有血缘关系，但我没办法对他有那种感情。可不管他对我有什么心思，他都还是我家人，我没办法完全疏离他。"

秦树阳笑了，脸埋在她胸口，几天没刮胡子，一根根像带着电流一般扎得她浑身酥麻。

他问："哪种感情？"

"就那种。"

秦树阳问："你没办法喜欢别人，是因为你一直喜欢我？这么多年一直喜欢？"

林冬没有回答。

"你喜欢我？"

"不喜欢。"

"爱我？"

"不爱。"

他不禁笑出声来："还不敢承认。"

林冬别了下嘴："话多，好烦。"

秦树阳笑眯眯地看着她："你这个样子真可爱。"

"什么可爱，我已经快三十了。"

"是啊，"他抚摸着她的脸，"我媳妇长大了。"

"……"

"都这么大了。"

"……"

"如果当初我没有赶你走。"他突然沉默了。

"你后悔了？"

秦树阳什么话也不再说,吻住她的嘴唇。她也闭上眼睛,认真地回应他。

……

过了很久,林冬觉得有些口渴,让秦树阳拿点儿水来喝。他拧开瓶盖,将她捞起来,把水递到她嘴边: "喝。"

林冬喝了两口,把瓶子还给秦树阳。秦树阳也喝了点儿,一瓶水见了底。他把瓶盖拿过来拧上,又爬到她旁边。

林冬翻身骑到他身上,抚摸着他的断肢: "我那天去了一个寺庙。"

"然后呢?"

"我许愿了。"

"跟我有关?"

林冬身体往前倾,胸贴着他,扭了扭腰: "你猜。"

"我猜是。"

"你想知道我许了什么愿吗?"

"什么?"

"我希望……"

"等下。"他打断她的话, "别说,说出来就不灵了,我希望你的心愿成真。"

林冬认真地说了句: "那我不说了。"

"再来?"

"你不累吗?"

"不累。"

"可是你病刚好。"

"没事。"

秦树阳把她翻了个身,林冬抬头,无意间看到了墙上的一行字——今晚,林冬答应嫁给我。

她笑了笑,手指抚过那行字,就听到身后的人问: "重吗?"

她摇摇头。

"舒服吗?"

她又摇摇头。

秦树阳停下,捏着她的下巴看她一眼: "不舒服?"

她没有回答。

"真的假的?"

林冬把脸扭过去。

秦树阳笑着加了几分力: "嘴硬。"

突然, "嘣——"

两人随着床剧烈地晃了下。

林冬抓住他的背: "怎么了?"

秦树阳往床尾看去，回过脸，愣愣地看着她："床塌了。"

"……"

"年代太久了。"

"那怎么办？"

"不管。"

"还是先修一下吧。"

"不急。"

"……"

晚上，秦树阳去买了些吃的回来，林冬穿着他的衣服盘腿坐在椅子上吃。

秦树阳拿把锤子和乱七八糟的工具蹲在地上修床。

这木床太老，不经折腾，还没怎么使劲儿，床腿断了，虽然不是什么好床，可他还是想着修一修。

林冬把椅子往他旁边拖拖，将煎饼递到他嘴边，他一口下去，五分之一的煎饼没了。林冬就在旁边边吃边看他钉床，一手拿煎饼，一手握红豆粥，一脸自在："都坏成这样了，不修了吧。"

"还是修修吧，睡好几年了，有感情了，也舍不得扔。"

"要我帮你吗？"

"不用，你在旁边喂我就行。"说着，他将脸转向她，张开嘴巴。

林冬把粥递过去，秦树阳咬住吸管喝了一口："糖放多了。"

"我也觉得，"她悬着手，"再喝点儿。"

秦树阳摇摇头，林冬收回手，又把煎饼递过去："这个。"

他咽下粥，又咬了一大口煎饼，嚼嚼囫囵咽下去。

林冬默默看着，不时地投喂他一口，磨磨叽叽吃完了晚饭，床腿也修好了。他们又在床上腻了两个多小时，大半夜才出门觅食。

两人去了一家螺蛳粉店，只要了一碗，没怎么放辣，其乐融融地吃完。饭后，他们沿着燕河闲逛，又看到了河边卖孔明灯的老大爷。

林冬踮脚，凑到秦树阳耳边悄悄问："这是几年前那个人吗？"

"不是吧。"

"你怎么知道？"

"我猜的。卖孔明灯的那么多，你还真以为会那么巧，遇上我们之前那个？"

"噢。"

河岸边，有小情侣正在放灯，看上去年纪不大，两人甜甜蜜蜜的，眼里尽是情意。林冬拉了拉秦树阳："当年我的愿望实现了。"

"希望秦树早日还完债，吃饱穿暖。"他念道。

"你还记得呀。"

"和你在一起的每个细节我都记得特别清晰。"

林冬笑笑，挽住他的胳膊："这么好。"

"特别好。"

她晃了晃秦树阳，头靠到他的肩上，两人相偎着往前走。

林冬问："你对别人也这么好吗？"

"那得看哪种好。"

"对我这种。"

"那就没有了。"

"真的？"

"嗯，真的。"

两人絮絮叨叨一路，走到东闲里的小街上。秦树阳看到水果店的老板娘，与她打招呼，林冬也跟她点了个头。

老板娘高兴地看向他俩，激动道："这不是小秦嘛！啥时候回来的？好久没见了，你这搬走有八九年了吧？"

"是的，李姐。"

她看着秦树阳身旁的林冬："这是？你老婆？哎哟，长得是真俊啊。"

林冬朝她微笑。

"女朋友。"

李姐仔细地瞧着林冬的脸，隐隐觉得熟悉，突然想起，说："哎？你是不是当年那个女孩儿？跳舞的那个？"

林冬应下："是我。"

李姐猛拍下大腿："我就说一准没错，那时候老见你在这周围晃，我们街坊还议论哪儿来的漂亮姑娘，后来才知道小秦家的，还都说小秦这艳福不浅呢！"

林冬词穷了，不知道回什么。她看向秦树阳，可是他只笑了笑。

李姐一脸感慨："可真是不容易，那么多年了。两个人好好处吧，我不会说话，就祝你们幸福，早点结婚，早生贵子，哈哈哈！"

"谢谢。"

秦树阳也说："谢谢李姐。"

李姐叹息一声："这时间啊过得是真快，一晃那么多年过去了。这是回来看看？"

秦树阳说："对，今天刚过来。"

"待多久呢？"

"不待多久，很快就走。"

李姐拿袋子装了些橘子给他："来，送你点儿橘子吃，可甜了。"

秦树阳拒绝："不用了，谢谢，您太客气了。"

　　"跟我还客气什么，也算是老朋友了，好不容易回来一趟的。"她把袋子硬塞进他手里。

　　秦树阳仍推托："我真不能白要。"

　　"啧，怎么不听话呢，快拿着，推推搡搡的难不难看。"

　　"那这些多少钱，这样，我买下，您就算我个进价。"

　　"看你说这话，要什么钱啊，真拿姐当外人了。"李姐朝林冬笑，"你说是不是。"

　　林冬也不知道回什么，默默站在一旁不吱声。

　　"行了，赶紧拿着。"李姐又把橘子塞到林冬手里，"他不拿你拿着，也没有多少，吃着玩。"说着乜斜了秦树阳一眼，"再见外我可生气啦。"

　　林冬握着塑料袋看向秦树阳，他说："拿着吧。"

　　林冬收下了，对李姐说："谢谢。"

　　"别谢了，李姐见到你们高兴，以后有空回来，常来我这儿玩啊。"

　　秦树阳："好的。天不早了，那李姐我们就先回去了。"

　　"行，早点儿回去休息，我也不留你们了。"

　　"再见。"

　　"哎，再见。"

　　回去的路上，林冬对秦树阳说："那个人真热情。"

　　"我以前经常帮她忙，修修水电、冰箱、电视什么的，偶尔还帮她看看水果摊。"

　　"难怪她那么喜欢你。"

　　他玩笑道："我长得那么帅，谁不喜欢？"

　　"……"

　　"你不喜欢？"

　　林冬无语。

　　"嗯？"他低下脸，冲她嘴唇吧唧亲了口，"别逗能了，要是真不喜欢了，你根本不会回来。"

　　林冬从塑料袋里抓出个橘子直接塞进他嘴里："以后你少说点儿话，烦人。"

　　秦树阳吐出橘子，看着她的背影："脏不脏。"

　　夜里，他们躺在床上剥橘子吃。秦树阳将最后一瓣吃掉："真甜。"

　　"嗯。"

　　"再吃一个？"

　　"好饱了。"

"那不吃了。"

收起橘子，秦树阳搂着林冬发呆，两人一声不吭地看着上方。

林冬突然转过眼，脸埋进他胸口。

秦树阳摸摸她头："怎么了？"

"一直看着灯泡，眼睛花了。"

"闭一会儿。"

"嗯。"她闭上眼，身体紧贴他，鼻间是他身上淡淡的香味，"这个洗衣液的味道真好闻。"

"不是洗衣液好闻，是你喜欢我，所以我身上任何味道你都会觉得好闻。"

林冬提起嘴角："哪里来的自信？"

秦树阳没有回答，只说："跟我回家吧。"

她无声。

"嗯？见见我妈妈，好吗？"

"好啊。"

"那我们明天就走？"

"那么急？"

"我想立刻让妈妈见她儿媳妇。"

"好的。"

"怎么这么听话？"秦树阳笑着亲她，"我妈妈一定喜欢死你了。"

"为什么？"

"不知道，感觉。"

林冬睁开眼睛看他："我也想带你见见我的家人。"

"好。"

第二天，秦树阳带林冬回家。小赵来机场接他们，从上车起，秦树阳就在打电话，好像是有关公司的一些事情，林冬也听不明白，半躺着闭目养神。事实上，住院的那几天，他也不停地接电话，好像很忙的样子。

半个多小时，秦树阳终于挂断电话，林冬微睁眼看他："有事情？"

"嗯。"

"很忙？"

"还好。"

"那你去忙吧。"

"不，先带你回去，"他握住她的手，"见我妈妈。"

"不用着急，反正都是要见的，我随便逛逛，你忙完再接我就行。"

"不行。"

小赵在前头一言不发，仔细听着他俩的对话，想笑又不敢笑出口，憋

512

了一路。车开到秦树阳家门外，小赵把两人的行李拖了进去。

秦树阳刚牵着林冬走进屋，就见杜茗笑得合不拢嘴，她张着手臂迎了过来，直接把林冬搂在怀里："可算把你给盼来了。"

"你好，阿姨。"

杜茗朝秦树阳使了个眼色，伸出大拇指表扬他，接着松开林冬，握住她的手："起初树阳说去燕城找你我还有些不信，没想到你真的回来了。"她握着林冬的手不放，来回摩挲，"看这手，又细又白又嫩的。长得感觉也还是以前的模样，没变。"她眉飞色舞，对秦树阳说，"没变，一点也没变，还这么漂亮，好啊，真好。"

陈姨也迎过来，笑眯眯地看着这一大家子。

杜茗激动到滔滔不绝："太好了，赶路累了吧？快坐过来歇歇。"说着拉着林冬就往客厅走，"你喜欢吃什么？阿姨给你做，有没有什么忌口的？听树阳说你喜欢吃鱼，喜欢哪种鱼啊……"

小赵小声对秦树阳说："你的家庭地位岌岌可危啊。"

秦树阳也小声对小赵说："我也觉得。"

客厅里，杜茗挨着林冬坐，脸上笑开花，眼角的皱纹一道一道的，比平时更加慈祥："现在饿了没？要不阿姨先弄点儿水果来给你吃？或者喝点饮料？果汁还是牛奶？或者红酒？

"噢，对了，树阳跟我说过，你胃不好，还是别喝酒了，我让陈姨热点儿牛奶给你喝吧，你在伦敦生活的，牛奶应该喝得惯。"

林冬说："都可以，谢谢。"

杜茗立马叫："陈姨——"

陈姨就站在不远处，一听这话赶紧往厨房走，声音都带着笑腔："我这就去。"

林冬说："麻烦你们了。"

"哪能叫麻烦呢？"杜茗喜欢地看着她，宝贝得跟待亲闺女似的，"就当自己家一样，想吃什么、喝什么、玩什么，都别客气。"

这也太热情了，林冬说不出话来，看一眼秦树阳，他忍着笑，别过脸去。

"林冬，林冬是吧？林冬，瞧瞧这名字真好听，跟我儿子的名字绝配。一个林，一个树，天生一对。"

林冬笑笑。

"小冬啊，有什么需要尽管说，跟阿姨呢，千万别客气。"

"……"

秦树阳和她们在客厅坐了一会儿，接了个电话，便去了楼上。杜茗拉着林冬家长里短，足足掰扯半个多小时。林冬慢热，也不会聊天，一直是杜茗在说话。

"你是不知道，我们树阳小时候学习多好，从来不用我跟他爸爸操心的，那奖状数都数不清。对了，他爸爸你还没见过吧，出去旅游了，不过这两天也快回来了，我还没跟他说你过来，等他看到你指不定怎么高兴呢。"

"我暂时不告诉他，等他回来给他个惊喜。哈哈，想想老头子的表情我都想乐。"

"你啊就在这里多住些日子，什么时候要是想回伦敦了，让树阳陪你一起回去。"杜茗突然兴奋，"我和他爸也可以一起去的呀，正好两家人见见面，是不是呀？"

林冬说："好。"

"你是不知道我这心里有多高兴，小冬啊，我跟你说，我这傻儿子真的是喜欢死你了。对了，这些年他一个女朋友都没有的，他就是对你念念不忘，日思夜想的，这下终于好了，圆满了，你俩以后可好好的。"杜茗揉搓着她的手，"看这小脸长得，哎哟，以后我孙子得多俊啊。"

林冬实在聊不下去了："秦树去哪里了？"

"不知道呀。"她的注意力完全放在林冬身上，连秦树阳什么时候离开的都不知道，"可能去楼上了。怎么啦？才一会儿没见又想啦？"杜茗窃喜起来，"那你快去找他吧，看我这不识趣的，耽误你们小两口相处了。"

"没有。"林冬站了起来，"那我去找他了。"

"欸，去吧去吧，我去给你做好吃的。"

林冬刚上楼，就听到秦树阳打电话的声音。她循着声来到一间房，门没有关，她敲敲门，看到站在窗前的秦树阳回头，笑着与自己招手，她关上门走进去，坐到沙发椅上扫视这书房。

秦树阳还在打电话，持续了五分多钟："等我去公司再说，先这样。"

他挂断电话，放下手机，走过来蹲到林冬面前，手落在她的膝盖上："我妈怎么舍得放你走？我以为得拉着你聊一下午。"

林冬身体往前倾，额头抵着他的额头："你妈妈真的好能聊天，我都不知道怎么回。"

"她平时也不这样，见到你太高兴了，控制不住自己。"

"那她会觉得我没礼貌吗？"

"当然不会。"

"噢。"

秦树阳站起来，坐到身后的桌子上，把林冬拉过来搂在怀里："她喜欢你还来不及。"

"嗯。"林冬抚了抚他的背，"我听你一直在打电话，你要是有事情就去忙吧。"

"那不行，你来我家第一天，我哪能走了，得好好陪你。"

"不用，我可以自己待着，也可以睡睡觉，或者做点儿别的，而且还有你妈妈在。"

"那么善解人意？"秦树阳轻啄了一下她的嘴唇，"我都不习惯了。"

林冬松开他，坐回椅子里："只是不想因为我耽误你工作。"

"不耽误。"

"你都那么忙了。"

"都是些小事，他们能处理好。"

"你和我小舅舅就不一样，他什么事情都要亲力亲为。"

"那不是很累？"

"所以他整天忙得没影。秦树，你别管我了，我知道你肯定有事，不然也不会一直讲电话。"

"那我明天去，今天反正得陪你。"

"行吧。"林冬自在地靠着椅背，脱了鞋，抬起腿，瘦削的脚踩到他的肚子上。

秦树阳握住她的脚，笑了："想干吗？"

"没干吗。"

"不干吗那你这么撩我？"

"没有啊，"她无辜地看着他，动了动脚指头，"只是有点儿无聊。"

"那找点儿事做？"秦树阳抱着她的小腿，拇指划了划脚底，"我的床特别大，特别软，特别舒服，去看看吗？"

林冬往后缩脚，放到鞋子里："痒。"

秦树阳勾了勾手："过来。"

林冬不理。

"过来呀。"

"你过来。"

他懒散地坐着："我不过去，你过来。"

"我也不过去。"

"好吧。"秦树阳妥协了，刚要趴到她身上，她突然站了起来，走到书架边。

他扶着头笑了："你耍我呀。"

林冬没有理睬他，专注地看书架上的书籍、奖杯，还有一些小奖章："看来这些年你发展得真不错。"

"凑合吧。"秦树阳站到她身后搂住她的腰，脸埋进她的头发里，陶醉地深嗅。

林冬看到一张裱起来的建筑图纸："这是什么？"

"歌剧院。"

"造型好漂亮。"

"已经建成了，改天带你去看。"

"嗯。"

他的胡子还没剃，来回蹭她的脸颊。林冬被磨得痒痒，掰了掰他的手："你是猫吗？这么黏着我？"

秦树阳不说话，勾脸去吻她，她挡开他的嘴，忽然问："你会画人像吗？"

"很多年没画过了，"他轻蹭她的鼻子，"想让我给你画？"

"嗯。"

"好啊。"

"不过你的左手能画吗？"

"当然能，我这左手一点也不比当年右手差。"

"噢。"

"那咱们画哪种？"

"你说呢？"

"全身。"

"好。"

"裸体的那种，"他的手不安稳地伸进她的上衣里，"一丝不挂。"

"好啊。"

"这么爽快，我以为你会骂我两句。"

"这是艺术，为什么要骂？"

"媳妇说得对，"秦树阳笑着吧唧亲她一口，手上揉着她的肚子，"我很久之前画过你一次。"

"什么时候？我怎么不知道。"

"就第一次见面，燕城，你找我修水管。"秦树阳松开她，到书架上翻出本画册，"你坐在咖啡馆里，让我在外面等你一会儿，就那个时候画的。"

"还有这事？"她凑过脸去，有些期待，"我看看。"

秦树阳翻开一页，展示给林冬。她看着这张速写，问："这不是画的街道吗？"

"你再仔细看看。"

林冬一头雾水，除了街道就是树、房子，还有车："哪儿有我啊？"

秦树阳往咖啡店的一个小窗子那儿一指，轻点了点："看见这个没，这就是你。"

林冬捧起画册，聚精会神地看着那不到一厘米的小窗子，里头还画着寥寥几笔，像是一个人。

秦树阳说："这个就是你。"

"这哪里像我，说是谁都可以的吧，而且这只有一只蚂蚁大，两只。"

"哪不像了？看这吊带、头发、侧脸、脖子。"

516

"……"

"看这神韵，这气质。"

林冬放下画册："算了，我不要你给我画了。"

"别啊，都说好了。"他强调，"我这回给你画超级大怎么样？一面墙那么大。"

"……"

秦树阳抱住她，手伸到她背后。

林冬推了推他："现在画？"

"你说呢？"他拉开她的拉链，刚要褪下衣服，她的手机响了。

林冬看了眼："是小舅舅。"

秦树阳松开手，到桌子一边倚着。

林冬接了："喂。"

"小冬。"

"怎么了？"

"你和谁在一起？"

秦树阳抬眼看向她，电话里的人说什么，他完全听得到。

"秦树。"

"你们又在一起了？"

"嗯。"

"你忘了以前的事？"

"你别管了。"

"我不管？"何信君停顿一下，"我不管谁管你。"

"我和他之前有些误会，我们现在已经说清楚了。"

"你别忘了，如果当年不是去找他，你也不会出车祸。"

秦树阳闻此，低下头，手不禁紧握桌沿。

"说了是误会，"她的声音有些凉薄，"你不要再问了。"

"小冬，你不要和他在一起。"

她沉默了。

"小冬。"

"你们……"电话那头突然无声了，过了五六秒，何信君又说，"他配不上你，以前是，现在也是。我宁愿你再找个别人，也不想是他。"

秦树阳在一旁沉默不语。他能理解何信君的想法，何信君那样高高在上的人，自始至终，自己在他眼里就是个废物，他看不起自己，更受不了输给这样一个受自己鄙视的人。

"我喜欢他。"

秦树阳突然看向林冬，心里一恸。

"我就喜欢他。"

无声了。

半晌。

"一会儿见。"何信君挂了电话。

未待林冬放下电话，秦树阳突然扑过来紧紧抱住她。林冬吓得手机掉到地上："干什么呀，吓死我了。"

他的脸埋在她的脖子里，用力地吸她的气味，什么话也没有说。

林冬推他："手机，手机掉了。"

秦树阳更紧地圈住："不管。"

傍晚，陈姨和杜茗做了一大桌子菜。陈姨要去叫秦树阳和林冬来吃饭，刚走到楼梯口，杜茗突然拽住她："你干吗去？"

"叫他们吃饭呀。"

"吃什么呀？别打扰人家小两口子。"杜茗一脸满意地往楼上看，"还不知道在干什么呢。"

"……"

"八成是给我生孙子呢。"

"那也不能不吃饭啊。"

"谁说不吃了，等他们饿了自然会下来。"

"那不得凉了。"

"再热热呗。"杜茗拉住陈姨就走，"急什么呀？走。"

突然，楼上传来"咚"的一声，像是什么东西掉在了地上。

杜茗顿时激动起来，猛地拍了陈姨的肩一下："你听听，你听听，这动静，我就说吧！人家办正事！咱们就慢慢等着，不急。不行，我得再去熬个汤给儿子媳妇补补。"

杜茗几乎要把林冬当成一头猪一样喂，给她夹这个夹那个，碗里堆得高高的，小山似的。

一顿饭，听到最多的几句话就是：

"多吃点儿。"

"多喝点儿。"

"吃。"

"吃呀。"

"别客气。"

"都是自家人。"

"吃呀，别停。"

……

秦树阳一晚上忍着笑，时不时地瞄林冬一眼，看到她默默埋头苦干的样子，乐得不行。

　　中途，杜茗点的外卖到了，她和陈姨一起去拿。林冬见她走了，长叹口气，小声与秦树阳说："我吃不完了，怎么办？"

　　"听我妈的，多吃点儿。"

　　"我肚子都这样了，"她挺了挺肚子给他看，"你看啊。"

　　秦树阳伸手摸了摸："哇。"

　　"哇什么，我都要撑坏了，又不好意思拒绝。"

　　"那我帮你吃。"

　　"好。"林冬往门口偷瞄一眼，"那你快点儿，她们要回来了。"

　　秦树阳把她碗里的菜夹到自己碗里，快到碗底了，林冬说："好了，夹多了她会发现的，我吃得没那么快。"说着又从他碗里夹回来一块体积庞大的卷心菜，盖在碗里，"好啦，这下就不会被发现了。"

　　话音刚落，杜茗和陈姨过来了。

　　林冬踹了他一下："快吃，她们回来了。"

　　"……"

　　这傻媳妇。

　　"快，把这个盘子收一下哎。"杜茗说。

　　陈姨拿走两个菜盘子，杜茗把外卖拿出来摆在桌子上："小冬啊，这家寿司特别好吃的，我是他们家老主顾了，特意让送过来给你尝尝。"

　　林冬心里郁闷，却又只能说"好"。

　　杜茗把寿司往她面前推："多吃点儿。树阳以前就和我说过，你胃口特别好，什么都爱吃，饭量也大。"

　　"……"

　　"能吃是福呀！快，尝尝啊。"

　　"好。"林冬在桌底偷偷踹秦树阳一脚。

　　他冤枉地看她一眼，就见林冬夹起一块寿司咬了下去。

　　杜茗期待地看着她："好不好吃？"

　　"好吃。"她边嚼边看秦树阳，救命啊！

　　秦树阳憋着笑："妈，她现在胃不好，吃个七分饱就行了，多了不消化，会胃痛，"

　　"哟，你看我这记性。"杜茗拍拍脑门儿，转瞬又说，"不过这也没吃多少，人家还没饱呢，你看吃得多香。"

　　"……"

　　晚上，林冬在秦树阳的房间洗澡，杜茗拉着秦树阳在书房聊天："妈妈今天表现怎么样？够热情吧？"

"你吓到人家了。"他懒散地躺在沙发上,手里捧个地球仪慢悠悠转着,"热情过头。"

杜茗笑一天了,现在还收不住:"妈还不是高兴嘛。"她挨到他旁边,手指戳了戳他的肩膀,"说说,怎么把人家追回来的。"

"不告诉你。"

"嘿,你还真是的,有了媳妇忘了妈。"

秦树阳憨笑一声,还在转地球仪。

"你俩打算怎么着?什么时候结婚?"她勾着脖子看秦树阳的脸,"什么时候给我生孙子?"

"不急。"

"不急?怎么不急?"杜茗推他一把,"你们不小啦,再不生以后就晚了,早生早好。"

"慢慢来。她现在跟我回家,我已经很高兴了。"

"瞧你这点儿出息。"

秦树阳把地球仪放到旁边的桌子上,搂住她的胳膊:"你儿子就是没出息。"

杜茗拍他的手:"这么些年这个不要那个看不上,这下子你满意了,可得抓紧了啊,好好把握,你是男人,什么事都要让着她,听到没?好好哄,女人就是要捧在手心里疼的。"

"我知道。"

"结婚的事情,你跟她提提嘛,一说好了,妈立马去准备。"

"好好好。"

"行了,你快去陪人家吧,妈明天弄点儿好吃的给你补补。"

"那我去了。"

"去吧。"

"你也早点儿睡。"

"你别管我。"

秦树阳回到房间,林冬还没洗完,卫生间传来浴水哗哗的声音,门没关严实,秦树阳推门,倚着墙站在门口看了她好一会儿。

林冬洗完了,关上花洒,刚转身就撞上秦树阳的目光。她没有很意外,淡定地往前走拿起浴巾:"你偷看我。"

"光明正大地看。"

林冬懒得理他,围上浴巾:"我要吹一下头发,有吹风机吗?"

"我不吹头发。"他直起身,"我去我妈那儿给你找,等一下。"

"好。"

等秦树阳拿着吹风机回来,林冬正站在窗口抽烟。他走到跟前把她的烟抢过来:"让你别抽了。"

520

"就一口。"

"不给，"秦树阳把手举高了，"一口也不行。"

林冬踮起脚，伸长了手："给我。"

"不给。"秦树阳绕了个圈，往门口走，"你够不到。"

林冬跟过去，跳到他的背上，顺着他的身体灵活地往上爬，把烟抢了过来，接着跳了下来，得意扬扬地抽了一口："谁说我够不到了。"

秦树阳无奈了，拽住她的浴巾把人拉过来："一口结束，给我吧。"

林冬乖乖给他。秦树阳把烟放到烟灰缸里掐灭，接着认真地对她说："你的胃不好，我只是不想让你的肺也变坏。"

林冬不说话。

"我之前也抽，我也喜欢这个，但是现在我陪你戒掉。"

她还是不吱声。

"行吗？"

"行。"

"好，亲一口。"

她踮起脚吻了下他的嘴唇。

秦树阳笑了笑："我还没洗澡。"

"那你去吧。"

"一起？"

"我刚洗过。"

秦树阳抽开她的浴巾，扔到床上："再洗一次。"

林冬笑了，环住他的脖子："只洗澡？"

"你猜。"说着，他的手往下探去。

林冬的手机断断续续响了一个多小时，他们从卫生间里出来，林冬拿起手机看一眼，四个未接来电，都是何信君。

秦树阳问："你舅舅？"

"你怎么知道？"

"我一猜就是他。"秦树阳套上睡衣，走过来抱住她，"真执着。"他看着手机里的短信——何信君给她发了个地址，让林冬过去找他，"他来找你了。"

"嗯。"

"不去见他？"

"你想我去？"

"当然不想，不过你要是去我会陪你。"

"不理他。"林冬放下手机，从烟盒里抽出一根烟，"我不想听他那些唠叨。"

刚要含在嘴里，秦树阳把烟拿了过来："忘记了？"

林冬闷闷不乐地看着他。

秦树阳把她按在怀里，抱到了床上："你不是说我身上好闻，吸我吧，从头到脚，随你怎么吸。"

林冬被他按得胸闷。

"好吸吗？"

"闷死了。"

秦树阳用被子裹住她："冷不冷？"

"好热。"

"累吗？"

"不累。"

秦树阳亲了下她的鼻子，笑道："那再来。"

第二天早上，林冬让秦树阳去公司了，她一个人在他房间躺着，睡了小半个上午。

杜茗叫了一大帮老姐妹过来家里，表面上说是打麻将，实际是炫儿媳妇来了。可是林冬起晚了，她们等得有些急。

张阿姨说："人呢？我们这都来一个小时了，还没见着。"

杜茗说："睡觉呢，让她睡，都小声点儿啊。"

陈阿姨说："这都几点了，杜姐，这可不行啊。"

杜茗："人家两口子热恋中，昨晚折腾久了，睡晚点儿怎么了。打牌打牌，我们先打。"

王阿姨："看杜姐把人家给疼的，跟亲闺女似的。姐，我跟你说实在话，在儿媳妇面前，还是要树立点儿威严的，不然以后不服你呀。"

杜茗只是笑了笑，不理这茬，继续开心地打牌："二筒。"

"一条。"

林冬睡醒了，隐隐约约听到楼下几个女人的说话声。她起床洗洗，换了套衣服，想下去和秦树阳的妈妈打声招呼，刚下楼梯就听到客厅打麻将的声音。

林冬已经很多年没碰过这个了，突然有点儿期待，她循声走过去，看到四个女人围张桌子，个个打扮得雍容华贵。

"你们好。"

四人不约而同地望过来，一时沉默。

杜茗一看林冬起来了，赶紧站起来："小冬起来啦，怎么不多睡会儿？饿不饿？妈叫陈姨给你弄点儿吃的。"

"不用了，我去倒杯牛奶喝就好了。"

"那怎么行！你胃不好，不能不吃早饭的，起得再晚也得吃。"说着杜茗就冲厨房喊了一声，"陈姨，把那个粥热一热。"

"好的。"

林冬笑笑："那谢谢了。"

"跟妈客气什么。"杜茗拉着林冬到三个女人边上，介绍道，"这是妈的几个朋友，张阿姨，王阿姨，陈阿姨。"

林冬又点头："你们好。"

接着——

"瞧瞧这孩子长得真好看，难怪杜姐那么夸你。"

"就是啊，这还是没化妆吧？看这皮肤嫩的，到底年轻人，再看看咱们这，哎，人老珠黄。"

"不是说快三十了，这看着跟二十出头似的，水灵灵的，怎么保养的？"

"就是啊，也难怪，跳舞的，气质好，看这身材，小树幸福喽。"

杜茗听她们这么夸自个儿媳妇，笑得合不拢嘴。

"叫小冬吧？你看你婆婆开心成什么样，就这模样生得，我见了都喜欢。"

林冬实在不知道说什么，就一直听她们这一句那一嘴，说个没完没了。

"打算什么时候结婚？"

"都住进家里了，杜姐也该准备了，这下有的操心喽。"

"这心操得也开心呀，是吧杜姐？"

"跟小树真般配，杜姐好福气啊。"

……

林冬插不上嘴，她看着一桌子麻将，说了一句："我也会打麻将。"

突然一片寂静。

她笑了笑："能带我一个吗？"

林冬太久没打麻将，非常生疏，杜茗就坐在旁边指导她。两人联手，没想到第一把就赢了，运气好，还是自摸。

一群女人玩得不亦乐乎。

临近中午，有人按了门铃，陈姨过去开门，看了来人一眼："你是？"

来人问："请问，是秦树阳家吧。"

"对，你找他？不过他去公司了，还没回来。"

"我找林冬。"

陈姨上下瞄他一眼，仪表堂堂的，不像什么不正经人。

"你是她的？"

"她在吗？"何信君笔直地站着，"我是她家人。"

陈姨赶紧拉开门："是林冬家里人呀，快请进，林冬在里头打麻将呢。"

何信君迈进门，跟着陈姨拐进客厅，一眼就看到了坐在人群中的林冬。

他的眉眼瞬间温柔许多，唤一声："小冬。"

林冬循声望过来，有些惊讶："你怎么来了？"

杜茗也看了过来，审视面前这高大帅气的男人，一身青灰色西装，看着温文儒雅的。

一群老姐妹你看我我看你，等着看热闹。

何信君说："我打电话你不接，发短信不回，你不见我，所以我只好来找你。"

"阿姨，这是我小舅舅。"林冬介绍，"小舅舅，这是秦树的妈妈，这几位是阿姨的朋友。"

何信君礼貌地点头："你们好。小冬不懂事，打扰了。"

老姐妹们纷纷打招呼，齐齐地说："你好。"

"原来是舅舅啊？"杜茗赶紧起身迎过来，"小冬呀，怎么舅舅来了也不提前说一声。哎，你看我这家里都没好好收拾收拾，让你见笑了，快请坐。"

老姐妹们见这有亲戚来，也都站起来："杜姐，那我们几个就先走啦，你好好招待客人。"

"行，改天再叫你们来玩。"

张阿姨对林冬说："小冬再见啦，下次再带你打麻将。"

"好，再见阿姨们。"

杜茗要送她们走，几人把她推回来："还送什么送，你就好好招呼着亲戚吧，跟姐妹几个还客气什么。"

"行，那我就不送你们了，慢走啊。"

陈姨把几人送走，杜茗转脸热情招呼何信君："坐呀，别客气。"

"不用了，谢谢。"他对林冬说，"跟我走。"

林冬问："去哪儿？"

杜茗听得一愣一愣的，杵在两人中间，见他俩这气氛不对，有点儿无措。

何信君说："我有话跟你说。"

"我不走。"

"小冬。"

"要走你走吧。"

杜茗试图缓解气氛："哎，走什么呀，好不容易来一趟的，这个舅舅，中午留下来吃顿饭吧，正好也快到饭点了。树阳去公司忙，我这就打电话把他叫回来。"

何信君没有说话。

林冬说："阿姨，不用叫他，让他安心工作。"

"那怎么行，"杜茗说着就回房间拿手机，"你们先聊，我一会儿就过来。"

见人走了，何信君背起手，扬了下眉，对林冬说："你这是不打算回家了？"

　　"过些日子再说。"

　　"舞团也不要了？"

　　"有她们管，差我一个出不了事。"林冬坐了下来，"我从没请过长假，这回休息时间久点儿也没什么。"

　　"不务正业。"

　　林冬睨他一眼："你怎么找到这儿来的？"

　　"自然有我的办法。"

　　"来拉我走的？"

　　"不拉了。"

　　"不拉？"

　　何信君也坐了下来，靠着沙发背，一身优雅气："看样子你是不会跟我走了。"

　　"那还有别的事？"

　　"没有。"

　　"那你在这儿干什么？"

　　"他妈妈请我留下来吃饭。"

　　"……"

　　"顺便看看那小子现在是什么模样。"

　　"你爱待就待吧。"

　　何信君沉默了。

　　良久，林冬突然问他："你是不是瘦了？"

　　何信君转脸看向林冬。

　　"我第一眼看到你就觉得你瘦了好多，脸色也不太好，没睡好？"

　　他不说话，眼里藏了点儿悲哀。

　　"之前没在意，好像这两年你瘦了不少。"林冬仔细观察，看着他轮廓分明的脸，"少操点儿心吧，别把身体弄垮了。"

　　他温柔地笑了："好。"

　　杜茗打完电话回来，陈姨跟在她身后，端了茶过来。

　　杜茗笑着对何信君说："树阳在开会呢，说马上就回来，来先喝点儿茶吧。"

　　何信君站起来接："谢谢。"

　　"不用客气，都是自家人。"杜茗坐到林冬旁边，拉住她的手，"是吧小冬？"

　　"嗯。"

　　杜茗打量着何信君："难怪我们小冬长得那么好，原来是基因好啊，看这舅舅，跟个明星似的。小陈你看，别说我们小冬还真和她舅舅有几分像呢。"

何信君淡淡道："我不是她亲舅舅。"

杜茗有些尴尬："不是亲舅舅啊。"

何信君抿了一小口，放下茶杯："她外婆是我的养母。"

"这样啊，难怪，看你年纪不大的。"

"嗯。"

他们俩都不爱说话，杜茗极力活跃气氛，三个人艰难坐了半个多小时。终于，秦树阳回来了。

杜茗像看到救星一样把他拽过来："树阳可回来了，那舅舅你们先聊，我去厨房看看，应该差不多了，一会儿叫你们吃饭。"

何信君点了下头，杜茗临走时拍了拍秦树阳的胳膊："好好招待。"

"知道。"

杜茗走了，秦树阳平静地对何信君说："你好。"

何信君轻笑，打量他一番："好久不见。"

秦树阳坐到林冬身旁，何信君看向他的胳膊，直言不讳："戴的义肢。"

"对。"

"近十年，变化很大。"

"那么多年了，自然。"

林冬拉了拉秦树阳的手："不好意思，又耽误你工作了。"

他对她笑笑："没有，也没什么重要的事。"

何信君目光扫过两人的手，面色凝重："工作很忙？"

秦树阳说："还好，不算忙。"

突然陷入尴尬的沉默。

幸好，饭好了。

一桌子的菜，大家似乎都很客气，你不动，我不动，他不动。杜茗挨个把三个人看了一遍，招呼道："赶紧吃呀，都动筷子，别客气。林冬舅舅，做得也不知合不合你的口味，你先尝尝。"

何信君不经常用筷子，拿起叉子戳了块香菇吃下去，点点头："您的手艺很不错。"

杜茗松了口气，笑道："我厨艺不太行，这都是我们陈阿姨做的，我还怕你吃不惯，想着要不要出去吃，看看你爱吃什么，不然晚上就去酒店吃好了。"

"不用，这个就很好，我喜欢家常菜。"

杜茗更加高兴："你吃得惯就好，多吃点儿。"

"谢谢。"

何信君对杜茗倒是很客气，事实上，他一口也不想吃，只不过是给她

526

面子。

林冬坐在秦树阳对面，默默吃饭，一语不发。

杜茗又问："舅舅怎么有空来中国呢？我听小冬说你也是开公司的，应该很忙的吧，来中国是有公事？"

"我来找小冬。"

"小冬在我们家你就放心吧，保准吃饱穿暖养得肥肥胖胖的。我呀真是特别喜欢她，第一眼见她就感觉特别有眼缘，难怪我们树阳对她这么多年念念不忘的，这下两人可算走到一起了，他们好好的，我们这做家长的也高兴。"

何信君礼貌地微笑。

"对了，我听小冬说她妈妈是个画家，有时间也过来这边玩玩，我们也好接待一下。"

"二姐整日不出门，难。"

"那没事呀，以后我和树阳，还有他爸去英国拜访你们，大家都多走动走动，反正现在交通也方便，以后啊都是亲戚。"

何信君不说话了。

"多吃点儿，小冬也多吃点儿，早上就吃得少，肯定饿了吧。"

林冬点头。

何信君与秦树阳聊了两句事业上的事，林冬有一句没一句地听着，吃得无聊了，从拖鞋里抽出脚，踩到秦树阳的脚面上轻放着。他动动大脚趾，勾了勾她的脚后跟。

林冬突然笑了。

何信君看向她："笑什么？"

"没什么。"她随便夹了块菜到碗里，又不太想吃，于是放到秦树阳碗里，"给你吃。"

秦树阳含情脉脉地微笑着看她："谢谢。"

"不用谢。"

杜茗笑得眼睛眯成一条缝："瞧瞧，这两人甜蜜的。"

何信君沉默不语。

秦树阳看了他一眼："舅舅。"

何信君抬眼。

秦树阳故意重复叫一遍："舅舅，多吃点儿。"

何信君盯他几秒，扯了下嘴角："好。"

林冬表面认真吃饭，桌下的脚不老实地蹭着秦树阳的腿。他朝林冬使了个眼色，林冬全然不理。

秦树阳被她撩得浑身难受，实在无奈，反过来把她的脚踩在脚底。林冬往后缩了缩，没抽出来，他反倒更用力地踩着她。

杜茗又招呼："小冬，来，吃点儿这个。"

看着被夹到碗里的大块排骨，林冬不禁长提口气。

"多吃点儿，补补。"

秦树阳低头闷声笑了，她看着他一脸幸灾乐祸的模样，突然用力地抽出脚，他跟着身子猛地一抖。

杜茗和何信君同时看向他。

杜茗："怎么了树阳？"

他答："没怎么，抽筋。"

林冬深低头，脸埋在碗里笑了起来。

"抽筋？"杜茗弯腰就要往桌底看，"严重吗？还抽吗？"

秦树阳把她拽了上来："没事，已经好了。"

"缺钙，看来要补补。"

"……不用。"

正聊着，陈姨端着大汤碗过来，给他们每人盛上一小碗。

"这个粥大补，你们多吃点儿。"杜茗侧过脸来对秦树阳说，"尤其是你。快，吃一口尝尝味道。"

秦树阳看向这碗粥，又是枸杞，又是白米，又是鸡蛋，又是肉，奇奇怪怪的。他随手挖了一勺吃掉："这什么粥？"

"怎么样？"杜茗盯着他的表情，一脸期待，"好吃吗？"

"还行吧，这什么肉？怎么感觉那么腥？"说着，他又吃了一块。

杜茗乐着瞧他："牛鞭。"

秦树阳直接吐了出来，猛喝两口水："你怎么弄这个？"

"补呀！给你补身体，女人吃了也好，小冬也吃呀。"

林冬见秦树阳一脸嫌弃的模样，问："牛鞭是什么？"

杜茗："……"

何信君一脸淡定，没什么表情，声音淡漠："牛的生殖器。"

林冬愣了一下，接着笑了起来："秦树，你今天一天都不要碰我。"

饭吃到一半，何信君有些不舒服，秦树阳带他去客房休息。

进了房间，何信君关上门，手立马捂住腹部，身体无力地靠在墙上，脸色惨白得瘆人。他从口袋里拿出药瓶，倒出几颗药干吞了下去，身体顺着墙滑下，坐在了地上。

林冬和秦树阳他们还在吃饭，杜茗神秘兮兮地问林冬："你小舅舅多大了，为什么不结婚呢？"

林冬看了秦树阳一眼，不知道怎么回答，只说："没遇到合适的。"

"他长得那么帅气，追他的人肯定不少的呀。"杜茗眉梢轻挑，"我知道了，肯定是他眼光太高。我可以帮忙介绍的呀，我有很多资源，朋友的女儿，朋友亲戚的女儿，才貌俱全的很多的，要是……"

秦树阳打断她的话："妈，你别操心别人这事了。"

"我也是关心关心嘛。"杜茗也斜他一眼，又对林冬说，"让小舅舅多在这儿住些日子，别见外。"

"我一会儿问问他。"

"一起在这儿住着，人多热闹，就当自己家一样，什么都不用客气的。"

吃完饭，秦树阳和林冬出去走了走，一路溜到湖边。

秦树阳："所以，你是说你没告诉我家在哪儿，他自己找过来了。"

"嗯。"

"真行。"秦树阳笑了笑，"他还喜欢你。"

林冬看向他："你从哪儿看出来的？"

"感觉到了。"秦树阳拉着她坐到小石板凳上，"眼神。"

林冬一时沉默。

"而且不用看不用想也知道，都追到这儿来了。"

"你生气了？"

"当然没有。"

林冬笑了笑："你吃醋了。"

"是有点儿，不过我倒觉得他也挺可怜的。"秦树阳弯腰拾了块小石子，扔进湖里，"爱而不得，无始无终。"

"秦树，事实上我也不知道该怎么办才好。"林冬低头绕着手指，"到底是亲人，总不能一刀两断。"

"我知道很难做。"

"所以，我都尽可能不与他单独相处，尽量逃避这些问题。"林冬轻眨双眼，依旧平静若水，"我妈妈也看出来了，她说小舅舅就是一根筋，劝不动，就随他去好了。"

秦树阳把她手放在自己手心："岳母还是喜欢我，对吧？"

林冬睨他一眼："她早就把你忘了吧。"

"那就让她再喜欢上我，这还不容易。她不是喜欢吃嘛，这我最拿手。"

"……"

秦树阳心里乐得慌，突然抱住林冬的脖子。林冬被他勒得难受，抠他的手："干什么？松开。"

"开心。"

"又开心什么？"

"一个被别人惦记那么多年的白菜最后居然被我给拱了。"

"秦树，"林冬推开他，"你最近就像个傻子一样。"

"跟你在一块我的智商为负，"说着，他就要亲她，"变成傻子也愿意。"

何信君睡了一下午，他没什么胃口，一点也不饿，就连晚饭也没有吃，只喝了点儿热茶。临睡前，林冬去敲他的门，想要看看他情况如何。

　　"进。"

　　见是林冬，何信君往上坐了坐，对她温柔地笑。

　　"你好点儿没有？"她走上前，立在床边。

　　"好多了。"

　　"到底哪里不舒服？要不要去医院？"

　　"不用，没事的，你放心吧，我只是有点儿累。"

　　林冬注视着他的脸："你这样不吃饭很伤胃的。"

　　"我饿了会吃的。"他招招手，"过来坐。"

　　林冬没有动弹："不用，我说几句话就走。"

　　何信君心里一阵寒意，脸上却挂着微笑，见她穿着睡衣，问："准备睡了？"

　　"嗯。"

　　"和他一起？"

　　"嗯。"

　　何信君沉默几秒："真的那么喜欢他？"

　　林冬点了点头。

　　"我就知道。"他无奈地笑了声，目光有些疲倦，"我就知道，你一直都放不下。"

　　林冬垂眸，没有说话。

　　"小冬，我是看着你长大的，我太了解你了。"何信君咽了口气，喉咙干疼，"这几年，我也都看在眼里，你把自己伪装得冷漠、无情、叛逆，仿佛完全变了个人，不过是害怕付出真心而再次受到伤害。"他头靠床背，越来越没精神，"可是今天，我突然看到了从前的你，没有虚假的外壳，天真又真实。"

　　"你看他时的那种眼神，那种笑容，"何信君顿了下，眉心微拧，"对我从来没有过。"

　　"你自己都想不到，有一天会回来吧？"他无声地长叹口气，"你只是想见他了，比赛不过是借口。"

　　"小舅舅。"

　　"他到底哪里好？"何信君抓了下被子，"你就那么死心塌地的？"

　　"我也不知道。"

　　"说实话，我很羡慕他，"他苦笑起来，"很羡慕。"

　　"小舅舅，你永远是我的亲人。"

　　"亲人……"他苦笑着念了一遍，"如果，如果我再年轻一点。"他期待地仰视着林冬，"或者假如我们没有这层关系……"

"不会，"她斩钉截铁地说，"不会的，没有假如。"

何信君沉默了。他低下头，唇线紧抿，半晌又道："我年纪大了，身体也不好了。"他目光悲戚，声音里透着浓浓的无奈，"小冬，我只希望你能过得幸福，如果他真的能让你这么开心，我不会再阻止了。"

林冬抬脸看他，有些不可思议。

"我已经没力气阻止你们了。"何信君疲惫地与她对视，语气坚定，"可是如果他对你不好，我不会放过他的。"

林冬淡淡笑了："谢谢你。"

他注视着她的笑容，开心、难过、不舍，复杂的情绪充斥着双目："小冬，"他敞开手臂，突然有些哽咽，"抱抱我吧。"

……

秦树阳失眠了，躺着半天睡不着，索性去书房处理些公事。

深夜，何信君出来喝点儿水，见书房亮着灯，便去敲敲门。

"进来。"秦树阳还以为是林冬，笑着看向门口，却没想到来人是何信君，"舅舅。"虽不喜欢，但他还是礼貌地站起来。

何信君慢悠悠走了过来，声音低沉："还没睡。"

"有点儿失眠，干脆来找点儿事做。"

何信君坐到猩红色的沙发上，手里捂着茶杯，穿着拖鞋，身上随意披着外套。说实话，他这个样子看上去亲和许多："坐吧，我也睡不着。"

"要不要吃点儿东西？我看你中午就没怎么吃。"

"不用了。"何信君懒散地靠住沙发背，腰弓着，没精神，整个人看上去苍老了许多，"来找你说说话。"

"你看上去脸色不好，还不舒服？"

何信君没有回答。

"要不要找医生过来看看？"

"医生，"何信君冷笑一声，重咬了下腮，"我生病了，肝癌，晚期。"

秦树阳一时不知道说什么，看他平静地诉说着，好像事不关己一般。

何信君靠着沙发背，一脸病态，声音疲乏："日子不多了。"

"为什么不去医院治疗？"

"终究是个死，不想最后的时光浪费在医院里。"

"我理解你。"

"别告诉别人。"

"你是不想让林冬知道吧。"秦树阳看着眼前这个执着的男人，目光突然有些悲哀。

"是啊——"何信君轻笑了笑，拉长声音，"小伙子，虽然我还是不看好你，可是她喜欢，没办法啊。"

秦树阳没有戴假肢，何信君看向他空空的衣袖："你知道当年那个人为什么断你一只手臂？"

何信君接着说："是我让他那么做的。"

秦树阳轻促地拧了拧眉，拳头紧攥。

"我知道你们有过节，所以找到他，给了他一大笔钱，让他卸掉你一条胳膊。"何信君盯着他的上半身，"就是这条右臂。"

秦树阳没有想象中那么大的情绪波动。

何信君看他镇定的模样，轻扯嘴角："知道克制情绪，还不错。我想错了，还以为你会暴跳如雷。"

秦树阳沉默了几秒："你不怕我告诉她？"

"告诉她？"何信君抿了口茶，看上去心平气和，毫不在乎的模样，"你不会的。"他笃定地道，"你当然不会，因为你爱她，而我是她相处了二十多年的亲人，我给了她第二次生命，你不会愿意让她陷入那种负罪感里。"他抬眸看秦树阳，"你清楚地知道如果她知道了真相，会有多难过。所以你不会，我说得对吗？"

秦树阳低着头，嗓音低沉，听上去有些压抑："我大可以抓住这件事不放，但是没必要。你说得对，我不想让她陷入两难。"

何信君的目光落在墙上挂着的一幅油画上，嘴角轻弯。

"林冬叫你舅舅，所以我随她也该叫你声舅舅。我尊重你，仅仅是因为你是她长辈。我也希望你做到一个长辈应该有的样子。"

这幅画里的风景有些熟悉，何信君仔细回忆着。

"九年前我放弃了她，可是现在你就算再找个人杀了我，我也不会松手了。"

想起来了，是林家老宅外头的那一片树林啊。何信君挪开目光，这才道："你有这份心，我也放心把她交给你了。"

秦树阳淡淡地看着他。

"你应该很欣慰吧，我遭到报应了，现在变成这副样子，活不长久了。"何信君一脸释然地笑了，"只怪我当年把她一人留在这里，怪我没有好好看住她。"

"你错了，就算没有我，也会有别人。"秦树阳平静地说，"你把她当成一只鸟，想要关在笼子里，有一天她逃了出去，你以为她是飞到另一只笼子里，你没办法让她心甘情愿地回来，所以只好将那个笼子毁掉，让她没有办法，只好飞回来。可是我不是笼子，我永远不会关着她。如果你真的那么爱她，应该给她选择自由的机会，而不是束缚。你这不是爱，是占有。"

"你懂什么？"何信君突然站起来，难以隐藏的愤怒与羞辱感终于暴露出来，"你不懂，你不懂。"他苦笑了一声，低下头，杵了几秒，接着什么话也没说，落寞地走了出去。

秦树阳回到房间，林冬还在熟睡，他悄声躺到她的身旁，给她拉了拉被子。他就这么静静地看着她，回忆起曾经那些痛苦不堪的日子。可是那又怎么样呢？都已经过去了，庆幸的是，她还在。

林冬突然动了一下，手落在他的脖子上。

她轻哼一声："你干什么去了？"

"睡不着，去书房坐了会儿。"

"嗯。"她向他挨过去，紧紧地搂住他，"你睡不着可以和我说话。"

"吵醒你了。"

她闭着眼，蹭了蹭他的下巴，嘟囔句："没关系。"

"行了，别说话了。"秦树阳小声说了句，"睡吧。"

第二天，何信君不告而别，只留了张字条，告诉林冬自己先回伦敦。林冬再给他打电话，手机已经关机了。

上午，秦树阳去上班，林冬被杜茗带着去和老姐妹们打麻将。到了中午，秦树阳回来和大家吃饭，老四也被叫过来，他脸上挂着彩，前几天和前女友出轨的情人打了一架，浑身都是伤，走路还一瘸一拐的。

吃完饭，四个人又组了一桌麻将，打上一轮，秦树阳就下了场子，去公司处理些公事。杜茗又叫陈姨来替上，就这样，林冬的一天在麻将桌上愉快度过。

傍晚，秦树阳打了通电话回家，说公司事务繁忙，就不回来吃饭了，难为杜茗和陈姨特意做了一大桌子菜等他。

饭后，林冬闲来无聊，想着反正在家待着也是待着，就把鸡汤打包，准备给秦树阳送过去。正好老四要走，就捎了她一程。

这还是林冬第一次来秦树阳的公司，看上去规模挺大的。老四一路上给林冬介绍秦树阳的事业，听上去他这些年发展得确实还不错。

老四常来找秦树阳，这里的员工大多认得他。他带着林冬直奔秦树阳办公室。

助理见老四带个美女过来，赶紧站起来，招呼："许老板。"

"老秦呢？"

"在开会。"

"把他叫出来，就说他媳妇来了。"老四推门而入，把保温盒放在桌子上。

助理跟在后头，愣愣地看着林冬，一脸惊奇，又有些哑口无声，紧张地说了句：“您好。”

“你好。”

老四回头看向痴怔的小助理：“去啊，愣着干吗？”他得意地扬眉，“是不是被嫂子的美色惊艳到了？”

林冬：“老四。”

老四嘿嘿地笑起来，又催小助理：“快去呀。”

“不用，”林冬说，“让他先忙，我等一会儿就好。”

“那怎么行？还是去叫他一声。”

“真不用，别打扰他了。”

“哎，行吧。”老四叹了口气，“那我在这儿陪你会儿？”

“你回去吧，我自己等就好。”

“噢——”老四拉长了音调，笑道，“我知道了小嫂子，怕我打扰你们二人世界吧？哎，可怜我这孤家寡人，到哪儿都被嫌弃。”

“没有，不是的。”

“哈哈！”老四爽朗地笑了笑，“开玩笑的，那行，我就先走了。”他又嘱托助理，“招待好人家啊，这可是未来老董夫人。”

助理频频点头。

老四手一摆：“得了，我走了。小嫂子，下次再见啊。”

“再见。”

老四出去了，助理笔直站立，恭敬地看着林冬：“您要喝点儿什么吗？”

“不用。”

“那我就在外面，您有什么需要叫我就好。”

“好，谢谢。”

“不用客气，应该的。”

助理转身走了，轻轻关上门，整个人立马绷不住，跑到人群里开始说得天花乱坠。

林冬等得睡着了，秦树阳开完会回来，助理对他说：“您夫人来了。”

“在哪儿？”

“办公室。”

他径直走到办公室，看到林冬躺在沙发上，睡得还挺熟。他放轻脚步走过去，把外套盖到她身上，蹲在她面前静静看着她。

助理透过门隙瞄一眼，少女心顿时爆棚，长长叹了口气，小心翼翼地带上门出去了。

有个女同事八卦地探过来：“怎么回事？都传疯了。”

“啧啧，这女人也太幸福了，老秦也太暖了。”

林冬一睁眼就看到秦树阳蹲在面前盯着自己，她半抬起身，说："你开完会了。"

　　秦树阳伸手理了理她的头发："来了怎么不叫我？等多久了？"

　　"你忙你的就好，我只是有点儿无聊。对了，我是给你送汤的。"她坐起来，把秦树阳拉到桌子前，打开保温盒，"你妈妈亲手做的，你还是吃一口吧。"

　　"好。"

　　"我帮你盛。"

　　"不用，我自己来。"说着，他盛上一小碗，喝了一小口。

　　"好喝吧，你妈妈手艺真好，我妈妈连个粥都煮不好。果然还是有遗传因素在的，我对这些也一窍不通。"

　　"你们会吃就好。"说着，他就要喂她一口，"来。"

　　林冬头往后缩："给你带的，你喝。"

　　"看你喝我更开心。"

　　"我很饱了。"

　　"就一口。"

　　林冬无奈，抿了一口。

　　"香吧？"

　　"嗯。"她看着他低头喝汤，"工作很忙吧？"

　　"不忙。"

　　"你当我没有眼睛的，你忙到现在，你的员工们也都在加班。"

　　秦树阳笑了笑："瞒不过你。"

　　"你这么忙，接下来我中午可以给你送饭。"

　　"这么好？"

　　"嗯。"

　　他勾脸就要去亲她，她把他的脸推开："喝你的汤吧。"

　　两人到家已经晚上十点了，林冬洗完澡，看到秦树阳站在阳台上发呆，她走过去从他身后抱住他："看什么呢？"

　　秦树阳握住她的手："洗完了？"

　　"嗯。"

　　秦树阳翻转过身，背靠栏杆，左臂环着她的细腰，低下头，脸埋在她的颈窝："我闻闻香不香。"说着深嗅了一口。

　　"香吗？"

　　"我都快醉了。"

　　突然的沉默。

　　林冬戳戳他的腰："睡觉吧。"

"嗯。"

林冬正要推开他。

"等等，"他搂住她不放，"我觉得，有件事我还是得告诉你。"

林冬见他一本正经的模样，笑着问："什么事？那么严肃。"

"昨天晚上，我和你舅舅聊天了。"

"嗯。"

"他生病了。"

"什么病？"

"肝癌晚期。"

"没办法治了？"

秦树阳默认了。

林冬微愣，也不说话了。

"他说这次来是见你最后一面，我在想他会不会……"秦树阳没有将那个字眼说出来，"他不让我告诉你，可是我觉得还是应该让你知道。我怕将来万一出什么事，你会有遗憾。"

林冬推开他，站到一边，目光低垂，还是不说话。

"我可以陪你回去。"

"我就说他怎么那么不对劲儿，这两年都不太对劲儿。"林冬手撑着栏杆，神色有些凝重，"感觉突然间老了好多，也瘦了很多，原来是生病了。"她皱起眉头，"他为什么不告诉我？他跟谁都没有说。"

秦树阳说："也许他只是不想改变他在你心里的形象，不想让你看到他脆弱的一面。"

林冬低着头，没有说话。

"虽然我不喜欢他，但他到底是你亲人，站在你的角度，我觉得你应该回去看看他。"

林冬抿唇，看上去有些难过："我明天就走。"

秦树阳覆上栏杆上她的手，轻轻拉住："我跟你一起。"

"不用。"她抽出手，走回房里，坐到了床上，背对着秦树阳坐着。

他注视着她落寞的背影，没再说什么。

林冬掀开被子躺了下去，灯熄灭了，两个人各睡各的。

很久以后，她突然问了一句："你睡了吗？"

"没有。"

"秦树。"

"嗯。"

林冬什么也没有说，凑过来搂住他，脸枕在他的肩上："你忙工作吧，不用陪我走。"

"我不放心你一个人。"

"没关系，而且我都这么大人了，有什么不放心的。"

秦树阳轻抚他的头发："再大也像个傻孩子似的。"

她拧了拧他的胳膊："你骂我。"

"没有，我只是说实话。"

"你这么说我会难过的，我本来心情就不好，你还这样说我。"

秦树阳瞄了眼她的表情，忍不住扬起嘴角："好了，我逗你呢。"

林冬用嘴巴磨了磨他的下巴，他短硬的胡楂扎得人痒痒。

"秦树，我很快就回来。"

"真的不要我去？"

"嗯。"

"好吧，"他无奈地叹了口气，"我猜你小舅舅也不想看到我，我还是不去招人嫌了。"

林冬手覆上他的脸，认真地说："秦树，我只是不想因为我的事而影响你的工作，你不要多想。"

"我知道，"他笑了笑，吻她的额头，"我当然知道。"

"你就好好工作，等我回来，等我回来你再好好陪我。"

"嗯。"

林冬突然翻身骑坐到他身上，撩起他的衣服。秦树阳惊诧地看着她："你干吗？"

她没有回答，身子扭了扭。

"你还有心情这个？"

"我要走了，怕冷落了你，怕你不高兴。"

秦树阳把她拉到怀里抱着，无语地笑了起来："怎么会。"

"你心情不好，就不要为难自己，我没关系的。"他抚摸着她的背，"你心里有我就够了，天涯海角，任你到哪里。"

林冬趴在他身上，安静地躺着，不动了。

"如果他能抢走，早就抢走了，如果你放得下我，现在也不会躺在我怀里。"

"你就不怕万一哪天我真的跟别人跑了，再也不回来了？"

"不怕。"

"为什么？"

"不可能的事情，为什么要害怕？"

"那么笃定？"

"是啊。"

"哪儿来的自信？"

"不知道，感觉到的。"

"你的感觉准吗？"

"这对话似曾相识。"

"是吗？"林冬闭上眼睛，有些困了。

"几年前你就这样问过我。"

"噢，"她说话声软绵绵的，像是要睡着了，"我不记得了。"

"我记得就够了。"

房间里一阵沉默。

秦树阳半眯着眼，望着上方："如果真的有一天你爱上别的人，我不会拦你的，那只能说明我不够好，该自我反省。"他自顾自地说着，"不过不会有那一天，我信你，更信我自己。"

林冬睡着了。

"你数数，你都走了多少次了？可是每一次不都回来了。

"你自己都不知道自己有多喜欢我吧？"

"你当然不知道，傻姑娘。"他也合上了双眼，脸上带着笑意，声音格外轻柔，"来了走，走了来，像风一样。"

世界一片漆黑，一片寂静，一片温柔恬淡。

"睡着了？"

他吻了下她的额头，喃喃自语着："冬风。

"我的冬风啊。"

第二天，杜茗和秦树阳送林冬去机场。

杜茗依依不舍地搂着她的手，不愿放开："这还没住两天就走了，树阳爸爸还没回来，都没能见到你。我还打算给他个惊喜来着。哎，小冬啊，要不再等两天，后天一早老头子就回来了，你就再等等，等一起吃个饭，或者见个面再走。"

"阿姨，我很快就回来的。"

杜茗拧着眉，难过地看着她，一大把年纪，拖长声音撒娇似的唤了声："小冬——"

"麻烦您替我和叔叔问好。"

"唉，你这一说要走，我这心里头真的特别难受。树阳，你倒是劝劝她呀，要不让你陪她走也行呀，这一个人飞那么远的，哪叫人放心。"

秦树阳在一旁笑着没说话。

杜茗白他一眼："你就知道笑，都不知道操心的，你倒是留留你媳妇。"

秦树阳搂住她的胳膊："妈，你就别担心了，别管我们这些事，林冬她能照顾好自己，你就放心吧。"

"对，阿姨，我来来回回飞过很多次了，没事的。"

杜茗长叹口气："唉，那行吧。你注意安全，到那边了一定要告诉我们一声，我就不勉强你了。"

"好的。"

杜茗抱了她一下："早去早回啊，我天天想你。"

"好的。"

杜茗松开她，背过身去："你们小两口告别吧，我就不当电灯泡了。小赵，我们去车里等他们。"

"好。"

"阿姨再见。"

"再见。"杜茗依依不舍地离开，走远了还回头嘱咐，"早点儿回来啊。"

"我会的。"

小赵也对她挥手："再见。"

林冬："再见。"

他俩走了，林冬侧头与秦树阳对视，两人相视一笑，却突然间沉默起来。

周围人流不息，林冬说："我走了。"

"好。"

"嗯。"

她杵了一会儿，见秦树阳没动作，拉着行李箱转身。

他喊："林冬。"

她立马回头。

秦树阳拉住她的手，笑着说："带我走吧。"

林冬晃了晃他的手："昨晚都说好了，你忙你的事情，不用担心我。"

"我后悔了。"

林冬看着他不说话。

秦树阳浅笑："好了，不闹了，去吧。"

"嗯。"林冬转身，走出去几步又停下来。

秦树阳看着她的背影，没有动作。

林冬又折了回来，仰着脸看他："不抱一下？"

秦树阳摇了下头："等再见面的时候抱。"

"噢。"

"等你啊。"

"好。"

林冬走了，刚走了不远，秦树阳追了过去，从身后抱住她。

她笑了起来："不是说等再见面的时候抱？"

秦树阳把她翻转过来，吻了下去："忍不住。"

林冬回到家，第一时间去找何信君，他正在花园里浇水，穿着拖鞋和宽松的长衫长裤，微弓着腰，看上去略显老气。

林冬在他身后观察了很久才上前："小舅舅。"

何信君回过头，一见林冬，很是惊讶："你怎么回来了？"

她没有回答，看着他消瘦的脸庞、眼角的皱纹和额边的白发，心里说不上来的落寞。

何信君笑了笑，眼尾又多了几道深深的皱纹："怎么了？"

"没什么，就是突然想家了。"

"你一个人回来的？"

"嗯。"

"他怎么没陪你？"

"工作忙，我没让他陪我回来。"

"那我得好好教训他，再忙也得顾着你啊。"何信君说话都有气无力的样子，继续慢悠悠地浇水，"不然我怎么放心把你就这么交给他。"

"小舅舅。"

"嗯？"

见她没说话，何信君停下动作看向她："怎么了？"

"我……"

何信君很敏觉，他当然发现林冬有些怪怪的，问："他和你说什么了？"

"没有。"她直视着他混浊的双眸，勉强地笑了笑，"我饿了，我们去吃饭吧。"说着，她从他手里拿过水壶，放到地上，"我想吃你煎的牛排。"

何信君看着她的笑容，愣了一下。

"好吗？"

他点头，欣慰地弯起嘴角："好，好，好啊。"

葛西君不在家，说是出去采风了，已经两天没回来。饭桌上只有他们两人，默默吃着，都不说话。

小猫扭着身体走过来，跳到林冬腿上。何信君注视着他们，眉眼里尽是笑意："离开太久，它都想你了。"

林冬放下刀叉，挠了挠它的下巴。小猫伸长脖子，享受着她的抚摸。

何信君问："什么时候再走？"

"再说吧。"

"过些天我准备离开伦敦一段时间。"

她的手顿住了，心里咯噔一下，低着头，又动了动手指："去哪里？"

"没决定好。"

"去干什么？"

何信君沉默几秒，回答说："散散心。"

"一个人？"

"也许吧。"

林冬抬头，目光清淡地凝视着他："我陪你。"

何信君不说话。

"小舅舅？"

"怎么突然变了个人似的。"他苦涩地笑了笑，端起茶杯，微抿一口，"不用。"

他放下杯子，站了起来，低着头走开了："回去陪他吧。"

第十二章 ·

赎罪

回伦敦的第二天。

林冬吃完晚饭，躺在床上发呆，刚想给秦树阳打电话，他的电话就来了。林冬开心地接通："喂。"她捏住鼻子，"你好。"

"林冬？"

"林冬不在，我是她妈妈。"

电话那头没声了。

"你找她有什么事吗？"

秦树阳乐得慌，忍住不笑，配合她的表演："你好阿姨，我是秦树，是她男朋友。"

"男朋友？"林冬装得有模有样，"她什么时候交了男朋友？我怎么不知道！"

"我还是十年前那个，我们见过。"

"是吗？我不记得了。"

"那您记得肉丸子吗？我记得当时您吃得特别香，还有我做的面，您吃了两碗。"

"噢……"林冬有些喘不上气，掉过头松开手长吸了两口，又回来捏住鼻子继续演，"是你啊。"

秦树阳无声地笑了笑："对，就是我。"

"你啊，我不同意你和林冬在一起。"

"为什么？"

她突然不知道怎么回答了。

"为什么？阿姨。"

林冬犯了愁，怎么说啊。

"阿姨？"

"我也不知道，总之就是不同意。"

542

秦树阳在那头幻想着她说这话的表情，又无奈又好笑："阿姨，我有空去看您。"

"不行，你不许来！"

"为什么呀？"他温柔地问。

"不为什么。"

"那麻烦您告诉林冬，我想她了。"

林冬笑了笑："哪里想？"

"心里，"他压低了声音，听得她浑身发麻，"还有身体。"

"你好烦！"林冬夹着被子，在床上打了个滚，"浑蛋。"

"想我了？"什么时候他的声音变得那么好听了，不仅好听，还诱人。

"还是想我的身体？"

"秦树，你浑蛋。"

他笑了："洗干净等你。"

"你来。"

"现在？"

"嗯。"

"那么饥渴？"

"……"

"好啦，媳妇，不闹了。"

"不想和你说话了，我要挂了。"

"别呀。"

"不说了。"

"哎，媳……"

林冬挂了，她扔远手机，把脸埋进枕头里，笑了起来。

葛成君和陈非老来得子，宠得那孩子不得了，恨不得一天二十四小时不闭眼地守着他。自打葛成君有了陈曦，就性格大变，现在有了个小儿子，整个人更加温柔慈祥，与多年前的她简直判若两人。

一早，何信君和林冬去陈家看看她和孩子，就见葛成君抱着孩子不离手，眼里的母爱快要溢出来了。

陈曦和林冬玩了会儿，就被何信君叫去下棋。林冬坐在床边看着她们母子俩："大姨，你又胖了好多。"

"没办法，现在我呀，身材是完全走样，过些日子还是得锻炼锻炼，不说恢复以前那样，好歹自己也看得下去。"

"之前生完陈曦还好，没太变。"

葛成君笑得温柔："你呀，是没看到我脱了衣服的样子。"她低头瞧着自己的胸，"女人嘛，都有这一天。"

林冬笑笑。

"对了，我听陈曦说，有个男的和你走得很近。"她弯起嘴角，"还是几年前那个？"

"嗯。"

"我就猜到了。"葛成君抱着孩子轻轻摇了摇，"我也没工夫去管你了，你都那么大了，自己看上的应该不会错，况且都这么久了还放不下，那就在一起吧。大姨呢，就祝福你们。"

"谢谢。"

"你是没听见陈曦把他夸成什么样了。"她笑着叹了口气，"你喜欢就好。"

林冬没有说话。

"以后把他带回来给我们看看，是个什么样的小伙子，把你迷了这么多年。"

"好的。"林冬伸手摸了摸孩子软软的脸蛋，"好可爱。"

"要抱抱吗？"葛成君把孩子递给林冬。

林冬小心翼翼地抱着孩子，一动都不敢动，生怕抱不好把他摔了。

小孩儿张着粉嘟嘟的小嘴"啊啊"叫着，声音清脆稚嫩，小小的手拉住她的手指，紧紧地握着。林冬微笑着看向葛成君："他拽着我了。"

葛成君看她僵硬的动作，伸出手："来，给我吧，看你抱个孩子都这么紧张。"

林冬把孩子还给葛成君，看葛成君幸福地逗着孩子，突然想起秦树阳很久以前说过的话。她突然幻想起这么一丁点大的小孩儿被他抱着的模样，不禁笑了笑。

良久，林冬才问："大姨，你知道小舅舅的事情吗？"

葛成君神色突然凝重，叹了口气："我听说了。"

林冬注视着她皱起来的眉头，听她道："他没和我说太多，我只知道之前他的公司好像出了点儿问题，现在不知道怎么样了，他不愿意提，我也就没问。"

"就这个？"

"不然呢？"葛成君看着她平淡如初的脸，"发生其他什么事了？"

看来他真的谁都没有说，可是为什么单单只告诉了秦树阳？

"小冬。"

"小冬？"

"嗯？"林冬回过神。

葛成君看她六神无主的模样，笑了："走什么神呢？信君怎么了？"

"没事，没什么事，我就随便问问。"

"我还以为出什么事了。"葛成君并未放在心上，又开始哄孩子，"啊啊噢噢"地逗他。

他们在葛成君家吃了午饭，下午就回去了。路上，林冬与何信君说话："小舅舅，你还没吃过我做的东西吧？"

"你还会做饭？"他不可置信地笑着看她。

"很久之前学过一道，现在还大概记得怎么做，我可以试着做一下。"

"你连个面都煮不好。"

"那道菜我做得很好吃的。"

"做给秦树阳的？"

"可惜他没吃到，在路上洒了。"

何信君沉默了，他当然记得多年前那个下雪天与那小混混在酒店里的对话。

"小冬。"

"嗯。"

"我……"

"怎么了？"

有些话，还是说不出口。

"没什么，我睡一会儿，到了叫我吧。"

"我一会儿去舞团看一眼，你先回去吧。"

"晚上回来吃饭吗？"

"不一定，"林冬看向车窗外，"你先吃，就别等我了。"

舞团里，大家都在忙着比赛，林冬待到晚上七点就准备回家了。刚走出大楼，艾琳从身后叫林冬一声，林冬回过头去，站着等她跑过来。

"一起走吧，我去吃个饭。"艾琳解开头绳，抓了抓头发，与林冬并肩走，"要一起吗？"

"我回家了，还有事情。"

"好吧。"艾琳睨她，笑道，"晚回来那么长时间，一定有事情发生。"

林冬笑了笑。

"笑得那么甜蜜，快说说，什么样的男人？"

"瞒不过你。"

"女人的感觉最准了，你的脸上写着坠入爱河。"

"很好的人。"

"这个词太宽泛了吧，具体点儿。"艾琳从包里拿出烟，抽出来两根，给林冬一根。

林冬摇头："不抽。"

"怎么了？"

"我答应他不抽了。"

"我的天啊！"艾琳叼着烟，收回手，"居然戒了。恋爱使人疯狂，看来是真的。"她挽住林冬的胳膊，"快说说，怎么认识的？"

"我们十年前就认识了。"

"哇哦！"艾琳晃着脑袋，"我还以为你终于开窍了，原来是旧情复燃。"

"算是吧，以前有些误会，错过了很多年。"

"他没有陪你一起回来？"

"没有。"

"为什么？你应该让他过来，也好让我见一见。"

"他工作忙，以后吧。"

"帅吗？"

"很帅。"

"就知道。"艾琳舔了舔牙尖，"我最近也换了个男朋友。"

林冬惊讶，看向她："又换了？"

"嗯，"艾琳眉梢轻挑，"十九岁。"

"太小了吧。"

"一点也不小，反而觉得我都跟着年轻了。"

林冬看着她眼里满满的甜蜜："好吧，祝你们幸福。"

　

何信君在书房看书，手机响了，一串陌生的数字。他没有接，可是它还是不停地响，何信君放下书，接通电话。

那头传来低沉嘶哑的声音，像被烟熏焦一般，听得人心颤："终于接了。"

何信君平静地听着，没有说话。

"听不出我的声音了？"

他还是沉默。

"不是吧？大老板？何董？"

何信君开口："你想干什么？"

周迪闷笑起来："我就说嘛，你怎么可能把我给忘了。"他猛咳几声，清了清嗓子，继续说，"好久没联系，有点儿想你。"

"别拐弯抹角。"

"老样子，"周迪长叹口气，"哎，没钱了啊。"

何信君没说话。

"大老板，我听说你的公司破产了，要不，咱们见见面？"

"要钱？"

周迪笑了："直接，我喜欢。"

"想死？"

"当然不想，"周迪低声颤笑，"咱们见面说，我呢，现在就在你家楼下。"

沉默。

"怎么着？何大老板，下来开开门呗？"

林冬在家附近的超市买了点儿食材，高高兴兴地回家。

刚开门，小猫迎了过来，她蹲下身，挠了挠它的脖子，小猫跳到她怀里。林冬站起来，一手抱着猫，一手提着食材到厨房放下。

希琳听到声音迎过来，看她买了这么些东西，问道："要做什么？"

"萝卜排骨汤。"

"萝卜排骨汤？可是我不会。"

"我做。"

"你做？"希琳笑了，"别开玩笑了。"

"我会做这个。"林冬边逗怀里的猫边问，"小舅舅呢？"

"在楼上，有客人来了。"

"谁啊？"

"不知道，一个中国男人。"

"秦树？"林冬突然惊喜地笑了起来，"一定是他，他真的来找我了。"

"秦树……是你的那个男朋友？"

"是的。"林冬放下猫，对希琳说，"帮我把萝卜洗一洗，我一会儿就下来。"

"好的。"

何信君书房里传来动静，像是书掉地上了，林冬还未走到门口就听到了一个陌生的男声："别动怒嘛。"

不是秦树阳，林冬失落地背过身，刚要走——

"你就不怕我把当年的事抖出去？"周迪拾起地上的书，掸了掸，随手扔到桌上，优哉地靠着书桌，冷笑一声，"你那宝贝林冬该怎么看你啊。"

她停下脚步，听着里头这瘆人的笑声，总有种莫名的熟悉感，在哪里听到过？

"你把她男人害成那样，再从中作梗，活活拆散了人家两口子。"周迪得意地瞄何信君的表情，"嗬，骗了她那么多年，我猜她要是知道真相，一定恨死你了。"

林冬愣住了，杵了几秒，轻步走过去，站到门口。门没关严实，透过一条缝，林冬看到了那人的侧影。

"你不敢让她知道。"周迪抹抹鼻子，笑道，"你怎么可能会让她知道自己是个这样的人，她本来就不喜欢你。"周迪扭了下脖子，"嘎嘣"响一声，他吃痛地闷哼一阵，声音又低又哑，"现在我活成这人不人鬼不鬼的模样，被姓秦的那小子雇的人到处找，从这儿躲到那儿，为了什么！要不是你给钱让我废了他一条胳膊，我至于现在这样？"

"当年我就是气不过，想打他一顿，教训教训他，是你说的出什么事你给担着。那点儿钱够个屁，还断我两根手指头。"他突然目光狠戾地盯着何信君，"我当年贱，吃你那套，现在可不怕你。"他邪笑着睨何信君，"那句老话怎么说来着，哦对，光脚的不怕穿鞋的。"

何信君一个字也不说，目光平平地看着周迪咋咋呼呼的样子。他淡淡地笑了，垂下目光，注视周迪的破鞋，真脏，脏了地板，脏了眼睛。

"实话跟你说了吧，"周迪摸出根烟点上，深吸一口吐出来，他在浓浓的烟后眯着一对混浊的眼，"我杀人了。"

何信君抬眼，看向周迪。

周迪胡子拉碴的，头发又油又脏，像是很久没洗了，夹着烟的手又糙又黑，指缝里还隐约染了血红色。

"现在我过得连过街老鼠都不如！"周迪弓着腰，脖子上一条长长的疤痕，腿一瘸一拐地向何信君走近些，瞧着凶神恶煞的，"姓何的，反正我现在这贱命一条，无所谓了，最坏不过一个死，想想，要不是你当年让我废了他一条胳膊，我至于落到现在这个样子？"

"现在腿瘸了，手也断了，有家回不得，一群混混追着我砍，现在还欠了条人命。你不帮我脱身，我也不让你好过。"

何信君一言不发。

"不说话？行。反正那娘们不就住这儿？我天天在这儿候着，我倒想看看，她见到我是什么表情。"周迪弯下腰扯着嘴角，瞧何信君的脸，"我弄死她，你信不？"

何信君突然掐住他的脖子："你敢！"

周迪手一挥，把何信君推倒了，他看着何信君躺在地上，一副有气无力的样子，讽刺地笑了："不是吧，我手都断了，你现在就这么点儿劲儿？"他嘶了一口气，摇了摇头，"噢，对了，我前两天跟踪你，你去了趟医院，啧啧啧，得病了吧？什么病？不会是绝症吧，哈哈哈——"

何信君捂着腹部，表情痛苦，连起身的力气都没有了。

"真可悲啊，想想曾经的你，多么优雅高贵，高高在上，睥睨众生。"周迪幸灾乐祸地笑着，"再看看现在。"他瘸着腿走过去，把烟放进嘴里含着，他的右臂动不了，用左手把何信君拽起来，扔回座位上，"我可得好好对你，我的金主。"

周迪帮何信君整理衣领，何信君把他手打开："滚，别用你的脏手碰我。"

周迪收回手，搓了搓手指，轻蔑地笑起来：“脏，对，脏，我是脏。”他又倚回桌子，从嘴里捏出一截短烟，吸了一大口，“大老板，瞧你这德行，我猜你日子不多了，最后一次，怎么样？帮帮我，当年你能把我从中国运出来，我相信你现在也能给我再换套身份，对你来说应该是小事吧。”

何信君情绪平缓了许多，闭着眼没说话。

“你总不想死前让她恨你吧？”周迪没耐心了，“说话呀大哥。”

“我一分钱都不会给你，”何信君一脸淡定，“我这辈子，最后悔的事就是与你这种人渣有交集。”

“人渣，人渣，”周迪又笑，“可你还不是与人渣为伍了？”他长呼口气，反讽道，“那你是什么？你是她舅舅，虽然不是亲舅舅，那也是从小看着人家长大的。”

“哎，你说你这多变态啊！”周迪把烟摁到桌上给掐灭，他闻闻自己的手指，抠了抠指甲里的灰泥，笑里藏刀，“变态，还可怜，真是可怜，还说你是她的爱人，我都想笑。”

“真是有够自作多情的，”周迪吐了口吐沫在地上，“人家两人睡得美滋滋，你这孤家寡人守了半辈子，你守到什么了？”

“要我说啊，你也是傻，当初就不该断手，直接把他那命根子给断了，保管你那小美人和他再好不了。”周迪提了提裤子，“这么漂亮一妞，便宜那么个小杂种，我都觉得可惜。”

“啧，你说我当时怎么没想到呢！”周迪舔了舔牙，兀自幻想一番，“嘿，那可有意思多了。”

“我说大哥，你也算有魄力，不管现在，就说当年吧，剁我两根手指，那气魄！你要把那劲儿用在女人身上，早就到手了。”周迪一屁股坐到椅子里，“女人啊，就要硬来，这方面你还是嫩点儿。”

何信君仍旧闭着眼：“滚。”

林冬在门口站着，屋里的对话她一字不差全听到了。她转身下楼，看上去很平静。

希琳见到她，说：“萝卜我已经洗好了，现在要做吗？”

林冬没回答，木木地走进厨房。希琳看她有些呆滞的眼神，关心道：“发生什么事了？”

林冬站在厨台前，也不开口，一动不动。

“不是你说的那个人来了？”希琳拍拍她的背，“别失望，你们很快还会见面的。”希琳将萝卜放到砧板上，“我可以帮你，你告诉我怎么做。”

林冬还是没说话。

“Lin？”

林冬伸出手，扶住萝卜，右手拿起菜刀，切了下去。

希琳看她魂不守舍的样子，想要把刀拿过来："我来切吧。"

林冬手紧紧握着刀柄，希琳拿不过来，担心地皱起眉："你到底怎么了？"

林冬心不在焉的，手指切破了，血染到萝卜上，顺着萝卜白白的身子缓缓滑下去。

"你的手！"希琳把她手拽过来，看着那伤口，"那么深，怎么那么不小心，你手举着，等我一下。"

林冬竖起手，定定地望着砧板上鲜红的血。

那个时候，他该流了多少血。

流了多少血啊。

希琳回来的时候，厨房已经没人了。

林冬听到周迪出门的声音，她远远跟了他一路。周迪手插在口袋里，脖子缩着，看上去贼眉鼠眼的，他一瘸一拐地上了一辆出租车，车往北开去。

恰好，又一辆车过来，林冬拦了下来："跟着前面那辆。"

周迪在一家银行门口停了，林冬也跟着下车，她在远处候了几分钟，见周迪出来，又进了一家面包店。

林冬就在街对面站着，突然，她的手机响了。林冬掏出来看了一眼，是秦树阳。她一恍神，接了。

他问："在干吗？"

林冬没有回答。

"嗯？媳妇？"

"路上。"

"今天干什么了？"

"去大姨家里，然后去舞团。"

"你小舅舅怎么样？"

"还好。"

"他……"

林冬打断他的话："你为什么不讨厌他？"

秦树阳顿住了。

"你为什么不讨厌他？"林冬重复问了一句，"他那么不喜欢你，那样拆散我们，你为什么不讨厌他？还让我回来看他？"

"你怎么了？"

"为什么？"

"林冬，我们都是成年人了，并不是所有厌恶都是要表现出来，我是不喜欢他，甚至……"他沉默了几秒，"可他是你亲人，我不希望因为我

550

的感觉而让你感到困惑或者纠结，你说过，他救过你的命，我感谢他，感谢他救了你。"

她听着他的声音，鼻子有些酸涩。

"别的都不重要了，过去的事就过去了，现在你和我在一起就够了。"

她手上的血干了，抹了把眼泪，脸上留下一道血印："你怎么那么傻？"

"你都已经那么傻了，我要是太聪明岂不衬托得你更傻？"

周迪抱着两根长面包出来了，林冬盯着他，眼泪顿时收住。

秦树阳问："你那边现在是晚上吧。"

林冬没有回答，跟在周迪后头，沿着街道走。

秦树阳听到路上的汽笛声："那你赶紧回家，回去我们再视频。"

沉默。

"媳妇？"

"秦树。"

"嗯？"他隐隐察觉到有些不对，"怎么了？今晚怪怪的。"

她无声。

"是出什么事了吗？"

"秦树，你变成这样，都是因为我。"

他不说话了。

"都怪我。"

"怪你干什么？"他声音轻柔，哄着她，"傻瓜，跟你有什么关系，别乱想了。"

"先不说了，我先挂了。"

"好，你路上注意安全，到家了跟我联系。"

"嗯。"林冬放下手机，看着屏幕上他的名字，"再见。"

"再见。"

周迪进了一条通往老房区的巷子，黑洞洞的。

林冬站在巷子口，面无表情地望着他的背影。

秦树，小舅舅的事，我会还你一个公道。至于周迪，我说过，如果有一天他再出现，我会把他的两条胳膊都卸了。

还给你。

周迪嘴上带伤，嘴张不太开，一撕一拉更疼得厉害，他把长面包夹在腋下，用另一只手拽着往嘴里塞，骂骂咧咧地吃了一路。

这地上是又乱又脏，从头到尾一整个巷子也只有三盏墙灯，其中一盏还坏了。周迪瘸着腿，慢悠悠地往前走，面包屑掉一地，胡楂上也沾了些碎屑子，浑然不知。

夜深了，这地段本就人烟稀少，入了夜，便更少见人影。

周迪突然有些想撒尿，把面包搁胳肢窝下夹好了，转身面对着斑驳的墙面。他恣意地尿着，低头瞧了下面一眼，扯开嘴角还笑了起来。突然想办事了，躲这么多天，感觉自己快生锈了，他哼着小调，心想着一会儿干脆先别回去，办个正事再说。

正美滋滋地计划着，肩头被拍一下，周迪吓得一哆嗦，尿到了手上。他紧张地回过头，见是个女人，手往裤子上揩了揩，张嘴就骂："臭……"

一句话没骂完，一脚踹过来，疼得他浑身痉挛。

林冬常年练舞，腿脚格外有力，这一下够狠，正中男人最脆弱的地方，痛得周迪在地上翻来覆去，闷哼着骂不出话来。

林冬面无表情地俯视着他，没有说话。

周迪捂住下体，浑身是汗，地上的尿泥恶心地黏在他脸上。现下别说骂人的力气，看她的力气都没有了，他自个儿痛苦地哼哼歪歪一会儿，还是疼得站不起来。

他磕磕绊绊连骂三句，一句英文，两句中文，一句比一句脏。刚抬起眼皮看了眼，就见那女人背过身，走到墙边蹲下，拿起一块砖头。他突然有些害怕，往后缩了一下："你……你要干什么？"

林冬当然没回答，她握着砖头站到他面前。

"谁……你谁啊！"路灯太暗，周迪看不清她的模样，只是感觉这身材细长挺拔的，像是个美女，继续用英文骂道，"老子胳膊折了，不然弄死你，你个小贱人……"

林冬打断他的脏话："当年你是用什么断他胳膊的？"

周迪愣了。

"这样？"她突然蹲下身，拿起砖头猛地砸向他的手臂。

"啊——"

又是一下。

"啊——"他浑身抽搐着，喘息断断续续。

"是这样吗？"

周迪连滚带爬，拖着沉重的身体往后躲，上衣和裤子拧巴着，露出腰间青紫一块的伤："林……林冬……你是林冬！"他声音低颤，甚至带了点哭腔，"小姑奶奶，你别冲动。"

林冬停住动作。

"我错了，我知道错了！"他护住那条受了伤的胳膊，面目扭曲，像条虫子一样在地上爬动，"是你舅舅，是你那个舅舅啊，姓何的那个。"

"是他说给我一大笔钱，让我断秦树阳一只手，然后安全把我送出国的，都是他背后主使的，跟我没关系。"周迪大口喘粗气，"你那个舅舅不是什么好东西，他……他就是变态……他看上你了……所以想拆散你和

552

秦树阳，我没想给秦树阳搞残的！都是你舅舅！"

周迪牙关打着架，发出"噔噔噔"的声音："不关我的事啊，我就是收钱办事，你去找他啊，饶过我，饶过我。"

"你还是这个样子，"林冬平静地俯视他，"那时候你也是这样求我的。"

周迪还在奋力往前爬，林冬慢步跟着他："可是你骗了我，也骗了他，你不仅没还他钱，还跟他说你强奸了我。"

"我原来可以告你的，"她淡淡地说，"如果不是你，我们就不会互相误会那么多年，我也不会出车祸，再也上不了舞台。"

"我这辈子最后悔的事就是没有送你去监狱，我居然会相信你这种败类的话。"她冷笑一声，涌上一阵心酸，"难怪他总说我傻，我真的好傻。"

林冬踩住周迪的背，他动弹不得了，痛苦地喊了一声："啊——你放过我吧！"

"我们错过了那么多年，"她丝毫不理会他的话，"我之前和他说过，下次他再打架，带上我，我可以保护他。可是一次也没有，并且在他受那么重的伤时，我都没有陪在身边。"

"你到底想干什么？"周迪本就断了手，这一顿折腾疼得半边身子都麻了，一边号叫一边不停地抽搐。

林冬蹲下身，把他身体翻了过来："你对他做的事，就这么完了？"

周迪怯怯地看着她："你有本事找你那舅舅去！这事他有份，而且他骗了你那么多年！"

"我不管你背后有谁指使，是你断他手臂的。"林冬抽出一把刀来，"是你断的。"

周迪一见刀光，顿时眼都直了。他咽了口气，直往后躲："别……别别……别。"他身上有重伤，又被踢了下身，现在怕是站都站不起来了，只能在地上蠕动，"你别冲动，杀人是要抵命的！"

"你也杀人了，那你的命呢？"

周迪慌了："林冬，你抵命了他怎么办？你为秦树阳想过吗？你为他杀了我，他会自责一辈子。"

"我是坏人，我是垃圾，我的命不值钱，"他哭丧着脸，装得一副楚楚可怜的模样，"我十恶不赦，为了我这样的人不值得。"他跪倒在林冬面前，头抵着她的脚，"我知道错了，我错了，林冬，我错了。你再把我怎么样，秦树阳的手臂也回不去了。我给他道歉，我给他跪下道歉。"

林冬突然恍了神，就在那一瞬间，周迪突然扑过来按住她的手，刀尖锋利，从她脸颊划过，一阵刺痛，鲜红的血流了下来。林冬被他压在身下，挣扎不开，所幸她韧性好，身子骨软，抬起腿又冲他裆下踢了过去，接着随手摸到地上的砖头，使劲儿朝他的脑门儿砸去。

周迪嘴里的脏话还没吐干净，一下子眼里像充了血般，眼前一黑，倒了下去。林冬把他踹到一边，见周迪四仰八叉地躺着。

　　林冬单膝用力地跪压住周迪的肚子，周迪疼得好像没知觉了，半张着嘴，眼睛翻着，一副要断气的模样。

　　"你欠他的，我帮他讨回来。"

　　周迪猛抖一下，眯着眼缝，声音细微："你要干什么？"

　　林冬没有回答，目光平平地俯视着他，双手握着刀柄，缓缓地举了起来……

　　"喂。"

　　"秦树。"

　　"到家了？"

　　"嗯。"

　　"这么快。"听上去，他像是笑了，林冬幻想着秦树阳微笑的脸庞，心里忽然暖暖的。

　　他说："我还在回家的路上，最近工作忙了点儿，晚上应酬，刚吃完饭。"

　　一阵沉默。

　　"放心吧，我没喝酒。"秦树阳听她不说话，老实交代，"算了，跟你坦白，就喝了一点。不到五杯。"

　　林冬还是没有说话。

　　"媳妇？"

　　"嗯。"

　　"我还以为你睡着了呢，"秦树阳又笑了笑，"你是不知道，你走的这些天，我妈整天念叨着想你回来。等过几天，我就去找你。"他自顾自说着，"对了，我妈还说要和我一起来，还有我爸，他刚回家，听说我们好了，特别想见你，到时候我们一起去看你，好吗？"他停下话，静静等待她的答复。

　　那边却安静得让人心慌。

　　"林冬？"

　　"嗯。"

　　"你怎么了？"

　　又不讲话了。

　　"嗯？怎么了？有什么不高兴的事？"

　　"没有。"

　　"那怎么不说话呢？"

　　"没有。"

"没有什么？"秦树阳无奈地笑了，"有什么事跟我说，不要一个人憋着。要是你暂时不想我们过去，就先不去，没关系的。"

林冬蹲在墙边，手上、脸上、脖子上、衣服上全是血，拿手机的手不停地发抖，连同她的声音也轻颤："秦树。"

"嗯？"

"我好想你。"

他笑了起来："我也想你啊。"

"秦树，我好想你。"

"这个项目快忙完了，等过两天，我就去找你。"

"秦树，"她嘴唇打着战，"我害怕了。"

"害怕什么了？"

"我害怕了。"

"傻姑娘，怕什么？出什么事了？"他有些担心，"是你舅舅出什么事了？"

"不是的。"

"那怎么了？"

林冬好像有些精神不正常，不停地轻摇着头，声音急促："不是的，不是……不是的。"

"不急，慢慢说。"

林冬平静了一会儿，呼吸平稳些："秦树。"

"怎么了？"

"秦树，你后悔认识我吗？"

"说什么傻话呢。"

她不吱声了。

"我最幸运的事就是遇到你，和你在一起。"他耐心地哄她，"多少人羡慕我，嫉妒我。"

林冬埋下头，听着他温柔的声音，感觉自己快哭了。

"我赚大了，怎么可能后悔。"

"秦树，谢谢你。"

"跟我说什么谢，"秦树阳顿了一下，"早跟你说过，我们俩不用谢。"

一片沉默。半晌，他说："媳妇，我在墙上写的那行字，还算数吗？"

林冬没有回答。

"嗯？"

无声。

"不说话我就当你默认了，"秦树阳笑了，"那你等我。"

沉默。

"好了，你早点儿休息吧。不要想太多，等着我去提亲。睡一觉，什么不开心的事明天早上就好了。"秦树阳听不到她的回复，只好主动问，"还要视频吗？"

"不要，"她赶紧又重复一遍，"不要。"

"那好，睡吧。"他叹了口气，"明天再打给你，或者你打给我。"

"嗯。"

"你先挂。"

林冬放下手机，按了下挂机键，她盯着屏幕发呆，不一会儿，它黑掉了。

她抱住腿坐着，听到一阵阵警笛声。

不久，几个警察走了过来，扎眼的灯光照在她身上，一连串的问题抛了过来。

林冬一句也没听进去，她伸出双手，双目无神地看着他们："是我报的警。"

拘留室里，林冬抱住膝盖，整个人窝着，躲在墙角。

葛成君赶到的时候，警察对她说："不说话，也不让人动她，一晚上一直那么坐着，就最开始说人是她伤的，然后再问什么就都不回答了，好像有点精神不正常。"

葛成君看向蜷缩成一团的林冬，一身血迹，长发松散，凌乱地盖住她的脸。葛成君心里疼得要命，走过去蹲到林冬旁边，唤道："小冬。"

林冬往后躲去。

"小冬，是大姨。"葛成君碰了碰林冬。林冬哆嗦一下，脸埋得更深。

"别害怕，小冬，你抬起脸让大姨看看，怎么了呀？有没有伤到哪里？"她刚要撩起林冬的头发，手被林冬打开，一阵麻痛。林冬浑身颤抖，头低着，恐惧地直往墙角钻。

"小冬。"

"小冬，是我啊。"

"小冬！"葛成君捂住脸站起来，手叉着腰面对墙站着，心情平复了些，才问警察，"怎么回事？怎么会弄成这样？"

"把人砍了。"

葛成君不可置信地看着他："怎么可能？她怎么会？这不可能！一定是搞错了。"

"发现她的时候身边还放着刀。"

葛成君唏嘘一声，无力地扶住墙，看向林冬："那她有没有受伤？这一身血，她受伤没？"

"身上不知道，脸划了道口子。"

葛成君一时说不出话来，她扶住额头，闭上双眼："那个被伤的呢？"

"送去医院了。"

556

"我去找他谈谈。"

"他是个杀人犯。"

"杀人犯?"葛成君放下手,紧皱眉头,喃喃念叨,"杀人犯,杀人犯……"

她失魂落魄地走了出去,同她一起来的陈非已经不在了,便问何信君:"陈非呢?"

"找人去了。"何信君面色沉重,"小冬怎么样?"

"不说话,也不理人,怪吓人的。"葛成君找个地方坐下来,唉声叹气的,"你去看看她吧,精神有点儿不对,应该是被刺激到了。他们说她把人家的胳膊废了,你说小冬她平时看上去弱不禁风的,怎么会做出这种事来!"

何信君沉默了。

"你快去查查,那个被砍的是杀人犯,小冬到底和他结什么仇了?下这么狠手!"

何信君没有动作,他垂着头,杵着不动。

"去啊!"葛成君说。

"嗯,等等。"何信君走到拘留室外往里看,就见林冬一身血,蜷缩成一团,躲着不敢见人。

被砍的是周迪,何信君清楚地知道,那便表明一切真相她都已了解。只是……只是他怎么也想不到,平日里冷冷淡淡的小冬居然会疯狂到这种地步。

何信君沉默地在外头看了很久,都没有鼓起勇气走进去。

过了一个多小时,葛西君也风尘仆仆地赶过来,衣服还没来得及换,一身的颜料。她大致听他们说了说这件事,就去看林冬。

林冬还是埋着脸不动弹,葛西君叫她:"小冬。"

没有回应。

"小冬。"葛西君掰开她的手,捧起她的脸,"小冬。"

葛西君看着林冬脸上那道触目惊心的血口子,顿时快要爆炸了:"怎么不给她处理一下!这么深一道口子,感染了怎么办。"

"疼吧?!"葛西君皱着眉,用袖子给她擦脸上的血,可是时间太久,血干了,怎么也擦不掉,"小冬,你怎么那么冲动?那么大个人了,下手还不知道轻重,傻乎乎的。"

林冬目光呆滞地看着葛西君,整个人木木的。

"小冬?"葛西君手在她面前摆了摆,却见她一点反应都没有,"你怎么了?"

林冬耷拉着眼,抿着唇一声不吭。

葛西君看她这个样子，又心疼又着急："你放心，不会有事的，我们会把你弄出来，听到没有？现在你要配合他们调查。"

林冬目不转睛地盯着葛西君。

"你说句话。"葛西君晃了晃她的胳膊，"你说句话啊，你怎么了？身上哪里疼？有没有伤到哪里？他是不是对你……"

"妈妈，"林冬唤了她一声，冷不丁突然轻促地笑了一下，"还有一只手。"

"什么？"

"还有一只手。"

"什么还有一只手？"

"还有一只手的，"林冬歪着脸，双目空洞，"我害怕了。"

葛西君愣住了，她抱住林冬："好了，好了不说了，明天再说。"

"还有一只手。"

葛西君嘴一撇，心里难受到想哭，只能抚摸着她的背："不说了。"

"我害怕了。"

葛西君咬着牙，突然松开她走了出去。

葛成君见她冲出来，赶紧拉住："怎么样了？"

葛西君推开葛成君的手，什么也没有回答，快步走了出去。

何信君低着头，背靠着墙，他最终还是走进拘留室。他看着这个精神失常，不停喃喃自语的心爱的人，心如刀绞，深沉地唤了声："小冬。"

林冬嘟嘟囔囔一直在念叨着："还有一只手，还有一只手。"

何信君往前走去，声音嘶哑："小冬。"

"还有一只手。"

他走到她面前，缓缓蹲下身，理了理她凌乱的头发："小冬。"

"我害怕。"

他的手指颤抖着，悬在半空："对不起。"

"还有一只手，我害怕了。"

"小冬，都是我的错，你能原谅我吗？"

"还有一只手。"

"我只是太爱你了，我不想让你被他抢走。"

"好多血。"

"我已经得到了惩罚，求求你，别这样。"他哽咽着，流下两行清泪，"别这样。"

"好多血。"

"别恨我，小冬。"

"好多血。"林冬突然看向他，双眸充满了恐惧，身体渐渐颤抖起来，呜咽着直往后躲，"血——血——"

"小冬。"

她藏住脸，又蜷缩到墙角："你走，走开。"

"小冬。"他的眼眶红了。

"你走，走。"

"小……"何信君抿住唇，放下手，不敢刺激她了。

林冬捂住脸，喘息声断断续续的，瞪大了眼睛，盯着被自己染脏的地面："一刀。

"两刀。

"三刀。

"四刀。

"……"

何信君站起来走了出去，葛西君与葛成君在外面说话，见人出来，叫了他一声。何信君视若无睹，身体僵硬地走到车前，他低着头，样子有些颓废。司机为他打开门，何信君没有上车，他一手扶车，一手捂住腹部，整个人看上去不太好。

"小姐怎么样了？"司机问。

何信君没有回答，脸色苍白得骇人。

"您没事吧？"

何信君突然捂着嘴，吐出了一口血。

"先生！"司机赶紧扶住他。

何信君放下手，瘫倒下去，他看着满手心的血顺着指缝流下来，想起她疯疯癫癫的样子，觉得自己快要崩溃了。

司机把他搀扶起来："先送您去医院。"

何信君摆了摆手，艰难地坐进车里："去，去史密斯先生那里。"

后来，林冬被送进了精神病院。这些天，何信君拖着病重的身体与陈非两人分头到处跑，砸钱托人找关系，加上林冬精神有问题，暂时免了牢狱之灾，可是她已经从之前的只说一两句话，变成了一句话也不说，整天低垂着眼，不肯吃药，不肯吃东西，甚至有时候一动也不动，一发呆就是半天。

秦树阳刚知道她出事的消息便飞来伦敦，早上，他刚下飞机，安顿好父母，便慌忙赶去见她。电话里讲得匆匆，他并不太清楚到底发生了什么，只知道林冬出了事，神经出了点儿问题。

伦敦的天总是阴沉沉的，屋里待久了，葛西君带着林冬坐在外面的走廊透透气。她一边给林冬揉搓手，一边说："小冬，你猜一会儿谁要来了？"

她勾着脑袋，朝着林冬笑了笑，"你男朋友，你的秦树，他已经到伦敦了，现在在赶过来的路上。"

林冬目光呆呆的，一点反应也没有。

"小冬啊，"葛西君小心地把她脸边的头发勾到耳后，"你那么喜欢他，赶紧好起来，跟他回中国去。"

"举办一场盛大的婚礼，到时候妈妈给你们画婚纱照。"葛西君微笑着看女儿，"然后生个宝宝，天天跟在我后头喊外婆。"

"信君把事情都和我说了。"葛西君抿了下唇，有些无奈，"当年的来龙去脉，我也了解得差不多了，妈妈理解你，如果我是你，我想我也会那么做。"

林冬眼皮动也不动，盯着花园的花发呆。

"信君当年做事确实极端，可是他已经很后悔了。"葛西君叹了声气，"这些天他到处跑，连眼都没合过。"

葛西君故意安慰她："那个杀人犯的事，你不用太自责，他那么罪孽深重的一个人，断他一条胳膊都算便宜他的了。"

林冬突然看向葛西君："还有一只手。"

葛西君抱住林冬，轻拍着林冬的后背。那一刻，她突然看到了秦树阳从走廊拐过来。她松开林冬，晃了晃林冬的手："你看，他来了。"

葛西君拉林冬起来，稳住她的肩膀朝着秦树阳："快看，谁来啦。"

林冬双目无神地看着他，脸上一点表情都没有，像是一具没有了灵魂的躯壳。

秦树阳笑了起来，他伸出手："林冬。"

林冬的双手自然垂在腿侧，注视着他的脸，一动不动。

"媳妇，我来了。"

"快去，"葛西君轻轻推了林冬一下，"过去呀，去找他。"

林冬抬了抬步，缓慢地朝他走过去。

秦树阳也笑着朝她走来，他张开手臂，正要拥抱她，她却与他擦肩而过。

秦树阳愣了愣，敛住笑，眸光闪动，转过身望着她。

只见林冬笔直地往前走着，她停在一个披头散发的女人面前，歪着脸，看女人手里的棒棒糖，默不作声。

他眉心浅皱，声音低哑："媳妇。"

林冬就这么痴傻傻地看着人家，葛西君走过来拉她一下，从口袋里掏出一根棒棒糖，剥开来递到她手中："来，我们也有，吃吧。"

林冬拿到棒棒糖，赶紧塞进嘴里，坐到檐下的长凳上，低头认真地吃。

秦树阳站在一旁看着她，有些不知所措。葛西君对他说："这里发的糖，她一天能吃好几根。一直这种状态，也不说话，也不理人，你去陪陪她吧，

560

她那么爱你，说不定能好转点儿。"葛西君拍了下他的胳膊，转身走了。

秦树阳走过去，蹲到林冬面前，对她笑了笑，轻唤："媳妇。"

林冬一心吃着糖，看都没看他。

"我是秦树，"他的手落在她的膝盖上，"我是你的秦树啊。你不认识我了？"

林冬身子往一边侧过去，仍旧不理他。

"媳妇，"他声音低了下去，看她吃得开心，无可奈何，笑容苦涩，"好吃吗？"

没有回应。

他看着她脸上的纱布，心里揪着疼："脸受伤了，身上受伤了没有？"

"对不起，我来晚了。"他蹲在她身前，什么也不再说了，就这么注视着她。

突然，林冬看向他，依旧面无表情。

秦树阳一激动："你认出我了？"

她伸出手，把黄色的晶莹剔透的糖果递到了他的嘴边。

秦树阳僵了下，将她的手推回去："你吃吧，我不吃。"

林冬又把糖递过去。

"你要我吃？"

她无言。

秦树阳看着糖，张开了嘴，好甜。

林冬又把糖抽了出去，放到自己嘴里。

秦树阳笑着拉住她的袖子："再给我吃一口。"

林冬别过脸，转了个身望着天，不再理他……

一整天，林冬一个字也没有说，秦树阳寸步不离地陪着她，吃饭，休息，发呆。

林冬午休时，何信君来过一次，不过他没有靠近林冬，躲在窗外偷看她。

"她砍的人是周迪，你都知道的吧？"

秦树阳心里很平静，对这些事好像早已释然。

"我去看了他，半死不活的。"何信君低下头，冷笑了一声，"为了你，她能做到这种程度。每天只有这个时候我才敢来看她。"何信君无力地说着，"我不敢见她。"

"你是没脸去面对这样的她。"秦树阳说。

何信君默认了。

"你走吧，别再来了。"秦树阳半句也不想与他废话，回了房。

何信君落寞地站着，他眼圈发黑，白发也多了些，凝望床上躺着的人。

小冬啊。

求你，快好起来吧，哪怕你来要我的命。

你来要我的命吧。

……

傍晚，秦树阳的父母来了，葛西君正给林冬喂饭，杜茗和秦德安就站在窗户外看她，没有进去。

杜茗捂着嘴，手有些颤抖，眼泪在眼眶里打转："怎么……怎么就这样了？"她拽了拽秦树阳，"怎么这样了？出什么事了。"

"妈，这件事我以后再慢慢和你说。"

"前些天还好好的，这才走了几天，好好的孩子……"她哽咽了，"好好的孩子，突然就这样了。"

秦德安神色严肃，自始至终沉默着，他没有进房里，拉着杜茗走了出去。

"爸，爸。"秦树阳跟在身后喊，"爸。"

杜茗拽了下秦德安："叫你呢。"

"爸。"

秦德安停下脚步，神色凝重。

秦树阳站到他身旁："爸妈，你们先回去休息，我就不送你们了。"

秦德安冷着脸不说话。

"我还要去照顾她。"秦树阳见父亲不说话，对杜茗说，"你们路上小心。"

杜茗点头："好。你放心，回去吧。"

秦树阳刚转身，秦德安突然说了句："我不同意。"

秦树阳杵住，定在原地。

"我不同意。"

秦树阳回过头看着父亲。

"你让我们来，就是看这么个傻儿媳妇？"秦德安脖子都红了，"连吃饭都要人喂？你娶她回来干什么？"

杜茗拉了秦德安一下，示意他不要再说了。

秦德安不理她："你妈和我说了你们的事，你是不知道我有多高兴，可是现在她是这种痴痴愣愣的模样。"

"别说了！"杜茗愁眉苦脸地拉扯他，压低了声音，"怎么说话的，孩子本来就不高兴。"

"该断的断干净，不要在她身上再浪费时间。"秦德安看着默不作声、低着头的儿子，心里也难受，"爸理解你，可是那些小情小爱，不足以让你赔上自己的一生。"

杜茗背过身去，揩了揩眼泪。

"你指望照顾她一辈子？"秦德安长叹口气，"我知道，你肯定觉得我没人情味，可是秦树阳，我这是为你好。总之，这个儿媳妇我不认，明天我和你妈就回国，你也快点儿回来。"他拉起杜茗，"走。"

"哎，儿子——"杜茗被他拽着就走，"树阳，爸妈先走了。"

杜茗随秦德安上了车，她怨恨道："你说得太过分了，你没见他心里本来就不好受。"

"我这是为他好。"

"为他好为他好，真为了他好你就别说那么多，随孩子自己选择。"

"自己选择？他糊涂，你也糊涂？这女人精神好了也就罢了，万一这一辈子都这样？你服侍她？你自己都半截身子进土了！"

杜茗顿时来气："我服侍！我服侍好吧！不用你管！"

"神经病。"

"你这会儿知道为孩子好了，当初是谁丢下一大笔债自己跑了？"

"都过去了，还提以前那些陈年旧事干什么？"

"我偏提，儿子忘了，我可没忘。那几年他怎么过来的？我可都看在眼里！当初你抛弃了我们母子，现在儿子有出息了，你也没权利管他！"杜茗提起这些就气得牙痒痒，"真不知道你这个无情无义的东西是怎么生出个这么好的儿子的，幸亏他不像你！"

"你……"秦德安气得脸红脖子粗，"别说了！"

秦树阳一个人站了一会儿，转身回了病房。

林冬被逼打针，几个人正按住她的手脚。秦树阳冲过去，把他们赶走："你们干什么？"

葛西君无可奈何地贴墙边站着："她不吃药，没办法，怎么说都不吃。"

秦树阳护住林冬，林冬缩着手脚，脸藏在他怀里，剧烈地喘息。

"我来喂！"他的眼睛红了，"我来，别这样弄她。"

林冬就像抓到一根救命稻草一样紧紧抱住他，浑身发抖。

医生、护士们对视一眼，走了出去。

"不怕，"秦树阳抚摸着林冬的背，"别怕，他们走了，不打针了，不怕，有我在这里。"

就这样，林冬窝在他的怀里睡着了。秦树阳怕弄醒她，一动不敢动，半边身体僵得没了知觉。

两个小时后，林冬抽搐了一下，又开始发疯，喋喋不休地念叨："还有一只手，还有一只手。"

秦树阳紧搂住她，轻抚着她的头，无可奈何。

"还有一只手！"她念着念着又没动静了，睁着眼睛呆呆地发愣。

秦树阳看她一眼，扭了下脖子："睡醒了，要不要吃点儿东西？"

林冬啃着手指头，不说话。

秦树阳拉开她的手，放在手心握着："吃药吧，吃了药，病好了，我就带你出去，去吃好多糖，好多好吃的，好吗？"秦树阳见她没反应，松开她，倒了杯水，用小瓶盖子盛几颗药，搁床上放着。

林冬屈起腿，抱膝坐着，视线在他和药之间来来回回。

秦树阳拿起一颗黄色的药丸，捏在两指间，说："你看，吃下去，这个不苦。"

林冬不听话。

秦树阳把药杵在林冬嘴边，林冬低下头，把脸藏到两脚间，不肯吃。

秦树阳想拉她起来，她闷哼着往后躲。

"别躲，媳妇。"他轻轻抚摸她的头，"我不会伤害你的，别怕我。"他亲了口她的额头，"我帮你把坏人都打跑了。"

林冬不挣扎了。

"你看我。"说着，秦树阳就把药塞进自己的嘴里，喝了一口水，仰着脸，咕噜一声咽下去，他张开嘴，"看，没了，我吃下去了，很好吃。"他又捏起药丸，举到林冬嘴边，"你也吃。"

林冬呆滞地看着他。

"来，张嘴，吃一颗。"他笑着哄她，"很好吃，像糖一样。"他拿出棒棒糖，在她眼前晃了晃，"吃完了给你这个。"

林冬看向棒棒糖。

秦树阳把糖藏到身后："先吃药，吃完药才有糖吃。"

她收回手，低下眼。

秦树阳歪脸看她："那我再吃一颗。"他又塞了一颗药进嘴里，"你看，我又吃了一颗，好吃吧，你再不吃就没了。"

林冬一点反应都没有，丝毫不理他。

秦树阳叹息一声，垂着头落寞地坐着。

半晌，林冬突然拿起黄药丸放进嘴里，秦树阳开心地把水递到她嘴边："来，喝一口。"

她乖乖喝了一口，接着把药吐了出来。

"怎么了？"秦树阳实在没办法了，"林冬，看我。"说着，他就把她吐出来的药丸吞了下去，"含在嘴里喝一大口水，仰着脸，让药顺着水滑下去。"他拿了颗新的药丸递到她嘴边，"再试一次。"

林冬张张嘴，吃进嘴里。

"喝水。"

她听话地喝了一大口，鼓着嘴，仰着脸咽了下去。

"吃下去了？张嘴，我看看咽下去了没有。"他张开嘴，示范给她看。

林冬愣愣地看着他，随即也"啊"了一下。

“真棒。”他微笑着，又把白药丸给她，“真厉害，来，再吃一颗。”

林冬又不理他了。

“我一颗，你一颗。”

他格外耐心地哄着她：“我两颗，你一颗。

“听话。

“听话。”

……

“不是这样摇，看我来套。”秦树阳拢住林冬，拿着一个水压套圈游戏机，两个人坐在花园里玩，“这样一按，水就喷上去了，然后对准这个竖针。”

林冬目不转睛地盯着游戏机。

“看，套上去了，再套一个。”秦树阳勾着脸，去观察她的表情，“好玩吗？你来试试。”

林冬接过来，按了下塑料按键，却没成功把圈圈套进去，她晃了晃游戏机，把它扔掉了。

“哎，怎么扔了？”秦树阳弯腰拾起来，掸了掸又放回她手里，“我握住你的手，慢慢来。

“你看，又套进去了。”

就这样，两人玩了一个上午的游戏机。

中午时，葛西君过来了，她手里拿着速写本，倚靠石桌看他们俩玩游戏。秦树阳与她微笑着打了声招呼，继续陪林冬玩套圈圈。

葛西君见他俩玩得开心，不想打扰，不动声色地坐下来画不远处的老年人。

秦树阳远远瞄了眼她的画：“画得真好。”

葛西君朝他笑了笑：“我记得你也会画画。”

“皮毛，跟您比差远了。”

“谦虚，我可是看过你的作品。”葛西君跷着二郎腿，优哉地挥动画笔，寥寥几笔便勾勒出那老人的神韵来，她把画本往前翻上一页，递给秦树阳，“刚才画的你们俩，看看。”

秦树阳接了过来：“您的线条真棒。”

葛西君眉梢一挑：“这活练了几十年，一天没断过。”

“改天有空还得跟您请教请教，”秦树阳指着画纸，又对林冬说，“看，这是你。”

林冬目光寡淡地看着画，脸上毫无波澜。

秦树阳又指：“这是我。”

葛西君微笑着看他们俩，突然有种莫名的幸福感。正走神，听秦树阳说："能送给我吗？"

"你想要就拿去吧。"

"谢谢。"秦树阳把画纸撕了下来，将本子还给葛西君。

她夹着画本起身："回去吧，一会儿她要吃饭了。"

"好，"秦树阳搂住林冬的腰，把人拉起来，"我们走吧。"

陪林冬在这里的第二十七天，秦树阳边照顾她，边远程处理公事。他最近吃得少，再加上耗神多，人瘦了一圈。

林冬害怕的东西有很多，比如刀子，比如肉，比如秦树阳的残肢，因此，他不敢不戴假肢，更不敢让她看到自己残缺的身体。

也许是因为颜色与血相近，林冬甚至害怕红色，有一次葛西君穿了件深红色裙子过来看林冬。林冬吓得又开始胡言乱语，闹腾了一下午才消停。

秦树阳无时无刻不在提防着有东西会突然出现刺激到她，有时候他甚至会觉得，自己比起她来倒更像个精神病人。

第六十四天，林冬出院回到家里。何信君早在一个月前就搬了出去，他已经很久没回来了，没有人知道他如今在哪里，是死还是活。

回来的第二天晚上，林冬吃完药，秦树阳把她哄睡着了，然后他蹑手蹑脚地出了房门，去了楼下的卫生间，趴在马桶上，手伸进喉咙里抠，把胃里的药吐了出来。

吐完了，他站起来洗洗手，漱漱口，手撑着洗漱台站着。

"辛苦你了。"葛西君不知何时突然站到门口。

秦树阳侧脸看她一眼，摇了摇头："没有。"

"你不能再这样哄她吃药。"

"没事，吐了就好。"

"这样太痛苦了，"葛西君很心疼他，"而且肯定吐不干净，还会有残留的，对你身体也不好。"

"没关系。"

"傻小子，"葛西君苦笑一声，"你想把自己身体熬坏吗？"

秦树阳沉默了。

葛西君一阵唏嘘："我这闺女是走了什么运，让你对她那么好。"

"感情都是对等的，"他的脸色不好，看上去很没精神，"我爱她，她也爱我。"

"陪我聊聊吧。"说完，葛西君背身走了。

秦树阳跟了上去，两人坐到花园里。

葛西君坐到秋千上，轻轻晃动，她看着坐在竹椅上弓着腰的男人："谢谢你。"

秦树阳轻笑起来："谢什么，应该的，别把我当外人。"

"其实你不必这样，她现在这个样子，没人会怪你，我们也会照顾好她。"葛西君垂下眸，目光有些悲哀，"我知道，你很爱她，可是……"

秦树阳懂她的意思："阿姨，我不会放弃她的。"

葛西君顿住，不说话了。

"我会永远陪着她，"他低着眼，声音低沉，"她是为了我才变成这样。"

"我知道，你心里不好受，有什么话你可以和我说。"

"放心吧，我没事。"

"我只是担心你什么事都闷在心里，怕你总有一天会崩溃，如果你实在受不了就发泄出来，不要憋着。"

"不会的。"他的背弯得更低，埋着头，身影落寞，"我心里有数。她已经这样了，我不能再垮掉。您放心。"

一片静谧，忽然，葛西君摸出烟，晃晃烟盒问他："抽吗？"

秦树阳摇了摇头。

葛西君自己点上一根，她凝视着烟雾缭绕后的男人，眯起双眼："小冬遇到你，很幸运。"

秦树阳弯了弯嘴角："是我很幸运。"他突然抬起脸，"阿姨，我有个请求。"

"你说。"

"我和她到底还是未婚男女，像现在这样长期住在一起到底还是有点儿不合适。"

葛西君沉默地看着他。

"我想您能不能把她嫁给我。"

她眸光轻动，心里一阵苦涩。

"我想娶她，做我的妻子。"

……

秋天，秦树阳带着林冬回了家，可是秦德安仍旧不认她。

秦家门口，秦树阳牵住她的手，被关在外头。

杜茗开门，偷偷对他说："你爸就是个老顽固，你不要生他气啊，我慢慢劝他，你先带小冬去酒店住下休息。"

秦树阳往里看去，没有说话。

"小冬，对不起啊。"杜茗握住林冬的手，"别怪我们。"

林冬抽出手，抱住秦树阳的胳膊，害怕地躲到他的身后。

杜茗看着她这副模样，又心疼又无奈，哀叹一声："树阳，你好好照顾她吧，自己也注意身体，你都瘦了，多吃饭，多休息。"

"我会的。"屋里传来杯子破碎的声音，他的上身微颤了一下，"那我们先走了。"

"行，安顿下来把地址发过来，妈好去看你们。"

"嗯，"秦树阳转身，搂住林冬的腰，"走啦。"

林冬跟着他离开，两人住到了酒店。

秦树阳把行李收拾收拾，给林冬洗了个澡，换上干净衣服，订了两份餐。

林冬正站在窗户前发呆，不知道在看什么出神。秦树阳把午餐摆放好，叫她："媳妇。

"媳妇，过来吃饭。"

她一动不动，秦树阳走过来拉她："走，吃饭去。"

林冬有点儿不乐意，赖着不走，手扒着窗户。

"怎么了？嗯？看什么呢？"秦树阳望了窗外，并无什么稀奇，"吃完饭再看，走吧。"他强行将她拉走，"听话，不吃一会儿就凉了。"

林冬闷闷不乐地坐在餐桌上，噘着嘴巴。秦树阳打开饭盒，端在手里，挖了一勺米饭递到她嘴边："来，吃一口。"

林冬不肯张嘴。

"吃一口。"

林冬扭过头去。

"媳妇，吃饭，吃完饭带你出去玩，好了吧？"

没反应。

"这个菜你之前很喜欢吃的，吃一口尝尝。"

未待他说完，林冬一巴掌挥过去，把饭盒打到地上，米饭撒了一地。

秦树阳看向地上一片狼藉，低着头，声音疲惫："别闹了，好吗？"他扶着额头，闭上眼，内心格外烦躁，"我真的很累了。"

"我知道，都是我的错，我不该让你一个人回去，我不该告诉你当年的事，都怪我，怪我行了吧。"他咬了咬牙，压着声音，"你不要这样，好吗？"

突然，林冬拽了拽他的衣角，怯怯地看着他。她见秦树阳不理自己了，有些失落，突然跪到了地上，用手抓起地上的米饭，一把塞进嘴里。

秦树阳赶忙把她拽起来："你干什么？"

林冬塞了一嘴的米饭，囫囵地吞了下去，张开嘴巴给他看，表示自己吃下去了："啊。"

秦树阳凝视着她的脸，一股莫大的悲凉涌入心头，鼻子酸酸。

"啊——啊——"她大张着嘴，"啊——"

他猛地抱住她，终于忍不住，眼泪掉了下来："对不起，我不该跟你发脾气。"

林冬不动弹，任他搂着，跟着也说了句："对不起。"

秦树阳松开她，惊喜地捧着她的脸："你说什么？"

林冬又不吱声了。

他轻抚她的脸："再说一遍。"

无声。

"再说一遍。"

她不开口了。

秦树阳看着林冬呆滞的眼神，又掉了一滴泪。林冬伸出手，把它揩掉，又学他的话："再说一遍。"

秦树阳勉强自己笑了笑，把她脸上的米粒清理干净，他轻声慢语地耐心道："不能吃地上的东西，不干净，会肚子疼。"

林冬抿着嘴，拉着他的衣服，摇了一下。

"我没有生气。"秦树阳笑了。

林冬这才松开他，又低下眼。

"那现在好好吃饭，别闹了，好吗？"他拿出纸巾给她擦了擦手，夹了块菜递到她嘴边，"来，吃口菜。"

……

深夜，林冬睡着了，秦树阳还在看下午助理发过来的文件，他已经困得睁不开眼了，一杯又一杯浓茶下肚，还是觉得困。

凌晨三点多钟，他到底还是困趴下了，可是不到半小时，突然被林冬的声音吵醒。

秦树阳慌忙赶到房里，就见林冬躲在桌子底下，抱着膝盖惊恐地躲藏着，声音急促不安："三刀。

"四刀。

"五刀。"

又来了。

他跪在地上用手捞她："过来。"

"六刀。

"七刀。"

林冬浑身发颤，不停地往后躲，秦树阳实在没办法，也钻到桌底，把她搂进怀里："别怕。"

"八刀，九刀。"

"好了，没事了，他已经死了。"秦树阳皱起眉，欲哭无泪，感觉自己快跟着她一起疯掉了，"他被判死刑了。"

"没事了，不怕。"他轻吻着她的额头，极力安抚着，"不怕啊。"

"十刀。

"十一刀。

“十一刀。”

冰凉的夜，她的声音像一把把锋利的刀刃。

“十一刀。

“十一刀。”

第十三章·

冬风

　　秦树阳把老四叫过来照顾林冬，他去了趟公司，慌忙处理完事情便抓紧赶了回来。杜茗等在他们住的酒店楼下，带来秦树阳要的东西，又顺带做了些吃的给他。

　　秦树阳的车开了过来，杜茗打开车门下去叫住他："树阳。"

　　秦树阳迎过来，杜茗远远地看着儿子，愁眉苦脸地走到跟前，心疼道："又瘦了。"

　　"没有，只是太久不见，感觉问题。"

　　杜茗把两个保温盒递给他："两个汤，拿去喝了吧，你也要注意身体呀。"

　　"知道了。"

　　杜茗从提包里拿出两个小盒子递到他手里："你要的东西。"

　　"你把两个都拿来了。"

　　"我就顺手一拿。"

　　秦树阳把盒子塞进口袋里："上去坐坐？"

　　"不用了。"杜茗叹息一声，"她不是怕生人嘛，而且我也不知道该和她说什么，算了吧。"

　　"好。"

　　"不过树阳，有几句话，妈还是得跟你说。"

　　"你说。"

　　"不是妈没情意，可是你也知道，她现在这个样子，也不知道以后会不会好起来。"她停顿一下，有些于心不忍，却还是艰难开口，"其实你爸说得也对，万一她一辈子都这样，你也跟着她这么耗上一辈子？"

　　杜茗见他沉默不语，手落到他的手臂上："如果她一直这样，那就得一直吃药，你们也要不了孩子的。"

　　"这些道理你都懂，妈只是想提醒提醒你，而且你爸的立场也不是完全错的，希望你能够理解他，闹成现在这样，他心里也不舒服，你别恨他。"杜茗鼻头一酸，强忍下去，"话就是这样，你的选择妈妈不会干涉，这毕竟是你的人生，你自己想清楚了。如果真的下定决心，妈不会阻碍你们。"

"谢谢。"

"谢什么，跟妈还说谢谢。"杜茗放下手，目光悲戚，"妈知道，你舍不得，也能理解你的责任心。不知道要怎么和你说，就这样吧，只盼望有一天她能够好起来。哎，行了，你赶快上去吧，天不早了，我也要回去了。"

"好。"

"快去吧。"

"那你路上小心。"

"嗯，放心吧。"

"再见。"

"再见。"

酒店里，老四趴在沙发上睡着了，卧室里传来欢快的音乐声，秦树阳把老四推醒，他睡眼惺忪地仰面看秦树阳，嘟囔了一句："你回来了。"

"林冬呢？"

"屋里看电视呢。"

秦树阳朝房里看一眼，门开着，里头黑黑的。

老四说："她不肯开灯，我开了她又给关上了。"

"你们没吃饭？"

"我这昨晚熬大了，困得不行，没注意睡着了。"

秦树阳提了提手里的饭盒："正好，我妈送了点儿吃的过来，一起吃吧。"

老四坐起来，理了理衣服和发型："算了吧，你们俩慢慢吃，我得陪我媳妇去。"

秦树阳没太多惊讶："新欢？"

老四嘿嘿笑两声："前两天刚好上，改明儿有空带她出来给你看看，特漂亮，一空姐。"

"行吧，那你走吧。"

老四扭扭脖子，站了起来："得。"他冲林冬房里喊一声，"小嫂子，我走了啊，下次再来陪你玩。"

并无回应。

老四离开了。秦树阳把东西放下来去看林冬，刚进门就看到她抱着枕头聚精会神地盯着电视屏幕。

"看什么呢，那么认真？"秦树阳看一眼电视，顿了一下，是芭蕾舞

572

表演。

林冬微微歪脸，看着电视里的舞蹈演员，眼睛半耷拉着，神情有些陶醉。

秦树阳默默坐到她身旁，不忍打扰她，与她一起观看完。

不到二十分钟，表演完了，电视里开始播放广告，林冬直了下腰，眼神木木的，轻哼了一声。

"演完了。"秦树阳勾着脸瞧她，她看上去不太高兴，"一会儿先去吃饭，你喜欢看等吃完饭我再找给你看，好吧。"

林冬不吱声。

秦树阳蹲到她面前，仰视她的脸，从口袋里掏出那两个方盒子，放在床上："给你看个东西。"他打开其中一个，取出一枚钻戒，举在她面前，"很久前给你买的，好看吗？"

林冬没有回答，眼神飘忽不定。

秦树阳拉住她的手，将戒指套在无名指上，亲了亲她纤细白嫩的手指："真好看。"

林冬俯视着他，没有任何表情。

秦树阳突然松开她，拿起另一个小盒子，取出里面的戒指："你还记得这个吗？

"十年前我送给你的，后来分开，你还给了我，我一直留着它。"

林冬注视着它，突然伸出手，从他手里拿过这枚小小的钻戒。她把手上那个取了下来，换上这个套上。

秦树阳动容地看着她，心里一阵酸涩："你喜欢这个。"

是啊，她喜欢这个。秦树阳还清晰地记得当年她说的话。

"大的钻戒？多大？汤圆那么大？"

"鸡蛋那么大？"

"包子那么大？"

"很大的房子我住烦了，太大的钻戒我戴着累，我就想要这种简单的款式，想要小小的一间屋子。"

"想和你在一起。"

电视里闪烁的亮光照在林冬的脸上，忽明忽暗。秦树阳忽然拥抱住她，脸埋在她的怀里，像个小孩子一样，撒娇地搂着她，心情低落。

她的手落到他的头发上，轻轻地抚过："不哭。"

没有落泪，可是当他听到这两个字，却忍不住红了眼。

"不哭。

"不哭。"

……

秦树阳不放心别人照顾林冬，经常把她带到公司去。这事传过来传过去，老老小小朋友圈子里，都笑秦树阳找了个傻媳妇。秦德安觉得丢人，气得回老家了，可他这一走，杜茗正好把秦树阳和林冬叫了回来。

　　日子过得平淡无聊，除了工作，秦树阳的全部精力都在林冬身上，每天陪她发发呆、聊聊天、散散步……

　　一转眼，就到了深秋。

　　一天晚上睡觉前，秦树阳帮林冬洗澡，放了一浴缸的水。洗着洗着，林冬突然把水撩到他头上，他抖了抖头发："干吗呢？"

　　她也笑着学说话："干吗呢？"

　　"你干吗呀？"

　　"你干吗呀？"

　　"又学我说话，"他捏了下她的脸，开心地笑起来，"站起来。"

　　"站起来。"

　　他用手指点了下她的鼻尖："我让你站起来。"

　　林冬腾地立了起来，身上沾着泡沫，赤裸裸、直挺挺地站着。秦树阳坐在小板凳上，仰面看着她，拍了下她的屁股："去，到淋浴那儿冲冲。"

　　林冬抬起腿跨出浴缸，站到了花洒下。

　　秦树阳悠闲地坐着，看她转着圈地冲澡，玩得不亦乐乎。他心里乐得不行："你这样转圈不晕吗？"

　　她仍旧不停地转。

　　"别转啦，我都晕了。"

　　林冬转着转着，突然就踮起了脚跟，傻乎乎地笑了起来。

　　秦树阳默默看着她，想起从前她跳舞时的样子，一阵酸楚涌上心头。他站了起来，走过去把花洒关了，拿起浴巾把林冬包了起来搂在怀里。

　　林冬仰起脸，抵着他的下巴，他笑着看她清浅的眉眼："真漂亮。"他注视着她脸上的疤痕，吧唧亲上一口，"真香，走，睡觉去。"

　　秦树阳拉着她坐到床上："我去洗个澡，你乖乖躺着。"

　　林冬见他进了卫生间，抽掉身上的浴巾，钻到被窝里。

　　不久，秦树阳洗完出来，见床上的被子鼓成一座山一样，林冬躲在里头一动不动。他坐到床边，戳了戳被子，里头没动静，他故意道："我媳妇呢？"他又戳了戳，"这是什么？"

　　被子里的人轻动了下。

　　秦树阳站起来，到处翻找："媳妇哪儿去了？怎么不见了？

　　"老婆？"

　　林冬突然跳起来，裹着被子，只露出一张脸，傻笑着看他。

　　"在这儿啊，"秦树阳走过来搂住她，弯着嘴角，"亲一口。"

林冬俯脸，嘴巴碰了下他的嘴唇。秦树阳把她按到床上，揭开被子钻了进去。

这么长时间，林冬已经习惯了他的身体，也不再惧怕他的右臂。她很喜欢这种交缠的感觉，有时候甚至会黏着秦树阳不停地做。

只是和从前不一样，现在的她不懂得克制，什么感觉都会直接地表达出来。

比如——叫床。

秦树阳捂住她的嘴："小声点儿。

"小声点儿。"

事后，秦树阳搂着她聊天："媳妇，我们现在领不了结婚证，但我还是想给你一个婚礼。"

林冬累得窝在他怀里没动静，他突然坐起来，套上睡裤，去书房拿了本台历回来。他拉着林冬坐起来，靠在自己身上，把台历给她："你来选日子。"

林冬拿着台历没反应。

"随便翻，随便指一个日期。"

她给翻到九月。

"往后翻，九月已经过去了。"

林冬并不明白秦树阳在说什么，也不明白结婚是什么意思，只是听从他的指示，听话地往后翻。

最后，秦树阳看着她手指停住的地方，轻笑了起来："十二月十四号。

"冬天了。"

十二月初的一天上午，秦树阳给林冬定制的婚纱到了。他刚从公司回来，就看到林冬穿着婚纱站在楼梯上，杜茗欢喜地在给她拍照片。

林冬一见到他回来，突然笑起来，眼睛似乎都发光了。秦树阳做出个嘘的手势，示意她不要声张，悄悄走到杜茗身后，拍了杜茗一下："妈。"

"哎哟！"杜茗身子猛地一抖，手机差点儿掉到地上，呵斥他道，"哎哟，你要把我吓出心脏病来。"

林冬看杜茗被吓到，憨笑起来，走下楼梯，朝秦树阳走过去。

秦树阳对杜茗说："你再蹲就趴到地上了。"

"你懂什么，这样显得腿长。"

"她腿本来就长。"

杜茗白他一眼，把手机里的照片展示给他看。他拿过手机，拉着林冬到沙发上坐着，两个人抱着慢慢看。

杜茗说："对了，你们俩行李我都给收拾好了。我看了天气预报，燕城明晚大概要下雪，后天还是大雪呢，零下五度。你们去了就先别回来，下大雪路上不安全，在那边住两晚。"

"好。"

"那边司机我也给你联系好了，到时候去机场接你去那里，他手机号我一会儿发给你。"

"好。"

"正好等你们回来，林冬的妈妈和大姨她们也过来了。"

"好。"

杜茗见这小两口甜甜蜜蜜地看照片，站起身："你们慢慢看，我去弄点吃的来。"

"好。"

秦树阳和林冬到燕城的时候，天上已经开始飘雪了，细细碎碎的雪花，落地即化。秦树阳带她去超市买了些吃的和用的，便前往林家的老宅子。趁雪未下大，秦树阳先与林冬去祭拜她的父亲。

林冬身套黑色的大袄，戴着帽子，围上厚厚的围巾，浑身包裹得严严实实，只露出一张小白脸。她任他拉着，来到一座墓碑前。周围空荡荡的，除了这座墓碑，什么都没有，一片萧索。

秦树阳牵紧她的手，侧脸对她说："这是你父亲，叫爸爸。"

林冬俯视墓碑，轻轻眨了眨眼，没说话。

"我也该叫爸了，"他顿了下，喊一声，"爸。"

林冬学他说话："爸。"

秦树阳抚了下她的头，笑了笑，继续对林其云说："爸，我和林冬快结婚了。"

她又学："爸，我和林冬快结婚了。"

秦树阳无奈又高兴地看她一眼，继续说："我会照顾好她的。"

"我会照顾好她的。"林冬笑呵呵地学着。

"您放心吧。"

"您放心吧。"

秦树阳捏了下她冻红的鼻尖："不要学我讲话。"

她也笑着去捏他："不要学我讲话。"

秦树阳摇了摇头："算了。"

"算了。"

他又看向墓碑："我会一辈子对她好。"

"我会一辈子对她好。"

"希望您能够保佑她，早日康复。"

"希望您能够保佑她，早日康复。"

秦树阳侧身搂住林冬的腰，低下头，鼻尖顶着她的鼻子："我说什么

576

你学什么啊。"

"我说什么你学什么啊。"

"淘气。"

"淘气。"

"你再学。"

"你再学。"

"我叫林冬。"

"我叫林冬。"

"我要结婚啦。"

"我要结婚啦。"

寒风凛冽，雪花飘飘，空气却是暖甜的。

他看着她微笑的眼睛，亲了下她的嘴唇，说道："我爱你。"

林冬仍旧跟着："我爱你。"

……

林冬每天都要看舞蹈节目，可是这里没有电视，秦树阳又忘记在手机里存点儿视频。晚上，林冬闹腾着不肯睡觉，非要往外头跑，可是雪下大了，外面又冷，于是秦树阳砍了些木头，带着林冬上了阁楼。四面透风，有些冷，却是赏景的好地方。

秦树阳烧了堆柴火，披着被子，把她裹在怀里。林冬躺在他的腿间，背靠他的胸膛，一会儿看空中的飞雪，一会儿看眼前的火堆。

"冷不冷？"

"冷不冷？"

"你学我讲话一天了。"

"你学我讲话一天了。"

他把林冬搂得更紧些，长叹口气："哎，怎么办呢？"

"哎，怎么办呢？"

"我给你唱首歌吧。"

"我给你唱首歌吧。"

秦树阳勾脸亲了亲她温暖的脸颊："你要跟着我唱吗？"

"你要跟着我唱吗？"

他看着她认真的小模样，心里格外欢乐："傻媳妇。"

"傻媳妇。"

"我唱啦。"

"我唱啦。"

他笑着搂紧怀里的人，看檐外的飞雪，轻唱起来：

　　Not sure if you know this（不确定你是否知道）

But when we first met（但当我们第一次见面时）

I got so nervous I couldn't speak（我紧张得说不出话）

In that very moment（在那个特别的时刻）

I found the one and（我找到了我的唯一）

My life had found it's missing piece（找到了我生活中缺失的一部分）

林冬轻轻哼几声，跟不上了，不禁闭上眼睛，静静地听着秦树阳的歌声。

What we have is timeless（我们拥有永恒）

My love is endless（我对你的爱没有尽头）

And with this ring I say to the world（我要向全世界大声宣布）

You're my every reason（你是我所有的理由）

you're all that I believe in（你是我信仰的一切）

With all my heart I mean every word（我会用心实现我的每句承诺）

So as long as I live I love you（故此，我对你的爱至死不渝）

Will have and hold you（我会拥有你珍惜你）

……

何信君最终选择了安乐死，这些日子他一直在他名下的一栋偏远的别墅里。他从未想过，临死之际，陪伴在身边的只有一个人——那个金发碧眼的女人，他的性伴侣。

他病恹恹的，已经瘦得颧骨凸起了，模样有些恐怖。喝完药，他让所有人都出去了，想要独自一人度过生命的最后时刻，可是有人不听话。

"说了让我一个人待着。"

"现在你可没有力气赶我走了，"她依偎到他的身边，看着他手里捧着的相册，"很想她吧。"

何信君无力地看着照片里的人，没有回答。

"不想见她最后一面？"

"她怕我，"何信君手指摩挲着林冬的脸颊，"她恨我。"

女人不说话，苦涩地笑了。

何信君双目无神，昏昏欲睡："她快嫁人了。"他咳嗽了两声，无力地闭上双眼。

"没记错的话，她快三十岁了吧。时间过得真快，我们都认识十几年了。"女人把脸轻靠到他的腹部，"每一次，你不是盖住我的脸，就是关上灯。我知道，其实你都是把我当作她。"她笑了笑，"我还记得第一次见你的时候，你给我递过来一杯红酒，那个时候，我们还那么年轻。"

何信君不说话了。

"这么多年，你从来没有限制过我的自由。"她也阖上双眸，"你说等我结婚，有了家庭，我们就分开。

"可你知道，我为什么不嫁人，也从不谈恋爱吗？"

他的呼吸渐渐停止。

房间里一阵可怕的安静。

眼泪顺着女人的眼角流了下来，浸入他的衣衫里，她抬起头，晃了晃他的身体。

他死了，抱着林冬的照片，面容平静祥和。

她想把他手里的相框拿走，可怎么也掰不开他的手。她凝视着他的遗容，眼泪止不住地落，又把脸贴到他的身上："你不知道。

"你不知道。"

何信君对女人不薄，给她留了栋房子，还有足够花一辈子的钱。

他的床头放了本书，被翻开，卡在枕头边。女人拿起它，看着书里那几行字，突然觉得自己没那么悲伤了。

"你去找她了吗？"她摸向他的脸，笑了笑，"去吧。

"去吧。"

那是雪莱的一篇诗歌——《死亡》。

> 噢，人啊！继续鼓起灵魂的勇气，
> 穿过那人世道路上狂乱的影子，
> 在你周围汹涌如潮的阴云和迷雾，
> 将会在奇妙的一天明光中睡去。
> 那时天堂和地狱都将给你以自由，
> 听任你无所拘束前往命定的宇宙。
> ……

一夜过去，雪还在不停地下，密密麻麻地在空中飞旋。

他们俩几乎在床上度过一天。傍晚，秦树阳起来给林冬泡了一杯燕麦，回房间的路上，他接到了葛西君的电话。

电话挂断，秦树阳端着燕麦在檐下发了会儿愣才回屋，刚进去，就见林冬裹着被子跪在椅子上，手指在窗户上胡乱画。

"画什么呢？"他把碗放到床边，走到她的身旁弯下腰，看到她的手指不停地绕着圈，"这是什么抽象艺术？"

见她不理自己，秦树阳继续说："刚你妈妈打电话过来。"

林冬手上不停地玩着，不理会他的话。

"你小舅舅过世了。"

她丝毫没有反应。

"媳妇。"

她转过脸，冲他笑了一下。

秦树阳抓住她的手："老婆。"

林冬与他对视，目光淡淡，没有丝毫情绪起伏。秦树阳看着她这个表情，心里默叹口气："算了。"

林冬见他不高兴，抬起手摸摸他的脸。

秦树阳目光温柔地注视她："我来教你写字。"说着，在窗户上写下"林冬"两个字。

"看，这就是你的名字。"他仍握着她的手，在她的名字旁边又写了两个字。

林冬朝窗户哈了一口气，玻璃上的字更加清晰了。她看着那两个字，慢慢念了出来："秦树。"

大雪纷飞的夜晚，林冬窝在秦树阳的怀里，听他讲故事。

"今天讲什么呢？"他吻了吻她的头顶，"讲一个穷小子和富丫头的故事吧。"

"很久以前，有一个男人，他负了很多债……"

林冬合上双眼，平静地听他的声音。

"他很想去找她，却很害怕，怕她有了新的生活，怕她接受不了自己残缺的身体。他还没做好见她的准备，可是她却突然回来了……"

林冬已经睡着了。秦树阳给她盖好被子，靠到她的枕头上。

"最后，他们很幸福，很幸福地生活在了一起。"他温柔地注视着她的睡颜，嘴唇轻碰下她的额头，"再也不会分开。"

第二天一大早，秦树阳和林冬就起来堆雪人，她冻得直跺脚，朝秦树阳扑过去，两手直朝他衣服里钻。

"嘶——"秦树阳打了个寒战，"你是要凉死我。"

她高兴地贴着他，冰凉的手放在他的胸口焐着。

秦树阳任她取暖。

良久，他挑眉看她："好了吧？"

林冬抽出手，继续滚雪球。秦树阳看她蹦蹦跳跳的模样，心里化了蜜似的。

小半个人高的雪人差不多堆好了，林冬从秦树阳脖子上取下围巾给雪人围上，笑嘻嘻地指着它对秦树阳说："你。"

"我?"秦树阳蹲下来看着这雪人,"我这么帅,它那么丑,我这么高瘦,它那么矮胖。"

林冬没有说话,也蹲了下来,两个人一起蹲着看雪人,显得格外可爱。

秦树阳突然侧身将她扑倒在地上,她睁大了眼笑着看他。

"饿不饿?"

她没有回答。

"我饿了。"他刚要吻她,她随手抓了一把雪,糊了他一脸,紧接着就傻乎乎地笑了起来。

秦树阳抿着嘴,摇了摇头,把脸上的雪抖掉:"你要和我打雪仗吗?"

话语刚落,林冬双手抓雪,按在他头上。

"越说还越来劲儿。"秦树阳一头白雪,又晃了晃脑袋,雪花抖落在她雪白的肌肤上,瞬间化开来,"你欺负我只有一只手。"他翻了个身,躺到林冬旁边,看着苍白的天空,故意逗她,"我生气了。"

林冬侧眼看看他。

他又重复:"我生气了。"

林冬坐了起来,拉着他的手晃了晃,一脸认真的表情。

秦树阳斜眼睨她,心里想笑,佯作严肃,朝她挑挑眉:"坐上来。"

林冬乖乖骑坐到他身上。

他轻咳了一声:"亲我一口。"

林冬弯下腰,在他嘴唇上轻碰了下。

"太轻了,没感觉到,再来下。"

林冬再使劲儿亲他一下,吧唧一大声,秦树阳终于忍不住笑了起来。这一笑,林冬倒来劲儿了,抓上一大把雪直接塞进他嘴里。

秦树阳呛两声,吐了雪,单手把她反压在雪地上,也抓起一小把雪糊到她嘴上:"跟我来真的?"

林冬没说话,伸出舌头,舔了舔。

他看着她灵巧的小舌头:"好吃吗?"

林冬点点头。

"我尝尝。"说着,他低下脸,把她嘴巴上的雪吃了个干净。

秦树阳去做饭了,林冬一个人在院里玩雪,她在那个雪人旁边又堆了一个小雪人,还把自己的围巾给它围了上去。

林冬正蹲着欣赏,一只麻雀飞了过来,它飞着飞着,摇摇晃晃地落在雪人的头顶上。

林冬睁大了眼,惊奇地看着它,抬起手想要抓住它,可麻雀迅疾飞了起来,在半空盘旋,她站起来追逐麻雀,跟着它在院子里绕来绕去。

秦树阳在厨房里远远朝这边看一眼,就见雪地里的林冬转着圈,双手也挥舞着，追着一只麻雀跑。不管她做出什么样随意的动作，总能像舞蹈一样优美。

秦树阳突然回忆起很多年前在菁明山，她对自己说的话——"你想看我跳舞吗？"

那个夜晚，真是美了他十年。

秦树阳笑着回过头，心里美滋滋的，操弄着手里的工具，继续煮面。

屋外，麻雀突然飞高飞远，林冬跟着它跑了出去。

四周空荡荡的，树叶凋零，万物沉睡，只有一望无际的白色，皓然一色。

除了她，没有一个人。

雪后的世界，一片苍茫，好像哪哪儿都一样。林冬一路跟着麻雀，走过结冰的小河，越过平远的荒野，不知停在了何处。一望无际的雪林，幽静恬淡。树上叠着层层白雪，压得树枝耷拉着，枝上的雪摇摇欲坠。

麻雀飞得慢下来，两只小爪抓住树枝，轻盈地落住。顿时，大朵大朵的雪从树枝上掉下来，"嗒嗒嗒"地砸在她的脚前。

一阵冬风袭来，林冬打了个寒战，温热的鼻息凝成一团雾气。她跳起来，想要和麻雀玩耍，脚下一滑，整个人向前摔去，手心落在一块石头上。顿时，鲜红的血流下来，落进雪地，染成一片。

"喳——"

头顶的麻雀倏地飞走了，突如其来的一声叫唤让她的心里猛地一惊。

林冬呆滞地看着眼前的一摊血，突然间呼吸急促起来，脑袋里一片混乱。冰冷的空气好像通过她的鼻子直冲头顶，把那些混沌的记忆冲散、拼凑、理了个清楚。

瞬间清晰了，记忆回到那个恐怖的夜晚。

她整整砍了那个男人十一刀。

烟酒味，血腥味，伴随着黑巷里隐隐约约的恶臭，还有他声嘶力竭的尖叫声。林冬双手颤抖着，突然捂住耳朵，紧闭上眼，试图让自己平静下来，不去想那些骇人的画面。

世界安静极了，听得到雪落的声音。

良久，身上像披了一层轻纱，她渐渐冷静下来，睁开眼，仰着脸，迎接从天而降纯白的雪。

我痴痴傻傻半年有余，我得到了应有的惩罚。

所以，能不能替我洗刷掉身上的罪恶？

……

"媳妇，吃饭了。"

秦树阳把餐具都摆好，过来喊林冬吃东西。刚才还在这儿跳来跳去，这会儿又不知道人跑哪里去了。秦树阳看着她新堆的小雪人，笑了起来。

她还在它们身上写了字——一个秦树，一个林冬。

"媳妇，人呢？"他笑眯眯地到处找她，"又跟我玩捉迷藏呢？

"出来吧，我做了你喜欢吃的。

"媳妇？"

一个大院，里里外外找遍了，没人。

秦树阳走到大门口，平整的雪地上只有一道脚印，通向远方。

"真跑出去了。"他皱着眉自言自语，循着她的脚印找过去。

"媳妇。

"媳妇。

"林冬。

四面八方，一阵一阵的回声。

秦树阳鼓着一肚子的担忧，跟着清晰的脚印来到一片树林。

找到的时候，林冬正站在一棵树下，仰着脸望天。秦树阳走了过去，从身后轻抱住她："乱跑，找你好久。"

林冬身子轻轻一颤，低下脸，看着腹前他的手，没有言语。

秦树阳看到她脸上的血迹："怎么了？"他拉起她的手，慌张起来，"手受伤了，快跟我回去包一下。"他掸了掸她衣服上和头发上的雪，"一身雪，一会儿化了衣服都湿了。"

眼前的绒绒白雪连着千丝万缕的情意与悲伤，快要把她淹没了。

"秦树。"

细碎的雪粒缀在他的双眉上，化作小水珠坠着，林冬浅吸一口气，抬起手，指尖从他的眉上抚过。

"走吧。"秦树阳一心看着她手上的伤，丝毫没有注意到她的异样，拉着人就往回走。

"以后不要一个人跑这么远，知道吗？"秦树阳见她没反应，回过头，与她目光相撞，"嗯？"

林冬点了点头。

他领着她继续往前走，严肃地说教："想去哪里都要先和我说，不能再像今天这样，还好伤得不是太严重，万一出什么意外你让我怎么办？

"幸好是雪天，我还能跟着脚印找到你。"

屋里很暖，雪化作水，湿了鬓发。秦树阳把林冬的伤口清理干净，用纱布包上："伤口不深。"处理完，他心疼地看着她，"疼吧。"

林冬低着头，没说话。

"下次还一个人跑出去吗？"

她抬头看了他一眼，摇摇头。

秦树阳亲了口她的额头："好了，吃饭。"

他带林冬到桌前，拉开椅子，让她坐下："香吧？"

秦树阳端起饭拿起筷子就开始喂她："来，先吃口蛋。"

林冬没动作。

"张嘴啊。"

她张了张嘴，看他这么哄着自己吃饭的样子，又心酸又好笑。

秦树阳在面里放了很多菜，鸡肉、黄瓜、胡萝卜、豌豆、青菜、玉米粒，卖相诱人。他又夹起一小块鸡肉："吃块肉。"

林冬咽了下去，吐出鸡骨头。

"好吃吗？"

林冬点点头。

"那就多吃点儿，再吃口菜。"他耐心喂着，看上去很高兴，"多吃点儿菜好。"

就这样，秦树阳喂林冬吃完了一整碗面。自始至终，她没有说一句话。

吃完后，秦树阳去刷碗了，林冬走出屋站在檐下看外头纷纷扬扬的漫天飞雪，眼看着雪越下越大。

不一会儿，秦树阳收拾完从厨房出来，见林冬傻愣愣地立在外头，搂住她往屋里走："外头冷，进屋吧。"

林冬任他拉自己进屋，坐到床上，看他握着自己的手，搓了搓："怎么那么凉，你冷？"

她摇头。

秦树阳把她的手放在手心里捂着，还不断地哈气："我给你暖暖。"

林冬沉默地看着他。

"暖和了吧？"

她还是不说话。

"怎么了？"秦树阳弓着腰侧脸瞧她，"不高兴了？还想出去玩？现在外面雪那么大，你的手还受伤了，不许乱跑。"他轻揪一下她的下巴，"今天早上起太早了，我们再睡会儿，好吗？"

林冬点头。

秦树阳蹲下身，帮她脱了鞋。

林冬俯视着他，把脚往后缩了缩："秦树。"

他抬起头。

"对不起。"

他的眸光晃动，怔怔地凝望着她。

"对不起。"

"你……你说什么？"

"那年是小舅舅让那个人断你手臂的。"

秦树阳岿然不动，一时间停止了思考。

"他伤害了你，也是因为我，我代他道歉。"林冬红着眼看他，"你能不能原谅他？"

"秦树？"

他突然抱住她："你好了，好了，终于好了。"

"对不起，秦树。"

"不要再说对不起了。"秦树阳宽慰地笑了起来，"那些事过去就过去了，只要你好好的，其他的我一点也不在乎。"

"对不起，让你受那么多苦。"

"你还说，"秦树阳松开她，捏了下她的脸蛋，"我们不提过去了好吗？"

林冬看着他欣喜的脸庞，心里又苦又甜。

"忘掉那些事、那些人，好吗？"

"周迪——"

"不提他。"他的大拇指按在她的嘴唇上，打断她的话，"不许提，谁都不提了。"

"嗯。"

秦树阳忽然激动地把她按倒在床上："还有哪里不舒服吗？什么时候好的？我之前就觉得你快好了，喜欢笑，和我说话，还能写字了。"说着，用力地亲她一口。

林冬被他突如其来的动作吓了一跳："就是突然清醒了。"

"一定是你爸爸保佑。"他抱着她在床上滚了一圈，"等雪下小点儿我们再去祭拜他。"

"……"

"我妈妈，还有你妈妈，知道你康复肯定会高兴坏的。"他腾地翻身坐起来，"我这就给她们打电话。"他一直在自言自语，"先打给你妈妈吧。"

秦树阳刚拿起手机，突然顿了一下，回头看林冬，神情严肃："对了，你小舅舅过世了。"

林冬沉默不语。

"你妈妈跟我说不用延迟婚期，现在你精神好了，我想问问你。"

林冬说："听她的。"

秦树阳放下手机，刚要说话，林冬打断他："说好了不提他们，谁都不提。"

"好。"他淡笑一下，"那我打电话了。"

"嗯。"

下午，他们顶着风雪去看林其云。林冬跪在林其云的墓碑前，什么话也没有说，因为她总觉得自己心里想的，父亲一定能够听得到。

雪势不减，外面天寒地冻，他们后来一直没出去，第二天一直睡到中午才起床。

午饭后，林冬在林其云的书房翻出一堆陈旧的书和画册来。

秦树阳倚着桌案看她认真地翻看一本泛黄的画册，不禁笑了笑："你这突然变好了，我还有点不习惯，还是傻的时候比较可爱。不仅可爱，还听话。"

林冬一句话也不想搭理他，她看着一张小草稿，突然笑了起来。

"等天气好点儿，我们就回去，马上就要举行婚礼了。"秦树阳在一旁自言自语，"到时候会来好多人，当年东闲里的那些人都会来，胡子、露姐，还有强子他们。"秦树阳见她不理自己，聚精会神地看画册，凑过来看一眼，只是一张简单的墨稿，"你父亲的画稿？"

林冬没有回答他，反问："秦树，你还记得当年我让你陪我找的那张画吗？"

"当然记得，"秦树阳仔细地看着画稿，"就是这张？"

"对，《雪竹图》，不过那是爷爷的画，这个应该是爸爸临摹的小稿。"

"这竹子是北面山坡上那片吗？"

"好像是的。"林冬放下画册，突然拉住他往外走。

"去哪儿？"

"跟我走吧。"

林冬带秦树阳来到那个山坡上，粗壮的竹子长青不败，高傲地在雪中挺立，竹叶上积满沉甸甸的雪团，像朵朵大棉花。

林冬牵着他穿过竹林来到了山顶，行至此处，两人身上已经白花花的了。

"站在这里能看得很远，我隐约记得小时候爸爸经常带我来这里，他说这里是赏景的最佳地点。"林冬指向远方雪雾蒙蒙里的房屋，"看，我们之前去的小镇。"

秦树阳感慨："真的，明明那么远，这么看着感觉很近。"

"我听我妈妈说，我出生在冬天，那天晚上下了很大的雪，爸爸正好在临摹爷爷的《雪竹图》，本来给我起名叫林竹儿，我妈妈觉得太娇揉造作，又过于像古人的名字，于是用了一个'冬'字。"林冬仰着脸，雪落在她的脸上，显得皮肤格外轻透，她闭上眼睛，感受轻柔的雪粒落在脸上，凉丝丝的，"秦树，你把名字改回来吧。"

"为什么？我以为你喜欢。"

"'林冬'两个字太冷了，你的名字要温暖点儿才好。"

"我听你的。"

"以后只有我一个人叫你秦树。"

"好。"

"秦树。"

"嗯。"

"你想看我跳舞吗？"

他一时哑口无声，昨天还想起了菁明山那夜，这算是心有灵犀吗？

"不想？"她睁开眼看向他。

秦树阳缓过神，赶紧摇头："想，想，当然想。"

林冬笑了笑，把外套脱了。

"别脱，小心冻着。"秦树阳又给她拉上。

"不会的。"林冬坚持脱下。她上身穿着白毛衣，下身是一条米色裙子，看上去似乎与漫山遍野的白雪融为一体，她把衣服扔到他手里，往后退两步，"看好了，这是我六年来第一次演出，给你一个人。"

秦树阳微笑着看她踮起了脚跟，在这高高的山坡上翩翩起舞。地上不平，他虽心悦，却还是担心："小心点儿。"

林冬朝他轻笑，从容地跳动。

风风雨雨，匆匆十年，她还是从前那个样子，柔软、美丽、灵动。

突然，林冬旋转着朝他而来，人扑倒在地上。她趴在他身上，笑着对他说："太久没练了，动作很丑吧。"

"特别漂亮。"

"真的？"

"当然。"

林冬轻笑起来，躺去他的旁边，张开手臂，眯着眼看苍白的天空："秦树。"

"嗯。"

"娶我吧。"

"我们的婚礼没几天了。"

"我不要那个。"

他看向她，没有说话。

"这是我和你两个人之间的事，我不想要太多人。"

"那你想怎么办？"

"结婚吧，就现在。"

"现在？"秦树阳皱了皱眉，"可这里什么都没有。"

"我不要那些，我也不喜欢那些。"她看向他，眸色纯净，"一个你，一个我，就够了。"

"那婚纱？"

林冬举起手，看着纤细的手指上小小的钻戒："我的名字里带了一个

'冬'字，还有哪件婚纱比这雪更适合我？"

秦树阳弯起嘴角："也是啊。"

"过去那些事，你有错，我也有错，我们都忘掉，就像你说的，谁都不要再提了。十年前你跟我求的婚，这次换我跟你求婚。"林冬突然起身，单膝跪在他面前。

秦树阳一怔，坐了起来，手要拉她，却又停在了半空。

"你愿意娶我吗？"

他没有回答，眼眶有些湿润。

"愿意吗？"

他点点头，样子看上去有点儿傻。

林冬笑了起来，拔下一根头发丝，绕在他的无名指上："我只有这个。"

她一边绕一边说："无论贫穷还是富有，疾病还是健康，我们都会相爱、相敬、不离不弃，直到死亡将我们分离。"她看着毫无反应的男人，"你不说一下吗？"

"我们俩之间，不用这些话。"秦树阳环住她的腰，把人往身前一拉，"我爱你，就够了。"

雪落满身，一同白头。

她在他的亲吻下，弯起了眼睛。

菩萨。

我的心愿成真了。

……

番外一 ·

舞台

　　一个夏天，秦树阳带林冬来到一座歌剧院，他对她说："这就是上次你看到的那张图纸建成后的样子。"

　　林冬说："没有图纸好看。"

　　"真的假的？"

　　"假的。"

　　秦树阳捏了一把她的腰："行啊你，现在学会逗人玩了。"

　　"跟你学的。"林冬拉开他的手，望着这扇形的建筑物，"你设计它的时候不会满脑子都是我吧？"

　　"你怎么知道？"

　　"我猜的。"

　　"这套路又跟我学的？"

　　"你猜。"她朝他挑了下肩，笑得灿烂，脸上的疤痕已经完全消失了，如今依旧光彩照人。

　　秦树阳刚要去搂她，林冬一个闪身，潇洒地往剧院门口走去。

　　里面空荡荡的，一个人也没有，林冬瞄他一眼，说："好冷清。"

　　"我包了场，秦夫人驾到可不得整得特别点儿。"

　　林冬撇嘴笑了笑，意味深长地点点头："可以啊秦董。"

　　"当然了夫人。"

　　林冬背着手，大步流星地进去，那里头一片漆黑，只有舞台打着灯。

　　"那么黑。"

　　刚要去找开关，秦树阳抓住她的手："开什么灯，跟我走吧。"

　　"太黑了，小心摔了。"

　　"我在下头给你垫着呢，放心。"他牵着林冬走上舞台。

　　"还挺大的。"林冬松开他的手，一个人从东面走到西面，再回头，秦树阳已经下去了。

她走到舞台边缘坐下，看着底下的男人："你是来带我怀念舞台的吗？"

秦树阳仰视她："你之前说你几年没上过台了。"

"嗯，"林冬拍了拍地面，"所以呢？"

秦树阳双眉一扬，摊了摊手。

林冬低下头，手指轻点着地面："有点儿害怕，怕舞台，怕观众，怕自己再犯同样的错。"

他说："现在台下没别人。"

林冬目光淡淡地望向他，嘴角微微上扬着。

他又说："只有我一个人。"

"你让我跳给你看？"

"可以吗？"

"我才不跳。"她傲娇地别过脸去，悠然自得地前后来回晃着脚，"想得美。"

"来嘛。"秦树阳抓住她的脚腕摇了摇，故意撒娇，"我都没见过你在舞台的样子，给个面子。"

林冬翻眼不看他。

"媳妇。"

"媳妇，跳一个。"

"好啦，别晃了，我快被你晃得掉下去了。"林冬双手撑着舞台，歪脸笑着看他，扬扬下巴，一脸轻佻，"帮我把鞋脱了。"

"遵命，老婆。"秦树阳单手干脆地把她的鞋脱掉，放到自己脚旁的地上，"好啦。"

林冬用脚尖抵着他的胸口，把人推到后面去，轻轻松松站起来。她掸了掸手，将长发束起，拿出手机打开音乐，把声音调至最大，接着把手机放到舞台边，利索地脱了外套。她里头穿了件黑色吊带裙，赤着脚面对秦树阳往后倒退："看好了，只有这一次。"

秦树阳点点头，坐到座位上。

前奏轻柔缓慢，林冬展开手臂，柔软灵活的脚在地上划过，平稳优雅地转动起来。

黑色的纱裙随着她的动作轻扬，在舞台冷淡的灯光下飘逸轻灵，好像再来一点雾气，她便要飞走一般。

秦树阳目不转睛地盯着林冬，从每一个眼神、每一次跳跃中，感受到她对芭蕾的热爱与敬畏，感受到她作为一个舞者时那种纯净而伟大的灵魂。

秦树阳有些动容，他还清晰地记得多年前的那夜，在菁明山与她聊天，她说喜欢芭蕾，如同生命一般。难以想象，这些年经历的重重苦难，对于她来说是怎样的绝望。

四面的音响里忽然响起另一首曲子，缓缓在演出厅里回荡，是巴赫的《G弦上的咏叹调》。

林冬丝毫没受影响，忘情地享受着舞蹈给自己带来的快乐。她跳的是一支现代芭蕾，舞步略深沉，有种绝望中渴求自由与生命的肃穆与悲壮感。

秦树阳目不转睛地看着她，温柔地笑了起来。

遇见你，今生何其有幸啊。

突然，剧院里微弱的暖光相继亮了起来，二楼、三楼上的观众席上坐满了沉默的人，凝神欣赏她的舞蹈。

在看到他们的那一瞬，林冬顿了一下，身体稍稍一抖，心里突如其来的恐慌让她的呼吸也变得有些急促起来。她不知所措地看向秦树阳，只见他站了起来，笑着对自己说话，可是音乐声太大，她什么也听不见。接着，秦树阳竖起大拇指，在嘴边靠了一下，向她举过来。

林冬干咽口气，看向那群观众，又看向秦树阳，他的口型，似乎在说："不要害怕，我陪着你。"

林冬低下头，看着脚下华丽的舞台，有些恍神。抛开那次失败的演出，已经十年了。

十年。

十年前……她闭上眼睛，似乎看到了十年前的自己。她反问自己：那么多年了，我到底在畏惧什么？

手臂轻轻抬起，她踮起脚，继续转动起来，动作轻盈，挥洒自如，柔软的身体仿若无骨，却又饱含了巨大的力量，跟随着音乐的节奏，一气呵成。

舞罢，世界一片安静。

答案很简单：最大的阻碍，不过是我自己。

台下阵阵掌声。

林冬愣在台上，睁开眼睛，看着那群为自己鼓掌的观众，突然间热泪盈眶。

她突然从舞台上跳了下来，扑在秦树阳的身上，他差点儿没站稳，抱着她往后退了两步："哎，你要压死我。"

"你骗我。"林冬紧搂他的脖子，眼泪蹭到他的耳朵上。

"哭什么？"他温柔地对她道，"别哭嘛，那么多人看着，也不怕笑话。"

"你骗我。"

"那你打我吧，"秦树阳把她往上颠了颠，"随便你打，打到你开心。只要我的林冬能无拘无束地跳舞，只要你能开开心心、自由自在做自己想做的事情，怎么样都行。"
　　……

·番外二·
故人

　　三年后，林冬回伦敦演出，结束后去看了葛成君一家，临别前才得知，次日是何信君的忌日。

　　那天傍晚，秦树阳和林冬一起去看何信君，这是他们三年来头一次去看他。与想象中不一样，他的坟墓修得格外简单，阴冷而凄凉。

　　林冬带了一束他最喜欢的山茶花，两人沉默地看着他的墓碑，谁都没有说话。

　　不必多言，到来，已是最好的宽恕了。

　　回去的路上，他们遇到了那个英国女人。林冬不认得她，可她对林冬再熟悉不过了。

　　女人没有叫住他们，只是多看了两眼，待人走远了，才去看何信君。

　　她看着墓碑前的花束，笑着对他说：

　　"她肯来见你了，你可以安心了。"

　　返程的路上，林冬闭上双眸，靠着车背，看上去有些疲倦。

　　结婚三年多，她没什么大变化，反而有些逆生长，越活越年轻了。相反，秦树阳胡子拉碴的，眉眼里又多了几分成熟男人的味道，看上去比她大了不少，稳重而性感。

　　两人坐着一路沉默不语，半晌，林冬突然听秦树阳叹了口气。她睁开眼侧目看他："怎么了？"

　　"有点想闺女了，"秦树阳唉声叹气，"早知道就带过来了。"

　　林冬轻哼一声，回过脸去："矫情。"

　　"你不想？"

　　林冬没有回答，脸朝向车窗外。

　　秦树阳掏出手机，翻出女儿的照片，眉飞色舞地看着："啧啧，我这基因太强大了，怎么就那么好看呢。"

　　林冬淡淡道："那是比较像我的原因。"

　　"瞎说，我妈说跟我从小一个模子刻出来的，瞧这鼻子这嘴这眼睛。"秦树阳一脸宠溺，"也就皮肤像你，白。"

　　林冬冷笑一声："好不容易单独出来一次，你就不能多看我两眼？"

　　"我哪天没看你了？"

　　"有了女儿忘了妻子，你每天就知道抱着她亲，人不在身边了还盯着照片看。"

　　秦树阳听出些许酸味，瞅她一眼，放下手机，把她拽过来按在腿上，抚摸她的脸。

　　林冬挣扎着起来："干什么！"

　　"跟闺女吃什么醋，"秦树阳看她这酸溜溜的样，乐得不行，"傻媳妇。"

　　林冬坐得离他远远的："你别碰我。"

　　秦树阳哪能听，又把她拽过来，脸贴向她的脸，来回蹭："让我疼疼。"

　　"你能不能刮刮胡子！"

　　司机在前头专心开车，一脸冷漠，当作什么都没看到，什么都没听到的样子。

　　林冬一巴掌呼秦树阳脸上："还有人呢！"

　　"没事。"

　　"老不要脸的。"

　　……

　　"别碰我！

　　"好烦啊你……"

番外三 ·
面团

　　杨阿姨请假的几天，他们三餐几乎都在外面吃。周日上午得闲，林冬忽然想包饺子，可是她不会弄，照着网上的攻略瞎捣鼓。

　　秦树阳是被秦森叫醒的，她趴在他身上扯他的耳朵："爸爸，妈妈变成大花脸了。"

　　于是，他抱着女儿去了厨房，便见林冬正猫着腰翻箱倒柜。他刚想笑，忍不住打了个哈欠，懒懒道："你要炸厨房吗？"

　　林冬闻声回头看一眼，她的额头、右脸沾了些面粉，惹得秦森大笑起来："你看妈妈！"

　　林冬不搭理两人，继续找东西。

　　秦树阳走过来，蹲到她旁边："找什么呢？"

　　"擀面杖。"话音刚落，她握着东西直起腰，"找到了。"

　　秦树阳看着厨房壮观的这一幕，笑道："包饺子？结婚这么多年，我怎么不知道你还有这个技能？"

　　林冬乜斜他一眼，拿着擀面杖去清洗擦干，准备大干一场。

　　秦森爬到椅子上跪着："我也要玩。"

　　林冬点了下她的鼻头："你不会，外面玩去。"

　　秦森嘟嘴："我可以学！"

　　秦树阳戳戳盆里的面，两根手指碾了碾："你就这么包？"

　　林冬觉得他的话里带嘲讽，推他走开："你不要管我，走开。"

　　秦树阳手臂环住她的腰，把她抱起来放到桌子另一边，抬起手："面不是这么和的，我来，卷上。"

　　林冬睨他一眼，卷起他的袖子。

　　秦树阳没戴假肢，单手和起面来，虽多年未做，动作依旧熟练。秦森趴在旁边跃跃欲试，秦树阳揪了块面团给她："玩去吧。"

　　秦森开心地接过来："爸爸最好了。"

林冬默默站在一旁不说话，秦树阳朝她看过去："不高兴了？"

"没有。"林冬坐到旁边，"好了没有？我要擀面皮。"

"马上。"

秦树阳把长面切成块块，林冬跟在一旁笨手笨脚地擀。她拎着块五角形的面皮，长叹口气："是不是不太好看？"

秦树阳频频摇头："特别好看。"

林冬放下面皮："反正都是用来吃的，管它好不好看。"

"爸爸！"秦森跑了过来，举起手里用面团捏出的三个小人，"看，爸爸、妈妈和我。"

林冬震惊地看着她："哇，你好厉害。"

秦树阳满脸笑意："这点完美继承我的基因。"

秦森钻进秦树阳怀里，坐到他的腿上："爸爸，我还想玩。"她看向林冬手下的面皮，嫌弃道，"妈妈，你弄得好丑。"

林冬不服，把面皮窝成团："这个没擀好而已。"

秦森看向一边奇形怪状的几块面皮："可是那些也很丑。"

秦树阳道："这叫艺术。"

林冬："……"

秦森站到地上，从她手里拿过擀面杖："我来试试，妈妈你看好了。"说着拿起面块擀了起来，虽不算十全十美，却也有模有样。

"不愧是我闺女。"秦树阳见林冬默不作声，又说，"不愧是我媳妇生出的闺女。"

林冬白他一眼，拍拍手上的面粉，坐到一旁看着："那你们做好了。"

这时，团团从外面进来，林冬看它一眼，拿起面块也玩了起来。不一会儿，捏出条小狗来，她举起它展示给父女两人："看。"

秦树阳没看出这是个什么玩意儿，昧着良心夸赞："厉害，好看。"

秦森问："这是什么？"

林冬浅浅皱了下眉："看不出来？"

秦森："一点都看不出来。"

"这是团团啊。"

父女俩愣住，倏尔，不约而同"扑哧"笑出声来。

"笑什么！"林冬恼了，把它使劲儿往桌上一拍，小面狗成了饼，"你们俩好烦！"

……

番外四 ·
故事

　　秦森完美继承了母亲家族的天赋，年少获奖无数。这是她进大学后的首次雕塑展，展品包含了从小到大各阶段的优秀作品。

　　她的书法老师在开幕式前一晚便来到现场，秦森带他在展厅转了一圈，为他介绍每件作品。二人停驻在一件十分幼稚的群像雕塑前。书法老师弯腰靠近观看："哎，这个有点儿意思。"

　　秦森笑着说："这是小时候随手用面团捏的，爸妈觉得有意义一直保存着，后来开裂，被我套了模，做成石膏，今年年初又做成陶瓷，和原件差别不大。"

　　"不得不说，孩童真是最好的艺术家，不错不错。"老师连连赞叹，"对了，你父母来了吗？好久不见他们了。"

　　秦森别了下嘴："他们俩忙着呢，去山里度假去了，好像叫菁什么山。"

　　秦树阳和林冬很早便离开了菁明山，只是一直没回家。他们在林家老宅住了快两周。

　　傍晚，林冬去地里刨萝卜，一手拎一个回去。

　　秦树阳午休过点，睁眼天色已晚。他蒙蒙眬眬闻到一阵香味，起身循着味过去，便看林冬在厨房忙活。

　　他走过去自后搂住她的腰，睡眼惺忪，脸埋在她颈间磨蹭："又做什么黑暗料理？"

　　"不是黑暗料理，不信你尝尝。"

　　秦树阳摇头。

　　林冬轻哼一声："不尝就算了，人家说得对，婚姻是爱情的坟墓，刚认识的时候我做煳了的你都舔个干净。"

　　秦树阳笑了，更紧地圈住她："那你再做煳一次，让我舔干净。"

林冬用胳膊肘抵他一下："走开，不要妨碍我。"

秦树阳黏着她不走："我尝一口。"

"你等会儿别吃饭了。"

"我尝一口嘛，好媳妇。"

林冬这才抬起勺子。秦树阳刚抿一小口，便皱起眉，林冬也皱眉："很难喝？"

秦树阳笑着咂嘴："太好喝了。"

林冬用力踩他一脚："真讨厌。"

吃完晚饭，他们坐在阁楼上吹风，看夜景。秦树阳给林冬泡了养生茶，不一会儿，小半壶喝光了。

林冬躺在他怀里打盹，忽然坐直身："忘了告诉你，我昨天看爸爸的字帖，他提到后院的桂树边埋了酒。"

"酒？"秦树阳也来了兴趣，"去找找看？"

于是，林冬举着手电筒，秦树阳拿着小铲子在桂树旁挖了一圈。所幸林其云没有乱写，地下真有一坛酒。他们把它拿去清理干净，刚开一角，便酒香扑鼻。

秦树阳平日不让林冬喝酒，也陪她一起养生，今日两人破例小酌两杯。林冬虽喜欢，但是不胜酒力，浅浅几口便微醺，躺在他怀里迷迷糊糊犯起困来。胃里暖暖的，身上更暖，她握住他的手喃喃道："秦树，你讲故事给我听吧。"

"好啊，想听什么？"

风带着桂花香袭来，身旁的酒味更加醉人。

"《乌龙院》。"

"你都听很多遍了。"

"我喜欢。"

秦树阳低头与她耳鬓厮磨，宠溺道："还喜欢什么？"

林冬弯起嘴角，闭上眼睛不回答了。

秦树阳亲了下她的额头，直起身，望向疏星淡月，温柔地覆上她的手："好，就讲《乌龙院》。"

……